U0630385

鲁迅著译编年全集

王世家
止庵 编

人民出版社

鲁迅著译编年全集

拾玖

目　录

一九三五　乙

八月

致增田涉 ……………………………………………… 3

致曹靖华 ……………………………………………… 5

致李霁野 ……………………………………………… 5

《俄罗斯的童话》小引 ………………………………… 7

致黄源 ………………………………………………… 9

致曹靖华 ……………………………………………… 10

致台静农 ……………………………………………… 10

四论"文人相轻" ……………………………………… 11

五论"文人相轻"——明术 …………………………… 13

致黄源 ………………………………………………… 17

"题未定"草（五） …………………………………… 17

《俄罗斯的童话》 …………………………………… 22

致黄源 ………………………………………………… 22

致萧军 ………………………………………………… 23

致徐诗荃 ……………………………………………… 24

致赖少麒 ……………………………………………… 24

致曹靖华 ……………………………………………… 25

论毛笔之类 …………………………………… 26

逃名 ……………………………………………… 28

致楼炜春 ………………………………………… 30

致胡风 …………………………………………… 31

致萧军 …………………………………………… 31

致唐弢 …………………………………………… 33

致徐懋庸 ………………………………………… 35

致母亲 …………………………………………… 35

九月

致萧军 …………………………………………… 36

致赵家璧 ………………………………………… 37

聚"珍"* ………………………………………… 38

村妇 …………………………… [保加利亚]伐佐夫 39

致姚克 …………………………………………… 56

致黄源 …………………………………………… 57

订正 ……………………………………………… 58

致徐懋庸 ………………………………………… 58

致黄源 …………………………………………… 59

致孟十还 ………………………………………… 59

致徐懋庸 ………………………………………… 60

致李桦 …………………………………………… 61

致萧军 …………………………………………… 62

致郑振铎 ………………………………………… 63

致增田涉 ………………………………………… 64

六论"文人相轻"——二卖 ……………………… 65

七论"文人相轻"——两伤 ……………………… 67

致黄源 ……………………………………………… 69

致胡风 ……………………………………………… 70

致李长之 …………………………………………… 71

《坏孩子和别的奇闻》前记 ……………………… 72

《坏孩子和别的奇闻》译者后记 ………………… 74

致黄源 ……………………………………………… 78

致萧军 ……………………………………………… 78

致曹靖华 …………………………………………… 80

致王志之 …………………………………………… 80

致萧军 ……………………………………………… 81

致台静农 …………………………………………… 81

致蔡斐君 …………………………………………… 82

致吴渤 ……………………………………………… 83

致叶紫 ……………………………………………… 84

《译文》终刊号前记 ……………………………… 84

致黄源 ……………………………………………… 85

十月

致萧军 ……………………………………………… 88

致唐诃 ……………………………………………… 89

致萧军 ……………………………………………… 90

致谢六逸 …………………………………………… 91

《死魂灵》第一部附录 …………[德国]沃多·培克编 92

致黎烈文 …………………………………………… 119

致孟十还 …………………………………………… 120

致徐懋庸 …………………………………………… 121

《死魂灵》序言 ………[俄国]内斯妥尔·珂德略来夫斯基 122

致郑振铎 ……………………………………… 143

致母亲 ……………………………………… 144

致孟十还 ……………………………………… 145

致姚克 ……………………………………… 146

致萧军、萧红 ……………………………………… 146

致曹靖华 ……………………………………… 147

致徐懋庸 ……………………………………… 148

致增田涉 ……………………………………… 149

致萧军 ……………………………………… 151

致徐懋庸 ……………………………………… 152

致曹聚仁 ……………………………………… 153

死魂灵（第一部） ……………… [俄国]N.果戈理 154

[附录]

　　致伊罗生 ……………………………………… 394

十一月

致孔另境 ……………………………………… 395

致郑振铎 ……………………………………… 396

致萧军、萧红 ……………………………………… 396

致王冶秋 ……………………………………… 397

致孟十还 ……………………………………… 398

致赵家璧 ……………………………………… 399

致马子华 ……………………………………… 400

萧红作《生死场》序 ……………………………………… 401

致章锡琛 ……………………………………… 402

题《死魂灵》赠孟十还 ……………………………………… 403

致母亲 ……………………………………… 403

致萧军 …………………………………………… 404

致台静农 ………………………………………… 405

致萧军、萧红 …………………………………… 406

致王冶秋 ………………………………………… 407

致赵家璧 ………………………………………… 408

致曹靖华 ………………………………………… 408

致徐懋庸 ………………………………………… 409

ドストエーフスキイのこと …………………… 410

致聂绀弩 ………………………………………… 412

致邱遇 …………………………………………… 413

孔另境编《当代文人尺牍钞》序 ……………… 414

致叶紫 …………………………………………… 415

致母亲 …………………………………………… 416

理水 ……………………………………………… 417

十二月

杂谈小品文 ……………………………………… 430

致徐懋庸 ………………………………………… 432

致孟十还 ………………………………………… 432

致台静农 ………………………………………… 433

致增田涉 ………………………………………… 433

致山本初枝 ……………………………………… 434

致母亲 …………………………………………… 435

致刘暮霞 ………………………………………… 436

致王冶秋 ………………………………………… 437

致徐讦 …………………………………………… 438

亥年残秋偶作 …………………………………… 439

致曹靖华 ··· 440

致章锡琛 ··· 441

致巴惠尔·艾丁格尔 ·· 441

致徐懋庸 ··· 443

致杨霁云 ··· 443

致周剑英 ··· 444

"题未定"草(六至七) ····································· 445

"题未定"草(八至九) ····································· 453

致杨霁云 ··· 457

致曹靖华 ··· 458

致赵家璧 ··· 459

致母亲 ·· 460

致台静农 ··· 461

致王冶秋 ··· 461

致叶紫 ·· 462

论新文字 ··· 463

陀思妥夫斯基的事 ··· 465

致李小峰 ··· 466

致赵景深 ··· 467

致沈雁冰 ··· 467

《死魂灵百图》小引 ·· 468

致谢六逸 ··· 470

《故事新编》序言 ·· 471

采薇 ··· 473

出关 ··· 488

起死 ··· 496

致叶紫 ·· 505

《花边文学》序言 ················· 506

致王冶秋 ····················· 508

《且介亭杂文》序言 ············· 509

《且介亭杂文》附记 ············· 510

关于中国的两三件事 ············· 515

《且介亭杂文二集》序言 ········· 521

内山完造作《活中国的姿态》序 ··· 522

在现代中国的孔夫子 ············· 524

《中国小说史略》日本译本序 ····· 529

书帐 ························· 530

本年

鲁迅增田涉质疑应答书 ··········· 538

致刘岘 ······················ 543

居帐 ························· 543

一九三五　乙

八月

一日

日记 晴。午西谛来并交《世界文库》(三)译稿费百又八元。晚得绍兴修志委员会信。得生活书店信。得『版芸術』(四十)一本，五角。夜浴。

致 増田渉

八月二十二日の御手紙とく拝見しました。今にはもう黄元工房に胡坐かいて居るだらうと思ふからこれを恵曇村へ送ります。

私にくれる『支那小説史』は末つかないけれども内山書店にはもう五冊来て居ます。一冊買って読みました、引用文の原文あり、注釈あり、其の上、字体も二通り使って居るから校正は困難だったはづです。感謝します。その一冊をば今はもう山本太太に送りました。でないと「彼の女」は屹度五円散財します、済まない事です。今日書店へ行って見たらもう一冊しか残って居ません。皆な私と知ってる人が買って行きました。実は老板がかはしたので大に宣伝してるらしいです。

正宗氏の短文を読みました、同感です。その前に烏丸求女のものも出た事あり友達が其の切抜を送って来たから儿下へ送ります。併し其の中に引用され、長与氏の書いた「棺に遺りたかった」云々などは実に僕の云ふ事の一部分で、其時僕は支那にはよく極よい材料を無駄に使って仕舞ふ事があると云ふ事について話して居た。その例として「たとへば黒檀や陰沈木（日本の埋木らしいもの、仙台にあり）で棺をこしらへ、上海の大通りの玻璃窓の中にも陳列して居り蝋でみがいてつやを出し、実美しく拵へて居る。僕が通って見たら実にその美事なやりかたに驚かされて這りたくなって仕舞ふ」と云ふ様な事を話した。併しその時長与氏は他人と話して居たか、或は外の事を考へて居たか知らんが僕の仕舞の言葉丈取って「くらいくらい」と断定した。若しだしぬけそんな事を言ふなら実は間が抜けてるので「険しい、くらい」ばかりの処ではない。兎角僕と長与氏の会見は相互に不快であった。

　『十竹齋箋譜』二冊目は半分程出来上った。景気がわるく工人も暇ですから此本の進行が割合に速かった。その具合にやって行けば来年の春頃に全部出来るはづです。平塚氏の所はあの時屹度送ります。そうして別に陳老蓮の酒牌をコロタイプ版で複製して居ます。僕等のこの仕事に対して攻撃するものも頗るあり、つまり何故革命して死亡しないでこんな事をやる乎と云ふのです。が、僕等は知らかほをしてコロタイミなどをやって居るのであります。

　『世界文庫』の為めに毎月ゴーゴールの『死せる魂』を翻訳して居ます。一回分三万字しかないがむつかしいから殆んど三週間かゝります。汗物一杯、七月份のものも昨日やっと出来上ゝたばかりです。

　『文学』（一号）論壇の『文壇三戸』は拙筆です。もう一つ『幇閑から扯淡まで』を書いたが発表を許されなかった。扯淡とはちょっと訳しにくい。云ふべき事なくて強いて云ふ、幇閑する才能もなくて幇閑の事をやるの類です。

洛文　上　八月一夜

増田兄几下

二日

　　日记　晴，热。上午复增田君信。复陈学昭信并还译稿。复梁文若信并还译稿。下午达夫来，赠以特制《引玉集》一本。

三日

　　日记　昙，热。上午得望道信，即复。寄汝珍信附与霁野笺。下午姚克来。王钧初来并赠《读〈呐喊〉图》一幅。晚蕴如携晔儿来。三弟来。夜浴。雨。

致 曹靖华

汝珍兄：

　　昨托书店寄上杂志一包，想已到。

　　闻胡博士为青兄绍介到厦门去，尚无回音，但我想，即使有成，这地方其实是很没有意思的。前闻桂林师范在请教员，曾托友去打听，今得其来信，剪下一段附上，希即转交青兄，如何之处，并即见复，以便再定办法。据我想，那地方恐怕比厦门好一点，即使是暂时做职员。

　　致霁兄一笺，希转寄，因为我失掉了他的通信地址了。

　　专此布达，即颂

暑祺。

　　　　　　　　　　　　　　　　　　　　弟豫　上　八月三日

致 李霁野

霁兄：

　　七月廿八日信收到。刘君稿费，当托商务印书馆汇去，译者到分馆去取，大约亦无不便。

　　赴英的事，还有人在作怪吗？这真是讨厌透了。杨君事，前以问许君，他说教员已聘定，复得干干净净。近闻所聘之教员，又未必北上，但我看也难以再说，因为贵同宗之教务长，我看实在是坏货一枚，今夏在沪遇见，胖而昏狡，不足与谈。前天见西谛，谈及此事，他说知道杨君，把履历带走了，不过怎么办法，他却一句也不说。

　　我如常，仍译作，但近来此地叭儿之类真多。

　　此致，即颂

暑祺。

豫　上　八月三日

四日

　　日记　星期。晴，热。下午得费慎祥信。

五日

　　日记　晴，热。上午史女士来并赠花一束，湖绉一合，玩具汽车一辆。托西谛买得景印汲古阁钞本《南宋六十家集》一部五十八本，十元。译《死魂灵》第九章起。晚三弟来，遂邀蕴如并同广平携海婴往南京大戏院观《剿匪伟绩》。

六日

　　日记　晴，热。上午收サイレン社寄赠之『わが漂泊』一本，『支那小説史』五部五本，即以一部赠镰田君。陈子鹄寄赠《宇宙之歌》一本。得耳耶信。下午内山书店送来『ド氏全集』（别卷），『ウデゲ族の最後の者』各一本，共直四元。西谛招夜饭，晚与广平携海婴同至其寓，同席十二人，赠其女玩具四合，取《十竹笺谱》（一）五本，笺纸数十合而归。

七日

日记　晨雨一陈即晴。上午得诗荃信。得陈子鹄信。得河清信。得太白社与仲方稿费单,即转寄。午后大风。买『小林多喜二書簡集』一本,一元。夜浴。

八日

日记　雨。上午以译文社稿费二十三元汇票寄刘文贞。得 S. Dinamov 信并德文《国际文学》(五)一本。以北平笺纸三十合分与内山君,作价十二元。

《俄罗斯的童话》小引

这是我从去年秋天起,陆续译出,用了“邓当世”的笔名,向《译文》投稿的。

第一回有这样的几句《后记》:

“高尔基这人和作品,在中国已为大家所知道,不必多说了。

“这《俄罗斯的童话》,共有十六篇,每篇独立;虽说‘童话’,其实是从各方面描写俄罗斯国民性的种种相,并非写给孩子们看的。发表年代未详,恐怕还是十月革命前之作;今从日本高桥晚成译本重译,原在改造社版《高尔基全集》第十四本中。”

第二回,对于第三篇,又有这样的《后记》两段:

“《俄罗斯的童话》里面,这回的是最长的一篇,主人公们之中,这位诗人也是较好的一个,因为他终于不肯靠装活死人吃饭,仍到葬仪馆为真死人出力去了,虽然大半也许为了他的孩子们竟和帮闲‘批评家’一样,个个是红头毛。我看作者对于他,是有点宽恕的,——而他真也值得宽恕。

"现在的有些学者说:文言白话是有历史的。这并不错,我们能在书本子上看到;但方言土话也有历史——只不过没有人写下来。帝王卿相有家谱,的确证明着他有祖宗;然而穷人以至奴隶没有家谱,却不能成为他并无祖宗的证据。笔只拿在或一类人的手里,写出来的东西总不免于蹀躞,先前的文人哲士,在记载上就高雅得古怪。高尔基出身下等,弄到会看书,会写字,会作文,而且作得好,遇见的上等人又不少,又并不站在上等人的高台上看,于是许多西洋镜就被拆穿了。如果上等诗人自己写起来,是决不会这模样的。我们看看这,算是一种参考罢。"从此到第九篇,一直没有写《后记》。

然而第九篇以后,也一直不见登出来了。记得有时也又写有《后记》,但并未留稿,自己也不再记得说了些什么。写信去问译文社,那回答总是含含胡胡,莫名其妙。不过我的译稿却有底子,所以本文是完全的。

我很不满于自己这回的重译,只因别无译本,所以姑且在空地里称雄。倘有人从原文译起来,一定会好得远远,那时我就欣然消灭。

这并非客气话,是真心希望着的。

一九三五年八月八日之夜,鲁迅。

未另发表。

初收 1935 年 8 月上海文化生活出版社版"文化生活丛刊"之三《俄罗斯的童话》。

九日

日记 昙。晨同广平携海婴往须藤医院诊,见赠威士忌朱古力糖果一合。午后晴。得《文学百题》两本。得《新中国文学大系》

（九）《戏剧集》一本。得刘岘信并木刻《阿Q正传图》两本。得山本夫人信。得猛克信，即复。

致 黄 源

河清先生：

五日信并《世界文库》一本，早收到。

伐×夫的小说，恐怕来不及译了，因为现在的杂务，看来此后有增无减，而且都是不能脱卸的。《文学》"论坛"以外的东西，也无从动笔，即使做起来，不过《题未定草》之类，真也无聊得很。

莱芒小说，目的是在速得一点稿费，所以最好是编入三卷一期，至于出单行本与否，倒不要紧。但如把三卷一期的内容闹坏，却也不好，所以不如待到日子临近，看稿子的多少再说罢。

《俄罗童话》要用我的旧笔名，自然可以的，因为我的改名，是为出版起见，和自己无关。出版者以用何名为便，都可以。附上小引，倘以为可用，乞印入。广告稍暇再作。

萧的小说，先前只有一篇在这里，早寄给郑君平了。近来他绝无稿子寄来。

插画先寄回两幅备用。意大利的两幅，因内山无伊日字典，没法想，当托人去查，后再寄。

此复，即请

撰安。

迅　上　八月九夜。

十日

日记　雨，上午晴。复河清信并寄《〈俄罗斯童话〉小引》一篇。

寄西谛信。得许钦文信。得何白涛信。午后复雨一陈即晴。内山书店送来东京版『東方学報』（五册之续）一本，四元。下午须藤先生来为海婴诊。晚蕴如携阿菩来。三弟来。

十一日

日记 星期。晴。下午费慎祥来并赠佛手五枚。得谷非信。得阿芷信，即复。得李长之信。得 P. Ettinger 信。得靖华信及静农信各一，至晚并复。雨一陈即霁。夜寄望道信。寄西谛信。浴。

致 曹靖华

汝珍兄：

七日信收到。给西谛信当与此信同时发出。

致青一笺，乞转交。

前给 E. 信，请他写德文，他竟写了俄文来了，大约他误以为回信是我自己写的。今寄上，乞兄译示为感。

上海已较凉，我们都好的。

专此布达，即请

暑安。

弟豫　上　八月十一日

致 台静农

青兄：

七日函收到。厦门不但地方不佳，经费也未必有，但既已答应，亦无法,姑且去试试罢。容容尚可,倘仍饿肚子,亦冤也。

南阳画象,也许见过若干,但很难说,因为购于店头,多不明出处也,倘能得一全份,极望。《汉圹专集》未见过,乞寄一本。

今年无新出书,至于去年所出之几本,沈君未知已有否?无则当寄。希示地址及其字,因为《引玉集》上,我以为可以写几个字在上面。

此复,即颂

时绥。

豫　上　八月十一日

十二日

日记 昙,午后雨。得赖少麒信。得楼炜春信并适夷信片。得萧军信,小说稿二篇。下午须藤先生来为海婴诊。晚姚省吾来并交惺农信。河清来并交望道信及瞿君译作稿二种,从现代收回,还以泉二百。

十三日

日记 大雨。上午得增田君信。得西谛信。得胡其藻所寄赠《版画集》一本。午晴。内山书店送来特制本『モンテーニュ随想録』(一及二)二本,其值十元。下午复西谛信。以『支那小説史』赠谷非及小岛君各一。晚王钧初,姚星农来。

四论“文人相轻”

前一回没有提到,魏金枝先生的大文《分明的是非和热烈的好恶》里,还有一点很有意思的文章。他以为现在“往往有些具着两张面孔的人"，重甲而轻乙；他自然不至于主张文人应该对谁都打拱作揖，连称久仰久仰的，只因为乙君原是大可钦敬的作者。所以甲乙两位，"此时此际，要谈是非，就得易地而处"，甲说你的甲话，乙呢，就觉得"非中之是，……正胜过于似是之非，因为其犹讲交友之道，而无门阀之分"，把"门阀"留给甲君，自去另找讲交道的"朋友"，即使没有，竟"与麻疯病菌为伍，……也比被实际上也做着骗子屠夫的所诱杀脔割，较为心愿"了。

这拥护"文人相轻"的情境，是悲壮的，但也正证明了现在一般之所谓"文人相轻"，至少，是魏先生所拥护的"文人相轻"，并不是因为"文"，倒是为了"交道"。朋友乃五常之一名，交道是人间的美德，当然也好得很。不过骗子有屏风，屠夫有帮手，在他们自己之间，却也叫作"朋友"的。

"必也正名乎"，好名目当然也好得很。只可惜美名未必一定包着美德。"翻手为云覆手雨，纷纷轻薄何须数，君不见管鲍贫时交，此道今人弃如土！"这是李太白先生罢，就早已"感慨系之矣"，更何况现在这洋场——古名"夷场"——的上海。最近的《大晚报》的副刊上就有一篇文章在通知我们要在上海交朋友，说话先须漂亮，这才不至于吃亏，见面第一句，是"格位（或‘迪个’）朋友贵姓？"此时此际，这"朋友"两字中还未含有任何利害，但说下去，就要一步紧一步的显出爱憎和取舍，即决定共同玩花样，还是用作"阿木林"之分来了。"朋友，以义合者也。"古人曾说过的，然而又有古人说："义，利也。"呜呼！

如果在冷路上走走，有时会遇见几个人蹲在地上赌钱，庄家只是输，押的只是赢，然而他们其实是庄家的一伙，就是所谓"屏风"——也就是他们自己之所谓"朋友"——目的是在引得蠢才眼热，也来出手，然后掏空他的腰包。如果你站下来，他们又觉得你并非蠢才，只因为好奇，未必来上当，就会说："朋友，管自己走，没有什么好看。"这是一种朋友，不妨害骗局的朋友。荒场上又有变戏法的，石块变白鸽，坛子装小孩，本领大抵不很高强，明眼人本极容易看破，于是他们就时时拱手大叫道："在家靠父母，出家靠朋友！"这并非在要求撒钱，是请托你不要说破。这又是一种朋友，是不戳穿戏法的朋友。把这些识时务的朋友稳住了，他才可以掏呆朋友的腰包；或者手执花枪，来赶走不知趣的走近去窥探底细的傻子，恶狠狠的啐一口道："……瞎你的眼睛！"

孩子的遭遇可是还要危险。现在有许多文章里，不是常在很亲热的叫着"小朋友，小朋友"吗？这是因为要请他做未来的主人公，把一切担子都搁在他肩上了；至少，也得去买儿童画报，杂志，文库之类，据说否则就要落伍。

已成年的作家们所占领的文坛上，当然不至于有这么彰明较著的可笑事，但地方究竟是上海，一面大叫朋友，一面却要他悄悄的纳钱五块，买得"自己的园地"，才有发表作品的权利的"交道"，可也不见得就不会出现的。

八月十三日。

原载 1935 年 9 月 1 日《文学》月刊第 5 卷第 3 号。署名隼。

初收 1937 年 7 月上海三闲书屋版《且介亭杂文二集》。

十四日

日记　晴。上午得小峰信并版税泉百五十。午后雨一陈。下午同广平携海婴往南京大戏院观《野性的呼声》，与原作甚不合。夜作"文学论坛"二篇。

五论"文人相轻"——明术

"文人相轻"是局外人或假充局外人的话。如果自己是这局面中人之一,那就是非被轻则是轻人,他决不用这对等的"相"字。但到无可奈何的时候,却也可以拿这四个字来遮掩一下。这遮掩是逃路,然而也仍然是战术,所以这口诀还被有一些人所宝爱。

不过这是后来的话。在先,当然是"轻"。

"轻"之术很不少。粗糙的说:大略有三种。一种是自卑,自己先躺在垃圾里,然后来拖敌人,就是"我是畜生,但是我叫你爹爹,你既是畜生的爹爹,可见你也是畜生了"的法子。这形容自然未免过火一点,然而较文雅的现象,文坛上却并不怎么少见的。埋伏之法,是甲乙两人的作品,思想和技术,分明不同,甚而全于相反的,某乙却偏要设法表明,说惟独自己的作品乃是某甲的嫡派;补救之法,是某乙的缺点倘被某甲所指摘,他就说这些事情正是某甲所具备,而且自己也正从某甲那里学了来的。此外,已经把别人评得一钱不值了,临末却又很谦虚的声明自己并非批评家,凡有所说,也许全等于放屁之类,也属于这一派。

一种是最正式的,就是自高,一面把不利于自己的批评,统统谓之"漫骂",一面又竭力宣扬自己的好处,准备跨过别人。但这方法比较的麻烦,因为除"辟谣"之外,自吹自擂是究竟不很雅观的,所以做这些文章时,自己得另用一个笔名,或者邀一些"讲交道"的"朋友"来互助。不过弄得不好,那些"朋友"就会变成保驾的打手或抬驾的轿夫,而使那"朋友"会变成这一类人物的,则这御驾一定不过是有些手势的花花公子,抬来抬去,终于脱不了原形,一年半载之后,花花之上也再添不上什么花头去,而且打手轿夫,要而言之,也究竟要工食,倘非腰包饱满,是没法维持的。如果能用死轿夫,如袁中郎或"晚明二十家"之流来抬,再请一位活名人喝道,自然较为轻而易举,但看过去的成绩和效验,可也并不见佳。

还有一种是自己连名字也并不抛头露面,只用匿名或由"朋友"给敌人以"批评"——要时髦些,就可以说是"批判"。尤其要紧的是给与一个名称,像一般的"诨名"一样。因为读者大众的对于某一作者,是未必和"批评"或"批判"者同仇敌忾的,一篇文章,纵使题目用头号字印成,他们也不大起劲,现在制出一个简括的诨名,就可以比较的不容易忘记了。在近十年来的中国文坛上,这法术,用是也常用的,但效果却很小。

法术原是极利害,极致命的法术。果戈理夸俄国人之善于给别人起名号——或者也是自夸——说是名号一出,就是你跑到天涯海角,它也要跟着你走,怎么摆也摆不脱。这正如传神的写意画,并不细画须眉,并不写上名字,不过寥寥几笔,而神情毕肖,只要见过被画者的人,一看就知道这是谁;夸张了这人的特长——不论优点或弱点,却更知道这是谁。可惜我们中国人并不怎样擅长这本领。起源,是古的。从汉末到六朝之所谓"品题",如"关东觥觥郭子横","五经纷纶井大春",就是这法术,但说的是优点居多。梁山泊上一百另八条好汉都有诨名,也是这一类,不过着眼多在形体,如"花和尚鲁智深"和"青面兽杨志",或者才能,如"浪里白跳张顺"和"鼓上蚤时迁"等,并不能提挈这人的全般。直到后来的讼师,写状之际,还常常给被告加上一个诨名,以见他原是流氓地痞一类,然而不久也就拆穿西洋镜,即使毫无才能的师爷,也知道这是不足注意的了。现在的所谓文人,除了改用几个新名词之外,也并无进步,所以那些"批判",结果还大抵是徒劳。

这失败之处,是在不切帖。批评一个人,得到结论,加以简括的名称,虽只寥寥数字,却很要明确的判断力和表现的才能的。必须切帖,这才和被批判者不相离,这才会跟了他跑到天涯海角。现在却大抵只是漫然的抓了一时之所谓恶名,摔了过去:或"封建余孽",或"布尔乔亚",或"破锣",或"无政府主义者",或"利己主义者"……等等;而且怕一个不够致命,又连用些什么"无政府主义封建余孽"或"布尔乔亚破锣利己主义者";怕一人说没有力,约朋友各给他一个;怕说一回还太少,一年内连给他几个:时时改换,个个不同。这举棋不定,就因为观察不精,因而品题也不确,所以即使用尽死劲,流完大汗,写了出去,也还是和对方不相干,就是用浆糊粘在他身上,不久也就脱落了。汽车夫发怒,便骂洋车夫阿四一声"猪猡",顽皮孩子高兴,也会在卖炒白果阿五的背上画一个乌龟,虽然也许博得市侩们的一笑,但他们是决不因此就得"猪猡阿四"或"乌龟阿五"的诨名的。此理易明:因为不切帖。

五四时代的所谓"桐城谬种"和"选学妖孽",是指做"载飞载鸣"的文章和抱住《文选》寻字汇的人们的,而某一种人确也是这一流,形容惬当,所以这名目的流传也较为永久。除此之外,恐怕也没有什么还留在大家的记忆里了。到现在,和这八个字可以匹敌的,或者只好推"洋场恶少"和"革命小贩"了罢。前一联出于古之"京",后一联出于今之"海"。

创作难,就是给人起一个称号或诨名也不易。假使有谁能起颠扑不破的诨名的罢,那么,他如作评论,一定也是严肃正确的批评家,倘弄创作,一定也是深刻博大的作者。

所以,连称号或诨名起得不得法,也还是因为这班"朋友"的不"文"。——"再亮些!"

八月十四日。

原载 1935 年 9 月 1 日《文学》月刊第 5 卷第 3 号。署名隼。

初收 1937 年 7 月上海三闲书屋版《且介亭杂文二集》。

十五日

日记 晴。上午收生活书店所赠《表》十本。得母亲信附与三弟笺,十日发。得霁野信。得马吉风信,午后复。下午代常君寄天津中国银行信。寄河清信并"文学论坛"稿二篇。晚三弟来。

致 黄 源

河清先生：

"论坛"诌了两篇，今寄上。如有不妥之处，请编辑先生改削。

《五论……》是一点战斗的秘诀，现在借《文学》来传授给杜衡之流，如果他们的本领仍旧没有长进，那么，真是从头顶到脚跟，全盘毫无出息了。

《表》已收到十本，似乎比样本好看一点。

专此布达，即请

著安。

迅　上　八月十五日

西谛不许我交卸《死魂灵》第二部。　　又及

十六日

日记　晴。上午得良友公司信并《竖琴》等板税百八十元，系九月十七日期支票。得张锡荣信，即复。得黄河清信，午后复。夜浴。

"题未定"草

五

M君寄给我一封剪下来的报章。这是近十来年常有的事情，有时是杂志。闲暇时翻检一下，其中大概有一点和我相关的文章，甚至于还有"生脑膜炎"之类的恶消息。这时候，我就得预备大约一块

多钱的邮票,来寄信回答陆续函问的人们。至于寄报的人呢,大约有两类:一是朋友,意思不过说,这刊物上的东西,有些和你相关;二,可就难说了,猜想起来,也许正是作者或编者,"你看,咱们在骂你了!"用的是《三国志演义》上的"三气周瑜"或"骂死王朗"的法子。不过后一种近来少一些了,因为我的战术是暂时搁起,并不给以反应,使他们诸公的刊物很少有因我而蓬蓬勃勃之望,到后来却也许会去拨一拨谁的下巴:这于他们诸公是很不利的。

M君是属于第一类的;剪报是天津《益世报》的《文学副刊》。其中有一篇张露薇先生做的《略论中国文坛》,下有一行小注道:"偷懒,奴性,而忘掉了艺术"。只要看这题目,就知道作者是一位勇敢而记住艺术的批评家了。看起文章来,真的,痛快得很。我以为介绍别人的作品,删节实在是极可惜的,倘有妙文,大家都应该设法流传,万不可听其泯灭。不过纸墨也须顾及,所以只摘录了第二段,就是"永远是日本人的追随者的作家"在这里,也万不能再少,因为我实在舍不得了——

"奴隶性是最'意识正确'的东西,于是便有许多人跟着别人学口号。特别是对于苏联,在目前的中国,一般所谓作家也者,都怀着好感。可是,我们是人,我们应该有自己的人性,对于苏联的文学,尤其是对于那些由日本的浅薄的知识贩卖者所得来的一知半解的苏联的文学理论家与批评家的话,我们所取的态度决不该是应声虫式的;我们所需要的介绍的和模仿的(其实是只有抄袭和盲目的应声)方式也决不该是完全出于热情的。主观是对于事物的选择,客观才是对于事物的方法。我们有了一般奴隶性极深的作家,于是我们便有无数的空虚的标语和口号。

"然而我们没有几个懂得苏联的文学的人,只有一堆盲目的赞美者和零碎的翻译者,而赞美者往往是牛头不对马嘴的胡说,翻译者又不配合于他们的工作,不得不草率,不得不'硬译',不得不说文不对题的话,一言以蔽之,他们的能力永远是对不起他们的思想;他们的'意识'虽然正确了,可是他们的工作却永远是不正确的。

"从苏联到中国是很近的,可是为什么就非经过日本人的手不可?我们在日本人的群中并没有发现几个真正了解苏联文学的新精神的人,为什么偏从浅薄的日本知识阶级中去寻我们的食粮?这真是一件可耻的事实。我们为什么不直接的了解?为什么不取一种纯粹客观的工作的态度?为什么人家唱'新写实主义',我们跟着喊,人家换了'社会主义的写实主义',我们又跟着喊;人家介绍纪德,我们才叫;人家介绍巴尔扎克,我们也号;然而我敢预言,在一千年以内:绝不会见到那些介绍纪德,巴尔扎克的人们会给中国的读者译出一两本纪德,巴尔扎克的重要著作来,全集更不必说。

"我们再退一步,对于那些所谓'文学遗产',我们并不要求那些跟着人家对喊'文学遗产'的人们担负把那些'文学遗产'送给中国的'大众'的责任。可是我们却要求那些人们有承受那些'遗产'的义务,这自然又是谈不起来的。我们还记得在庆祝高尔基的四十年的创作生活的时候,中国也有鲁迅,丁玲一般人发了庆祝的电文;这自然是冠冕堂皇的事情。然而那一群签名者中有几个读过高尔基的十分之一的作品?有几个是知道高尔基的伟大在那儿的?……中国的知识阶级就是如此浅薄,做应声虫有余,做一个忠实的,不苟且的,有理性的文学创作者和研究者便不成了。"

五月廿九日天津《益世报》。

我并不想因此来研究"奴隶性是最'意识正确'的东西","主观是对于事物的选择,客观才是对于事物的方法"这些难问题;我只要说,诚如张露薇先生所言,就是在文艺上,我们中国也的确太落后。法国有纪德和巴尔扎克,苏联有高尔基,我们没有;日本叫喊起来

19

了，我们才跟着叫喊，这也许真是"追随"而且"永远"，也就是"奴隶性"，而且是"最'意识正确'的东西"。但是，并不"追随"的叫喊其实是也有一些的，林语堂先生说过："……其在文学，今日绍介波兰诗人，明日绍介捷克文豪，而对于已经闻名之英美法德文人，反厌为陈腐，不欲深察，求一究竟。……此种流风，其弊在浮，救之之道，在于学。"（《人间世》二十八期《今文八弊》中）南北两公，眼睛都有些斜视，只看了一面，各骂了一面，独跳犹可，并排跳舞起来，那"勇敢"就未免化为有趣了。

不过林先生主张"求一究竟"，张先生要求"直接了解"，这"实事求是"之心，两位是大抵一致的，不过张先生比较的悲观，因为他是"豫言"家，断定了"在一千年以内，绝不会见到那些绍介纪德，巴尔扎克的人们会给中国的读者译出一两本纪德，巴尔扎克的重要著作来，全集更不必说"的缘故。照这"豫言"看起来，"直接了解"的张露薇先生自己，当然是一定不译的了；别人呢，我还想存疑，但可惜我活不到一千年，决没有目睹的希望。

豫言颇有点难。说得近一些，容易露破绽。还记得我们的批评家成仿吾先生手抡双斧，从《创造》的大旗下，一跃而出的时候，曾经说，他不屑看流行的作品，要从冷落堆里提出作家来。这是好的，虽然勃兰兑斯曾从冷落中提出过伊孛生和尼采，但我们似乎也难以斥他为追随或奴性。不大好的是他的这一张支票，到十多年后的现在还没有兑现。说得远一些罢，又容易成笑柄。江浙人相信风水，富翁往往豫先寻葬地；乡下人知道一个故事：有风水先生给人寻好了坟穴，起誓道："您百年之后，安葬下去，如果到第三代不发，请打我的嘴巴！"然而他的期限，比张露薇先生的期限还要少到约十分之九的样子。

然而讲已往的琐事也不易。张露薇先生说庆祝高尔基四十年创作的时候，"中国也有鲁迅，丁玲一般人发了庆祝的电文，……然而那一群签名者中有几个读过高尔基的十分之一的作品？"这质问是极不错的。我只得招供:读得很少,而且连高尔基十分之一的作品究竟是几本也不知道。不过高尔基的全集,却连他本国也还未出全,所以其实也无从计算。至于祝电,我以为打一个是应该的,似乎也并非中国人的耻辱,或者便失了人性,然而我实在却并没有发,也没有在任何电报底稿上签名。这也并非怕有"奴性",只因没有人来邀,自己也想不到,过去了。发不妨,不发也不要紧,我想:发,高尔基大约不至于说我是"日本人的追随者的作家",不发,也未必说我是"张露薇的追随者的作家"的。但对于绥拉菲摩维支的祝贺日,我却发过一个祝电,因为我校印过中译的《铁流》。这是在情理之中的,但也较难于想到,还不如测定为对于高尔基发电的容易。当然,随便说说也不要紧,然而,"中国的知识阶级就是如此浅薄,做应声虫有余,做一个忠实的,不苟且的,有理性的文学创作者和研究者便不成了"的话,对于有一些人却大概是真的了。

张露薇先生自然也是知识阶级,他在同阶级中发见了这许多奴隶,拿鞭子来抽,我是了解他的心情的。但他和他所谓的奴隶们,也只隔了一张纸。如果有谁看过菲洲的黑奴工头,傲然的拿鞭子乱抽着做苦工的黑奴的电影的,拿来和这《略论中国文坛》的大文一比较,便会禁不住会心之笑。那一个和一群,有这么相近,却又有这么不同,这一张纸真隔得利害:分清了奴隶和奴才。

我在这里,自以为总算又钩下了一种新的伟大人物——一九三五年度文艺"豫言"家——的嘴脸的轮廓了。

八月十六日。

原载 1935 年 10 月 5 日《芒种》半月刊第 2 卷第 1 期,题下有注"一至三载《文学》,四不发表。"

初收 1937 年 7 月上海三闲书屋版《且介亭杂文二集》。

《俄罗斯的童话》

高尔基所做的大抵是小说和戏剧,谁也决不说他是童话作家,然而他偏偏要做童话。他所做的童话里,再三再四的教人不要忘记这是童话,然而又偏偏不大像童话。说是做给成人看的童话罢,那自然倒也可以的,然而又可恨做的太出色,太恶辣了。

作者在地窖子里看了一批人,又伸出头来在地面上看了一批人,又伸进头去在沙龙里看了一批人,看得熟透了,都收在历来的创作里。这种童话里所写的却全不像真的人,所以也不像事实,然而这是呼吸,是痱子,是疮疽,都是人所必有的,或者是会有的。

短短的十六篇,用漫画的笔法,写出了老俄国人的生态和病情,但又不只写出了老俄国人,所以这作品是世界的;就是我们中国人看起来,也往往会觉得他好像讲着周围的人物,或者简直自己的顶门上给扎了一大针。

但是,要全愈的病人不辞热痛的针灸,要上进的读者也决不怕恶辣的书!

最初印入 1935 年 8 月上海文化生活出版社版《草原故事》版权页后。

初未收集。

致 黄 源

河清先生:

十五日信收到。"论坛"稿已于昨日挂号寄出。

向现代付钱办法,极好。还有两部,是靖华的翻译小说,希取出，此两部并未预支稿费，只要给一收回稿子的收条，就好了。

取回之稿，一时还未能付印。

全集事此刻恐怕动不得，或者反而不利。

《译文》第三卷目录上头之木刻，已寻得数条，当将书本放在内山，于生活书店有人前往时，托其带上。

《童话》广告附呈。

此复，即请

撰安。

迅　上　八月十六日

致 萧 军

张兄：

十一日信并稿收到后，晚上刚遇到文学社中人，便把那一篇交了他，并来不及看。另一篇于次日交胡；又金人译稿一包，托其由芷转交，想不日可以转到。顷查纸堆，又发见了一篇，今特寄上；又《译文》上登过的一篇，我想也该抄出，编入一本之内的。

小说再给我十本也好，但不急。前回的一批，已有五本分到外国去了，我猜他们也许要翻译的。

我痱子已略退。孩子已不肯晒太阳，因为麻烦，而且捣乱之至，月底决把他送进幼稚园去，关他半天。《死灵魂》译了一半，这几天又放下，在做别的事情了。打杂为业，实在不大好。

此布，即请

俪安。

豫　上　八月十六夜。

十七日

日记 晴。上午复萧军信并还金人译稿一篇。午后寄徐诗荃信。寄曹聚仁信并《芒种》稿一篇。寄西谛信。得俊明信并诗稿一篇。得赖少麒信。得郭孟特信。下午雨一阵。得王志之信。得韩恒章信。广平携海婴邀蕴如及阿玉,阿菩往上海大戏院观粤剧。三弟来。

致 徐诗荃

诗荃兄:

前几天遇见郑振铎先生,他说《世界文库》愿登《苏鲁支如是说》。兄如有意投稿,请直接与之接洽。他寓地丰路地丰里六号。倘寄信,福州路三八四号生活书店转亦可。

专此布达,并颂

时绥。

迅　顿首　八月十七日

十八日

日记 晴,风。星期。上午复赖少麒信。寄胡风信。下午得马吉风信。

致 赖少麒

少麒先生:

十一日信收到。我没有收到插图,所以并没有送到商务馆去。

书店里好像也没有。究竟是怎么一回事,还是请　先生先写信问一问您的朋友罢。

　　专复,即请

时绥

干　上　八月十八日

十九日

　　日记　晴。上午得文尹信。得望道信。得亚丹信,即复。得冶秋信,午后复并还文稿。寄明甫信。下午得望道信。晚铭之挈其长女来,邀之至乍孙诺夫店夜饭,广平携海婴同去。夜浴。风一陈。

致 曹靖华

汝珍兄:

　　十五日信收到,并译信,谢谢。不料他仍收不到中国纸,可惜,那就更无善法可寄了。

　　横肉可厌之至,前回许宅婚礼时,我在和一个人讲中国的 Facisti,他就来更正道,有些是谣言。我因正色告诉他:我不过说的是听来的话,我非此道中人,当然不知道是真是假。他也很不快活。但此人之倾向,可见了。

　　寄给冶秋一笺并稿(是为素元出纪念册用的),乞转交。兄也许要觉得奇怪,稿子为什要当信寄。但否则,邮局会要打开来看,查查稿中夹信否,待到看过,已打开,不能寄了。

　　闻青将赴厦,如他过沪时要来看我,则可持附上之笺往书店,才可以找到。否则找我不着。因为我近来更小心,他们也替我小心,

25

空手去找，大抵不睬了。但如不用，则望即毁去。

专此布达，即请

暑安。

豫　顿首　八月十九日

二十日

日记　昙，风。上午海婴往幼稚园上学。得何白涛信并木刻二种四枚。得诗荃信。内山书店杂志部送来『乡土玩具集』（十）一本，『土俗玩具集』（一至五）五本，『白と黒』（再刊号一及二）二本，共泉四元。下午风雨一阵，夜又雨。

二十一日

日记　昙。午得明甫信。得黄士英信。午后雨一阵。晚仲方来，少坐，同往大雅楼夜饭，应望道之邀也，同席共九人。

二十二日

日记　晴，热。上午得曹聚仁信。得《译文》二卷六期稿费二十八元。晚得萧军信并书一包。得郑伯奇信并还少其及悄吟稿各一篇。得吴朗西信并《俄罗斯童话》校稿一帖，至夜校毕。浴。

二十三日

日记　晴，热。午后得楼炜春信，夜复并附还适夷信片。作短论二。

论毛笔之类

国货也提倡得长久了，虽然上海的国货公司并不发达，"国货城"也早已关了城门,接着就将城墙撤去,日报上却还常见关于国货的专刊。那上面,受劝和挨骂的土角,照例也还是学生,儿童和妇女。

前几天看见一篇关于笔墨的文章,中学生之流,很受了一顿训斥,说他们十分之九,是用钢笔和墨水的,这就使中国的笔墨没有出路。自然,倒并不说这一类人就是什么奸,但至少,恰如摩登妇女的爱用外国脂粉和香水似的,应负"入超"的若干的责任。

这话也并不错的。不过我想,洋笔墨的用不用,要看我们的闲不闲。我自己是先在私塾里用毛笔,后在学校里用钢笔,后来回到乡下又用毛笔的人,却以为假如我们能够悠悠然,洋洋焉,拂砚伸纸,磨墨挥毫的话,那么,羊毫和松烟当然也很不坏。不过事情要做得快,字要写得多,可就不成功了,这就是说,它敌不过钢笔和墨水。譬如在学校里抄讲义罢,即使改用墨盒,省去临时磨墨之烦,但不久,墨汁也会把毛笔胶住,写不开了,你还得带洗笔的水池,终于弄到在小小的桌子上,摆开"文房四宝"。况且毛笔尖触纸的多少,就是字的粗细,是全靠手腕作主的,因此也容易疲劳,越写越慢。闲人不要紧,一忙,就觉得无论如何,总是墨水和钢笔便当了。

青年里面,当然也不免有洋服上挂一支万年笔,做做装饰的人,但这究竟是少数,使用者的多,原因还是在便当。便于使用的器具的力量,是决非劝谕,讥刺,痛骂之类的空言所能制止的。假如不信,你倒去劝那些坐汽车的人,在北方改用骡车,在南方改用绿呢大轿试试看。如果说这提议是笑话,那么,劝学生改用毛笔呢?现在的青年,已经成了"庙头鼓",谁都不妨敲打了。一面有繁重的学科,古书的提倡,一面却又有教育家喟然兴叹,说他们成绩坏,不看报纸,昧于世界的大势。

但是,连笔墨也乞灵于外国,那当然是不行的。这一点,却要推前清的官僚聪明,他们在上海立过制造局,想造比笔墨更紧要的器械——虽然为了"积重难返",终于也造不出什么东西来。欧洲人也聪明,金鸡那原是斐洲的植物,因为去偷种子,还死了几个人,但竟偷到手,在自己这里种起来了,使我们现在如果发了疟疾,可以很便当的大吃金鸡那霜丸,而且还有"糖衣",连不爱服药的娇小姐们也吃得甜蜜蜜。制造墨水和钢笔的法子,弄弄到手,是没有偷金鸡那子那么危险的。所以与其劝人莫用墨水和钢笔,倒不如自己来造墨水和钢笔;但必须造得好,切莫"挂羊头卖狗肉"。要不然,这一番工夫就又是一个白费。

但我相信,凡有毛笔拥护论者大约也不免以我的提议为空谈:因为这事情不容易。这也是事实;所以典当业只好呈请禁止奇装异服,以免时价早晚不同,笔墨业也只好主张吮墨舐毫,以免国粹渐就沦丧。改造自己,总比禁止别人来得难。然而这办法却是没有好结果的,不是无效,就是使一部分青年又变成旧式的斯文人。

八月二十三日。

原载 1935 年 9 月 5 日《太白》半月刊第 2 卷第 12 期。
署名黄棘。
初收 1937 年 7 月上海三闲书屋版《且介亭杂文二集》。

逃　名

就在这几天的上海报纸上,有一条广告,题目是四个一寸见方的大字——

"看救命去!"

如果只看题目,恐怕会猜想到这是展览着外科医生对重病人施行大手术,或对淹死的人用人工呼吸,救助触礁船上的人员,挖掘崩坏的矿穴里面的工人的。但其实并不是。还是照例的"筹赈水灾游艺大会",看陈皮梅沈一呆的独脚戏,月光歌舞团的歌舞之类。诚如广告所说,"化洋五角,救人一命,……一举两得,何乐不为",钱是要拿去救命的,不过所"看"的却其实还是游艺,并不是"救命"。

有人说中国是"文字国",有些像,却还不充足,中国倒该说是最不看重文字的"文字游戏国",一切总爱玩些实际以上花样,把字和词的界说,闹得一团糟,弄到暂时非把"解放"解作"拏戮","跳舞"解作"救命"不可。捣一场小乱子,就是伟人,编一本教科书,就是学者,造几条文坛消息,就是作家。于是比较自爱的人,一听到这些冠冕堂皇的名目就骇怕了,竭力逃避。逃名,其实是爱名的,逃的是这一团糟的名,不愿意酱在那里面。

天津《大公报》的副刊《小公园》,近来是标榜了重文不重名的。这见识很确当。不过也偶有"老作家"的作品,那当然为了作品好,不是为了名。然而八月十六日那一张上,却发表了很有意思的"许多前辈作家附在来稿后面的叮嘱":

> "把我这文章放在平日,我愿意那样,我骄傲那样。我和熟人的名字并列得厌倦了,我愿着挤在虎生生的新人群里,因为许多时候他们的东西来得还更新鲜。"

这些"前辈作家"们好像都撒了一点谎。"熟",是不至于招致"厌倦"的。我们一离乳就吃饭或面,直到现在,可谓熟极了,却还没有厌倦。这一点叮嘱,如果不是编辑先生玩的双簧的花样,也不是前辈作家玩的借此"返老还童"的花样,那么,这所证明的是:所谓"前辈作家"也者,有一批是盗名的,因此使别一批羞与为伍,觉得和"熟人的名字并列得厌倦",决计逃走了。

从此以后,他们只要"挤在虎生生的新人群里"就舒舒服服,还是作品也就"来得还更新鲜"了呢,现在很难测定。逃名,固然也不能说是豁达,但有去就,有爱憎,究竟总不失为洁身自好之士。《小公园》里,已经有人在现身说法了,而上海滩上,却依然有人在"掏腰包",造消息,或自称"言行一致",或大呼"冤哉枉也",或拖明朝死尸搭台,或请现存古人喝道,或自收自己的大名入辞典中,定为"中国作家",或自编自己的作品入画集里,名曰"现代杰作"——忙忙碌碌,鬼鬼祟祟,煞是好看。

　　作家一排一排的坐着,将来使人笑,使人怕,还是使人"厌倦"呢?——现在也很难测定。但若据"前车之鉴",则"后之视今,亦犹今之视昔",大约也还不免于"悲夫"的了!

八月二十三日。

　　　原载 1935 年 9 月 5 日《太白》半月刊第 2 卷第 12 期。
　　　署名杜德机。
　　　初收 1937 年 7 月上海三闲书屋版《且介亭杂文二集》。

致 楼炜春

炜春先生:

　　廿二日信收到;前一信也收到的,因为别的琐事,把回信压下了,抱歉得很。

　　译文社的事很难说,因为现在是"今朝不知明朝"事,假如小说译成的时候,译文社仍在进行,也没有外界所加的特别困难,那当然可以出版的。

　　此复,即请

暑安

迅　顿首　八月廿三日

　　附还明信片一张。

　　二十四日

　　日记　晴,热。上午复吴朗西信并还校稿。寄陈望道信并短论稿二篇。得霁野信。得胡风信,下午复。复萧军信。晚三弟及蕴如携蕖官来。

致 胡 风

二二日信收到。我家姑奶奶的生病,今天才知道的,真出乎意料之外。

《书简集》卖完了,还要来的,那时当托他留下一本。

那客人好像不大明白情形,这办不到,并非不办,是没法子想。信寄去了,很稳当的便人,必到无疑,至于何以没有回信,这边实在无从知道,也无能为力,而且他的朋友在那边是否肯证明,也是一个问题。

叶君他们,究竟是做了事的,这一点就好。至于我们的元帅的"悭吝"说,却有些可笑,他似乎误解这局面为我的私产了。前天遇见徐君,说第一期还差十余元……。我说,我一个钱也没有。其实,这是容易办的,不过我想应该大家出一点,也就是大家都负点责任。从我自己这面看起来,我先前实在有些"浪费",固然,收入也多,但天天写许多字,却也苦。

田、华两公之自由,该是确的。电影杂志上,已有他们对于郑正秋的挽联等(铜板真迹),但我希望他们此后少说话,不要像杨邨人。

此复,即请

暑安。

豫　上　八月廿四日

致 萧 军

刘先生:

廿二信并书一包,均收到。又曾寄《新小说》一本,内有金人译文一篇,不知收到否?寄给《文学》的稿子,来信说要登,但九月来不及,须待十月,只得听之。良友也有信来,今附上。悄吟太太的稿子退回来了,他说"稍弱",也评的并不算错,便中拟交胡,拿到《妇女生活》去看看,倘登不出,就只好搁起来了。

《死魂灵》作者的本领,确不差,不过究竟是旧作者,他常常要发一大套议论,而这些议论,可真是难译,把我窘的汗流浃背。这回所据的是德译本,而我的德文程度又差,错误一定不免,不过比起英译本的删节,日译本的错误更多来,也许好一点。至于《奥罗夫妇》的译者,还是一位名人,但他大约太用力于交际了,翻译就不大高明。

我看用我去比外国的谁,是很难的,因为彼此的环境先不相同。契诃夫的想发财,是那时俄国的资本主义已发展了,而这时候,我正在封建社会里做少爷。看不起钱,也是那时的所谓"读书人家子弟"的通性。我的祖父是做官的,到父亲才穷下来,所以我其实是"破落户子弟",不过我很感谢我父亲的穷下来(他不会赚钱),使我因此明白了许多事情。因为我自己是这样的出身,明白底细,所以别的破落户子弟的装腔作势,和暴发户子弟之自鸣风雅,给我一解剖,他们便弄得一败涂地,我好像一个"战士"了。使我自己说,我大约也还是一个破落户,不过思想较新,也时常想到别人和将来,因此也比较的不十分自私自利而已。至于高尔基,那是伟大的,我看无人可比。

前一辈看后一辈,大抵要失望的,自然只好用"笑"对付。我的母亲是很爱我的,但同在一处,有些地方她也看不惯。意见不一样,没有好法子想。

又热起来,痱子也新生了,但没有先前厉害。孩子的幼稚园中,一共只有十多个人,所以还不十分混杂,其实也不过每天去关他四个钟头,好给我清净一下。不过我在担心,怕将来会知道他是谁的孩子。他现在还不知我的名字,一知道,是也许说出去的。

此复,即请

俪安。

二十五日

日记　星期。晴。晨须藤先生来，赠 Melon 一个，并还《野菜博录》泉二元七角。得吴朗西信，即复。午同广平携海婴往须藤医院诊。下午雨。王钧初及姚莘农来。夜寄黄河清信。浴。

二十六日

日记　晴。上午得猛克信。得唐弢信，即复。下午大雷雨。

致 唐 弢

唐弢先生：

廿五日函奉到；以前并没有收到信，大约是遗失了。

审查诸公的删掉关于我的文章，为时已久，他们是想把我的名字从中国驱除，不过这也是一种颇费事的工作。

有书出版，最好是两面订立合同，再由作者付给印证，帖在每本书上。但在中国，两样都无用，因为书店破约，作者也无力使其实行，而运往外省的书不帖印花，作者也无从知道，知道了也无法，不能打官司。我和天马的交涉，是不立合同，只付印证。

豫支版税，并[普]通是每千字一元；广告方面，完全由书店负责。

专此布复，顺颂

时绥。

迅　上　八月廿六日

二十七日

日记 昙。上午得愈之及东华信,邀在新亚饭店夜饭。得河清信。得『版芸術』(九月份)一本,五角。下午河清来,晚同往新亚,同席廿人。夜雨。

二十八日

日记 晴。上午译《死魂灵》至第十章讫,两章共约二万五千字。寄望道信。得陈学昭信。得阿芷信,即复。得天津中国银行寄常玉书信并汇票一纸,午后代复,并由广平以汇票寄与常君。下午往内山书店买《两周金文辞大系考释》一帙三本,八元。晚理发。钦文来,赠以《中国新文学大系》内之《小说二集》一本。夜浴。

二十九日

日记 晴。无事。

三十日

日记 晴。上午往生活书店付译稿,并买《表》十五本,共泉四元二角。至北新书局访李小峰。至商务印书馆访三弟,同往冠生园午饭。午后得何白涛信。下午青曲来并赠果脯四合,赠以书籍四种。

三十一日

日记 昙。上午以陈友生信片寄谷非。以《大公报副刊》一纸寄懋庸。复李长之信并附照片一枚。寄母亲信。以果脯分赠内山,镰田及三弟。午寄猛克信并稿二。买『芥川竜之介全集』(十)一本,一元五角。午后雨一阵。静农寄赠《汉代圹砖集录》一部一本。得《文学》九月份"论坛"稿费十七元五角。得山本夫人信。晚蕴如携阿玉来。三弟来。

致 徐懋庸

乞转徐先生：

　　这篇批评，竭力将对于社会的意义抹杀，是歪曲的。但这是《小公园》一贯的宗旨。

　　　　　　　此信写在载有张庚评《"打杂记"》的 1935 年 8 月 27 日
　　　　　　《大公报·小公园》1778 号空白处。

致 母 亲

母亲大人膝下，敬禀者，八月十日来示，早已收到，写给海婴的信，也
　收到了。

　　上海天气已渐凉，夜间可盖夹被，男痱子已愈，而仍颇忙，但身体
尚好；害马亦好，均可请释念。

　　海婴亦好，但变成瘦长了。从二十日起，已将他送进幼稚园去，
地址很近，每日关他半天，使家中可以清静一点而已。直到现
在，他每天都很愿意去，还未赖学也。

　　专此布达，恭请

金安。

　　　　　　　　男树　叩上　广平及海婴同叩　八月卅一日

九月

一日

日记　星期。昙。午后得伯奇信,告《新小说》停刊。得萧军信。得胡风信。下午姚惺农,王钧初来,晚邀之至新亚饭店夜饭,广平携海婴同去,又赠钧初《北平笺谱》一部。

致萧军

张兄:

八月卅日信收到。同日收到金人稿费单一纸,今代印附上。又收到良友公司通知信,说《新小说》停刊了,刚刚"革新",而且前几天编辑给我信,也毫无此种消息,而忽然"停刊",真有点奇怪。郑君平也辞歇了,你的那篇《军中》,便无着落。不知留有原稿否?但我尚当写信去问一问别人。

胡怀琛的文章,都是些可说可不说的话,此人是专做此类文章的。《死灵魂》的原作,一定比译文好,就是德文译,也比中译好,有些形容辞之类,我还安排不好,只好略去,不过比两种日本译本却较好,错误也较少。瞿若不死,译这种书是极相宜的,即此一端,即足判杀人者为罪大恶极。

孟的性情,我看有点儿神经过敏,但我决计将金人的信寄给他,这是于他有益的。大家都没有恶意,我想,他该能看得出来。

卢森堡的东西,我一点也没有。

"土匪气"很好,何必克服它,但乱撞是不行的。跑跑也好,不过上海恐怕未必宜于练跑；满洲人住江南二百年，便连马也不会骑了，整天坐茶馆。我不爱江南。秀气是秀气的，但小气。听到苏州话，就令人肉麻。此种言语，将来必须下令禁止。

孩子有时是可爱的，但我怕他们，因为不能和他们为敌，一被缠，即无法可想，例如郭林卡即是也。我对付自己的孩子，也十分吃力，总算已经送进幼稚园去了，每天清静半天。今年晒太阳不十分认真，并不很黑，身子长了些，却比春天瘦了，我看这是必然的，从早晨起来闹到晚上睡觉，中间不肯睡中觉，当然不会胖。

痱子又好了。

天马书店我曾经和他们有过交涉；开首还好，后来利害起来，而且不可靠了，书籍由他出版，他总不会放松的。

因为打杂，总不得清闲。《死魂灵》于前天才交卷，再一月，第一卷完了。第二卷是残稿，无甚趣味。

我们如略有暇，当于或一星期日去看你们。

此布，即颂

俪祉。

豫　　上　　九月一夜。

致 赵家璧

家璧先生：

今日下午，知《新小说》已决停刊，且闻郑君平先生亦既离开公司。我曾代寄萧军作《军中》一篇，且已听得编入"革新"后一期中，今既停止，当然无用，可否请先生代为一查，抽出寄下，使我对于作者，可以有一交代，不胜感幸。

专此布达，并请

撰安。

鲁迅　上　九月一夜。

二日

日记　小雨。上午复萧军信。寄孟十还信。寄赵家璧信。得季市信。晚河清来并持来《世界文库》(四)一本。伯简来。

三日

日记　雨。午后晴。得徐懋庸信并赠《伊特拉共和国》一本。得孟十还信。

四日

日记　晴。午后以《门外文谈》被删之文寄谷非。得『土俗玩具集』(六),『白と黒』(三)各一本,共一元。下午内山书店送来『チェーホフ全集』(十一)一本,二元五角;牧野氏『植物集説』(上)一本,五元。晚仲方来。收《世界文库》(四)稿费百又八元。

五日

日记　昙,上午略雨即霁。下午得『開かれた処女地』一本,一元五角。夜三弟来并为买得《宋人轶事汇编》一部二本,《北曲拾遗》一本,共泉一元一角。得小峰信并版税泉二百。译 Ivan Vazov 小说一篇讫,约万五千字。

聚　"珍"*

张静庐先生《我为什么刊行本丛书》云:"本丛书之刊行,得周作人沈启无诸先生之推荐书目,介绍善本,盛情可感。……施蛰存先生之主持一切,奔走接洽;……"

施蛰存先生《编印中国文学珍本丛书缘起》云:"余既不能为达官贵人,教授学者效牛马走,则何如为白屋寒儒,青灯下士修儿孙福乎?"

这里的"走"和"教授学者",与众不同,也都是"珍本"。

原载 1935 年 9 月 5 日《太白》半月刊第 2 卷第 10 期。

署名直入。

初未收集。

村　妇
历史的插话

[保加利亚]伐佐夫

一

一八七六年五月二十日,下午时候——就在这一天,就在皤退夫(Botev)的部队在巴尔干连山中大败,连皤退夫自己,也死于贪残的强巴拉斯(Zhambalas)所率领的乞开斯①帮的枪弹之下的这一天——在伊斯开尔②左岸,卢谛勃罗特(Lutibrod)对面,站着从这村

---

① 高加索人之一种,大部分因为避俄罗斯的压迫,移住土耳其边境,但其中的一部份,却又帮着土耳其来残虐被压迫的保加利亚人了。——译者。

② Isker,旧名厄斯珂斯(Öskos),是保加利亚国境内陀瑙(Donau)河的右侧支流之一。——原译者。

子里来的一群妇女们。她们在等候小船，轮着自己渡到河的那面去。

她们里面，大多数不明白四近有些什么事，因此也没有怎么发愁。符拉札（Vratza）那边的喧嚣的行军，已经继续了两天之久，她们却毫不觉得什么——而且也并不荒废了她们的家务。其实，这里是只剩下女人了，因为男人们都不敢露面。一揆者和乞开斯帮的打仗的地方，虽然离卢谛勃罗特还很远，但消息传来，使男人们非常恐怖。

就在这一天，村子里到了几个土耳其兵，为的是捉拿可疑的人，并且盘查往来的过客。

就在这时候，我们在讲的时候，小船正在河对岸，村妇们想过渡，也正在等得不耐烦。那小船可也到底回来了。船夫——一个卢谛勃罗特人——用橹把船定住，以免被水淌开去，于是走到岸上来。

"喂，上去，娘儿们！……赶快！……"

忽然出现了两个骑马的土耳其的宪兵。他们冲开了女人们，向船上直闯。其中较老的一个，是胖大的土耳其人，鸣着鞭子，开口就骂道："走开，改奥儿①的猪猡！……滚，滚你们的！……"

女人们都让开了，预备再等。

"滚开去，妖怪！……"第二个吆喝着，挥鞭向她们打了过来。

她们叫喊着向各方面逃散。

这之间，船夫拉马匹上了船，宪兵们也上去了，胖子转脸向着船夫，发怒的叫道："一匹母狗也不准放上来！……滚开去！……"他又向这边吆喝一声，凶恶的威吓着。

恐怖的女人们就开始回家去了。

"大人老爷！……我恳求你：等一等！……"一个村妇叫喊道，

---

① Giaur，或可译为"不信者"，是土耳其人对于异教徒，尤其是基督教徒和波斯人的骂詈语。——译者。

那是慌慌忙忙的从契洛贝克(Chelopjek)跑来的。

宪兵们凝视着她。

"你什么事,老婆子?……"那胖子用保加利亚语问道。

跑来的是一个六十来岁的女人,高大,瘦削,男人似的眼光,臂膊上抱一个裹着破烂麻布的孩子。

"准我们过去罢,大人老爷!……准我上船罢,上帝保佑你,给你和你的孩子们福寿!……"

"唉,你是那,伊里札?……发疯的改奥儿!……"

他认识她,因为她曾在契洛贝克给他办过饭食。

"我正是的,阿迦·哈其—哈山。带我去罢,看这孩子面上……"

"你带这袋子上那去?……"

"这是我的孙子,哈其。没有母亲了……他生病……我带他到修道院去……"

"又为什么呢?……"

"为了他的痊愈,去做一个祷告……"那女人恳求的说,眼光里带着很大的忧虑。

哈其—哈山在船里坐下了,船夫拿了橹。

"阿迦,看上帝面上!……做做这件好事,想一想罢,你也有孩子的!……我也要给你祷告!……"

土耳其人想了一想,于是轻蔑的说道:"上来,昏蛋!……"

那女人连忙跳上船,和船夫并排坐下。船夫就驶出了雨后暴涨的伊斯开尔的浊流。沉向山崖后面的太阳,用它那明晃晃的光辉,照得水面金光灿烂。

二

那女人的到修道院去,实在很匆忙。她臂膊上躺着病了两个礼拜的,两岁的孩子,是一个孤儿。他已经衰弱了十四天。巫婆的药味和祝赞，都没有效验……连在符拉札的祝由科，也找不出药来了。村里的教士也给他祷告过，没有用。她最末的希望，只靠着圣母。

"到修道院给他祷告去……请道人祷告……"村里的女人们不断的对她说。

当今天午间细看孩子的时候，她大吃一惊……孩子躺的像死了的一样。

"现在赶快……赶快……恐怕圣母会救我们的……"

所以天气虽然坏，她也上了路，向"至圣处女"的契洛贝克修道院去了。

她经过槲树林，正向伊斯开尔走下去，树木间出现了一个服装古怪的青年，胸前挂着弹药带，手里拿一枝枪。他的脸是苍白，着急。

"女人，给我面包！……我饿死了！……"他对她说，一面挡住了去路。

她立刻猜出是什么人了。那是在山崖上面的他们中间的一个。

"我的上帝！……"伊里札吓得喃喃的说。

她把自己的袋子翻检了一通，现在才知道，她忘记了带面包来了……只在袋子底里找到一点干燥的面包皮。她就给了他。

"女人！……我可以躲在这村子里吗？……"

他怎么能躲在这村子里呢！……他们会看见他，交出他去的……况且是这样的衣服！……

"不能的，我的孩子，不能的……"她回答道，一面满心同情的看着他那显出绝望之色的疲倦的脸。她想了一想，于是说道："孩子，你在树林里躲一下罢……这里是要给人看见的……夜里来等我……使我在这里看见你！……我给你拿了面包和别的衣服来……这模样你可见不得人。我们是基督徒……"她加添说。

那青年的满是悲哀的脸上，闪出希望来了。

"我来等在这里，妈妈……去罢……我感谢你……"

她看见，他怎样跟跟跄跄的躲进树林里去了。她的眼里充满了眼泪。

她赶忙的走下去，心里想：我应该来做这好事……这可怜人！他是怎么的一副样子呵！……恐怕上帝会因此大发慈悲，给我救这孩子的……但愿圣母帮助我，使我能到修道院……仁慈的上帝，保佑他……他也是一个保加利亚人……他是为着信仰基督做了牺牲的……

她自己决定，修道院的院长是一个慈爱的老头子，也是很好的保加利亚人，不如和他悄悄的商量，取了农民衣服和面包，做过祷告，就赶紧的回来，在还未天明之前，找到那个一揆者。

她用了加倍的力量，匆匆的前行，为了要救两条男性的生命。

三

夜已经将他那漆黑的翅子，展开在契列毕斯（Cherepis）的修道院上面了。伊斯开尔的山谷，阴郁的沉默在昏暗的天空下，河流在深处单调的呻吟的作响，想带着沉重的澎湃，扑到高高在上的悬崖。对面屹立着乌黑的影子，是石壁……它荒凉的站着，和上帝亲手安排的它的山洞，它的峰峦，宿在它顶上的老雕一同入了梦。

幽静而寂寞的道院，也朦胧的睡去了。

出来了一个侍者……跟着又立刻走出一个道人来，披着衣服，不戴帽。

“伊凡，谁在那里敲门呀？……”道人耽心的叫道……靠壁有一张床，上面摊着些衣服……那道人就撞在高的床栏上。

又敲了几下。

“一定是他们里面的人……教我怎么办呢？……不要放进来！……现在院长又没有在这里……”

“且慢！……先问一问……”

"谁呀?"侍者喊着,向外面倾听——"这声音……好像是一个娘儿们……"

　　"你简直在做梦!……一个女人!……在这时候!……不是那个,就是土耳其人……一定是土耳其人……他们要在这夜里把我们统统杀掉……他们到这里来找什么呢?……这里什么也没有,我没有放进一个形迹可疑的人来呀……主呵,发发慈悲!……"

　　又听到大门外面的声音了。

　　"是一个女人,那在喊的……"侍者重复说。

　　"你是谁呀?……"

　　"我们是教子,伊凡。契洛贝克的伊里札呀……开罢……唉唉,开罢!……"

　　"你一个吗?……"伊凡问。

　　"一个,带着孙子,伊凡。开罢,上帝要给你好报的!……"

　　"看清楚,是不是撒谎!……"神父蔼夫谛弥向侍者说。

　　那侍者奋勇的走近了大门,从小窗里望出去。待到连道人也确信了在昏暗中,外面只有一个女人的时候,他才吩咐伊凡去开门。

　　门只开了一条缝,放进农妇来,立刻又关上了。

　　"见鬼的!……你到这里来干什么,伊里札?……"道人懊恼的问道。

　　"我的小孙子病的很利害……住持神父在那里呢?……"

　　"培可维札①去了。你找他什么事?……"

　　"找他做一个祷告……不过要快!……你来罢,神父……"

　　"什么?!……在夜里?!……我怎么能救生病的孩子……"道人恼怒的吆喝道。

　　"你不能救,但上帝都会处置的……"

　　"现在睡去罢。明天早上……"

------

　　①　Berkovitza,保加利亚的市镇,属伦木派兰加(Lom-palanka)府。——原译者。

然而女人恳请着，并且固执的咬定了她的要求。

到明天早上……会怎么样，谁知道呢……孩子显得很不好……病是不肯等待的……只有上帝能救。听起来，她也愿意付款子。

"你发疯了……你逼我们，修道院在夜里开门，好给'暴徒'冲进来，好把土耳其人招进来，消灭了教会！……"

那道人唠叨着走到自己的小屋子里去，但立刻穿好道袍，光着头，回来了。

"来！……"

她跟着他走进了教堂。① 他点起一支蜡烛，披上法衣，拿了日读祷告书。

"抱孩子到这里来……"

伊里札把孩子靠近了亮光。他的脸黄得像黄蜡一样。

"可是已经不很活了的哩！……"那道人通知说。

深沉的眼睛睁开来了，似乎要反驳这句话，烛光反照在那里面，闪闪的好像两颗星……

道人把法衣角放在孩子的头上，赶快的为他的痊愈念过祷告，用十字架的记号给他祝福，于是合上了日读祷告书。村妇在他手上接了吻，放上两个别斯太尔②去。

"如果他一定会活，那是就好起来的……现在到仓间里睡觉去罢……"

于是那道人转身要走了。

"等一等，蔼夫谛弥神父……"那女人踌躇着叫喊道。

他回过来，走近她去。

"还有什么事呢？……"

---

① 故事里时常说起教堂，是指希腊加特力的教堂。保加利亚人是大抵信奉希腊加特力教的。——原译者。

② Piaster，西班牙和墨西哥行用的银钱。——译者。

放低了声音,她说:"我拜托你一点事……我们都是基督徒……"

那道人可是发怒了。

"你托什么事……什么要找基督徒？……睡觉去……蜡烛不能点,有人会从上面看见,来做客人的……"

道人所指的是"暴徒"。那女人也懂得。她的脸上露出苦恼来了,声音发着抖:"你不要怕……没有人来的……"

并且用了更加秘密的神情,她说:"当我走出村子,在我们的树林子里的时候……"

恐怖和愤怒,在道人的打皱的脸上一隐一现了。他明白,那女人要告诉他一点什么危险事,于是就来打断她。大声的说道:"我不要听……不要告诉我……你知道什么,自己藏着就是……你是来把教会送进火里去的吗？……"

村妇还想说下去,但一听到这些话,她就把话吞住了;她全无希望地跟着发怒的道人走到院子里。

"但是我不在这里过夜！……"她一看见道人正要指给她走往仓间的路的时候,就叫喊了起来。

道人很诧异的对她看。

"为什么？……"

"我走……立刻……"

"你发了疯了吗？……"

"我发了疯,也许并没有发……都一样……我走……明天一早,我有工做呢……给我面包罢,我饿了……"

"面包你要多少有多少……给她,伊凡！但是我不准开大门！……"

然而这村妇固执着自己的意见。

神父蔼夫谛弥沉思了一下。又开大门吗？……这是危险的……坏人会闯进来……谁知道会闹出什么事来呢……他即刻记得,这女人还已经看见过他们了……她会给教会招到不幸的,而且

如果给土耳其人一知道……不成……还不如放她走,不使她在这里
罢……

"那么,走罢!……"他喝道。

女人接过伊凡递给她的半个面包去,放在袋子里,接着就抱起
了孩子,走了。

大门跟着她走出就关上了,锵的一声下了锁。

四

老伊里札连夜赶回伊斯开尔去,"暴徒"存那里等候她。她很亢
奋。她从替住持神父来招待她的神经过敏的道人那里,不能,也不
敢打听一声有益的意见。

她爬上修道院后面的山谷的高地边去,要径奔那沿着伊斯开尔
的小路。

星夜照出了河对面的峭壁和悬崖,白天是阴凄凄的,现在却显
着不祥之兆。

老伊里札的眼里和心中,都充满着不安和恐怖,就什么都见得
显着不祥之兆了。待到她走上高地时,便疲乏的坐在一株大榆树下
的冰冷的地面上。

连山中的荒地睡觉了……为荒凉所特有的一种寂静,笼罩了宇
宙,只有波涛在那里的深处奔腾,那上面屹立着毫无灯光的修道院
的屋宇和屋顶。

从右边传来了卢谛勃罗特的犬吠声。

她由地上站了起来,但又不敢经过村庄,便绕到悬崖的左边,于
是急急的跑过了荒地。

她立即望见伊斯开尔了。小船泊在岸边。伊里札走近板棚去,
向来是船夫就睡在那里面的。其中却没有人,显见得船夫也怕在这
里过夜了。

她吓得没有了主意，她走向小船去……伊斯开尔在吓人的奔腾……她看看浊流的昏暗的影子……她打了一个寒噤……

怎么办呢？……等到天亮吗？……她决不愿意这样子，虽然卢谛勃罗特的雄鸡叫，已在报告将近的黎明……

她应该怎么办呢？……她敢独自渡河吗？……怎么使橹，她是常常看见的……这出路她觉得非常危险，然而，如果她要和那等在那里，快要死于饥饿和不安的一撵者相见，却也不能选择了。

她把孩子放在沙滩上——她不大想到他了——弯了腰，去解那把小船系在树桩上的索子。她发抖：原来那索子不单是系着，却用一把大锁锁住的……这是土耳其人所做的事，意在阻碍夜里的行人。

她发着抖，站在那里……

卢谛勃罗特的雄鸡叫，越来越多了……天在东方显了淡淡的颜色……再一两点钟就要开始黎明了……

她绝望的呜咽起来，竭了全力，去破坏大锁或是弄断那索子。然而这一件也和那一件相同，都是一个不能够。

她发热的，喘息的直起身，绝望的站着……

忽然她又第三次弯下腰去了，用两手抓住了树桩，想把它拔起……但树桩钉得很深，好像铁铸的一样……

她两倍，三倍的努力……给太阳晒黑了的臂膊下着死劲……她的筋肉赛过了钢铁的力最和坚韧……骨节为着过度的用力在发响，热汗在她的脸上奔流……

气急，疲乏，仿佛她砍倒了一大车的树木，直起身来，呼吸一下，就又抓住了树桩，用了新的力气和阴沉的固执，从新向各方面摇动，要拔起它……

她那年迈的胸脯喘息得嘘唬作响……两脚陷在沙地里，一直到了脚踝，在半个钟头的可怕的争斗之后，这地方动了起来，泥土发了松，她终于做到，把树桩从地上拔出了。

索子在夜静中钝重的发响……

伊里札放心的叹一口气,劳乏的倒在沙滩上。

停了一会,小船就载着老伊里札,孩子和树桩,浮在浊流上面
了……

五

伊斯开尔立刻出了狭窄之处,向低下而平坦的两岸间直涌
下去。

小船就乘着急流而行,不再听这老农妇的生疏的手里的橹枝的
操纵。因此比平常停泊的处所,已经驶过的很远了。伊里札只好用
尽力量,不给它回到她曾经上船的那一岸去。

一个有力的洪流,终于将小船送到对面,那女人用了最大的努
力,总算靠了岸。

她上了陆,抱着孩子……攀上高地,向树林跑过去。

当她走近那曾经遇见过一撑者的地方的时候,只见有一个男人
影子在树干之间隐现。她知道,这就是她在找寻的。

一撑者也走近她来了。

"晚安,我的孩子……这是你的……"

和这句话同时,她就递过面包去,她很明白,他现在是最要这东
西了。

"谢谢你,妈妈……"他萎靡不振的回答道。

"等一等……穿上这个……"她又交给他盖着孩子的衣服。

"这是我偷偷的从教堂里带来的……上帝宽恕我……我造了一
回孽了……"

伊里札从墙上取了这衣服来,原以为是侍者的东西。但一撑者
穿在身上的时候,她这才诧异的看明白,竟是一件道袍!

"那倒是都一样的……我先来暖一暖……"青年说,就披上了又

干又暖的衣服。

他们一同的走着。

一揆者默默的吃东西……他冻得在发抖，也跟跄得很利害。他是一个大约二十来岁的青年，瘦削，长得高大。

因为不去打搅他饥饿者的平静，女人没有问他是什么人，从那里来——她自己也不过低声的说话——然而好奇心终于蔓延开来了，她就问，他是从那里过来的？……

他告诉她，他并不是从山里，倒大抵是从平野里过来的。在那一夜，在威司烈支（Vesletz）的葡萄山里，给人和自己的部队截断了。他从那地方窜走，遭了很大的恐怖，冒了各种的危险，这才挨到这里来。他两整天和两整夜没有吃东西，他支撑的走得怎样疲乏，两只脚都受了伤，发着热……现在他要往山里去，在那里找寻伙伴，或者自己躲起来。

"我的孩子，你实在走不动了……"那女人说——"把枪交给我罢……你就轻松一点了。"

她用左手接了他的枪，右手抱着孩子。

"来，来！……聚起你的力气来罢。我的孩子。"

"现在我到那里去呢，妈妈？……"

"怎么：那里去？……家里去呀……我这里！……"

"这是真的吗?！……妈妈，我感谢你，你是好的，妈妈！……"那青年感激得流出眼泪来，弯下身子，吻了她抱着孩子的那只瘦削的手。

"人们因为害怕，现在不到外面来，如果给他们一知道，是会把我活活的烧死的……"那村妇说——"但我怎么能放下你呢……你逃不掉……乞开斯人捉住你——上帝得惩罚他们——在村子里呢，他们也……为什么要这样呢，孩子？……就是毁灭了这可怜的地方，也没有什么了不得！……他们像小鸡一般的杀掉你们……可是你也再没有力气往上走了……"

于是她把枪由左手抛在右手里，就用左手支住了他的臂膊。

他们在榭树林里，越走越深了。从树干间，望见天空的东边，逐渐的发白……契洛贝克的雄鸡叫，更加听得分明……天上的星星褪色了。

已经到了黎明，他们——照平常的走法——离村子却还有半个钟头的路，——但像一撲者的那么走，可是连两个钟头也还是走不到的。

村妇非常着急，倒情愿来背他。

他向四面看了一看。

"天亮了，婶子……"他的声音放高了一点。

"这可糟……我们不能按时走到……"那女人悄悄的说。

他们又走了一段路。

从外面已经传来了人声。

村妇站住了。

"这可去不得了，我的孩子……得想一点别的什么法……"

"你想怎样呢，婶子？……"青年问道，看着他的母亲，亲戚，他的恩人和他的神明的这不相识者！

"你在树林里躲到夜……天一暗，我就来等候你……在这里……这么一来，你就躲到我的家里去……"

青年很相信，这条出路是要算最好的了。村妇就又交还了他的枪。

于是他们作了别。

这时伊里札摸了一摸孩子。她哭起来了……

"阿，孩子，我的孩子！……可是死了呀！……小手像冰一样了！"

一撲者站定了，仿佛遭着霹雳……村妇的悲痛抓住了他……他想来劝慰她，然而说不出一句话。

现在他知道，这崇高的女性，那魂灵已被大悲痛所碎裂，他不能再望更多的帮助了。

"阿,孩子!……我的亲爱的孩子!……"那可怜人呜咽着,看定了他的孩子的苍白的脸。

明明白白,一切希望都被抢去了,一揆者就走进树林的深处去。女人的呜咽的声音还在他后面叫喊道:"我的孩子……要藏的好好的……到晚上……我在这里见你……"

伊里札也走进树丛里,不见了……

六

一到早晨,天空中浮上五月的太阳来了,在几天的阴晦和下雨的日子之后,明朗而且澄净。

美丽的,延长的峡谷,从希锡曼山岩的脚下开头,装饰着春天的丛绿,为银带似的蜿蜒的河流所横贯,在太阳光中洗沐。

这里——在希锡曼山岩这里,河流却把《阿迭绥》①结束了,行程是经过了狭窄的隘岭和无数连山的曲折,忽而从险峻的,满生榆槲的山坡间飞过,忽而在浑身洞穴的岩石下潜行,这岩石,是涌成幻想的宫阙和尖碑,在嘲笑着五行和时光之力。

太阳刚露到地平线上,土耳其的骑兵就在路上出现,他们后面,是走在禾黍之间的一大群步兵,望不见煞末。骑兵和步兵,立刻到了伊斯开尔,扎住了。

正式的步兵大约有三百人;他们前面走着排希—皤苏克斯②,带着各种的武器。其余——大部分都是这些——是乞开斯人,也同是

---

① Odyssee,希腊诗人 Homeros 的有名的史诗,记着 Odysseus 的经历。——译者。

② Basi-Bosuks(蓬头)＝非正式的土耳其步兵,往往是强迫的拉来的,不给军事训练。——原译者。

各式各样的武装着。

少顷之后,骑兵就使乞开斯人前进,自己却留在旁边。

这些喧嚣扰攘的人们,是在一个有名的乞开斯人的指挥之下的,这就是强巴拉斯,一个凶残的,渴血的高加索的强盗。昨天就由他的手里放出子弹去,打死了一撮的指导者,皤退夫。

强巴拉斯骑在马上,对着树林,离一个旧教堂的废墟不很远。

树林的左边屹立着艰险的山岩和溪谷,右边是契洛贝克的田野和果园,一直到第二道精光的山背脊。在山坡上,看见树木之间有一所惟一的牧人小屋,是它的主人新近抛弃的。

眼睛都向着深邃的,空虚的,寂静的树林,那里面藏着一撮者。

但部队却找不着他。

这夜里从符拉札送来了报告,说在天明之前一点钟,有一队叛徒,[①]由山上窜入这森林中,确系要在渡过伊斯开尔之后,躲进斯太拉·普拉尼太(Stara Planita)的广大的巴兰(Balan)去。

因为昨天的胜利,兵们都兴奋而且骁勇,等候着命令,这时强巴拉斯刚刚下了马,带着几个优秀的排希—皤苏克斯的关于冲锋的方法和手段的忠告。

他是一个四十岁左右的人,深的皮色,高大,黑须,身穿一种五光十色的乞开斯衣,从头顶一直武装到双脚。他那贪残的,狞野的两眼,在高高的乞开斯帽子底下发光。

就在这一瞬间,小屋里开了一声枪,群山就起了许多声音的回响。

"叛徒们!……叛徒们!……"人们叫喊道。

大家的眼睛都向小屋注视,但只见那门口有一缕硝烟,轻微的早风把它吹到枝梢上去了。

---

① 凡努力于解脱土耳其的羁轭的革命者,土耳其人皆谓之叛徒(Komita)。——原译者。

惊疑了一瞬息,于是全部队一齐开火了,树林里也起了无数的回响。

但忽然间,有大声出于硝烟中:"强巴拉斯!……强巴拉斯中弹了!……"

强巴拉斯确是躺在地面上……他跌倒了,一粒枪弹穿通了他的脖子,嘴里涌出鲜血来。

从小屋里飞来的枪弹,打中了他了。

这消息传布了开去,兵们立刻非常害怕……全部队纷纷迸散了,谁都拼命的藏躲。

头领的死尸很快的就运走。骑兵也接着不见了。

然而从树林里,也没有再开第二枪。

过了许多时候——由笼罩四近的寂静和非常的沉默断定,一搩者应该已经退进山里去——一群乞开斯人就大家商量,冲到树林里去搜索他一下。

他们只在一株槲树底下,发现了一个暴徒的尸骸……那是三十来岁的人,黑胡须,用布裹着一只腿上的伤口。

乞开斯人确切的相信,一搩者是逃在山里了。

自从皤退夫战死之后,他的部下的一部份——四十人——就在那一条腿受了伤,英雄的贝拉(Pera)的领带之下,躲在山里面。他们整夜的在树丛里迷行,终于是疲乏的,饥饿的,半睡的走,到了契洛贝克的林子里,于是真的死一般的睡着了,也不再管会有人发见了他们的踪迹。

乞开斯人的一粒枪弹,偶然打死了贝拉。却没有找到另外的牺牲。

但当乞开斯人闯进小屋里去的时候,他们可又看见了一个死尸。

"一个牧师!……一个暴徒!……"乞开斯人诧异的喊道。

一个没有胡子的青年躺在那地方,头上中了一粒弹。

他身穿一件道袍，那道袍的开岔之处，却露着一揆者的浑身血污的衣服。从给硝烟熏黑的伤口看起来，就知道他是自杀的，在他打死了强巴拉斯之后。

这回是违反了他们的习惯，排希一幡苏克斯不再割下一揆者的头来，戳在竿子上，迎来迎去，作为胜利的标记了……头领的死，在他们算不得胜利。

他们只好烧掉小屋，把死尸抛在那里面来满意。到得晚上，当两队土耳其兵杀害了十三个走下山来，要到伊斯开尔去的一揆者的时候，也还在冒着烟。

伊里札是早已死掉了。但半死的孩子却活着，现在是一个壮健的，能干的汉子，叫做 P 少佐。

那亡故的祖母，先前如果给他讲起这故事来，她总是接着说，她可不相信他那神奇的痊愈，是很会气恼的道人的随随便便的祷告，见了功效的，由她看来，倒是因为她做不到，然而她一心要做到的好事好报居多……。

在巴尔干诸小国的作家之中，伊凡·伐佐夫（Ivan Vazov，1850—1921）对于中国读者恐怕要算是最不生疏的一个名字了。大约十多年前，已经介绍过他的作品；一九三一年顷，孙用先生还译印过一本他的短篇小说集：《过岭记》，收在中华书局的《新文艺丛书》中。那上面就有《关于保加利亚文学》和《关于伐佐夫》两篇文章，所以现在已经无须赘说。

《村妇》这一个短篇，原名《保加利亚妇女》，是从《莱克兰世界文库》的第五千零五十九号萨典斯加（Marya Jonas von Szatanska）女士所译的选集里重译出来的。选集即名《保加利亚妇女及别的小说》，这是第一篇，写的是他那国度里的村妇的典型：迷信，固执，然而健壮，勇敢；以及她的心目中的革命，为民族，为信仰。所以这一篇的题目，还是原题来得确切，现在改成

"熟"而不"信"，其实是不足为法的；我译完之后，想了一想，又觉得先前的过于自作聪明了。原作者在结束处，用"好事"来打击祷告，大约是对于他本国读者的指点。

我以为无须我再来说明，这时的保加利亚是在土耳其的压制之下。这一篇小说虽然简单，却写得很分明，里面的地方，人物，也都是真的。固然已经是六十年前事，但我相信，它也还很有动人之力。

原载 1935 年 9 月 16 日《译文》月刊终刊号。

初未收集。

六日

日记 昙。上午得温涛信并木刻一本。得《新文学大系·小说三集》一本。午后雨。得徐懋庸信。得增田君信。寄姚莘农信并赠王钧初『唐宋元明名画大観』一部二本一函。寄黄河清信并《译文》稿一篇，又萧军小说稿一篇。下午杨晦，冯至及其夫人见访。晚烈文来。

致姚克

莘农先生：

王先生明天一定能走吗？

昨天忽然想到，曾经有人送过我一部画集，虽然缩得太小，选择未精，牛屎式的山水太多，看起来不很令人愉快，但带到外国去随便给人看看，或者尚无不可，因为他们横竖不很了然者居多。现在从书箱中挖出,决计送给王先生,乞转交为荷。

专此布达,即请

文安

名心印　九月六日

致 黄 源

河清先生:

《译文》稿刚写好,因为适有便人,即带上,后记俟一两天内函寄。

《浪漫古典》里有陀斯……像,系木刻,这回或可用,亦一并送上。刻者 V. A. Favorsky,《引玉集》有他的作品,译作 V. 法复尔斯基。

萧军稿一篇,是从良友收回来的,已付排,因倒灶而止。 做得不坏,《文学》要否,亦并寄备考。

匆上,即请

撰安。

迅　启　九月六日

七日

日记　晴。上午得赵家璧信。得徐懋庸信。晚三弟携阿菩来。蕴如来。

八日

日记　星期。晴。午后复徐懋庸信。寄河清信并译文后记。复孟十还信。下午收《太白》(二卷之十二)稿费九元八角,即转寄茂荣。晚河清来,饭后并同广平往卡尔登大戏院观 *Non-Stop Revue*。

订　正

编辑先生:

有一点关于误译和误排的,请给我订正一下:

一、《译文》第二卷第一期的《表》里,我把 Gannove 译作"怪物"。后来觉得不妥,在单行本里,便据日本译本改作"头儿"。现在才知道都不对的,有一个朋友给我查出,说这是源出犹太的话,意思就是"偷儿",或者译为上海通用话:贼骨头。

二、第六期的《恋歌》里,"虽是我的宝贝"的"虽"字,是"谁"字之误。

三、同篇的一切"橛"字,都是"橛"字之误;也有人译作"橡",我因为发音易与制胶皮的"橡皮树"相混,所以避而不用,却不料又因形近,和"橛"字相混了。

> 鲁迅。九月八日。

原载 1935 年 9 月 16 日《译文》月刊终刊号。

初未收集。

致　徐懋庸

徐先生:

八月卅一,九月五日信,都先后收到。别一本当于日内寄去,但我以为托他校订的话,是可以不说的,横竖是空话。我也没有什么话好说,我无从对比,但就译文看来,是好的,总能使读者有所得。即有错误也不要紧,我看一切翻译,错误是百分之九十九总在所不免的,可以不管。

Montaigne 的随笔好像还只出了两本,书店里到过一回,第二批尚未到,今天当去嘱照来信办理。译者所用的日本文也颇难懂。

《时事新报》一向未看。但无论如何,投稿,恐怕来不及了,而且吞吞吐吐的文章,真也不容易做。

此复,即请

秋安。

豫　上　九月八日

致 黄 源

河清先生:

后记及订正,今寄上。

陈节译的各种,如页数已够,我看不必排进去了,因为已经并不急于要钱。乞即使书店跑路的带下为托。

专此布达,即请

撰安。

迅　上　九月八日

致 孟十还

十还先生:

一日的来信,早收到,因为较忙,亦即并不"健康和快乐",所以竟把回信拖到现在。

李某的所缺的几段文章,没有在别处见过,先生也不必找它了,因为已经见过不少,可以推想得到,而且看那"严禁转载"的告白,是一定就要出单行本的。

我想,先生最好先把《密尔格拉特》赶紧译完,即出版。假如定果戈理的选集为六本,则明年一年内应出完,因为每个外国大作家,在中国只能走运两三年,一久,就又被厌弃了,所以必须在还未走气时出版。第一本 Dikanka,第三四本"小说,剧曲";第五六本《死魂灵》,此两本明年春天可出。《死魂灵》第二部很少,所以我想最好是把《果戈理研究》合在一起,作为一厚本,即选集的结束。×××的译稿,如错,我以为只好彻底的修改,本人高兴与否,可以不管,因为译书是为了读者,其次是作者,只要于读者有益,于作者还对得起,此外是都可以不管的。

这回译《死魂灵》,将两种日译,和德译对比了一下,发见日译本错误很多,虽是自诩为"决定版"的,也多错误。大约日本的译者也因为经济关系,所以只得草率,无暇仔细的推敲。倘无原文可对,只得罢了,现既有,自然必须对比,改正的。

专此布复,即请

秋安。

豫　上　九月八日

致 徐懋庸

徐先生:

午后寄出一信后,往书店定书,他们查账,则已早有一部(二本?)送交新生活书店的陈先生收了,只名字不同,疑是名和字之分,

60

而其实却是一人。所以当时并未定实,希查复后,再定。

附上稿费收据三张,为印刷之用,乞便中往店一取为感。

此布 即颂

时绥。

豫 上 九月八日

九日

日记 晴,热。上午得田景福信,即复。得李桦信并木刻二本,夜复。浴。

致 李 桦

李桦先生:

一日信并大作木刻集一本,又《现代版画》第十一集一本,已先后收到,谢谢。

在这休夏的两个月以后,统观作品,似乎与以前并无大异,而反有应该顾虑之现象,一是倾向小品,而不及日本作家所作之沉着与安定,这只要与谷中氏一枚一比较,便知,而在『白と黒』上,尤显而易见;二,是 Grotesque 也忽然发展了。

先生之作,一面未脱十九世纪末德国桥梁派影响,一面则欲发扬东方技巧,这两者尚未能调和,如《老渔夫》中坐在船头的,其实仍不是东方人物。但以全局而论,则是东方的,不过又是明人色采甚重;我以为明木刻大有发扬,但大抵趋于超世间的,否则即有纤巧之憾。惟汉人石刻,气魄深沉雄大,唐人线画,流动如生,倘取入木刻,或可另辟一境界也。

上海刊物上,时时有木刻插图,其实刻者甚少,不过数人,而且亦不见进步,仍然与社会离开,现虽流行,前途是未可乐观的。目前应用之处,书斋装饰无望,只有书籍插图,但插图必是人物,而人物又是许多木刻家较不擅长者,故终不能侵入出版物中。

专此布复,顺请

秋安。

弟干　顿首　九月九日

十日

日记　晴,热。上午得母亲信附与三弟笺,七日发。午后寄三弟信附母亲笺。下午博东华待于内山书店门外,托河清来商延医视其子养浩病,即同赴福民医院请小山博士往诊,仍与河清送之回医院,遂邀河清来寓夜饭。夜三弟来。

致 萧 军

刘兄:

有一个书店,名文化生活社,是几个写文章的人经营的,他们要出创作集一串,计十二本。愿意其中有你的一本,约五万字,可否编好给他们出版,自然是已经发表过的短篇。倘可,希于十五日以前,先将书名定好,通知我。他们可以去登广告。

这十二本中,闻系何谷天,沈从文,巴金等之作,编辑大约就是巴金。我是译文社的黄先生来托我的。我以为这出版[社]并不坏。此布并请

俪安。

豫　上　九月十夜。

十一日

日记 晴,热。上午寄明甫信。寄张莹信。得徐诗荃信。得徐懋庸信。得三弟信。午后复增田君信。寄西谛信附诗荃笺一条。得吴朗西信并《俄罗斯童话》十本,夜复。

致 郑振铎

西谛先生:

前嘱徐君持稿自行接洽,原以避从中的纠纷,不料仍有信来要求,今姑转上。

关于集印遗文事,前曾与沈先生商定,先印译文。现集稿大旨就绪,约已有六十至六十五万字,拟分二册,上册论文,除一二短篇外,均未发表过;下册则为诗,剧,小说之类,大多数已曾发表。草目附呈。

关于付印,最好是由我直接接洽,因为如此,则指挥格式及校对往返,便利得多。看原稿一遍,大约尚须时日,俟编定后,当约先生同去付稿,并商定校对办法,好否?又书系横行,恐怕排字费也得重行商定。

密斯杨之意,又与我们有些不同。她以为写作要紧,翻译倒在其次。但他的写作,编集较难,而且单是翻译,字数已有这许多,再加一本,既拖时日,又加经费,实不易办。我想仍不如先将翻译出版,一面渐渐收集作品,俟译集售去若干,经济可以周转,再图其它可耳。

专此布达,即请

著安

迅 上 九月十一日

上　册：

1. 现实（现实主义文学论）

2. 论 Tolstoi（Lenin）

3. M. Gorky 论文选集

4. 　" 　　　" 　拾遗

5. 译文杂拾

———————

下　册：

1. 市侩颂（M. Gorky）

2. 没工夫唾骂（O. Bedniy）

3. 解放了的 Don Quixote（A. lunacharsky）

4. M. Gorky 早期小说二篇

5. 　" 　　短篇小说选集

6. 　" 　　四十年（残稿）

7. 第十三篇小说（P. Pavlenko）

致 增田涉

　御質問を大体解釈して置きました。只だ「河間婦」丈は保留して居り其内手掛があるだろーと思ひます。

　小説史略は又再版の見込があるのですか、不思議です。

　今月の『作品』に亀井勝一郎氏の『××断想』が出て居ます。選集からの思想についてのものです。

　木の実君の御病気は何がですか？

　昨日新版『小説史略』一冊送りました。又『小説舊聞鈔』一冊の少丈増補したもの。

洛文　拜上　九月十一日

增田学兄几下

十二日

日记　晴，风。上午得嘉吉信。得河清信，即复。得胡风信，即复。得李长之信，即复。得段炼信并诗稿。得颜杰人信并小说稿，即复。午后雨。

六论"文人相轻"——二卖

今年文坛上的战术，有几手是恢复了五六年前的太阳社式，年纪大又成为一种罪状了，叫作"倚老卖老"。

其实呢，罪是并不在"老"，而在于"卖"的，假使他在叉麻酱，念弥陀，一字不写，就决不会惹青年作家的口诛笔伐。如果这推测并不错，文坛上可又要增添各样的罪人了，因为现在的作家，有几位总不免在他的"作品"之外，附送一点特产的赠品。有的卖富，说卖稿的文人的作品，都是要不得的；有人指出了他的诗思不过在太太的奁资中，就有帮闲的来说这人是因为得不到这样的太太，恰如狐狸的吃不到葡萄，所以只好说葡萄酸。有的卖穷，或卖病，说他的作品是挨饿三天，吐血十口，这才做出来的，所以与众不同。有的卖穷和富，说这刊物是因为受了文阀文僚的排挤，自掏腰包，忍痛印出来的，所以又与众不同。有的卖孝，说自己做这样的文章，是因为怕父亲将来吃苦的缘故，那可更了不得，价值简直和李密的《陈情表》不相上下了。有的就是衔烟斗，穿洋服，唉声叹气，顾影自怜，老是记着自己的韶年玉貌的少年哥儿，这里和"卖老"相对，姑且叫他"卖俏"罢。

65

不过中国的社会上,"卖老"的真也特别多。女人会穿针,有什么希奇呢,一到一百多岁,就可以开大会,穿给大家看,顺便还捐钱了。说中国人"起码要学狗",倘是小学生的作文,是会遭先生的板子的,但大了几十年,新闻上就大登特登,还用方体字标题道:"皤然一老莅故都,吴稚晖语妙天下";劝人解囊赈灾的文章,并不少见,而文中自述年纪曰:"余年九十六岁矣"者,却只有马相伯先生。但普通都不谓之"卖",另有极好的称呼,叫作"有价值"。

"老作家"的"老"字,就是一宗罪案,这法律在文坛上已经好几年了,不过或者指为落伍,或者说是把持,……总没有指出明白的坏处。这回才由上海的青年作家揭发了要点,是在"卖"他的"老"。

那就不足虑了,很容易扫荡。中国各业,多老牌子,文坛却并不然,创作了几年,就或者做官,或者改业,或者教书,或者卷逃,或者经商,或者造反,或者送命……不见了。"老"在那里的原已寥寥无几,真有些像耆英会里的一百多岁的老太婆,居然会活到现在,连"民之父母"也觉得希奇古怪。而且她还会穿针,就尤其希奇古怪,使街头巷尾弄得闹嚷嚷。然而呀了,这其实是为了奉旨旌表的缘故,如果一个十六七岁的漂亮姑娘登台穿起针来,看的人也决不会少的。

谁有"卖老"的吗? 一遇到少的俏的就倒。

不过中国的文坛虽然幼稚,昏暗,却还没有这么简单;读者虽说被"养成一种'看热闹'的情趣",但有辨别力的也不少,而且还在多起来。所以专门"卖老",是不行的,因为文坛究竟不是养老堂,又所以专门"卖俏",也不行的,因为文坛究竟也不是妓院。

二卖俱非,由非见是,混沌之辈,以为两伤。

九月十二日

原载 1935 年 10 月 1 日《文学》月刊第 5 卷第 4 号。署名隼。

初收 1937 年 7 月上海三闲书屋版《且介亭杂文二集》。

七论"文人相轻"——两伤

所谓文人,轻个不完,弄得别一些作者摇头叹气了,以为作践了文苑。这自然也说得通。陶渊明先生"采菊东篱下",心境必须清幽闲适,他这才能够"悠然见南山",如果篱中篱外,有人大嚷大跳,大骂大打,南山是在的,他却"悠然"不得,只好"愕然见南山"了。现在和晋宋之交有些不同,连"象牙之塔"也已经搬到街头来,似乎颇有"不隔"之意,然而也还得有幽闲,要不然,即无以寄其沉痛,文坛减色,嚷嚷之罪大矣。于是相轻的文人们的处境,就也更加艰难起来,连街头也不再是扰攘的地方了,真是途穷道尽。

然而如果还要相轻又怎么样呢?前清有成例,知县老爷出巡,路遇两人相打,不问青红皂白,谁是谁非,各打屁股五百完事。不相轻的文人们纵有"肃静""回避"牌,却无小板子,打是自然不至于的,他还是用"笔伐",说两面都不是好东西。这里有一段炯之先生的《谈谈上海的刊物》为例——

"说到这种争斗,使我们记起《太白》,《文学》,《论语》,《人间世》几年来的争斗成绩。这成绩就是凡骂人的与被骂的一古脑儿变成丑角,等于木偶戏的互相揪打或以头互碰,除了读者养成一种'看热闹'的情趣以外,别无所有。把读者养成欢喜看'戏'不欢喜看'书'的习气,'文坛消息'的多少,成为刊物销路多少的主要原因。争斗的延长,无结果的延长,实在可说是中国读者的大不幸。我们是不是还有什么方法可以使这种'私骂'占篇幅少一些?一个时代的代表作,结起账来若只是这些精巧的对骂,这文坛,未免太可怜了。"(天津《大公报》的《小公园》,八月十八日。)

"这种斗争"，炯之先生还自有一个界说："即是向异己者用一种琐碎方法，加以无怜悯，不节制的辱骂。（一个术语，便是'斗争'。）"云。

　　于是乎这位炯之先生便以怜悯之心，节制之笔，定两造为丑角，觉文坛之可怜了，虽然"我们记起《太白》，《文学》，《论语》，《人间世》几年来"，似乎不但并不以"'文坛消息'的多少，成为刊物销路多少的主要原因"，而且简直不登什么"文坛消息"。不过"骂"是有的；只"看热闹"的读者，大约一定也有的。试看路上两人相打，他们何尝没有是非曲直之分，但旁观者往往只觉得有趣；就是绑出法场去，也是不问罪状，单看热闹的居多。由这情形，推而广之以至于文坛，真令人有不如逆来顺受，唾面自干之感。到这里来一个"然而"罢，转过来是旁观者或读者，其实又并不全如炯之先生所拟定的混沌，有些是自有各人自己的判断的。所以昔者古典主义者和罗曼主义者相骂，甚而至于相打，他们并不都成为丑角；左拉遭了剧烈的文字和图画的嘲骂，终于不成为丑角；连生前身败名裂的王尔德，现在也不算是丑角。

　　自然，他们有作品。但中国也有的。中国的作品"可怜"得很，诚然，但这不只是文坛可怜，也是时代可怜，而且这可怜中，连"看热闹"的读者和论客都在内。凡有可怜的作品，正是代表了可怜的时代。昔之名人说"恕"字诀——但他们说，对于不知恕道的人，是不恕的；——今之名人说"忍"字诀，春天的论客以"文人相轻"混淆黑白，秋天的论客以"凡骂人的与被骂的一古脑儿变成丑角"抹杀是非。冷冰冰阴森森的平安的古冢中，怎么会有生人气？

　　"我们是不是还有什么方法可以使这种'私骂'占篇幅少一些？"——炯之先生问。有是有的。纵使名之曰"私骂"，但大约决不会件件都是一面等于二加二，一面等于一加三，在"私"之中，有的较近于"公"，在"骂"之中，有的较合于"理"的，居然来加评论的人，就该放弃了"看热闹的情趣"，加以分析，明白的说出你究以为那一面较"是"，那一面较"非"来。

至于文人，则不但要以热烈的憎，向"异己"者进攻，还得以热烈的憎，向"死的说教者"抗战。在现在这"可怜"的时代，能杀才能生，能憎才能爱，能生与爱，才能文。彼兑飞说得好：

我的爱并不是欢欣安静的人家，

花园似的，将平和一门关住，

其中有"幸福"慈爱地往来，

而抚养那"欢欣"，那娇小的仙女。

我的爱，就如荒凉的沙漠一般——

一个大盗似的有嫉妒在那里霸着：

他的剑是绝望的疯狂，

而每一刺是各样的谋杀！

九月十二日。

原载 1935 年 10 月 1 日《文学》月刊第 5 卷第 4 号。署名隼。

初收 1937 年 7 月上海三闲书屋版《且介亭杂文二集》。

致 黄 源

河清先生：

十一日信收到。十五我没有事，可以到的；还有两个，临时再看。

锌版已经送来了。

专此布复，即请

撰安。

迅　上　〔九月〕十二日

致 胡 风

十一日信收到。三郎的事情，我几乎可以无须思索，说出我的意见来，是：现在不必进去。最初的事，说起来话长了，不论它；就是近几年，我觉得还是在外围的人们里，出几个新作家，有一些新鲜的成绩，一到里面去，即酱在无聊的纠纷中，无声无息。以我自己而论，总觉得缚了一条铁索，有一个工头在背后用鞭子打我，无论我怎样起劲的做，也是打，而我回头去问自己的错处时，他却拱手客气的说，我做得好极了，他和我感情好极了，今天天气哈哈哈……。真常常令我手足无措，我不敢对别人说关于我们的话，对于外国人，我避而不谈，不得已时，就撒谎。你看这是怎样的苦境？

我的这意见，从元帅看来，一定是罪状（但他和我的感情一定仍旧很好的），但我确信我是对的。将来通盘筹算起来，一定还是我的计画成绩好。现在元帅和“忏悔者”们的联络加紧（所以他们的话，在我们里面有大作用），进攻的阵线正在展开，真不知何时才见晴朗。倘使削弱外围的力量，那是真可以什么也没有的。

龟井的文章，立意的大部分是在给他们国内的人看的，当然不免有“借酒浇愁”的气味。其实，我的有些主张，是由许多青年的血换来的，他一看就看出来了，在我们里面却似乎无人注意，这真不能不“感慨系之”。李“天才”正在和我通信，说他并非“那一伙”，投稿是被拉，我也回答过他几句，但归根结蒂，我们恐怕总是弄不好的，目前也不过“今天天气哈哈哈——”而已。

我到过前清的皇宫，却未见过现任的皇宫，现在又没有了拜见之荣，残念残念。但其カワリノ河清要请客了，那时谈罢。我们大约一定要做第二，第三……试试也好。《木屑》已算账，得钱十六元余，当于那时面交,残本只有三本了,望带二三十本来,我可以再交去发售。

今天要给《文学》做"论坛",明知不配做第二,第三,却仍得替状元捧场,一面又要顾及第三种人,不能示弱,此所谓"哑子吃黄连"——有苦说不出也。专此布达,即请

"皇"安。

豫　上　九月十二日

致 李长之

长之先生:

来信收到。我所印的画集计四种:

一、《士敏土之图》德国梅斐尔德(Garl Meffert)木刻　一九三〇

二、《引玉集》　苏联作家木刻　　　　　　　　　一九三四

三、《木刻纪程》　中国新作家的作品　　　　　　　同　　上

四、《珂勒惠支(Käthe Kollwitz)版画选集》　　　一九三五

末一种尚未装订好。

所译的书,译后了事,不去管它了,所以也知不大清楚。现在只能就知道的答复:

一、《蕗谷虹儿画选》　是柔石他们印的,他后来把存书和版都交给了光华书局,现在这书局也盘给了别人,书更无可究诘。

二、《十月》　神州国光社印过,但似已被禁止。

三、《药用植物》　也许商务印书馆印了小本子,未详。

四、《毁灭》　大江书店印过,被禁止。现惟内山书店尚有数十本(?)。

我离北平久,不知道情形了,看过《大公报》,但近来《小公园》不见了,大约又已改组,有些不死不活,所以也不看了。《益世报》久未

见,只是朋友有时寄一点剪下的文章来,却未见有梁实秋教授的;但我并不反对梁教授这人,也并不反对兼登他的文章的刊物。上月见过张露薇先生的文章,却忍不住要说几句话,就在《芒种》上投了一篇稿,却还未见登出,被抽去了也说不定的。

因为忙于自己的译书和偷懒,久未看上海的杂志,只听见人说先生也是"第三种人"里的一个。上海习惯,凡在或一类刊物上投稿,是要被看作一伙的。不过这也无关紧要,后来大家会由作品和事实上明白起来。

专此布复,并请

撰安。

鲁迅　九月十二日

十三日

日记　昙,风。上午得耳耶信并稿。得胡风信。得孟十还信。得萧军信。午后得王思远信并稿。往福民医院问傅养浩病。诗荃来,未见。

十四日

日记　晴,风。上午同广平携海婴往须藤医院诊,并衡体重,为三七·四六磅。下午烈文来。晚三弟来。蕴如携晔儿来。得小峰信并版税泉百,付印证二万五百枚。

《坏孩子和别的奇闻》前记

司基塔列慈(Skitalez)的《契诃夫记念》里,记着他的谈话——

"必须要多写！你起始唱的是夜莺歌，如果写了一本书，就停止住，岂非成了乌鸦叫！就依我自己说：如果我写了头几篇短篇小说就搁笔，人家决不把我当做作家。契红德！一本小笑话集！人家以为我的才学全在这里面。严肃的作家必说我是另一路人，因为我只会笑。如今的时代怎么可以笑呢？"（耿济之译，《译文》二卷五期。）

这是一九〇四年一月间的事，到七月初，他死了。他在临死这一年，自说的不满于自己的作品，指为"小笑话"的时代，是一八八〇年，他二十岁的时候起，直至一八八七年的七年间。在这之间，他不但用"契红德"（Antosha Chekhonte）的笔名，还用种种另外的笔名，在各种刊物上，发表了四百多篇的短篇小说，小品，速写，杂文，法院通信之类。一八八六年，才在彼得堡的大报《新时代》上投稿；有些批评家和传记家以为这时候，契诃夫才开始认真的创作，作品渐有特色，增多人生的要素，观察也愈加深邃起来。这和契诃夫自述的话，是相合的。

这里的八个短篇，出于德文译本，却正是全属于"契红德"时代之作，大约译者的本意，是并不在严肃的绍介契诃夫的作品，却在辅助玛修丁（V. N. Massiutin）的木刻插画的。玛修丁原是木刻的名家，十月革命后，还在本国为勃洛克（A. Block）刻《十二个》的插画，后来大约终于跑到德国去了，这一本书是他在外国的谋生之术。我的翻译，也以绍介木刻的意思为多，并不着重于小说。

这些短篇，虽作者自以为"小笑话"，但和中国普通之所谓"趣闻"，却又截然两样的。它不是简单的只招人笑。一读自然往往会笑，不过笑后总还剩下些什么，——就是问题。生瘤的化装，蹩脚的跳舞，那模样不免使人笑，而笑时也知道：这可笑是因为他有病。这病能医不能医。这八篇里面，我以为没有一篇是可以一笑就了的。但作者自己却将这些指为"小笑话"，我想，这也许是因为他谦虚，或者后来更加深广，更加严肃了。

一九三五年九月十四日，译者。

未另发表。

初收 1936 年上海联华书局版"文艺连丛"之三《坏孩子和别的奇闻》。

十五日

日记 星期。昙。上午编契诃夫小说八篇讫，定名《坏孩子和别的奇闻》。午后得张慧所寄木刻第二第三集各一本。河清来。下午须藤先生来为海婴诊。河清邀在南京饭店夜饭，晚与广平携海婴往，同席共十人。夜雨。

《坏孩子和别的奇闻》译者后记

契诃夫的这一群小说，是去年冬天，为了《译文》开手翻译的，次序并不照原译本的先后。是年十二月，在第一卷第四期上，登载了三篇，是《假病人》，《簿记课副手日记抄》和《那是她》，题了一个总名，谓之《奇闻三则》，还附上几句后记道——

以常理而论，一个作家被别国译出了全集或选集，那么，在那一国里，他的作品的注意者，阅览者和研究者该多起来，这作者也更为大家所知道，所了解的。但在中国却不然，一到翻译集子之后，集子还没有出齐，也总不会出齐，而作者可早被压杀了。易卜生，莫泊桑，辛克莱，无不如此，契诃夫也如此。

不过姓名大约还没有被忘却。他在本国，也还没有被忘却的，一九二九年做过他死后二十五周年的纪念，现在又在出他的选集。但在这里我不想多说什么了。

《奇闻三篇》是从 Alexander Eliasberg 的德译本 *Der Persische Orden und andere Grotesken*（Welt-Verlag，Berlin，1922）里选出来的。这书共八篇，都是他前期的手笔，虽没有后来诸作品的阴沉，却也并无什么代表那时的名作，看过美国人做的《文学概论》之类的学者或批评家或大学生，我想是一定不准它称为"短篇小说"的，我在这里也小心一点，根据了"Groteske"这一个字，将它翻作了"奇闻"。

第一篇绍介的是一穷一富，一厚道一狡猾的贵族；第二篇是已经爬到极顶和日夜在想爬上去的雇员；第三篇是圆滑的行伍出身的老绅士和爱听艳闻的小姐。字数虽少，脚色却都活画出来了。但作者虽是医师，他给簿记课副手代写的日记是当不得正经的，假如有谁看了这一篇，真用升汞去治胃加答儿，那我包管他当天就送命。这种通告，固然很近于"杞忧"，但我却也见过有人将旧小说里狐鬼所说的药方，抄进了正经的医书里面去——人有时是颇有些希奇古怪的。

这回的翻译的主意，与其说为了文章，倒不如说是因为插画；德译本的出版，好像也是为了插画的。这位插画家玛修丁（V. N. Massiutin），是将木刻最早给中国读者赏鉴的人，《未名丛刊》中《十二个》的插图，就是他的作品，离现在大约已有十多年了。

今年二月，在第六期上又登了两篇：《暴躁人》和《坏孩子》。那后记是——

契诃夫的这一类的小说，我已经绍介过三篇。这种轻松的小品，恐怕中国是早有译本的，但我却为了别一个目的：原本的插画，大概当然是作品的装饰，而我的翻译，则不过当作插画的说明。

就作品而论，《暴躁人》是一八八七年作；据批评家说，这时已是作者的经历更加丰富，观察更加广博，但思想也日见阴郁，倾于悲观的时候了。诚然，《暴躁人》除写这暴躁人的其实并不敢暴躁外，也分明的表现了那时的闺秀们之鄙陋，结婚之不易和无聊；然而一八八三年作的大家当作滑稽小品看的《坏孩子》，悲观气息却还要沉重，因为看那结末的叙述，已经是在说：报复之乐，胜于恋爱了。

接着我又寄去了三篇：《波斯勋章》，《难解的性格》和《阴谋》，算是全部完毕。但待到在《译文》第二卷第二期上发表出来时，《波斯勋章》不见了，后记上也删去了关于这一篇作品的话，并改"三篇"为"二篇"——

木刻插画本契诃夫的短篇小说共八篇，这里再译二篇。

《阴谋》也许写的是夏列斯妥夫的性格和当时医界的腐败的情形。但其中也显示着利用人种的不同于"同行嫉妒"。例如，看起姓氏来，夏列斯妥夫是斯拉夫种人，所以他排斥"摩西教派的可敬的同事们"——犹太人，也排斥医师普莱息台勒（Gustav Prechtel）和望·勃隆（Von Bronn）以及药剂师格伦美尔（Grummer），这三个都是德国人姓氏，大约也是犹太人或者日耳曼种人。这种关系，在作者本国的读者是一目了然的，到中国来就须加些注释，有点缠夹了。但参照起中村白叶氏日本译本的《契诃夫全集》，这里却缺少了两处关于犹太人的并不是好话。一，是缺了"摩西教派的同事们聚作一团，在嚷叫"之后的一行："'哗拉哗拉，哗拉哗拉，哗拉哗拉……'"；二，是"摩西教派的可敬的同事又聚作一团"下面一句"在嚷叫"，乃是"开始那照例的——'哗拉哗拉，哗拉哗拉'了……"但不知道原文原有两种的呢，还是德文译者所删改？我想，日文译本是决不至于无端增加一点的。

平心而论，这八篇大半不能说是契诃夫的较好的作品，恐怕并非玛修丁为小说而作木刻，倒是翻译者 Alexander Eliasberg 为木刻而译小说的罢。但那木刻，却又并不十分依从小说的叙述，例如《难解的性格》中的女人，照小说，是扇上该有须头，鼻梁上应该架着眼镜，手上也该有手镯的，而插画里都没有。大致一看，动手就做，不必和本书一一相符，这是西洋的插画家很普通的脾气。虽说"神似"比"形似"更高一著，但我总以为并非插画的正轨，中国的画家是用不着学他的——倘能"形神俱似"，不是比单单的"形似"又更高一著么？

但"这八篇"的"八"字没有改，而三次的登载，小说却只有七篇，不过大家是不会觉察的，除了编辑者和翻译者。谁知道今年的刊物上，新添的一行"中宣会图书杂志审委会审查证……字第……号"，就是"防民之口"的标记呢，但我们似的译作者的译作，却就在这机关里被删除，被禁止，被没收了，而且不许声明，像衔了麻核桃的赴法场一样。这《波斯勋章》，也就是所谓"中宣……审委会"暗杀账上的一笔。

《波斯勋章》不过描写帝俄时代的官僚的无聊的一幕，在那时的作者的本国尚且可以发表，为什么在现在的中国倒被禁止了？——我们无从推测。只好也算作一则"奇闻"。但自从有了书报检查以来，直至六月间的因为"《新生》事件"而烟消火灭为止，它在出版界上，却真有"所过残破"之感，较有斤两的译作，能保存它的完肤的是很少的。

自然，在地土，经济，村落，堤防，无不残破的现在，文艺当然也不能独保其完整。何况是出于我的译作，上有御用诗官的施威，下有帮闲文人的助虐，那遭殃更当然在意料之中了。然而一面有残毁者，一面也有保全，补救，推进者，世界这才不至于荒废。我是愿意属于后一类，也分明属于后一类的。现在仍取八篇，编为一本，使这小集复归于完全，事虽琐细，却不但在今年的文坛上为他们留一种亚细亚式的"奇闻"，也作了我们的一个小小的记念。

一九三五年九月十五之夜，记。

未另发表。

初收 1936 年联华书局版"文艺连丛"之三《坏孩子和别的奇闻》。

十六日

日记 雨。午后寄河清信。寄张莹信。夜译《死魂灵》第十一章起。

致 黄 源

河清先生：

合同已于上午挂号寄出。顷见《申报》,则《译文》三卷一期目录,已经登出,上云"要目",则刊物出来后,比"要目"少了不少,倒是很不好的。

因此我想,如来得及,则《第十三篇关于L.的小说》,可以登在最后,因为此稿已经可以无须稿费,与别的译者无伤,所费的只是纸张,倘使书店不说话,就只于读者有益了。

但后记里,应加上一点编者的话,放在译者的话之后,说是这小说的描写,只取了L的颓废方面,但L又自有其光明之方面,可参看《译文》一卷六期谢芬译的勃拉果夷作《莱蒙托夫》云云。

匆布,即请

雨安。

迅 上 九月十六日

致 萧 军

刘兄：

十一日信收到。小说集事已通知那边,算是定了局。

这集子的内容,我想可以有五篇,除你所举的三篇外,《羊》在五月初登出,发表后,即可收入;又《军中》稿已取回,交了文学社,现在嘱他们不必发表了,编在里面,算是有未经发表者一篇,较为好看。

其实你只要将那三篇给我就可以了,如能有一点自序,更好。

本月琐事太多,翻译要今天才动手,一时怕不能来看你们了。

此布,即请

俪安。

豫　上　九月十六日

十七日

日记　晴。上午得李桦信并刘仑石刻画五幅。得伯简信并校本《嵇中散集》一本。午后往良友公司为伯简定《中国新文学大系》一部。往生活书店买《表》十本。往北新书局取《中国小说史略》五本。往商务印书馆访三弟。晚明甫及西谛来,少坐,同往新亚公司夜饭,同席共七人。

十八日

日记　晴。上午河清来。得吴渤信。得钱季青信。内山书店赠梨子七枚,并转交山本夫人所赠莓酱两罐。午后明甫及烈文来。晚三弟来。蕴如来。

十九日

日记　昙。上午寄河清校稿。寄汝珍信并版税二十五元。寄王思远信并书钱十二元六角。午得《中国新文学大系》(七)《散文二集》一本。得张莹信,即复。得罗甸华信,即复。得赵德信并《日本文研究》二本,夜复。

致 曹靖华

汝珍兄：

久未得来信，想起居俱佳。

七月份应结算之良友公司版税，至昨天才得取来，兄应得二十五元，今汇上，请便中赴分馆一取。

半年之中，据云卖去五百本，其实是也许更多的，但他们只随便给作者一点，营业一坏，品格也随之而低。九月在卖半价，明年倘收版税，也要折半了。

我们都好的，请勿念。

专此布达，即请

文安。

弟豫　上　九月十九日

致 王志之

思远兄：

来函收到。小说稿已转寄。

小说卖去三十六本，中秋结算，款已取来，今汇上，希签名盖印，往分馆一取。倘问汇款人，与信面上者相同，但大约未必问。

年来因体弱多病，忙于打杂，早想休息一下，不料今年仍不能，但仍想于明年休息，先来逐渐减少事情，所以《文史》等刊物，实在不能投稿了。

草此布复，即颂

时绥。

豫　顿首　九月十九日

致 萧 军

刘兄：

　　一八晨信并小说稿均收到。我这里还有一篇《初秋的风》，我看是你做的似的。倘是，当编入，等回信。

　　我还好，又在译《死魂灵》，但到月底，上卷完了。

　　《译文》因和出版所的纠纷而延期，真令人生气！

　　久未得悄吟太太消息，她久不写什么了吧？

　　匆此，即请

双安。

豫　顿首　九月十九日

二十日

　　日记　晴。上午复伯简信。午后得明甫信，即复。得蔡斐君信，下午复。晚复吴渤信并假以泉十五元，新兴文学一本。

致 台静农

伯简兄：

　　十一日信收到，知所遇与我当时无异，十余年来无进步，还是好的，我怕是至少是办事更颓唐，房子更破旧了。

　　书两种，已分别寄出。图书目录非卖品，但系旧版，据云须十月才有新本。《新文学大系》则令书店直接寄送，款将来再算，因为现在汇寄,寄者收者,两皆不便也。

校嵇康集亦收到。此书佳处,在旧钞;旧校却劣,往往据刻本抹杀旧钞,而不知刻本实误。戴君今校,亦常为旧校所蔽,弃原钞佳字不录,然则我的校本,固仍当校印耳。

专此布达,并颂

时绥。

树　顿首　九月二十日

致 蔡斐君

斐君先生:

八月十一日信,顷已收到;前一回也收到的,因为我对于诗是外行,所以未能即复,后来就被别的杂事岔开,压下了。

现在也还是一样:我对于诗一向未曾研究过,实在不能说些什么。我以为随便乱谈,是很不好的。但这回所说的两个问题,我以为先生的主张,和我的意见并不两样,这些意见,也曾另另碎碎的发表过。其实,口号是口号,诗是诗,如果用进去还是好诗,用亦可,倘是坏诗,即和用不用都无关。譬如文学与宣传,原不过说:凡有文学,都是宣传,因为其中总不免传布着什么,但后来却有人解为文学必须故意做成宣传文字的样子了。诗必用口号,其误正等。

诗须有形式,要易记,易懂,易唱,动听,但格式不要太严。要有韵,但不必依旧诗韵,只要顺口就好。

至于诗稿,却实在无法售去,这也就是第三个问题,无法解决。自己出版,本以为可以避开编辑和书店的束缚的了,但我试过好几回,无不失败。因为登广告还须付出钱去,而托人代售却收不回钱来,所以非有一宗大款子,准备化完,是没有法子的。

专此布复,并颂

时绥。

迅 上 九月二十日

致 吴 渤

吴先生:

来信收到。

我这里只有《毁灭》,现和先生所需之款,包作一包,放在书店里。附上一笺,请持此笺前往一取为幸。

专此布复,即颂

时绥。

迅 上 九月二十日

二十一日

日记 昙。下午得吴渤信。得萧军信。河清来,付以萧军小说稿。晚得阿芷信。三弟来。蕴如携蕖官来。内山夫人赠松菌一包。

二十二日

日记 星期。晴。下午明甫来。

二十三日

日记 晴。午后复阿芷信。寄西谛信。得内山嘉吉君所寄自作雕刻《首》摄影五枚,乃在今年二科美术展览会入选者。得李桦信。

致 叶 紫

芷兄:

得来信,知道你生过病,并且失去了一个孩子,真叫我无话可以安慰。家里骤然寂寞,家里的人自然是要哭的,赔还孙子以后,大约就可以好一点。

一礼拜前看见郑,他说小说登出来了,稿费怎么办?我说立刻把单子寄给我。但至今他还不寄来。今天写信催去了;一寄到,即转上。

专复,即请

双安。

豫　上　九月二十三日

二十四日

日记　晴。上午烈文及明甫来。午后得猛克信。得胡风信。得杨潮信并稿,即复。晚同广平携海婴访胡风,饭后归。

《译文》终刊号前记

《译文》出版已满一年了。也还有几个读者。现因突然发生很难继续的原因,只得暂时中止。但已经积集的材料,是费过译者校者排者的一番力气的,而且材料也大都不无意义之作,从此废弃,殊觉可惜:所以仍然集成一册,算作终刊,呈给读者,以尽贡献的微意,也作为告别的纪念罢。

　　　　　译文社同人公启。二十四年九月十六日。

原载 1935 年 9 月 16 日《译文》月刊终刊号。

初未收集。

致 黄 源

河清先生：

　　前天沈先生来，说郑先生前去提议，可调解《译文》事：一，合同由先生签名；但，二，原稿须我看一遍，签名于上。当经我们商定接收；惟看稿由我们三人轮流办理，总之每期必有一人对稿子负责，这是我们自己之间的事，与书店无关。只因未有定局，所以没有写信通知。

　　今天上午沈先生和黎先生同来，拿的是胡先生的信，说此事邹先生不能同意，情愿停刊。那么，这事情结束了。

　　他们那边人马也真多，忽而这人，忽而那人。回想起来：第一回，我对于合同已经签字了，他们忽而出了一大批人马，翻了局面；第二回，郑先生的提议，我们接收了，又忽而化为胡先生来取消。一下子对我们开了两回玩笑，大家白跑。

　　但当时我曾提出意见，说《译文》如果停刊，可将已排的各篇汇齐，出一"终刊号"。这一点，胡先生的信里说书店方面是同意的，所以已由我们拟了一个"前记"，托沈先生送去，稿子附上，此一点请先生豫备一下，他们如付印，就这样的付印，一面并将原稿收好，以免散失，因为事情三翻四复，再拉倒也说不定的。

　　先前我还说过，倘书店不付印，我们当将纸板赎回，自己来印，但后来一想，这一来，交涉就又多了，所以现又追着告诉沈先生，不印就不印，不再想赎回纸板。

我想，《译文》如停刊，就干干净净的停刊，不必再有留恋，如自己来印终刊号之类，这一点力量，还是用到丛书上去罢。

专此布复，即请

撰安。

迅　上　九月二十四下午

二十五日

日记　晴。下午得唐诃等信。得猛克信。得读者书店信。河清来并交《狱中记》及《俄国社会革命运动史话》(一)各一本，巴金所赠。得靖华信。

二十六日

日记　晴。下午钧初来并赠海婴绘具一副，莘农同来并赠普洱茶膏十枚。

二十七日

日记　晴。上午得吴渤信。得阿芷信。得王志之信并稿，即寄还。海婴生日也，下午同广平携之至大光明大戏院观《十字军英雄记》，次至新雅夜饭。

二十八日

日记　晴。下午寄小峰信，波良持去。得胡风信。得王征天信。得《给年少者》一本，风沙寄赠。晚河清来。蕴如携阿菩来。三弟来。夜译《死魂灵》第十一章毕，约二万二千字，于是第一部完。濯足。

二十九日

日记 星期。晴。下午得田景福信。孙太太来并赠板鸭二匹,橘子一筐,因分其半以贻三弟。晚费慎祥来并赠北瓜二枚。夜译《死魂灵》第一部附录起。

三十日

日记 晴。午后得河清信。下午烈文来并赠湘莲一筐。胡风来。

十月

一日

日记 昙。上午同广平携海婴往须藤医院诊。以 *Die Uhr* 一本寄王征天。夜同广平往光陆大戏院观《南美风光》。雨。

二日

日记 雨。上午得有恒信。午后得北新书局版税泉二百,由内山书店取来。下午收本月分《文学》稿费十七元五角。得唐诃信。夜寄阿芷信并书帐单。寄刘军信并文学社稿费单一纸。

致萧军

刘兄:

《羊》已登出,稿费单今日寄到,现转上。

《译文》出了岔子;但我仍忙;前天起,伏案太久,颈子痛了。

匆匆,再谈。

即请

俪安。

豫　上　十月二夜。

三日

日记 晴。午后复唐诃信并捐全国木刻展览会泉二十,又段干青木刻发表费（文学社）八元，托其转交。下午得阿芷信。得金肇野信。得周江丰信，即复。得萧军信，晚复。得『版艺术』（十月分）一本，五角。夜同广平往巴黎大戏院观《黄金湖》。

致 唐 诃

唐诃先生：

两信都已收到。我大约并没有先生们所豫想的悠游自在，所以复信的迟延，是往往不免的，因此竟使先生们"老大的失望"，真是抱歉得很。但我并没有什么"苦衷"，请先生不必加以原谅，而且我还得声明：我并不是"对青年热心指导的人"，以后庶不至于误解。

来信所要求的两件事——

一、西欧名作不在身边，无法交出。

二、款子敬遵来谕，认捐二十元。但我无人送上，邮汇又不便，所以封入信封中，放在书店里。附上一笺，请持此笺费神前去一取，一定照交。

信封中另有八元，是段干青先生的木刻，在《文学》上登载后的发表费，先前设法打听他的住址，终不得，以致无法交出。现想先生当可转辗查明，所以冒昧附上，乞设法转交为荷。

那么，我的信，这也是"最终一次"了。

祝

安好。

何干　十月三日

四日

日记　晴。上午得傅东华信。得孟十还信。夜三弟来。

致 萧 军

刘兄：

一日的信收到两天了。对于《译文》停刊事，你好像很被激动，我倒不大如此，平生这样的事情遇见的多，麻木了，何况这还是小事情。但是，要战斗下去吗？当然，要战斗下去！无论它对面是什么。

黄先生当然以不出国为是，不过我不好劝阻他。一者，我不明白他一生的详细情形，二者，他也许自有更远大的志向，三者，我看他有点神经质，接连的紧张，是会生病的——他近来较瘦了——休息几天，和太太会会也好。

丛书和月刊，也当然，要出下去。丛书的出版处，已经接洽好了，月刊我主张找别处出版，所以还没有头绪。倘二者一处出版，则资本少的书店，会因此不能活动，两败俱伤。德国腓立大帝的"密集突击"，那时是会打胜仗的，不过用于现在，却不相宜，所以我所采取的战术，是：散兵战，堑壕战，持久战——不过我是步兵，和你炮兵的法子也许不见得一致。

《死魂灵》已于上月底交去第十一章译稿，第一部完了，此书我不想在《世界文库》上中止，这是对于读者的道德，但自然，一面也受人愚弄。不过世事要看总账，到得总结的时候，究竟还是他愚弄我呢，还是愚弄了自己呢，却不一定得很。至于第二部（原稿就是不完的）是否仍给他们登下去，我此时还没有决定。

现在正在赶译这书的附录和序文，连脖子也硬的不大能动了，大约二十前后可完，一面已在排印本文，到下月初，即可以出版。这恐怕就是丛书的第一本。

至于我的先前受人愚弄呢，那自然，但也不是第一次了，不过在他们还未露出原形,他们做事好像还于中国有益的时候,我是出力的。这是我历来做事的主意,根柢即在总账问题。即使第一次受骗了,第二次也有被骗的可能,我还是做,因为被人偷过一次,也不能疑心世界上全是偷儿,只好仍旧打杂。但自然,得了真赃实据之后,又是一回事了。

那天晚上,他们开了一个会,也来找我,是对付黄先生的,这时我才看出了资本家及其帮闲们的原形,那专横,卑劣和小气,竟大出于我的意料之外,我自己想,虽然许多人都说我多疑,冷酷,然而我的推测人,实在太倾于好的方面了,他们自己表现出来时,还要坏得远。

以下答家常话:

孩子到幼稚园去,还愿意,但我怕他说江苏话,江苏话少用 N 音结末,譬如“三”,他们说 See,“南”,他们说 Nee,我实在不爱听。他一去开,就接连的要去;礼拜天休息一天,第二天就想逃学——我看他也不像肯用功的人。

我们都好的,我比较的太少闲工夫,因此就有时发牢骚,至于生活书店事件,那倒没有什么,他们是不足道的,我们只要干自己的就好。

昨天到巴黎大戏院去看了《黄金湖》,很好,你们看了没有?下回是罗曼谛克的《暴帝情鸳》,恐怕也不坏,我与其看美国式的发财结婚影片,宁可看《天方夜谈》一流的怪片子。

专此布复,并颂

俪安。

豫　上　十月四日

致 谢六逸

六逸先生:

赐函收到。《立报》见过,以为很好。但自己因为先前在日报上投稿,弄出许多无聊事,所以从去年起,就不再弄笔了。乞谅为幸。

　　专此布复,即请

撰安。

鲁迅　十月四日

五日

　　日记　晴。午后得赵景深信。晚雨。

六日

　　日记　星期。昙,午后霁。得增田君信。得静农信。得李桦信。下午寄烈文信。夜译《死魂灵》第一部附录完,约一万八千字。

《死魂灵》第一部附录

［德国］沃多·培克编

一　《死魂灵》第一部第二版序文

一八四六年

作者告读者

　　无论你是怎样的人,亲爱的读者,无论你居于怎样的地位,任着怎样的官职,不问你是有着品级和勋位,是一个普通身分的平常人,倘由上帝授以读书识字的珍贵之赐,又因偶然的机缘,手里玩着这本书,那么,我请你帮助我。

在你面前的书,大约你也已经看过那第一版,是描写着从俄国中间提了出来的人的。他在我们这俄罗斯的祖国旅行,遇见了许多种类,各样身分,高贵的和普通的人物。他从中选择主角,在显示俄国人的恶德和缺失之点,比特长和美德还要多;而环绕他周围的一切人,也选取其照见我们的缺点和弱点,好的人物和性格,是要到第二部里这才提出的。这书里面所叙述的,有许多不确之处,而在俄罗斯祖国所实现的事物,也并不如此,这是因为我实在没有能够深通一切的缘故。尽一生之力,来研究我们的故乡的现状,就是百分之一也还是做不到的。加以还会有我自己的草率,生疏和匆促,混入许多错误和妄断,至使这书的每一页上,无不应加若干的修改,所以我恳求你,亲爱的读者,请赐我以指正。你不可轻视这劳力。纵使你的教养和生活是怎样的高超,并且觉得我的书是怎样的轻微和不足道,加以订正和指点,在你是怎样的琐细和无聊,我却还是恳求你,请你做一下。但是还有你,亲爱的读者,就是平常的教养和普通的身分,也不要以为一无所知,就不来教导我。每一个人,只要生在世间,见过世界,遇着过许多人,即一定会看出许多别人之所失察,懂得许多别人之所不知。所以我不愿意放弃你的指导。只要你细心的看过一遍,对于我的书的什么地方会没有话要说,这是决不至于的。

假如罢,只要人们中有一个人,知识广博,经验丰富,熟悉我们描写的人们的地位,记下他对于全书的指示来,而且阅读之际,仅有手里一枝笔和他放在面前的桌上一张纸,这是多么的好呢。如果他每回读完一两页之后,就一想他一生的经历,他所遭遇的一切人,他所目睹的一切事,以及他所亲见亲闻的种种,看和描写在我的书中的事件是否相像,或者简直相反——而且如果他细细写下他的记忆来,寄给我每张写满的纸,这样的一直到读完了全书,这又是多么的好呢。他给了我怎样的一个很大的实惠呢。文章的风格和词藻是不必介意的:这里所处置的只在事情本身和它的真实,并不是为了风格。如果加我指摘，给我谴责，或者要置之危险，使我毁伤，说我做了一件事情的误谬的叙述，也都用不着顾忌，但愿有用和改善，乃是我真正的目的。对于这一切，我是统统真心感谢的。

更好的事，是如果有一个地位很高的人，那各种关系——从生活以至教养——都和我的书中所描写的地位相差甚远，然而明白他自己所属的地位的生活，而且这样的人肯打定主意，一样的把我的书从头看起，使一切地位很高的人们在他精神的眼目之前一一经过，并且严密的注意，看各种地位不同的人们中是否有一点什么相通的东西，看大抵出现于下等社会中者，是否也有时再见于上流社会；并且把想到的一切，就是把出于上流社会的各种事故，和拥护或排斥相关的这思想，写得十分详细，恰如他所观察一样，不忘记人物本身和他的脾气，嗜好和习惯，也不放过他们周围的无生物，从衣服起，下至器具以及他们所住的房屋的墙。我必须知道代表着国民的精华的这上流社会。在我明白了俄国的各方面的生活之前，至少，在具备了我的作品所必要的分量之前，我是不能把我那作品的末一部发表出去的。

这也不坏，如果有一个人，具备着丰富的幻想和才能，活泼的想象着一切人间的关系，并且到处从各种生活状态上来观察人，——一句话，就是如果有一个人，知道深入他所阅读的作者的精神，或者引申和开拓他的思想——把见于我的书中的各人物，细心的追究下去，还肯告诉我在这种或那种景况中，他们应该怎样的举动，从开端来加推断，在故事的进行中他该有怎样的遭遇，由此能够际会到怎样一种新的情形，以及我还应该把什么添在我的著作里；凡此一切，到我的书印成一本新的，较好和较出色的本子，显在读者面前的时候，我都要郑重的加以考虑的。

还有一件，是我真心的恳求那肯以他的指点，使我欣悦的人：他写起文字来，不要以为写的是给和自己有同等的教养，和自己有一样的趣味和一样的思想，许多事情是不必详说也会了然的人去看的文字;倒要请他写得好像是给教养全不能和自己相比,几乎毫无知识的人去看似的。如果他不算写给我,却当作写给一个一生都过在那里的穷乡僻壤的野人,那就更其好,对于这等人,倘要说明一点小事情,使他懂得,略有印象,是几乎像对孩子一样,用不着出于他的程度之上的言语的。如果谁都把这一点永是放在心中,如果谁准备写给我关于我的书的指示,永是把这一点放在心中,则这指示之有意思和有价值,还在他自己之所意料以上;他给我一个很大的实惠了。

如果我的读者肯顾全和充满我的真心的希望,如果其中真有一两个人秉着非常的好意,要回答我的恳求,那么,可以用这方法把你的指示寄给我:把写着我的地址姓名的封筒,套在另一个封筒里,寄给下列的人们:圣彼得堡大学校长彼得·亚历山特洛维支·普来德纳夫大人收(地址是圣彼得堡大学)或者墨斯科大学教授斯台班·彼得洛维支·绥惠略夫先生收(地址是墨斯科大学),看那一处和寄信人相近。

临末,对于批评和议论我这书的记者和作家全体,还要声明我的率直的感谢;虽有不少天然的过份和夸张,但给我的心和精神,却指示了很大的决断和益处,所以我恳求他们,这回也不要放下他们的批评。我可以预先坦白的说,只要是给我启发和教导,我全都很感激的接受的。

二　关于第一部的省察

市镇的观念——他们的现状的极度的空虚。出于一切范围之外的闲谈和密告。这些一切,怎样地从闲暇发生,演成最高度的笑柄,以及原是聪明的人,怎样地终于弄到犯了很大的愚蠢。

闺秀们的会话的细目。怎样地在一般的闲谈里,又夹进私心的闲谈去,以及于是怎样地不再宽恕别人。风闻和猜测怎样地造成。

这猜测怎样地达到滑稽的极顶。大家怎样地不知不觉的来参加这闲谈,以及绣鞋英雄和娘儿奴才①怎样地造就。

生活的虚脱,安逸和空虚,怎样地由幽暗的,一言不发的死来替换。这可怕的事件怎样地木然的进来而且过去。什么也不动。死来恐吓这完全不动的生活。对于读者,却应该使生活的死一般的麻木,见得更其可怕。

生活的怕人的昏暗揭去了,其中藏着一种深的神秘。这岂不是有些很可怕吗?这人立而跳的,捣乱的,闲暇的生活——岂不是一个现象,由可怕的伟大而来的吗?……生活!……在跳舞装,在燕尾服,在谈闲天和交换名片的地方——没有一个人相信死……

细目。闺秀们立刻因此争吵起来,因为这一个愿意乞乞科夫是这样,而别一个却同时希望他有些那样——所以她们就只采取些合于自己的理想的风闻。

别的闺秀们登场。

通体漂亮的太太有一种偏于物欲的脾气,而且爱说她有时怎样地仗着自己的理性之助,来克服这脾气,以及她怎样地懂得和男人们保着若干的距离。但也真的出过这事情,而且用着很单纯的方法。没有一个人近得她,那简单的缘由,是因为她在年青时代已经和一个守夜人有过很相类似的事情,虽然她这么漂亮,还有一切她的好性质。——"唉唉,我的亲爱的,您知道,先把一个男人引一下,于是推开他,于是再去引一下,我觉得可很好玩呢。"在跳舞会里,她也这样的来处置乞乞科夫。别人都以为自己也应该这么办。有一位走得很规矩。有两位闺秀是挽着臂膊,走来走去,竭力引长了声音笑起来。于是她们忽然发见乞乞科夫不成样子了。

通体漂亮的太太爱读关于跳舞会的记载。维也纳的集会的记事她也觉得很有味。此外是这位闺秀很留心于打扮,这就是说,她

---

① 媚女人,或怕老婆汉子的意思。——译者。

喜欢查考别的闺秀们，那打扮好，还是坏。

当她们坐在椅子上的时候，就观察着进来的人们。"N简直全不知道打扮，真的，她不知道。那围巾是和她一点也不相称的。"——"知事的女儿穿的多么出色呵。"——"但是，亲爱的，她可是穿的不像样呀。"——如果真的这样子————

全市镇乱七八遭的纵横交错着闲谈和密告——这是他们一群中的人生的安逸和空虚的本相。到处是胡说白道，大家只是竭力的和这联成一气。跳舞会的要点。

第二部中的反对的本相，着力在打破和撕裂的安逸。

怎样地才能够把全世界的安逸和闲暇的一切玩意拉下来，到市镇的闲暇的一种，怎样地才能够把市镇的闲暇提上去，到全世界的安逸和闲暇的本相。

这必须总括一切类似的特征，也必须在故事里有一个切实的继续。

三　第九章结末的改定稿

他们想了一通，终于决定去问那和乞乞科夫交易，他买了这疑问的死魂灵去的出主。检事所得的差使，是访梭巴开维支去，并且和他谈谈，审判厅长却自愿到科罗皤契加那里去。我们也还是一同起身，跟着他们去看看，他们在那里究竟打听了些什么罢。

第……章

梭巴开维支和他的夫人住在一所离嚣尘较远的屋子里。他选定了造得很坚固的房屋，用不着怕屋顶要从头上落下来，可以舒适幸福的过活。这屋子的主人是一个商人，叫作科罗蒂尔庚，也是一位很苗实的汉子。梭巴开维支只同了他的女人来，孩子们却没有带在一起。他已经觉得无聊，快要回去了，只还等着这市里的三个居民向他租来种萝卜的一块地皮的租钱,以及他的女人向裁缝师定下,立刻可以做好的一件时式的棉衣服。他早已有些不耐烦,坐在靠椅里,不断的骂着别人的欺骗和胡闹,一面那眼光却避开了他的夫人,看着火炉角。正在这时候,检事走进屋子里来了。梭巴开维支说一声"请",略略一站,就又坐了下去。检事走向菲杜略·伊凡诺夫娜,在她的手上接过吻,也立刻坐在一把椅子上。菲杜略·伊凡诺夫娜受了吻手之后,也在一把椅子上坐下了。三把椅子都油着绿釉,角上描着黄色的睡莲,是外行人的乱涂乱画。

"我这来,是为了要和您谈一件重要的事情,"检事说。

"心肝,回你的房里去罢!恐怕女裁缝正在等你呢。"

菲杜略走到自己的房里去了。

检事开始了这样的话:"请您允许我问一问:你把怎样的农奴卖给保甫尔·伊凡诺维支·乞乞科夫了?"

"您在说什么呀:怎样的农奴?"梭巴开维支说。"我们立过买卖契约的;是些怎样的人,都写在那上面,一个是木匠……"

"但市里却流传着……"检事有些惶窘了,说……"市里却流传着风闻呢……"

"市里昏蛋太多,总会造出一些风闻来的,"梭巴开维支安静的说。

"不的,不的,米哈尔·绥米诺维支,这是很特别的风闻,令人要胡涂起来的,说的是买卖的全不是农奴,也并非为了移住,而且人们说,这乞乞科夫就是一个简直是谜一样的人物。于是起了极可疑的猜测,市里只在说这一件事……"

"请您允许我问一问:你莫非是一个老婆子吗?"梭巴开维支问道。

这问题使检事狼狈之至。他是还没有自问过,他是老婆子呢,还是什么别的东西的。

"您提出这样的问题,还要到我这里来,是在侮辱我呀,"梭巴开维支接着说。

检事吃吃的认了几句错。

"您还是到那些坐在纺线机后面,夜里讲着鬼怪和魔女的吓人故事的饶舌婆子那里去罢。如果您不想靠上帝帮助,想出点好的来,那您还不如和孩子们玩掷骨游戏去。您怎么竟来搅扰一个正经人呢?莫非您当我是爱开玩笑的,还是什么吗?您竟不大留心您的职务,也不大想给祖国出力,给您的邻人得益,爱护您的同僚呀。只要有什么一匹驴子推您到什么地方去,您总想是首先第一,立刻跑出来。留心些罢,您会一回一回的枉然堕落下去,什么好纪念也不留一点,不像样子的完结的。"

检事大碰了一个钉子,竟毫不知道应该怎么回答这道德的教训了。他受着侮辱和轻蔑,离开了棱巴开维支。但主人还在背后叫喊道:"滚你的罢,你这狗!"

这时候进来了菲杜略。"检事为什么马上就走了呢?"她问。

"这东西起了后悔,跑掉了,"棱巴开维支说。"你在这里就又看见了一个例子,心肝。这样的一个老少年!已经有白头发了,但我知道,他却还是总不给别人的太太们得一点安静。这些人都是这一类:他们彼此统是狗子。亲爱的大地背着他们的安闲,还不够受吗,他们是应该统统塞在一只袋子里,抛到水里面去的!全市镇就是一个强盗窠。我们在这里已经没有什么好找。我们要回家去了。"

棱巴开维支太太还要抗议,说她的衣服还没有做好,而且她还得买一两个庆祝日所用的头巾上的带结,但棱巴开维支却开导道:"这都是摩登货,心肝;后来还有坏处的。"他命令准备启程;自己和一个巡官到市上的三个居民那里,收了种萝卜的地租,又绕到女裁缝家,取回那未曾完工,还要再做的衣服,连针线都在内,以便回家后可以做好,于是立刻离开市镇了。在路上他不住的反复着说,到这市镇里来,简直是危险的事,因为这里是这一个恶棍和骗子坐在别一个恶棍和骗子头上的地方,而且也容易和他们一同陷在大泥塘里的。

别一面,检事对于梭巴开维支为他而设的款待,也狼狈得非常。他很迷惑,至于想不明白应该怎样向审判厅长去报告他的访问的结果。

然而关于事件的解释,审判厅长所得的也不多。他先坐着自己的车子到得镇上,由此跑进一条又狭又脏的小巷去,在一路上,车轮总是左左右右的高低不定。先是他的下巴和后脑壳很沉重的撞在自己的手杖上,并且衣服都溅满了泥污。车子喷喷的发着响,摇摆着,在泥泞中进行,终于到了住持长老的处所,在这里先受着接连不断的活泼的猪叫的欢迎。他叫停车,步行着经过各种堆房和小屋,到了大门口。在这里他先借一块毛巾,揩了一回脸。科罗嶓契加全像对乞乞科夫一样的来迎接他,脸上也显着那一种阴郁的表情。她颈子上围着一条好像法兰绒布似的东西,屋子里飞鸣着无数队的苍蝇,桌子上摆着难以指名的食饵,分明是药它们的,然而它们似乎也已经习惯了。科罗嶓契加请他坐。

厅长先从自己和她的男人相识谈起,于是突然转到这问题:"请您告诉我,这是真的吗,新近有一个人拿着手枪,夜里跑到您这里来,威吓着您,说是如果不肯把鬼知道什么魂灵卖给他,他就要谋害您了? 您可以告诉我们,他究竟是怀着什么目的吗?"

"当然,我怎么不可以呢! 请您站在我的位置上来想一想:二十五卢布的票子! 我实在不明白,我是寡妇,什么也不懂得;要骗我是很容易的,况且又是一件我一向不知道的事情,先生。大麻值什么价钱,我知道,脂油我也卖过的,还有前……"

"不不,请您详细的讲一讲。那是怎样的呢。他真的拿着一枝手枪吗?"

"没有的,先生。靠上帝保佑,手枪我可没有见。可是我不过是一个寡妇——我实在不能知道,死魂灵该值多少钱。对不对,先生,请您照顾一下,告诉我罢,给我好知道一个真实的价钱。"

"什么一个价钱? 什么一个价钱吗,太太! 您说的是什么的价钱呀?"

"死魂灵的价钱呀,先生!"

"她生得呆,还是发了疯呢?"厅长想,一面注视着她的脸。

"二十五卢布? 我实在不知道,也许要值到五十卢布呢,或者竟还要多。"

"请您把钞票给我看一看,"厅长说,并且向光去一照,查考这是否假造的。然而是一张完全平常的真钞票。

"但是您只要讲这交易怎么一个情形,他从您这里究竟买了什么就是。我还不明白……我简直一点也不懂……"

"他确是从我这里买了这去的,"科罗皤契加说,"然而您为什么总不肯告诉我,死魂灵要值多少,给我好知道他真实的价钱呢。"

"请您原谅,您在说什么呀? 有谁听到过卖死魂灵的吗?"

"为什么您简直不肯告诉我价钱呢?"

"那里的话,价钱! 请您原谅,这怎么能讲到价钱呢? 还是老实的告诉我罢,这事情是怎样的。他用什么威吓了您吗? 他想来引诱您吗?"

"没有的事,先生,您讲的是什么! ……现在我看起来,您也是一个商人。"——于是她猜疑的看着他的眼。

"唉唉,那里的话! 我是审判厅长呀,太太!"

"不不,先生,您要怎么说,说就是,您一定也想……您也有这目的……来骗我的。不过这于您有什么好处呢? 您只会得到坏处的。我很愿意卖给您绒毛;一到复活节,我就有出色的绒毛了。"

"太太! 我对您说,我是审判厅长。我拿您的绒毛做什么呢,您自己说罢! 我什么也不要买。"

"不过这倒是完全合于基督教的事情,先生,"科罗皤契加接着说。"今天我卖点什么给您,明天您卖点什么给我。您瞧,如果我们彼此你骗我，我骗你，那里还有正义呢？对于上帝，这是一件罪业呀！"

"不过我可并不是做买卖的，太太，我是审判厅长！"

"上帝知道，也许您真的是审判厅长。我可是知不清。那又怎么呢？我是一个孤苦零丁的寡妇！您为什么要问我这些呢？唔，先生，据我看来，您自己……也是……要买这东西的。"

"太太，我劝您去看一看医生，"审判厅长气恼的说。"您的这地方，好像实在很不清楚了。"——他一面用手指向自己的前额一指，一面接着说。和这话同时，他也就站起身来，走了出去了。

科罗嬫契加却站着没有动，还像她一向的对付商人一样，不过看得这些人现在竟这么的不和气，会发恼了，很觉得希奇，而且一个孤苦零丁的寡妇，活在这世界上真也不容易。厅长在路上折断了一个轮子，从上到下都溅满了泥污，总算艰难困苦的回了家。如果不算他在下巴上给自己的手杖撞出来的一块肿，那么，这些就是这没兴头，没结果的旅行的成绩。在自己的家的附近，他遇见了坐着马车，迎面而来的检事。检事好像很不高兴，垂着头。

"哪，您从梭巴开维支打听了些什么呀？"

检事低着头，回答道："我一生中还没有吃过这样的亏……"

"这是怎的？"

"他踢了我一脚，"检事显着意气消沉的样子，说。

"怎么样呢？"

"他对我说，我是一个不中用的人，不配做我的职务；而且我还没有检举过自己的同僚。别的检事们每礼拜总写出检举文来，我可是每一件公事上写一个'阅'字，自然是在我有报告同僚的义务的时候。——我也没有把一件事情故意压起来。"

检事全然挫折了。

"那么，关于乞乞科夫，他说了些什么呢？"厅长问。

"他说了些什么？他说我们都是老婆子，胡涂虫。"

厅长沉思起来了。但这时来了第三辆车:是副知事。

"我的先生们,我通知你们,大家应该小心了。人们说,我们这省里恐怕真的任命了一个总督。"

厅长和检事都张开了嘴巴,审判厅长还自己想:"我们办在那里的恶魔倒很感谢的羹汤,现在是快到自己来喝下去的时候了。如果他知道了这市里是多么乱七八糟!"

"打击上面又是打击!"完全失望的站在那里的检事,心里想。

"您可知道做总督的是谁,他是怎样的一个人,怎样的一种性格吗?"

"这可是什么也还没知道,"副知事说。

这瞬间来了邮政局长,坐着马车。

"我的先生们,新总督要到任了,我给你们贺喜。"

"我们已经知道,我们已经知道,不过还没有明白底细,"副知事说。

"那里,已经明白了的,那是谁。"邮政局长回答道。"阿特诺梭罗夫斯基·水门汀斯基公爵。"

"那么,人怎么谈论他呢?"

"他大概是一位很严厉的人物,"邮政局长说,"一位性格刚强的很是明亮的人。他先前是督办过什么一个公家的建筑委员会的,您懂了没有?有一回,出了一点小小的不规则。那么,您以为怎么样,可敬的先生,他把什么都捣烂了,他把大家都弄得粉碎了,弄得他们简直连什么也不剩,您瞧。"

"但在这市镇上,却用不着严厉的规则的。"

"哦,是啦,他是一位学问家,亲爱的先生!一位很博大的人物!"邮政局长接着说。"曾经有过一回什么……"

"然而我的先生们,"邮政局长道,"我们竟停了车子,在路上谈天。我们还不如走……"

这时候,绅士们才又清醒了过来。街道上却已经聚集了许多看客,张着嘴巴,在看这四位先生坐在自己的车子里,大家在谈话。马夫向马匹吆喝一声,于是四辆车子就接连着驶往审判厅长的家里去了。

"鬼竟也在不凑巧的时候把这乞乞科夫送到我们这里来!"厅长在前厅里脱着泥污一直溅到上面的皮外套,一面想。

"我头里是什么都胡里胡涂,"检事说着,也一样的脱了皮外套。

"对于这事情,我可不明白了,"副知事说,一面脱着他的皮外套。

邮政局长却什么话也不说,单是对于脱下他的外套来,觉得很满足。

大家走进屋子去,立刻就搬出一餐小酌来了。外省的衙门里,是决不能没有小酌的,如果两个省里的官员聚在一起,那么,小酌就自然会作为第三个,前来加入了联盟。

审判厅长走到桌子前,自己斟出一小杯苦味的艾酒,说道:"就是打死我,我也不知道这乞乞科夫是什么人。"

"我更有限,"检事说。"这样纠纷错杂的事件,是自从我任事以来,还没有出现过的。我实在再没有办这事情的胆量了。"

"然而!虽然如此,那人却有着怎么一种世界人物的洗练呵!"邮政局长说,一面先斟一杯淡黑色的蔗酒,再加上一两滴蔷薇色的去,使两样混合起来。"他一定到过巴黎。我极相信,他是一个外交官之流。"

这时候,那警察局长,那全市的无不知道而且大受爱戴的恩人,商人社会的神像,阔绰的早餐夜膳以及别的筵宴的魔术师和安排者,走进屋子里来了。

"我的先生们,"他叫了起来,"关于乞乞科夫,我一点也不能知道。他的纸片,我不能去翻检;他也总不离开他的屋子,好像生病似的。我也打听他的人,问了他的仆人彼得尔希加和马夫绥里方。第一个有点喝得烂醉,还好像什么时候都是这副模样。"说到这话,警察局长便走向小食桌，用三种蔗酒做起混合酒来。"彼得尔希加说，他的主人和各种人们往来，我看他举出来的，全是上等人，例如丕列克罗耶夫……他还说出一批地主来——都是六等官或者竟是五等官。绥里方讲，大家都把他看作一个能干的人，因为他办事实在又稳当，又出色。他曾在税关上办公，还进过一个公家的建筑委员会！是什么委员会呢，他可是说不清。他有三匹马：'一匹还是三年前买来的，花马是用别一匹一样毛色的马换来的，第三匹也是买来的……'他说。他很切实的讲，乞乞科夫确是名叫保甫尔·伊凡诺维支，是六等官。"

"一个上等人，而且还是六等官，"检事想，"却决心来做这样的事情！诱拐知事的女儿，起了胡涂思想，要买死魂灵，还在深夜里，和睡着的地主老婆子去捣乱——这和骠骑兵官是相称的，和六等官可不相称！"

"如果他是六等官，他怎么会决计来做这样的犯罪的事情，假造钞票呢？"自己也是六等官，爱吹笛子的副知事想，他的精神，是倾向艺术远过于犯罪的。

"要说什么，说就是，我的先生们，不过我们应该给这事情有一个结束！要来的，来就是！您们想一想罢，如果总督一到任，鬼才知道我们会出什么事哩！"

"那么，您以为我们得怎么办呢？"

警察局长说道："我想，我们先应该决计。"

"您说的是什么意思呢：这决计？"厅长问。

"我们应该逮捕他，当作一个犯了嫌疑的人。"

"是的，但怕不行罢？如果倒把我们当作犯了嫌疑的人，逮捕起来呢？"

"什～～～么？"

"哪，我想，他也许是派到这里来，有着秘密的全权的！死魂灵？哼！不但说他要买是一句假话，也是为了查明那个死人的假话，那报告上写了死得‘原因不明’的。"

这番话使大家都沉默了。检事尤其害怕。还有审判厅长，虽然是自己说出来的，却也在深思默想。两个人……

"那么，我的先生们，我们该怎么办呢?"那警察局长，即全市的恩人，商家的宝贝，说，一面灌下甜酒和苦酒的奇异混合酒去，还在嘴里塞了一点食物。

侍役搬进一瓶玛兑拉酒和几个杯子来。

"我真的不知道我们该怎么开手了!"厅长说。

"我的先生们，"邮政局长喝干一杯玛兑拉，吞下一片荷兰干酪，加奶油的一块鲟鱼之后，于是说道，"我是这样的意见，我们应该把这件事彻底的探索一下，我们应该把它彻底的研究一下，共同 in corpore① 的商量一下，这就是说，我们总得大家聚集起来，像英国的议院那样，您懂了罢，来测量对象，明白透彻它一切细微曲折的详情，您懂了没有?"

"我们自然得在什么地方聚集一下的，"警察局长说。

"好的，我们来集会罢，"厅长说，"共同决定一下，这乞乞科夫是什么人。"

"好的，这才是聪明法子哩——我们应该决定一下，乞乞科夫是什么人。"

"我们要问问各人自己的意见，于是决定一下，乞乞科夫是什么人。"

一说这些话，大家就立刻觉到一种不再着急的心情，喝了一两杯香槟酒。人们走散了，满足得很，以为会议就会给他们分明切实的证据，乞乞科夫究竟是什么人。

---

① 英语，也是"共同"或"合为一体"之意。——译者。

四之 A　戈贝金大尉的故事

（第一次的草稿）

"在一八一二年的出兵之后,贵重的先生,"邮政局长说,虽然并不是只有一个先生,房里在场的倒一共有六个,"在一八一二年的出兵之后,和别的伤兵一起,一个大尉,名叫戈贝金的,也送到卫成病院里来了。这是在克拉斯努伊附近,或是在利俾瑟之战罢,那不关要紧,亲爱的先生,总之是他在战场上失去了一只臂膊和一条腿。您也知道,那时对于伤兵还没有什么设备,那废兵的年金——您也想得到——说起来,是一直到后来这才制定的。我们的戈贝金大尉一看,他应该做事,可是您很知道,他只有一条臂膊,就是那左边的一条。他就到他父亲的家里去,但那父亲给他的回答是:'我也还不能养活你。'您想想就是! '我自己就得十分辛苦,这才能够维持。'您瞧罢,贵重的先生,于是我的戈贝金决定,上彼得堡去,到该管机关那里,看他们可能给他一点小小的补助;他呢,说起来,是所谓牺牲了他的一生,而且流过血的……他坐着一辆货车或是公家的驿车,上首都去了,可敬的先生,他吃尽辛苦,这才到了彼得堡。您自己想想看:现在是这人,就是戈贝金大尉,在彼得堡,就是在所谓世上无双的地方了! 他的周围一下子就光辉灿烂,所谓一片人生的广野,童话样的仙海拉宰台的一种,您听明白了没有? 您自己想想就是,他面前忽然的躺着这么一条涅夫斯基大街,或者这么一条豌豆街,或者,妈的,这么一条列退那耶街,这里的空中耸着这么的一座塔,那里又挂着几道桥,您知道,一点架子和柱子也没有;一句话,真正的什米拉米斯,可敬的先生,实在的! 他先在街上走了一转,为的是要租一间房子;然而对于他,什么都令人疑疑惑惑:所有这些窗幔,卷帘和所有鬼物事,您知道,就是地毯呀,真正波斯的,可敬的先生……一句话,是大家都在用脚踏着钱。人走过街上,鼻子远远的就觉得,千元钞票发着气味;您知道,我那戈贝金大尉的整个国立银行里,却只有五张蓝钞票,这就是一切,您懂了没有。于是他终于住在一个客店力伐耳市里,每天一卢布。您知道:午餐两样,一碟菜汤,加一片汤料肉。他看起来,他在这里是不能十分挥霍的。他就决定,明天到大臣那里去,可敬的先生。皇上那时候没有在首都,因为军队还没有从战地上回来,那是您自己也想得到的。于是他,有一天的早晨,起来的早一点,用左手理一理胡子,于是您瞧,他到理发店里去了,这是因为要显得新开张的意思,穿好他的制服,用木脚一拐一拐的走到大臣那里去。现在您自己想想就是,他先去问一个警察,那里是大臣的住宅。'那边',那人回答着,并且指示了邸宅区海岸边的一所房子,好一所精致的茅棚呀,我可以对您说!大玻璃窗,大镜子,大理石和到处的金属,您只要自己想想就是,可敬的先生!这样的门的把手,您知道,人得先跑到店里去买两戈贝克肥皂,于是,就这么说罢,来洗一两点钟手,这才敢于去捏它!一句话,什么都是紫檀和磁漆,要令人头昏眼花,可敬的先生!甬道上呢,您知道,站着一个门丁,真正的大元帅:这样的一副伯爵相,手里拿着刀,麻布领子,妈的!好像一匹养得很好的布尔狗。我的戈贝金总算拖着他的木脚走进前厅去,坐在一个角落里,只因为恐怕那臂膊在一个亚美利加或是印度上,在镀金的磁瓶上碰一下,您知道。您瞧,他自然应该等候许多工夫,因为他到这里的时候,那大臣说起来还刚刚起床,当差的正给他搬进什么一个银的盆子去,您很知道,是洗脸用的。我的戈贝金一直等了四个钟头之久,副官或是一个别的当直的官员总算出来了,说道:大臣就来。但在前厅里人们已经拥挤得好像盘子里的豆子一样,纯粹是四等官呀,大佐呀这些大官,有几处还有一个带肩绶的白胖大好佬,您知道,一句话,就是简直是所谓将校团。大臣到底也走进屋子里来了,可敬的先生!您自己想得到的:他先问这个,然后再问那个;您到这里贵干呀?那么,您呢?您有什么见教呢?临末也轮到了我的戈贝金,他鼓起全身的勇气,说道：'如此如此，这般这般，我流了我的血，一条腿和一只臂膊失掉了，说起来，我已经不能做事，所以不揣冒昧，来求皇上的恩典的。'大臣看见这人装着义足，右边的袖子也空空的挂着。'就是了，'他说，'请您过几天再来听信罢。'哪，这么着，可敬的先生，过不了四五天，我的戈贝金就已经又在大臣那里出现了。大臣立刻认识了他，您知道。'阿呀！'他说，'可惜这回除了请您等到皇上回来之外，我不能给您别样的好消息。到那时候，对于伤兵和废兵总该会给些什么的，不过倘没有陛下的圣旨，说起来，我什么也不能替您设法。'于是他微微的一鞠躬，谒见就算完结了。您自己想得到的，当我的戈贝金从大臣那里出来的时候，真的没有了主意；说起来，他是没有得到许可，可也没有得到回绝。然而首都的生活，对于他自然一天一天的难起来，那是您很能明白的。于是他自己想，'我要再去见一见大臣，对他说：请您随便帮一下，大人，我立刻要什么也没得吃了；如果您不帮助我，说起来，我就只好饿死了。'然而他到得大臣那里时，却道是：'那不行，大臣今天不见客，您明天再来罢。'到第二天——一样的故事，那门丁连看也不大愿意看他了。我的戈贝金只还有一枚五十戈贝克的银元在衣袋里。先前呢，他还可以买一碟菜汤加上一片汤料肉，现在他却至多只能在那里买这么一点青鱼或者一点腌王瓜和几文钱的面包——一句话，这可怜的家伙可实在挨饿了，然而他却有狼一般的胃口。他常常走过什么一个饭店前面，现在您自己想想看：那厨子，是一个鬼家伙，一个外国人，您知道，总是只穿着很精致的荷兰小衫，站在他的灶跟前，在给你们预备什么 Finserb 或是炸排骨加香菌，一句话，是很好的大菜，使我们的大尉馋的恨不得自己去吃一通。或者他走过来留丁的店门口：笑嘻嘻的迎着他的是一条熏鲑鱼，或者一篮子樱桃——每件五卢布，或者一大堆西瓜，简直是一辆公共汽车，您知道，都在窗子里，找寻着衣袋里有些多余的百来块钱的呆子，您想想罢，一句话，步步都是诱惑，真教人所谓嘴里流涎，然而对于他呢：请等到明天。现在请您设身处地的来想一想：一面呢,您瞧,熏鱼和西瓜,别一面呢,是这么的一种苦小菜:'明天再来'。这可怜的家伙终于熬不下去了,决计无论如何再去谒见一下子。他站在甬道上等候着,看可还有一个什么请愿人出现;他终于也跟着一个将军,您知道,走进宅子去,用他的木脚拐进了前厅。大臣照平常的出来会客了:'您有什么事呢? 您有什么见教呢?'‘哦,’他一看见戈贝金,就叫起来,‘我可已经告诉过您了,您得等着,等到您的请求得到决定。’——‘我请求您,大人,我什么也没得吃了,说起来……’——‘那我有什么办法呢? 我不能替您办,只好请您自己办,只好请您自己去想法。’——‘但是,大人,这是您可以自己所谓判断的,我没有了一只手和一条腿,怎能给自己想什么办法呢。’他还想添上去道:'用鼻子是我可什么法子也没有,这至多只能醒一下鼻涕,然而就是这也还得买一块手巾。’但是那大臣,您瞧,亲爱的先生,——也许是觉得戈贝金太麻烦了,或者他真要办理国事——总之,那大臣是,您自己能明白的,非常生气了。‘您出去!’他大声说'像您似的人这里还多得很,您出去,静静的去等着,到轮到您了的时候!'——然而我的戈贝金却回答道——饥饿逼得他太利害了,您知道——:'随您的便,大人;在您给我相当的吩咐之前,我在这里是不动的。’这可是,亲爱的先生,您自己可以知道,那大臣简直气得要命。而且实实在在,像一个什么所谓戈贝金,敢对大臣来这么说,到现在为止,在世界史的记录上确也还不曾有过前例。您自己可以知道,怎样的一位会恼怒的大臣,但说起来,这可是所谓国家的大员呀。‘您这不成体统的人!'他叫喊说。‘野战猎兵在那里? 叫野战猎兵来,送他回家去罢!'然而那野战猎兵,您很知道,却已经站着,等在门外面了:这么一个高大的家伙,您知道。简直好像天造他来跑腿的一样。一句话,是一个很好的拔牙钳。于是我们这上帝的忠仆就被装在马车里,由野战猎兵带走了。‘唔,’戈贝金想,‘我至少也省了盘缠钱! 这一点,我倒要谢谢大人老爷们的。’他这么的走着,可敬的先生,和那野战猎兵,当他这样的坐在野战猎兵的旁边的时候,说起来,他在所谓对自己说:'好,'他说,'大臣告诉我,我只好自己办,自己想法子! 好,可以,'他说,'我就来想法子罢!'他怎样的被送到他一定的地方,就是他到底弄到那里去了呢,什么也不知道。所以关于戈贝金大尉的消息,就沉在忘却的河流里面了,您知道,诗人之所谓莱多河。但这地方,您瞧,我的先生们,在这地方,可以说,却打着我们的奇闻的结子的。戈贝金究竟那里去了呢,谁也不知道;然而您自己想想罢,不到两个月,略山的林子里就现出一群强盗来,而这群强盗的头领,您瞧,却并非别的,正是戈贝金大尉。他招集了种种的逃兵,把他们组织了一个所谓强盗团。这时候是,您也明白,刚在战争之后,大家都还是过惯了没拘束的生活,您知道——那时性命差不多只值一文钱;自由,不羁,我对您说,大家什么都不放在眼里——总而言之,可敬的先生,他带领着一枝军队了。没有一个旅客能够平安的通过,不过说起来,却单是对于国帑。如果有人过路,只为了自己的事情——哪,他们就单是问:'您去干什么的?'于是放他走。对国家的输送:粮秣呀,金钱呀的办法可是相反了——总之一句话,只要是带着所谓国家这一个名目的——那就对不起。那么,您自己就知道,他根本的抢着国帑的袋子。或者他一听到纳税的期限已在眼前了——他就马上到了这地方。他立刻叫了村长来,喊道:'拿年贡和租税来。'哪,您可以自己想到的,乡下人一看:'这么的一个跛脚鬼,他的衣领是红红的,还发着金光,像一匹菲涅克斯①的毛羽,妈的,要尝耳刮子味道的,''在这里,收去罢,老爷,但请您放我们平安。'他自然心里想:'这该是那里的一个地方法官,或者也许是说起来,还要利害的脚色。'然而那钱呢,可敬的先生,那当然是他收去了,全像自己的一样,还给乡下人一个收条,使他们可以在主人面前脱掉干系,表明他们的确付过钱,完清了租税,征收的却是这个人,就是戈贝金大尉;哦,他竟还盖上一个自己的印

---

① Phönix,希腊神话中的怪鸟,每五百年自焚一次,转成年青。——译者。

章哩,一句话,可敬的先生,他就是这一种样子的抢劫。也派了许多回兵,要去捉拿他,可是我的戈贝金怕什么鸟。这些都是真正的亡命之徒。您知道,这些聚在这里的……但到他看见这已经不是玩笑,所谓弄坏了好菜的时候,到底也真的着了急;刻刻总在追捕,不过他自己却已经积起很大一批的钱的了,亲爱的先生,哪,于是他说起来,有一天就跑到外国去了,到外国,可敬的先生,您很知道,那就是到合众国。他从那边写了一封信给皇帝,您自己也想得到的罢,是一封措辞最精,文体极整的信,您几乎要出于意料之外的。所有古时候的柏拉图呀,迪穆司台纳斯呀——比起他来就简直是屠头或者奴仆:'你不要相信罢,陛下呵,'他写着。'以为我是这样那样的……'总而言之,他每段都用这话来开头——真出色!'只有必要是我的举动的原因,'他说,'我说起来,是流了我的血,而且所谓不惜生命的,而现在呢,您只要想想就是,再也没法生活了。''我请求你,释放我的伙伴,不加责罚,'他说,'他们无罪,因为是我把他们所谓加以诱引的,请垂仁慈,并且降旨,倘将来有战事上的伤兵回来,'您自己想想就是,'所谓给他们设法……'一句话,这封信是极其精练整齐的,哪您自己想想就是,皇上自然是被感动了。他的龙心起了怜悯,虽然他是罪人,而且说起来是所谓要处死刑的,哪,而且他看起来,一个好人也会成为罪犯,这是应该算作不得已的犯罪,给以宽恕的——况且在不太平的时候,也不能什么全都顾虑到——只有上帝,人可以说,完全没有缺点——一句话,亲爱的先生,这一回是皇上开了所谓仁厚的圣意的前古未闻的例子了:他下谕旨,不再追捕犯人,接着又下严紧的谕旨,设起委员会来,专办保护伤兵的事务,说起来,这就是……可敬的先生——就是废兵年金的基础的一个动机,由此成了现在的所谓伤兵善后,相像的设施,实在是连英国和此外一切的文明国度里都没有的,您自己想想就是。这样的是戈贝金大尉,可敬的先生。但现在我相信这样的事:他一定是在合众国把所有的钱都化光了,就回到我们这里来,要再试一回所谓新计划,虽然说起来,他也许做不到。"

四之 B　戈贝金大尉的故事

（被审查官所抹掉的原稿）

"在一八一二年的出兵之后,可敬的先生,"邮政局长说,虽然并不是只有一个先生,坐在房里的倒一共有六个。"在一八一二年的出兵之后,和别的伤兵一起,有一个大尉名叫戈贝金的,也送到卫戍病院里来了。这是在克拉斯努伊附近,或是在利俾瑟之战罢,那不关紧要,总之是他在战场上失去了一只臂膊和一条腿。您也知道,那时对于伤兵还没有什么设备:那废兵的年金,您也想得到,说起来,是一直到后来这才制定的。戈贝金大尉一看,他应该做事,可是您瞧,他只有一条臂膊,就是左边的那一条。他就到他父亲的家里去,但那父亲给他的回答是:'我也还是不能养活你;我,'您想想就是,'我自己就得十分辛苦,这才能够维持。'于是我的戈贝金大尉决定,您明白,可敬的先生,上彼得堡去,到该管机关那里,看他们可能给他一点小小的补助。如此如此,他呢,说起来,是所谓牺牲了他的一生,而且流过血的……他坐着一辆货车或是公家的驿车,上首都去了,您瞧,可敬的先生,不消说,他吃尽辛苦,这才到了彼得堡。您自己想想看:现在是这人,就是戈贝金大尉,在彼得堡,就是在所谓世上无双的地方了! 他的周围忽然光辉灿烂,所谓一片人生的广野,童话样的仙海拉宰台的一种,您明白了罢。您自己想想就是,他面前忽然躺着这么一条涅夫斯基大街,或者这么一条豌豆街,或者,妈的,这么一条列退那耶街,这里的空中耸着这么的一座塔,那里又挂着几道桥,您知道,一点架子和柱子也没有,一句话,真正的什米拉米斯。实在的,可敬的先生! 他先在街上走了一转,为的是要租一间房子;然而对于他,什么都令人疑疑惑惑;所有这些窗幔,卷帘和所有鬼物事,您知道,就是地毯呀,真正波斯的,可敬的先生……一句话,是大家都在用脚踏着钱。人走过街上,鼻子远远的就觉得,千元钞票发着气味;您知道,我那戈贝金大尉的整个国立银行里,却只有十张蓝钞票……够了,他终于住在一个客店力伐耳市里,每天一卢布。您知道,午餐两样,一碟菜汤,加一片汤料肉……他看起来,他的钱是用不多久的。他就打听,他应该往那里去。人们对他说,有这样的一个最高机关,说起来,是这样的一个所谓委员会,上头这样这样的 en chef ① 的是将军。皇上呢,您总该知道,那时候还没有在首都,还有军队,您自己可以明白的,也还没有从巴黎回来,一切都还在外国。于是我的戈贝金有一天的早晨起来的早一点,用左手理一理胡子,于是你瞧,他到理发店里去了,这是因为要显得新开张的意思,穿好他的制服,用木脚一拐一拐的走到委员会的上司那里去。您只要自己想想就是! 他问,上司住在那里呢。‘那边,’人回答着,并且指示了邸宅区海岸边的一所房子。好一所精致的茅棚呀,您明白的。窗上是几尺长的玻璃,我可以告诉您,瓶子和别的一切东西,凡是在屋子里面的,全显在外面的人的眼前,令人觉得这些好东西仿佛都摸得到:墙壁是贵重的大理石,您知道,什么都是金属做的,这样的一个门上的把手,您自己想想罢,人得先跑到店里去买两戈贝克肥皂,于是就这么说罢,来洗一两点钟手,这才敢于去捏它。而且什么都用磁漆来漆过的,一句话,令人头昏眼花。门丁恰如大元帅:这样的一副伯爵相,手拿一把金色的刀,麻布领子,妈的,好像一匹养得很好的布尔狗。我的戈贝金总算拖着他的木脚走进前厅去,坐在一个角落里,只因为恐怕那臂膊在亚美利加或是印度上,在镀金的磁瓶上,您很知道的,碰一下。您瞧,他自然应该等候许多工夫,因为他到这里的时候,那将军呢,说起来,还刚刚起床,当差的正给他搬进什么一个银的盆子去,您很知道,是洗脸用的。我的戈贝金一直等了四个钟头之久;副官或是什么当直的官员总算出来了,

---

① 法语,这里可译作"做督办"。——译者。

说道:'将军就来!'但在客厅里人们已经拥挤得好像盘子里的豆子一样。都是四等呀五等的高等官,并不是我们这样的可怜的奴隶,倒统统是大员,有几处还有一个带肩绶的白胖大好佬,一句话,简直是所谓将校团。屋子里忽然起了一种不大能辨的动摇,仿佛是微妙的以太,您知道。处处听得有人叫着嘘……嘘……,于是来了一种可怕的寂静,国务大员走进屋子里来了。哪,您自己想得到的,一位国务员,说起来,自然,他的相貌就正和他的品级和官位相称,这样的一副样子,您懂了罢。所有人们,凡是在客厅里的,当然立刻肃然的站了起来,战战兢兢的等候着他的运命的决定,说起来,大臣或者国务员就先问这个,然后再问那个。'您到这里贵干呀? 那么,您呢? 您有什么见教呢? 您光降是为了什么事情呢?'临末也轮到了我的戈贝金,他鼓起全身的勇气,说道:'如此如此,这般这般,大人,我流了我的血,所谓一只臂膊和一条腿失掉了。我已经不能做事,所以不揣冒昧,来求皇帝的恩典的。'大臣看见这人装着义足,右边的袖子也空空的挂着,您知道。'就是了,'他说,'请您过几天再来听信罢!'我的戈贝金真是高兴非凡:他已经做到了谒见,和国家的第一流勋贵谈过天,您自己想想就是,还有那希望,就是他的运命,即所谓关于恩饷的问题到底也要解决了! 他非常之得意,我可以对您说。他简直在铺道上直跳。于是他到巴勒庚酒店去,喝烧酒;在伦敦吃中饭,叫了一碟炸排骨加胡椒花苞,再是一碟嫩鸡带各样的作料,还有一瓶葡萄酒,夜里上戏院——一句话,这是一场阔绰的筵宴,说起来。他在铺道上忽然看见来了一个英国女人,您知道,长长的,像天鹅一样。我的戈贝金,狂喜到血都发沸了,就下死劲的要用他的木脚跟着她跑,下死劲,下死劲,下死劲,'唔,不行!'他想,'且莫忙妈的什么娘儿们;慢慢的来,等我有了恩饷。我实在太荒唐了。'三四天之后,我的戈贝金又在大臣那里出现了。大臣走了进来。'如此如此,'戈贝金说,'我来了,为的是问问您大人对于生病和负伤的运命,要怎样的办理……还有这一些,您自己想得到的,自然是公家的实信!'那国务大员,您想象一下罢,立刻认识他了。'哦,好的,'他说,'可惜这回除了请您等到皇上回来之外,我不能给您别样的好消息;到那时候,对于伤兵和废兵总该会给些什么的,不过倘没有陛下的圣旨,说起来,我什么也不能替您设法。'于是他微微的一鞠躬,谒见就算完结了,您懂了罢。您自己想得到的,我的戈贝金可真的没有了主意。他已经打算过,以为明天就会付给他钱的。'这是你的,我的亲爱的,喝一下高兴高兴罢!'他现在却只好等候,而且等到不知什么时候为止了,于是他就像一匹猫头鹰或者一只茸毛狗,给厨子泼了一身水,从长官那里跑出来——夹着尾巴,挂下了耳朵。'不成,'他想,'我还要去一回,对大臣说,我立刻要什么也没得吃了,如果您不帮助我,说起来,我就只好饿死了。'总而言之,亲爱的先生,他就再到邸宅区海岸边去问大臣。'那不行,'就是,'大臣今天不见客,您明天再来罢。'到第二天——一样的故事,那门丁连看也不大愿意看他了。我的戈贝金只还有一张蓝钞票在衣袋里,您知道。先前呢,他还可以买一碟菜汤加上一片汤料肉,现在他却至多只能在那里买这么一点青鱼或者一点腌王瓜和几文钱的面包——一句话,这可怜的家伙可实在挨饿了,然而他却有狼一般的胃口。他常常走过什么一个饭店前面,现在您自己想想看,那厨子——是这么的一个外国人,一个法兰西人,您知道,那么一副坦白的脸,总是只穿着很精致的荷兰小衫,还有一块围身,说起来,雪似的白,这家伙现在站在他的灶跟前,在给你们做什么 Finserb 或是炸排骨加香菌,一句话,是很好的大菜,使我们的大尉馋的恨不得自己去吃一通。或者他走过米留丁的店门口:笑嘻嘻的迎着他的是一条熏鲑鱼,或者一篮子樱桃——每件五卢布,或者一大堆西瓜,简直是一辆公共汽车,您知道,都在窗子里,向外面找寻着衣袋里有些多余的百来块钱的呆子;您想想罢,一句话,步步是诱惑,真教人所谓嘴里流涎,然而对于他呢:请等到明天。现在请您设身处地的来想一想:一面呢,您瞧,熏鱼和西瓜,别一面呢,是这么的一种苦小菜,那名目就叫作'明天再来'。这可怜的家伙终于熬不下去了,决计去所谓突击一回堡垒,您懂得罢。他站在甬道上等候着,看可还有一个什么请愿人出现;不错,他等到了,跟着一个将军,用他的木脚拐进了前厅。国务大员照平常的出来会客了:'您有什么见教呢?那么,您呢?''哦!'他一看见戈贝金,就叫起来,'我可已经告诉过您了,您得等着,等到您的请求得到决定。'——'我请求您,大人,我什么也没得吃了,说起来……''那我有什么办法呢?我不能替您办,只好请您自己办,只好请您自己去想法,'——'但是,大人,这是您可以自己所谓判断的,我没有了一只手和一条腿,怎能给自己想什么办法呢?'——'但您得明白,'大臣说,'我可不能拿我的东西来养您呀,我们还有许多伤兵,都可以有这一种要求的。您用忍耐武装起来罢。我给您一个我的誓言:如果皇上回来,他就有恩典,不会把您置之不理的。'——'但是我等不下去了,大人,'戈贝金说,并且他实在已经所谓莽撞起来了。可是国务大员有些发了恼,您知道,而且在实际上:周围都站着将军们,在等候一句回答或者一个命令;这里是在处理所谓国家大事,办事要神速的——空费一点时光就有影响——,可是来了这么一个会纠缠的恶魔,拉住人不放,您想想就是,——'对不起,我没有工夫——我还有别的事情要做,比和您说话更其要紧的,'他说得很所谓体面,是正到了他该跑掉的时候了,您懂得的罢。然而我的戈贝金回答道——饥饿逼得他太利害了,您应该知道。'随您的便,大人,在您给我相当的吩咐之前,我在这里是不动的。'哪,您自己想想看,对一位国务大员,只要用一句话,就会把人抛向空中,连魔鬼也无从找着的人,竟这样的答话……如果有一个官,比我们不过小一级,要是对我们这么说话,就已经算是无礼了。然而现在您自己想想罢——这距离,这非常的距离!一个将军 en chef 和什么一个戈贝金!九十卢布和一个零。那将军,您懂么,只向他蹬了一眼——所谓简直是炮击:没有一个会不手足无措,魂飞魄散的。然而我的戈贝金,您自己想想就是,却在那地方一动

117

也不动，站着好像生了根。'唔？您在等什么？'将军说着，用两只手搭在他的肩膀上。但是，老实说，他对他是还算有些仁厚的，要是别人，会喷骂得他三天之后，所有的街道还是翻了面，而且带着他打旋子，说起来，然而他不过说：'好罢，如果您觉得这里的生活太贵，又不能在京里静候您的运命的决定，那我用官费送您回家去就是了。叫野战猎兵来，递解他回家去罢！'然而那野战猎兵，您很知道，却已经站着，等在门外面了：这么一个高大的家伙，您知道，简直好像天造他来跑腿的一样。一句话，是一个很好的拔牙钳。于是我们这上帝的忠仆就被装在马车里，由野战猎兵带走了。'唔，'戈贝金想，'我至少也省了盘缠钱。这一点，我倒要谢谢大人老爷们的。'他这么的走着，可敬的先生，和那野战猎兵，当他这样的坐在野战猎兵的旁边的时候，说起来，他在所谓对自己说：'好，'他说，'你告诉我，我只好自己办，自己想法子，好，可以，'他说，'我就来想法子罢！'他怎样的被送到他一定的地方，就是他到底弄到那里去了呢，什么也不知道。所以关于戈贝金大尉的消息，就沉在忘却的河流里面了，您知道，诗人之所谓莱多河。但这地方，您瞧，我的先生们，在这地方，可以说，却打着我们的奇闻的结子的。戈贝金究竟那里去了呢，谁也不知道；然而您自己想想罢。不到两个月，略山的林子里就现出一群强盗来，而这群强盗的头领，您瞧，却并非别的……"

　　一。死魂灵第一部，在一八三五年后半年开手，一八四一年完成。出版于一八四二年五月二十一日（六月二日）。审查官的签字并带日期：一八四二年五月九日（五月二十一日）。被审查官所删的《戈贝金大尉的故事》，由作者在一八四二年五月五日至九日（十七至二十一日）的五日间改订。
　　二。死魂灵第一部第二版序文在一八四六年七月末起草，九月完成。即与这部诗篇的第二版一同发表。审查官的签字所带的日期是：一八四六年八月二十五日（九月六日）。

三。关于死魂灵第一部的省察似是一八四六年作。

四。第九章结末的改定稿大约作于一八四三年。

五。戈贝金大尉的故事：别稿 A 成于一八四一年八月，被审查官所抹掉的别稿 B 成于一八四一年十一月。这德文版所据的底本，是谛丰拉服夫（N. S. Tichonravov）和显洛克（V. I. Schenrock）编的俄文版。

未另发表。

初收 1935 年 11 月上海文化生活出版社版"译文丛书"之一《死魂灵》。

七日

日记 晴。上午得萧军信。得伊罗生信。下午得曹聚仁信。

八日

日记 晴。上午得烈文信。午后雨。晚吴朗西，黄河清同来，签定译文社丛书约。

九日

日记 昙。下午复曹聚仁信。复烈文信。晚雨。

致 黎烈文

烈文先生：

复示已收到，谢谢！

昨天见黄先生，云十日东渡，但今天听人说，又云去否未定，究竟不知如何。

《译文》由文化生活社出，恐财力不够；开明当然不肯包销，无前例也，其实还是看来未必赚钱之故，倘能赚钱，是可以破例的。夫盘古开辟天地时，何尝有开明书店，但竟毅然破例开张者，盖缘可以赚钱——或作"绍介文化"——耳。

终刊号未出，似故意迟迟，在此休息期中，有人在别处打听出版事，但亦尚无实信。

专此布达，即请

道安。

迅　顿首　十月九日

十日

日记　昙。晨内山书店送来『文学評論』一本，一元五角。上午同广平携海婴往须藤医院诊。下午河清来。晚雨。

十一日

日记　晴。上午得杨潮信。得罗甸华信。晚邀胡风及其夫人并孩子夜饭。

十二日

日记　昙。上午收《现代版画》(十二)一本。下午复孟十还信。复魏猛克信。得耳耶信。得周昭俭信，晚复。蕴如携阿玉来。三弟来。

致 孟十还

十还先生：

三日信早收到，因为忙于翻译，把回答压下了，对不起之至！

《译文》之遭殃，真出于意料之外，先生想亦听到了那原因。人竟有这么狭小的，那简直无话可说。复活当慢慢设法，急不成。

现在先用力于丛书，《死魂灵》第一部及附录，已译完付排了，此刻在译序文，因为不大看德文的论文，所以现在译的很苦。

这一本于十一月初可出；十二月底出《密尔格拉特》，明年二月出《死魂灵》附《G怎样写作》，以后每两月出一本，到秋初完成。我们不会用阴谋，只能傻干，先从G选集来试试，看那一面强罢。

出《译文》和出丛书的，我以为还是两个书店好，因为免得一有事就要牵连。

专此布复，即颂

时绥。

豫　上　十月十二日

十三日

日记　星期。晴。午后得徐懋庸信，夜复。

十四日

日记　昙，风。上午得母亲信，十一日发。得山本夫人信。得猛克信。夜三弟来并为豫约《四部丛刊》三编一部，百三十五元，先取八种五十本。雨。

致　徐懋庸

请转

徐先生：

来信收到，星期四（十七日）下午两点，当在书店奉候。

此复，即颂

时绥。

豫　顿首　十月十四日

十五日

日记　昙。上午得司徒乔信并单印《大公报·艺术周刊》一卷。晚烈文来。

十六日

日记　晴。夜复伊罗生信。

十七日

日记　晴。上午得林蒂信并《新诗歌》二本。得王野秋信并《唐代文学史》一本。收良友图书公司寄赠之《新中国文学大系》内《散文壹集》一本。买『近世錦絵世相史』（一卷）一本，三元八角。赠曹聚仁，徐懋庸《表》及《俄罗斯童话》各一本。夜译《〈死魂灵〉序》毕，约一万二千字。

《死魂灵》序言

1

果戈理的长篇小说《死魂灵》，在十九世纪的俄国文学史上，是占着特殊的地位的。这是有艺术价值的第一部长篇小说，其中呈现着出于伟大的艺术家和写实主义者的画笔的,俄国社会的生活的巨大而真实的图像。在这小说里,俄国的诗人这才竭力将对于旧习惯的他个人的同情和反感,他的教化的道德的观察,编入他的小说和故事里面去,而又只抱定一个希望:说出他所生活着的时代的黑暗方面的真实来。

由这意义说,《死魂灵》之在俄国文学史上,是成了开辟一个新时代的记念碑的。

在十九世纪的第一个十年——即所谓"浪漫谛克"和"感情洋溢"的时期——中,不住的牵制着俄国诗人的,只有一个事物,就是他个人。什么都远不及他自己,和一切他的思想,心情,幻想的自由活动的重要。他只知道叙述一切环境,怎样反映于他自己,即诗人;所以他和这环境的关系,总不过纯是主观的。但到十九世纪的第四个十年中,艺术家对于自己的环境的这主观的态度,却很迅速的起了变化,而且立即向这方向前进了。从此以来,艺术家的努力,首先是在竭力诚实地,完全地,来抓住人生,并且加以再现;人生本身的纷繁和牴牾,对于他诗人,现在是他的兴趣的最重的对象了。他开始深入,详加析分,于是纯粹地,诚实地,复写其全体或者一部份。艺术家以为最大的功劳,是在使自己的同情和反感退后,力求其隐藏。他惟竭力客观地,并且不怀成见地来抓住他所处置的材料,悉数收为己有。

艺术家的转向客观的描写,有果戈理这才非常显明的见于俄国文学中。在《巡按使》和《死魂灵》上,我们拥有两幅尼古拉一世时代的极写实的图画。果戈理是在西欧也负俄国文学的盛誉的所谓"自然主义"派的开基人。一切俄国的艺术家,是全都追踪果戈理的前轨的,他们以环境为辛苦的,根本的研究的对象,对它们作为全体或者一部份,客观的地,但也艺术的地再现出来。这是一切伟大的俄国艺术家的工作方法;从都介涅夫,陀思妥夫斯基和阿思德罗夫斯基以至冈察罗夫,托尔斯泰和萨尔蒂珂夫—锡且特林。如果他们之中,有谁在他的著作里发表着自己的世界观,并且总爱留连于和他最相近的形态;如果他在真实的图像中,织进他个人的观察,肯在读者前面,说出一种信仰告白来,那么,他的著作先就是活真实的伟大而详细的肖像,是一个时代的历史的记念碑:并非发表着他个人的见解和感情,却在抓住那滚过他眼前的人生的观念和轮廓。

果戈理的创作,在俄国文学的发达上,该有怎样的强大的影响,也就可想而知了。偏于教训的哀情小说,无关人生的传奇小说,以及散文所写的许多抒情诗似的述怀,都逐步的退走,将地方让给环境故事——给写实的,逼真的世情小说和它那远大的前程:给提醒读者,使对于人生和周围的真实,取一种批评态度的散文故事了。

2

然而一开始,就毅然的使艺术和人生相接近的作家——尼古拉·华希理维支·果戈理(一八〇九——一八五二)——,在天性上,却绝非沉静的,冰冷的观察者,或者具有批评的智力,和那幻想,知道着控制他猛烈的欲求的人。

果戈理是带着一个真的浪漫的魂灵,到了这世界上来的,但他的使命,却在将诗学供献于写实的,沉着而冷静的自然描写,来作纯粹的规模。在这矛盾中,就决定的伏着他一生的全部的悲剧。

果戈理是纯然属于这一类人的,他以为现世不过是未来的理想上的一个前兆,而且有坚强的信仰,沉醉于他的神灵所授的使命。

这一类人的精神的特质,是不断的举他到别一世界去——到一个圆满的世界,他在这里放着他所珍重的一切:对于正义的定规的他的概念,对于永久之爱的他的信仰,以及替换流转的真实。这理想的世界,引导着他的一生,当黑暗的日子和时间,这就在他前面照耀。随时随地,他都在这里发见他的奖赏,或者责罚和裁判,这些赏罚,不断的指挥着他的智力和幻想,而且往往勾摄了他的注意,使他把大地遗忘;但当人正在为了形成尘世的存在,艰难的工作时,它却更往往是支持住他的柱石。

一个人怀着这样的确信,他就总是或者落在人生之后,或者奔跑在这之前。在确定和现实的面前,他能够不投降,不屈服。实际的生活,由他看来几乎常是无价值的,而且大抵加以蔑视。他要把自己的概念和见解,由实在逼进梦幻里,还往往神驰于他所臆造的过去;然而平时却生活于美丽的将来的豫先赏味中:对于现实的一种冷静的批评的态度,和他是不相合的,因为他总以成见来看现实,又把这硬归入他信为和现实相反的人生要义里去了。他不善于使自己的努力和贮力相调和,也不能辛苦地,内面地,将他的所有才能,用于自己的生活的劳作;极困难的问题,在他是觉得很容易解决的,但立刻又来了一个小失败,于是他就如别人一样,失掉了平衡,使他不快活。他眷恋着自己所安排的关于人生的理想和概念,所以要和这形成我们的生活的难逃而必然的继承部份的尘世的散文相适应,是十分困难的。

对于这样的人,我们称之为"浪漫者",这用的是一个暗晦的老名词,所指的特征,是感情的过量,胜于智力,狂热胜于瞬间的兴味。

人和作家的果戈理的全部悲剧,即成立在这里面,他那精神上的浪漫的心情,因为矛盾,只得将他自己的创作拆穿了。他是一个浪漫者,具有这典型的一切性格上的特征,他爱在幻想的世界,即仰慕和预期世界中活动,这就是说,他或者美化人生,加以装饰,使这变成童话,或者照着他的宗教和道德的概念,来想象这人生。他在开口于他的梦境和实状之间的破裂之下,有过可怕的经验,他觉察到,但做不到对于存立和确定,用一种健全的批判,来柔和那苦恼和渴慕的心情。他也如一切浪漫者一样,偏爱他自己所创造的人生理想,而且——说起要点来——他所自任为天职的,是催促这理想的近来,和准备在世界上得到最后的胜利。他不但是一个梦幻的浪漫者,却也是一个战斗的浪漫者。

然而在一切他的浪漫的资质中，果戈理却具有一种惊人的天禀，这就造成了他一生中的所有幸福和美点，但同时也造出所有的不幸来：他有特别的才能，来发见实际生活的一切可怜，猥琐，肤浅，污秽和平庸，而且到处看出它的存在。生活的散文的方面，是浪漫者大抵故意漠不关心，加以轻视，或者想要加以轻视的，但这些一切，却都拥到果戈理的调色版上，俨然达到艺术的具体化了。天性是这样的浪漫者，而描写起来，又全为非浪漫的或反浪漫的一个这样的艺术家如果戈理的人，产生的非常之少。所以艺术家一到心情和创作的才能都这样的分裂时，即自然要受重大的苦恼，也不能从坚牢的分裂离开，这分裂，是只由这两种精神中的一种得到胜利，这才能够结束的：或者那用毫无粉饰的散文来描写人生的才干，在艺术家里扑灭了他的精神的浪漫的坚持，或者反之，浪漫的情调由艺术来闷死和破坏了诚实地再现人生的力量。

　　实际上是出现了后一事：果戈理的对于写实的人生描写的伟大的才能消失了，他总是日见其化为一个宗教和道德思想的纯粹而率直的宣讲者。但当已将消灭之前，这写实的能手却还灿然一亮，在《死魂灵》里，最末一次放出了他那全部的光辉。

3

　　这部长篇小说是果戈理的天才的晚成的果实。是他的幻想的浪漫的倾向和他的锋利而诚实的人生观察的强有力的天禀之间，起了长久的争斗之后，这才能够完成的著作。

　　在他的第一部小说《狄亢加乡村的夜晚》（一八三一至三二年）里，这分裂的最初的痕迹就已经显然可见了。在这小说里，果戈理是作为一个小俄罗斯生活和下层民众的描写者而出现的，但同时也是幻想的诗人，将古代的传说从新创造，使它复活。这最早的作品很分明的可见两种风格的混合，但其间自然还以梦幻的一面为多。就是自然叙述和所写人物中的许多性格描写,也保持着这风格——纵使果戈理固然也并不排斥用纯粹的简朴和一致的精神以及真正的写实法,来表现别的人物和情形。从这两种风格的混合,如喜和悲,哭和笑的交替的代谢,就清楚的显示着诗人的创作还没有取得确定的方向,然而其中也存留着印象,知道艺术家的魂灵,那时已经演过内面的战斗了:梦幻者的理想主义,不能踏倒那看穿了实际上的一切可憎和庸俗,而他自己却竭力在把握并显示别一种更崇高,更理想的意义的写实者的强有力的天资。

关于艺术的创作的这崇高而理想的意义,果戈理是在开始他作家事业的第一年,就已大加思索的。那时特别烦扰着他的,是浪漫者非常爱好的主题,就是凡有梦幻者,理想者和艺术家一遇到运命极不宽容地使讨厌的,严酷的现实和他冲突的时候,就一定提了出来的那苦恼。果戈理在他的短篇小说《肖像》里,就很深刻的运用了梦幻和生活之间的分裂的问题。

这篇小说的梗概极像霍夫曼[①]的一篇故事。那故事叙述着一个青年艺术家的精神的传奇,他为了贪欲,便趁时风,背叛了真正的,纯粹的,崇高的艺术,但待到他知道自己的才能已经宣告灭亡的时候,就发狂而死了。这不幸的艺术家的恶天才是反基督教者的幻想的肖像,用一种极写实的,或者简直是自然主义的艺术写就,在这图画里显现着反基督教者的一部分的魂灵。

艺术应该为理想效力,却非连一切裸露和可憎也都在内的真实的再现——这是这一篇故事的根本思想——向我们讲说这道德,是托之艺术家怎样受了肖像的危险影响,贪利趋时,终于招了悲剧的死的,而这肖像,乃是一幅太写实主义者的艺术的作品。

果戈理也如德国的浪漫者一样,在艺术中抓着一种崇高的,近乎宗教的信仰。然而他的艺术观却不能把总是起于梦幻的世界和

[①]　E. Th. A. Hoffmann(1776—1822),德国的浪漫派作家。——译者。

我们的生活之间的面前的矛盾遮蔽起来。他就在眼前,看见这开口于两个世界之间的深渊,而这目睹,对于他却有些骇怕和震悚。这里只有一个方法了,忘却它:震撼和损害,在精神上无足轻重。这是两篇故事《涅夫斯基大街》和《狂人日记》的主题。

然而在果戈理的创作里,渐渐的起了决定的转变了。他对自己的才能让了步,他服从它,走向现实和真实的描写去;他不再将它们美化,理想化了;它们怎样,他就照式照样的映下来,首先是一向很惹了他眼睛的消极的方面。现在是他和这庸俗的,陈腐的,龌龊的真实,在艺术的原野上相冲撞了,于是当面就起了严重的问题,这是他在《肖像》里也已经提出过了的:"如果艺术来描写龌龊和邪恶,而且写得很自然,很生动,几乎有就是这龌龊和这邪恶的一片,粘在艺术品上的样子,那么,艺术也还在尽它高尚的使命吗?"

不过果戈理并不能长久抗拒他的才能。他的艺术,就一步一步的和生活接近起来了。这接近,从他那一八三四年集成出版的浪漫的故事,名为《密尔格拉特》的短篇小说集子中,尤其可以分明的觉得。

这些小说中之一的《旧式的地主》,是一首简朴的牧歌,是一个两样人于凋零的人生的故事:是一篇心理学的随笔,那幽深和诗趣,是没有一首浪漫的牧歌所能企及的。善感的和浪漫的作家,都喜欢这一类令人感激的主观的东西,就如两个爱人,远离文明的诱惑,同居于天然的平和之中的故事。《旧式的地主》是一个极好的尝试,用这材料,把浪漫的要素来写实的地,人工的地修补了。寂寞荒凉之处,有一座小俄罗斯的村庄——这里有倦于世事而无所希望的男主角,和幽郁的,或是易受刺戟的女主角——一对老夫妇;但虽然简朴和明白,却到处贯注着深的真实和诗情。这在果戈理的创作上,表示着写实主义对于浪漫派的一个决定的胜利。

在历史的故事《塔拉斯·布尔巴》中,给我们的面前展开了完全两样的诗的境界。这里也看出从早先的理想化的风格,向着写实主义的分明的转变来,但自然以在一部历史小说上所能做到的为限。果戈理的大著作《塔拉斯·布尔巴》里所描写的景物,那价值是不可动摇的。这故事的内容,所包含和那复杂,恐怕不下于《死魂灵》;从中也可以发见各种典型和插话的一样的丰富,做法的一样的有力和一样的急速的步骤。心理的活动,《塔拉斯·布尔巴》里也恐怕比果戈理的任何别的作品还要深,因为主角的感情,在这里比《死魂灵》里所用的人物更认真,更复杂。《塔拉斯·布尔巴》——是一篇历史的叙事诗,也有一点理想化。这里面生活着古代传说的精神,但所用的人物的心境,却总是真实的,并且脱离了浪漫的过度吃紧。萨波罗格的哥萨克民族的古代,和他们的服装,他们的家庭生活,他们和犹太人以及波兰人之间所发生的战争——这些一切,都用了一种神奇的真实,描写在《塔拉斯·布尔巴》中;还在里面极老练的插入了叙述和描写的要素;这些又并不累及著作,倒使它更加活泼,更加绚烂起来。《塔拉斯·布尔巴》由那描写的史诗式的匀称,制作的尚武的精神,以及首先在性格的完成和插话的精湛这方面来看,它的模样是小俄罗斯的《伊里亚斯》[①]——而且写实主义还容许考古学也跟着传说在历史故事里作为艺术的要素,它冲进这叙事诗里了。

但写实的描写艺术,果戈理却从他那有名的笑剧《巡按使》(一八三六年),这才达到很真正的本色的完成。

果戈理是属于创造"俄国的"戏剧,把俄国的生活实情,不粉饰,不遮掩地搬到戏台上来的数目有限的诗人群里的,俄国的国民戏剧的历史,由望维旬的笑剧开头。在这剧本里,用了十足的诚实,描写着加塞林娜一世时代的贵族地主,然而这里还觉得有一种并不可爱的要素:浮躁的讲道理。也是贵族,不过这回是都市的官僚,那情景在格里波也陀夫的《苦恼由于聪明》里上演了,这是天才的讽刺,却决不是天才的笑剧。而且那真实也表现得失却了本相:只是一种法

---

① Ilias,希腊诗人荷马(Homeros)所作有名的两大史诗之一。——译者。

国式文学传统的收容。

在《巡按使》里，是俄国的官场到底搬到戏台上来了。关于这笑剧的对象，其实是看客早从十八世纪和十九世纪上半的作家所做的，其中攻击着腐败邪恶和向收贿讲着道德的冗谈的真正中庸的一批剧本上，看得很为熟悉的了。《巡按使》却只要这一点就比这批剧本更出一头地，就是所描写的典型都是真实的活人，看客随时——倘若并非全体，那就是部分的代表者——都能够在他四近的邻人们中遇见。果戈理之后有阿思德罗夫斯基，他的剧本把商界搬上了戏台，而且使俄国生活的图画，达到几种很有意义的样式。这就是三个"黑暗世界"——贵族，官场和商业的世界，从此以后，就在戏台上用这真实的黑暗方面警醒了太倾于理想的俄人。最末，这类剧本中又增加了新图像，臻于完全了——是下等人民的黑暗世界的图像：在托尔斯泰的《黑暗之力》的剧本中。

果戈理在他的笑剧里，在紧钉着社会生活的社会的弊病和邪恶的全体上，挥舞着嘲笑的鞭子：他把政务的胡涂，庸俗和空虚搬上了戏台，并且惩治官僚界，就是把他们委给一个大言壮语者，空洞的饶舌者的嘲笑和愚弄，还由他来需索他们，但幸而他终于使他们站在合法的审判者之前，还派来一个宪兵，这才使他们恍然大悟，这笑剧在第一幕不过是严谨的客观的和事实的，临末就自然很分明的闯出了道德。警察局长来得非常胡涂，本身就尽够嗤笑和轻蔑，对于他自己的性格描写，更无需强有力的言语。宪兵的出现，是恰如在《假好人》①的末一幕里一样，当作法律的代表，来镇静看客的；他通知他们，政府的眼睛是永远开着的，纵使大家以为它闭着。然而诗人的拔群的艺术的才气，是懂得整顿道德和环境的真实以及典型的活泼的不一致的。在这以前，看客总在剧本的种种紧凑的时候，从戏台

---

① *Le Tartufe*，法国笑剧作家莫利哀（J. B. P. Molière，1622—1673）的作品。——译者。

上得到教训的言论,但《巡按使》里却完全缺少这言论。这笑剧是一种全新的,异样的创作;它绝不采取戏剧艺术的熟悉的形式,囚为它并非一本容易感动的笑剧,也不是一本趣剧,又不是道德的剧文。

这作品给它的创造者运来大苦痛和许多的失望,因为这引起了对于他的极猛烈,极矫激的不平。他用旅行,来疗救他精神的忧愁和对于同类市民的愤懑。这是果戈理常用于自己的幽郁和精神的疲倦的方法,那效验,确也比一切药饵更切实,更不差。这倾慕漫游和变换居住,是发于他那浪漫的才情的。关于这一点,他和一个为企慕,忧愁,郁积所驱策,竭力要离开故乡,向新的,远的祖国的海涯去的热狂者,很有许多类似。果戈理也有这样的一个辽远的祖国,虽然他原以神圣的爱,爱着俄国,而在外国的人们里,也并不觉得安闲。他还有一个巨大的眷爱:意太利。

果戈理也常常推究他那漫游和旅行的热情,搜索原因,以解释自己的游牧生活;他归原于自己的必须多换气候的疾病,以及倘要研究人们和生活,写进他的作品里面去,就还有间隔之处的艺术家的纯粹的精神的需求。如果他很久之后,重回俄国来,就觉得好像有些后悔,而且很增涨了对于故乡之爱;然而这感觉,一遇着招他远行的难以言传的热望,也就颓然中止了。他的魂灵上带着一种病,这病在世纪之初曾经君临西欧,将人们拉开故乡,渴仰着遥远的天涯海角——这病,裴伦和夏杜勃良①都曾经历过,并且给修贝德②由此在他那谣曲《游子》里,在这三十年代一切俄国青年男女所心爱的谣曲里,发见了非常神异的音乐的表现的。

然而,果戈理从五年间(自一八三六至一八四一)的国外旅行所

---

① Gordon Byron(1788—1824),英国诗人;Auguste Chateaubriand(1768—1848),法国作家,世称近代浪漫主义的开创者。——译者。

② Franz Schubert(1797—1828),奥国有名的音乐家,最大功绩是在完成谣曲(Lied),世有"谣曲王"之称。——译者。

携来的，却并非一本悲观的日记，也不是一篇感情的史诗。他带来了《死魂灵》的第一部：一部小说或者一篇诗，其中庆祝着年青的俄国写实主义的大胜利。这是果戈理在诗界上所获得的决定的胜利。

4

当他流寓外国，尤其是在意太利的时候，果戈理很勤勉，工作也流畅的进行。这是他的创造力最为旺盛的时期。浪漫的倾向还在那美丽的短篇小说《罗马》里闯出了最末的一回，就逐渐的退开，在冷漠的，平静的，诙谐的人生观上占了坐。这文人的盛行发展的才能，不断的竭力使人生的真实和艺术的真实成为亲密的融和——总是不断的获得优胜，不但在能够表现了还在旧浪漫形式上设定的一切早先计画的存储上，也还在改造和革新像果戈理旧作那样的一类作品上。

用着这样的一种写实的精神，果戈理就在这时候改作了他的故事《肖像》和《塔拉斯·布尔巴》。然而最有力，最自由地显出诙谐家和人生描写家的力量，庆祝他在这时代对于激动感情的浪漫的倾向和心情，大获全胜的，则是那短篇小说《外套》。这作品在俄国文学史上，是占着极其特殊的地位的。这是当时这一种类中的最先，而且恐怕是最完全的一例，后来非常流行，并且获得巨大的社会的意义。这是《被侮辱与损害的》[①]的故事的一页，陀思妥夫斯基因为自己的特别的爱重，曾由果戈理直接采取的。当这时候，伴着社会理想的滋长和迅速的发展，西方已经由文学和行动开始了对于孱弱者和损伤者的关心。但在俄国，却漠然的放过了将社会看作人们的集团，从果戈理才有最初的企图，全不受西欧的倾向的影响，而做出

① 陀思妥夫斯基的长篇小说，中国有李霁野译本，在《世界文学名著》中。——译者。

《外套》这一篇作品，人指为俄国之所谓"弹劾小说"①的起点和根源，是正确的。大家应该看好，在果戈理的故事里，反抗和弹劾显得很微弱，倒代以一种柔和的同情之感。诗人使我们和他那老实的主角，遍历了他的生活路径的一切重要的兵站；我们到他的屋顶房里去访问他，他就在那里一文一文的放在小匣子里，终年数着一小堆铜元，为了好去换银币，他在那里挨饿，受冻，节省蜡烛，脱下他的衣服，免得它破得快，他在那里穿了睡衣寂寞的坐着，精神上抱着外套的永远的理想；我们又跟他到局里去，在那里人们不很留心他，好像飞过的苍蝇，在那里人们侮弄他，把纸片撒在他的头顶上，在那里他年年伏着他的写字桌，很小心的在纸上写着字，或者把文件放在旁边，要誊写一遍来自寻乐趣。果戈理给这故事的幻想的收场，是有一点任性的，但幸而到处发见一种和他先前的幻想故事完全不同的性格。这幻想的东西含有一种嘲弄，诙谐和玩笑的极强的混合，至于几乎完全退向末一种要素，把他的浪漫的性格损坏了。作者不过要用这怪事于结束他的小说的两幅小小的世情图画上而已。

果戈理的艺术，如果他从他的旧样式转了向，并且使他的锋利的观察才能和诙谐，自由驰骋起来，就有这么的强有力。

然而谁要认识这天才的力量，那就应该取起悲壮滑稽的诗篇《死魂灵》。在这里，每一页上都放着煊赫的证据。

<h2 style="text-align:center">5</h2>

做《死魂灵》的工作，在作者是一个大欢喜，也是一个大苦痛。当他的诗整页的好像自己从笔端涌出的时候，他感到一种高尚的享乐和内心的满足，但一年之久，累月的等候着热望的灵感的时候，却也为他向来未曾经历过的。这工作果戈理整做了十六年：从一八三

---

① Anklageliteratur，也曾译作"谴责小说"。——译者。

五年,他写这作品的第一页的草稿起,到一八五二年,死从他手里把笔掣去了的时候止。在这十六年中:他用六年:一八三五至一八四一年——这之间,他自然还写另外的诗——,来完成那第一部。其余的十年,就完全化在续写他的作品的尝试上了。

据作者的理想,《死魂灵》该是一篇"诗",用所有光明的和黑暗的两方面,显出在俄国的政治生活和社会生活的一切五花八门来。果戈理要在这里使旧的史诗复活在新的形式上;所以他故意把自己的小说来比荷马的歌唱——一篇韵语,也就是一篇诗。这作品的全盘计画,在作者的心里自然是并未完全设定的,后来就取了很奇特的方向。这冷静的,非趣味的叙事诗的故事,逐渐的变为宣讲道德的真理和但愿俄国完全照改的希望,逐渐的回到向全人类宣传一种新教训,以振作精神和提高他们的生活的理想里去了。

这诗的全局,果戈理只藏在自己的心里,不过间或用很平常的样子,告诉他最亲近的朋友,说他的计画是怎样的大和深。果戈理的关于自己作品的这太刺戟人的傲语,在他的朋友和相识者中惹起了极猛烈的反对,他们嫌恶,不高兴这种话。他们的见解,以为艺术家的计画倘使真的远大,也许会增长他更甚的骄慢,倒不是因为使他傲慢的,并非他的伟大的艺术界,却在他自信拥有道德的真理,因此立刻置重于这崇高的使命,以义务自任,向他的邻人宣讲起这真理来。

果戈理的关于他的作品的计画,虽然守着秘密,但也可以根据了偶然的发言和暗示,根据了他和亲近的人们的谈话,加以信札和第二部的断片,用十分的充足,来弥补作家的秘密的;这也就是艺术家和道德家的秘密。

"上帝创造了我,"果戈理曾经说,"他对我并没有隐瞒我的使命。我的出世,全不是为了要在文学史上划出一个时期来。我的职务还要简单而切近:就是要各人都思索,而不是我独自首先来思索。我的范围是魂灵,是人生的强大的,坚实的东西。所以我的事务和创作,也应该强大和坚实。"《死魂灵》的全体构造,该是一个这样的

"强大的，坚实的"工作，当风暴扑向他们的魂灵上来时，人就可以靠它来支持，它是他们的救济之道的问答示教。[①] 这诗的对于人，应该是引他们到道德的苏生的领导者，恰如对于作者，当他起了精神的照明，作一个虔诚的祷告，忏悔过他本身的罪业之后一样。

但在诗人的精神上，怎么会形成一个这样的见解的呢？

果戈理的天性，原是易于感动的，他喜欢指教和宣讲。这劝善的调子，早就见于他先前的书简中，而且作证的不但有动摇孩子的怀疑，也还有他的精神的抒情诗样的飞舞在他的感情和思想里的这抒情诗，也曾求表现于他的小说上，所以我们在这第一篇故事里，就和天真烂漫的玩笑和诙谐一起，也看见很是幽郁的短章；看见对于人生的许多悲哀方面的苦痛。然而到得果戈理的诙谐严肃起来的时候，诗人也跟着逐步为这思想所拘束，以为他的责任，是在创造一种伟大的东西，于是道德的倾向，也逐步的加强，拉了他去了。自从《巡按使》第一次上演以后，他才确信他在群众上，真有一种道德的效验的力量，就决计要把这力量来给大事业效劳，并且不为小举动去浪费他已成的势力。当年青时，还没有觉到这势力的时候，他就已经梦想着成功一种大事，做邻人的恩人和教师，祖国的英雄和战士的。因为要贯彻这崇高的使命，他把全部希望都托之自己的才能，又开始去找贵重的任务，就是和他的信仰相合，一实现便要给人真正的益处的，伟大而显著的材料了。

于是买《死魂灵》的奇谈就飞快的失掉它滑稽的性质，转向果戈理还没有找到分明的界限和适宜的框子的一个对象上去了。从此以后，果戈理便向这主题集中了他的抒情诗的全力，要在这里表现出他自己的道德的确信来；他开手来把这材料开拓，掘深，提它到那"伟大的对象"的高度，使他可以说：从早先的青年时代以来所梦想的高贵的作品，可要完成了。一个简单的奇谈，改造成一种宏大的

---

① Kathechismus，耶稣教中对于新入者用问答施以教化的方法。——译者。

理想,只能缓缓地,渐渐地进行,而作者在他的工作之初,说不出它当完成时,将显怎样的模样,那是明明白白的。

这伦理的倾向之外,还有诗人的爱国的志向,也给诗篇以很有力的影响。果戈理的爱国主义,原是与年俱进了的,当诗人准备实施他的计画时,这对于祖国之爱,已经和上述的宗教的色采,结合成一种坚强的保守的世界观了。而且这爱国主义也如他的将真理之路指示同类市民的努力一样,并不停止进行,倒是诗人愈是开拓和掘深他的作品的时候,这也跟着愈加强大。果戈理在他的小说上,一定要谈起俄国,尤其在第一部里,曾经说过许多微辞。他在还未想到续作他的诗篇时,给我们看了他的故乡的"一方面",而且还是它的最不像样子的。小说的主角和他所遇见的一切脚色,都是简直空虚得可怜的人。那尽写得——十分冷酷和无情的来对付自己的祖国,这就是说,关于它那好的方面,也就是关于可以要求我们的爱敬的所有俄国人,却并不提起。果戈理的滋长不止的祖国之爱,使他觉得负有义务,该在他的诗篇里,对于自己的同类市民也说一句鼓励,同情和亲爱的话了。他的故事的范围越展开,也越加切迫的感到这义务。于是果戈理就从诙谐和讽刺,走到文饰俄国和赞美俄国的道德去。他要在他的诗篇里给他们留一个适当的位置,而且也已经在小说的第一部里实行。他知道,读者是有着权利,来要求他也描写些俄国生活的最好的方面的,因此他迎着这希望,又依照了自己的爱国的感情,开始来给他的作品找寻积极的典型,而他的精神,又上升到他先前的作品那时似的飞扬的感奋了。

这是诗篇的全盘计画中的爱国的理想的部分。倘使果戈理在流寓中逐年增大的宗教的心情,在诗人的创作上没有更其有力的影响,这是很不容易办到的。他在外国,得了应做的特别使命的确信。对于上帝,和上帝对于他以及他的工作都有特别的同情的一个坚固的信仰,鼓励着他。他的文字的创作,从他看来就高到成为圣道的一种,那就自然,他也只得把自己的一生从此看作一个严肃的,沉重的义务了，这义务，是倘要尽上帝放在他手中的职务，人就只好努力和自强的。果戈理先从禁食和祷告来准备他的作家的任务；他"决然的改造自己"，他决不宽容的剿灭他所认为不净和有罪的一切，并且依照了他的道德的苏生，来裁判他所有的思想；他相信惟有用纯洁的心和明净的感情，这才能尽他的崇高的天职，而这些心绪的印象，自然也出现于他的诗篇中。于是这就成了向着同类和同胞，给自己赎罪之一法的道德的说教了。

在果戈理，作家的职务是这样的和他本心的特质融和为一的。在果戈理，他的诗是给他净罪的牺牲。他所叙述的罪，要求赎取和惩罚——他的主角的罪，也如他本身的一样。他的作品就变为一个犯罪和迷误的魂灵的净化和明悟的历史，带上一种深的神秘的气味来——和果戈理总以尊敬的惊异来读的但丁的伟大的叙事诗，[①]有着相像的意义了。

果戈理是自己想做一个从黑暗进向光明，由地狱升到天上的但丁第二的，有一种思想，很深的掌握而且振撼着诗人的魂灵，是仗着感悟和忏悔，将他的主角拔出孽障，纵使不入圣贤之域，也使他成为高贵的和道德的人。这思想，是要在诗的第二和第三部上表现出来的，然而果戈理没有做好布置和草案，失败了，到底是把先前所写下来的一切，都抛在火里面。所以以完成的诗的圆满的形式，留给我们的，就只有诗篇的第一部：俄国人的堕落的历史，他的邪恶，他的空虚，他的无聊和庸俗的故事。

6

如果我们从《死魂灵》上，除去了作者用以指示他的诗篇的秘密

---

① Dante Alighieri(1265—1321)，意太利的大诗人；"叙事诗"即指他所作的《神曲》。——译者。

意义和其次的部份的处所，就是诗人自己来开口的一切抒情诗的讲解，那么，这小说就几乎成为《巡按使》的直截的，至少是更加丰富，方面更多的续编。两部作品描出着一幅俄国生活的并不错杂的，真得惊人的图像。所用的人物，《巡按使》上是官僚，在《死魂灵》里还夹进地主和农奴去。但那图画，在这里是显得无穷之广和深。《巡按使》的主角的心理的活动，还少差别，也不大复杂——比起《死魂灵》的满是强有力的对照，跳动着很丰富，有微差的人生来，完全不一样。在我们面前展开了一幅性格的典型的画卷，每个典型都显着叙述分明的相貌，从诗篇的第一页到末一页，写得毫无错误。这些活着似的，有血有肉似的站在我们之前的人物中间，生活，动作着主角：保甫尔·伊凡诺维支·乞乞科夫，并没有细带将他和围绕他的社会相连系，倒是他从外面飘了进来，恰如赫来斯泰科夫的在《巡按使》里一样。这主角。是作者用了特别的眷爱和小心描写出来的。他是枢纽，周围聚集着诗篇的一切的人物，我们的头领在这农奴，地主和官僚的珍品展览会里，从中取出一个，就发生这样无穷的可笑和滑稽，合了起来，便惹起一种这样悲哀之至的印象。

然而果戈理的处置他的主角，是还很宽大的。乞乞科夫是一个道德的性质实有可疑，往事无非黑暗，现实确也无聊的人么，这并不是问题。以人和市民而论，他是一个不折不扣的恶棍和骗子，以典型的代表者的人格而论，则是一个展得很大的切开道德，在它的最深处就是不道德，然而是自己活着，也使别个活着的。对于这很可爱而彬彬有礼的强盗，诗人并不以这冷淡和偏颇的性格描写为满足；他给我们讲他少年时代的全部历史，他给我们解释，怎么会在乞乞科夫里发生这强盗的本能，而且使我们再想下去，他的主角的恶棍和骗子行为的全部责任，真应该判给乞乞科夫一个人，还是他的罪恶的大部份，倒该落在他所生长的环境的总账上的呢。是的，作者终于还更进而向读者直接提出了问题："那么，乞乞科夫确是一个这样的无赖吗？"他立刻接下去道："为什么就是无赖？对于别人，我们又何必这么严厉呢？——他不过人们之所谓好掌柜和得利的天才。"①

罪恶第一是在获得的热情：它就是使世界显得不大干净的事情的原因。乞乞科夫是他的热情的牺牲，"然而有些热情，也非人力所能挑选。"

只要办得到，给乞乞科夫就已经很宽大了，对于那些实在没有这么坏的朋友和相识者，当然更其轻减。在实际上，诗人是用大慈大悲来对付一切的；首先，是对于贵族，他比处置官僚还要宽容得远。他们自然也是空虚，无聊，猥琐的人，但并不激起我们特别的愤怒和很大的反感。我们确是嗤笑他们，我们怜悯他们，但我们到底也还可以在他们之间生活，用不着妥协和怎么大的牺牲。对于总是从最好的方面来看人的诚实而恳切的玛尼罗夫，还提什么抗议呢？是的，就是一个梭巴开维支，也几乎当得：这笨重和粗暴的刽子手。不过他那动物的本能有时使我们惊骇，此外倒也毫不损害他的邻人。连泼留希金和科罗皤契加，也赚得我们的同情，过于我们的判罪。作者自己是陈列了他们的灵魂的渺小和空虚，他们的生活的无聊的，但也连忙来使读者在太早的判罪之前，先从这两样中选取它一样。他向我们说明了泼留希金在他那生活的幸福的，已经很在先前的时期，我们就知道当面站着一个不幸者，是他自己不能抵抗的热情的牺牲。作者怀着深的苦痛，讲述着一个人能够堕落进去的无聊，渺小和讨厌；他指示出人像的变相来，并且给我们智慧的忠告，如果我们从娇柔的童年跨进了严正固定的成人年纪，就得给自己备好一大批灵感和理想，作为存储，不在中途随便浪费。果戈理用活尸来恐吓我们，然而他总说这并不使人胆怯，倒博得我们同情之泪。虽是罗士特来夫，这浮躁，无耻，欺骗和冷嘲的集成，果戈理也写得

---

① 这里引的是第十一章，但原译和本文即微有不同，所以现在也不改和本文一律。——译者

他还有一点好意,连坏心思也都没有遮掩,他对我们几乎完全解除了武装,使我们对他也无需真的发怒了。

果戈理是这样的恳切和宽容地来描写和他的主角同伴的人物的,这些人物,都属于自由人一类,本身并不是官僚。但反之,对于这一流人物,他就严厉得远了,如果他们任着国家的什么一种职务,换一句话,就是如果他们是一个官。

恰如在《巡按使》里一样,《死魂灵》也毫不含有政治的讽喻的痕迹。讥刺也没有一句触着很高的上位,不过一个一个的向着官场中的小脚色。

全部的诗,是一个美意的模范,所以也不会使读者觉得它所批判是对于统治和行政,但除了《戈贝金大尉的故事》,这是检查官简直不肯放过的,由作者这一面大加改换和承认,这才通过了检查。这故事是果戈理敢对君权置议的惟一的表演。别的一切处所,他总不过选取由这权力而来的机关为目标,还要细看了主角的品级和地位,再来区别他的攻击的轻重。官愈大,作者的批判也愈温和,他的主意,自然并不在专来奉承统治者,倒只为了一种意料,以为高的智识,就也会令人恪守高的道德的。

这样的是《死魂灵》里的所有的大官,就是除了总督和知事,也都是可敬可爱的人们,至多也不过有一两点古怪和特别之处。这优美的官场的样子,给道德家仅有很少的一点暗淡,真的,从果戈理的表现,他可以置身他们之中,简直好像在家里一样。

然而图画突然强有力的变换了,如果我们从这位分较大的外省官员的圈子,走下低级的区域,和乞乞科夫一同跨进那容着小官的办公室里去。这时我们就到了公文的王国,有龌龊的,有干净的,而这不法和邪恶的内面,还有一片很宽广的活动的余地。我们参加假证人的置辩,真到场的很少,大抵是挑选些没教育的法官;我们看见乞乞科夫的骗局怎样得到法律的许可,单是为了情面就毫不收他法定的款子,倒用了莫名其妙的方法写在别个请愿人的帐目上……总而言之，我们已在一个不管画给他们上司的殉情主义的路线，却投降了冷净而纯粹的功利主义的真的恶棍和骗子的社会中间了。

如果我们再走下去，出了都市，投到乡间，那么，我们就要在这地方遇到足色的废料和无赖，例如宪兵大佐特罗巴希金，是一个心肠柔软的汉子，历访各村，像逞威的时疫似的无处不到，因此他到底也被农人们送往别一世界去了。这报告我们乡村警察的英雄行为的一段，在全部诗篇里，确要算是很大胆的。

《死魂灵》的第一部，因此实在是一篇人们的可怜和无聊的叙事诗。这禀着猛兽的本能的钻谋骑士的可怜——都市社会全体，男男女女的可怜和猥琐——这细小和无聊的利益关系，这没有目的的醉生梦死，这精神的愚钝，这唠叨和这谗谤的王国的可怜。然而最显出特性来的，也还有农人界，作者不过极短的适宜的一提，在《死魂灵》中，出色的描写了他们的不好看和可怜方面。农人是无所谓不德和有德，无所谓好和坏的，就只是可怜，愚钝，麻木。果戈理不愿意像和他同时的许多善感而浪漫的作家的举动一样，把他们的智力和心思来理想化和提高；然而他也不愿意把他们写得坏，像讽刺作家的办法，要将读者的注意拉到我们的可怜的，孱弱的同胞的罪孽和邪恶方面去，借此博得他们的玩味和赏识。

诗人对于他的这些同胞，有着衷心的同情，是毫无疑问的。只要一瞥乞乞科夫对于他买了进来的农奴的运命所下的推测，就够明白在诗人的幻想中的这些可怜人的未知之数，这些人们，都被很生动的描写着死掉之后，他们的主人就给了非常赞美的证明。然而乞乞科夫在路上遇见一个农夫时，却除了听些米略衣叔和米念衣叔的呆话而外，一无所有。在全部诗篇中，也没有一处可以发见俄国农夫的天生的机锋和狡猾，但这灵魂的才气，是使我们喜欢，而且凡是祖国之友，也应该常常，并且故意的讲给我们的。

7

　　这是这伟大的祖国之诗的幸而尚存的部分的内容的真相。据
我们看起来,这作品,在它的作者是收得深的道德的意义的;那主意
是在先使我们遇见一群空虚,邪恶和可怜的人,于是再给我们一幅
他们的振作起来的美丽的图画;在作者的眼中,这诗篇是献给他的
祖国的誓约,首先荡涤过一切可憎和污秽,然后指出神圣之爱来。
这作品的伦理的意义,是果戈理据了他的宗教的观照,他的爱国主
义,和他的柔软的,同情的心,抄录下来的。在这里,果戈理屹然是
对于邪恶,孱弱,庸俗,怠慢和游惰,一句话,就是凡有一切个人的和
社会的弊病的弹劾者,是最进步的俄国男子中的一个,而这为着祖
国的崇高的服务,也没有人要来夺取,或者克扣他。

　　然而熟读了他的作品,人就很容易知道他的力量和才能,并不
单在于弹劾和谴责。这讽刺家其实是一个柔软的,温和的,倾向同
情的人,并且知道对于在他的作品里缚到笞柱上去的人,给以公平
的宽恕。他还替最邪恶者找寻饶恕和分辩的话,他绝不喜欢称人为
邪恶者,就选出一个名称,叫做孱弱者,想借此使读者对于被弹劾和
被摈斥的人,心情常常宽大。他令人认识自己的罪孽。那方法,并
不是揭发他们的坏处和罪恶,倒往往是在他们那里,惹起他们对于
因本身或别人的罪过,陷于不幸的邻人的同情。

　　但《死魂灵》在俄国的文学和生活上造出伟大的意义来的,却并
非这道德的理想和观照。作品还没有完成,俄国的读者从诗人的冷
静的誓约中,毫无所得。读者留在手里的,还不过是一卷对于他所
生活着的社会的弹劾状,自然是一卷成于真实诗歌的巨匠,伟大的
写实作家之手的弹劾状。

　　《死魂灵》在俄国文学中,是伟大的写实小说的开首的模范,而
常常戏弄人们的运命,是要这浪漫者和诗人所写的写实小说的伟大

的标本,那作者的行径以浪漫的梦幻始,而以宗教的宣讲终。

然而造化将神奇的才丁,给这宣讲者放在摇篮里了,他禀着别人所无的纯净的,本色的,因理想化而不羁的描写真实的能力——在这才干达到极顶,又即迅速而不停的消灭下去的短时期中,诗人却用极深的真实,创造了这巨大的图,在这上面,俄国人这才第一次看见他自己,他本身的生活的狼狈的信实的映象。

内斯妥尔·珂德略来夫斯基

未另发表。

最初印入 1935 年 11 月文化生活出版社版"译文丛书"之一《死魂灵》。

致 郑振铎

西谛先生:

《死魂灵》第六次稿,已校讫,与此函同送生活书店。但前一次稿,距送上时已五十余天,且已校讫,印出,而不付译费,不知何故。我自然不待此款举火,不过书店方面,是似乎应该不盘算人的缓急的。

幸译本已告一段落,可以休息了,此后豫告,请除我名。又闻书店于《世界文库》的译文,间有仍出单行本之举,我的《死魂灵》已决定编入《译文社丛书》,不要别人汇印了。生活书店方面或亦并无汇印之意,但恐或歧出,故特声明耳。

专此布达,顺请

教安。

鲁迅 顿首 十月十七夜。

十八日

日记 昙。上午寄郑振铎信。得半林信。午得王凡信。下午复司徒乔信。寄母亲信。晚得『ジイド全集』（十二）一本，二元五角。

致 母 亲

母亲大人膝下敬禀者，十月十一日来信，早已收到，藉知 大人一切
　安好，甚慰。上海寓中亦均安好，但因忙于翻译，且亦并无要
　事，所以不常寄信。
　　海婴亦好，他只是长起来，却不胖。已上幼稚园，但有时也要赖
　学，有时却急于要去；爱穿洋服，与男之衣服随便者不同。今天，
　下门牙活动，要换牙齿了。
　　上海晴天尚暖，阴天则夹袄已觉不够，市面景象，年不如年，和男
　初到时大两样了。
　　专此布复，恭叩
金安。

男树　叩　广平及海婴随叩　十月十八日

十九日

日记 昙。上午得徐懋庸信。得孟十还信。小峰夫人来并赠禾花雀一碗。下午振铎来并交《世界文库》译费九十元。晚蕴如携阿菩来。三弟来。

二十日

日记 星期。晴。午后复孟十还信。寄吴朗西信并《〈死魂灵》

序》译稿。寄姚莘农信。下午得萧军及悄吟信，晚复。夜同广平往邀蕴如及三弟往大光明戏院观《黑屋》。

致 孟十还

十还先生：

十七夜信收到。《译文》自然以复活为要，但我想最好是另觅一家出版所，因为倘与丛书一家出版，能将他们经济活动力减少，怕弄到两败俱伤，所以还不如缓缓计议。现在第一着是先出一两本丛书。

《死魂灵》第一部，连附录也已译完，昨天止又译了一篇德译本原有的序，是 N. Kotrialevsky 做的，一万五千字，也说了一点果氏作品的大略。至于第一本上的总序，还是请先生译阿苏庚的——假如不至于有被禁之险的话。这种序文，似乎不必一定要国货，况且我对于 G 的理解力，不会比别的任何人高。

当在译 K 氏序时，又看见了《译文》终刊号上耿济之先生的后记，他说 G 氏一生，是在恭维官场；但 K 氏说却不同，他以为 G 有一种偏见，以为位置高的，道德也高，所以对于大官，攻击特少。我相信 K 氏说，例如前清时，一般人总以为进士翰林，大抵是好人，其中并无故意的拍马之意。况且那时的环境，攻击大官的作品，也更难以发表。试看 G 氏临死时的模样，岂是谄媚的人所能做得出来的。我因此颇慨叹中国人之评论人，大抵特别严酷，应该多译点别国人做的评传，给大家看看。

承示洋泾浜的法国语，甚感，倘校样时来得及，当改正——现在他们还未将末校给我看。Ss，德译如此，那么，这是译俄字母的"C"的了。我所有的一本英译，非常之坏，删节极多，例如《戈贝金大尉的故事》，删得一个字也不剩。因此这故事里的一种肴馔的名目，也译不出,德文叫 Finserb,但我的德文字典里没有。

关于 Lermontov 的小说的原文,在我这里,当设法寄上,此书插画极好,《译文》里都制坏了,将来拟好好的印一本,以作译者记念。

专此布复,即颂

时绥。 　　　　　　　　　　　　　豫　　上　　十月二十日

致 姚 克

莘农先生:

王君已有信来,嘱转告:已于三日到埠,五日可上车。那么,他现在已经到达了。他又嘱我托先生转告两处:一,雪氏夫妇,说他旅行顺利;二,S女士,说她交给他的一个箱子,船上并没有人来取,现在他只好一直带着走了。

近又得那边来信,说二个月前,已有信直接寄与王君,欢迎他去。但此信似未收到。不过到后,入校之类之不成问题,由此可知。

先生所译萧氏剧本及序文,乞从速付下,以便转交付印。

专此布复,即颂

时绥。 　　　　　　　　　　　　　豫　　顿首　　十月二十日

致 萧军、萧红

刘 军 兄
悄吟太太 尊前(这两个字很少用,但因为有
太太在内,所以特别客气。)

十九日晨信收到。"麦"字是没有草头的。

146

《译文》还想继续出,但不能急。《死魂灵》的序文昨天刚译完,有一万五千字,第一部全完了。下月起,译第二部。

现在在开始还信债,信写完,须两三天,此后也还有别的事,天下之事,是做不完的。但我们确也太久不见了,在最近期内,最好是本月内,我们当设法谈谈。

《生死场》的名目很好。那篇稿子,我并没有看完,因为复写纸写的,看起来不容易。但如要我做序,只要排印的末校寄给我看就好,我也许还可以顺便改正几个错字。

此复,即请

俪安。

豫　上　十月二十日

二十一日

　　日记　晴。上午得增田君信并日金十二元,托代买《中国新文学大系》。午朝日新闻支社仲居君邀饮于六三园,同席有野口米次郎,内山二氏。下午北新书局送来版税泉百五十。河清来并交《译文》终刊号稿费二十四元,晚饭后同往丽都大戏院观《电国秘密》,广平亦去。

二十二日

　　日记　晴。上午内山夫人赠松茸奈良渍一皿。得猛克信。得靖华信附与徐懋庸笺,即复。寄徐懋庸信附靖华笺。下午编瞿氏《述林》起。

致　曹靖华

汝珍兄:

　　十八日信收到。致徐先生笺已即转寄。兄的女儿的病已愈否?

我的胃病，还是二十岁以前生起的，时发时愈，本不要紧。后见S女士，她以欧洲人的眼光看我，以为体弱而事多，怕不久就要死了，各处设法，要我去养病一年。我其实并不同意，现在是推宕着。因为：一，这病不必养；二，回来以后，更难动弹。所以我现在的主意，是不去的份儿多。

《译文》合同，一年已满，编辑便提出增加经费及页数，书店问我，我说不知，他们便大攻击编辑（因为我是签字代表，但其实编辑也不妨单独提出要求），我赶紧弥缝，将增加经费之说取消，但每期增添十页，亦不增加译费。我已签字了，他们却又提出撒［撤］换编辑。这是未曾有过的恶例，我不承认，这刊物便只得中止了。

其中也还有中国照例的弄玄虚之类，总之，书店似有了他们自己的"义化统制"案，所以不听他们指挥的，便站不住了。也有谣言，说这是出于郑振铎胡愈之两位的谋略，但不知真否？我们想觅一书店续出，但尚无头绪。

我们都好的，请释念。《译文社丛书》亦被生活书店驱逐，但却觅得别家出版，十一月可出我译的 Gogol 作《死魂灵》第一卷。

专此布复，即请

秋安。

弟豫　顿首　十月二十二日

致 徐懋庸

请转

徐先生：

信并剪报都收到。又给杂事岔开，星期四以前交不出稿子了。只得以后再说。

靖华寄来一笺,今附上。

专此布达,即颂

时绥。

豫　上　十月廿二日

二十三日

　　日记　昙。上午得耳耶信,即复。夜同广平往丽都观《电国秘密》下集。小雨。

二十四日

　　日记　昙。上午得魏金枝信。得河清信并《死魂灵》校稿,即开校。夜雨。

二十五日

　　日记　晴。午后得明甫信,即复。寄吴朗西信并校稿。买『わが毒舌』一本,二元。夜与广平往邀三弟及蕴如同至融光大戏院观《陈查礼探案》。

致 增田涉

　　拝啓:十月一日の御手紙はとくに落掌しましたが、俗事紛繁の為めについに返事を今まで引延しました、実にすまない事です。
　　却説:御質問の二点——
　　支那の所謂「點數在六十點以上」を日本訳にすれば「丙等」とかけば一番解りよいだろうと思ひます。矢張り點數の事です。

"尾閭"の事は頗る曖昧。解剖学上に"尾骶骨"と云ふ骨があり、だから"尾閭"とは——この辺です。

そうして三四日前に十四日の手紙及び金十二円つきました。早速『中国新文学大系』を注文したが書価郵税共七元七角、丁度日本金十円です。まだ二円私の処に残されて居ますので外のもの御入用なら買って上げます、何時でも。その本は今まで六冊出版しましたがもう届けたか知ら? 実は僕はよい本と思ひません。

『文学』十月号の『訳文』の紹介批評は別な人の書いたもの、論壇の二篇は拙作です。併し今度は『訳文』の休刊の為めに編輯者に不満を抱き十一月からは書かない事にした。

御宅の皆様の元気な事を聞いて大によろこび、然らば木実君の百日咳も直ったと思ふ。僕の方もまづ元気です。子供を先月から幼稚園へ入れましたが、もう銅貨は間食を買へるもんだと云ふ学識を習得しました。　草々

迅　拝上　十月廿五日

増田兄几下

二十六日

　日记　昙。上午复增田君信。晚蕴如携橐官来。三弟来。

二十七日

　日记　晴。星期。上午得明甫信。晤圆谷弘教授,见赠『集团社会学原理』一本,赠以日译《中国小说史略》一本。午后同广平携海婴访萧军夫妇,未遇,遂至融光大戏院观《漫游兽国记》,次至新雅夜饭。觉患感冒,服阿思匹林二片。

二十八日

日记　晴。上午寄河清信。寄猛克信。得耳耶信。得靖华信。买『エ・ビヤン』一本，二元五角。夜吴朗西来。费慎祥持赵景深信来。

二十九日

日记　晴。午后得张锡荣信，即复。得萧军信，即复。得徐懋庸信，即复，附与曹聚仁笺。得吴朗西信并校稿。夜濯足。

致 萧 军

刘兄：

廿八日信收到。那一天，是我的豫料失败了，我以为一两点钟，你们大约总不会到公园那些地方去的，却想不到有世界语会。于是我们只好走了一通，回到北四川路，请少爷看电影。他现仍在幼稚园，认识了几个字，说"婴"字下面有"女"字，要换过了。

我们一定要再见一见。我昨夜起，重伤风，等好一点，就发信约一个时间和地点，这时候总在下月初。

《译文》终刊号的前记是我和茅合撰的。第一张木刻是李卜克内希遇害的纪念，本要用在正月号的，没有敢用，这次才登出来。封面的木刻，是郝氏作，中国人，题目是《病》，一个女人在哭男人，是书店擅自加上去的，不知什么意思，可恶得很。

中国作家的新作，实在稀薄得很，多看并没有好处，其病根：一是对事物太不注意，二是还因为没有好遗产。对于后一层，可见翻译之不可缓。

《小彼得》恐怕找不到了。

耿济之的那篇后记写的很糟,您被他所误了。G决非革命家,那是的确的,不过一想到那时代,就知道并不足奇,而且那时的检查制度又多么严历,不能说什么(他略略涉及君权,便被禁止,这一篇,我译附在《死魂灵》后面,现在看起来,是毫没有什么的)。至于耿说他谄媚政府,却纯据中国思想立论,外国的批评家都不这样说,中国的论客,论事论人,向来是极苛酷的。但G确不讥刺大官,这是一者那时禁令严,二则人们都有一种迷信,以为高位者一定道德学问也好。我记得我幼小时候,社会上还大抵相信进士翰林状元宰相一定是好人,其实也并不是因为去谄媚。

G是老实的,所以他会发狂。你看我们这里的聪明人罢,都吃得笑迷迷,白胖胖,今天买标金,明天讲孔子……

第二部《死魂灵》并不多,慢慢的译,想在明年二三月出版;后附孟十还译的《G怎样写作》一篇,是很好的一部研究。现正在校对第一部,下月十日以前当可印成,自然要给你留下一部。

专此布复,即请

俪安。

豫　上　十月二十九日

致 徐懋庸

徐先生:

廿七日信收到。但前一信却没有得着。这几天伤风,又忙于校对,关于果戈理,不能写什么了。

唱歌一案,以我交际之少,且已听到几个人说过,足见流播是颇广的。声明固然不行,也无此必要,假使有多疑者,因此发生纠纷,只得听之,因为性好纠纷者,纵使声明,他亦不信也。"由它去罢",

是第一好办法。

　　其实，也有有益于书店的流言，即如此次《译文》停刊，很有些人，以为是要求加钱不遂之故。

　　专复，即颂

刻安。

迅　顿首　十月廿九日

致　曹聚仁

聚仁先生：

　　昨天看见《芒种》，报上都无广告，××似亦有不死不活之概。

　　因为先生信上提过《社会日报》，就定来看看，真是五花八门，文言白话悉具，但有些地方，却比"大报"活泼，也有些是"大报"所不能言。例如昨天的"谣言不可信，大批要人来"，就写得有声有色。近人印古书，选新文章，却不注意选报，如果择要剪取，汇成巨册，若干年后，即不下于《三朝北盟汇编》矣。

　　今天却看先生之作，以大家之注意于胡蝶之结婚为不然，其实这是不可省的，倘无胡蝶之类在表面飞舞，小报也办不下去。（下略）

　　专此布达，并请

刻安。

鲁迅　顿首　十月廿九日

三十日

　　日记　晴。下午胡风来。晚烈文来。得吴朗西信并校稿。

153

三十一日

　日记　晴。午后得王文修信。买『キェルケゴール選集』（卷二）一本，二元五角。夜吴朗西来。校《死魂灵》第一部讫。

死魂灵

［俄国］N. 果戈理

第 一 部

第 一 章

　　省会 NN 市的一家旅馆的大门口，跑进了一辆讲究的，软垫子的小小的篷车，这是独身的人们，例如退伍陆军中佐，步兵二等大尉，有着百来个农奴的贵族之类，——一句话，就是大家叫作中流的绅士这一类人所爱坐的车子。车里面坐着一位先生，不很漂亮，却也不难看；不太肥，可也不太瘦，说他老是不行的，然而他又并不怎么年青了。他的到来，旅馆里并没有什么惊奇，也毫不惹起一点怎样的事故；只有站在旅馆对面的酒店门口的两个乡下人，彼此讲了几句话，但也不是说坐客，倒是大抵关于马车的。"你瞧这轮子，"这一个对那一个说。"你看怎样，譬如到墨斯科，这还拉得到么?"——"成的，"那一个说。"到凯山可是保不定了，我想。"——"到凯山怕难，"那一个回答道。谈话这就完结了。当马车停在旅馆前面的时候，还遇见一个青年。他穿着又短又小的白布裤，时式的燕尾服，下面露出些坎肩，是用土拉出产的别针连起来的，针头上装饰着青铜的手枪样。这青年在伸手按住他快要被风吹去的小帽时，也向马车看了一眼，于是走掉了。

马车一进了中园,就有侍者,或者是俄国客店里惯叫作伙计的,来迎接这绅士。那是一个活泼的,勤快的家伙,勤快到看不清他究竟是怎样一副嘴脸。他一只手拿着抹布,跳了出来,是高大的少年,身穿一件很长的常礼服,衣领耸得高高的,几乎埋没了脖颈,将头发一摇,就带领着这绅士,走过那全是木造的廊下,到楼上看上帝所赐的房子去了。——房子是极其普通的一类:因为旅馆先就是极其普通的一类,像外省的市镇上所有的旅馆一样,旅客每天付给两卢布,就能开一间幽静的房间:各处的角落上,都有蟑螂像梅干似的在窥探,通到邻室的门,是用一口衣橱挡起来的,那边住着邻居,是一个静悄悄,少说话,然而出格的爱管闲事的人,关于旅客及其个人的所有每一件事,他都有兴味。这旅馆的正面的外观,就说明着内部:那是细长的楼房,楼下并不刷白,还露着暗红的砖头,这原是先就不很干净的了,经了利害的风雨,可更加黑沉沉了。楼上也像别处一样,刷着黄色。下面是出售马套,绳子和环饼的小店。那最末尾的店,要确切,还不如说是窗上的店罢,是坐着一个卖斯比丁①的人,带着一个红铜的茶炊②,和一张脸,也红得像他的茶炊一样,如果他没有一部乌黑的大胡子,远远望去,是要当作窗口摆着两个茶炊的。

　　这旅客还在观察自己的房子的时候,他的行李搬进来了。首先是有些磨损了的白皮的箱子,一见就知道他并不是第一次走路。这箱子,是马夫绥里方和跟丁彼得尔希加抬进来的。绥里方生得矮小,身穿短短的皮外套;彼得尔希加是三十来岁的少年人,穿一件分明是主人穿旧了的宽大的常礼服,有着正经而且容易生气的相貌,以及又大又厚的嘴唇和一样的鼻子。箱子之后,搬来的是桦木块子

---

　　①　Sbiten 是一种用水,蜜,莓叶或紫苏做成的饮料,下层阶级当作茶喝的。——译者。

　　②　Samovar 是一种茶具,用火暖着茶,不使冷却,像中国的火锅一样。——译者。

嵌花的桃花心木的小提箱,一对靴楦和蓝纸包着的烤鸡子。事情一完,马夫绥里方到马房里理值马匹去了,跟丁彼得尔希加就去整顿狭小的下房,那是一个昏暗的狗窠,但他却已经拿进他的外套去,也就一同带去了他独有的特别的气味。这气味,还分给着他立刻拖了进去的袋子,那里面是装着侍者修饰用的一切家伙的。他在这房子里靠墙支起一张狭小的三条腿的床来,放上一件好像棉被的东西去,蛋饼似的薄,恐怕也蛋饼似的油;这东西,是他问旅馆主人要了过来的。

　　用人刚刚整顿好,那主人却跑到旅馆的大厅里去了。大厅的大概情形,只要出过门的人是谁都知道的:总是油上颜色的墙壁,上面被烟熏得乌黑,下面是给旅客们的背脊磨成的伤疤,尤其是给本地的商人们,因为每逢市集的日子,他们总是六七个人一伙,到这里来喝一定的几杯茶;照例的烟熏的天花板,照例的挂着许多玻璃珠的乌黑的烛台,侍者活泼的轮着盘子,上面像海边的鸟儿一样,放着许多茶杯,跑过那走破了的地板的蜡布上的时候,它也就发跳,发响;照例是挂满了一壁的油画;一句话,就是无论什么,到处都一样,不同的至多也不过图画里有一幅乳房很大的水妖,读者一定是还没有见过的。和这相像的自然的玩笑,在不知道从什么时候,从什么人,从什么地方弄到我们俄国来的许多历史画上,也可以看见;其中自然也有是我们的阔人和美术爱好者听了引导者的劝诱,从意太利买了回来的东西。这位绅士脱了帽,除下他毛绒的红色的围巾,这大抵是我们的太太们亲手编给她丈夫,还恳切的教给他怎样用法的;现在谁给一个鳏夫来做这事呢,我实在断不定,只有上帝知道罢了,我就从来没有用过这样的围巾。总而言之,那绅士一除下他的围巾,他就叫午膳。当搬出一切旅馆的照例的食品:放着替旅客留了七八天的花卷儿的白菜汤,还有脑子烩豌豆,青菜香肠,烤鸡子,腌王瓜,以及常备的甜的花卷儿;无论热的或冷的,来一样,就吃一样的时候,他还要使侍者或是伙计来讲种种的废话:这旅馆先前是谁的,现在的东家是谁了,能赚多少钱,东家可是一个大流氓之类,侍者就照例的回答道:"啊呀！那是大流氓呀,老爷!"恰如文明了的欧洲一样,文明的俄国也很有一大批可敬的人们,在旅馆里倘不和侍者说废话,或者拿他开玩笑,是要食不下咽的了。但这客人也并非全是无聊的质问:他又详细的打听了这市上的知事,审判厅长和检事———一句话:凡是大官,他一个也没有漏,打听得更详细的是这一带的所有出名的地主:他们每人有多少农奴,他住处离这市有多么远,性情怎样,是不是常到市里来;他也细问了这地方的情形,省界内可有什么毛病或者时疫,如红斑痧,天泡疮之类,他都问得很担心而且注意,也不像单是因为爱管闲事。这位绅士的态度,是有一点定规和法则的;连醒鼻涕也很响。真不知道他是怎么弄的,每一醒,他的鼻子就像吹喇叭一样。然而这看来并不要紧的威严,却得了侍者们的大尊敬,每逢响声起处,他们就把头发往后一摇,立正,略略低下头去,问道:"您还要用些什么呀?"吃完午膳,这绅士就喝一杯咖啡,坐在躺椅上。他把垫子塞在背后,俄国的客店里,垫子是不装绵软的羊毛,却用那很像碎砖或是沙砾的莫名其妙的东西的。他打呵欠了,叫侍者领到自己的房里,躺在床上,迷胡了两点钟。休息之后,他应了侍者的请求,在纸片上写出身分,名姓来,给他可以去呈报当局,就是警察。那侍者一面走下扶梯去,一面就一个一个的读着纸上的文字:"五等官保甫尔·伊凡诺维支·乞乞科夫,地主,私事旅行。"当侍者还没有读完单子的时候,保甫尔·伊凡诺维支·乞乞科夫却已经走出旅馆,到市上去逛去了,这分明给了他一个满足的印象;因为他发见了这省会也可以用别的一切省会来作比例:最耀人眼的是涂在石造房子上的黄色和木造房子上的灰色。房子有一层楼的,有两层楼的,也有一层半楼的,据本地的木匠们说,是这里的建筑,都美观得出奇。房子的布置,是或者设在旷野似的大路里,无边无际的树篱中;或者彼此挤得一团糟,却也更可以分明的觉得人生和活动。到处看见些几乎完全给雨洗清了的招牌,画着花卷,或是一双长统靴,或者几条蓝裤子,下面写道:阿小裁缝店。也有一块画着无边帽和无遮帽,写道:"洋商华希理·菲陀罗夫"①的招牌。有的招牌上,是画着一个弹子台和两个打弹子的人,都穿着燕尾服,那衣样,就像我们的戏院里一收场,就要蹿上台去的看客们所穿的似的。这打弹子人画得捏定弹子棒,正要冲,臂膊微微向后,斜开了一条腿,也好像他要跳起来。画下面却写道:"弹子房在此!"也有在街路中央摆起桌子来,卖着胡桃,肥皂,和看去恰如肥皂一样的蜜糕的。再远一点有饭店,挂出来的招牌上是一条很大的鱼,身上插一把叉。遇见得最多的是双头鹰的乌黑的国徽,但现在却已只看见简单明了的"酒店"这两个字。石路到处都有些不大好。这绅士还去看一趟市立的公园,这是由几株瘦树儿形成的,因为看来好像要长不大,根上还支着三脚架,架子油得碧绿。这些树儿,虽然不过芦苇那么高,然而日报的《火树银花》上却写道:"幸蒙当局之德泽,本市遂有公园,遍栽嘉树,郁苍茂密,虽当炎夏,亦复清凉。"再下去是:"观民心之因洋溢之感谢而战栗,泪泉之因市长之热心而奔进,即足见其感人之深矣"云。绅士找了警察,问过到教会,到衙门,到知事家里的最近便的路,便顺着贯穿市心的河道,走了下去。——途中还揭了一张贴在柱上的戏院的广告,这是豫备回了家慢慢的看的。接着是细看那走在木铺的人行道上的很漂亮的女人,她后面还跟着一个身穿军装,挟个小包的孩子。接着是睁大了眼睛,向四下里看了一遍,以深通这里的地势,于是就跑回家,后面跟着侍者,轻轻的扶定他,走上梯子,进了自己的房里了。接着是喝茶,于是向桌子坐下,叫点蜡烛来,从衣袋里摸出广告来看,这时就总是映着他的右眼睛。广告却没有什么可看的。做的是珂者蒲②的

---

① 这是纯粹的俄国姓名,却自称外国人,所以从他们看来,是可笑的。——译者。

② Kotzebue(1761—1819),德国的戏曲作家。——译者。

诗剧，波普略文先生扮罗拉，沙勃罗瓦小姐扮珂罗。别的都是些并不出名的脚色。然而他还是看完了所有的姓名，一直到池座的价目，并且知道了这广告是市立印刷局里印出来的；接着他又把广告翻过来，看背后可还有些什么字。然而什么也没有，他擦擦眼睛，很小心的把广告迭起，收在提箱里，无论什么，只要一到手，他是一向总要收在这里面的。据我看来，白天是要以一盘冷牛肉，一杯柠檬汽水和一场沉睡收梢了，恰如我们这俄罗斯祖国的有些地方所常说的那样，鼾声如雷。——

　　第二天都化在访问里。这旅客遍访了市里的大官。他先到知事那里致敬，这知事不肥也不瘦，恰如乞乞科夫一样，制服上挂着圣安娜勋章，据人说，不远就要得到明星勋章了；然而是一位温和的老绅士，有时还会自己在绢上绣花。其次，他访检事，访审判厅长，访警察局长，访专卖局长，访市立工厂监督……可惜的是这世界上的阔佬，总归数不完，只好断定这旅客对于拜访之举，做得很起劲就算：他连卫生监督和市的建筑技师那里，也都去表了敬意。后来他还很久的坐在篷车里，计算着该去访问的人，但是他没有访过的官员，在这市里竟一个也想不出来了。和阔人谈话的时候，他对谁都是恭维。看见知事，就微微的露一点口风，说是到贵省来，简直如登天堂，道路很出色，正像铺着天鹅绒一样；又接着说，放出去做官的都是贤明之士，所以当轴是值得最高的赞颂和最大的鉴识的。对警察局长他很称赞了一通这市里的警察，对副知事和审判厅长呢，两个人虽然还不过五等官，他却在谈话中故意错叫了两回"大人"，又很中了他们的意了。那结果是，知事就在当天邀他赴自己家里的小夜会；别的官员们也各各招待他，一个请吃中饭，别个是玩一场波士顿①或者喝杯茶。

　　关于自己，这旅客回避着多谈。即使谈起来，也大抵不着边际。

---

　　① 　Partie Boston 是叶子牌的一种。——译者。

他显着惊人的谦虚,这之际,他的口气就滑得像背书一样,例如:他在这世界上,不过是无足重轻的一条虫,并没有令人注意的价值。在他一生中,已经经历过许多事,也曾为真理受苦,还有着不少要他性命的敌人。现在他终于想要休息了,在寻一块小地方,给他能够安静的过活。因此他以为一到这市里,首先去拜谒当局诸公,并且向他们表明他最高的敬意,乃是自己的第一义务云。市民对于这忙着要赴知事的夜会的生客所能知道的,就只有这一点。那赴会的标准,却足足费了两点钟,这位客人白天里的专心致志的化装,真是很不容易遇见的。午后睡了一下,他就叫拿脸盆来,将肥皂抹在两颊上,用舌头从里面顶着,刮了很久很久的时光。于是拿过侍者肩上的手巾,来擦他的圆脸,无处不到,先从耳朵后面开头,还靠近着侍者的脸孔,咕咕的哼了两回鼻子。于是走到镜面前,套好前胸衣,剪掉两根露出的鼻毛,就穿上了越橘色的红红的闪闪的燕尾服。他这样的化过装,即走上自己的篷车,在只从几家窗户里漏出来的微光照着的很阔的街道上驰过去。知事府里,却正如要开夜会一样,里面很辉煌,门口停有点着明灯的车子,还站着两个宪兵。远处有马夫们的喊声;总而言之,应有尽有。当乞乞科夫跨进大厅的时候,他不得不把眼睛细了一下子,因为那烛,灯,以及太太们的服饰的光亮,实在强得很。无论什么都好像浇上了光明。乌黑的燕尾服,或者一个,或者一群,在大厅里蠢动,恰如大热的七月里,聚在白糖块上的苍蝇,管家婆在开着的窗口敲冰糖,飞散着又白又亮的碎片:所有的孩子们都围住她,惊奇的尽看那拿着槌子的善于做事的手的运动,苍蝇的大队驾了轻风,雄赳赳地飞过来,仿佛它们就是一家之主,并且利用了女人的近视和眩她眼睛的阳光,就这边弄碎了可口的小片,那边撒散了整个的大块。丰年的夏天,吃的东西多到插不下脚,它们飞来了,却并不是为了吃,只不过要在糖堆上露脸,用前脚或后脚彼此摩一摩,在翅子下面去擦一擦,或者张开两条前脚,在小脑袋下面搔一搔,于是雄赳赳的转一个身,飞掉了,却立刻从新编成一大队，又复飞了回来。乞乞科夫还不及细看情形，就被知事拉着臂膊，去绍介给知事夫人了。当此之际，这旅客也不至于胡涂：他对这太太说了几句不亢不卑，就是恰合于中等官阶的中年男子的应酬话。几对跳舞者要占地方，所有旁观的人们只好靠壁了，他就反背着两只手，向跳舞者很注意的看了几分钟。那些太太们大都穿得很好，也时式，但也有就在这市里临时弄来应急的。绅士们也像别处一样，可以分成两大类：一类很瘦，始终钉着女人；有几个还和彼得堡绅士很难加以区别；他们一样是很小心的梳过胡子，须样一样是很好看，有意思，或者却不过漂亮而已，一张刮得精光的鸡蛋脸，也一样是拼命的跟着女人，法国话也说得很好，使太太们笑断肚肠筋，也正如在彼得堡一样。别一类是胖子，或者像乞乞科夫那样的，不太肥，然而也并不怎么瘦。他们是完全两样的，对于女人，不看，避开，只在留心着知事的家丁，可在什么地方摆出一顶打牌的绿罩桌子来没有。他们的脸都滚圆，胖大，其中也有有着疣子或是麻点的；他们的发样既不挂落，也不卷缩，又不是法国人的 _à la Diable m' emporte_① 式，头发是剪短的，或者梳得很平，他们的脸相因此就越加显得滚圆，威武。这都是本市的可敬的大官。唉唉！在这世界上，胖子实在比瘦子会办事。瘦子们的做官大抵只靠着特别的嘱咐，或者不过充充数，跑跑腿；他们的存在轻得很，空气似的，简直靠不住。但胖子们是不来占要路的旁边之处的，他们总是抓住紧要的地位，如果坐下去，就坐得稳稳当当，使椅子在他们下面发响，要炸，但他们还是处之泰然。他们不喜欢好看的外观，燕尾服自然不及瘦子们的做得好，但他们的钱柜子是满满的，还有上帝保佑。只要三年，瘦子就没有一个还未抵债的农奴了，胖子却过得很安乐，看罢——忽然在市边的什么地方造起一所房子来了，是太太出面的，接着又在别的市边造第二所，后来就在近市之处买一块小田地，于是是连带

---

① 法国话，直译是"恶魔捉我"，意译是"任其自然"。——译者。

一切附属东西的大村庄。凡胖子,总是在给上帝和皇上出力,博得一切尊敬之后,就退职下野,化为体面的俄罗斯地主,弄一所好房子,平安地,幸福地,而且愉快地过活的。但他的瘦子孙却又会遵照那很好的俄罗斯的老例,飞毛腿似的把祖遗产业化得一干二净。我们的乞乞科夫看了这一群,就生出大概这样的意思来,是瞒也瞒不过去的,结果是他决计加入胖子类里去,这里有他并不陌生的脸孔:有浓黑眉毛的检事,常常眨着左眼,仿佛是在说:"请您到隔壁的房里来,我要和您讲句话。"——但倒是一个认真,沉静的人。有邮政局长,生得矮小,但会说笑话,又是哲学家;还有审判厅长,是一个通世故,惬人心的绅士——他们都像见了老朋友似的欢迎他,乞乞科夫却只招呼了一下,然而也没有失礼貌。在这里他又结识了一个高雅可爱的绅士,是地主,姓叫玛尼罗夫的,以及一个绅士梭巴开维支,外观有些鲁莽,立刻踏了他一脚,于是说道"对不起"。人们邀他去打牌,他照例很规矩的鞠一鞠躬,答应了。大家围着绿罩桌子坐下,直到夜膳时候还没有散。认真的做起事来,就话也不说了,这是什么时候全都这样的。连很爱说话的邮政局长,牌一到手,他的脸上也就显出一种深思的表情,用下唇裹着上唇,到散场都保持着这态度,如果打出花牌来,他的手总是在桌子上使劲的一拍,倘是皇后,就说:"滚,老虔婆!"要是一张皇帝呢,那就叫道,"滚你的丹波夫庄家汉!"但审判厅长却回答道:"我来拔这汉子的胡子罢! 我来拔这婆娘的胡子罢!"当他们打出牌来的时候,间或也漏些这样的口风:"什么:随便罢,有钻石呢!"或者不过说:"心! 心儿! 毕克宝宝,"或者是"心仔,毕婆,毕佬!"或者简直叫作"毕鬼"。这是他们一伙里称呼大家压着的牌的名目。打完之后,照例是大声发议论。我们的新来的客人也一同去辩论,但是他有分寸,使大家都觉得他议论是发的,却总是灵活得有趣,他从来不说:"您来呀……"说的是"请您出手……"或者"对不起,我收了您的二罢"之类。倘要对手高兴,他就递过磁釉的鼻烟壶去,那底里可以看见两朵紫罗兰,为的是要增加些好香味。我们的旅客以为最有意思的,是先前已经说过的两位地主,玛尼罗夫和梭巴开维支。他立刻悄悄的去向审判厅长和邮政局长打听他们的事情。看起他所问的几点来,就知道这旅客并非单为了好奇,其实是别有缘故的,因为他首先打听他们有多少农奴,他们的田地是什么状态;然后也问了他们的本名和父称。① 不多工夫,他就把他们俩笼络成功了。地主玛尼罗夫年纪并不大,那眼睛却糖似的甜,笑起来细成一条线,佩服他到了不得。他握着他的手,有许多工夫,一面很热心的请他光临自己的敝村,并且说,那村,离市栅也不过十五维尔斯他②,乞乞科夫很恭敬的点头,紧握着手,说自己不但以赴这邀请为莫大的荣幸,实在倒是本身的神圣的义务。梭巴开维支却说得很简洁:"我也请您去,"于是略一弯腰,把脚也略略的一并,他穿着大到出人意外的长靴,在俄国的巨人和骑士已经死绝了的现在,要寻适合于这样长靴的一双脚,恐怕是很不容易的了。

第二天,乞乞科夫被警察局长邀去吃中饭并且参加夜会了。饭后三点钟,大家入坐打牌,一直打到夜两点。这回他又结识了一个地主罗士特来夫,是三十岁光景的爽直的绅士,只讲过几句话,就和他"你""我"了起来。罗士特来夫对警察局长和检事也这样,弄得很亲热;但到开始赌着大注输赢的时候,警察局长和检事就都留心他吃去的牌,连他打出来的,也每张看着不放松了。次日晚上,乞乞科夫在审判厅长的家里,客人中间有两位是太太,主人却穿着有点脏了的便衣来招呼。后来他还赴副知事的晚餐,赴白兰地专卖局长的大午餐会和检事的小小的午餐会,但场面却和大宴一样;终于还被市长邀去赴他家里的茶会去了,这会的化费,也不下于正式的午餐。

---

① 俄国旧例,每人都有两个名字,例如这里的保甫尔·伊凡诺维支·乞乞科夫,末一个是姓,第一个是他自己的本名,中间的就是父称,译出意义来是"伊凡之子",或是"少伊"。平常相呼,必用本名连父称,否则便是失礼。——译者。

② Versta,俄里名,每一俄里,约合中国市里二里余。——译者。

一句话,他是几乎没有一刻工夫在家里的,回到旅馆来,不过是睡觉。这旅客到处都相宜,显得他是很有经验很通世故的人物,每逢谈天,他也总是谈得很合拍的;说到养马,他也讲一点养马;说到好狗,他也供献几句非常有益的意见;讲起地方审判厅的判决来罢——他就给你知道他关于审判方面,也并非毫无知识;讲到打弹子——他又打得并不脱空;一谈到道德,——他也很有见识,眼泪汪汪的谈道德;讲到制造白兰地酒呢,他也知道制造白兰地酒的妙法——或者讲到税关稽查和税关官吏罢——他也会谈,仿佛他自己就做过税关官吏和税关稽查似的。但在谈吐上,他总给带着一种认真的调子,到底一直对付了过去,却实在值得惊叹的。他说得不太响,也不太低,正是适得其当。总而言之:无论从那一方面看,他从头到脚,是一位好绅士。所有官员,都十分高兴这新客的光临。知事说他是好心人——检事说他是精明人——宪兵队长说他有学问——审判厅长说他博学而可敬——警察局长说他可敬而可爱,而警察局长太太则说他很可爱,而且是知趣的人。连不很说人好话的梭巴开维支,当他在夜间从市里回家,脱掉衣服,上床躺到他那精瘦的太太旁边去的时候,也就说:"宝贝,今天我在知事那里吃夜饭,警察局长那里吃中饭,认识了六等官保甫尔·伊凡诺维支·乞乞科夫:一个很好的绅士!"他的太太说了一声"嗡",并且轻轻的蹬了他一脚。

对于我们的客人的,这样的夸奖的意见,在市里传布,而且留存了,一直到这旅客的奇特的性质,以及一种计划,或是乡下人之所谓"掉枪花",几乎使全市的人们非常惊疑的时候。关于这,读者是不久就会明白的。

第 二 章

这客人在市里住了一礼拜以上了,每天是吃午餐,赴夜会,真是所谓度着快乐的日子。终于他决心要到市外去,就是照着约定,去访问那两位地主,玛尼罗夫和梭巴开维支了。但他的下了这决心,似乎骨子里也还有别的更切实的原因,更要紧的事故……但这些事,读者只要耐心看下去,也就自然会慢慢的明白起来的,因为这故事长得很,事情也越拉越广,而且越近收场,也越加要紧的缘故。马夫绥里方得到吩咐,一早就在那篷车上驾起马匹来;彼得尔希加所受的却是留在家里,守着房子和箱子的命令。就在这里把我们的大脚色的两个家丁,给读者来绍介一下,大约也不算多事的罢。当然,他们俩并不是什么重要人物,仅仅是所谓第二流或者第三流的人们,而且这史诗的骨干和显著的展开,也和他们无关,至多也不过碰一下,或者带一笔;——但作者是什么事都极喜欢精细的,他自己虽然是一个很好的俄国人,而审慎周详却像德国人一样。但也用不着怎么多的时光和地方,读者已经知道,例如彼得尔希加,是穿着他主人穿旧的不合身的灰色常礼服,而且有着奴仆类中人无不如此的大鼻子和厚嘴唇的,这以外,也没有加添什么的必要了。至于性质,是爱沉默,不爱多言,还有好学的高尚的志向,因为他在拼命的读书,虽然并不懂得内容是怎样:"情爱英雄冒险记"也好,小学的初等读本或是祷告书也好,他完全一视同仁——都一样的读得很起劲;如果给他一本化学教科书,——大约也不会不要的。他所高兴的并非他在读什么,高兴的是在读书,也许不如说,是在读下去,字母会拼出字来,有趣得很,可是这字的意义,却不懂也不要紧。这读书,是大抵在下房里,躺在床上的棉被上面来做的,棉被也因此弄得又薄又硬,像蛋饼一样。读书的热心之外,他还有两样习惯,也就是他这人的两个特征:他喜欢和衣睡觉,就是睡的时候,也还是穿着行立时候所穿的那件常礼服,还有一样是他有一种特别的臭味,有些像卧房的气味,即使是空屋,只要他搭起床来,搬进他的外套和随身什物去,那屋子就像十年前就已经住了人似的了。乞乞科夫是一位很敏感的,有时简直可以说是很难服侍的主子,早上,这臭味一扑上他灵敏的鼻子来,他就摇着头,呵斥道:"该死的,昏蛋!在出汗罢?去洗回澡!"彼得尔希加却一声也不响,只管做他的事;他拿了刷子,刷刷挂在壁上的主人的燕尾服,或者单是整理整理房间。他默默的在想什么呢?也许是在心里说:"你的话倒也不错的!一样的话说了四十遍,你还没有说厌吗……"家丁受了主人的训斥,他在怎么想呢,连上帝也很难明白的。关于彼得尔希加,现在也只能说述他这一点点。

马夫绥里方却是一个完全两样的人……但是,总将下流社会来绍介给读者,作者却实在觉得过意不去,因为他从经验,知道读者们是很不喜欢认识下等人的。凡俄国人:倘使见着比自己较高一等的人,就拼命的去结识,和伯爵或侯爵应酬几句,也比和彼此同等的人结了亲密的友谊更喜欢。就是本书的主角不过是一个六等官,作者也担心得很。假使是七等官之流,那也许肯去亲近的罢,但如果是已经升到将军地位的人物——上帝知道,可恐怕竟要投以傲然的对于爬在他脚跟下的人们那样的鄙夷不屑的一瞥了,或者简直还要坏,即是置之不理,也就制了作者的死命。但纵使这两层怎么恼人,我们也还得回到我们的主角那里去。他是先一晚就清清楚楚的发过必要的命令的了,一早醒来,洗脸,用湿的海绵从头顶一直擦到脚尖,这是礼拜天才做的——但刚刚凑巧,这一天正是礼拜天——于是刮脸,一直刮到他的两颊又光又滑像缎子,穿起那件闪闪的越橘色的燕尾服,罩上熊皮做的大外套,侍者扶着他的臂膊,时而这边,时而那边,走下楼梯去。他坐上马车,那车就格格的响着由旅馆大门跑出街上去了。过路的牧师脱下帽子来和他招呼;穿着龌龊小衫的几个野孩子伸着手,"好心老爷呀,布施点我们可怜的孤儿罢!"的求乞。马夫看见有一个总想爬上车后面的踏台来,就响了一声鞭子,马车便在石路上磕撞着跑远了。远远的望见画着条纹的市栅,这高兴是不小的,这就是表示着石路不久也要和别的各种苦楚一同完结。乞乞科夫的头再在车篷上重重的碰了几回之后,车子这才走

166

到柔软的泥路上。一出市外,路两边也就来了无味而且无聊的照例的风景:长着苔鲜的小土冈,小的枞林,小而又低又疏的松林,焦掉的老石楠的干子,野生的杜松,以及诸如此类。间或遇见拖得线一般长的村落。那房屋的造法,仿佛堆积着旧木柴。凡有小屋子,都是灰色的屋顶,檐下挂着雕花的木头的装饰,那样子,好像手巾上面的绣花。几个穿羊皮袍子的农夫,照例的坐在门口的板凳上打呵欠。圆脸的束胸的农妇,在从上面的窗口窥探;下面的窗口呢,露出小牛的脸或者乱拱着猪子的鼻头。一言以蔽之:千篇一律的风景。走了十五维尔斯他之后,乞乞科夫记得起来了,照玛尼罗夫的话,那庄子离这里就该不远了;但又走过了第十六块里程牌,还是看不见像个村庄的处所。假使在路上没有遇见两个农夫,恐怕他们是不会幸而达到目的地的。听得有人问萨玛尼罗夫村还有多么远,他们都脱了帽,其中的一个,显得较为聪明,留着尖劈式胡子的,便回答道:"您问的恐怕是玛尼罗夫村,不是萨玛尼罗夫村罢?"

"哦哦,是的,玛尼罗夫村。"

"玛尼罗夫村!你再走一维尔斯他,那就到了,这就是,你只要一直的往右走。"

"往右?"马夫问道。

"往右,"农夫说,"这就是上玛尼罗夫村去的路呀。一定没有萨玛尼罗夫村的。它的名字叫作玛尼罗夫村。萨玛尼罗夫村可是什么地方也没有的。一到那里,你就看见山上有一座石头的二层楼,就是老爷的府上。老爷就住在那里面。这就是玛尼罗夫村。那地方,萨玛尼罗夫村可是没有的,向来没有的。"

驶开车,寻玛尼罗夫村去了。又走了两维尔斯他,到得一条野路上。于是又走了两,三,以至四维尔斯他之远,却还是看不见石造的楼房。这时乞乞科夫记起了谁的话来,如果有一个朋友在自己的村庄里招待我们,说是相距十五维尔斯他,则其实是有三十维尔斯他的。玛尼罗夫村为了位置的关系,访问者很不多。邸宅孤另另的站在高冈上，只要有风，什么地方都吹得着。冈子的斜坡上，满生着剪得整整齐齐的短草；其间还有几个种着紫丁香和黄刺槐的英国式的花坛。五六株赤杨处处簇作小丛，扬着它带些小叶的疏疏的枝杪。从其中的两株下面，看见一座蓝柱子的绿色平顶的园亭，扁上的字是"静观堂"；再远一点，碧草丛中有一个池子，在俄国地主的英国式花园里，这是并不少见的。这冈子的脚边，沿着坡路，到处闪烁着灰色的小木屋，不知道为什么，本书的主角便立刻去数起来了，却有二百所以上。这些屋子，都精光的站着，看不见一株小树或是一点新鲜的绿色；所见的全是粗大的木头。只有两个农妇在给这村落风景添些活气，她们像图画似的撩起了衣裙，池水浸到膝弯，在拉一张缚在两条木棍上头的破网，捉住了两只虾和一条银光闪闪的鲈鱼。她们仿佛在争闹，彼此相骂着似的。旁边一点，松林远远地显着冷静的青苍。连气候也和这风景相宜，天色不太明，也不太暗，是一种亮灰的颜包，好像我们那平时很和气，一到礼拜天就烂醉了的卫戍兵的旧操衣。来补足这幅图画的豫言天候的雄鸡，也并没有缺少。它虽然为了照例的恋爱事件，头上给别的雄鸡们的嘴啄了一个几乎到脑的窟窿，却依然毫不措意，大声的报着时光，拍着那撕得像两条破席一般的翅子。当乞乞科夫渐近大门的时候，就看见那主人穿着毛织的绿色常礼服，站在阶沿上，搭凉棚似的用手遮在额上，研究着逐渐近来的篷车。篷车愈近门口，他的眼就愈加显得快活，脸上的微笑也愈加扩大了。

"保甫尔·伊凡诺维支！"乞乞科夫一下车，他就叫起来了。"您到底还是记得我们的！"

两个朋友彼此亲密的接过吻，玛尼罗夫便引他的朋友到屋里去。从大门走过前厅，走过食堂，虽然快得很，但我们却想利用了这极短的时间，成不成自然说不定，来讲讲关于这主人的几句话。不过作者应该声明，这样的计划，是很困难的。还是用大排场，来描写一个性格的容易。这里只好就是这样的把颜料抹上画布去——发闪的黑眼睛,浓密的眉毛,深的额上的皱纹,俨然的搭在肩头的乌黑或是血红的外套,——小照画好了;然而,这样的到处皆是的,外观非常相像的绅士,是因为看惯了罢,却大概都有些什么微妙的,很难捉摸的特征的——这些人的小照就很难画。倘要这微妙的,若有若无的特征摆在眼面前,就必须格外的留心,还得将那用鉴识人物所练就的眼光,很深的射进人的精神的底里去。

玛尼罗夫是怎样的性格呢,恐怕只有上帝能够说出来罢。有这样的一种人:恰如俄国俗谚的所谓不是鱼,不是肉,既不是这,也不是那,并非城里的波格丹,又不是乡下的绥里方。① 玛尼罗夫大概就可以排在他们这一类里的。他的风采很体面,相貌也并非不招人欢喜,但这招人欢喜里,总夹着一些甜腻味;在应酬和态度上,也总显出些竭力收揽着对手的欢心模样来。他笑起来很媚人,浅色的头发,明蓝的眼睛。和他一交谈,在最初的一会,谁都要喊出来道:"一个多么可爱而出色的人呵!"但停一会,就什么话也不能说了,再过一会,便心里想:"呸,这是什么东西呀!"于是离了开去,如果不离开,那就立刻觉得无聊得要命。从他这里,是从来听不到一句像别人那样,讲话触着心里事,便会说了出来的泼剌或是不逊的言语的。每个人都有他的玩意儿:有的喜欢猎狗,有的以了不得音乐爱好者自居,以为深通这艺术的奥妙;第三个不高兴吃午餐;第四个不安于自己的本分,总要往上钻,就是一两寸也好;第五个原不过怀一点小希望,睡觉就说梦话,要和侍从武官在园游会里傲然散步,给朋友,熟人,连不相识的人们都瞧瞧;第六个手段很高强,至于起了要讽刺一下阔人或是傻子的出奇的大志;而第七个的手段却实在有限得很,不过到处弄得很齐整,借此讨些站长先生或是搭客马车夫之流的喜欢。总而言之,谁都有一点什么东西的,就是他的个性,只有玛

---

① Bogdan 和 Selifan 都是人名。这两句话,犹言既非城里的绅士,又非乡下的农夫。——译者。

尼罗夫却没有这样的东西。在家里他不大说话，只是沉思，冥想，他在想些什么呢，也只有上帝知道罢了。说他在经营田地罢，也不成，他就从来没有走到野地里去过，什么都好像是自生自长的，和他没干系。如果经理来对他说："东家，我们还是这么这么办的好罢，"他那照例的回答是"是的，是的，很不坏！"他仍旧静静的吸他的烟，这是他在军队里服务时候养成的习惯，他那时算是一个最和善，最有教养的军官。"是的，是的，实在很不坏！"他又说一遍。如果一个农夫到他这里来，搔着耳朵背后，说："老爷，可以放我去缴捐款么？"那么，他就回答道："去就是了！"于是又立刻吸他的烟，那农夫不过去喝酒，却连想也没有想到的。有时也从石阶梯上眺望着他的村子和他的池，说道，如果从这屋子里打一条隧道，或者在池上造一座石桥，两边开店，商人们卖着农夫要用的什物，那可多么出色呢。于是他的眼睛就愈加甜腻腻，脸上显出满足之至的表情。但这些计划，总不过是一句话。他的书房里总放着一本书，在第十四页间总夹着一条书签；这一本书，他是还在两年以前看起的。在家里总是缺少着什么；客厅里却陈设着体面的家具，绷着华丽的绢布，化的钱一定是很不在少的；然而到得最后的两把靠手椅，材料不够了，就永远只绷着麻袋布；四年以来，每有客来，主人总要豫先发警告："您不要坐这把椅子，这还没有完工哩。"在别一间屋子里，却简直没有什么家具，虽然新婚后第二天，玛尼罗夫就对他的太太说过："心肝，我们明天该想法子了，至少，我们首先得弄些家具来。"到夜里，就有一座高高的华美的古铜烛台摆在桌上了，铸着三位希腊的格拉支①，还有一个罗钿的罩，然而旁边却是一个平常的，粗铜的，跛脚的，弯腰的，而且积满了油腻的烛台，主人和主妇，还有做事的人们，倒也好像全都不在意。他的太太……他们是彼此十分满足的。结婚虽然已经八年多，但还是分吃着苹果片，糖果或胡桃，用一种表示真挚之爱的动

---

① Grazie，是神女们，分掌美，文雅和欢喜，出希腊神话。——译者。

人的娇柔的声音,说道:"张开你的口儿来呀,小心肝,我要给你这一片呢。"这时候,那不消说,她的口儿当然是很优美的张了开来的。一到生日,就准备各种惊人的赠品——例如琉璃的牙粉盒之类。也常有这样的事,他们俩都坐在躺椅上,也不知为了什么缘故,他放下烟斗来,她也放下了拿在手里的活计,来一个很久很久的身心交融的接吻,久到可以吸完一枝小雪茄。总而言之,他们是,就是所谓幸福,自然,也还有别的事,除了彼此长久的接吻和准备惊人的赠品之外,家里也还有许多事要做,各种问题也是层出不穷的。例如食物为什么做得这样又坏又傻呀?仓库为什么这么空呀?管家妇为什么要偷呀?当差的为什么总是这么又脏又醉呀?仆人为什么睡得这么没规矩,醒来又只管胡闹呀?但这些都是俗务,玛尼罗夫夫人却是一位受过好教育的闺秀。这好教育,谁都知道,是要到慈惠女塾里去受的,而在这女塾里,谁都知道,则以三种主要科目,为造就一切人伦道德之基础:法国话,这是使家族得享家庭的幸福的;弹钢琴,这是使丈夫能有多少愉快的时光的;最后是经济部份,就是编钱袋和诸如此类的惊人的赠品。那教育法,也还有许多改善和完成,尤其是在我们现在的这时候:这是全在于慈惠女塾塾长的才能和力量的。有些女塾,是钢琴第一,其次法国话,末后才是经济科。但也有反过来:首先倒是经济科,就是编织小赠品之类,其次法国话,末后弹钢琴。总之,教育法是有各式各样的,但这里正是声明的地方了,那玛尼罗夫夫人……不,老实说,我是很有些怕敢讲起大家闺秀的,况且我也早该回到我们这本书的主角那里去,他们都站在客厅的门口,彼此互相谦逊,要别人先进门去,已经有好几分钟了。

"请呀,您不要这么客气,请呀,您先请,"乞乞科夫说。

"不能的,请罢,保甫尔·伊凡诺维支,您是我的客人呀,"玛尼罗夫回答道,用手指着门。

"可是我请您不要这么费神,不行的,请请,您不要这么费神;请请,请您先一步,"乞乞科夫说。

"那可不能,请您原谅,我是不能使我的客人,一位这样体面的,有教育的绅士,走在我的后面的。"

"那里有什么教育呢!请罢请罢,还是请您先一步。"

"不成不成,请您赏光,请您先一步。"

"那又为什么呢?"

"哦哦,就是这样子!"玛尼罗夫带着和气的微笑,说。这两位朋友终于并排走进门去了,大家略略挤了一下。

"请您许可我来绍介贱内,"玛尼罗夫说。"心儿!这位是保甫尔·伊凡诺维支。"

乞乞科夫这才看见一位太太,当他和玛尼罗夫在门口互相逊让的时候,是毫没有留心到的。她很漂亮,衣服也相称。穿的是淡色绢的家常便服,非常合式;她那纤手慌忙把什么东西抛在桌子上,整好了四角绣花的薄麻布的头巾。于是从坐着的沙发上站起来了。乞乞科夫倒也愉快似的在她手上吻了一吻。玛尼罗夫夫人就用她那带些粘舌头的调子对他说,他的光临,真给他们很大的高兴,她的男人,是没有一天不记挂他的。

"对啦,"玛尼罗夫道。"贱内常常问起我:'你的朋友怎么还不来呢?'我可是回答道:'等着就是,他就要来了!'现在您竟真的光降了。这真给我们大大的放了心——这就像一个春天,就像一个心的佳节。"

一说到心的佳节的话,乞乞科夫倒颇有些着慌,就很客气的分辩他并不是一个什么有着大的名声,或是高的职位和衔头的人物。

"您都有的,"玛尼罗夫含着照例的高兴的微笑,堵住他的嘴。"您都有的,而且怕还在其上哩!"

"您觉得我们的市怎么样?"玛尼罗夫夫人问道。"过得还适意么?"

"出色的都市,体面的都市!"乞乞科夫说。"真过得适意极了;交际场中的人物都非常之恳切,非常之优秀!"

"那么，我们的市长，您以为怎样呢？"玛尼罗夫夫人还要问下去。

"可不是吗？是一位非常可敬，非常可爱的绅士呵！"玛尼罗夫夹着说。

"对极了，"乞乞科夫道。"真是一位非常可敬的绅士！对于职务是很忠实的，而且看得职务又很明白的！但愿我们多有几个这样的人才。"

"大约您也知道，要他办什么，他没有什么不能办，而且那态度，也真的是漂亮，"玛尼罗夫微笑着，接下去说，满足得细眯了眼，好像有人在搔它耳朵背后的猫儿。

"真是一位非常恳切，非常文雅的绅士！"乞乞科夫道。"而且又是一个怎样的美术家呀！我真想不到他会做这么出色的刺绣和手艺。他给我看过一个自己绣出来的钱袋子；要绣得这么好，就在闺秀们中恐怕也很难找到的。"

"那么，副知事呢？是一位出色的人！可对？"玛尼罗夫说，又细眯了眼。

"是一位非常高超，极可尊敬的人物呀！"乞乞科夫回答道。

"请您再许可我问一件事：您以为警察局长怎么样？也是一位很可爱的绅士罢？可是呢？"

"哦哦，那真是一位非常可爱的绅士！而且又聪明，又博学！我和检事，还有审判厅长，在他家里打过一夜牌的。实在是一位非常可爱的绅士！"

"还有警察局长的太太，您觉得怎么样呀？"玛尼罗夫夫人问。"您不觉得她也是一位非常和蔼的闺秀么？"

"哦哦，在我所认识的闺秀们里面，她也正是最可敬服的一位了！"乞乞科夫回答说。

审判厅长和邮政局长也没有被忘记；全市的官吏，几乎个个得到品评，而且都成了极有声价的人物。

"您总在村庄里过活么?"乞乞科夫终于问。

"一年里总有一大部份!"玛尼罗夫答道。"我们有时也上市里去,会会那些有教育的人们。您知道,如果和世界隔开,人简直是要野掉的。"

"真的,一点不错!"乞乞科夫回答说。

"要是那样,那自然另一回事了,"玛尼罗夫接着说。"如果有着很好的邻居,如果有着这样的人,可以谈谈譬如优美的礼节,精雅的仪式,或是什么学问的,——您知道,那么,心就会感动得好像上了天……"他还想说下去,但又觉得很有点脱线了,便只在空中挥着手,说道:"那么,就是住在荒僻的乡下,自然也好得很。可是我全没有这样的人。至多,不过有时看看《祖国之子》①罢了。"

乞乞科夫是完全同意的,但他又加添说,最好不过的是独自过活,享用着天然美景,有时也看看书……

"但您知道,"玛尼罗夫说,"如果没有朋友,又怎么能够彼此……"

"那倒是的,不错,一点也不错!"乞乞科夫打断他。"就是有了世界上一切宝贝,又有什么好处呢? 贤人说过,'好朋友胜于世上一切的财富'。"

"但您知道,保甫尔·伊凡诺维支,"玛尼罗夫说,同时显出一种亲密的脸相,或者不如说是太甜了的,恰如老于世故的精干的医生,知道只要弄得甜,病人就喜欢吃,于是尽量的加了糖汁的药水一样的脸相,说,"那就完全不同了,可以说——精神的享乐……例如现在似的,能够和您扳谈,享受您有益的指教,那是幸福,我敢说,那就是难得的出色的幸福呵……"

"不不,怎么说是有益的指教呢? ……我只是一个不足道的人,

---

① 完全中立的关于历史,政治,文学的杂志,一八一二年至一八五二年,在彼得堡发行。——译者。

什么也没有，"乞乞科夫回答道。

"唉唉，保甫尔·伊凡诺维支！我来说一句老实话罢！只要给我一部份像您那样的伟大的品格，我就高高兴兴的情愿抛掉一半家财！"

"却相反，我倒情愿……"

如果仆人不进来说食物已经准备好，这两位朋友的彼此披肝沥胆，就很难说什么时候才会完结了。

"那么，请罢，"玛尼罗夫说。

"请您原谅，我们这里是拿不出大都市里，大第宅里那样的午饭来的：我们这里很简陋，照俄国风俗，只有菜汤，但是诚心诚意。请您赏光罢。"

为了谁先进去的事，他们又争辩了一通，但乞乞科夫终于侧着身子，横走进去了。

食堂里有两个孩子在等候，是玛尼罗夫的儿子；他们已经到了上桌同吃的年纪了，但还得坐高脚椅。他们旁边站着一个家庭教师，恭恭敬敬的微笑着鞠躬。主妇对了汤盘坐下，客人得坐在主人和主妇的中间，仆人给孩子们系好了饭巾。

"多么出色的孩子啊！"乞乞科夫向孩子们看了一眼，说。"多大年纪了？"

"大的七岁，小的昨天刚满六岁了，"玛尼罗夫夫人说明道。

"绥密斯多克利由斯！"玛尼罗夫向着大的一个，说，他正在把下巴从仆人给他缚上了的饭巾里挣出来。乞乞科夫一听到玛尼罗夫所起的，不知道为什么要用"由斯"收梢的希腊气味名字，就把眉毛微微一扬；但他又赶紧使自己的脸立刻变成平常模样了。

"绥密斯多克利由斯，告诉我，法国最好的都会是那里呀？"

这时候，那教师就把全副精神都贯注在绥密斯多克利由斯身上了，几乎要跳进他的眼睛里面去，但到得绥密斯多克利由斯说是"巴黎"的时候，也就放了心，只是点着头。

"那么,我们这里的最好的都会呢?"玛尼罗夫又问。

教师的眼光又紧钉着孩子了。

"彼得堡!"绥密斯多克利由斯答。

"还有呢?"

"墨斯科,"绥密斯多克利由斯道。

"多么聪明的孩子呵! 了不得,这孩子!"乞乞科夫说。"您看就是……"他向着玛尼罗夫显出吃惊的样子来。"这么小,就有这样的智识。我敢说,这孩子是有非凡的才能的!"

"阿,您还不知道他呢!"玛尼罗夫回答道。"他实在机灵得很。那小的一个,亚勒吉特,就没有这么灵了,他却不然……只要看见一点什么,甲虫儿或是小虫子罢,就两只眼睛闪闪的,钉着看,研究它。我想把他养成外交官呢。绥密斯多克利由斯,"他又转脸向着那孩子,接着说,"你要做全权大使么?"

"要,"绥密斯多克利由斯回答着,一面正在摇头摆脑的嚼他的面包。

但站在椅子背后的仆人,这时却给全权大使擦了一下鼻子,这实在是必要的,否则,毫无用处的一大滴,就要掉在汤里了。谈天是大抵关于幽静的退隐的田园生活的风味的,但被主妇的几句品评市里的戏剧和演员的话所打断。教师非常注意的凝视着主客,一觉得他们的脸上有些笑影,便把嘴巴张得老大,笑得发抖。大约他很有感德之心,想用了这方法,来报答主人的知遇的。只有一次,他却显出可怕的模样来了,在桌上严厉的一敲,眼光射着坐在对面的孩子。这是好办法,因为绥密斯多克利由斯把亚勒吉特的耳朵咬了一口,那一个便挤细眼睛,大张着嘴,要痛哭起来了;然而他觉得也许因此失去好吃的东西,便使嘴巴恢复了原状,开始去啃他的羊骨头,两颊都弄得油光闪闪的,眼泪还在这上面顺流而下。

主妇常常向乞乞科夫说着这样的话:"您简直什么也没有吃,您可是吃得真少呀,"这时乞乞科夫就照例的回答道:"多谢得很,我很饱了。愉快的谈心,比好菜蔬还要有味呢。"于是大家离开了食桌。玛尼罗夫很满足,正想就把客人邀进客厅去,伸手放在他背上,轻轻的一按,乞乞科夫却已经显着一副大有深意的脸相,说是他因为有一件很重要的事情,必须和他谈一谈。

"那么,请您同到我的书房里去罢,"玛尼罗夫说着,引客人进了一间小小的精舍,窗门正对着青葱的闪烁的树林,"这是我的小窠,"玛尼罗夫说。

"好一间舒适的屋子,"乞乞科夫的眼光在房里打量了一遍,说。这确是有许多很惬人意的:四壁抹着半蓝半灰的无以名之的颜色;家具是四把椅子,一把靠椅和一张桌子,桌上有先前说过的夹着书签的一本书,写过字的几张纸,但最引目的是许多烟。烟也各式各样的放着:有用纸包起来的,有装在烟盒里面的,也有简直就堆在桌上的。两个窗台上,也各有几小堆从烟斗里挖出来的烟灰,因为要排得整齐,好看,很费过一番心计的。这些工作,总令人觉得主人就在借此消遣着时光。

"请您坐在靠椅上,"玛尼罗夫说,"坐在这里舒适点。"

"请您许可,让我坐在椅子上罢!"

"请您许可,不让您坐椅子!"玛尼罗夫含笑说。"这靠椅是专定给客人坐的。无论您愿意不愿意——一定要您坐在这里的!"

乞乞科夫坐下了。

"请您许可,我敬您一口烟!"

"不,多谢,我是不吸的!"乞乞科夫殷勤的,而且惋惜似的说。

"为什么不呢?"玛尼罗夫也用了一样殷勤的,而且惋惜的口气问。

"因为没有吸惯,我也怕敢吸惯;人说,吸烟是损害健康的!"

"请您许可我说一点意见,这话是一种偏见。据我看起来,吸烟斗比嗅鼻烟好得多。我们的联队里,有一个中尉,是体面的,很有教育的人物,他可是烟斗不离口的,不但带到食桌上来,说句不雅的

177

话,他还带到别的地方去。他现在已经四十岁了;谢上帝,健康得很。"

乞乞科夫分辩说,这是也可以有的;在自然界中,有许多东西,就是有大智慧的人也不能明白。

"但请您许可我,要请教您一件事……"他用了一种带着奇怪的,或者是近于奇怪模样的调子,说,并且不知道为什么缘故,还向背后看一看。玛尼罗夫也向背后看一看,也说不出为的什么来。"最近一次的户口调查册,您已经送去很久了罢!"

"是的,那已经很久了,我其实也不大记得了。"

"这以后,在您这里,死过许多农奴了罢?"

"这我可不知道;这事得问一问经理。喂!人来!去叫经理来,今天他该是在这里的。"

经理立刻出现了。他是一个四十岁上下的人;刮得精光的下巴,身穿常礼服,看起来总像是过着很舒服的生活,因为那脸孔又圆又胖,黄黄的皮色和一对小眼睛,就表示着他是万分熟悉柔软的毛绒被和毛绒枕头的。只要一看,也就知道他也如一切管理主人财产的奴子一样,走过照例的轨道;最初,他是一个平常的小子,在主人家里长大,学些读书,写字;后来和一个叫作什么亚喀式加之类的结了婚,她是受主妇宠爱的管家,于是自己也变为管家,终于还升了经理。一上经理的新任,那自然也就和一切经理一样:结识些村里的小财主,给他们的儿子做干爹,越发向农奴作威作福,早上九点钟才起床,一直等到煮沸了茶炊,喝茶。

"听哪,我的好人! 送出了最末一次的户口调查册以后,我们这里死了多少农奴了?"

"您说什么? 多少? 这以后,死了许多,"经理说,打着饱嗝,用手遮着嘴,好像一面盾牌。

"对啦,我也这么想,"玛尼罗夫就接下去,"死了许多了!"于是向着乞乞科夫,添上一句道:"真是多得很!"

"譬如,有多少呢?"乞乞科夫问道。

"对啦,有多少呢?"玛尼罗夫接着说。

"是的,怎么说呢——有多少。那可不知道,死了多少,没有人算过。"

"自然,"玛尼罗夫说,便又对乞乞科夫道:"我也这么想,死亡率是很大的;死了多少呢,我们可是一点也不知道。"

"那么,请您算一下,"乞乞科夫说,"并且开给我一张详细的全部的名单。"

"是啦,全部的名单!"玛尼罗夫说。

经理说着:"是是!"出去了。

"为了什么缘故? 您喜欢知道这些呢?"经理一走,玛尼罗夫就问。

这问题似乎使客人有些为难了,他脸上分明露出紧张的表情来,因此有一点脸红——这表情,是显示着有话要说,却又说不出口的。但是,玛尼罗夫也终于听到非常奇怪,而且人类的耳朵从来没有听到过的东西了。

"您在问我:为什么缘故么? 就为了这缘故呀:我要买农奴,"乞乞科夫说,但又吃吃的中止了。

"还请您许可我问一声,"玛尼罗夫说,"您要农奴,是连田地,还是单要他们去,就是不连田地的呢?"

"都不,我并不是要农奴,"乞乞科夫说,"我要那已经……死掉的。"

"什么? 请您原谅……我的耳朵不大好,我觉得,我听到了一句非常奇特的话……"

"我要买死掉的农奴,但在最末的户口册上,却还是活着的,"乞乞科夫说明道。

玛尼罗夫把烟斗掉在地板上面了,嘴张得很大,就这样的张着嘴坐了几分钟。刚刚谈着友谊之愉快的这两个朋友,这时是一动不动的彼此凝视着，好像淳厚的古时候，常爱挂在镜子两边的两张像。到底是玛尼罗夫自去拾起烟斗来，趁势从下面望一望他的客人的脸，看他嘴角上可有微笑，还是不过讲笑话：然而全不能发见这些事，倒相反，他的脸竟显得比平常还认真。于是他想，这客人莫非忽然发了疯么，惴惴的留心的看，但他的眼睛却完全澄净，毫没有见于疯子眼里那样狞野的暴躁的闪光：一切都很合法度。玛尼罗夫也想着现在自己应该怎么办，但除了细细的喷出烟头以外，也全想不出什么来。

"其实，我就想请教一下，这些事实上已经死掉，但在法律上却还算活着的魂灵，您可肯让给我或者卖给我呢，或者您还有更好的高见罢。"

但玛尼罗夫却简直发了昏，只是凝视着他，说不出一句话。

"看起来，您好像还有些决不定罢！"乞乞科夫说。

"我……阿，不的，那倒不然，"玛尼罗夫道，"不过我不懂……对不起……我自然没有受过像您那样就在一举一动上，也都看得出来的好教育；也没有善于说话的本领……恐怕……在您刚才见教的说明后面……还藏着……什么别的……恐怕这不过是一种修辞上的词藻，您就爱这么使用使用的罢？"

"阿，并不是的！"乞乞科夫活泼的即刻说。"并不是的，我说的什么话，就是什么意思，我就确是说着事实上已经死掉了的魂灵。"

玛尼罗夫一点也摸不着头脑。他也觉得这时该有一点表示，问乞乞科夫几句，但是问什么呢，却只有鬼知道。他最末找到的惟一的出路，仍旧是喷出烟头来，不过这回是不从嘴巴里，却从鼻孔里了。

"如果这事情没有什么为难，那么，我们就靠上帝保佑，立刻来立买卖合同罢，"乞乞科夫说。

"什么？死魂灵的买卖合同？"

"不的！不这样的！"乞乞科夫回答道。"我们自然说是活的魂灵,全照那登在户口册上的一样。我是无论如何,不肯违反民法的;即使因此在服务上要吃许多苦,也没有别的法;义务,在我是神圣的,至于法律呢……在法律面前,我一声不响。"

最后的一句话,很惬了玛尼罗夫的意了,虽然这件事本身的意思,他还是不能懂;他拼命的吸了几口烟,当作回答,使烟斗开始发出笛子一般的声音。看起来,好像他是以为从烟斗里,可以吸出那未曾前闻的事件的意见来似的,但烟斗却不过嘶嘶的叫,再没有别的了。

"恐怕您还有点怀疑罢?"

"那可没有! 一点也没有! 请您不要以为对于您的人格,我有……什么批评似的偏见,但是我要提出一个问题来:这计划……或者说得更明白些……是这交易……这交易,结局不至于和民法以及将来的俄国的面子不对么?"

说到这话,玛尼罗夫就活泼的摇一摇头,显着极有深意的样子,看定了乞乞科夫的脸;脸上还全部露出非常恳切的表情来,尤其是在那紧闭了的嘴唇上,这在平常人的脸上,是从来看不到的,除非是一个出类拔萃的精明的国务大臣,但即使他,也得在谈到实在特别困难的问题的时候。

然而乞乞科夫就简单地解释,这样的计划或交易,和民法以及将来的俄国的体面完全不会有什么相反之处,停了一下,他又补足说,国家还因此收入合法的税,对于国库倒是有些好处的。

"那么,您的意见是这样……?"

"我以为这是很好的!"

"哪,如果好,那自然又作别论了。我没有什么反对,"玛尼罗夫说,完全放了心。

"现在我们只要说一说价钱……"

"什么? 说价钱?"玛尼罗夫又有些发昏了,说。"您以为我会要魂灵的钱的么……那些已经并不存在了的? 如果您在这么想。那我可就要说，是一种任意的幻想，我这一面，是简直奉送。不要报酬，买卖合同费也归我出。"

倘使这件故事的记述者在这里不叙我们的客人当听到玛尼罗夫的这一番话的时候，高兴的了不得，那一定是要大遭物议的。他虽然镇定，深沉，这时却也显出想要山羊似的跳了起来的样子，谁都知道，这是只在最大高兴的发作的时候，才会显出来的。他在靠椅上动得很厉害，连罩在那上面的羽纱都要撕破了；玛尼罗夫也觉得，惊疑的看着他。为了泉涌的感激之诚，这客人便规规矩矩的向他淋下道谢的话去，一直弄到他完全失措，脸红，大摇其头，终于声明了这全不算一件什么事，不过想借此表示一点自己的真心的爱重，和精神的相投——而死掉的魂灵呢——那是不足道的——是纯粹的废物。

"决不是废物，"乞乞科夫说，握着他的手。

他于是吐了很深的一口气。好像他把心里的郁结都出空了；后来还并非没有做作的说出这样的话来："阿！如果您知道了看去好像琐细的赠品，给了一个无名无位的人，是怎样的有用呵！真的！我什么没有经历过呢！就像孤舟的在惊涛骇浪中……什么迫害我没有熬过呢！什么苦头我没有吃过呢！为什么呢？就因为我忠实于真理，要良心干净，就因为我去帮助无告的寡妇和可怜的孤儿！"这时他竟至于须用手巾，去擦那流了下来的眼泪了。

玛尼罗夫完全被感动了。这两个朋友，继续的握着手，并且许多工夫不说话，彼此看着泪光闪闪的眼睛。玛尼罗夫简直不想把我们的主角的手放开，总是热心的紧握着，至于使他几乎不知道要怎样才可以自由自在。后来他终于温顺的抽回了，他说，如果买卖合同能够赶紧写起来，那就好，如果玛尼罗夫肯亲自送到市里来，就更好；于是拿起自己的帽子，就要告辞了。

"怎么？您就要去了？"玛尼罗夫好像从梦里醒来似的，愕然的问。

这时玛尼罗夫夫人适值走进屋里来。

"丽珊加!"玛尼罗夫显些诉苦一般的脸相,说,"保甫尔·伊凡诺维支要去了哩!"

"保甫尔·伊凡诺维支一定是厌弃了我们了,"玛尼罗夫夫人回答道。

"仁善的夫人!"乞乞科夫说,"这里,您看这里,"——他把手放在心窝上——"是的,这里是记着和您们在一起的愉快的时光的!还要请您相信我,和您们即使不在一所屋子里,至少是住在邻近来过活,在我也就是无上的福气了!"

"真是的,保甫尔·伊凡诺维支!"玛尼罗夫说,他分明佩服了这意见了。"如果我们能够一起在一个屋顶下过活,在榆树阴下彼此谈论哲学,研究事情,那可真是好透……"

"阿,那就像上了天!"乞乞科夫叹息着说。"再见,仁善的夫人!"他去吻玛尼罗夫夫人的手,接着道。"再见,可敬的朋友! 您不要忘记我拜托过您的事呀!"

"呵,您放心就是!"玛尼罗夫回答说。"不必两天,我们一定又会见面的!"

他们跨进了食堂。

"哪,再会再会,我的可爱的孩子!"乞乞科夫一看见绥密斯多克利由斯和亚勒吉特,就说,他们正在玩着一个臂膊和鼻子全都没有了的木制骠骑兵。"再会呀,可爱的孩子们! 对不起,我竟没有给你们带一点东西来,但我得声明,我先前简直没有知道你已经出世了呢。但再来的时候,一定要带点来的。给你是一把指挥刀。你要指挥刀么? 怎么样?"

"要的!"绥密斯多克利由斯回答道。

"给你是带一个鼓来。对不对,你是喜欢一个鼓的罢?"乞乞科夫向亚勒吉特弯下身子去,接着说。

"嗡,一个堵,"亚勒吉特小声说,低了头。

"很好,那么,我就给你买一个鼓来。——你知道,那是一个很好的鼓呵,——敲起来它就总是蓬的……蓬……咚的,咚,咚,咚的,咚,咚。再见,小宝贝!再会了呀!"他在他们头上接一个吻,转过来对玛尼罗夫和他的夫人微微一笑,如果要表示自己觉得他们的孩子们的希望,是多么天真烂漫,那么,对着那些父母是一定用这种笑法的。

"唉唉,您还是停一会罢,保甫尔·伊凡诺维支!"当大家已经走到阶沿的时候,玛尼罗夫说。"您看呀,那边上了多少云!"

"那不过是些小云片,"乞乞科夫道。

"但是您知道到梭巴开维支那里去的路么?"

"这正要请教您呢。"

"请您许可,我说给您的马夫去!"玛尼罗夫于是很客气的把走法告诉了马夫,其间他还称了一回"您"。

马夫听了教他通过两条十字路,到第三条,这才转弯的时候,就说:"找得到的了,老爷,"于是乞乞科夫也在踮着脚尖,摇着手巾的夫妇俩的送别里,走掉了。

玛尼罗夫还在阶沿上站得很久,目送着渐渐远去的马车,直到这早已望不见了,他却依然衔着烟斗,站在那里。后来总算回进屋子里去了,在椅子上坐下,想着自己已经给了他的客人一点小小的满足,心里很高兴。他的思想又不知不觉的移到别的事情上面去,只有上帝才知道要拉到那里为止。他想着友谊的幸福,倘在河滨上和朋友一起过活,可多么有趣呢,于是他在思想上就在这河边造一座桥,又造一所房子,有一个高的眺望台的,从此可以看见墨斯科的全景,他又想到夜里在户外的空旷处喝茶,谈论些有味的事情,这才该是愉快得很;并且设想着和乞乞科夫一同坐了漂亮的篷车,去赴一个夜会,他们的应对态度之好,使赴会者都神迷意荡,终于连皇帝也知道了他们俩的友谊,赏给他们每人一个将军衔,他就这样的梦下去;后来呢,只有天晓得,连他自己也不十分清楚了。但乞乞科夫的奇怪的请求,忽然冲进了他的梦境,却还是猜不出那意思来:他翻来复去的想,要知道得多一些,然而到底不明白。他衔着烟斗,这样的还坐了很多的时光,一直到晚膳摆在桌子上。

第 三 章

这时候,乞乞科夫是很愉快的坐在他那皮篷马车里,已经在村路上走了许多工夫了。他的趣味和嗜好的主要对象是什么,我们是从第二章早就明白了的,所以他把肉体和心灵都化在这上面,也看得毫不觉到奇怪。从他那显在脸上的表情看起来,那推测,那估量,那计划,都好像很得意,因为他总在露出些满足的微笑来。他尽在想着那些事,而对于他那受了玛尼罗夫家的仆役的款待,弄得飘飘然了的马夫,可曾注意着右边的花马,却一点也没有留心。这花马很狡猾,当中间的青马和左边的那匹因为从一个议员买来,名字就叫"议员"的枣骝,都在使劲的前进的时候,它却只装作好像也在拉车模样。那两匹马,却因为自己这样的卖力,人可以从眼睛里看出它们的满足来。"你尽量的刁罢!没有好处的!我还要使你刁些呢!"绥里方说着,略略欠起身来,给了懒马一鞭子。"要守本分,你这废料……!阿青……是好马,它肯尽职;我也要多给它些草料的,因为它是好马。议员呢——也是一匹好马……喂,你摇耳朵干什么?昏蛋,人对你讲话,你要留心!我不会教你坏道的,你这驴子!好罢,随便你跑!"于是他又给了一鞭子,唠叨道:"哼!野蛮!拿破仑,该死的东西!"接着是向它们一起大声的叫道:"喂!心肝宝贝!"并且给三匹都吃了一鞭子,不过这并非责罚,乃是他中意它们了的表示。他把这小高兴分给它们之后,又向着花马道:"你当作对我玩些花样,我会看不出你坏处来的罢。这不成的,我的宝贝,如果想人尊敬你,你得规规矩矩的做。你瞧!刚才的老爷府上的人们——那是好人!我只喜欢和好人谈天,好人——是我的朋友,也是好伙计；我喜欢和他同桌吃饭，或者喝一杯茶。好人是谁都尊敬的！比如我们的老爷——谁都尊敬他，你好好的听着罢，就因为他肯给我们的皇上尽力，又是个六等官呀……"

绥里方这样的想开去，一直跑到最飘渺，最玄妙的事情上去了。假如乞乞科夫留心的听一下，是可以明白关于他本身的许多仔细的；但他的思想，都用在自己的计算上，待到一声霹雳，这才使他从梦中惊醒，向周围看了一看；空中已经密布了云，大雨点打在烟尘陡乱的驿路上。接着一个又是一个更近的更响的霹雳，雨就倾盆似的倒了下来。对于车篷，开初是横打的，忽然从这边，忽然从那边，接着又改换了攻击法，打鼓似的向篷顶上直淋，弄到水点都溅到乞乞科夫的脸上。他只好放下皮帘，遮住了原是开着以便赏鉴风景的小圆窗，一面叫绥里方赶快走。绥里方被打断了讲演，也知道这不再是迁延的时候了，便从马夫台下，拉出一件青布的外套似的东西来，两手向袖子里一套，抓住缰绳，向着那听了他的讲演，觉得愉快的疲劳，正在踉踉跄跄的三匹牲口，发一声喊。不过已经走过了两条岔路，还是三条呢，却连绥里方自己也弄不明白了。他想了一通之后，就随随便便的定为确已走过了许多十字路。凡俄国人，一到紧要关头，是总归不肯深思远虑，只想寻一条出路的，他也这样，到了其次的岔路，便向右一弯，对马匹叫道："喂，好朋友，走好哪！"一面赶着它们开快步，至于顺着这条路走到那里去呢，他可是并没有怎么想过的。

雨好像并不想就住。盖在村路上的灰尘，一下子就化了泥浆，马匹的拉车，越来越艰难了。梭巴开维支的村庄，还是望不见，乞乞科夫觉得很焦急。照他的计算，是早该走到了的。他从窗洞里向两面探望，然而漆黑一团，什么也看不见。

"绥里方！"他终于从窗口伸出头去，叫了起来。

"什么事呀，老爷？"绥里方回答说。

"你瞧罢；村子还看不见呢！"

"对了,老爷,还看不见呢!"于是绥里方挥着鞭子,唱起歌似的东西来了。说这是歌,是不可以的,因为很散漫,而且长到无穷无尽。绥里方把一切都放进那里面去,全俄国的马夫对马所用的称赞语和吆喝声,还有随手牵来,随口说出的一切种类的形容词。到后来,他竟拉得更远,至于称他的牲口为"书记"了。

但乞乞科夫现在却发见了他的车在左右摇动,每一摇动,就给他很有力的一震;使他想到这好像已经离开道路,拉到耕过的田里来了。绥里方大约也觉得的,然而他一声不响。

"你究竟在怎样的路上走呀,你这流氓?"乞乞科夫喊道。

"有什么法子呢,我的老爷,已经晚上了。我是连我的鞭子也看不见呢,就这么漆黑!"正说着这话,马车就向一旁直歪过去了,至于使乞乞科夫得用两只手使劲的攀住。他这才看出,绥里方是喝得烂醉的。

"停下来! 停下来! 你要摔出我去了!"他向他叫喊。

"不会的,我的老爷,您怎么会想到我要摔出您去呢,"绥里方说。"如果这样,可就坏了,那我自己也知道;唔,不会的,无论怎样,我不会摔出您去的!"他这时就把马车拉转来,车转得很缓,可是终于全部翻倒了。乞乞科夫爬在泥浆里。绥里方是在拉住马;但马也好像自己站住了似的,因为正疲乏得要命。这意外的大事件使绥里方没了办法。他爬下马夫台,两手插腰,对马车站着,当他的主人在泥浆里打滚,挣扎着想要站起来的时候,就说道:"这东西可到底翻倒了!"

"你醉得像猪一样!"乞乞科夫说。

"没有的事,我的老爷! 我怎么会喝醉呢! 我知道的,喝醉,是坏事情。我不过和一个好朋友谈了些闲天;和一个好人,是可以谈谈的——这不算坏事情——后来我们就一起吃了饭。这也没有什么不对——和一个好人吃一点东西。"

"你前回喝醉了的时候,我怎么对你说的,唔? 你又忘记了么?"

乞乞科夫说。

"一点也没有,您好老爷,我怎样能忘记呢?我知道我的本分!我知道喝醉是很不对的。我不过和体面人谈了些天,这可不算……"

"我要用鞭子狠抽你一顿,那你就明白了,什么叫作和体面人谈天……"

"随您好老爷的高兴,"绥里方完全满足了,回答道。"如果要给鞭子,那很好,我是没有贰话的。如果做了该吃鞭子的事,怎么可以不给鞭子呢;这全都随您的便,您是主子呀!农奴是应该给点鞭子的,要不然,就不听话。规矩总得有。如果我闹出事来,那么,抽我一顿就是了,怎么可以不给鞭子呢?"

对于这样的一种深思熟虑,乞乞科夫竟想不出回答来。但在这时候,好像运命也发了慈悲了。忽然间,远远的听到了狗叫。乞乞科夫高兴极了,就命令绥里方出发,并且叫他用了全速力的走。俄国的马夫是有一种微妙的本能的,可以用不着眼睛;所以他即使合了眼,飞快的跑,也会跑到一处什么目的地。绥里方虽然看不见东西,却放马一直向着村子冲过去,待到车棒碰着了篱垣,简直再没有可走的路,这才停下来。乞乞科夫只能在极密的烟雨中,看见了像是屋顶的一片。他便叫绥里方去寻大门,假使俄国不用恶狗来代管门人,发出令人不禁用手掩住耳朵的大声,报告着大门的所在,那一定是寻得很费工夫的。窗户里漏着一点光,这微明也落到篱垣上,向我们的旅客通知了走向大门的路径。绥里方去一敲,不多久,角门开处,就现出一个披着睡衣的人影来。主仆两个,也听到对他们嚷叫的发沙的女人声音了:"谁敲门呀?谁在这里逛荡呀?"

"我们是旅客,妈妈,我们在寻一个过夜的地方,"乞乞科夫说。

"是么?真莽撞!"那老婆子唠叨着。"来得这么迟。这儿不是客店。这儿是住着一位地主太太的。"

"叫我怎么办呢,妈妈?我们迷了路了。这样的天气,我们又不能在露天下过夜。"

"真的,天是又暗,又坏,"绥里方提醒道。

"不要你说,驴子!"乞乞科夫说。

"您是什么人呀?"那老婆子问。

"是一个贵族,妈妈。"

贵族这个字,好像把老婆子有些打动了。"等一等,我禀太太去,"她低声说着,进去了,两分钟之后,又走出来,手里提着一个风灯。大门开开了。这回是别的窗子里也有了亮光。马车拉进了大门,停在一所小小的屋子的前面。这屋子在黑暗里,很不容易看得明白,只有一边照着些从窗子里射出来的光;屋前还有一个水洼,灯光也映在这上面。大雨潺潺的注在木屋顶上,又像溪流似的落在下面的水桶中。狗儿们发着各色各样的叫声;一匹昂着头,发出拉长的幽婉的声音;它怀着一种热心,仿佛想得什么奖赏;别一匹却像教会里的唱歌队一样,立刻接下去了;夹在中间,恰如邮车的铃铛一般响亮的,是大约还是小狗的最高音,最后压倒全部合奏的是具有坚定的,狗式的,大约乃是老狗的最低音,因为合奏一到顶点,它就像最低弦乐器似的拼命的叫起来了;中音歌手们都踮起脚趾,想更好的唱出高声来,大家也都伸长了颈子,放开了喉咙;独有它,它最低弦乐演奏者,却把没有修剃的下巴藏在领子里,蹲着,膝髁几乎要着地,忽然从这里起了吓人的声音,使所有的窗玻璃都因此发了响,发了抖。只要听到这样音乐似的各种的狗叫,原是就可以知道这村子是很体面的;但我们的半冻而全湿的主角,却除了温暖的眠床之外,什么也不理会。马车刚要停下,他跳出来,一绊,几乎倒在阶沿上了。这时门口又出现了别一个女人,比先前的年青些,然而模样很相像。她领乞乞科夫走进屋里去。经过这里,他就瞥了一眼屋子的内部;屋子是糊着旧的花条的壁纸的;壁上挂着几幅画,一律是花鸟,窗户之间挂有小小的古风的镜子,昏暗的镜框上都刻着卷叶。镜子后面塞着些信札,旧的纸牌,袜子,或者诸如此类;还有一口指针盘上描花的挂钟……这些之外,乞乞科夫就什么也没有看到了。

他觉得他的眼睑要粘起来,仿佛有谁给涂上了蜂蜜一样。再过了几分钟,主妇出现了,是一位老太太,戴着睡帽,可见她是匆匆忙忙的走出来的,颈子上还围着一条弗兰绒的领巾。这位婆婆,是小地主太太们中的一个,如果没收成,受损失,是要悲叹,颓唐的,然而一面也悄悄的,即使是慢慢的,总把现钱一个一个的弄到藏在她柜子的抽屉里的花麻布钱包里面去。一个钱包装卢布,别一个装五十戈贝克,第三个装二十五戈贝克的现货,但看起来,却好像柜子里面,除了衬衣,睡衣,线团,拆开的罩衫之外,什么也没有似的。假使因为过节,烤着酪饼和姜饼的时候,旧的给烧破了,或者自然穿破了,这拆开的就要改作新的用。如果衣服没有烧破,也还很可以穿呢,我们的省俭的老太太大约还要使这罩衫拆开着躺在抽屉里,终于和许多别样的旧货,由她的遗嘱传授给那里的一位平辈亲戚或者外甥侄子的。

乞乞科夫首先告罪,说是为了他突然的登门,惊动了她了。"不要紧,不要紧!"那主妇说。"上帝竟教您来得这么晚!又是这样的大风雨!走了这么远的路,本应该请您用点什么的,可是在这样的深夜里,我实在不能豫备了!"

一种奇特的骚扰打断了主妇的话,乞乞科夫很吃了一吓。这骚扰,也像忽然之间,屋子里充满了蛇一样;但抬眼一看,也就完全安静了;他知道,这是挂钟快要敲打时候的声音。接着这骚扰,又发出一种沙声来,到底是敲起来了,聚了所有的力量,两点钟,那声音仿佛是谁拿了棍子,敲着一个开裂的壶,于是钟摆又平稳下去了,从新来来往往的摆着。

乞乞科夫向主妇致谢,并且声明自己一无所需,请她不要抱歉,除了一张眠床之外,他是什么也不希望了的。这时他想问明,他究竟错走到什么地方来了,到梭巴开维支先生的村庄去,还有多少远,但那老太太的回答,却道是她从来没有听到过这姓名,姓这的地主,是那里也没有的。

"那么,玛尼罗夫,您许是知道的罢?"乞乞科夫问。

"那是怎样的人呀，玛尼罗夫？"

"是一个地主，太太。"

"没有，我从来没有听到过他的姓名，没有这么一个地主的。"

"那么，这里的地主全是些什么人呢？"

"皤勃罗夫，斯惠宁，卡拉派且夫，哈尔巴庚，忒累巴庚，泼来卡科夫。"

"都有钱没有呢？"

"没有，先生，这里是没有什么有钱人的。不过这有二十个，那有三十个魂灵罢了；有着百来个魂灵的人，这里是没有的。"

乞乞科夫这才明白，他竟错走到这样的穷乡僻壤来了。

"那么，您可以告诉我，从这儿到市上去有多么远吗？"

"总该有六十维尔斯他罢。我真简慢了客人，竟什么也不能请您吃！您高兴喝一杯茶么，先生？"

"多谢得很，太太。我只要有一张床，就尽够了。"

"是呀，真的呢，走了这么多的路，是要歇一歇的。请您躺在这张沙发上面罢，先生。喂！菲替涅，拿一床垫被，一个枕头和一条手巾来！天哪，这样的天气！就像怪风雨呀！我这里是整夜的在圣像面前点着蜡烛哩。阿呀，我的上帝，您的背后和一边，都龌龊得像野猪一样了。这是在那里弄得这么脏的呢？"

"谢谢上帝，我不过弄得这么脏；没有折断了脊梁，可还要算是运气的！"

"神圣的耶稣，您在说什么呀？您可愿意给您的背后刷一下呢？"

"不不，多谢您！请您不要费心！还是请您吩咐您的使女，拿我的衣服去烘一烘，刷一下罢！"

"听着呀，菲替涅！"那使女已经拿了灯走上阶沿，搬进垫被来，并且用两手一抖，绒毛的云便飞得满屋，主妇于是转过脸去，对她说道，"拿上衣和外套去，在火上烘一烘，就像老爷在着那时候的那样子做,以后就拍一拍,刷它一个干净。"

"明白了,太太!"菲替涅在垫被上铺上布单,放好两个枕头,一面说。

"哦,床算是铺好了!"主妇说。"请安置罢,先生,好好的睡! 您可还要什么不? 也许惯常是要有人捏捏脚后跟的罢。先夫在着的时候,不捏,可简直是睡不着的。"

然而客人又辞谢了这享乐。主妇一出去,他连忙脱下衣服来。把全副披挂,从上到下,都交给了菲替涅,她说过晚安,带着湿淋淋的收获,走掉了。当他只剩了独自一个的时候。就颇为满足的来看他那快要碰着天花板的眠床。他摆好一把椅子,踏着爬上眠床去,垫被也跟着他低下去,快要碰到地板,从绽缝里挤了出来的绒毛,又各到各处,飞满了一屋子。他熄了灯,拉上羽纱被来蒙着头,蜷得像圆面包一样,一下子就睡着了。到第二天,他醒得不很早。太阳透过窗子,直射在他脸上,昨夜静静的睡在墙壁和天花板上的苍蝇,现在却向他集中了它们全部的注意:一匹坐在下唇上,别一匹站在耳朵上,第三匹又想跑到眼睛这里来;还有胡里胡涂的一匹,竟在鼻孔边占了地盘,他在半睡半醒中,一吸,就吸进鼻子里去了,自然是惹他打一个大喷嚏——但也因此使他醒转了。他向屋子里一瞥,这才知道挂在壁上的原来也并非全是花鸟图,他又看见一张库土梭夫[①]的肖像和一幅油画,上面是一个老人,穿着像是保惠尔·彼得洛维支[②]时代的红色袖口的制服。挂钟又骚扰起来了,打了九点钟;一个女人的头在门口一探,立刻又消失了,因为乞乞科夫想要睡得熟,是全脱了他的衣服的。这一探的脸,他觉得有点认识,他要记出这究竟是谁来,终于明白了可就是这家的主妇。他连忙穿起小衫来,衣

[①]　Kutusov,一八一二年拿破仑进攻俄国时,给他打退了的有名的将军。——译者。

[②]　Pavel Petrovich(1754—1801),指俄皇彼得第一世,是对于军队的服饰和教练,非常认真的人。——译者。

服就放在他旁边,燥了,还刷得很干净。于是他穿好外衣,走到镜子
前面,大声的又打一个嚏,打得恰恰走近窗口来的火鸡,——那窗门
原也比地面高不了多少,——也大声的咽咽的叫了起来,还用它那
奇特的话,极快的向他说了些什么,那意思,总归好像说是"恭喜"似
的,乞乞科夫就回答它一句"昏蛋"。之后,他走向窗前,去观察一下
四近;从窗口所见,仿佛都是养鸡场;因为在他眼前的,至少,是凡有
又小又窄的院子中,满是家禽和别样的家畜。无数的公鸡和火鸡在
那里奔走;其间有一匹公鸡跨开高傲的方步,摇着鸡冠,侧着脑袋,
好像它正在倾听什么似的。猪的一家也混在这里面;老母猪在掘垃
圾堆,也似乎兼顾着小猪仔,但到底完全忘记,自去大嚼那散在地上
的西瓜皮去了。这小院子或是养鸡场,是用板壁围起来的,外面是
一大片菜园,种着卷心菜,葱,马铃薯,甜菜和别样的蔬菜。菜园里
面,又处处看见苹果树和别的果子树,上面蒙起网来,防着喜鹊和麻
雀。尤其是麻雀,成着大群,飞来飞去,简直像斜挂的云一样。因此
还有许多吓鸟的草人,都擎在长竿上,伸开了臂膊;有一个还戴着这
家的主妇的旧头巾。菜园后面是农奴的小屋子,位置很凌乱,也不
成为有空场和通路的排列,但由乞乞科夫看来,那居民们的生活是
要算好的:屋顶板一旧,就都换上新的了,也看不见一扇倒坏的门,
向这边开口的仓库里,有的是一辆豫备的货车,有时还有二辆。
"哼! 这小村子可也并不怎么小哩!"他自言自语的说,并且立刻打
定主意,要和主妇去扳谈,好打交道了。他从她先前探进头来的门
缝里向外一望,看见她在喝茶,就装着高兴而且和气的模样走过去。

"日安,先生! 您睡得怎么样?"那主妇说着,站了起来。她比昨
夜穿得阔绰了,头上已不戴睡帽,换了黑色的头巾。颈子上却还是
围着什么一些物事。

"很好的,好极了,"乞乞科夫一面说,一面坐在靠椅上。"您呢,
太太?"

"不行呀,先生!"

“这是怎么的呢？”

　　“睡不着呀。腰痛，腿痛，连脚跟都痛。”

　　“就会好的，太太，您不要愁。”

　　“但愿就会好呵。猪油呀，松节油呀，我都擦过了。您用什么对茶呢？这个瓶子里的是果子汁。”

　　“很好，太太。就是果子汁罢。”

　　大约读者也已经觉到，乞乞科夫虽然表示着殷勤的态度，但比起在玛尼罗夫家来，却随便说话，没有拘束得远了。这里应该说明的，是有许多节目，俄国固然赶不上外国，但善于交际，外国人却也远不及我们。我们的交际样式上的许多精微和层次，是简直数也数不清的。一个法国人或德国人，一生一世也不会懂得我们的举动的奇特和差别；他们对一个富翁和一个香烟小贩说话，所用的几乎是一样的调子，一样的声音，纵使他们的心里，对于富翁也佩服之至。我们这里可是完全不同了：我们有这样的艺术家，对着蓄有二百个魂灵的地主说话，和对那蓄有三百个的全两样；但对他说话，又和蓄有五百个的全两样；而和他说起来，又对于蓄有八百个魂灵的地主全两样；就是增到一百万也不要紧，各有各的说法。我们来举一个例罢，这并非我们这里，乃是一个很远的王国的什么地方，这地方有一个衙门，又假如这衙门里有一位长官或是所长。当他坐在中间，围绕着他的属员们的时候，我要请读者仔细的看一看——我相信，你们就要吓得说不出话来了。威严，清高——有什么还不显在他顾盼之间呢？倘要拿了画笔，画出他来，给他留下这相貌：那简直是普洛美修斯！[①] 一点不差：一个普洛美修斯！他老雕似的看，他的

---

　　① Prometheus，希腊神话上的天神和地祇所生的巨人之一，因把大神宙斯（Zeus）从人间取回之火，又送给人类，被罚，锁在高加索斯（Caucasus）山的岩石上，白昼有大鹫啄食其肝，夜又复生如故。后为赫尔库来斯（Hercules）所释放。这里所用的意义，和原典有些不符。——译者。

步子是柔软,镇定,而且稳当。但你们看着这老雕罢,他一出大厅,走近他的上司的屋子去,可就不大能够认识了;他紧紧的挟着公文夹,逃跑的鹁鸪似的急急的走过去,几乎要失了魂。倘到一个俱乐部,或者赴一个夜会,如果都是职位较低的人们,那么,我们的普洛美修斯是仍不失为真正普洛美修斯的,但只要有一个人,比他大一点,我们的普洛美修斯可就要起一种连渥辟提乌斯①也梦想不到的变化:比苍蝇还要小,他简直化为几乎没有,一粒微乎其微的尘沙了!"然而这岂不是伊凡·彼得洛维支吗?"有人看见了他,就会说,"伊凡·彼得洛维支还要高大些,这人却很小,又很瘦;他总用大声说话,也总不笑的,但这人,哼,却小鸟儿似的啾啾唧唧,而且总在陪笑哩。"然而走近去仔细一看——也还是伊凡·彼得洛维支!"阿呀,这样,"人就对自己说……然而我们还是再讲这里的登场人物罢。我们知道,乞乞科夫是已经决定,不再客气了;他于是拿了一杯茶,加一点果子汁,谈起来道:

"您的村庄可真的出色呵,太太。魂灵有多少呢?"

"到不了八十,"那主妇说,"可惜我们光碰着这样的坏年头;去年又来了一个歉收,连上帝都要发慈悲的!"

"可是农奴却都显得活泼,屋子也像样。但我想请教您:您贵姓呀? 昨天到得太晚,忙昏了……"

"科罗瓣契加②,十等官夫人。"

"多谢。还有您的本名和父称呢?"

"那斯泰莎·彼得洛夫娜。"

"那斯泰莎·彼得洛夫娜么? 高雅得很! ——那斯泰莎·彼得洛夫娜。我有一个嫡亲的姨母,是家母的姊妹,也叫那斯泰莎·彼

---

① Publius Ovidius Naso(B. C. 43—18 A. D.),罗马的著名的诗人。著有《变形记》(Metamorphoses),今尚存。——译者。

② Korobochika,"小箱"或"小窝"之意。——译者。

得洛夫娜。"

"可是您的贵姓是什么呢?"地主太太问。"您是税务官罢? 不是的?"

"不是的,太太,"乞乞科夫微笑着回答道。"我不是税务官;我在外面走,只为着自己的事情。"

"那么,您是经手人? 多么可惜! 我把我的蜂蜜都贱卖了;您一定是要的,先生,可对?"

"不,我不大收买过蜂蜜。"

"那就是什么别样的东西。要麻罢? 我现在可实在还不多——至多半普特①。"

"唉! 不的,太太,我要的是别样的货色,请您告诉我,您这里可死了许多农奴没有呢?"

"唉唉! 先生,十八个!"那老人叹息着,说。"还都是很出色,会做事的。自然也有些在大起来,可是有什么用呢,毫没力气的家伙,税务官一到,却每个魂灵的税都要收。他们已经死掉了,还得替他们付钱。上礼拜里,我这里烧死了一个铁匠,一个很有本领的铁匠!也知道做铜匠手艺的。"

"莫非这村子里失了火吗,太太?"

"谢上帝不给有这样的灾殃! 如果是火灾,那可就更坏了。并不是的,他全由自己烧死的。火是从他里面的什么地方烧出来的;他真也喝的太多了,人只看见好像一道青烟,他就这么的焦掉了,一直到乌黑的像一块炭;唉唉,是一个很有本领的铁匠呢。我现在简直全不能坐车出去。这里就再没有人会钉马掌。"

"这是上帝的意志呵,太太,"乞乞科夫叹息着说,"违背上帝的意思的事,人是唠叨不得的。您知道不? 您肯把他们让给我吗,那斯泰莎·彼得洛夫娜?"

___

① Pud,四十俄磅为一普特。——译者。

"让什么呀,先生?"

"唔,就是所有的那些人,那已经死掉了的。"

"我怎么能把他们让给您呢!"

"唔,那很容易。或者我问您买也可以。我付给您钱。"

"但是,怎么办呢? 我实在还不懂您。您想把他们从土里刨出来吗?"

乞乞科夫知道这老婆子弄错了目标,必须将事情解释给她听。于是用简单的几句话,说明了这所谓让与或交易,不过是纸面上的事,而且魂灵还要算是活着的。

"但是,您拿他们做什么用呢?"老婆子说,诧异地凝视着他。

"这是我的事情了!"

"但他们是死了的呀!"

"当然,谁说他们是活的呢? 正因为他们是死了的,所以使您吃亏。您仍旧要付人头税,我就想替您去掉这担子和麻烦呵;现在懂了没有? 不但去掉,我并且还要付您五个卢布呢。您现在明白了罢?"

"我还是不明白,"那老婆子踌蹰着,说,"我向来没有卖过死人。"

"这有什么稀奇! 如果您卖过了,这才稀奇哩。您莫非以为这真的值钱的吗?"

"不不,我自然并不这么想。这怎么会值钱呢? 已经什么用处也没有了的! 但使我担心的,却是他们已经死掉了的这一点。"

"这女人可真的是胡涂,"乞乞科夫想。"您听我说,太太,您再想一想罢! 像他们还是活着一样,付出人头税去,这是您的很大的损失呀。"

"阿呀,先生,再也不要提了,"地主太太打断他的话。"三礼拜前,我就又缴了一百五十卢布,还要应酬税务官。"

"您瞧罢,太太,您再想想看,从此您就用不着应酬税务官了,因为纳税的是我，不是您了。全副担子我挑了去，连税契的经费也归我出。您明白了罢！"

主妇沉思了；她觉得这交易也并不坏；不过太新鲜，太古怪，也恐怕买主会给她上一个大当。他从那里来的呢，只有上帝知道，况且又到的这么半夜三更。

"那么，您可以了罢，太太，"乞乞科夫说。

"老实说，先生，我可向来没有卖过死人。活人呢，那是有过的，还在三年前，我把两个娃儿让给了泼罗多波波夫，一百卢布一个；他高兴得很。那都是很能做事的。她们连饭单也会织的。"

"现在说的可不是活人呀！上帝在上！我要的是死人！"

"老实说，我首先就怕会吃亏呢。你到底还是瞒着我；先生，也许他们是……，他们的价钱还要贵得远的。"

"您听我说，太太……您在想什么呀！他们怎么会值钱；您想想看！这是废料呀！您要知道，是毫没用处的废料呀！譬如您得了旧货，我们来说破布片罢：那自然是还值些钱的，纸厂还会来买它。然而他们，却什么用也没有了！好，请您自己说，他们还有什么用!?"

"那是一点不错的！自然什么用也没有。但使我担心的，也就是他们已经死掉了的这一点呵。"

"我的上帝，这真是一匹胡涂虫，"乞乞科夫忍耐不住了，对着自己说。"总得说伏她。真的我弄得出汗了！这该死的老家伙！"于是他从衣袋里掏出手帕来，在额上拭着汗。但乞乞科夫的懊恼是没有道理的。即使是阔人，尤其是官员，如果和他们一接近，就知道关于这些事，就和科罗皤契加一式一样。一在脑袋里打定了什么主意之后，你就是用十匹马也拉它不转。无论怎样抗辩，都没有用。纵使说得大白天一样明明白白，也总像橡皮球碰着石墙壁似的弹回来了。乞乞科夫拭过汗，就又想，用了别样的方法，来打动她试试看。

"太太，"他说，"您是不管我说什么，还是只顾自己说什么呢……我付您钱，十五卢布的钞票；您懂了没有？这是钱呀，路上是不会撒着的。比方您卖出蜂蜜去,什么价钱呢? 请您说一句罢!"

"一普特十二个卢布。"

"您不要造孽,太太! 您没有卖到十二个卢布的。"

"真的,先生!"

"现在您看,这是蜂蜜呀。到您能够采取它,恐怕要费一个年头,一整年的心计,辛苦和手脚的。马车载着到各处走,保护那可怜的蜂儿。一冬天还得藏在窖子里。您瞧就是! 但死魂灵,却是不在这世界上的了。您并没有吃辛苦,费手脚。他们的离开这世界,给您的府上有损失,都是上帝的意志。那一面,十二个卢布是您一切心计和辛苦的报酬,而这一面,您什么力气也不化,进益却不止十二个,倒是十五个卢布,而且并非银的,却是很好看的滴蓝的钞票哩。"乞乞科夫用这么强有力而且发人深省的道理,上了战场之后,他以为这老婆子的终于降伏,大约是可以无疑的了。

"一点不错,"那地主太太说,"我是一个可怜的不懂世故的寡妇,还是再等一下,等有别的买主到这里来罢。我也可以比一比价钱。"

"不要闹笑话,太太! 您自己想想看,您在说什么了。谁会来买这东西呢? 他要这做什么用呢?"

"也许凑巧可以用在家务上的呵……"老婆子反对道。——但她没有说完话,张开嘴巴,吃惊的看定他,紧张着在等候回答。

"死人用在家务上! ——我的上帝,您真的不知道想到那里去了! 莫非在您的菜园里,到夜里好吓雀子吗?! 对不对?"

"神圣的耶稣,救救我们罢! 你说着多么可怕的话呀,"那老婆子说,划了一个十字。

"另外还有什么用呢? 坟和骨头,还是您的。这买卖不过是纸面上的事。究竟怎么样? 您至少总得回答我一句。"

那老婆子又沉思起来了。

"您只在想些什么呀,那斯泰莎·彼得洛夫娜?"

"我可真不知道我该怎么办才是哩。您还不如买点麻去罢?"

"什么,麻! 谢谢您! 我要的是别的东西,您却拿您的麻来噜苏。给麻静静的麻它的去罢! 如果我下一次来拜访,恐怕要买麻也难说的。那么,怎么样呢,那斯泰莎·彼得洛夫娜?"

"上帝知道,这真是古怪透顶的货色,我向来没有经手过的。"

这时候,乞乞科夫再也忍耐不住了,他愤愤的抓起一把椅子,在地板上一顿,并且诅咒她遭着恶鬼。

说到恶鬼,地主太太就怕得要命。

"阿呀呀,不要提它了! 上帝也在的!"她脸色发青,叫喊说。"就在两三天前的夜里,我梦里总是看见它,看见这地狱胚子。祷告之后,我卜了一回牌,可确是上帝差来罚我的呀。它的模样真可怕。它的角,比公牛的还长。"

"我希望您不至于看见一打! 我还不及真正的基督教徒的博爱;我一看见一个可怜的寡妇没处安身,没法生活……那还是和你的田地都完结罢。"

"阿呀呀,你在这里说着多么怕人的话呀,"老婆子惴惴的看定他,说。

"真的,没有别的话好说了,简直没有——您不要怪我说的直白——就像一匹锁住的狗,躺在干草上;自己不吃草,却又不肯交给谁。您田地里的所有的出产,我都要买,因为我是也在办差的……"这里他顺便撒了一点谎,并不希望好处的,然而很有效。

这"办差"的话,给了那斯泰莎·彼得洛夫娜一个深的印象了;她说话,几乎用了恳求的声音:"为什么你就立刻生气呢? 要是我早知道你这么暴躁,我倒不如不要回嘴的好了。"

"那里那里,我全没有生气呀! 所有的事情比不上一个挤过汁的柠檬。我会气恼吗?"

"好咧,好咧。我拿十五卢布钞票把他们让给你就是。不过有一件事,先生,办差的时候不要忘记我,如果你要稞麦呀,荞麦粉呀,压碎麦子呀，或是肉类的话。"

"不会不会，太太，我再也不会忘记你了的，"他一面用手擦着三条小河似的，流下他脸孔来的汗，一面说。他还讯问，她在市里可有一个在法院里的密友，全权代理或相识者，可以办妥那订立合同和一切其余的必要的例规的人。"有的，那住持，希理耳神甫；他的儿子是在法院里的，"科罗皤契加说。乞乞科夫就托她寄一封委托书去，还至于自己来起草稿，省得老婆子写些无用的费话。

"如果他给上司买我一点面粉或是家畜，"科罗皤契加其时想，"那就好了。我应该应酬他一下。昨晚上还剩着一点蛋面。我还是去吩咐菲替涅烤蛋饼罢。用奶油面来做鸡蛋馒头，倒也不坏。这我做得好，也用不着多少时光。"于是主妇走了出去，实行馒头计划去了，并且好像还要添上家庭烹调法上的另外几样。但乞乞科夫却因为去取提箱里的纸，走进了他睡过一夜的客厅。屋子早已打扫好，胖胖的毛绒被和垫被，已经搬走了。沙发前面放着一张盖了罩布的桌子。他把提箱搁在桌子上，自己坐在沙发上，想休息一下；因为他觉得，自己满身是汗了，凡有他穿在身上的，从小衫到袜子，完全稀湿。"苦够我了，这该死的老货，"他说。休息了一会之后，就开开提箱来。

作者知道，许多读者们是爱新奇，很愿意明白提箱的构造和装着的东西的。那可以，我为什么不给满足一下这好奇心呢。总之，里面是这样子：中间一个肥皂盒；肥皂盒旁边有狭狭的六七格，可以放剃刀。其次是两个放沙粉盒和墨水瓶的方格。两格之间有一条深沟，是装羽毛笔，封信蜡和长的物事的。还有一些有盖和没有盖的格子，为装短的物事，如拜客名片，送葬名片，戏园门票以及留作纪念的别的各种票子之用。抽出上面的抽屉来也有许多格子。其中的一个很宽大，藏着裁开了的许多纸。还有一个做在旁边的秘密的小抽屉，可以暗暗的抽出来，乞乞科夫的钱就总藏在这里面。这小抽屉，他总是飞快的抽开，同时又飞快的关上的，所以他究竟有多少钱呢，无从明白。乞乞科夫马上动手，削好笔尖，写起来了。这时候，主妇也走进屋里来。

"你的箱子可真好哪，先生!"她说着，在旁边坐下了，"你一定是在墨斯科买的罢?"

"对了，在墨斯科，"乞乞科夫回答着，仍然写。

"我知道，在那边买来的都是好的。两年以前，我的姊妹从那边带了一双孩子穿的暖和的长靴来。真好货色! 不会破! 她现在还穿着呢。阿呀，你有这许多印花，"她向提箱里看了一眼，就说。而实际上，也确有很多的印花在里面。"你送我一两张罢。我没有这东西。有时是得向法院去上呈文的。可总是没有印花。"

乞乞科夫向她解释，这并不是她所意料那样的印花。这是只用于买卖契约的，声请书上就不能用。但为了省得麻烦，他仍然送了她一张值一卢布的物事。写好信件之后，他就请她签名，并且要看农奴们的名单。但这位地主太太却好像全无她自己的农奴们的册子，倒是暗记在心里的。他催她说，自己来钞。有些姓，尤其是诨名，使他非常诧异，至于正在钞录的时候，一听到就得暂时停下来。给他一个特别的印象的是彼得·萨惠略夫·内乌伐柴衣—科卢以多①，使他不禁叫了起来道:"好长的名字!"有一个名叫科罗符衣·启尔辟支②，别一个却只简截的叫科娄维·伊凡③。他钞完之后，用鼻子深深的吸了一口气，就嗅出奶油煎炒的食物的香味来。

"请您用一点吧，"主妇说。乞乞科夫回顾时，看见了摆满着美味的食品的桌子;有香菇，有烙饼，有蛋糕，有蒸饼，有酪条，有脆饼

---

① Petr Saveliev Neuvazhai-Koruito，意云"蔑视洗濯水槽的彼得·萨惠略夫"。——译者。

② Korovuii Kirpitch，Otto Buek 的德译本作"母牛屎"，S. Graham 序的英译本和上田进的日译本均作"母牛砖"，虽然直译原语，却不像诨名，也许倒是不对的。——译者。

③ Kolovi Ivan，译出来，是"轮子伊凡"的意思。——译者。

和烘糕,以及各式各样的包子:大葱包子,芥末包子,凝乳包子,白鱼包子,还有莫名其妙的许许多。

"请呀,这是奶油煎过的蛋糕,也许还可以罢?"那主妇说。

乞乞科夫抓过那奶油煎过的蛋糕来,没有吃到一半,就极口称赞起来了。在实际上,蛋糕本身固然并不坏;但当和老婆子使尽力气和转战沙场之后,也觉得格外可口了。

"您不用蒸饼么?"那主妇说。作为这一个问题的答案的,是乞乞科夫即刻抓起三个蒸饼来,卷作一筒,蘸了溶化的奶油,抛进嘴巴里,于是用饭单揩揩嘴唇和两只手。他大约这样的吃了三回之后,就请主妇吩咐去驾车。那斯泰莎·彼得洛夫娜立刻派菲替涅到院子里去了,还教她回来的时候,再带几个热的蒸饼来。

"府上的蒸饼真是好极了,太太,"乞乞科夫一面去拿刚刚送来的蒸饼,一面说。

"对啦,家里的厨娘,倒是做得很好的,"主妇回答道,"可惜的是今年的收成坏得很,面粉也就并不怎么好了。但是您为什么这样的急急呢?"她一看见乞乞科夫已经拿起了帽子,就说。"车子还完全没有套好哩。"

"阿,马上套好的,太太。我的马夫是套得很快的。"

"您到办差的时候,不会忘记我的罢,是不是?"

"不会的,不会的,"乞乞科夫说着,跨出了大门。

"您不要买荤油吗?"主妇说,跟在他后面。

"为什么不要? 我当然要买的。不过得缓一缓。"

"到耶稣复活节,我就有很好的荤油了。"

"您放心,我到您这里来买;您有什么,我就买什么,也要猪油。"

"恐怕您也要绒毛罢? 一到腓立波夫加①,我就也有鸟儿的绒毛了。"

---

① Philipovka,耶稣复活节前的精进期。——译者。

"好的,好的,"乞乞科夫说。

"你瞧罢,先生,你的车子还没有套好哩,"他们俩走到阶沿的时候,那主妇说。

"他马上套好的。只请您告诉我,我怎么走到大路上去呢?"

"这叫我怎么办呢?"主妇说。"拐弯很多,要说给你明白,是不容易的;或者不如叫一个娃儿同去,给你引路的好罢。可是你得在马夫台上有地方给她坐。"

"那自然。"

"那么,我叫一个娃儿同去就是,她认识路的,不过你不要把她带走,你听哪,新近就有一个给几个买卖人拐去了。"

乞乞科夫对她约定,决不拐带女孩儿,科罗皤契加就又放了心,检阅她的院子了。她首先看到女管家,正从仓库里搬出一只装着蜂蜜的木桶。其次向一个农奴一瞥,他正在门道上出现,于是顺次的向她的家私什物看过去。为什么我们要把科罗皤契加讲得这么长呢?科罗皤契加,玛尼罗夫,家务或非家务,和我们又有什么相干呢?我们不管这些罢!在这世界上,是没有整齐到异乎寻常的!刚刚看见欢喜,它就变成悲哀,如果留得它很长久,接着会迸出怎样的一个思想来呢,谁也不知道!人当然可以这么想:怎样么!? 在无穷之长的人格完成的梯级上,科罗皤契加岂不是的确站在最下面么?将她和她的姊妹们隔开的深渊,岂不是的确深得很么?和住在贵族府邸的不可近的围墙里,邸里是有趣的香喷喷的铸铁的扶梯,那扶梯,是眩耀着铜光,红木,华贵的地毯的她们?和看了半本书,就打呵欠,焦躁的等着渊博精明的来客,在这里给他们的精神开拓一片地,以便发挥他们的见解,卖弄他们的拾来的思想的她们? ——这思想,是遵着"趋时"的神圣的规则,一礼拜里就风靡了全市的,这思想,是并非关于因为懒散,弄得不可收拾的他们的家庭和田地,却只是关于法兰西的政治有怎样的变革,或者目前的加特力教带了怎样倾向的。算了罢,算了罢,为什么要讲这些事?然而又为什么在愉快无愁的无思无虑的瞬息中,却自然会透进一种奇特的光线到我们这里来的呢?脸上的微笑还未消尽,人却已经不是那一个,他变了别一个了,此刻显在他脸上的,已是别一种新的影子了。

"来了,我的车,"乞乞科夫一看见他的马车驶了过来,喊道,"你怎么尽是这么慢腾腾的,你这驴子! 你那昨天的酒气一定还没有走尽罢。"

对于这,绥里方没有回答一句话。

"那么,再见,太太! 哦,您的那小姑娘呢?"

"喂! 贝拉该耶!"老婆子向一个站在阶沿近旁的大约十一二岁的娃儿,叫道。这孩子身穿一件手织的有颜色的麻布衫。赤着脚,因为刚弄得满腿泥泞,一直到上面,所以看起来好像穿着长统靴。"给这位先生引路去!"

绥里方拉她登上马夫台。上去的时候,先在踏脚上踏了一下,因此有点踱踱了,但即刻矫捷的爬上,坐在绥里方的旁边。她之后,乞乞科夫也把脚踏在踏脚上,重得车子向右边歪了过去,但也就坐好了。"呵,现在是全都舒齐了。再会罢,太太!"他用这话向地主太太告别,马也开了步。

绥里方一路上都很认真,正经,对于自己的职务也很注意,这是他在有了错处或者喝醉过酒之后,向来如此的。马匹也都干净得出奇。有一匹的颈套,平常是破破烂烂,连麻屑都从破绽里露了出来的,现在也仔细的缝过,修好了。他在路上,简直不大开口,不过有时响一声鞭子,也没有对他的马匹讲演,虽然连阿花也极愿意听一点训词。因为在这些时候,雄辩滔滔的御者是总归放宽缰绳,鞭子也不过 Pro forma① 地在马背上拂拂的。然而阴凄凄的嘴,这回却只有单调的不高兴的吆喝了,例如:"嘘! 嘘! 昏蛋! 慢罢!"之类,另外再没有什么。阿青和议员也不满足,因为没有听到一句友爱的称

---

① 形式的。——译者。

赞它们的话。阿花在它那柔软肥胖的身上,吃了不少出格的受不住的鞭子。"瞧罢,这是怎么一回事?"它把耳朵略略一竖,自己想。"他竟知道应该打在那里;他不打背脊,却直接的打在怕痛的处所,不是耳朵上一鞭,就是肚子上一鞭。"

"右边? 是不是?"绥里方用了这枯燥的话,转脸去问那并排坐着的小姑娘,一面拿鞭子指着亮澄澄的新绿之间的,给雨湿得乌黑的道路。

"不,还不! 我就要告诉你了!"小姑娘回答道。

"那么,往那儿走呢!"当他们临近十字路的时候,绥里方问。

"这边!"小姑娘用手一指,说。

"阿唷! 你!"绥里方说。"这就是右边呀! 连左右也分不清。"

天气虽然好得很,道路却还是稀烂,烂泥粘着车轮,立刻好像包上了毛毡,车子不大好走了。而且泥土又很厚,很粘。因为这缘故,在午前,他们就走不到大路。如果没有这小姑娘,那是一定也很难走到的,因为许多岔路,就像把捉住的螃蟹,从网里放了出来一样,向四面八方的跑着。绥里方的容易迷路,真也怪不得他。那小姑娘又即指着远处的已经看得分明的房屋,说道:"那就是大路了。"

"那屋子是什么呢?"绥里方问。

"客店呀,"小姑娘说。

"哦,那是我们自己找得到的了。你现在可以回家去了。"

他勒住车,帮她跳下去,一面自言自语道:"你这泥腿。"

乞乞科夫给她一枚两戈贝克的铜钱。她活泼的跑回去了,高兴得很,因为她能够坐在马夫台上跑了一趟。

第 四 章

当临近客店的时候,乞乞科夫就叫停车,这为了两种原因,一是要给马匹休息了,二是自己也要吃些东西,添一点力气。作者应该声明,这一类人物的好胃口和食欲,可实在是令人羡慕的。对于那些住在彼得堡或是墨斯科,整天的想着早上吃什么,中上吃什么,后天早上又吃什么,待到要用午膳了,就先吞一两颗丸药,然后慢慢的吃下几个蛎黄和海蟹以及别的奇妙的海味去,终于就向凯尔巴特①或是高加索一跑的上流先生们,倒并不觉得有什么大意思。不,这些先生们,是引不起作者的羡慕来的。然而中流的人们呢,第一个驿站上要火腿,第二个驿站上要乳猪,到第三站是一片鲟鱼或者有蒜的香肠炙一下,于是向食桌面前坐下,无论什么时候,总仿佛不算一回事似的。大口鱼的汤,鲟鳇鱼和鱼膏在他的嘴里发响,发沸,还伴着鱼肉包子或一个鲶鱼包子,使不想吃的也看得嘴馋。——这些人物,是有一种很值得羡慕的天禀的。上流的先生们里面,情愿立刻牺牲他的农奴和他那用了本国式或外国式加以现代的改良,但已经抵押或并未抵押的田地的一半,来换取这好市民式的胃口的,目下也不只一两个了。然而对不起,即使用了钱以及改良了的或没有改良的田地,也还是弄不到一个中流先生那样的胃口来。

木造的破烂的客店,把乞乞科夫招进它那熏得乌黑的屋檐下去了,屋檐被车光的柱子所支持,很像旧式的教堂烛台模样。这客店是俄国式农民小屋之一种,不过规模大一点。窗边和屋顶下,都有新木头的雕镂的垂花,给暗昏的墙壁一比,更显得出色。外层的窗户上,画着插些花卉的酒壶。

乞乞科夫走上狭窄的木梯,跨进大门去。他在这里推开那嘎嘎发响的门,就遇见一个身穿花布衣,口说"请进来"的胖胖的老婆子。一到饭堂,他又遇到那些在村市的木造小客店里,一定看见的老相好了:生锈的茶炊,刨光的松板壁,屋角上的装着茶壶茶碗的三角架,圣像面前的描金的磁器,系着红绿带子,刚刚生过孩子的一匹

---

① Karlsbad,德国的温泉场。先前的俄国贵族是很喜欢到那里去的,但大抵只为了玩耍,并不是来养病的。——译者。

猫,还有一面镜,能把两只眼睛变作四只,脸孔照成好像一种蛋饼的东西,最后,是插在圣像后面的香草和石竹的花束,但早经干透,有谁高兴去嗅一下,就只好打起喷嚏来。

"您有乳猪么?"乞乞科夫转过脸去,问那胖老婆子道。

"有有!"

"用山葵腌的,还是用酸酪腌的?"

"自然有山葵也有乳酪的。"

"拿来!"

老婆子就到柜子里去寻东西,先拿来一张碟子,其次是一块硬得像干树皮样的饭单,后来一把刀,发了黄的骨柄,刀身薄得好像削笔刀,结末是一把只有两个刺的叉子和一个简直站不住的盐瓶。

我们的主角就照着他自己的习惯,立刻和她扳谈起来了。他讯问她,她自己就是这客店的主人呢,还是另外还有东家;可以赚多少钱;她的儿子们是否和她同住;大儿子是什么职业,已经结了婚呢,还是还是单身;他娶了一个怎样的女人,有嫁资呢,还是没有;他的岳父是否满足;嫁装太少了,那儿子可曾不高兴。总而言之,他什么琐屑都不忘记。至于他要讯问近地住着怎样的地主,那是不消说得的,他明白了这里有的是勃罗辛,坡契太耶夫,米勒诺衣,大佐且泼拉可夫,梭巴开维支。"哦!你知道梭巴开维支吗?"他问那老婆子,但接着又知道她不但认识梭巴开维支,也认识玛尼罗夫,而且玛尼罗夫要比梭巴开维支"规矩"点。"他立刻要一盘烧母鸡或是烧牛肉;如果有羊肝,那么,他就也要羊肝,什么都只吃一点点。梭巴开维支却总是只要一样,还吃得一个精光。是的,钱照旧,东西还要添好许多哩。"

当乞乞科夫在这样的谈天,一面享用着他的乳猪,盘里只剩了一片了的时候,忽然听到了跑来的马车的轮声。他从窗口一望,就看见一轮驾着三头骏马的轻快的篷车,停在客店前面了。从车子里出来了两位绅士。一个身材高大,黄头发的,别一个比较的矮小些,黑头发。黄头发穿一件暗蓝的猎褂,黑头发是蒲哈拉①布的普通的花条的短衫。还看见远远的来了一辆空的小篷车;拉的是颈圈和麻绳络头都已破烂,毛鬣蓬松的四匹马。黄头发即刻走上扶梯来,黑头发却还在车子里寻东西,一面指着驶来的车,和仆役说话。乞乞科夫觉得这声音仿佛有些熟识似的。他正在凝视着他的时候,那黄头发已经摸着门口,把门开开了。是一个高大的汉子,长脸盘,或者如人们所惯说的失神的脸相,一撮发红的胡须。从他那苍白的脸色判断起来,他是常常卷在烟里的,如果不是硝磺烟,那就是烟草烟。他向乞乞科夫优雅的鞠躬,这边也给了一个照样的鞠躬作为回答。不到几分钟,他们就的确都想扳谈起来,结识一下模样,因为倘没有那黑头发旅客突然闯进屋里来,他们就已经做到第一步,几乎要同时说出大雨洗了尘埃,凉爽宜于旅行之类的彼此的愉快来了。那人除下帽子,摔在桌子上,使劲的搔着头发。他是一个中等身材的汉子,通红的面颊,雪白铄亮的牙齿,漆黑的胡子的好家伙。他有血乳交融一般的新鲜的颜色;他的脸上就跃动着健康。

"唷,唷,唷,"他一看见乞乞科夫,就突然张开臂膊,喊起来了。"什么引你到这里来的?"

乞乞科夫知道,这是罗士特来夫,和这先生,曾在检事家里一同吃过饭,不到几分钟,他就已经显得非常亲密,叫起你我来了,虽然从乞乞科夫这一面,对他也并没有给与什么些微的沾惹。

"你那里去的?"罗士特来夫问,并不等候回答,又立刻接下去道:"我是从市集那里来的,好朋友;你给我道喜罢。我精光了,我连最后的一文也没有了。实实在在,一生一世,就没有弄得这么精光过。我只好雇一辆街车了。在窗口望一望罢,它还在这里!"于是他把乞乞科夫的头扭转去,几乎碰在窗框上。"看看这小马,这该死的畜生好容易把我拖到这里来了——我终于只好坐上他的车。"和这

---

① Buchara,中央亚细亚的地名。——译者。

话同时,罗士特来夫就用指头指一指他的同伴。

"哦——你们还没有相识哩。我的姻兄弥秀耶夫!我们讲了你一早晨。'留心着,'我说,'我们也许遇见乞乞科夫的。'但是,我精光到怎样,你怕不见得明白。不管你信不信,我不但失掉了我的四匹乏马,我真的什么都化光了。我也没有了表和链子。"乞乞科夫向他一看,他可真的没有带着表和链子。而且看起来,好像他一边的胡子,也比别一边少一点,薄一点似的。

"但是,如果我的袋子里还有二十卢布呢,"罗士特来夫说下去道,"只要二十个,不必多,我一定什么都赢回来,不但什么都赢回来,还要——那么,我就是一位阔绅士,我现在还有三千在袋子里面哩。"

"那是你在那边也说了的,"这时黄头发回答他说。"但到我给你五十卢布的时候,你立刻又都输掉了。"

"上帝在上,我没有输掉。真的没有。如果我那一回不发傻,那是至今还的。如果我在那该死的七的加倍之后,不去打那角头,我可以把全场闹翻。"

"但是你没有把它闹翻呀,"黄头发说。

"自然没有,因为我在不合适的时候,打了角头了。你以为你的大佐玩得很好吗?"

"不管好不好,总之他使你输掉了。"

"那算得什么,"罗士特来夫说。"我也会使他输得这么光。他该玩一回陀勃列忒①来试试,那我们就知道了,这家伙能什么。但这几天却逛得真有意思哩,朋友乞乞科夫。哦,真的,这市集可真像样。商人们自己就说,向来没有过这样的热闹。从我那领地里拿来的东西,无论什么,都得了大价钱卖掉了。唉唉,朋友,我们怎样的吃喝呵!就是现在想起来,畜生……可惜你没有在一起。你想想

---

① Doublet,纸牌比赛的一种。——译者。

210

看，离市三维尔斯他的地方扎着一队龙骑兵，你想，全体的兵官，总该有四十个，我相信全到市里来了，于是大喝了起来……骑兵二等大尉坡采路耶夫，是一个体面人；——有胡子，——————这么多。他把波尔陀的葡萄酒单叫作烧酒儿。‘快给我拿一瓶葡萄烧来，’他向堂倌大嚷着。中尉库夫新涅科夫……你知道，朋友，是一个很可爱的人！简直可以说，是一个真正的酒客。我们是常在一起的。还有坡诺马略夫可给我们喝了怎样的酒呵！那是一个骗子，你要知道。他这里买不得东西。鬼知道用什么混到酒里去。这家伙是用白檀，烧焦的软木，接骨木心在著色的；但如果要他从最里面的，叫作‘至圣无上’的屋子里，悄悄的取出一瓶来，那可实在，朋友，立刻要相信是在七重天上了。还有香槟，我对你说！……比起这来，那知事家的简直就是水酒。告诉你罢，还不是单单的香槟哩，是一种极品香槟，双蒸的香槟呀。我还喝了一瓶法国酒，‘蓬蓬’牌，哪，那香气——哼，就像蔷薇苞，另外呢，都有，你想什么就像什么……阿唷，我们大喝了呵！……我们之后还来了一个公爵。他要香槟。对不起，全市里一瓶也不剩了；兵官们把所有的酒都喝光了。你可以相信我，中饭的时候，我一个就灌了十七瓶！”

“喂，喂！十七瓶，你可是还没有到的，”黄头发点破道。

“我是一个很正直的人，我确是喝了的。”

“你怎么想，就怎么说罢。我对你说，你一下子是挡不住十瓶的。”

“打一个赌罢！”

“赌什么呢?”

“好，我们来赌你那市上买来的猎枪！”

“我不来。”

“唉，什么，来罢，试试看！”

“但是我一点也不想试。”

“你以为没有枪，就和没有帽子一样坏。听呀，朋友乞乞科夫，我可是真可惜你没有在那里。我知道,你一定会和库夫新涅科夫中尉分拆不开的。你们立刻会成为知己的。他不像检事和那些我们市里的乡下阔佬一样,为了每一文钱发抖。他都来:盖勒毕克①呀,彭吉式加②呀,你爱什么就玩什么。唉唉,乞乞科夫,但和你玩什么,做什么呢。真的,你是一个大滑头,你这老狐狸! 和我亲一个嘴!我爱得你要死了。弥秀耶夫你瞧,运命拉拢了我们;他来找我呢还是我在找他? 一个很好的日子里,他来了,上帝才知道他从那里来的! 但是我恰恰也正住在这地方……那边车子有多少呀,好朋友! 多得很哩,你要知道。en gros③呀! 我也去抽了一回签,赢了两小盒香油,一只磁杯,一张六弦琴。我再来看看我的运气的时候,又都输出去了,舞弊呵,还添上六个卢布。如果你知道库夫新涅科夫是怎样的一个花花公子,那就好。所有跳舞场,我总和他一同去;有一个,那真是好打扮,璎珞,花边,哼,什么都全有。我总在自己想:她妈的! 但那库夫新涅科夫呢——就是一匹野兽,可对? ——却坐近她去,用法国话去打招呼了。你可以相信我,我是连一个乡下女人也不肯放过的。他叫作'摘野莓'。鱼也真好,尤其是鲟鱼。我带了一条来——还好,还在有钱的时候,我就想到要买它一条了。那么,你现在是要到那里去呀?"

"哦,我要去找一个人,"乞乞科夫说。

"找怎样的人? 唉唉,算了罢! 我们还是一同到我的家里去罢!"

"不,不,这不行。我有事情呢。"

"怎么,有事情! 胡说白道! 喂,你,阿波兑勒杜克·伊凡诺

---

① Galbik,打牌之一种。——译者
② Bankishka,同上。——译者。
③ "大批"之意。——译者。

维支^①！"

"不行,真的,我有事情,而且很有点要紧的!"

"我来打一个赌,你撒谎! 你说罢,到底找谁去?"

"唔,可以的。找梭巴开维支去。"

罗士特来夫立刻迸出一种洪大而且响亮的笑来,这种笑,是只有活泼而健康的人才有的,这时他大张了嘴巴,脸上的筋肉都在抖动,就露出一口完整的,糖一般又白又亮的牙齿来,连隔着两道门,在第三间屋子里的邻人,也会从梦中惊起,睁大了眼睛,喊起来道:"怎的这么高兴呀!"

"这有什么好笑呢?"乞乞科夫说,对于这在笑的人,他有一点懊恼了。

然而罗士特来夫放大了喉咙,仍然笑,一面嚷道:"不,请不要见气;我要笑炸了!"

"这毫没有什么可笑:我和他约过的,"乞乞科夫说。

"但到他那里去,你的生活不会有意思;他完全是一个吝啬鬼,刽子手! 我明白你的脾气;如果你想在那里玩彭吉式加,喝好蓬蓬酒或者别的什么,那是一个天大的错。听哪,好朋友! 抛掉这妈的梭巴开维支罢! 到我那里去! 我请你吃鲟鱼,坡诺马略夫这畜生,是什么时候都应酬得乱七八遭的,却担保道:'这是我特别办给你的! 你就是跑遍全市集,也找不到这样的货色。'不过他是一个奸刁的流氓! 我就当面对他说:'您和我们的包做烧酒人,都是天下第一等大骗子,'我这么说了。这畜生就笑起来,摸摸自己的胡子。库夫新涅科夫和我,是每天到他店里去吃早饭的。哦,好朋友,我几乎忘记告诉你了:我知道你不会放开我,不过得声明在先,你就是出一万卢布也弄它不到手!"——"喂,坡尔菲里!"他走向窗口,去叫他的仆

---

① 乞乞科夫的本名和父称是保甫尔·伊凡诺维支,罗士特来夫却乱叫作阿波兑勒杜克(Opodeldok)·伊凡诺维支,在那时的俄国是算很失礼的。——译者。

人。那人却一只手拿一把刀，一只手拿着面包皮和一片鲟鱼，那是趁了到车子里去取东西的机会捞来的。"喂，坡尔菲里！"罗士特来夫喊道，"拿那小狗来！一条很好的狗！哼！"他转脸向了乞乞科夫，接下去道。"自然是偷来的！那主人不肯卖。我要用那匹枣骝马和他换，你知道，就是我从式服斯替略夫换来的那一匹呀。"但乞乞科夫却从他有生以来一向就没有见过式服斯替略夫和枣骝马。

"老爷们不要用点什么吗？"这时那老婆子走近他们来，说。

"不！不要！我告诉你，朋友！我们逛了呀！不过你可以给我们一杯烧酒！你有什么酒？"

"有亚尼斯。"老婆子回答道。

"就是，也行，一杯亚尼斯，"罗士特来夫大声说。

"那就也给我一杯！"那黄头发道。

"戏园里一个歌女上台了，唱起来简直像夜莺一样，这样的一只金丝雀！库夫新涅科夫是坐在我旁边的，对我说：'朋友，你知道！这野莓我想摘一下了！'由我看来，就是玩乐的棚子的数目，也在五十以上。绥那尔提①风磨似的打着旋子，有四个钟头。"于是他从向他低低的弯着腰的老婆子的手里，接过杯子来。"拿这儿来！"一看见坡尔菲里捧着小狗，走进屋子里，他忽然大叫起来。坡尔菲里的衣服，也像他的主人一样，穿一件蒲哈拉布的短衫，不过更加脏一点。

"拿这儿来，放在这儿，地板上面！"

坡尔菲里把狗儿放在地板上，它就张开了四条腿，嗅起地板来了。

"就是这条狗！"罗士特来夫说着，一面捏住它的领子，用一只手高高的举起。那狗就迸出一种真的叫苦的声音。

"我吩咐过你的，你又没有做，"罗士特来夫对坡尔菲里说，一面

---

① Thenardi，那时的著名的马戏班子。——译者。

留心的看着那狗的肚子。"篦篦它,你简直全不记得了。"

"没有,我篦了的。"

"那么,这些跳蚤从那儿来的呀?"

"那我不知道。也许是,它从马车上弄来的罢!"

"胡说!昏蛋!给它篦篦,你梦里也想不到;我看是就是你这驴子把自己的过给了它的。瞧呀,乞乞科夫,瞧呀,怎样的耳朵!你来呀,碰一碰看!"

"何必呢!我看见的!这种子很好,"乞乞科夫说。

"不不,碰一碰看,摸一下耳朵!"

乞乞科夫要向罗士特来夫表示好意,便摸了一下那狗的耳朵。"是的,会成功一匹好狗的,"他加添着说。

"再摸摸它那冰冷的鼻头!拿手来呀!"因为要不使他扫兴,乞乞科夫就又碰一碰那鼻子,于是说道:"不是平常的鼻子!"

"这是真正的猛狗呵!"罗士特来夫还要继续的说。"我得招认,我想找一匹猛狗,是已经很久了。喂,坡尔菲里,拿它去。"

坡尔菲里捧着狗的肚子,搬回马车去了。

"听哪,乞乞科夫,你现在应该无条件的同我一道去。离这里不过五维尔斯他。我们一下子就到。这之后,你可以再找梭巴开维支去的。"

"唔!"乞乞科夫想。"其实我竟不妨也去找罗士特来夫一趟。归根结蒂,他也不会比别人坏。同大家一样,是一个人!况且他又输了钱。这人什么都大意。我也许能够无须破费,从他那里抢点什么来的"——"也好罢,可以的,不过有一层,你不能留住我;我的时间是贵的。"

"你瞧,心肝,你这么听话;乖乖。走过来,给你亲一个嘴罢!"于是罗士特来夫和乞乞科夫拥抱着,亲爱的接了吻。"很好,现在我们三个儿走罢!"

"不成,我是得请你原谅的,"黄头发说。"我该回家去了。"

"吓,胡涂,朋友! 我不放你走。"

"不成,真的,我的太太也要不高兴的;况且你现在可以坐他的马车去了。"

"不行,不行,不行! 你万不要想。"

那黄头发是这样的人们中的一个,起初,看他的性格是刚强的,别人刚刚张开嘴,他的话里已经带着争辩,如果和他的意见相反,他也决不赞成。他不肯称愚蠢为聪明,尤其是别人吹起笛子来,他决不跳舞。但到结末,却显出他的性质里有着一点柔弱,驯良,到底是对于他首先所反对的变了赞成,称愚蠢为聪明,而且跟着别人的笛子,做起非常出色的跳舞来了。他们以激昂始,以丢脸终。

"吓,胡涂,"对于那黄头发的抗议,罗士特来夫回答着,把帽子捺在他的头上,于是——黄头发就跟着他们出去了。

"慈善的老爷,酒钱还没有付呢,"老婆子从他们后面叫喊道。

"不错,不错,妈妈! 对不起,好兄弟,你替我付一付! 我的袋子里一文也没有。"

"要多少?"那亲戚问。

"有限得很,先生。不过八十戈贝克。"

"胡说! 给她半卢布,已经太多了。"

"太少一点,慈善的老爷,"老婆子说。但也谢着收了钱,没命的跑去开了门。她并不折本,因为她把烧酒涨价了四倍。

旅客们走上马车,就了坐。乞乞科夫的车,和坐着罗士特来夫和他亲戚的篷车并排着走,三个人在一路上都可以彼此自由的谈天。罗士特来夫的乡下牲口拉着的小篷车,缓缓的跟着,总是慢一点,那里面坐着坡尔菲里和小狗。

我们的旅客们的热心的谈天,在读者一定是没有什么大趣味的,我们还不如趁这时候,讲几句罗士特来夫本人罢,他在我们的诗篇里,所演的恐怕也并不是很小的脚色。

罗士特来夫的相貌,读者一定已经很有些认识了。我们里面的无论谁,遇到这种典型的人物,是决不只一次的。大家称他们为快男儿;当还是儿童和在学校的时候,就被看作好脚色,但也因此得到往往很痛的鞭笞。他们的脸上,总表现着坦白,直爽,和确实的英勇。他们一看见人,别人还不及四顾,就马上成了朋友。他们还立誓要做永久的朋友,而且好像也要守住他们的誓约似的;然而这新朋友大抵就在结交的欢宴的这一晚上,发生争论,又彼此打起来了。他们爱说话,会化钱,有胆量,不改口。罗士特来夫已经三十五岁了,却还像十八二十岁一样:爱逛荡,找玩乐。结婚也没有改变他一点,况且他的太太不久就赴了安乐的地府,只留给他两个孩子,那在他是毫无用处的。他把照管孩子们的事,都托付了一个真的非常之好的保姆。在自己的家里,他停不了一整天。如果什么地方有市集,什么地方有集会,有跳舞或是祝典,即使距离有十五维尔斯他之远,他的精灵的鼻子也嗅得出;一刹时他就在那里了,在赌桌上吵起来,大捣其乱,因为他也如这一流人一样,是一个狂热的赌客。我们在第一章上已经知道,他是玩得并不十分干净的,他会耍一套做记号和弄花样,所以到后来,这玩耍就常常变成别种的玩耍:他不是挨一顿痛打,遭几脚狠踢,就是被人拔掉他那出色的茂密的络腮胡子,至于只剩了也很有限的半部胡子回家。然而他那健康丰满的面颊,是用极好的质料造成的,又贯注着很强的繁殖力,胡子立刻又生出来了,而且比先前的更出色。而且最奇特的是,这大概是只有在俄国才会出现的,——不久之后,他就又和痛打了他的朋友混在一起,大家扳谈,仿佛全没有过什么事,他这一面,也好像毫未受过侮辱似的了。

在若干关系上,罗士特来夫是一位"故事的"人物。没有那一个集会,只要他有份,会不闹出一点"故事"来的。那"故事"常常是:被几个宪兵捏着臂膊,拉出客厅,或者给他自己的朋友硬推到门外去。如果不是这些,那么,就总要闹一点别人决不会闹出来的什么事,或者在食堂里喝得烂醉,只是笑个不住,或者受了亲口所说的谎话的拖累,终于自己吃亏。他无缘无故的说谎。他会突然想到,讲了起来,说自己有过一匹马,是蓝条纹毛的,或淡红条纹毛的,或者是诸如此类的胡说,一直弄到在场的人们全都走开,并且说道:"哪,兄弟,我看你是诞妄起来了!"有一些人,是有一种毫无缘故,对于身边的人,说些坏话的热情的。例如有人,身居高位,一表非凡,胸前挂着星章,亲爱的握了别一个的手,谈着令人沉思默想的极深刻的问题,但突然又当大家的眼前,说起对手的坏话来了,他就像一个平庸的十四等官,不再是胸前挂着星章,谈着令人沉思默想的极深刻的问题的人物,人们就只好痴立,出惊,至多是耸一耸肩。罗士特来夫就也有这一种奇特的嗜好的。一有谁接近他,他就弄得他非常之窘:他散布一切出乎情理之外的,几乎不能更加昏妄的谣言,拆散婚姻,破坏交易,然而并不以为对人做了坏事;倒相反,待到再和他见面,却很亲热的走过来,说道:"你真是一个平凡得很的家伙!你为什么一向不来看看我呢?"在许多事情上,罗士特来夫确是一个多方面的人物,这就是说,他无所不能。他肯马上领你们到天涯海角去,他肯一同去冒险,他肯和你们换东西。枪,狗,马,都是他的交换目的物,然而想沾便宜的隐情,却是丝毫没有的;这不过是含在他那性格里面的一种活泼性和豪爽性的关系。他在市集上,幸而碰着一个傻瓜,赌赢了,那就把先前在店铺里看中了的东西,统统买拢来:马的颈圈,发香蜡烛,保姆的头巾,一匹母马,葡萄干,一只银盆,荷兰麻布,上等面粉,淡巴菇,手枪,青鱼,画,磨石,壶,长统靴,磁器,到用完了钱为止。然而他把这些好东西带回家去的事情,是非常少有的:大抵就在这一日里,和别一个运道更好的赌客玩牌,弄得一干二净,有时还要添上自己的烟斗,烟袋,烟嘴,或者简直又是四驾马全班和一切附属品:篷车和马夫,弄得主人只好自己穿了一件短衣或者蒲哈拉布衫,跑去找寻可以许他搭车的朋友。这样的是罗士特来夫!人也许以为这是过去的典型,并且说,现在可全没有罗士特来夫们了。阿,不然!说这话的人,是不对的。罗士特来夫在这世界上,是不至于消灭得这么快的。我们之间,到处都是,而且大约不过是偶然穿了一件别样的衣服;然而人们是粗心,皮相的;一个人只要换上别样的衣服,他们也就当作完全另一个人了。

这之间,三辆马车已经到了罗士特来夫家的阶沿的前面。招待他们的设备,家里却一点也没有。食堂中央,有两个做工的站在踏台上,刷着墙壁,一面唱着永不会完的单调的歌儿;石灰洒满了一地板。罗士特来夫立刻跑向他们去,他们就得和他们的踏台一同连忙滚出,于是跑向间壁的屋子,到那里续发其次的命令去了。客人们听到,他在叫厨子备午餐;已经又觉得有点肚饿的乞乞科夫,就知道总得快到五点钟,这才可以入座。罗士特来夫又即回来了,要带客人们到他那领地上去散步,还给他们看看可看的东西。他们为了目睹这一切,大约化了两个多钟头。直到无所不看,无可再看的时候,罗士特来夫这才安静。他们最先看马房,有两匹母马,一匹是带斑的灰色的,一匹是枣红色的,还有一匹栗壳色的雄马。雄马也并不见得出色,但罗士特来夫却宣誓而且力说,这是他化了一万卢布买来的。

"一万是一定不到的,"那亲戚注意到,"这还值不到一千。"

"上帝在上! 这值一万!"罗士特来夫说。

"你要起誓,随便起多少就是,"那亲戚回答着。

"那么,好罢,你肯打一个赌?"罗士特来夫说。

然而亲戚不要赌。

于是罗士特来夫把空的马房示给客人们,先前是有几匹好马在这里面的。也还有一只雄山羊,向来的迷信,以为这是马房里万不可少的东西,它和它的伙伴会立刻很要好,在肚子下往来散步,像在家里一样。之后,罗士特来夫又带了两位绅士走,要给他们看一匹锁着的小狼。"这是狼儿!"他说,"我是在用生肉喂它的!"之后又去看一个池,这池里,据罗士特来夫说,有着这么大的鱼,倘要拉它上来,至少也得用两条大汉。然而这时候,他的亲戚又怀疑了。"听哪,乞乞科夫,"罗士特来夫说,"我给你看几条出色的狗,那筋肉之强壮,是万想不到的!还有那鼻子!尖得像针!"他说着,领他们去到一间干净的小屋子,在四面围着的大院子的中央。他们一走进去,就看见一大群收罗着的狗,长毛的和浅毛的,所有毛色,所有种类,深灰色的,黑色的,黑斑的和灰斑的,浅色点的,虎斑的,灰色点的,黑耳朵的,白耳朵的,此外还不少……还有听起来简直像是无上命令似的各种狗名字,例如咬去,醒来,骂呀,发火,不要脸,上帝在此,暴徒,刺儿,箭儿,燕子,宝贝,女监督等。罗士特来夫在它们里,完全好像在他自己的家族之间的父亲:所有的狗,都高高兴兴的翘起了猎人切口之所谓"鞭"的尾巴,活泼的向客人们冲来,招呼了。至少有十条向罗士特来夫跳起来,把爪子搭在他的肩膀上。"骂呀"向乞乞科夫也表示了同样的亲爱,用后脚站起,给了一个诚恳的接吻,至于使他连忙吐一口唾沫。于是罗士特来夫用以自傲的狗的好筋肉,大家都已目睹了——诚然,狗也真的好。还去看克理米亚的母狗,已经瞎了眼,据罗士特来夫说,是就要倒毙的。两年以前,却还是一条很好的母狗。大家也来察看这母狗,看起来,它也确乎瞎了眼。从这里又走开去,因为要去看水磨,但使上面的磨石不动摇,并且转得很快的轴子,或者用俄国乡下人的怪话,为了它上上下下的跳着,就叫作"蚤子"的那轴子,却没有了。"现在是就要到铁厂了,"罗士特来夫说。走了几步,大家也的确看见了铁厂,于是又察看了一下。

"在这田坂上,"罗士特来夫指着,说,"兔子就有这么多,连地面都看不见了。新近我就亲自用手拉住了一匹的后脚。"

"哪,你要知道,用手是捉不住兔子的。"那亲戚插嘴说。

"我可是捉住了一匹!真的!"罗士特来夫回答道。"哦,现在我要带你们看我的领地的边界去了,"他向乞乞科夫转过脸来,接着说。

罗士特来夫领客人们经过田坂,到处是生苔的小土冈。客人们都得从休耕的和耕过的田里取路。乞乞科夫觉得有些疲乏了。许多地方,他的脚竟陷在烂地里;泥土应脚陷得很深。开初,他们是在留心回避着走的,但到知道了这也不中用,就不管什么地方烂泥积得最厚,单是信步的跑上去了。走过许多路之后,终于也看见了边界,是用一个木桩和一条小沟分划开来的。

"这是边界,"罗士特来夫说。"统统,所有在这边的——都是我的产业,连那个树林,那你们望去在那边蓝森森的,还有树林后面的地方,都是我的。"

"什么时候变了你的树林的?"那亲戚问。"你新近买的吗?先前可还不是你的呢。"

"唔。就是新近买进来的,"罗士特来夫说。

"怎么能买的这样快呢?"

"就是前天买好的,化了很多的钱,妈的!"

"那时你不在市集上吗?"

"唉唉,你这聪明的梭夫伦,人就不能一面逛市集,一面买田地吗?不错,我是在市集上,管家却当我不在的时候,把林子买下来了。"

"那总该是管家买的下,"那亲戚说,还是不相信,摇摇头。

客人们仍旧走着先前的不像样的路,回了家。罗士特来夫又引他们到自己的书斋里,但一间办事房里总归可以看到的东西,在这里却什么也不能发见的,这就是说,没有书,也没有纸,壁上只挂着一把长刀和两枝枪,一枝三百卢布,别一枝是八百卢布。那亲戚向屋子里看了一遍,尽是摇着头。罗士特来夫又给他的朋友们看了几柄土耳其的剑,其中的一柄上见有铭文道,"匠人萨惠黎·西比略科夫"①,大概只是误刻上去的。这之后,客人们又有摇琴赏鉴了,罗士特来夫立刻奏起一个曲子来。摇琴的声音并不坏,不过里面好像发

---

① Saveli Sibiriakov,这是俄国人的名姓。——译者。

生了一点什么,因为罗士特来夫奏着的玛兹尔加,忽然变成"英雄马尔巴罗①上阵了"的歌,而这又用那很旧的华勒支曲来结了末。罗士特来夫早已不摇了,但这机器有一个极勇敢的管子,简直不肯沉默,独自还响了很久的时光。之后是大家要看烟斗了,罗士特来夫收集得很不少:木烟斗,磁烟斗,海泡石烟斗,烟熏了的和没有烟熏的,麂皮包着的和没有包着的,等等;又看见一枝琥珀嘴的长烟管,是罗士特来夫新近赢来的,还有一个刺绣的烟袋,是在什么驿站上,忘魂失魄的爱上了他的一位伯爵夫人的赠品,而且她的手儿,是,"尽纤细之极致"的,这句话,大约算是把完美之至的意思,竭力表示了出来的了。大家吃过几片鲟鱼之后,将近五点钟,这才就了食桌。在罗士特来夫的生活上,中餐是没有排在大节目里面的,因为对于食品的烹调,好像并不十分看重;有的太熟,有的还生。厨子也似乎大抵只照着一种什么灵感,就用手头的一切好物事,做出肴馔来:近旁刚有胡椒瓶,他就把胡椒末撒在菜盘里——桌上有一株卷心菜,他就也加上卷心菜,还随手放进牛奶,火腿,豌豆去——一言以蔽之:他混起来,只要这菜热,也就已经有一种味道了!但罗士特来夫对于酒类,却看得很要紧:汤还没有上桌,他就先敬了客人一大杯葡萄酒,第二杯是上等白葡萄酒。因为府署和县署所在的市里,是没有平常的白葡萄酒的。此后罗士特来夫又叫取一瓶玛兑拉酒来,"就是大元帅,也没有喝过这么好的。"的确,这玛兑拉会烧人的喉咙,因为商人们是知道他们的买主——地主——的嗜好,喜欢强有力的玛兑拉的,他就尽量的羼进蔗酒去,有时也看准了俄国人的胃脏,什么都受得下,于是放一点王水②在里面。临了,罗士特来夫又叫取一瓶很特别的酒来,据他说,是一种香槟和蒲尔戈浓的综合。他极热心

---

① John Churchill Marlborough(1650—1722),英国的大将,以常胜著名。——译者。

② 硝强水和盐强水的混合物。——译者。

的斟满了左右两边的杯子,给他的亲戚和乞乞科夫;但乞乞科夫觉到,他给自己却斟得很少。这使乞乞科夫有了一点戒心;当罗士特来夫正对着亲戚谈天或是斟酒之际,便乘机把自己的一杯倒在菜盘里了。接着又立刻拿出一瓶鸟莓烧酒来,据罗士特来夫说,是全像奶油味道的,但奇怪的是不过发着很强的浊酒气。后来又喝了一种香醪,有一个名目,然而很不容易记,连主人自己第二回说起来也完全是另一个了。中餐早已完毕,酒也都试过了,但客人们却还不离开桌面,乞乞科夫总不愿意当着那个亲戚的面,向罗士特来夫说出他藏在心里的事情来:那亲戚究竟是外人,这事情却只能密谈的。但那亲戚也未必是一个于他有害的人,因为他已经大醉,埋在椅子里,早就抬不起头的了。后来他自己也觉得情形有些不妙,就请罗士特来夫放他回家去,而且说的很低,很倦的声音,很像——用民族的俄国的表现说起来——用钳在马头上拔马嚼子。

"不行,不行,不行,我不放你走!"罗士特来夫说。

"不要难我了,好朋友! 真的,我要走!"那亲戚恳求道。"你不该这么虐待我的!"

"胡说! 发昏! 来,我们玩一下彭吉式加。"

"不行,好人,还是你自己玩罢! 我实在不能玩了,我的太太要很不高兴我的;我也还得对她讲讲市集的情形去。真的,朋友! 不给她一点小高兴,这是我的大罪过呀。求求你,不要留我了罢!"

"管她老婆什么妈……! 好像顶要紧的是你们两口子在一起!"

"不不,真的,朋友! 她是很好的,我的太太——能干,诚实,一个模范的贤妻! 她待我好。你可以相信我,我是常常感激得至于下泪的。不不,不要想留住我了罢;我是一个正人君子——我得走了。我告诉你! 老老实实!"

"放他走罢,我们要他做什么呢!"乞乞科夫悄悄的对罗士特来夫说。

"你说的对!"罗士特来夫道,"我最讨厌这样的孱头!"于是他大声的说下去道："好罢,那就滚你的。去! 尽找你的老婆去,你这吹牛皮的!"

"不是的,朋友! 你不能骂我是吹牛皮的!"那亲戚回答说。"我仗她才有生活呢。真的! 她是很可爱,很好,很温柔,娇小……我常常要流出眼泪来。她会问我,我在市集上看见了些什么——我得统统告诉她——她很可爱……"

"那么,去和她胡说白道去就是!"

"不,听哪,好朋友! 你不能这样说她的,这也就是侮辱我呀,她是很好,很可爱的。"

"是了,快滚罢! 找她去!"

"是的,的确,我要走了;原谅我不能奉陪。我是极高兴在这里的,但是我实在做不到。"那亲戚总在絮叨着一切陪罪的话,却没有留心到他已经坐上马车,拉出大门,在露天底下,田野上面了。由此知道,他的太太怕也未必会听到多少市集的情形罢。

"这么一个废物!"罗士特来夫走向窗口,目送着跑远去的马车,说。"这么跑! 那旁边的马倒不坏,我早就看上了的。不过这家伙总不肯。只是一个屠头!"

大家走到隔壁的屋里去。坡尔菲里拿进烛火来,乞乞科夫忽然见有一副纸牌在主人的手里了,却不知道他是从那里取来的。

"来一下小玩意罢,朋友!"罗士特来夫说,一面把纸牌一挤,又一松,那十字封条就断掉,落在地上了。"消遣消遣呀,你知道。我想玩一下三百卢布的彭吉式加!"

然而乞乞科夫只装作全没有听到那些话的样子,却自己突然想到了什么似的,说道:"哦,几乎忘记了,我要和你商量一点事!"

"什么事呀?"

"但你得豫先约定可以允许我!"

"那是什么事呢?"

"不,你得先和我约定的! 你听真!"

"那么,好罢。可以的!"

"一言为定!"

"一言为定!"

"那么:你一定有一大批死掉的农奴,户口册上却还没有注消的罢!"

"自然! 这又怎么样呢?"

"都让给我。把他们归到我的名下去!"

"你拿这有什么用呢?"

"我有用。"

"不,你说,什么用?"

"就是有用……这是我这边的事情了——一句话,我有用处。"

"里面一定还有缘故的。你一定在计划什么事。说出来罢! 什么事?"

"唉唉,什么计划呵! 这样的无聊东西。我能拿它计划什么呢?"

"那么,你要他们做什么呢?"

"我的上帝? 你真是爱管闲事! 无论什么垃圾,你也要用手去摸一下,而且简直还会嗅一下!"

"是的,但是你为什么不肯说呢?"

"就是我说了,你有什么用呢? 这是很简单的,不过我想这么的干一下!"

"就是了,如果你不说,我就也不给!"

"听罢,这是你丢面子的。你说过一言为定的了,现在却想不算了!"

"很好,随你说罢。在你没有告诉我之前,我不答应!"

"我怎么告诉他才是呢?"乞乞科夫想;他略一盘算,才来说明他的要找死魂灵,为的是想在交际社会里,增加自己的名望,他没有大财产,所以原有的魂灵也不多。

"你胡说，"罗士特来夫说，打断了他的话，"你胡说，兄弟！"

乞乞科夫自己也觉到，他的谎实在撒的不聪明，这虚构的口实也的确没有力量。"那么，好，我老实告诉你罢，"他正经的说道，"我请你只放在自己的心里，不要传开去。我准备结婚了，但可恨的是我那新妇的父母是极难说话的人，总想出人头地。一对该死的东西！和这样的有了关系，我倒在懊悔了。他们一定要新郎至少也有三百个魂灵，但我可一共几乎还缺一百五十个，那么……"

"不的，兄弟，你胡说！"罗士特来夫又喊起来。

"不，真的，这回是连这样的一点谎也没有的，"乞乞科夫说着，用拇指头在小指尖上划出一块极小的地方来。

"如果不是胡说，拿我的脑袋去！"

"听哪？你侮辱我！我是何等样人呀？我为什么总要说谎呢？"

"可是我明白你了：你是一个大骗子——要知道我是看朋友交情上，这才说说的。如果我是你的上司，第一着就是在树上缢死你！"

听了这话，乞乞科夫觉得受侮了。凡有粗卤的，有伤中庸的界限的表现，是使他不舒服的。他不喜欢和不相干的别人亲昵，但如果那是上等人物，就又作别论。因此他现在觉得心里不高兴。

"上帝在上，我要缢死你！"罗士特来夫重复说，"我很坦白说出来，而且说这也并不是为了侮辱你，倒是因为我自己相信，我是你的朋友。"

"一切事情都有一个界限，"乞乞科夫俨然的说。"倘若你爱用这样的语调，不如进兵营去。"——于是他又接下去道："你不肯送，那么，卖给我也可以的。"

"卖！我明白你了。你是一个流氓。你不肯多出钱的。"

"哪，你也该知足了！想一想罢，你以为那是宝石似的东西吗？"

"你说的对，我明白你了。"

"不，听罢，朋友，多么小气呀。你其实是应该送给我的。"

"那就是了,我一个钱也不要,给你看看我并不是这么一个吝啬鬼。你买一匹种马去,农奴就算作添头。"

"请你想想,我要种马做什么用呢?"乞乞科夫说,对于这提议,非常诧异了。

"你做什么用? 买这捣乱家伙,我化了一万卢布,你只要出四千。"

"但是我拿它去做什么呀! 我并没有牧场。"

"是的,再听我说,你还没有懂呢。现在我只要三千。其余的一千你可以后来再付的。"

"是的,但是,我简直完全用不着! 实实在在!"

"那就是了,那么,买我的那匹枣红的母马去罢!"

"我也用不着母马。"

"我给你母马,还添上你已经见过的那匹灰色小马,只要二千卢布。"

"我用不着马!"乞乞科夫说。

"你可以再去卖掉的。无论在那一个市集上,你都能赚三倍。"

"如果你相信可以赚这么多的钱,还是自己卖去罢。"

"这能赚钱,我是知道的,不过我愿意你也赚一点。"

乞乞科夫陈谢了他的友情,并且坚决的回绝了枣红的母马和灰色的小马。

"那么,在我这里买几匹狗去罢! 有一对可以给你的小夫妻在这里;会使你乐到脊梁都抽搐起来的。刺毫毛,硬胡子;那成堆的毫毛,就像刺猬的刺一样,而且那肋骨呵——简直是铁箍。还有那又小又胖的爪子——几乎不沾地! ……"

"唉唉! 我用不着狗。我不是猎户。"

"但我很希望你也养几条狗。不过,你知道,如果你不要狗,那就买我的摇琴去。我告诉你,那是好东西。我自己呢,我是一个正人君子,不打谎,那时化了一千。给你却只要九百。"

"我要摇琴做什么用呀？我又不是德国人，要拿了这东西挨家的讨钱去！"

"但这并不是德国人所有的那样筒琴哩。这是一个风琴，你仔细的看去。真正玛霍戈尼树做的！来，我再给你看一下罢！"罗士特来夫就捏住乞乞科夫的手，拉到邻室去，他抵抗，两脚钉住了地板，想不动，他力辩，自己很知道那摇琴，然而都没有用，他总得再听一回马尔巴罗怎样的去上阵。

"如果你不愿意给我钱，那么，我们就这么办罢，你知道，我给你摇琴，再加上所有的死魂灵，你就留下你的篷车，还只要再付三百卢布。"

"又来了？我怎么回去呢？"

"我另外给你一辆车。在库房里，我就给你看！你只要去漆一下。那就是一辆很体面的马车了！"

"这人给冒失鬼附了体吗，"乞乞科夫想，并且下了英勇的决心，凡有罗士特来夫的马车，摇琴，以及一切平常和异常的狗，即使那是未尝前闻的，铁箍似的肋骨和又小又肥的爪子，都给他一个不要。

"但是你全都到手了呀：马车，摇琴，死魂灵。"

"但是我不要，"乞乞科夫又说了一遍。

"为什么你简直不要？"

"很简单，因为我不要，这就尽够了！"

"唉唉，你这家伙！和你打交道，是不能像和一个好朋友或是伴当的。真是一个……人！立刻明白，你是有两个舌头的人。"

"是的，我是驴子，对不对？毫无用处的东西，我为什么非买不可呢？"

"不不，不要提了！现在我明白你了。这样的一个无赖汉，的的确确。好罢，你听着，我们来玩一下彭吉式加。我押上所有的死魂灵，再加摇琴。"

"不，不，我的好人，用赌博来决输赢，是靠不住的，"乞乞科夫向对手拿着的纸牌看了一眼,说。他觉得对手很难相信。连纸牌也可疑。

"为什么靠不住?"罗士特来夫说。"这是没有什么靠不住的;如果你运气好,妈的,就什么都到手。瞧罢,你的运气多么好,"他说着,摊开几张纸牌来,要引起乞乞科夫打牌的兴趣。"哪,这样的好运气,这样的好运气!总是这样上风。你瞧,这是该死的十,我会因此输得精光的。我知道会使我输得精光。但是我闭起眼睛,心里想,妈的!请便罢,这奸细!"

罗士特来夫正在讲说的时候,坡尔菲里又拿进一瓶酒来了。但乞乞科夫都坚决的拒绝,不喝酒也不玩牌。

"你为什么不要玩?"罗士特来夫道。

"因为我不高兴。老实说,我根本就不是一个赌友。"

"为什么你不是一个赌友的呢?"

"就因为我不是一个赌友呀,"乞乞科夫说,并且耸一耸肩。

"无聊家伙,你这!"

"上帝这样的造了我了,我也没法。"

"简直是一条懒虫。先前我至少还当你是一个有些体面的人。可是你全不明白打交道。对你不能说知心话,你是连一点点的面子也不要的。全像梭巴开维支!废料一枚!"

"你说出来,为什么骂我的? 不玩牌,就是我的错处吗? 如果你是这么一个斤斤计较的家伙,那么,把魂灵卖给我就是了!"

"你拿恶鬼去!而且还是没有头毛的。我本要白送给你的,现在你可是拿不到手了,就是你献出一个王国来,我也不给。这样的一个扒手!这样的一个龌龊的坏货!我从此不和你来往了。坡尔菲里,告诉管马房的去,不要给他的马匹吃燕麦了。给吃干草就尽够。"

这样的结局,乞乞科夫是没有豫先想到的。

"我还是不看见你的好!"罗士特来夫说。

这吵架并没有阻碍了主人和他的客人一同吃晚饭,虽然这回在桌上不再摆出各种佳名的酒来。不过孤另另的站着一小瓶,是契沛尔酒之一种,但其实是人们大抵叫作酸的浊酒的。晚饭之后,罗士特来夫领乞乞科夫到一间旁边的屋子里,那里面铺着一张给他睡觉的床,并且说道:"你的床在这里。我不高兴对你说什么晚安。"

说完这话,他出去了,只剩下乞乞科夫一个人,心情恶劣之至。他在懊恨自己,自责他的同来这里,费了他许多要紧的时光;最难宽恕的是竟对他说出了自己的事情,真是粗心浮气,活像一个傻子;因为这一类事情,是完全不能对罗士特来夫说的。罗士特来夫是一个坏货;他会添造些谣言,不知道要散布怎样的谎话,到底还弄出一个无聊的话柄来呢……晦气,真真大晦气!"我真是一头驴子!"他对自己说。这一夜他睡得很坏。有一种很小,却很勇敢的虫,不住的来咬他,痛的挡不住,使他用五个指头搔着痛处,一面唠叨道:"恶鬼抓了你去罢,连罗士特来夫!"当他醒来的时候,还早得很。他的开首第一着,是披上睡衣,穿好长靴之后,就到院子边沿的马房去,吩咐绥里方立刻套车子。归途中遇见了罗士特来夫,他也一样的穿着睡衣,嘴里咬着烟斗,在院子里从对面走过来。

罗士特来夫很亲昵的招呼他,还问他夜里睡得怎么样。

"总是这样!"乞乞科夫冷淡的答道。

"我也是的,朋友……"罗士特来夫说。"你可知道,我给该死的鬼东西闹了一整夜,我简直说不清;昨夜嘴里还有一种味儿,好像是一整队的骑兵在那里面过夜。你知道,我梦见挨了鞭子。真的!你猜是谁打的呢?我来打一个赌,你一定猜不着:是骑兵二等大尉坡采路耶夫和库夫新涅科夫打的。"

"好,好,"乞乞科夫想,"如果你真的挨一顿打,那倒实在不坏的。"

"上帝在上!这真的痛得要命!我就醒了;不错,周身都痒;该死的东西,这跳蚤!哦,回去穿起衣服来罢;我就到你那里去。我只要再去申斥一下管家这无赖子就行。"

乞乞科夫回到屋子里,洗过脸,换好了衣服。当他走进食堂去的时候,桌子上已经摆着茶具和一瓶蔗酒了。屋里却还分明的留着昨天的中餐和晚餐的遗迹;使女并没有用过扫帚。地板上散着面包末屑,连桌布上也看见躺着成堆的烟灰。那主人,也就进来了,穿的还是睡衣,下面露着不穿小衫的,生着浓毛的胸脯。一只手拿了长烟管,一只手拿一个杯,喝着,这模样,对于极讨厌理发店招牌上面那样卷起,掠光,或者剪短的头的画家,实在是一个很好的图样。

"那么,你以为怎样?"略停了一会之后,罗士特来夫说。"你不想赌一下魂灵吗?"

"我已经告诉过你了,我不赌;却买——我愿意这样。"

"我不想卖,这不像朋友。莫名其妙的事,我是不干的。赌——那可是另外一回事了。玩牌罢!"

"我已经告诉过你了,我是不赌的。"

"你也不愿意交换吗?"

"我不愿意!"

"唔,那么,听罢,我们来下象棋,好吗? 你赢——就都是你的。该从户口册上注销的,我这里有一大批。喂,坡尔菲里! 拿象棋盘来!"

"请你不要费神了,我可是不赌的!"

"但这并不是赌博呀;这不讲运气,也不能玩花样,什么都靠真本领的。而且我还得声明,我下得很不行;你应该饶我几著。"

"也许这倒很好的,试试看,"乞乞科夫想。"我先前象棋下得并不坏,况且他要在这里玩花样,也很难的。"

"也好! 可以的。我还是和你下一盘象棋罢。"

"魂灵——对一百卢布? 好吗?"

"为什么? 我想,五十卢布也足够了。"

"不行,你听哪,五十,这不像一注的! 还不如我加上一匹普通的猎狗,或者一个金的图章罢,你知道,那就像人们挂在表链上那样的东西。"

"那就是了!我可以来,"乞乞科夫说。

"可是你让我先几子呢?"罗士特来夫问。

"这怎么可以?自然不让先。"

"至少,开手要让我先两子的。"

"不行,我自己也下得很坏。"

"知道了,这下得很坏!"罗士特来夫说着,动了一子。

"我长久没有碰过棋子了,"乞乞科夫说着,也动了一子。

"知道了——这下得很坏,"罗士特来夫说着,又动了一子。

"我长久没有碰过棋子了,"乞乞科夫说着,又走下去。

"知道了——这下得很坏,"罗士特来夫说着,又动了一子,同时又用睡衣的袖口,把别的一子推向前去了。

"我长久没有碰过棋子了……喂,这是怎么的,好朋友?把这一子收回去!"乞乞科夫喊道。

"什么?"

"这一子是你得退回去的,"乞乞科夫说;但他忽然看见在他的鼻子跟前另外还有一子,像是想去吃帅似的。它是怎么来的呢,却只有一个上帝知道。"不行,"乞乞科夫说,"和你,是不能下的。人不能一下子就走三著!"

"怎么三著?这是弄错的。这一子是错带上来的;我退回去,如果你要这样。"

"还有这里的是怎么来的呢?"

"你说的是那一子呀?"

"这里,这一子,这想来吃帅的。"

"你怎么了呀!你好像不明白似的。"

"不,我的好人,棋子我都数过,什么都记的清清楚楚,你刚刚把它推上来的。这里是它的原位!"

"什么——那里?"罗士特来夫红着脸,说。"你胡说白道,朋友!"

"不的,好人,恐怕正是你胡说白道,但可惜就是运气小。"

"你当我什么人?"罗士特来夫说。"莫非你以为我在玩花样吗?"

"我并没有当你什么人,不过我自己警戒,不再和你下棋了。"

"不成,现在你早不能退走了,"罗士特来夫愤激了起来,"棋已经下开了头的!"

"可是我可以不下,因为你下得不像一个规矩人!"

"你说谎!你没有说出这样话来的权利!"

"不然,我的好人,那倒是你,你说谎的!"

"我没有玩花样,你也不能退开。你得下完这一盘!"

"你强迫我不来的,"乞乞科夫冷冷的说,走近棋局去,把棋子搅乱了。

罗士特来夫怒得满脸通红,奔向乞乞科夫,至于使他倒退了两步。

"我却要强迫你,和我来下棋。你搅乱了棋局,也没有用的。我著著都记得!我们可以把这一局从新摆出来的!"

"不成,我的好人,我不和你下,这就够了!"

"你不下吗?是不?"

"你自己看就是,人是不能和你来下的!"

"不,要说明白:你下,还是不下?"罗士特来夫说着,更加走近乞乞科夫来,碰着了他的身体。

"不下,"乞乞科夫说,一面只得擎起双手,放在脸前,他看情形,已经料到要有一场剧战了。这准备很得当,因为罗士特来夫模样是就要动手的,而且很容易打过来,会使我们的主角的漂亮丰满的脸上,蒙上洗不去的耻辱;然而他把那一击往斜下里架掉了,还紧紧的捏住了罗士特来夫的两只喜欢打架的手。

"坡尔菲里,保甫路式加!"罗士特来夫发疯似的叫喊起来,一面挣脱着。

这一叫喊，乞乞科夫就放掉了他的手，因为他不愿意给仆役目睹这有趣的场面，而且同时觉得，永远扭住着罗士特来夫，也是毫无意思的。这刹那间，坡尔菲里走进屋子里来了，后面跟着保甫路式加，是一个强壮的小子，和他是尝不到好味道的。

"你总不肯下完这一局吗？"罗士特来夫说。"说出来：是，还是不。"

"要下完它，我可做不到，"乞乞科夫说着，向窗外瞥了一眼。他看见自己的马车已经套好，旁边是绥里方，好像只在等候叫他拉到门口来的命令。然而总逃不出这屋子去，因为门口站着两匹强有力的驴子，罗士特来夫的家奴。

"你总不肯下完这一局吗？"罗士特来夫再说一遍，脸上气得通红。

"如果你下得规规矩矩……但是……不下了！"

"不下？你这恶棍！你觉得自己要输了，你就会马上不下了！打他！"他突然暴怒的喊起来，一面转向坡尔菲里和保甫路式加，自己也抓起了他那樱木的长烟管。乞乞科夫白得像一块麻布。他想说些什么，但他只觉得自己的嘴唇在动，却没有发出一点声音。

"打他！"罗士特来夫大叫着，拿了他那樱木的长烟管向他奔来，发红而且流汗，恰如喊着向一个难攻的要塞冲锋一样。"打他！"罗士特来夫用了好像一个狂暴的中尉，正当猛烈的总攻击之际，对他的中队喊道"前进，儿郎们！"似的声音大叫着，这中尉，是以蛮勇获得名望的，当剧战使他无法可想的时候，就只好发这命令。然而战云已经把他弄昏，他觉得周围一切，都在打旋子了。大将斯服罗夫的影子，仿佛就在前面飘浮。重大的目标在那里，他就瞎七瞎八的冲过去。他喊着"前进呀，儿郎们！"但这事怎样的破坏了已经筹定的总攻击的计划，却并不细想，而藏在云间一般的难攻的要塞的墙壁的枪洞里，有几百万枪口，和自己带着的无力的小队，会像轻微的羽毛似的在空中纷飞,以及敌人的枪弹会呼啸着飞来,使这边的叫喊沉默下去之类的事,也并不重视了。然而,就是把罗士特来夫当作一个没头没脑的向要塞冲锋,疯里疯气的中尉似的人物罢,而这被他猛攻的要塞本身,却和那种要塞毫不相像,倒相反,这要塞是感到一种恐怖,连心脏也掉到裤子里去了。他想拿着护身的椅子,已经被家奴们从手里抢去了,他已经闭上眼睛,死比活多,准备用脊梁来挨这家的主人的乞尔开斯的长烟管,另外还要出什么事呢,那可只有上帝知道了。然而福从天降,我们的主角的胁肋,肩膀,以及所有养得很好的各处的皮肉,幸而都没有事。完全出乎意外,突然响起来了,好像天使的声音,是一个铃铛声,驶来的马车的车轮声,连屋里也听得到的三匹跑热了的马的沉重的呼吸声。大家都不禁连忙跑到窗口去。一个留了胡子,穿着军人似的衣服的人,跨下车子来。他在门口问过主人之后,就走进屋子里,其时乞乞科夫还在吓得发昏,也还在凡有垂死的人,总要尝到的可怜之至的状态里。

“我可以问,两位里面谁是罗士特来夫先生么?”那客人问,于是用了诧异的眼光,向手里拿着长烟管,站在那里的罗士特来夫看了一眼,也向刚从他那可悲的状态里开始恢复转来的乞乞科夫看了一眼。

“我可以先问,光临的是谁么?”罗士特来夫走近他去,说。

“我是地方法院长!”

“您贵干呢?”

“我这来,为的是通知你一件我所收到的公文。在对于你的未决案件,有了法律的判决之前,你是被告。”

“吓,胡闹!怎样的案件?”罗士特来夫说。

“您牵涉在地主玛克西摩夫的案件里了,您在酩酊状态之际,用杖子打他,给了他人格的侮辱。”

“胡说,我根本就不认识这地主玛克西摩夫。”

“可敬的先生!您要承认我所给您的注意:我是官吏。您可以对您的仆役这么说，却不能对我。"

到这里，乞乞科夫便不再等候罗士特来夫对于这的回答，抓起自己的帽子，从地方法院长的背后溜出门外，坐上他的马车，并且命令绥里方，赶马匹用全速力跑掉了。

第 五 章

我们的主角却还是担心得很。车子虽然用了撒野的速率在往前跑，罗士特来夫的庄子，已经隐在丘冈，田野，小山后面了，他总还在惴惴的四顾，好像以为就要跳出追兵来似的。他呼吸的很沉重，把手按在心上，就觉得跳得像是一只笼子里的鹌鹑。"我的上帝，真教我出了一身大汗。这东西！"于是他从罗士特来夫本身咒起，一直到他的祖宗。其中确也有几句很不好听的话；但有什么用呢：一个俄国人，又是在生气呀！况且这事情完全不是开玩笑："无论怎么说，"他对自己道，"如果这局面上没有地方审判厅长出现，恐怕我现在也不能够还在欣赏这美丽的上帝的世界了！恐怕我就要像水泡似的消灭，不留一点我在这世间的痕迹，没有后代，也没有钱财和田地以及好名望传给我的儿子和孙儿了！"我们的主角，实在替他的子孙愁烦得很。

"这么一个坏老爷，"绥里方想。"这样的一个老爷，我一生一世里就还没有看见过。真的，应该对脸上唾他一口。不给人吃，那还可以，可是马却总得喂的呀。因为马是喜欢燕麦的。这就是所谓它的养料；我们要粮食，那么，它就要燕麦。这正是它的养料呵。"

马匹也好像因为罗士特来夫而显着不高兴的态度。不但阿青和议员，连阿花也不快活。虽然它的一份，燕麦一向总比别的两匹少，而且绥里方放进槽去的时候，一定说这一句话："吃罢，你这废料！"不过这总归是燕麦，并非平常的干草：它便愉快的嚼起来，还时时把它的长脖子伸到两位邻居的槽里去，估量一下它们得到的是怎样的养料。当绥里方不在马房里的时候，它就更加这么干。但这回却都不外乎干草——这是不行的！它们都不满足了。

然而，这不满足，却在它们的悒郁中，被突然的而且意外的事件打断了，当六匹马拉的车子向它们驰来，坐在车里的女人们的喊声和车夫的叫骂声已经到了耳边的时候，这边的一切连着马夫这才心魂归舍。"喂，你这流氓，该死的，我大声的告诉了你：向右让开，老昏蛋！你喝昏了，还是怎的？"绥里方知道自己不对了；但俄国人，是不喜欢在别人面前认错的，他就也威风凛凛的叫道："你怎么瞎七瞎八的冲过来？！你把你眼珠当在酒店里了罢？"同时他使劲的收紧缰绳，想使车子退后，从纠结中脱开。但是，阿呀，他的努力没有用；马匹由它们的马具叉住了。阿花很觉得新奇似的嗅着在它身边的新朋友。这时坐在车里的女客是忧容满面，看着一切的纠纷。一个已经有了年纪，别一个是十六七岁的姑娘，金色头发，光滑的贴在她小巧的脸上。她那漂亮的脸盘圆得像一个嫩鸡蛋，闪着雪白，透明的光，也正像嫩鸡蛋，在刚从窠里取出，管家女的黑黑的手，拿着映了太阳，查看一下的时光。她那娇嫩的菲薄的耳朵，当被逼人的温热照得潮红时，也在微微的颤动。还有从那张着不动的嘴唇，闪在眼里的泪珠上的受惊的表情，也无不非常漂亮，至于使我们的主角失神的看了几分钟之久，毫不留心车子，马匹和马夫的纠葛了。

"退后！老昏蛋！"那边的马夫向绥里方叫喊道。他勒一勒缰绳，那边的同行也这么办，马匹倒退了几步，但立刻仍旧回上来，那些皮条又从新缠绕起来了。在这样的情境里，那新相知却给了我们的阿花一个很深的印象，至于使它不再想从那因为意外的运命，陷了进去的轮道中走出。它把嘴脸搁在新朋友的脖子上，还似乎在耳朵边悄悄的说些什么事：确是些可怕的无聊事。因为那对手总在摇耳朵。当这大混乱中，从幸而住得并不很远的村子里，有农民们跑来帮忙了。一场这样的把戏，对于农民，实在是一种天惠，恰如他们的日报或聚会之对于德国人一样，车子周围即刻聚集了许多脑袋的堆，只有老婆子和吃奶孩子还剩在家里。人们卸下皮带来，阿花在鼻子上挨了很重的几下，因为要使它退走：一句话，马儿们是拆散，拉开了。但那刚到的马匹，不知道是不愿意和新朋友分离，还是倔强呢，——任凭马夫尽量的抽，也总像生了根似的站着。农人们的同情和兴味，大到不可限量了。大家争着挤上来，给些聪明的意见。"去，安特留式加，把右边的马拉一下。米卡衣叔骑在中间的一匹上，上去呀，米卡衣叔！"那又长又瘦的米卡衣叔，是一个红胡须的汉子，便爬在中间的马上了。他就像乡下教堂的钟楼，或者要更确切，就是一个汲井水的瓶子。马夫鞭着马，然而没有效，米卡衣叔也做不出什么大事情。"慢来！慢来！"农人们喊着，"你还是骑到边马上去，米卡衣叔；米念衣叔骑在中间的马上罢！"米念衣叔是一个广肩阔背的农夫，一部漆黑的络腮胡子，那肚子，就像足够给一切市场上受冻的人们来煮甘甜的蜜茶的大茶炊，他高高兴兴的骑在中间马上了，使它为了这重负，几乎要弯到地面。"现在行了，"农人们喊道。"打！打呀。给它一鞭；喂，给这黄马！——为什么要小蜻蜓似的张了腿不听话的。"但一看出做不到，打也无用，米卡衣叔和米念衣叔就都骑在中间这一匹马上，使安特留式加爬到边马上去了。马夫到底也耐不下去了，便双双赶走，米卡衣叔和米念衣叔，都滚他的蛋。这正好，因为马匹好像一息不停的，跑了一站似的正在出大汗。他先给它们喘过气来，它们也就自己拉着车走了。当闹着这事变的时候，乞乞科夫却浸在对于不相识的年青小姐的考察中。他有好几回，想和她去扳谈，然而总是做不出。这之间，那小姐就走掉了，漂亮的头带着标致的脸相，和那苗条的姿态，都消失了，像一个幻景；乞乞科夫又看见了村路，他的马车和读者早已熟识的三匹马，还有绥里方这一流人，以及四面的空无一物的田野。凡在人间，在粗笨的，冷酷的，穷苦的，在不干净的，发霉的下等人们里——也如在干净的，规矩的，单调的上流人们里一样——无论在那里，我们总会遇到一回向来从未见过的现象，至少也总有一回会燃起向来无与相比的感情。这在我们,就是一道灿烂的光,穿过了用苦恼和不遇所织成的我们的一生的黑暗,恰如黄金作饰,骏马如画,玻窗发闪的辉煌的箱车,在突然间,而且在不意中,驰过了向来只见有看熟的乡下车子经过的寒村一样:农人们就还是张开嘴巴,诧异的站着,不敢戴上帽,虽然那体面的箱车早已远得不见了。这年青的金发小姐在我们的故事里,也就是这样的在突然间而且在不意中出现,又复这样的不见了的。倘使这时并非乞乞科夫,却是一个二十来岁的青年——一个骠骑兵,或是一个大学生,或是一个刚刚上了他那人生之路的平常的凡夫俗子——那么,我的上帝,他会怎样的激昂奋发,他会怎样的魂飞神往呵!他将要久久的痴立在那地方,眼睛望着远处,忘记了道路和旅行的目的,忘记了因为他的迟延而来的一切呵斥和责难,是的,他并且忘记了自己,职务,世界,以及在世界上的一切东西了!

然而我们的主角是已经到了中年,且有一种冷静,镇定,切实的性格的。他也曾沉思了一番,还想到过许多事,但他的思想却是更加着实的东西:他的思想决不如此胡涂,倒是很清楚,很有根据。"一个出色的姑娘!"他说,其时就打开他的鼻烟壶,嗅了一下。"但在她那里,最好的是什么呢……她那最好的是,她好像刚刚从学堂或者女塾毕业,还没有特别的女形女势,这相貌,只使全体显得难看。她现在还是一个孩子,什么都朴实,单纯;想到了就说,高兴了就笑。要使她成为什么还都可以,她能成为一个佳人,却也一样的会变一个废物——会变的,如果请婶子或是妈妈来教育。只要一年,就满是女形女势,连她自己的父亲也会觉得她是别一个人了。她会成一个骄傲的,装腔的人,只在外面的学来的规矩上彷徨,佩服,心思都化在她和什么人,讲什么事以及讲多少话,她怎样瞟她的情人这些事情上;于是骇怕得很,连一句多余的话也不敢说,终于就该做什么也简直不明白了,一生就像是一个大谎在那里逛荡着。呸,妈的!"到这里,他沉默了一会,这才接下去道:"我愿意知道,她是什么人呢？她的父亲是做什么的？是有名望的地主，还不过是一位正人君子，只从办公上积了一点小钱的呢？——如果那娃儿带着二十万卢布来——那可就并非不好的——决非不好的货色。一个规矩人，就可以和她享福了。"这二十万卢布对他发着很动人的光芒，使他心里怪起自己来，为什么不在叉车的时候，向马夫问一声她们的名姓呢。但这时梭巴开维支的村庄已经分明可见，他的思想就被赶走，转到他自己的事情上去了。

　　这庄子，在他看起来是很大的；两面围着白桦和黑松的树林，像是一对翅膀，这一只显得比那一只暗一点；中间站着一所木房子，红色的屋顶，暗灰色的——实在是粗糙的墙壁——恰如我们造给屯田兵和德国移民的房屋一样。一看就知道，关于建筑的设计，建筑家是很和主人的趣味斗争了一下的。建筑家是内行，喜欢两面相称，主人却第一要便利，所以一面的墙壁上，一切通气的窗户都堵塞了，只有一个该在昏暗的堆房上那样的小小的圆窟窿。还有一个破风，虽然建筑家怎样费力，也总不能弄到屋子的中央去；主人一定要把一枝柱子竖在旁边，于是原是四枝的柱子，便见得只有三枝了。前园是用很坚实，粗得出奇的木栅围起来的。到处都显得这家的主人，首先是要牢固和耐久。马房，堆房，厨房，也都用粗壮的木材造成，大约一定可以很经久。农奴的小屋，也造得非常坚牢。没有一处用着雕刻装饰的雕墙，以及别样的儿戏——所有一切，为主的只有一个坚实。就是井干，也用厚实的槲树做成，这种材料，普通是只用于造水磨和船只的。一句话——凡有乞乞科夫所看见的，无不坚固，而且屹然的站在地面上，排排节节，还似乎有着深沉的不可动摇的布置。当马车停在阶沿前面时，乞乞科夫看见了两张脸，几乎同时的从窗子里望出来：一张是女的，狭长到像一条王瓜，裹着头帕，一张是圆圆的男人脸，很大，像那穆尔大比亚的南瓜，就是俄国却叫作"壶卢"，用它来做巴罗拉加，那二弦的轻快的乐器——这在不怕羞，爱玩笑的农家少年们，是荣耀和慰藉，那些修饰齐整的青年，就由此向着那聚到周围，来听妙音的粉头酥胸的姑娘们，使眼色，发欢声的。那两张脸在窗口一瞥之后，就又消失了。一个灰色背心上带着蓝色高领子的家丁，便出到阶沿上，迎乞乞科夫进了大门，主人已经在那里等着。他一看见客人，只简短的道了一声"请"，就引他到里面去了。

当乞乞科夫横眼一瞥梭巴开维支的时候，他这回觉得他好像一匹中等大小的熊。而且仿佛为了完全相像，连他身上的便服也是熊皮色：袖子和裤子都很长，脚上穿着毡靴，所以他的脚步很莽撞，常要踏着别人的脚。他的脸色是通红的，像一个五戈贝克铜钱。谁都知道，这样的脸，在世界上是很多的，对于这特殊的工作，造化不必多费心机，也用不着精细的工具，如磋子，锯子之类，只要简单的劈几斧就成。一下——瞧这里罢，鼻子有了——两下——嘴唇已在适当之处了；再用大锥子在眼睛的地方钻两个洞，这家伙就完全成功。也无须再把他刨平，磨光，就说道"他活着哩"，送到世上去。梭巴开维支也正是这样的一个结实的，随手做成的形相：他的姿势，直比曲少，不过间或转一下他的头，为了这不动，他就当然不很来看和他谈天的对手，却只看着炉角或房门了。当和他一同经过食堂的时候，乞乞科夫再瞥了他一眼，就又心里想："一只熊，实在完全是一只熊。"而且这是运命的怎样奇特的玩笑呵：他的名字又正叫作米哈尔·绥米诺维支。[1] 乞乞科夫是知道梭巴开维支的老脾气，常要踏在别人的脚上的，便走得很小心，总让他走在自己的前面。但那主人似乎也明白他那坏脾气，所以不住的问道："恐怕我对您有了疏忽之处了罢？"然而乞乞科夫称谢，并且很谦虚的声明，直到现在，他还没有觉得有什么疏忽之处。

他们进得客厅，梭巴开维支指着一把靠椅，又说了一声"请"。

---

[1] 恰如我们的叫猴子作阿三一样，俄国呼熊为"米莎"，这就是米哈尔的爱称。——译者。

乞乞科夫坐下了,但又向挂在壁上的图画看了一眼。全是等身大的钢版像,真正的英勇脚色,即希腊的将军们,如密奥理,凯那黎,毛罗可尔达多等,末一个穿着军服,红裤子,鼻梁上戴眼镜。这些英雄们,都是非常壮大的腰身,非常浓厚的胡子,多看一会,就会令人吓得身上发生鸡皮疙瘩。奇怪的是,在这希腊群雄之间,也来了巴格拉穹①公,一个瘦小的人,拿一张小旗儿,脚下是一两尊炮,还嵌在非常之狭的框子里。其次又是希腊的女英雄:罗培里娜,单是一条腿,就比现在挂满在这客厅里的无论那一位阔少的全身还要粗。这家的主人,自己是一个非常健康而且苗壮的人,所以好像也愿意把真正健康而且苗壮的人物挂在他那家里的墙壁上。罗培里娜的旁边,紧靠窗户,还挂着一个鸟笼,有一匹灰色白斑的画眉,在向外窥视,也很像梭巴开维支。主客两位,彼此都默默的坐着不到两分钟,房门开处,这家的主妇,是一位高大的太太,头戴缀着自家染色的带子的头巾,走进来了,她脚步稳重,头笔直,好像一株椰子树。

"这是我的菲杜略·伊凡诺夫娜。"梭巴开维支说。

乞乞科夫就在菲杜略·伊凡诺夫娜的手上接吻,那手,是几乎好像她塞到他嘴里来的一般;由这机会,他知道了她的手是用王瓜水洗的。

"心肝,我可以绍介保甫尔·伊凡诺维支给你么?"梭巴开维支接着说。"我们是在知事和邮政局长那里认识的。"

菲杜略·伊凡诺夫娜请乞乞科夫就坐,她一样的说了一声"请",把头一动,仿佛扮着女王的女戏子似的。于是她也坐在沙发上,蒙着她毛织的头巾,眼睛和眉毛,从此一动也不动了。

乞乞科夫又向上边一瞥,就又看见了粗腰身,大胡子的凯那黎,罗培里娜以及装着画眉的鸟笼子。

---

① Bagration(1766—1812),是参加拿破仑战争的,俄国著名的将军。——译者。

大约有五分钟，大家都守着严肃的沉默，来打破的只有画眉去吃几粒面包屑，用嘴啄着鸟笼的木板底子的声音。乞乞科夫又在屋子里看了一转：这里的东西也无不做得笨重，坚牢，什么都出格的和这家的主人非常相像。客厅角上有一张胖大的写字桌，四条特别稳重的腿——真是一头熊。凡有桌子，椅子，靠椅——全都带着一种沉重而又不安的性质，每种东西，每把椅子，仿佛都要说："我也是一个梭巴开维支"或者"我也像梭巴开维支"。

　　"我们在审判厅长伊凡·格里戈利也维支那里，谈起了您呢，"乞乞科夫看见在场的人谁也没有开口模样，终于说。"那是上一个礼拜四了。我在那里过了很愉快的一晚上。"

　　"是的！那一回我没有到审判厅长那里去，"梭巴开维支道。

　　"是一位很体面的人物，不是吗？"

　　"您说谁呀？"梭巴开维支说，看看暖炉角。

　　"说审判厅长！"

　　"在您，恐怕是会觉得这样的：他其实是共济会员，可又是世上无双的驴子。"

　　乞乞科夫一听到这过分的评论，颇有点仓皇失措了，但他即刻又有了把握，于是马上接下去道："自然，人总是各有他的弱点的；但可对呢？那知事，却是一位很出色的人罢？"

　　"怎么？那知事——一位出色的人？"

　　"是的！我说得不对吗？"

　　"是强盗，像他的找不出第二个。"

　　"怎么？——知事是一个强盗？"乞乞科夫说，怎么知事会入了强盗伙，他简直不能懂。"我老实说，这可实在是没有想到的，"他接着道。"但请您许我提几句：他的行为，却全不是这一类；倒可以说，他有很温和的性格。"作为证据，他还拉出知事亲手绣成的钱袋来，并且竭力赞扬了他那可亲的脸相。

　　"然而这可就是强盗脸呀！"梭巴开维支说。"您给他一把刀拿在手里,送他到街上去,——他就杀掉您,毫无情面,——只为一文小钱!他和那副知事,——是真真正正的——戈格和玛戈格①。"

"唔,他和他们大约有些不对的,"乞乞科夫想。"我还是和他谈谈警察局长罢,那人,我看起来,是他的朋友。"——"但是,照我看来,"他说道,"老实说,我觉得警察局长是最惬人意了。多么直爽坦白的性格;他很有点质朴,诚实。"

"是一个骗子!"梭巴开维支很冷静的说。"他有本领,会先来骗了您,卖了您,又立刻和您一同吃中饭。我知道他们:真正的骗贼。全市镇就是这模样;这一个骗贼骑住了别一个,追捕着他们的还有第三个,全都是犹大,卑鄙的奸细。还有点什么用处的只有一个推事——不过到底也还是一只猪。"

在这些虽然略短,却是好意的传记的评论之后,乞乞科夫觉得其余的官员们的叙述,也不大记得起来了,而且他悟到,梭巴开维支是不喜欢说人们一点好处的。

"你看怎么样,心肝,我们去坐起来?"梭巴开维支夫人对她的男人说。

"请,"梭巴开维支说着,就走向菜桌那里去;照着古来的好习惯,主客各先喝过一杯烧酒,并且吃起来,这是广大的俄罗斯全国里,无论城乡,在中饭之前,总是豫备的先是各种咸渍和开胃食品的小吃,——然后大家都到食堂去。主妇走在最前面,好像一匹浮水的天鹅。小小的桌子上,摆着四个人的刀叉。那第四位上,立刻有一个人坐下去了,要说这人,是颇不容易的,她究竟是什么呢:是太太还是姑娘,是亲戚,是管家妇,还不过是住在这家里的女人呢——她大约三十岁,没有头巾,用一条花布围巾披在肩膀上。在这世界上,是有这样的创造物的,她并非独立的存在,倒仅仅是别个上面的一个斑,一个点。她总是坐在同一的地方,头总是保着同一的姿势;人

---

① Goga i Magoga,都是背叛天国的人。——译者。

们拿她当家私什物看,也想不到她在一生中,会张开嘴来说句话;倘要相信她会笑,倒是得到使女屋子或是堆房里去观察的。

"今天的菜汤很出色,我的宝贝,"梭巴开维支喝着汤,一面说,一面又拿过一大块包肚来,这有名的食品,普通是和菜汤同吃,用荞麦粥,脑子,蹄子肉,灌在羊胃里做成的。"这样的包肚,"他又转向着乞乞科夫,接续说,"您走遍全市也找不出;在那里,鬼知道卖给您的是什么呢!"

"但在知事那里,倒也吃的很不坏,"乞乞科夫道。

"是的,那么,您可知道,那东西是怎么做的呢? 您一知道,可就不要吃了!"

"那东西是怎么做的,我自然不能明白:但那猪排和鱼,却出色的。"

"在您,恐怕是会觉得这样的。我很知道他们在市场上买东西的事情。厨子这坏蛋,受了一个法国人的指教,就只买一只老雄猫,剥掉皮,当作兔子用。"

"呸! 你说的是多么讨厌的事情呀!"梭巴开维支的太太说。

"叫我有什么法子呢,宝贝? 他们那里,就是这么干的呀;他们惯是这么干,可不是我不好呀。所有末屑,我们的亚库拉是就教抛到垃圾桶里去的,他们却拿它来做汤。总是做汤,统统做汤。"

"在食桌上,你总说些这样的事!"梭巴开维支太太抗议道。

"这有什么要紧呢,宝贝?"梭巴开维支说。"如果我自己也是这样子呢,然而我爽爽快快的告诉你:这样的脏东西,我可是不吃的。青蛙,即使是糖煮的,我不吃,蛎黄也一样;蛎黄看起来好像什么,我明白得很。请您再用一块烧羊肉,"他向着乞乞科夫,接续说。"这是羊后身加粥,不是斯文的绅士们喜欢吃的,用市场上躺了四天的羊肉做出来的肉饼子。那都是德国呀,法国呀的医生先生们想出来的计策;因此我真想统统绞死掉他们。节食法——也是他们的发明。好法子——用饿肚子来治病。因为他们自己是又乏又躁的体子,就以为俄国人的肚子,也只要这么办一下就成。那里,这统统是不对的——这是真正的胡闹,这统统是……”于是梭巴开维支气忿地摇摇头。“他们总在说什么文明,但他们的文明却不过是一个……哼……! 我几乎要说出口来了,但这样的话,吃饭时候是不该说的。我这里却完全不一样:我这里呢,如果是烧猪或烧鹅,那就拿出一只全猪或全鹅来。我宁可只有两样菜,不过要给我吃一个饱,直到心满意足。”梭巴开维支就用着实行,鲜明地支持了他的言论:他拿半只羊脊肋放在盘子里,吃了下去,连骨头也嚼一通,直到一点也不剩。

“哦,哦,”乞乞科夫想,“他也知道什么是上算的。”

“我这里却完全不一样,”梭巴开维支用饭单擦着手,说:“我不是那什么泼留希金;他有八百个魂灵,那过活和吃喝,却比我们的看牛人还要坏。”

“这泼留希金是什么人呢?”乞乞科夫问。

“是一个贱种,”梭巴开维支说,“这样的吝啬鬼,人是想也想不到的。囚犯的生活,也还是比他好:他把他所有的家伙都饿死了。”

“真的?”乞乞科夫显着同情的样子,插嘴说。“这是真的么,像您说过,他那里饿死了很多的农奴?”

“像蝇子一样。”

“不,真的么? 像蝇子一样? 我可以问一下,他家离这里有多远吗?”

“大约五维尔斯他罢。”

“五维尔斯他!”乞乞科夫叫了出来,还觉得他的心有点跳了。”如果从这里的大门出去,他的庄子在右边,还是在左边呢?”

“去找这狗的道儿,您还是全不知道好! 我通知您,您倒不如不要关心他罢,”梭巴开维支说,“如果有谁到不成体统的地方去,比去找他倒还情有可原哩。”

“不,我也并不是有什么目的,在这里打听的。我单是问问,因为对于风土人情，我是有很大的兴味的。"

羊后身之后，来了干酪饼，每个都比盘子还要大，于是又来一只小牛般大的火鸡，塞满着各种好东西：白米，鸡蛋，肝，以及只有上帝知道的别的什么，都夹着装在肚子里，好像一个核。中饭这算是收场了；但当站了起来时，乞乞科夫觉得自己加重了整整一普特。大家又走进客厅去，却已经有一盘果酱，摆在桌上了；——然而不是梨子，不是李子，也不是什么莓子的——但主客两面，谁也没有去碰一碰。主妇走出去了，要再取几样果酱来。趁这机会，乞乞科夫就转脸向了梭巴开维支，他却埋在一把靠椅里，只是哼；他饱透了；嘴巴一开一闭的，吐出几声不清楚的声音来，用手划过十字，就又去掩住了嘴巴。但乞乞科夫转向了他，说道："有一点事情，我很愿意和您谈一谈！"

"您不再用一点蜜饯么？"主妇又拿了一个果碟来，说。"这是萝卜片，蜜煮的！"

"慢慢的！"梭巴开维支说。"现在进去罢，保甫尔·伊凡诺维支和我，我们要脱了外套，休息一下子了！"

那主妇又立刻要叫人去拿垫子和枕头，但梭巴开维支却道："不必，我们已经坐在靠椅上，"于是他的太太就走掉了。

梭巴开维支略略伸长着脖子，准备来听是怎样的事情。

乞乞科夫绕得很远，首先是通论俄国的广大，他竟无法称赞，恐怕古代的罗马帝国，也未必有这么大，外国人觉得诧异，是一点都不错……（梭巴开维支仍然伸着脖子，倾听着。）而且看这光荣无比的国度里的现行的法律，还有登在人口册上，即使他已经不在这世上生活了，但在下次的新的人口调查之前，却还当作活着一样看待的农奴；这自然为的是不给衙门去多担任无聊的无益的调查，也就是省掉事务上的烦杂，因为虽是没有这么办，国家机关也已经足够烦杂了……（梭巴开维支仍然伸着脖子，倾听着。）但要知道，这方法好固然好，不过总不免使多蓄农奴的人，有了很重的负担，因为他们还得缴已经不在了的农奴的人头税，和活着的相同。但是他自己，乞乞科夫，对于他梭巴开维支是怀着万分敬仰之意的，所以很愿意来分任一点这沉重的义务。关于主要之点，乞乞科夫是说得非常留心的，而且也不说死掉的，却只说"不在的"农奴。

梭巴开维支仍然略略伸长了脖子，坐着，听是听的，但脸上竟毫不露出一点什么的表情。几乎令人疑心对着一个不活的，或是没有魂灵的人，否则虽有魂灵，也不在身子里，恰如那不死的可希牵①似的，远在什么地方的山阴谷后，还带着一个厚壳，里面即使怎么震动，外面也绝无影响了。

"那么？"乞乞科夫问道，有些藏不住心里的焦急，等着回答。

"您要死掉了的魂灵么？"梭巴开维支很平静的说，绝无惊疑之色，好像说着萝卜白菜似的。

"对啦，"他又想把话说得含胡一点，便添上一句道："那些已经不在的。"

"那是有的，有的是！怎么会没有呢？"梭巴开维支说。

"唔，是罢？您既然有，那么，您一定是很愿意脱手的罢？"

"可以！我是很愿意卖给您的，"梭巴开维支说，还把头一抬。他分明已经看穿这买主是要去赚一笔大钱的了。

"畜生！"乞乞科夫心里想。"这家伙倒要卖给我了，我还一句也没有提呀！"于是提高声音道："那么，可否问一下，您要卖多少呢？虽然……这样的货色……也很难定出价钱来。……"

"那么，克己一点：每只一百卢布罢，"梭巴开维支说。

"一百卢布！"乞乞科夫叫起来了，他张开了嘴巴，吃惊的看着梭巴开维支的脸；他已经摸不清，是自己听错了呢，还是梭巴开维支的舌头向来不方便，原是想说别一句的，却说了这样的一句了。

---

① Kosichai 是俄国传说中的人物，充着"无常"的脚色的，也就是"死"。——译者。

"哦,您以为太贵么,"梭巴开维支说,又立刻接下去道:"那么,您出什么价钱呢?"

"我的价钱?我看我们是有点缠错的,或者彼此都还没有懂,而且,忘记了说的是什么货色。干干脆脆。我说,八十戈贝克——这是最高价了。"

"天哪!这成什么话!八十戈贝克?"

"可不是么?我看是只能出到八十戈贝克的。"

"我不是在卖草鞋呀!"

"但您也得明白,这也并不是人。"

"哦,您以为您能找到谁,会二十戈贝克一个,把注册的魂灵卖给您的吗?"

"不然,请您原谅,您为什么还说'注册'呢?魂灵是早已死掉了的。剩着的不过是想象上的抓不住的一句话。但是,为了省得多费口舌,我就给您一个半卢布,一文不添。"

"您可真是不顾面子,竟会说出这样的数目来!请您老老实实,还一个实价!"

"这不能,米哈尔·绥米诺维支;实在不能了!做不到的事,总归做不到的,"乞乞科夫说,但因了策略,立刻又添了五十戈贝克。

"为什么您要这么俭省的呢,"梭巴开维支说,"这可真的不贵呵。您如果遇到了别人,他会狠狠的敲您一下,给您的并不是魂灵,倒是什么废物。您从我这里拿去的,却是真正的挑选过的苗实的好脚色,都是手艺人和有力气的种田人。您要知道,例如米锡耶夫罢,他是造车子的,专造带弹簧的车子,而且决不是只好用一个钟头的墨斯科生活。决不是的,凡是他做出来的,都结结实实;他做车子,还自己装,自己漆哩。"

乞乞科夫提出抗议来,说这米锡耶夫可是早已不在这世界上了,然而梭巴开维支讲开了兴头,总是瀑布似的滔滔不绝。

"还有那木匠斯台班·泼罗勃加呢?我拿我的脑袋来赌,您一定找不出更好的工人来。如果他去当禁卫军，——是再好也没有的！身长七尺一寸！"

乞乞科夫又想提出抗议，说这泼罗勃加是也不在这世界上的了；然而梭巴开维支讲得出了神。他的雄辩仿佛潺潺的溪流一般奔下来，至于令人乐于倾听。

"还有弥卢锡金，那泥水匠，会给您装火炉，只要您愿意装在什么地方，那一家都可以。或者玛克辛·台略忒尼科夫，靴匠：锥子一钻，一双长靴就成功了；而且是怎样的长靴呀！他并且滴酒不喝。还有耶来美·梭罗可泼聊辛哩！他一个，就比所有的人们有价值。他是在墨斯科做工的，单是人头税，每年就得付五百个卢布。这都是些脚色呀！和什么泼留希金卖出来的废物，是不同的。"

"但请您原谅，"给这好像不肯收梢的言语的洪水冲昏了的乞乞科夫，终于说。"您给我讲他们的本领干什么呢？现在是什么意思也没有了。他们是死了的人呀！俗谚里说的有，死人只好吓鸟儿。"

"他们自然是死了的，"梭巴开维支说，好像他这才醒悟，明白了他们确是死人一样，但即刻说下去道："但所谓活人，是些什么东西呢？那是苍蝇，不是人。"

"不过那至少是活的！您说的那些，却究竟单单是一个幻影。"

"阿，不然，决不是幻影；我告诉您，这样的一个家伙，像米锡耶夫的，您就很不容易找到第二个；这样的一个工匠，是不到您这屋子里来的。不然，决不是幻影。这家伙肩膀上有力量，连马也比不上。您在别处还见过这样的一个幻影吗，我倒愿意知道知道。"说到末一句，他已经不再向着乞乞科夫，却向了挂在墙上的可罗可尔德罗尼和巴格拉穹的画像了，这在彼此谈论之际，是常有的，不知道为了什么缘故，一个忽然不再看着对手，就是批评他的议论的人，却转向了偶然走来，也许他全不相识的第三者，虽然他明知道不会得到赞同的回答，或者意见，或者表示的。然而他把眼光注在他上面，好像招他来做判断人模样，于是这第三者就有点惶恐，他竟来回答这并未听到的问题好,还是宁可守着礼节,先站一下,然后走掉的好呢,连自己也难以决定了。

"不成,两卢布以上,我是不出的,"乞乞科夫说。

"好罢,因为免得您说我讨得太多,您可简直还得太少,那就是了,就七十五个卢布一只——但是要钞票的——卖给您罢。看朋友面上。"

"这家伙在要什么呀,"乞乞科夫想:"他在把我当驴子看待哩!"于是他说出来道:"这可真真奇特,看起来,几乎好像我们是在这里玩把戏,演喜剧似的。我是说不出别的什么来了,您显得是一位聪明人,一切教养都有。在商量的是什么物事呢?这不过是——嘘,—————— 一个真正的空虚!这有什么价值,这有谁要?!"

"但是您在想买;那么,您一定是要的了!"这时乞乞科夫只好咬咬嘴唇,找不出回答。他喃喃的讲了一点家里的情形,梭巴开维支却不过声明道:

"我全不想知道您府上的情形,我不来参与家务——这是您个人的事,您要魂灵,我就来卖给您。在我这里不买,您是要后悔的。"

"两卢布,"乞乞科夫说。

"唉唉,您竟是这样的一个人!像俗谚里说的,黄莺儿总唱着这一曲。咬住了两卢布,简直再也放不掉了。您给一个克实价钱罢。"

"吓,这该死的东西!"乞乞科夫想。"不要紧,我就再添上半个卢布罢,给这猪狗,使他可以好一些。"——"那就是了,我给您两个半卢布!"

"很好,那么,我也给您一个最后的价钱:五十卢布!这还是我吃亏,这样出色的家伙,您想便宜是弄不到手的!"

"这可真是一个吝啬鬼!"乞乞科夫想,于是不高兴的说下去道:"那不行,您听一下罢!您的模样,好像真在这里商量什么紧要事似的!这东西,别人是会送给我的。我到处可以弄到,用不着化钱,因为如果能够脱手，谁都高兴。只有真正老牌的驴子，这才愿意留着，还给他们去纳税的。"

"不过您可也知道，这样的买卖——这是只有我们俩，并且为了交情，这才说说的——是并不准许的呢？假如我，或者别的谁讲了出去的话，这买客的信用就要扫地；谁也不肯再来和他订约，他想要恢复他的地位，也就非常困难了。"

"瞧罢，瞧罢，他就在想这样，这地痞！"乞乞科夫想，但他的主意并没有乱，一面用了最大的冷静，声明道："您料的全不错；我到您这里来买这废物，倒并不是拿去做什么用，不过为了一种兴趣，由于我自己生成的脾气的。如果两卢布半您还觉得太少，那么，我们不谈罢。再见！"

"放他不得！他不大肯添了，"梭巴开维支想。"好罢，上帝保佑您，您每个给三十卢布，就统统归您了。"

"不成，我看起来，您是并不想卖的；再见再见。"

"对不起，对不起，"梭巴开维支说着，不放开他的手，并且踏着他的脚；我们的主角忘记留心了，那报应，便是现在发一声喊，一只脚跳了起来。

"对不起的很。我看我对您有些疏忽了。您请坐呀，那边，请请。"他领乞乞科夫到一把躺椅那里去，教他坐下了。他的举动，有几手竟是很老练的，恰如一匹已经和人们混熟，会翻几个筋斗，倘对它说："米莎，学一下呀，娘儿们洗澡和小孩子偷胡桃是怎样的？"它也就会做几种把戏的熊一样。

"不行，真的，我把时光白糟蹋了。我得走了，我忙哩！"

"请您再稍稍等一下。我就要和您讲几句您喜欢听的适了。"梭巴开维支于是挨近他来，靠耳朵边悄悄的说，好像在通知一种秘密。"四开，怎样呢？"

"您是说二十五卢布吗？不行，不行，不行！再四开也不行。一文不添的。"

梭巴开维支不回答,乞乞科夫也不开口。这静默大约继续了两分钟。巴格拉穹公用了最大的注意,从墙壁上的自己的位置上,凝视着这交易。

"那么,您到底肯出多少呢?"梭巴开维支说。

"两卢布半!"

"一到您这里,一个人的魂灵就同熟萝卜差不多了。至少,您出三卢布罢!"

"我看办不到。"

"我卖掉罢,自己吃点亏! 但这有什么法子呢? 我是有狗似的好性情的。我不会别的,只是总想给我的邻舍一点小欢喜。我们还得立一个合同,事情那就妥当了。"

"自然!"

"您瞧,我们还得上市镇去哩!"

于是交易成功了。决定明天就到市里去,给这交易一个结束。

乞乞科夫要农奴们的名册。梭巴开维支是赞成的;他走到写字桌前面,去写出魂灵来,不但姓名,还历举着他们的特色。这时乞乞科夫没有事情做,便考察着这家主人的大块的后影。当看见阔到活像短小精悍的瓦忒加马背的他的脊梁,很近乎一对路旁铁柱的他的两脚的时候,他就禁不住要叫起来道:

"敬爱的上帝的做起你来,可是太浪费了,真可以引了俗谚来说:裁得坏,缝得好。你生下来就是这样的熊,还是草莽生活,田园事务,以及和农奴们的麻烦,使你变成现在似的杀人凶手的呢;并不是的,我相信,即使你在彼得堡受了簇新的,时式的教育,刚刚放下,或者你一生都住在彼得堡,不到田野里来过活,你也总还是一个这样的人。所有的区别,不过你现在是嚼完半身羊脊肋和粥之后,再来一个盘子般大的干酪饼,在那地方呢,却在中饭时候,吃些牛排加香菇。你现在稳稳当当的管理着你的农奴,对他们很和气,自然也不使他们有病痛,挨穷苦。他们都是你的私产,倘用了别样的办法,倒是你自己受损的。但在都会里,你所管理的却是你竭力欺压的公务人员了,你知道他们并不是你的家奴,于是你就从金元抢到纸票。如果谁有一个鬼拳头,你不能把它摊成毛爪子。你也能挖开他一两个指头来的,但这鬼就更加坏。他先从什么艺术或科学上去喝过一两滴,于是飘到出众的社会地位上来了,那么,真懂一点这艺术或科学的人,就要倒运;后来他还要对你说哩:我要来给你们看看,我是什么人。于是他忽然给你们一个大踏步走的聪明透顶的规则,消灭了许多耳闻目见。唉唉! 如果统统是这杀人凶手……"

"册子写好了。"梭巴开维支转过头来,说。

"写好了? 那就请您给我罢!"他大略一看,惊奇了起来,这造得真是很完备,很仔细:不但那职务,手艺,年龄和家景,都写得很周到,册边上还有备考,记着经历,品行之类。总而言之,看看册子,就是一种大快乐。

"那么,请您付一点定钱,"梭巴开维支说。

"为什么要定钱? 到市里,就全部付给您了。"

"哪,您要知道,这是老例,"梭巴开维支反驳道。

"这怎么好呢? 偏偏我没有带钱。但这里,请您收这十卢布!"

"唉唉,什么,十个,您至少先付五十!"

乞乞科夫样样的推诿,说他身边并没有这许多钱;但梭巴开维支坚决的申说,以为他其实是有的,终于使他只好从衣袋里掏出一张钞票来,说道:"哪,可以! 这里再给您十五卢布。一总是二十五卢布。请您写一张收条。"

"为什么要收条?"

"您知道,这就稳当些! 好事多磨! 会有种种变化的。"

"好的,那么您拿钱来呀!"

"怎的? 钱在我手里呢。您先写好收条,立刻都是您的了。"

"唔,请您原谅,这可叫我怎么能写呢? 我总得先看一看钱。"

乞乞科夫交出钞票去,梭巴开维支连忙接住。他走到桌子前面,左手的两个指头按住钞票,用别一只手在纸条上写了他收到卖出魂灵的帝国银行钞票二十五卢布正。写好收条之后,他又把钞票检查了一番。

"这一张旧一点,"当他拿一张钞票向阳光照着的时候,自己喃喃的说,"也破一点,用烂了。但看朋友交情上,这就不必计较罢。"

"一个吝啬鬼!我敢说,"乞乞科夫想。"而且是畜生!"

"您不要女性的魂灵吗?"

"谢谢您,我不要。"

"价钱便宜。看和您的朋友交情上,一只只要一卢布。"

"不,我没有想要女性的意思。"

"当然,如果这样,那就怎么说也没有用。嗜好是没法争执的;谚语里也说,有的爱和尚,有的爱尼姑。"

"我还要拜托您一件事,这回的事情,只好我们两个人知道,"当告别之际,乞乞科夫说。

"那还用说吗!两个好朋友相信得过,彼此所做的事,自然只该以他们自己为限,一个第三者是全不必管的。再见!我谢谢您的光降,还请您此后也不要忘记我!如果有工夫,您再来罢,再吃一回中饭,我们还谈谈闲天。也许还会有什么事,要大家商量商量的。"

"谢谢你,不来了,我的好家伙!"乞乞科夫坐上车,心里想。"一个死魂灵骗了我两个半卢布,这该死的恶霸!"

乞乞科夫很气忿梭巴开维支的态度。他总要算是自己的熟人了。在知事和警察局长那里,他们早经会过面,但他却像完全陌生人一样的来对付他,还用那样的废物弄他的钱去。当车子拉出大门口时,他再回顾了一下:梭巴开维支却还站在阶沿上,像在侦察客人走向那一方面去似的。

"他还站着,这流氓!"乞乞科夫在嘴里喃喃的说;他就吩咐绥里方,向着农村那面转弯,使地主府上再也不能望见这车子。他的主意,是在去找泼留希金的,据梭巴开维支说,那里的人是死得像苍蝇一样。然而他不愿意梭巴开维支知道这件事。车子一到村口，他就把最先遇到的农夫叫到自己这边来。这人刚在路上拾了一棵很粗的木材，抗在肩上，像不会疲倦的蚂蚁似的，想拖到自己的小屋子里去。

"喂！长胡子！从这里到泼留希金家去，是怎么走的，还得不要走过主人家的住宅。"

这问题，对于他好像有点难。

"哪，你不知道吗？"

"是的，老爷，我不知道。"

"唉，你！可是这家伙头发倒已经花白了！连给他的人们挨饿的吝啬鬼泼留希金都不知道。"

"哦，原来，那打补钉的！"那农人叫了起来。在这"打补钉的"的形容词之下，他还接着一个很惬当的名词，但我们从略，因为在较上流的人们的话里，这是用得很少的。然而这表现的非常精确，却并不难于推察，因为车子已经走了一大段路，坐客也早已看不见那农夫了，乞乞科夫还是笑个不住。俄罗斯国民的表现法，是有一种很强的力量的。对谁一想出一句这样的话，就立刻一传十，十传百；他无论在办事，在退休，到彼得堡，到世界的尽头，总得背在身上走。即使造许多口实，用任何方法，想抬高自己的诨名，化许多钱，请那塞饱了的秘书从古代的公候世家里找了出来，也完全无济于事。你的诨名却无须你帮忙，就会放了乌鸦喉咙，清清楚楚的报告了这鸟儿是出于那一族的。一句惬当的说出的言语，和黑字印在白纸上相同。用斧头也劈不掉。凡从并不夹杂德国人，芬兰人，以及别的民族，只住着纯粹，活泼，勇敢的俄罗斯人的俄国的最深的深处所发生的言语，都精确得出奇，他并不长久的找寻着适宜的字句，像母鸡抱蛋，却只要一下子，就如一张长期的旅行护照一样，通行全世界了。在这里，你再也用不着加上什么去，说你的鼻子怎么样，嘴唇怎么样，只一笔，就钩勒了你，从头顶一直到脚跟。

恰如虔诚的神圣的俄国,散满着数不清的带着尖顶,圆顶,十字架的修道院和教堂一样,在地母的面上,也碰撞,拥挤,闪烁,汹涌着无数群的国民,种族和民族。而这些民族,又各保有其相当的力量,得着创造的精力,有着分明的特征以及别样的天惠,由此显出它固有的特色来,在一句表现事物的话里,就反映着他那特有性格的一部份。我们在不列颠人的话里,听到切实的认识和深邃的世故;法兰西人的话,是轻飘飘地飞扬,豪华地发闪,短命地迸散的;德意志人则聪明而狡猾地造出了他那不易捉摸的干燥的谜语;但没有一种言语,能这么远扬,这么大胆地从心的最深的深处流出,这么从最内面的生活沸腾,赤热,跃动,像精确的原来的俄罗斯那样的。

第 六 章

在很久,很久的时候以前,在我的儿时,在我的不可再得的消逝了的儿时,如果经过陌生的处所,无论是小村,是贫瘠的村镇,是城邑,是很大的市街,总一样的使我很高兴。孩子的好奇的眼光,在这里会发见出许多有趣的东西来!所有建筑,凡是带着显豁的特色的,都使孩子留心,在精神上给以深刻的印象。高出于居民的木造楼房堆里的,名建筑家所造的装着许多饰窗的一所石叠房屋或公署,高出于雪白的新的教堂之上的,一个圆整的,包着白马口铁的圆屋顶,一个小菜场,一个在市上逛荡的乡下阔少——都逃不出非常注意的儿童的嗅觉——,我把鼻子伸到我的幕车外面去,新奇的看着那剪裁法为我从未见过的外衣,看着开口的木箱装些硫黄华,钉子,肥皂和葡萄干,在小菜铺门口的满盛着干了的墨斯科点心的瓶盒间远远的发闪;或者凝视着一个走过的,由一种稀奇的宿命,送他到这乡下的寂寞中来的步兵官长,或是凝视着坐在竞赛马车里,赶上了我的一个身穿长袍子的商人——并且使我想得很远,一直到他们的可怜的生活。一个小市上的官员从身旁走过,我就梦想,推究了起来:他究竟到那里去呢？他去赴他兄弟家里的夜会,还不过是回家,在自家门口闲坐半点钟,到了昏暗,才和夫人,母亲,小姨,以及所有家眷去吃那迟了的晚膳呢？吃过汤之后,戴着珠圈的娃儿或是身穿宽大的家常背心的孩子,拿了传世已久的烛台来,点上油脂烛火的时候,他们会谈些什么呢？临近什么地方的地主的村庄时,我就新奇的看着狭长的木造的钟楼,或者陈旧的木造的教堂。一望见地主家的红色的屋顶和白色的烟囱在树木的密叶间闪烁,那么,我只焦急的等着它从园林的遮蔽中出现,在我眼前显露了全不荒凉或全然无趣的面貌的一瞬息了。于是我又加以推测,这地主是怎样的人,胖的还是瘦的,有儿子还是半打的女儿,全家就和她们那响亮的处女的笑声,她们那处女的游戏和玩乐过活,一群快活的处女,有着永住的美丽和青春;她们是否黑眼珠,而主人自己,又是否会玩笑,或者正像写在他簿子上和历本上的九月之末一样,仅是阴郁的,偏执的看人,而且,唉唉！除了青年听得很是无聊的稞麦或小麦之外,再也不谈别事的呢？

现在我却淡然的经过陌生的村庄,漠然的看着它困穷的外貌,我的冷掉了的眼光里不再有所眷恋,也没有东西使我欢乐,像先前的过去的时光,使我的脸有一动弹,一微笑,使我的嘴迸出不竭的言论了,它现在在我面前瞥然而过,而冷淡的沉默,却封锁了我的嘴唇。唉唉,我的儿时,唉唉,我的蓬勃的朝气！

当乞乞科夫正在沉思,暗笑着农夫们赠给泼留希金的出色的诨名的时候,他竟全未想到,那车子已经驶进一个有着许多道路的房屋的,又大又长的村子中央了。但铺着树干的木路给他很有力的一震,立刻使他醒悟过来,和这一比,市上的铺道就成了真的儿戏。这里的树干,是能一高一低,好像钢琴的键盘的,旅客倘不小心,随时可在后头部得一个疙瘩,前额上来一块青斑,或者简直由自己的牙齿咬了舌尖;也不是我们这人间世的最大快意事。农奴小屋都显着衰朽的景象。木材是虫蛀,而且旧到灰色的。许多屋顶好像一面筛。有些是除了椽子之外,看不见屋盖,其间有几枝横档,仿佛骨架上的肋骨一样。显然是屋子的主人经了精确的思索,自己把屋顶板和天花板都抽去了,因为如果下雨,小屋的屋顶也不济,如果天气好,那就一滴也不会漏下来的,况且和老婆睡在炕床上,也毫无道理,可睡的地方另外多得很:酒店里,街路上——一言以蔽之,惟汝心之所如。到处没有窗玻璃。间或用布片或破衣塞着窗洞。檐下的带着栏干的小晒台,不知道为什么缘故,俄国的许多农家是常有的,却都已倾斜,陈旧了,连油漆也剥落得干干净净。小屋后面,看见好些地方躺着麦束堆的长排,分明长久没有动:那颜色,就像一块陈年的烧得不好的砖头,堆上生出各种的野草,旁边盘着蔓草根。麦是大约属于地主的;由车子的变换方向,在麦束堆和烂屋顶后面,看见两个乡下教堂的尖塔,忽左忽右的指着晴空中。这两塔彼此很接近,一个木造,别一个是石造的,刷黄的墙壁,显着大块的斑痕和开口的裂缝。时时望见了地主的住宅,到得小屋串子已经完结,换了围着又低又破的篱垣,好像蔬圃或是菜园的处所,这才分明的站在眼前了。这长到无穷的城堡,看去好像一个跌倒的老弱的残兵。有些是一层楼,也有两层的。在没有周到的保护它的年纪的昏沉的屋顶上,见有两个恰恰相对的望台,都已经歪斜,褪色,曾经刷过的颜色,早已无踪无影了。屋子的墙上,处处露出落了石灰的格子来。这分明是久经了暴雨,旋风,坏天气和秋老虎的侵袭。窗户只有两个是开的;其余的都关着罩窗,或是竟钉上了木板。但连这两个开着的窗也还有一点瞎,一个窗上贴着三角形的蓝色纸。

　　住宅后面,有一个广大而古老的园,由宅后穿过村子,通到野地里,虽然也荒凉,芜秽了,但独独有些生气,在这广大的村庄和它那如画的野趣里,显着美妙的风姿。在大自然中,树木的交错的枝梢,繁盛的伸展开来的好像颤动的叶子织成的不整的穹门和碧绿的云,停在清朗的蔚蓝的天下。一株极大的白桦,被暴风或霹雳折去了树顶,那粗壮的白色的干子,从这万绿丛中挺然而出,在空中圆得恰如修长美丽的大理石柱一般。但并无柱头,却是很斜的断疤,在雪白的底子上,看去像是一顶帽或者一匹黑色的禽鸟。绿闪闪的蛇麻的丛蔓,要从接骨木,山薇,榛树的紧密的拥抱中钻出,延上树干去,终于绕住了一株半裂的白桦。到得一半,它又挂下来了,想抓着别株的树梢,或者将长长的卷须悬在空中,那小钩卷成圆圈,在软风中摇动。受着明朗的阳光的碧林,有几处彼此分离开来,显出黑沉沉的深洞,仿佛一个打着呵欠的怕人的虎口;这是全藏在黑荫中的,在这昏暗的深处依稀可见的东西,人只能猜出是:一条狭窄的小路,一些倒坏了的栏干,一个快要倒掉的亭子,一株烂空的柳树干,紧靠柳树背后,露着银灰色的树丛,纵横交错的散乱在荒芜中的枯枝和枯叶,还有一株幼小的枫树,把它那碧绿的纷披的叶子伸得远远的,不知道取的是什么路,一枝上竟有一道日光,化为透明的金光灿烂的星,在浓密的昏黑中煌然发闪。园的尽头,有几株比别的树木长得更高的白杨树,抖动着的树顶上架着几个很大的乌鸦窠。白杨之中,一株有折断的枝条,却还没有全断,带了枯叶凄凉的挂着。总而言之,一切都很美,但这美,单由造化或人力是都不能成就的,大抵只在造化在人类的往往并非故意,也无旨趣的创作上,再用它的凿子加以最后的琢磨,使笨重的东西苏生过来,给它一些轻妙和灵动,洗净那粗浅的整齐和相称,更除去恶劣的缺点和错误,将赤条条的主旨,赫然显在目前,对于生在精练的洁白和苦痛的严寒之中的一切,灌入神奇的温暖去的时候,这才能够达成。

车子又转了几个弯,他终于停在房屋前面了,现在看起来,这房屋就更显得寒伧。墙壁和门上,满生着青苔。前园里造着样样的房子:堆房,仓屋,下房等,彼此挤得很紧——而且无不分明的带着陈旧倒败的情形;左右各有一道门,通到别的园子里。所有一切,都在证明这里先前是曾有很大的家业的;但现在却统统见得落寞凄凉了。能给这悲哀景象一点快活的东西,什么也没有:没有开放的门户,没有往来的人,没有活泼的家景!只有园门却开着,因为有一个人拉了一辆盖着席子的重载的大车,要进前园去;好像意在使这荒芜寂灭的地方有一点活气:别的时候,却连这门也锁得紧紧的,铁闩上就挂着一把坚强的大锁。在一间屋子前面,乞乞科夫立刻发见了一个人样子,正在和车夫吵嘴。许多工夫,他还决不定这人的是男是女来。看看穿着的衣服,简直不能了然,也很像一件女人的家常衫子;头上戴一顶帽子,却正如村妇所常戴的。"确是一个女人!"他想,然而立刻接下去道:"不,并不是的!"——"自然是一个女人!"他熟视了一番之后,终于说。那边也一样的十分留心在观察。好像这来人是一种世界奇迹似的,因为不但看他,连对绥里方和马匹也在从头到尾的注视。从挂在她带上的一串钥匙和过份的给与农人的痛骂,乞乞科夫便断定了她该是一个女管家。

"请问,妈妈,"他一面跨下车子来,一面说,"主人在做什么呀?"

"没有在家!"那女管家不等他说完话,就说,但又立刻接着道:"您找他什么事?"

"有一件买卖上的事情。"

"那么,请您到里面去,"女管家说,一面去开门,向他转过那沾满面粉的背脊来,还给他看了衫子上的一个大窟窿。

他走进宽阔的昏暗的门,就向他吹来了一股好像从地窖中来的冷气。由这门走到一间昏暗的屋子,只从门下面的阔缝里,透出一点很少的光亮。他开开房门,这才总算看见了明亮的阳光。但四面的凌乱,却使他大吃一吓。好像全家正在洗地板,因此把所有的家具,都搬到这屋子里来了。桌子上面,竟搁着破了的椅子,旁边是一口停摆的钟,蜘蛛已经在这里结了网。也有靠着墙壁的架子,摆着旧银器和种种中国的磁瓶。写字桌原是嵌镶罗钿的,但罗钿处处脱落了,只剩下填着干胶的空洞,乱放着各样斑剥陆离的什物:一堆写过字的纸片,上面压一个卵形把手的已经发绿的大理石的镇纸,一本红边的猪皮书面的旧书,一个不过胡桃大小的挤过汁的干柠檬,一段椅子的破靠手,一个装些红色液体,内浮三个苍蝇,上盖一张信纸的酒杯,一小块封信蜡,一片不知道从那里拾来的破布,两枝鹅毛笔,沾过墨水,却已经干透了,好像生着痨病,一把发黄的牙刷,大约还在法国人攻入墨斯科^①之前,它的主人曾经刷过牙齿的,诸如此类。

墙壁上是贴近的,乱到毫无意思的挂着许多画:一条狭长的钢版画,是什么地方的战争,在这里看见很大的战鼓,头戴三角帽的呐喊的兵丁和淹死的马匹。这版画装在马霍戈尼树做的框子里,框条上嵌有青铜的细线,四角饰着青铜的蔷薇,只是玻璃没有。旁边挂一幅很大的发黑的油画,占去了半墙壁,上面画些花卉,水果,一个切碎的西瓜,野猪的口鼻,和倒挂的野鸭头,天花板中央挂一个烛台,套着麻布袋,灰尘蒙得很厚,至于仿佛是蚕茧。屋子的一角上,躺着一堆旧东西:这都是粗货,不配放在桌上的。但究竟是些什么东西呢——却很不容易辨别;因为那上面积着极厚的尘埃,只要谁出手去一碰,就会很像戴上一只手套。从这垃圾堆中,极分明的显露出来的惟一的物件,是:一个破掉的木铲,一块旧的鞋后跟。如果没有桌上的一顶破旧的睡帽在那里作证,是谁也不相信这房子里住着活人的。当我们的主角还在潜心研究这奇特的屋中陈设的时候,边门一开,那女管家,那他在前园里遇见过的,就走了进来了。但这回他觉得,将这人看作女管家,倒还是看作男管家合适:因为一个女管家,至少是大抵不刮胡子的,然而这汉子刮胡子,而且真也稀奇得很,他的下巴和脸的下半部,就像人们往往在马房里刷马的铁丝刷。乞乞科夫的脸上显出要问的表情;他焦急的等着这男管家来说什么话。但那人也在等候着乞乞科夫的开口。到底,苦于这两面的窘急的乞乞科夫,就决计发问了:

"哪,主人在做什么呀?他在家么?"

"主人在这里!"男管家回答说。

---

① 一八一二年。——译者。

"那么,在那里呢?"乞乞科夫回问道。

"您是瞎的吗,先生? 怎的?"男管家说。"先生! 我就是这家的主人!"

这时我们的主角就不自觉的倒退了一点,向着这人凝视。自有生以来,他遇见过各色各样的人,自然,敬爱的读者,连我们没有见过的也在内。但一向并未会到过一个这样的人物。从他的脸上,看不出一点特色来。和普通的瘦削的老头子,是不大有什么两样的;不过下巴凸出些,并且常常掩着手帕,免得被唾沫所沾湿。那小小的眼睛还没有呆滞,在浓眉底下转来转去,恰如两匹小鼠子,把它的尖嘴钻出暗洞来,立起耳朵,动着胡须,看看是否藏着猫儿或者顽皮孩子,猜疑的嗅着空气。那衣服可更加有意思。要知道他的睡衣究竟是什么底子,只好白费力;袖子和领头都非常醒睖,发着光,好像做长靴的郁赫皮;背后并非拖着两片的衣裾,倒是有四片,上面还露着一些棉花团。颈子上也围着一种莫名其妙的东西,是旧袜子,是腰带,还是绷带呢,不能断定。但决不是围巾。一句话,如果在那里的教堂前面,乞乞科夫遇见了这么模样的他,他一定会布施他两戈贝克;因为,为我们的主角的名誉起见,应该提一提,他有一个富于同情的心,遇见穷人,是没有一回能不给两戈贝克的。但对他站着的人,却不是乞丐,而是上流的地主,而且这地主还蓄有一千以上的魂灵,要寻出第二个在他的仓库里有这么多的麦子,麦粉和农产物,在堆房,燥屋和栈房里也充塞着呢绒和麻布,生熟羊皮,干鱼以及各种菜蔬和果子的人来,就不大容易。只要看一眼他那堆着没有动用的各种木材和一切家具的院子就是——人就会以为自己是进了墨斯科的木器市场里,那些勤俭的丈母和姑母之流,由家里的厨娘带领着,在买她的东西之处的。他这里,照眼的是雕刻的,车光的,拼成的,编出的木器的山:桶子,盆子,柏油桶,有嘴和无嘴的提桶,浴盆,匣子,女人们用它来理亚麻和别的东西的梳麻板,细柳枝编成的小箱子,白桦皮拼成的小匣子,还有无论贫富,俄国人都要使用的别的什物许许多多。人也许想，泼留希金要这无数的各种东西做什么用呢？就是田地再大两倍，时候再过几代，也是使用不完的。然而他却实在还没有够，每天每天，他很不满足的在自己的庄子的路上走，看着桥下，跳板下，凡有在路上看见的：一块旧鞋底，一片破衣裳，一个铁钉，一角碎瓦——他都拾了去，抛在那乞乞科夫在屋角上所看见的堆子里。"我们的渔翁又在那里捞鱼了，"一看见他在四下里寻东西，农人们常常说。而且的确经他走过之后，道路就用不着打扫；一个过路的兵官落掉了他的一个马刺——刚刚觉到，这却已经躺在那堆子里面了；一个女人一疏忽，把水桶忘记在井边——他也飞快的提了这水桶去。如果有农人当场捉住了他，他就不说什么，和气的放下那偷得的物件；然而一躺在堆子里，可就什么都完结了：他起誓，呼上帝作证，说这东西原是他怎样怎样，如何如何买得，或者简直还是他的祖父传授下来的。就是在自己的家里，他也拾起地上的一切东西来：一小段封信蜡，一张纸片，一枝鹅毛笔，都放在写字桌，或者窗台上。

然而他也曾经有过是一个勤俭的一家之主的时候的！他也曾为体面的夫，体面的父，他的邻人来访问他，到他这里午餐，学习些聪明的节省和持家的方法。那时的生活还都很活泼，很整齐：水磨和碌碡快活的转动着，呢绒厂，旋盘厂，机织厂，都在不倦地作工；主人的锋利的眼睛，看到广大的领地的角角落落，操劳得像一个勤快的蜘蛛，从这一角到那一角，都结上家政的网。在他的脸上，自然也一向没有显过剧烈的热意和感情，但他的眼闪着明白的决断。他的话说出经验和智识，客人们都愿意来听他；和蔼而能谈的主妇，在她的相识的人们中也有好名望；两个可爱的女儿常来招呼那宾客，都是金色发，鲜活如初开的蔷薇。儿子是活泼的，壮健的少年，跳出来迎接客人，不大问对手愿不愿，就和客人接吻。全家里的窗户是统统开着的。中层楼上住着一个家庭教师，法国人，脸总刮得极光，又是放枪的好手：他每天总打一两只雉鸡或是野鸭来帮午膳，但间或只有麻雀蛋,这时他就叫煎一个蛋饼自己吃,因为除他之外,合家是谁也不吃的。这楼上,还住着一个强壮的村如,是两位女儿的教师。主人自己,也总是同桌来吃饭,身穿一件黑色的燕尾服,旧是确有些旧的,但很干净,整齐;肘弯并没有破,也还并没有补。然而这好主妇亡故了,钥匙的一部分和琐屑的烦虑,从此落在他身上。泼留希金就像一切鳏夫一样,急躁,吝啬,猜疑了起来。他不放心他的大女儿亚历山特拉·斯台班诺夫娜了,但他并不错,因为她不久就和一个不知什么骑兵联队里的骑兵二等大尉跑掉,她知道父亲有一种奇怪的成见,以为军官都是赌客和挥霍者,所以不喜欢的,便赶紧在一个乡下教堂里和他结了婚。那父亲只送给他们诅咒,却并没有想去寻觅,追回。家里就更加空虚,破落了。家主的吝啬,也日见其分明;在他头上发亮的最初的白发,更帮助着吝啬的增加,因为白发正是贪婪的忠实同伴。法国的家庭教师被辞退了,因为儿子到了该去服务的时候;那位女士也被驱逐了,因为亚历山特拉·斯台班诺夫娜的逃走,她也非全不相干。那儿子,父亲是要他切切实实的学做文官——这是父亲告诉了他的——送到省会里去的,他却进了联队,还寄一封信给父亲——这是做了兵官之后了——来讨钱给他做衣服;但他由此得到的物事,自然不过是所谓碰了一鼻子灰。终于是,连和泼留希金住在一起的小女儿也死掉了,只有这老头子孤另另的剩在这世界上,算是他的一切财产的保护者,看守者,以及惟一的所有者。孤独的生活,又给贪婪新添了许多油,大家知道,吝啬是真的狼贪,越吃,就越不够。人类的情感,在他这里原也没有深根的,于是更日见其浅薄,微弱,而且还要天天从这废墟似的身上再碎落一小块。有些时候,他根据着自己对于军官的偏见,觉得他的儿子将要输光了财产;泼留希金便送给他一些清清楚楚的父亲的诅咒,想从此不再相关,而且连他的死活也毫不注意了。每年总要关上或者钉起一个窗户来,直到终于只剩了两个,而其中之一,读者也已经知道,还要贴上了纸张;每年总从他眼睛里失去一大片重要的家计,他那狭窄的眼光,便越是只向着那些在他房里,从地板上拾了起来的纸片和鹅毛笔;对于跑来想从他的农产物里买些什么的买主,他更难商量,更加固执了;他们来和他磋商,论价,到底也只好放手,明白了他乃是一个鬼,不是人;他的干草和谷子腐烂了,粮堆和草堆都变成真正的肥堆,只差还没有人在这上面种白菜;地窖里的面粉硬得像石头一样,只好用斧头去劈下来;麻布,呢绒,以及手织的布匹,如果要它不化成飞灰,便千万不要去碰一下。泼留希金已经不大明白自己有些什么了;他所记得的,只有:架子上有一样好东西,——瓶子里装着甜酒,他曾做一个记号在上面,给谁也不能偷喝它,——以及一段封信蜡或一枝鹅毛笔的所在。但征收却还照先前一样。农奴须纳照旧的地租,女人须缴旧额的胡桃,女织匠还是要照机数织出一定的布匹,来付给她的主人。这些便都收进仓库去,在那里面霉烂,变灰,而且连他自己也竟变成人的灰堆了。亚历山特拉·斯台班诺夫娜带着她的小儿子,回来看了他两回,希望从他这里弄点什么去;她和骑兵二等大尉的放浪生活,分明也并没有结婚前所像想那样的快活。泼留希金宽恕了她,还至于取了一个躺在桌上的扣子,送给小外孙做玩具,然而不肯给一点钱。别一回是亚历山特拉·斯台班诺夫娜和两个儿子同来的,还带给他一个奶油面包做茶点,并一件崭新的睡衣,因为父亲穿着这样的睡衣,看起来不但难受,倒简直是羞惭。泼留希金很爱抚那两个外孙儿,给分坐在自己的左右两腿上,低昂起来,使他们好像在骑马;奶油面包和睡衣,他感激的收下了,对于女儿,却没有一点回送的物事,亚历山特拉·斯台班诺夫娜就只好这么空空的回家。

现在站在乞乞科夫面前的,就是这样的人!但还应该补正,这一种样式,在爱扩张和发展,更胜于退守和集中的俄国,是不常遇见的,更可诧异的情景,倒是随时随地可以遇见一个地主,靠着特出的门第来享乐他的生活,为了阔绰的大排场,将他的财产化到一文不剩,由此显出俄国式。一个还未多见世面的旅客,一看到这样的府邸,是就要站住,并且问着自己的:如此华贵的王侯,怎么会跑到这渺小卑微的农民中间来呢:像宫殿一样,屹立着他的白石的房屋,和无数的烟通,望台和占风,为一大群侧屋以及造给宾客的住房所围绕。这里还缺什么呢!有演剧,有跳舞,有假面会,辉煌的花园,整夜妖艳的陈在斑斓的灯光下,响亮的音乐充满了空间。半省的人们,都盛装着在树下愉快的散步,在这硬造的光彩里,谁也没有留意,没有觉得粗野吓人的不调和,这时候,有一条小枝,映着人造的光,做戏似的突然从树丛中伸出;那失了叶的光泽的臂膊;愈高愈严正,愈昏暗,愈可怕,高举在夜的天空中,萧瑟的树梢,深深的避进永久的黑暗里,像在抱怨那照着它根上的光辉。

泼留希金默默的站着,已经好几分钟了;乞乞科夫也不想先开口,看了他的主人和奇特的周围的情景,他失去豫定的把握了。他想对他这样说:因为他听到过泼留希金的道德和特出的品格,所以前来表示敬意,是自己的义务;然而又以为这未免太离奇。他又偷偷的一瞥屋子里的东西,觉得"道德"和"特出的品格"这两个字,是可以用"节俭"和"整顿"来代换的;于是照这意思,改好了他的话:因为听到过泼留希金治家的节俭和非凡的管理,所以他觉得有趋前奉访,将他的敬仰的表示,陈在足下的义务。自然,先前已经说过,也还有别样更好的理由的,但他不想说,这很不漂亮。

泼留希金低声的说了些话,仅仅动着嘴唇,——因为他已经没有牙齿了;——他究竟说了些什么呢,听不分明,但他的话里大约是这样的意思:"你还是带了你的敬仰到魔鬼那里去罢!"然而我们这里,是有对客的义务和道德的,就是吝啬鬼,也不能随便跨过这规则,于是他接着说得清楚一点道,"请请,您请坐呀!"

"我的没有招待客人,已经很长久了,"他说,"老实说起来,这是没有什么好处的。人们学着最没用,最没意思的时髦,彼此拜访,——家里的事情倒什么也不管……况且马匹还总得喂草呀!我早已吃过中饭了,家里的厨房又小,又脏,烟囱也坏着:我简直不敢在灶里生火,怕惹出火灾来。"

"竟是这样的么?"乞乞科夫想。"幸而我在梭巴开维支那里吃过一点干酪饼和一口羊腿来了!"

"您只要想一想就是,这多么不容易! 如果我要家里有一把干草的话!"泼留希金接下去道。"真的,从那里来呢? 我只有一点点田地,农奴又懒,不喜欢做工,总只记挂着小酒店……人是应该小心些,不要到得他的老年,却还去讨饭的!"

"但人家告诉我,"到这里,乞乞科夫谦和的回口道,"您有着上千的魂灵哩!"

"谁告诉您的? 您该在这家伙的脸上唾一口的,他造这样的谣言,先生! 那一定是一个促狭鬼,在和您开玩笑呀。人们总是说:一千个魂灵,但如果算一算,剩下的就不多! 这三年来,为了那该死的热病,我的农奴整批整批的死掉了。"

"真的? 真有这么多吗?"乞乞科夫同情的大声说。

"唔,是的,很多!"

"我可以问,那有多少吗?"

"要有八十个!"

"的确?"

"我不说谎,先生!"

"我还可以问一下吗? 这数目,可是上一次人口调查之后的总数呢?"

"要是这样,就还算好的了!"泼留希金说。"照您说的一算,可还要多:至少要有一百二十个魂灵!"

"真的? 竟有一百二十个?"乞乞科夫叫了起来,因为吃惊,张开了嘴巴。

"要说谎,我的年纪可是太大了,先生:我已经上了六十哩!"泼留希金说,好像他因为乞乞科夫的近乎高兴的叫喊,觉得不快活。乞乞科夫也悟到了用一副这样的冷淡和无情来对别人的苦恼,实在是不大漂亮的,就赶紧长叹一声,并且表示了他的悼惜。

"可惜您的悼惜,对我并没有用处!我不能把这藏进钱袋里去呀!"泼留希金说。"您瞧,近地住着一个大尉,鬼知道他是怎么掉进这里来的。因为是我的一个亲戚,就时常来伯伯长,伯伯短的,在我的手上接吻;如果他一表示他的同情,就发出一种实在是吼声,叫人要塞住耳朵才好。这人有一张通红的脸,顶喜欢烧酒瓶。他的钱大约都在军营里化光,或者给一个什么坤伶从衣袋里捞完了。他为什么这样的会表同情呢,恐怕就为了这缘故罢!"

乞乞科夫竭力向他声明,自己的同情和那大尉的,完全不是同类,再转到他并非只用言语,还要用实行来表示;于是毫不迟延,直截的表明了他的用意,说自己情愿来尽这重大的义务,负担一切死于这样不幸的灾难的农奴的人头税。这提议,显然是出于泼留希金的意料之外了。他瞪着眼睛,看定了对手,许多工夫没有动。到底却道:"您恐怕是在军营里的罢?"

"不是,"乞乞科夫狡猾的躲闪着,回答说,"我其实不过是做文职的。"

"做文职的!"泼留希金复述了一句,于是咬着嘴唇,仿佛他的嘴里含着食物一样。"唔,这又为什么呢? 这不是单使您自己吃亏吗?"

"只要您乐意,我就来吃这亏。"

"唉唉,先生! 唉唉,您这我的恩人!"泼留希金喊了起来,因为高兴,就不再觉得有一块鼻烟,像浓咖啡的底脚一样,从他鼻孔里涌出,实在不能入画,而且他睡衣的豁开的下半截,将衬裤给人看见,也不是有味的景象了。"您对一个苦老头子做着好事哩! 唉唉,你这我的上帝,你这我的救主!"泼留希金再也说不出别的话来了。然而不过一瞬间,那高兴,恰如在呆板的脸上突然出现一样,也突然的消失,并不剩一丝痕迹,他的脸又变成照旧的懊丧模样了。他是在用手巾拭脸的,就捏作一团,来擦上嘴唇。

"您真的要——请您不要见怪——说明一下,每年来付这税吗?收钱的该是我,还是皇家呢?"

"您看这怎样?我们要做得简便:我们彼此立一个买卖合同,像他们还是活着的似的,您把他们卖给了我。"

"是的,一个买卖合同……"泼留希金说着,有些迟疑,又咬起嘴唇来了。"您说,一个买卖合同——这就又要化钱了!法院里的官儿是很不要脸的!先前只要半卢布的铜钱加上一袋面粉就够,现在却得满满的一车压碎麦子,还要红钞票①做添头。他们现在就是这样的要钱。我真不懂,为什么竟没有人发表出来的。至少,也得给他们一点道德的教训。用一句良言,到底是谁都会被收服的。无论怎么说,决没有人反对道德的教训的呀!"

"哪,哪,你就是反对的哩,"乞乞科夫想;但他立刻大声的接着说,因为对于他的尊敬,连买卖合同的费用,也全归自己负担。

泼留希金一听到他的客人连买卖合同的费用也想自己付,就断定他是一个十足的呆子,不过装作文官模样,其实是在什么军营里做事,和坤伶们鬼混的。但无论如何,他总掩不住自己的高兴,将各种祝福出格的送给这客人,对于他自己和他的孩子,虽然并没有问过他孩子的有无。于是他走到窗口,用手指敲着玻璃,叫道:"喂!泼罗式加!"立刻听到好像有人拼命的跑进大门来,四处响动了一阵,就有长靴的橐橐声。终于是房门一开,泼罗式加走进来了,是一个十二三岁的孩子。他穿着几乎每步都要脱出的很大的雨靴。究竟泼罗式加为什么要穿这么大的长靴呢,读者是就会明白的。泼留希金给他所有的仆役穿的,就只有一双长靴,总是放在前厅里。有谁受主人的屋子里叫唤,就得先在全个前园里跳舞一番,到得大门,穿上长靴,以这体裁走进屋子去。一走出屋子,又须在大门口脱下他的长靴,踮起脚后跟走回原路去。假使有人在秋天,尤其是在早

_____

① 十卢布的钞票。——译者。

晨,如果初霜已降,从窗子里向外一望,他就能欣赏这美景,看泼留希金家的仆役演着怎样出色的跳舞的。

"您看这嘴脸,先生,"泼留希金指着泼罗式加,向乞乞科夫说。"这家伙笨得像一段木头。但是您只要放下一点什么罢,吓,他已经捞去了。喂,你来干什么的,你这驴子?唔,有什么事?"这时他停了一停,泼罗式加也一声不响。"烧茶炊呀!听见吗?钥匙在这里!送给玛孚拉去,再对她说,叫她到食物库里去。那里的架子上还有一个复活节的饼干,是亚历山特拉·斯台班诺夫娜送给我的;就拿这来喝茶……等着,你要到那里去了,昏蛋?这胡涂虫!你脚跟上有鬼的么。先要听我的话!那饼干的上面是不大新鲜了的。她得用小刀稍微刮一下;但那末屑不要给我抛掉!得留给鸡吃的。也不许你同到食物库里去,要不,就给你吃桦树棍,知道吗,那味道!你现在就有好胃口呢。我们就好好的多添些。给我到食物库里去试试看!我在窗口看着你的鬼花样。这些东西是不能相信的,"当泼罗式加拖着他的七里靴,已经从门口不见了的时候,他转过来对着乞乞科夫,接着说。于是向他射了一道猜疑的眼光。这样的未曾听到过的豪爽和大度,使他觉得难恃和可疑了,他自己想:"鬼知道呢,恐怕像所有的游手一样,也不过是一个吹牛皮的!先撒一通谎,好谈些闲天和喝几杯茶,之后呢,是走他的路!"一半为了小心,一半要探一探这客人,他就说,赶快写好买卖合同,倒不坏,因为人是一种极不稳当,非常脆弱的东西:今朝不知明朝事。

乞乞科夫声明,契约是照他的希望,立刻可以写的,只还要一张所有农奴的名单。

这使泼留希金放了心。他好像决定了一个计划,而且真的掏出钥匙串子来,走近柜子去,开开了它,在瓶子和碟子之间找寻了好久,终于叫了起来道:"现在找不到了;我还有一瓶很好的果子酒在这里的;如果那一伙没有喝掉的话!那些东西实在是强盗。哦,在这里了!"乞乞科夫看见他两手捧着一个小瓶,满是灰尘,好像穿了一件小衫。"这还是我的亡妻做的呢，"泼留希金接着说，"那女管家，那坏东西，就把它放在这里，再也不管，总不肯塞起来，那坏货！上帝知道，多少蛆虫和苍蝇和别的灰尘都掉进去了，但我已经统统捞出，现在可又很干净了，我想敬您一杯子。"

然而乞乞科夫却热烈的拒绝了这心愿，并且声明，他早已吃过，喝过了。

"早已吃过，喝过了！"泼留希金说。"自然，自然，上流社会的人，是一看就知道的；他不饿，总是吃得饱饱的，但是闲荡流氓呢，你喂他多少就多少……例如那大尉罢：一到我这里来，立刻说：'阿伯，您没有什么吃的吗？'我那里还像他的伯父呀，他倒是我的祖父哩。在自己的家里他也实在没有东西吃，所以只好逛来荡去！您要一张所有那些懒虫的名单吗？自然，那不错！这很容易，我早写在另外的一张纸上了，原想待到这回的人口调查的时候，就把他们取消的。"泼留希金戴起眼镜来，开手去翻搅他的那些纸。他解开许多纸包的绳，又把它们抛来抛去，弄得灰尘飞进客人的鼻孔中，使他要打嚏。他终于抽出一张两面写着字的纸片来。满是农奴的姓名，密得好像苍蝇矢。那上面各式各样都有，其中有派拉摩诺夫和批美诺夫，有班台来摩诺夫，而且简直还有一个格力戈黎绰号叫作"老是走不到"。一共大约有一百二十人。乞乞科夫一看见这总数，微笑了。他把纸片藏在衣袋里，还对泼留希金说，他应该到市上去，把这件买卖办妥。

"到市上去？我怎么能……？我不能不管我的房子呀！我的当差的都是贼骨头，坏家伙；有一天，竟偷得我连挂挂我的外套的钉子也没有了。"

"您在那里总该有一个熟人罢？"

"谁是呢？我的熟人都已经死掉，或者早不和我来往了。唉唉，有的，先生！怎么会没有！我自然有一个的！"他突然叫了起来。"那审判厅长，他是我的好朋友！他先前常常来看我的；我怎么会不认识他呢！他是我的年青时候的朋友。我们常常一同去爬篱垣的！没有熟人？我告诉您,这就是熟人！……我可以写信给他吗?"

"那当然。"

"是很要好的熟人,是老同窗呀!"

呆板的脸上,忽然闪过一种好像温暖的光,一种人情的稀薄的发露,或者至少是一点影子,使那死相有了活气,恰如坠水的人,在忽然间,而且在不意中,竟在水面上出现,使聚在岸上的人们都高兴的欢呼起来;然而怀着欣幸的姊妹和兄弟们投下施救的绳,焦急的等着他一只肩膀,或是一只痉挛得无力了的臂膀再露到水上来,却不过一个泡影——那浮出,已经是最末的一次了,周围全都沉默,平静的水面,这时就显得更加可怕和空虚。泼留希金的脸也就是这样的,感情的微光在这上面一闪之后,几乎越发冰冷,庸俗,而且没有表情了。

"桌上原有一张白纸的呀,"他说,"可是我不知道,这弄到那里去了:那些不要好的底下人!"——他望过桌子的上面和下面,到处乱翻了一通,终于喊起来道:"玛孚拉,喂! 玛孚拉!"在他的叫唤声中,一个女人出现了,手里拿一个碟子。俨然坐在那里面的,就是读者已经熟识的那饼干。这时候,他们俩就开始了这样的对话:

"你把纸弄到那里去了,你这女贼?"

"天在头上,老爷! 我没有看见什么纸呀,除了您盖着酒杯的那一片。"

"看你的眼睛就知道,你捞了去了。"

"我捞它做什么呢? 我不知道拿它来做什么用。我不会看书,也不会写字!"

"胡说白道,你搬到教堂的道人那里去了,他是会划几笔的,你就给了他了。"

"如果他要纸,什么时候都会自己去买的。他就从没有见过您的纸!"

"等着就是，看到末日裁判的时候，魔鬼用了他们的铁枷来着着实实的惩治你。要知道你会吃怎样的苦头！"

"我怕什么呢，如果我没有拿过那张纸。您可以责备我别样的做女人的错处，但我会偷东西，却还没有人说过哩。"

"哼，看魔鬼来怎样的惩治你罢！他们说，就因为你骗了你的主人，还用了他们的烧得通红的钳，把你夹住！"

"那么我就回答说：我是没有罪的，上帝知道，我是没有罪的……但这纸就在桌子上呀。您总是闹些无用的唠唠叨叨！"

泼留希金果然看见纸片就在桌子上，就停了一下，咬着自己的嘴唇，于是说道："唔，为什么你就这么嚷嚷的？这样的一个执拗货。人说你一句，你就立刻回一打。去罢，给我拿个火来，我可以封信。且慢！你大约还要带了油脂烛来的；油脂很容易化，走掉了，那就白费！你倒不如给我拿些点火的松香火柴来罢。"

玛孚拉出去了，泼留希金却坐在靠椅上，拿起笔来，把那纸片还在手指之间翻来复去的转了好一会；他在研究，是否还可以从这里裁下一点来；然而终于知道做不到了；他这才把笔浸到墨水瓶里去，那里面装着一种起了白花的液体，浮着许多苍蝇，于是写了起来；他把字母连得很密，极像曲谱的音符，还得制住那在纸上随便挥洒开去的笔势。他小心的一行一行写下去，一面后悔着每行之间，总还是剩出一点空白来。

一个人，能够堕落到这样的无聊，猥琐，卑微里去的吗？他会变化得这么利害的吗？这还是真实的模样吗？——是的！——这全是并非不真实的。人们确可以变成这一切！向一个现在热烈如火的青年，倘给他看一看他自己的老年的小照，恐怕他会吃惊得往后跳。唉唉，要小心谨慎地管好你们的生活的路，如果已经从你们那柔和娇嫩的青年，跨到严正固定的成人时代去——唉唉，要小心谨慎地管好各种人类的感动，它会不知不觉的在中途消亡，失掉：你们再找不到它！可怕而残酷的是在远地里吓人的老年，它什么也不归还，什么也不交付。坟墓倒是比它还慈悲的；墓碑上也许写着文字道："有人葬此。"但在老人的冰冷的，没有表情的脸上，却看不出一点文字记号来。

"您没有一个朋友，"泼留希金折着信纸，一面说，"用得着逃掉的农奴的吗？"

"您也有逃掉的？"乞乞科夫连忙问，像从梦中醒来一样。

"那自然，我有。我的女婿已经去找寻过了，他说，连他们的踪影也看不见；不过他是一个兵，只会响响马刺的，如果要他在法律的事情上出力，那就……"

"但是究竟有多少呢？"

"该有七十个罢，至少。"

"真的？"

"上帝知道！没有一年会不逃走一两个的。现在的人，都吃不饱了；整天不做事，只想吃东西，我可是连自己也没得吃……真的，我情愿把他们几乎白送。不是吗，您告诉您的朋友去：只要找回一打来，他就会弄到一笔出息的。一个出色的魂灵，要值到五百卢布。"

"连气息也给朋友嗅到不得！"乞乞科夫想，他并且说明，可惜他并没有这样的朋友，况且单是办理这件事，就得化许多钱；请教法律，倒不如保保自己，因为那是连自己的衣服也会送掉半截的。然而如果泼留希金真觉得境遇很为难，那么他，乞乞科夫，他为了同情心，可以付他一点小款子……但是这，已经说过，真是有限得很，不值得说的。

"但您想给多少呢？"泼留希金问。他简直变了犹太人，两只手像白杨树叶似的发抖了。

"每一个我给二十五戈贝克。"

"您现付吗？"

"是的，您可以马上收到钱。"

“听哪，先生，我有多么穷苦，您是知道的，您还是给我四十戈贝克罢。”

“最可佩服的先生，不但四十戈贝克，我还肯给您五百卢布哩！非常情愿，因为我看见一位最可敬，最高尚的人，却为了他的正直，正在吃苦呀。”

“是的，可不是吗！上帝知道的！”泼留希金垂了头，使劲的摇起来，说。“就是因为正直呵。”

“您瞧，您的品格，我立刻就明白了。我为什么不给五百卢布一个呢？不过我也是并不富裕的；再加五戈贝克倒不要紧，那就是每个魂灵卖到三十戈贝克了。”

“您再添上两戈贝克罢，先生。”

“那就是了，可以的，再添两戈贝克！魂灵有多少呢，您不是说七十个吗？”

“不，一总七十八个。”

“七十八，七十八乘三十二戈贝克，那就得……”这时我们的主角想了一秒钟，并没有更长久，便说道：“那就得二十四卢布九十六戈贝克！”对于算学，他是很能干的。于是使泼留希金写一张收条，付给他款子，他用两只手抓住，极担心的搬到写字桌前去，仿佛手里捧着一种液体，每一瞬间都在怕它流出一样，到得站在桌子的前面，也还要仔仔细细的看一通钞票，然后仍然很小心的放在一个抽屉里，大约钱是埋在这地方的了，一直到村子里的两个牧师，凯普长老和波黎凯普长老，来埋葬了他自己：给他的女儿和女婿一个难以言语形容的高兴——也许还有大尉，那要和他扳亲戚的。泼留希金藏好了钱之后，就坐在靠椅上，好像再也找不出什么新的谈话资料来了。

“怎么，您要走了吗？”当他看见乞乞科夫微微一动，想从衣袋里去取手巾的时候，就说。这一问，使乞乞科夫悟到久在这里实在没有意思了。“对啦，这是时候了！”他说着，就去取帽子。

"您不喝茶?"

"不,多谢您!还是别的时候再喝罢。"

"哦,为什么呢?我已经叫生茶炊去了!但老实说,我是也不喜欢茶的:这是一种很贵的物事,而且糖价钱也尽在涨起来。泼罗式加!我们不要茶炊了。把那饼干交给玛孚拉去!听见吗?她得放回原地方;不,还是放在这里罢,我自己会送去的。再见,先生;上帝保佑您!那封信请您交给审判厅长罢,是不是?他该会看的!他是我的一个老朋友。哦哦,从小就在一起玩的朋友呀。"

于是这奇特的形相,这枝的老人领他到了前园,乞乞科夫一走,泼留希金即刻叫把园门锁上了。接着是走到所有堆房和食物库去,查考那些看守夫是否都在他们的岗位上,他们是站在屋角用木勺敲着空桶,以代马口铁鼓的;他也到厨房里去瞥了一眼,看看可曾给仆役们备妥了合式的,可口的食物,然而这不过是一句话,其实倒是自己喝了粥和白菜汤。其次是他终于把大家训一通他们的做坏事,骂一顿他们的偷东西,然后回到自己的屋子里。待到他只有自己一个时,却忽然起了一种心思,要对于客人报答一下他那无比的义侠了:"我要当作礼物,把表去送给他,"他想——"还是一只漂亮的银表,并不是黄铜或白铜做的,自然破了一点,但他可以去修;他还是一个年青人,倘要引新娘子看得上眼,是得有一只表的。但是,且慢!"他再想过一会之后,接下去道,"还不如写在遗嘱里罢,等我死后,他才得到表,那么,他到后来也还记得我了。"

然而我们的主角却即使没有表,也还是极顶愉快满足的心情。这样的出乎意外的收获,才是真正的上天之赐。这实在是毫无抗议之处的:不但是几十个死魂灵,还加上几打逃走的,一共竟有二百枚!当他临近泼留希金的村庄时,自然已经有一种豫感,觉得这地方可以赚一点东西,但这样的好买卖,他却没有计算到。一路上他都出奇的快活,吹口笛,唱歌,还把拳头靠着嘴巴,吹了起来,像是吹喇叭。后来他竟出声的唱着曲子了,很特别,很希奇,连绥里方也诧异的侧着耳朵听,摇摇头,说道:"瞧罢,我的老爷多么会唱呵!"

当他们驶近市街的时候,天已经全黑了。光和暗完全交错起来,连一切物事也好像融成一片。画有条纹的市门,显着很不定,很不分明的颜色;市上的警兵,仿佛那胡子生得比眉毛还要高,他的鼻子却简直不大见有了。车轮的响声,车身的震动,报告着已经又到了铺石的街路上。街灯还没有点,只从几处人家的窗户里,闪出一些光,在街角和横街里闹着照例的场面;人们听着密谈和私语,这是小市的晚间常常要有的,这地方,有许多兵丁,车夫,工人和特别的人物,是闺秀的一种,肩披红围巾,没有袜,在十字街头穿来穿去,像蝙蝠一般。然而乞乞科夫并不留心她们,一样的也不留心那拿着手杖,大概是从市外散步回来的瘦长的官吏。时时有些叫喊冲到他的耳朵里,好像是女人的声音:"胡说,你喝醉了;我不许你这么随便!"或者是"又想吵架,你这野人,同到警察署去罢,那我就教你知道"。一言以蔽之,这些话的功效,就像对于一个从戏院回来,头里印着西班牙的街道,昏黄的月夜,挟琴的美人的富于幻想的二十左右的青年,给洗一个蒸汽浴。极神奇的梦,极古怪的幻想,是纵横交织的在他的脑子里回旋的。他觉得会飞上七重天,也会马上到诗人希勒尔①那里去做客——现在这晦气的话,像霹雳一样,突然落在他的身边,他觉得自己又回到地上来了,唔,而且竟还在一家小酒店附近的"干草市场"上,于是苍老荒凉的忙日月,就从新把他吞去了。

篷车再猛烈的一震,像进地洞似的,终于钻进了大门。乞乞科夫由彼得尔希加来迎接,他一只手捏住了衣裾——因为他是不喜欢衣裾分散开来的——用别一只手帮他的主人下了车子。伙计也跑出来了,拿着一枝烛,抹布搭在肩膀上,对于他主人的回来,彼得尔希加是否很高兴呢,这可很难说,但当他向着绥里方大有意义似的眹着眼睛的时候,在他那平时非常严正的脸上,却好像开朗了一点

----

① Friedrich Schiller(1759—1805),德国有名的诗人和戏曲家。——译者。

也似的。

"您可是真也旅行得长久了，"伙计在前面给他照着扶梯，说。

"是呀，"乞乞科夫说着，走上扶梯去。"你们怎么样呢？"

"托福！"伙计鞠一个躬，回答道。"昨天来了一位兵官。他住在十六号。"

"中尉吗？"

"我不知道。他是从略山来的，有匹栗壳色马。"

"很好，很好！但愿你以后也很好！"乞乞科夫说着，跨进屋里去。当他走过前房的时候，就耸着鼻子，向彼得尔希加道："窗户是你也可以开它一开的。"

"我是开了的，"彼得尔希加回答说；但是他说谎。他的主人也知道这是一句谎话。然而他不想反驳了。在长途旅行之后，他所有的骨节都很疲乏。他吃了一点很轻淡的晚膳，不过一片乳猪，就赶紧脱了衣服，钻进被窝里，立刻睡得很熟，很熟了，这是一种神奇的睡眠，只有不想到痔疮，不想到跳蚤，也不想到精神兴奋的幸运儿才知道。

第 七 章

旅人的幸福，是在和那些寒冷，泥泞，尘埃，渴睡的站长，铃铛声，修马车，吵架，马夫，铁匠，以及这一类的伴当，经过了远路的，无聊的旅行之后，却终于望见了总在闪着明灯的挚爱的屋顶——他眼前已经浮出那有着熟识的房子的可爱的老家来，已经听到出迎的家眷的欢呼，孩子们的高兴和吵闹，之后是幽婉的言谈，时时被热烈的爱抚所间断，这就令人振起精神，将一切过去的辛苦从记忆中一扫而光了。幸福的是有着这样一个老家的一家之主；但苦痛的是鳏夫！作家的幸福，是在慌忙避开那无聊的，惹厌的，以可怕的弱点惊人的实在的人物，却去创出具有高洁之德的性格来，从变化无穷的情状的大旋风中,只选取一点例外,他的七弦琴的神妙的声调,也决不变更一回,也不从自己的高处下降,到他那不幸的,无力的弟兄们这里来,也不触及尘世,却只钻在高超的形象的出世的合唱里。他的出色的运道,是加倍的值得羡慕的,他沉浸于这些之间,如在家眷的挚爱的圈子中;而各到各处,也远远的响遍了他的名望。他用檀香的烟云来蒙蔽人们的眼目,用妖媚的文字来驯伏他们的精神,隐瞒了人生的真实,却只将美丽的人物给他们看。大家都拍着手追随他的踪迹,欢呼着围住他的戎车。人们称他为伟大的世界的诗人,翱翔于世间一切别的天才们之上的太空中,恰如大鹫的凌驾一切高飞的禽鸟一样。他的姓名已足震动青年的热烈的心,同情的泪在各人的眼睛里发闪……在力量上,没有人能够和他比并——他是一个神明!但和这相反,敢将随时可见,却被漠视的一切:络住人生的无谓的可怕的污泥,以及布满在艰难的,而且常是荒凉的世路上的严冷灭裂的平凡性格的深处,全都显现出来,用了不倦的雕刀,加以有力的刻划,使它分明地,凸出地放在人们的眼前的作者,那运道可是完全两样了!他得不到民众的高声的喝采,没有感谢在眼泪中闪出,没有被他的文字所感动的精魂的飞扬;没有热情的十六岁的姑娘满怀着英雄的惆怅来迎接他;他不会从自己的箜篌上编出甜美的声音来,令人沉醉;他还逃不脱当时的审判,那伪善的麻木的判决,是将涵养在他自己温暖的胸中的创作,称为猥琐,庸俗,和空虚,置之于侮辱人性的作者们的劣等之列,说他所写的主角正是他自己的性格,从他那里抢去了心和精魂和才能的神火;因为当时的审判,是不知道照见星光的玻璃和可以看清微生物的蠕动的玻璃,同是值得惊奇的,因为当时的审判,是不知道高尚的欢喜的笑,等于高尚的抒情底的感动,和市场小丑的搔痒,是有天渊之别的。当时的审判并不知道这些,对于被侮蔑的诗人,一切就都变了骂詈和谴责:他不同意,不回答,不附和,像一个无家的游子,孤另另的站在空街上。他的事业是艰难的,他觉得他的孤独是苦楚的。

凭着神秘的运命之力,我还要和我的主角携着手,长久的向前走,在全世界,由分明的笑,和谁也不知道的不分明的泪,来历览一切壮大活动的人生。至于崇高的灵感的别一道喷泉,恰如暴风雨一般,从闪铄的,神圣的恐怖中抬起奋迅的头来,使大家失色的倾听着别的叙述的庄严的雷声,却还在较远的时候……

向前走!向前走!去掉你的阴郁的脸相,去掉你的刻在额上的愤激的皱纹。使我们和一切你的无声的喧嚷和铃铎声,再浸在人生里:我们来看看乞乞科夫在做什么罢。

乞乞科夫是刚刚醒来的,他欠伸了一下,觉得睡的很舒畅。他再静静的仰卧了两三分钟,就使他的指头作响,一想到自己快要有了将近四百个魂灵,他的脸便也开朗起来了。他于是跳下眠床来,不照镜子,也不向自己的脸去看一眼,他原是很爱自己的脸的,尤其是下巴,因为他每有机会,总对着他的朋友们称扬,特别是在刮脸的时候。"瞧一下罢,"他常常说,"我有多么出色的圆下巴呀。"于是就用手去摸一摸。但今天,对于下巴,对于脸孔却连一眼也不看了,倒赶紧穿起绣花的摩洛哥皮长靴来。这在妥尔勖克①市卖的很多,因为合于我们俄国的嗜好,是一笔大生意。其次是他只穿一件短短的苏格兰样小衫,颇为老练的用脚后跟点着地板,勇敢的跳了两跳。这之后就立刻去做事:他走到箱子前面,恰如廉洁的地方法官在下了判决之后,要去用膳似的,做了一个满足的手势,于是弯向箱子上面去,取出一小包纸片来。他想要毫不拖延,把这事情办妥。于是决计亲自来写注册的呈文,以省付给代书的费用。公文的格式,他是很熟悉的;首先就用笔势飞动的大字,写好一千八百多少年;随后再用小字写下:地主某某,以及别样必要的种种。两个钟头,一切就都功行圆满了。当他接着拿起名单来,一看那些确是活着过,操劳过,耕作过,喝过酒,拉过车,骗过他的主人,或者也许是简单的老实

---

① Torshok,那时有名的,以买卖米麦和皮革制品为主的市场。——译者。

人的农奴们的名字的时候,就起了一种奇特的不舒服的感觉。每条仿佛都有它特殊的性格,农奴们都在自己发挥着一种固有的特征。属于科罗幡契加的农奴,是谁都带着一个什么诨名的。泼留希金的名单,却显出文体之简洁;往往只写着本名和父称的第一个字母,底下是点两点。梭巴开维支的目录,则以他的出格的详细和完备,令人惊奇;连极细微的特性,也无不很注意的加以记载:对于其中之一,写的是:"优秀的木匠,"别一个是:"他懂事,不喝酒。"而且连各人的父母以及品行如何,也写得详详细细。只在菲陀妥夫名下,注有备考道:"父亲不明,母亲是我的一个使女,名凯必妥里娜,但品行方正,不偷盗。"所有一切细目,都给全体以新鲜之气。令人觉得这些农奴们,仿佛昨天还是活着似的。

乞乞科夫再细心的熟读了一回那名字。一种奇特的感动抓住了他了,他叹息一声,低低的自言自语道:"我的上帝,这里紧挤着多少人呀!你们在一生中,做了些什么事呢,可爱的家伙?你们过的是怎样的生活呢?"于是他的眼睛,不知不觉的看在一个名字上面了。那就是曾经属于女地主科罗幡契加的,已经说过的彼得·萨惠略夫·内乌伐柴衣—科卢以多。他就禁不住又喊了一声:"我的上帝,这可真长,得占满一整行哩!你先前是怎样的人呀?是你的手艺的好手,还是个平常的农夫,而且是怎么送命的呢?在酒店里,或者是在大路上,给发昏的车子碾死的,你这废物?——斯台班·泼罗勃加,木匠,驯良,寡欲。——哦,你在这里,我的斯台班·泼罗勃加,好个大英雄,天生的禁卫军哩!你一定是皮带上插着斧头,肩膀上挂着长靴,走遍了许多远路,只吃一戈贝克面包,两戈贝克干鱼,但在你的袋子里,却总带着百来个卢布,或者简直整千的缝在你的麻布裤子里,或是藏在长统靴子里的罢。你死在什么地方的呢?你不过为着赚钱,爬上教堂的圆天井去,还是一直爬到十字架,在荫架上一失脚,就掉了下来,有一个那里的米哈衣伯伯,只好自己搔搔头皮,同情的唠叨道:'唉唉,凡涅,你这是怎么的呀?'于是亲自用绳子缚了你的身子,悄悄的拖你回家的呢。——玛克辛·台略忒尼科夫,靴匠。靴匠吗?唔?‘靴匠似的喝得烂醉’,谚语里有着的。我知道你,我知道你,我的好乖乖;如果你愿意,我就来讲你一生的历史给你听。你是在一个德国人那里学手艺的,他供你食宿。用皮条罚你的偷懒,还不准出街,省得你去闹事。你是一个真正的古怪脾气人,却不是鞋匠,那德国人和他的太太或则同业谈起你的时候,实在也难以大声的喊出你的好处来。到得学习期满,你就心里想:‘现在我要买一所自己的小房子了,但我不高兴像德国人那样,一文一文的来积,我要一下子就成一个有钱人!’于是你将许多贡款付给了主人,自己开了一个店,收下一大批豫约,做起生意来了。你只化了三分之一的价钱,不知道从那里买了半烂的皮来,每逢卖掉一双长靴,却总要赚两倍,然而你的靴子不到两礼拜就开裂了,这回赚来的是对于你的手段的恶骂。你的店因此没有生意了,你就开始来喝酒,在街上游来荡去,并且说道:‘这世界坏透了!我们俄国人只好饿肚子:害事的第一就是德国人呵!’——唔,这是什么人呢:伊利沙贝土斯·服罗佩以^①?又见鬼:这是一个女人呀!她怎么跑进这里来的呢?梭巴开维支这流氓,是他偷偷的混在里面的!”乞乞科夫一点也不错:这确是一个女人。她怎么入了这一伙的呢,只有上帝知道;但她的名字却实在写得又聪明又巧妙,能够令人粗粗一看,觉得也确是一个男子,她的本名,是用男性式结末的:伊利沙贝土斯,却不是伊利沙贝多。然而乞乞科夫不管这一点,只在名簿上把它划掉了。——“还有你,‘老是走不到’的格力戈黎,你究竟是怎样的一个人呢?你是车夫,永是离开了你的老家,你的乡土,用一辆三匹马拉的席篷车子,载了商人们在市集里跑来跑去的吗?是你自己的朋友为了一个胖胖的红面庞的兵太太,在路上要了你的性命,还是你的皮手套和你的三匹虽然小,却很强悍的马所拉的车子,中了拦路强

---

① Vorobei,“麻雀”之意。——译者。

盗的意,还是躺在你炕床上,想来想去,忽然无缘无故的跑到酒店去,就在那里的路上,人不知鬼不觉的掉在冰洞①里的呢？唉唉,你这我的俄罗斯人呵！你是不喜欢寿终正寝的！——还有你们,我的乖乖,"他向那写着泼留希金的逃走的农奴的名单看了一眼,接着说:"你们大约都还活着的,然而又有什么意思呢？你们就像死掉了的一样。你们的飞快的腿,现在把你们运到那里去了呵！你们在泼留希金家里就真的过得这样坏,还是到树林里彷徨,向旅人劫掠,也不过开开玩笑的呢？你们也许坐在监牢里,还是找到了别的主人,现在正给他在种地呢？耶里米·凯略庚,尼启多·服罗吉多②,安敦·服罗吉多,其子,只要看你们的名字,人就知道你们是飞跑的好手了;坡坡夫,仆役……一定是一个学者,知道读书,写字的！他无须手里拿短刀,就会捞到一大批物事。试试看！没有护照,你又落在警察局长的手里了。你勇敢的对面站立着:'你的主人是谁呀？'那局长讯问说,还看着适宜的机会,在他的话里插下一句厉害的咒骂:——'是地主某人,'你大胆的回答道。'你怎么跑到这里来的？'局长问。'我缴过赎身钱,得了释放的了,'你答得很顺口。'你的护照在那里呢？''在我的主人家,市民批美诺夫那里。'批美诺夫被传来了。'你是批美诺夫吗？''是的。''是他给了你护照的吗？''不,他没有给我护照。''你说谎吗？'局长说,于是又来一句厉害的话。'是的!'你绝不羞愧的回答道:'我没有把护照放在他那里,因为我回家太晚了,我是交给了打钟人安替卜·泼罗诃罗夫,托他收管着的。'——'那么,传打钟人来！他把护照交给了你吗？''不,我没有收到他的护照。''你为什么又来说谎的？'局长从新问,而且再来一句厉害的话儿,以见其确凿。'你的护照到底在那里呢？''我相信我是确有护照的,'你切实的回答道,'大约我把它掉在路上的什么地

---

① 在河面凿开冰,以便汲水或洗濯东西的洞穴。——译者。
② "服罗吉多",据 Otto Buek 译,是"飞脚"的意思。——译者。

方了。'——'但是你为什么偷了士兵的外套和神甫的钱箱的呢?'局长道,于是又添上一句挺硬的话儿,以见其确凿。'并没有,'你说,连睫毛也不动一下,'我还没有偷过东西。''但是人怎么会从你那里搜出外套来的呢?''我不知道,大约是别人把它放在我这里的!'——'阿,你这贱胎,你这畜生!'局长摇着头说,把两手插在腰上。'加上脚镣,带他到牢监里去。'——'就是啦,我遵命!'你回答道。于是你从袋子里摸出鼻烟壶来,很和气的请那正在给你上镣的两个伤兵去嗅,还问他们退伍有多么久了,在什么战争上成了残废的呢。之后是你游进牢监,静静的坐在那里面,直到法庭来开审你的案件。终于下了判决,把你从札来伏·科克夏斯克监狱解到什么监狱去了。那边的法庭,却又远远的送你到威舍贡斯克或是别的什么地方去;你每从这一个监狱游历到别一个监狱,一看你的新住宅,总是说:'哼,还是威舍贡斯克监狱好,那边地方大,够玩一下抛骨儿①,而且伙伴也多呀。'——亚伐空·菲罗夫么?哪,我的好人,还有你呢?你在什么地方逛荡?也许因为你爱自由生活,活在伏尔迦的什么处所,做着拉纤的伕子罢?……"到这里,乞乞科夫住了口,有些沉思起来了。他到底在想什么呢?他想着亚伐空·菲罗夫的运命,还是恰如一切俄国人一样,无论他什么年纪,什么身分和品级,只要一想到自由的无拘无束的人生之乐,就自然而然,几乎是无须说明的那种沉思呢?"但现在菲罗夫究竟在那里呀?他一定快活的夹在商人一伙里,高兴的嚷嚷在码头上到处闲逛。整一队的拉纤夫,帽子上饰着花朵和丝绦,正和颈挂珠圈,发带花条的他们的瘦长的女人和情人作着别,大声的在吵闹;轮舞回旋着,清歌嘹亮着,快把整个码头闹翻,搬运夫们却在喧嚷,吵闹,勇猛的叫喊中,用钩子起了九普特重的包裹,装在脊梁上,把豌豆和小麦倒进空船里面

---

① 这是一种游戏,先排小骨成列,再从一定的地方,把一块小骨抛过去,将列中的小骨打倒,打倒得最多者胜。——译者

去,还连袋滚下了燕麦和压碎麦;远处是闪铄着袋子和包裹积叠起来的大堆,好像一座炮弹的金字塔,塞满着空地,这谷麦库巍然高耸,一直要到帆船和船舶装载起来,那走不完的舰队,和春冰一同顺流而去。船夫们呵,你们的工作是很多的,像先前的团结,热心,协力一样,你们至今也还在这么做,汗流被面的拉着船纤,唱着恰如俄罗斯本国一般无穷尽的歌!"

"我的上帝!已经十二点钟了!"乞乞科夫一看表,忽然喊了起来。"我这许多工夫,尽在耽延些什么呀? 我还有些正经事要做,却先在说傻话,还在做傻梦,我真是一个傻子! 实在的!"他说着这话,就用一件欧罗巴样的换了他那苏格兰样的衣服,把裤子的带扣收紧一点,使他的丰满的肚子不至于十分凸出,洒了阿兑可伦①,将温暖的帽子拿在手里,挟着文件,到民事法厅结束买卖合同去了。他的匆促,并非因为怕太迟——这一点是用不着耽心的,厅长是他的好朋友,可以由他的愿意,把办公时间延长或者缩短,恰如荷马②的老宙斯③一样,倘要停止他所爱惜的英雄们的斗争,或者给与一种方法,将他们救出,就使白天延长,或者一早成为黑夜;然而乞乞科夫是自有其急切的希望的,事情要赶紧结束,越快越好;在还未办妥之间,他总觉得不稳当,不舒服:因为他究竟不能完全忘记这在买卖的并不是真正的魂灵,所以这样的一副担子,还是从速卸下的好。他怀着这样的思想,披着熊皮里子的赭色呢的温暖的外套,刚要走出大街去,却就在横街的转角,和一个也是肩披熊皮里子的外套,头戴连着耳遮的皮帽的绅士冲撞了。绅士发出一声欢呼来——那是玛尼罗夫。两个人就互相拥抱,在这地方大约这样的过了五分钟。于

---

① Eau de Cologne,一种香水。——译者。
② Homeros,世界上最大的叙事诗人,约二千八百余年前,生于希腊,著有 *Iliad* 与 *Odyssey* 二大史诗,今存。——译者。
③ Zeus,希腊神话上最高的大神,亦见于荷马的史诗中。——译者。

是互相接吻,很有劲,很热烈,至于后来门牙都痛了一整天。因为欢喜,玛尼罗夫的脸上就只剩了鼻子和嘴唇,他的眼睛是简直不见了。他用两只手捏住了乞乞科夫的手。约有十五分钟之久,一直到乞乞科夫的手热得很。他用了最优美,最亲热的态度,述说了自己怎样为了拥抱保甫尔·伊凡诺维支,所以飞到这里来,并且用一种恭维话收尾,这一种话,平常是大概请年青女郎一同跳舞才说的。当玛尼罗夫从他那皮外套里,取出一卷粉红带子束着的纸来的时候,乞乞科夫可真不知道应该怎样道谢了,他只不过张着嘴巴。

"这是什么?"

"这是农奴们。"

"哦!"——他连忙打开纸卷,很快的看了一遍,那笔迹的美丽和匀净,真使他吃了惊了。"这可写得真好!"他说。"简直无须誊清了。而且还画着边线!画了这出色的边线的是谁呢?"

"唉,您还不如不问罢,"玛尼罗夫说。

"您?"

"我的内人!"

"阿呀,我的上帝!这真叫我抱歉得很,我竟累您们费了这么多的力!"

"为了保甫尔·伊凡诺维支,我们效点力是不算什么的!"

乞乞科夫感谢的一鞠躬。当玛尼罗夫听到他要到民事法厅去办妥买卖合同的时候,就自己声明,可以做领导。两个朋友就手挽着手,一同走下去。遇见每一个小高处,每一个土冈或者每一个高低,玛尼罗夫总用手挽着乞乞科夫,几乎要擎起来,并且愉快地微笑着说,他是不肯使保甫尔·伊凡诺维支吃苦的,乞乞科夫颇为惶窘,不知道自己应该怎样感谢,因为他觉得,他实在也并不轻。他们俩这样的互相提携着,一直到那法院所在的广场上——是一所三层楼的大屋子,白得像一块石灰,这大概是象征着在这里办公的人员们的纯洁的。广场上的另外的房屋,以大小而论,都卑陋得不能和石造的官厅相比。这是：一间守卫室，前面站着一个拿枪的兵，两三处待雇马车的停留场，临了是处处还有些上面照例划着木炭或粉笔的书画的长板壁。除此以外，在这冷静的，或者如我们俄国人的说法，是好看的广场上，再也看不到什么东西了。从二楼或三楼的窗里，露出几个台弥斯①法师的廉洁的头来，但即刻又缩了回去，一定是长官走进这屋子里来了罢。两位朋友同上楼梯去，不是走，却是急急忙忙的跑，因为乞乞科夫不愿意玛尼罗夫用手来扶他，便放快了脚步，但这一面因为不愿意乞乞科夫疲乏，便也跑上前去了，于是到得走上昏暗的长廊时，两个人就都弄得上气接不着下气。长廊和大厅的干净，他们都没有特别诧异。那时是还不很管这些的，龌龊了，就听它龌龊，决不装出很适意，很好看的外观来。台弥斯完全以她的本相见客，穿着常服和睡衣。我们的主角们所走过的办公室，我们原也应该记载一下的，但在凡是衙门之前，作者却怀着一种大大的敬畏。即使有了机会，在最煊赫的时期，去见识和历览那很华贵的景况，就是上蜡的地板和新漆的桌椅，他也是恭谨的顺下眼睛，急忙走过，所以那地方的一切如何出色，如何繁华之类，也还是不会觉得的。我们的主角们，是看见了一大批纸张，空白的和写满的，俯在桌上的脑袋，宽阔的颈子，小地方做的燕尾服和常礼服，或者只是一件普通的淡灰色的小衫，这和别的衣服一对照，就显得非常惹眼，那人却侧着头，几乎躺在纸上，用了很流走的笔致，在写一件报告；这大约是关于一宗田产的案件，那平和的所有者，是什么地方的地主，他为此涉了一世讼，也在他的产业的安静的享用里，生育了儿孙，但现在却要失掉，或者是他的什么地方要被抄没了。有时也听到一点很短的句子，那是用沙声说出来的："菲陀舍·菲陀舍维支，请您递给我三六八号的文件！您怎么总捞了公家的墨水瓶塞子去！他是在政府里的呀！"间或有一种尊严的声音，分明是长官所发，命令式的

---

① Themis，希腊神话里的法律之神。——译者。

叱咤道:"喂,再去抄过,要不然,我就把你脱掉靴子,关你六整天没有东西吃!"

笔尖刮纸的声音,非常之响,那喧闹,好像几辆装着枯枝的车子,走过一个树林,在道路上,又积着四阿耳申①之高的枯叶一样。

乞乞科夫和玛尼罗夫走向坐着两个年青官员的第一顶桌子去,探问他们道:"请教! 您可以告诉我,这里的契据课是在那里么?"

"您什么事呀?"两个官都转过身来,一齐的说。

"我要递一个请求书。"

"您买了什么了?"

"我先要知道的,是契据课在那里? 这里呢,还是别地方?"

"请您先告诉我们您买了什么东西,什么价钱,那么我们就告诉您应该到那里去。这样可是不行的!"

乞乞科夫立刻觉到,这两个也如一切年青的官员们一样,不过是好奇,也想借此把自己和自己的地位弄得紧要一点,显豁一点。

"请您听一下,我的可敬的先生们,"他说,"我知道得很清楚,凡有关于买卖契约的一切事务,是统归一个课里管理的,我在请求您的就是教给我这地方,我应该往那里走;如果您不知道这地方在那里,那么,我们还是去问别人罢!"这时那两个官就一句话也没有答,有一个只用一个指头指着一间房子,里面坐着一位正在编排文件的老人。乞乞科夫和玛尼罗夫便从桌子之间,一直走过去。那老人一心不乱的在办公。

"我要请教,"乞乞科夫行一个礼,说,"这里是契据课么?"

那老人抬起眼来,慢吞吞的说道:"不,这里不是契据课。"

"那么,在那里呢?"

"这是契约课管的。"

"但是契约课在那里呢?"

---

① Arshin,一阿耳申约中国二尺余。——译者。

"伊凡·安敦诺维支这里。"

"但伊凡·安敦诺维支在那里呢?"

那老人用指头向别的一个屋角上一指,于是乞乞科夫和玛尼罗夫便到伊凡·安敦诺维支那里去了。伊凡·安敦诺维支本已用一只眼睛,从旁在瞥着他们了的,但又立刻向着他的纸张,拼命的写起来了。

"我想请教,这里可是契据课呢?"乞乞科夫行着礼,一面说。

伊凡·安敦诺维支似乎没有听到,因为他只在拼命的办公,并不回答。人立刻可以看出,他已是中年了,不再像那些年青的话匣子和轻骨头。大约伊凡·安敦诺维支是已经上了四十岁的;有一头浓密的黑发,那脸面的中间部,凸得很高,大有集中于鼻子之概;一句话,这样的相貌,我们这里是普通叫作"壶瓶脸"的。

"我想请教,契据课在那里呢?"乞乞科夫再说一遍。

"这里,"伊凡·安敦诺维支说,这时他把高鼻子略略一抬,但即刻又写下去了。

"我来办理的是这样的事情:为了移住的目的,我从这省的几个地主买了一些农奴;合同已经带来了,只要注一注册。"

"出主同来了吗?"

"有几个在这里了,别的几个我有委托信。"

"您也带了请求书来了?"

"是的,带在这里! 我想……我非常之忙……这事情今天就可以办了吗?"

"哼! 今天! 不,今天是不行的,"伊凡·安敦诺维支说。"也还得调查一下,看看可有已经抵押出去的。"

"不过伊凡·格力戈利也维支,这里的厅长,是我的一个好朋友;他该肯把这事情赶办一下的罢。"

"但这里可也不只伊凡·格力戈利也维支在办事,还有别的人们呀,"伊凡·安敦诺维支不大高兴的说。

这时乞乞科夫明白其中的底细了,于是说道:"别人大概也肯照应的。我自己就在办公,知道这程序。"

"您还是找伊凡·格力戈利也维支去,"伊凡·安敦诺维支说,和气了一点。"他会派定谁办的。和我们没有关系。"

乞乞科夫从衣袋里掏出一张钞票来,放在伊凡·安敦诺维支的面前。那人却毫不在意,立刻用一本书遮上了。乞乞科夫还想通知他,但伊凡·安敦诺维支又把头一摇,告诉他不必如此。

"他领你们到办公室去!"伊凡·安敦诺维支说,还点点头。于是在场的一位大法师,他为了拼命的为女神台弥斯效劳,弄到两袖的肘弯都开了裂,从洞里吐出后面的里子来,但也得了十四等官的品级,就必恭必敬的走到我们的两位朋友跟前,像先前斐尔吉留斯的领导但丁①似的引他们往办公室去了,这里摆着一些宽阔的靠椅,在其中的一把上,在法鉴②和两本厚书之前,巍然的坐着厅长,好像太阳神。一到这里,新斐尔吉留斯便敬畏得连他的脚也重到跨不开了。于是他向后转,把破得像一片席子上粘着鸡毛的背后,示给了两位朋友。当他们走进屋里时,才看见厅长并不是独自一个人,旁边还坐着梭巴开维支,完全被法鉴所遮掩。客人的到来,使在场的人发了几声欢呼,厅长的椅子格格的响着,被推到一边去。梭巴开维支也起来了,拖着他的长袖子,整个清清楚楚站在那里。厅长来和乞乞科夫拥抱,办公室里又起了一通朋友的接吻声。他们彼此问过好,由此知道了两个人都腰痛,算是因为生平大抵安坐不动而得的。厅长好像已经从梭巴开维支听到了置产的事情;因为他很诚恳的向乞乞科夫道贺,这使我们的主角有一点窘急,尤其是现在,那两

---

① 但丁(Dante Alighieri)作《神曲》,自记游历地狱,净罪,天堂三界,引导他的是罗马的大诗人斐尔吉留斯(Virgilius,70—19 B.C.)。——译者。

② 帝制时代俄国的官厅里,一定摆设着的东西,是一个三角的尖锥体,每面都贴有彼得一世的谕旨。——译者。

位出主,梭巴开维支和玛尼罗夫,他原是分头秘密说定的,现在却面对面的站着了。但他还是谢了厅长,于是向着梭巴开维支道:

"您好吗?"

"谢谢上帝,我不能说坏,"梭巴开维支说,而且实在,他也真的没有说坏的理由,比起这生得奇特的地主来,倒是一块铁先会受寒,咳嗽的。

"是的,您的健康,可真是出色,"厅长说。"您那故去的令尊,也和您一样结实的。"

"是的,他还独自去打熊哩!"梭巴开维支回答道。

"我想,如果您独自和一只熊交手,您也足够摔倒它的,"厅长说。

"那里,我可不成,"梭巴开维支答道。"我那先父可比我还要强,"于是他叹息着接下去道:"那里,现在可是没有这样的人了。您就拿我的生活来做例子罢。这是什么生活,不过如此,哼哼……"

"为什么您的生活没有意思呢?"厅长问。

"没有,实在不能说是有意思,"梭巴开维支说,摇着头。"您自己想想就是,伊凡·格力克利也维支,我已经五十岁了,没有遭过一回喉痛,没有生过一个疮……这可不会有好结果的!这总有一回要算账的……"说到这里,梭巴开维支就非常忧郁了。

"这家伙……"乞乞科夫和厅长几乎同时想。"那里是不说坏呀!"

"我还带了一封给您的信来呢,"乞乞科夫从袋子里取出泼留希金的信来,一面说。

"谁给的?"厅长问道。他接过信去,开了封,惊奇的叫了起来道:"泼留希金的!他也还生存在这世界上吗?这也是一种生活呀!先前是一个多么聪明,多么富裕的人呵!但现在……"

"是一匹猪狗了!"梭巴开维支说。"是这样的一个恶棍,使他那所有的人们都饿肚子!"

"可以,很愿意!"厅长看过信札之后,大声说。"我很高兴给他代理的! 这宗交易,您希望怎么结束呢,现在就办,还是等一下?"

"就办!"乞乞科夫说。"我正想拜托您,费神在今天就办一办。因为我明天就要走了,买卖合同和请求书都带来在这里!"

"好得很,但您明天要走,我们可不能这么早就放你的。注册是马上就办,您却还得在这里和我们过几天。我就发命令,"他说着,开开了通到办公室的门。那里面满是官员,像一群蜜蜂的围着蜂房一样,如果可以把文件比作蜂房的话,"伊凡·安敦诺维支在这里吗?"

"有! 在这里!"屋子中间,有一个声音回答道。

"来一下!"

读者已经熟识的壶瓶脸伊凡·安敦诺维支,在官厅里出现了,行一个恭敬的礼。

"伊凡·安敦诺维支,请您拿了这些契约去,并且……"

"伊凡·格力戈利也维支,"梭巴开维支插嘴道。"请您不要忘记,我们还得要见证呢,至少每一面有两个。请您马上去邀检事来罢,他没有什么事,一定坐在家里的:代理的梭罗土哈①,什么事情都替他办掉了;像梭罗土哈那样的大强盗,在这世界上是不会再有的!卫生监督也不大办事,大约总在家里的,如果他不去找熟人打牌的话;哦哦,还有住在近地的一大批人们在这里呢:德鲁哈且夫斯基,培古希金——都是用他们的幽闲,使可爱的大地受不住的人物!"

"不错! 一点不错!"厅长说着,立刻派一个事务员去邀请他们去了。

"我还要拜托您一件事,"乞乞科夫说,"请您再邀一个女地主的代理人来,我和他也成了一点小交易的——那是住持法师希理耳神甫的儿子;他就在您们这里做事。"

---

① Solotucha=瘰疬病。——译者。

"可以可以,我马上派人去叫他!"厅长说。"这算是一切都办好了,我只还要拜托您一件事,请您不要给官们什么。我的朋友是用不着破费的。"于是他又向伊凡·安敦诺维支下了一道看来好像实在不大称心的命令。这合同,仿佛对于厅长给了一种很好的印象似的,尤其是当他看见买价将近十万卢布的时候。他凝视着乞乞科夫的眼睛,有几分钟之久,终于说道:"您看,保甫尔·伊凡诺维支。您可真的收了一大批了!"

"哦哦,是的!"乞乞科夫回答说。

"这是好事情呀。真的! 这是好事情!"

"对啦,现在我自己想,我也不能做什么更好的事了。无论如何,人生的目的,并不是什么自由思想家所追寻的荒诞的年青时候的空想,倘不脚踏实地,是决不定终局的方法的。"他趁这机会,不但用几句责备的句子,攻击了青年们和他们的自由主义,并且也是法律上的话。然而,很该留心的是他的话里总还含着一点不妥之处,仿佛他又就要接着说出来道:"哼,什么? 乖乖,你说谎而且不轻哩!"真的,他竟不敢向梭巴开维支和玛尼罗夫看一眼,因为怕在他们的脸上,遇见一种不舒服的表情。但他的忧愁并没有用;梭巴开维支的脸上毫无变化,玛尼罗夫却完全被这名言所感动,赏识得只在颠头簸脑,并且那精神的贯注,恰如一个知音者遇到歌女压倒了弦索,发出她那赛过莺歌的妙音的时候一样了。

"您怎么不告诉伊凡·格力戈利也维支的呢,您究竟买了些什么?"梭巴开维支指点道。"还有您呢,伊凡·格力戈利也维支? 您竟全没有问,他买的是些什么吗? 您要知道,那是多么出色的家伙呵! 钱算什么! 我连做车子的米锡耶夫也卖给他了。"

"真的? 没有罢?"厅长拦着说。"我知道这米锡耶夫;这人在他的一门,是一个好手;他给我修过一回车子的。但请您原谅一下……这是怎么的呢? ……您不是对我说过的吗,他死了……"

"谁? 米锡耶夫死了?"梭巴开维支一点也不惶窘,回问道。"您说的是他的兄弟，那确是死了；这一个却是好好的，像水里的鱼一样；比先前还要好。不久以前，还给我做了一辆这样的马车，您就是到墨斯科去也买不出。这人是可以称为皇家御匠的。"

"不错，米锡耶夫是一个好手，"厅长接着说，"但我很奇怪，您竟肯这么轻易的把他放掉。"

"是呀，如果单单一个米锡耶夫呢！还有斯台班·泼罗勃加，那个木匠，烧砖头的弥卢锡金，靴匠玛克辛·台略忒尼科夫——他们都去了，我把他们一起卖掉了。"但当厅长问他这些都是家务上有用的工人，为什么竟肯放走的时候，梭巴开维支却做了一个毫不在意的手势，回答道："我不知道，不过我起了胡涂想头就是！我自己想：唉，什么，我卖掉他们罢，那就胡里胡涂的真的把他们卖掉了！"于是他垂下头去，好像现在倒后悔起来模样，还接着说道："年纪大了，头发白了，还是不聪明！"

"但请您允许我问一声，保甫尔·伊凡诺维支，"厅长问。"您买了不带田地的农奴，究竟是做什么的呢？莫非目的是在使他们移住么？"

"自然是移住！"

"哦，那自然又作别论了。但移到那里去呀？"

"移到……到赫尔生省去。"

"阿，那是很出色的地方！"厅长说，又称赞了一番那地方的草之好和长。

"您的田地够用吗？"

"很够——给农奴移住的这一点，是绰绰有余的。"

"那地方也有一条河吗，还不过一个池子？"

"有一条河。另外也还有一个池子。"说到这里，乞乞科夫不觉看了梭巴开维支一眼，那人虽然照旧的毫无动静，但乞乞科夫却觉得仿佛在他的脸上，看出了这样的句子来："你撒谎，我的宝贝！我就不很相信真的有池子，有河和一切田地哩。"

在他们继续着谈天之间,见证人渐渐的出现了:首先是检事,就是读者已经认识,总在映着左眼的那一位,卫生局监督,还有德鲁哈且夫斯基先生,培古希金先生以及别的,即梭巴开维支之所谓用他们的幽闲,使大地受不住的人物。其中的好些位,是连乞乞科夫也还是全不相识的;缺少的证人,就请一两个官员充了数。不但住持法师希理耳神甫的儿子,连住持法师自己也被邀到了。每个见证人,都连自己的一切品级和勋等,在文件上签了名,这一个用圆体字,那一个用斜体字;第三个用的是所谓翻筋斗字,或者洒出俄国字母里从未见过的文字来。那令人佩服的伊凡·安敦诺维支,又敏捷又切实的办妥了一切,契约登记了,日子填上了,册里存根了,而且又送到该去的地方去了,此外只要付半成的注册费,以及官报上的揭示费就够,乞乞科夫只化了很少的钱。哦,厅长就下命令,注册费只要他付给一半,那别的一半,却算在别个请求人的身上了。这是怎么办的呢,老天爷知道。

"那么,"到诸事全都恭喜停当了之后,厅长说,"这事情,我们就只差一个润一润了。"

"非常愿意,"乞乞科夫说。"时候请您定。如果在这样愉快的聚会里,我这边不肯开一两瓶香槟,那可是一宗罪过哩。"

"不,您弄错了:香槟我们自己办,"厅长说:"这是我们的义务和责任。您是我们的客人,要我们招待的。您知道吗,我的绅士诸君?我们姑且跑到警察局长那里去罢,他是一个真正的魔术师;如果他到鱼市场或者酒铺子里去走一转,只要眼睛一映,就会变出一桌出色的午餐来,可以用这来贺喜。趁这机会,我们还可以打一回牌。"

一个这样有道理的提议,是没有人能反对的。单是提出鱼市场这一句话,就使见证人们的嘴里流满了唾沫;大家立刻抓起了有边帽和无边帽,公事就这样的收场。当人们走过办公室时,伊凡·安敦诺维支——就是那壶瓶脸——向乞乞科夫谦虚的鞠一个躬,说道：“您买了十万卢布的农奴，我效了力，却只有一张白钞票。^①”

"是的，但那是怎样的农奴呀，"乞乞科夫低声的回答道，"全是些不行的，没用的人儿，还值不到那价钱的一半哩。"伊凡·安敦诺维支就明白了他是一个性格坚定的人，从他那里，自己是再也捞不到什么的了。

"泼留希金卖给您魂灵，是什么一个价钱呀？"梭巴开维支在他的别一只耳朵边悄悄的说。

"但是您为什么把服罗佩以混了进去的？"乞乞科夫回答道。

"那个服罗佩以？"梭巴开维支问。

"就是那个女人，伊利沙贝多呀。您还把语尾改了'土斯'了。"

"我可不知道这服罗佩以，"梭巴开维支说着，混进别的客人里去了。

大家排成大队，进了警察局长的家里。这警察局长可真是一位魔术师；他刚听到该做的事情，就已经叫了警务员来，是一位穿磁漆长靴的精干的脚色，好像在他耳朵边不过悄悄的说了两句话；于是又简单的问他道："你懂了吗？"而当客人们还在摸牌的时候，别一间屋里的桌子上，可早摆出顶出色的东西来了：鲟鱼，蝶鲛，熏鲑鱼，新的腌鱼子，陈的腌鱼子，青鱼，鲶鱼，各种干酪，熏的舌头——这都是从鱼市场搬来的食单。此外还添了自家厨房里做出来的几样：鱼肉包子，馅是九普特重的鲟鱼的软骨和颊肉做的，磨菇包子，油炸包子，松脆糕饼之类。讲老实话，警察局长可确是这市镇的父母和恩人。他在市民之间，就和在他自己的家族之间一样，他很会替店铺或布行来安排，也像在自己的仓库里一样。要而言之，如大家所常说，他是总在他的地位上，尽着下文似的职务的。是他为了他的官而设，还是他的官为了他而设的呢，这可实在很难决定。他极善于做官，所以他的收入虽然比前任几乎要多一倍，却仍被全市镇所爱

---

① 二十五卢布的钞票。——译者。

戴。先是商人们尤其特别的珍重他，因为他毫不骄傲；而且也实在的，他给他们的孩子行洗礼，自己去做教父，虽然也很挤些他们的血，但连这也做得非常之聪明：或者亲热的拍拍肩膀，向他们微微一笑，或者邀他们去喝茶，招他们去打牌，于是问起生意怎样，万事如何，如果知道谁的孩子生着病，他就会立刻给与忠告，开出适当的药味来；一言以蔽之，他实在是一个好脚色。就是坐着马车，到各处巡视秩序的时候，也总在找人讲话："喂，米哈伊支，我们总该玩一下我们的小玩意罢?"——"自然，亚历舍·伊凡诺维支，"那人回答着，脱了帽，"我们自然得玩一下的！""听哪，伊理亚·派拉摩诺维支，什么时候到我这里来，看看我的快马罢；它跑的比你那匹还要快；之后就驾在赛跑马车上，我们来看一下究竟怎样！"那酷爱赛马的商人，便万分满足的微笑起来，摸着胡子，说道："好的，我们来看一下，亚历舍·伊凡诺维支！"这时连店员们也都除下了帽子，愉快的凝视着，似乎想要说："亚历舍·伊凡诺维支真是一个出色的人！"一言以蔽之，他很随俗，商人们对他倒有很佩服的意思，说道："亚历舍·伊凡诺维支确也拿得多一点，但他的话却也靠得住的。"

　　警察局长看得午餐已经齐备，便向他的客人们提议，还是用膳之后，再来打牌，于是大家就都走进食堂去，从这处所，是早有一股可爱的香味，一直透进邻室来的。这种香味，久已很愉快的引得我们的客人的鼻孔发痒，梭巴开维支也已经从门口望过筵席，把旁边一点的躺在一张大盘子里的鲟鱼看在眼里的了。客人们喝过黑绿的阿列布色的烧酒，这种颜色，是只能在俄国用它雕刻图章的透明的西伯利亚的石头上才会看见的，于是用叉子武装起来，从各方面走向食桌去。这时候，真如谚语所说，谁都现出真的性格和嗜好来了，这个吃鱼子，那个拿鲑鱼，第三个弄干酪。对于这些小东西，梭巴开维支却一眼也不看，一径就跑向邻近的鲟鱼那里去，在别人都在吃，喝，谈天之间，只消短短的一刻钟，就吃得干干净净，待到警察局长记起了这鱼，说道："您尝尝这天然产物罢，看怎样，我的绅士诸君!"一面带领大家,手里都捏着叉子,一同走近鲟鱼去的时候,却看见这天然产物只还剩下一个尾巴了;但梭巴开维支却显得和这件事全不相干,走向旁边的一个盘子去,用叉戳着一尾很小的干鱼。吃完了鲟鱼之后,梭巴开维支就埋在一把靠椅里,什么也不再吃喝,不过还在眍着眼睛了。看模样,警察局长是不喜欢省酒的。第一回的干杯,恐怕读者自己也猜得到,是为了赫尔省的新地主的健康。第二回,是为了他那农奴们的平安和他的幸福的移住。于是再为他未来的体面漂亮的夫人的健康痛饮,我们的主角就露出快活的微笑来。于是大家都拥到他面前来,劝他在这市里,至少也得再留两礼拜。"不行的,保甫尔·伊凡诺维支! 刚跨进门,立刻又走,这就是停也不停! 不行的,在我们这里再过几时罢! 您在这里,我们还要给您做媒哩。伊凡·格力戈利也维支,我们来给他找一个太太可好?"

"好的,好的,找一个太太!"厅长附和着说。"就是您用两手两脚来反抗,您也得结亲。我的好人,没法办! 跟着做,跟着走! 您也无须多话,我们是不喜欢开玩笑的!"

"怎么,我为什么要用两手两脚来反抗呢? 结亲并不是这么一回事,立刻就……首先得有一个新娘子。"

"有的是新娘子呀! 怎么会没有呢? 您要怎么的,就有怎么的。"

"那么,如果这样子……"

"好极,他停下了!"大家都叫喊起来。"万岁,呼尔啦! 保甫尔·伊凡诺维支呼尔啦!"于是手里拿着杯子,跑过来要和乞乞科夫碰杯。乞乞科夫对大家都一一的碰过。

"再来一回!"热昏了的人们说,就只好再碰一回;而且他们还要碰第三回,于是就又碰了第三回。在这暂时之间,大家都非常高兴。厅长在快活的时候,是一个极其可爱的人,屡次抱着乞乞科夫,感动之余,吃吃的说道:"我的亲爱的心肝,我的亲爱的妈妈子!"真的,他还响着指头,绕了乞乞科夫跳舞起来了,一面唱着有名的民歌道:"你这狗入的呀!你这可玛令斯克的种地的呀!"香槟之后,又喝匈牙利葡萄酒,使景况更加活泼,集会更加愉快了起来。打牌是忘记得一干二净了:大家嚷叫着,争辩着,谈论着一切可谈和不可谈的事情——政治,甚而至于军事问题,都发表着自由的意见,倘在平常时候,是即使他自己的孩子,也要因此吃一顿痛打的。一大批非常烦难的问题,都在这时机得了解决。乞乞科夫却还不到这么高兴,他觉得自己已经真是赫尔生省的地主,在讲各种经济上的革新和改良,三圃制度的耕种法,两个精神的幸福与和合,还对梭巴开维支朗诵了一封维特写给夏绿蒂①的押韵的信,但对手却不过睐眼睛,因为他埋在靠椅里,吃了姆鱼之后,实在想要睡觉了。乞乞科夫也立刻悟到自己不免过了分,就托找一辆车,到底是借了检事的马车,回到自己的家去。那车夫,从中途就可以看出他是一个老练的能手,因为他只用一只手拉着缰绳,别一只却反过来紧紧的抓住了沉思着摇来晃去的乞乞科夫。他坐着检事的马车,这样的回到旅馆来,还讲了许多工夫种种的呆话:讲黄头发,红面庞,右颊有一个酒窝的新娘,讲赫尔生省的田产,讲资本金以及这一类的许多事。绥里方也奉到各种关于管理田产的命令:例如他应该把新的移住的农奴全体召集,一个一个的来点名。绥里方默默的听了好久,终于走出屋子去了,只先向彼得尔希加说了一声"喂,给老爷去脱掉衣服!"彼得尔希加首先是去替乞乞科夫脱长靴,几乎连他的人也要从眠床上拉下。到底脱掉了,主人就像平常一样,自己脱衣服,再在床上翻滚了几分钟,翻得眠床都格格的发响,于是乎真的算是赫尔生省的地主而睡去了。其时彼得尔希加便把裤子和发闪的越橘色的燕尾服搬到前房来,挂在木制的钩子上,用毛刷和衣拍拼命的刷呀拍,弄得一条廊下都好像尘头滚滚。他刚要取下衣服来的时候,却望见绥里方

---

① 出于歌德(Goethe)所做的《少年维特之烦恼》。——译者。

从衖堂走出,那是刚由马房里回来的。他们的眼睛相会了,也就仿佛出于本能似的,彼此立刻懂得:老爷睡着了,为什么不到那个酒馆子里去跑一趟呢?彼得尔希加赶紧又把燕尾服和裤子搬进屋里去,走下扶梯来,关于旅行的目的,一字不提,两个人只谈着平常的闲天,走到外面去了。他们的散步,是不必许多时光的,无非穿过街道,向着一所正和旅馆对面的房屋,走进低矮的,熏得乌黑的玻璃门,到了地窖一般的酒馆里,在这里,早有一大群各色各样的人在等候他们了:刮过胡子和不刮的,穿着皮袍和没穿的,只穿一件短衫的,也间有穿了外套的。彼得尔希加和绥里方在这里怎样消遣他们的时光的呢,——只有敬爱的上帝知道;够了,一个钟头之后,他们就臂膊挽着臂膊,默默的走了出来,好像彼此都非常小心,而且大家注意着每一条街的转角。之后是还是臂膊挽着臂膊,也不肯暂时分离一下,足有一刻钟之久,这才走完扶梯,好容易到得楼上。彼得尔希加对着他的矮床,站了一会,静静的想着,像在想他怎么才可以睡得最好,于是横着躺下了,两脚都碰在地板上。绥里方也爬到这床上去,他的头就枕了彼得尔希加的肚皮;他已经全然忘记,这并非他自己的卧处,而他的铺位,是在什么地方的下房里,或是马房里的马匹旁边的了。两人立刻睡去了,起了极有力,极壮大的打鼾,那主人却由鼻子里发出一种轻软的声息,和他们的相和鸣。这之后,全旅馆也都寂静了,所有居人,都入了酣睡;只在一个小窗里,还闪烁着微弱的灯光;这地方就住着那从略山到来的中尉,好像对于长靴,是有很大的嗜好的,因为已经定做了四双,现在又在试穿第五双了。他屡次走到床前去,想脱下长靴来睡觉,然而还是决不定:长靴做得真好,他总是翘起了一只脚,极惬意的看着非常等样的靴后跟。

第 八 章

乞乞科夫的农奴购买,已经成为市镇上谈话的对象了。人们争辩,交谈,还研究那为了移住的目的,来购买农奴,到底是否有利。其中的许多讨论,是以确切和客观出色的:"自然有益,"一个说,"南省的地土,又好又肥,那是不消说得;但没有水,可教乞乞科夫的农奴怎么办呢?那地方是没有河的呀。"——"那倒还不要紧,就是没有河,也还不算什么的,斯台班·特密忒里维支;不过移民是一件很没把握的事情。谁都知道,农奴是怎么的:他搬到新地方去种地——那地方可是什么也没有——没有房屋,也没有庄园——我对你们说,他是要跑掉的,准得像二二如四一样,系好他的靴子,他走了,到找到他,您得费许多日子!"——"不不,请您原谅,亚历舍·伊凡诺维支,我可全不是您那样的见解。如果您说,农奴们是要从乞乞科夫那里逃走的。一个真的俄罗斯人,是什么事情都做得来,什么气候都住得惯。您只要给他一双温暖的手套,那么,您要送他到那里去,就到那里去,就是一直到康木卡太也不要紧。他会跑一下,取点暖,捏起斧头,造一间新屋子的。"——"然而亲爱的伊凡·格力戈利也维支,你可把一件事情完全忘掉了:你竟全没想到,乞乞科夫买了去的是怎样的农奴。你全忘了,一个地主是决不肯这么轻易的放走一个好家伙的,如果不是酒鬼,醉汉,以及撒野,偷懒的东西,你拿我的脑袋去。"——"是了,这我也同意,没有人肯卖掉一个好家伙,乞乞科夫的人们大概多半是酒鬼,那自然是对的,但还应该想一想历来的道德:刚才也许确是一条懒虫,然而如果把他一迁移,就能突然变成一个诚实的奴仆。这在世界上,在历史上,也不是初见的例子了。"——"不——不然,"国立工厂的监督说。"您要相信我,这是决不然的,因为对于乞乞科夫的农奴,现有两个大敌在那里。第一敌——是和小俄罗斯的各省相近,那地方,谁都知道,卖酒是自由的。我敢对你们断定,只要两礼拜,他们便浸在酒里,成为游惰汉和偷懒的了。第二敌——是放浪生活的习惯和嗜好,这是他们从移住学来的。乞乞科夫必须看定,管住,他应该把他们管得严,每一件小事情,都要罚得重,什么也不托别人做,都是自己来,必要的时候,就给鞭子,打嘴巴。"——"为什么乞乞科夫要亲自去给鞭子呢?他可以用一个监督的。"——"好,您找得到很合适的监督吗?那简直都是骗子和流氓!"——"这是因为主人自己不内行,他们这才成为骗子的。"——"对啦,"许多人插嘴说。——"如果地主自己懂一点田产上的事务,明白他的人们——那么,他总能找到好监督。"然而国立工厂的监督抗议了,以为五千卢布以下,是找不到好监督的。审判厅长却指摘说,只用三千卢布,也就能够找一个,于是监督质问道:"您豫备从那里去找他呢? 您能够从您的鼻子里挖出他来吗?"审判厅长的回答是:"鼻子里当然挖不出来的,那不成。不过这里,就在这区里,却是有一个,就是彼得·彼得洛维支·萨木倚罗夫,如果乞乞科夫要他来监督他的农奴,却正是合式的人物!"许多人试把自己置身在乞乞科夫的地位上,和这一大群农奴移住到陌生地方去,就觉得忧愁,真是一件大难事;大家尤其害怕的是像乞乞科夫的农奴那样不稳当的材料,还会造起反来。这时警察局长注意说,造反倒是不足虑的;要阻止它,谢上帝幸而正有一个权力:就是审判厅长。审判厅长也全不必亲自出马,只要送了帽子去,这帽子,就足够使农奴们复归于理性,回心转意,静静的回到家里去了。对于乞乞科夫的农奴们所怀抱的造反性,许多人也发表了意见和重要的提议。那想头可实在非常两样。有主张过度的军营似的严厉和出格的苛酷的,但也有别的,表示着所谓温和。警察局长便加以注意,乞乞科夫现在是看见当面有着神圣的义务;他可以作为自己的农奴们的父亲,而且照他爱用的口气说,则是在他们之间,广施慈善的教化。趁这机会,他还把现代教育的兰凯斯太法[①],大大的称赞了一通。

　　市镇里在这样的谈论,商量,有些人还因为个人的趣向,把他们

---

　　① 英国人 Lancaster(1778—1838)所提倡,以学生间彼此互习为重的教育法,在十九世纪初的俄国,看作教育界的一种革命,因此而起的议论,非常之多。——译者。

的意见传给了乞乞科夫,供给他妥善的忠告,也有愿作护卫,把农奴稳稳当当的送到目的地去的。对于忠告,乞乞科夫很谦恭的致了谢,声明他当随时施用,然而谢绝了护卫,说这完全是多余的事情;由他购买下来的农奴,全是特别驯良的性格。他们自愿一同迁移,心里非常高兴。造反,是无论如何不会有的。

凡有这些议论和谈天,都给乞乞科夫招致了他正在切望的极好的结果。传说散布开来了,说他是一个百万财产的富翁,不会多,可也不会少。在第一章上我们已经见过,对于乞乞科夫,本市的居民是即使没有这回事,原也很是喜欢了他的。况且老实说:他们真的都是好人,彼此和善的往来,亲密的生活,他们的谈话上,也都打着极其诚实和温和的印记的:"敬爱的朋友,伊理亚·伊理支!""听哪,安谛派多·萨哈略维支,我的好人!""你撒谎,妈妈子,伊凡·格力戈利也维支!"向着叫作伊凡·安特来也维支的邮政局长,人往往说:"司泼列辛·齐·德意支①,伊凡·安特来也维支?"

总而言之,那地方是过得很像家族一样的。许多人很有教养:审判厅长还暗记着当时还算十分时髦的修可夫斯基②的《路特米拉》,很有些读得非常巧妙,例如那诗句,"森林入睡,山谷就眠"就是,最出色的是从他嘴里读出"眠"字来,令人觉得好像真的看见山谷睡了觉,为要更加神似起见,到这时候,他还连自己也闭上了眼睛。邮政局长较倾向于哲学,整夜很用功的读着雍格③的《夜》和厄凯支好然④的《神奇启秘》,还做了很长的摘录;摘的是些什么呢,当然没有人能够分明决定。除此之外,他还是一个大滑稽家,他有华丽的言语,据他自己说,也喜欢把他的话"装饰"起来。而且他实在

---

① Sprechen Sie deutsch,德国话,意云"您会说德国话吗?"因为发音和邮政局长的名字相像,所以用作玩笑。——译者。

② Shukovski(1783—1852),俄国的浪漫派诗人。——译者。

③ Young(1826—1884),德国的感伤派诗人。——译者。

④ Eckartshausen(1752—1803),德国的作家。——译者。

是用了一大批繁文把他的话装饰起来的,例如:"亲爱的先生,那是这样的,您可知道,您可明白,您可以想象出来的,大概,所谓"以及别的许许多,他都大有心得;另外他又很适当的用一种意味深长的眨眼,来装饰他的话,或者简直闭上一只眼睛,给人从他那讽刺的比喻里,觉出很凶的表现来。别的绅士们也大抵是很有教养,非常开通的人物:这一个看凯兰辛①,那一个看《墨斯科新报》②,第三个索性什么也不看。有一个,是大家叫作"睡帽"的,如果要他去做事,首先总得使劲的在他胁肋上冲一下,别一个却简直完全是懒骨头,一生都躺在熊皮上,想要推他起来罢,什么力气都白费,于是他也就总不起来了。看他们的外观,自然都是漂亮,体面,殷勤足以感人的人物——生肺病的,其中一个也没有。他们是全属于这一种人种里面的,在只有四只眼睛的温柔的互相爱抚的时候,往往用这样的话来称女人:我的胖儿,我的亲爱的大肚子,我的羔子,我的壶卢儿,我的叭儿之类。然而大抵是良善的种族,可爱的,大度的人物,一个人如果做过他们的客,或者同桌打过一夜牌,就很快的和他们亲密起来,十之九变成他们之一了。——在擅长妙法的乞乞科夫,就更加如此,因为他确是知道着令人喜爱的秘密的。他们热爱着他,至于使他决不定怎样离开这里的方法;他总只听见:"唉唉,只要再一礼拜;请您在我们这里再停一个礼拜罢,保甫尔·伊凡诺维支。"——一言以蔽之,如谚语所说,他成为掌珠了。然而出格的强有力,出格的显著,唔,非常之惊人,非常之奇特的,却是乞乞科夫对于闺秀们的印象。要说明一点这等事,我们是应该讲讲闺秀们本身,以及她们的社会之类,应该用活泼的辉煌的彩色,画出所谓她们的精神的特色来的,然而这在作者,却很难。一方面,是他在高官显宦的太太之前,怀着无

---

① Karamsin(1766—1826),俄国有名的历史家,也是感伤派的作家。——译者。

② 当时的政府的御用报纸。——译者。

限量的尊崇和敬畏的，而别方面……是的，别方面呢……就不过是难得很。却说 N 市的闺秀们……不，这不能，实在的，我怕。——在 N 市的闺秀们，什么是最值得注意的呢……不，奇怪得很，笔不肯动，它好像是一块铅块了。那么，也好：只好把描写她们的性格的事，让给在他的调色版上，比我更有鲜明灿烂的彩色的精粹的别人去；我们却单说一两句她们的外观，大体的表面就够。N 市的闺秀们是原有阔绰之称的，这一点，所有的妇女们可真足取为模范。关于什么正当的举动，什么美善的调子，礼节，以及态度上的最微妙最幽婉的训戒，尤其是关于研究时式，连细微末节也不漏之处，她们实在比彼得堡和墨斯科的闺秀们要进几步。她们穿着富于趣味的衣饰，坐着漂亮的马车，在大街上经过：还依时式带一个家丁，身缀金色丝绦，在踏台上飘来飘去。一张名片，如果那名字是写在杰力夫二或是凯罗厄斯上面的，那就是神圣的物事。① 有两位大家闺秀，以前本是很要好的朋友，也是堂姊妹，就为了这样的一张名片彼此完全闹开——其中之一，没有去回看别一个。她们的丈夫和亲戚后来用尽心力，想她们从新和睦，却枉然——世界上的无论什么事，都该可以做成了，只有这一件可不成：使因为一面怠于回访，变成仇敌的两位闺秀从新和睦。于是这两位，用这市里的绅士淑女们的口气来说，就僵在"互加白眼"里了。关于这问题，有谁得了胜，就也会有许多非常动人的场面，那男人们往往为了他们的保护职务，演出极壮大，极勇侠的表现来。他们之间，决斗自然是没有的，因为大家都是文官；然而他们却彼此竭力来抉发别人的缺点，谁都知道，无论如何，这是比决斗厉害得远的。N 市的闺秀们的风气，非常严紧，以高尚的愤怒，来对付一切过失和诱惑，如果给她们知道一种弱点，就判决得极严。如果她们一伙里，自己有了什么所谓这个那个的事呢，却

————————

① Treff-Zwei oder Karo-Asz 都是纸牌上的花样，大约名字写在那上面，就算是吉利的。——译者。

玩得非常之秘密,谁也觉不出究竟有了什么事。体面总不会损。就是那男人,即使自己觉得了,或者听到了这个那个的事,也早有把握,会引了谚语,简而得要的回答道:"我所不知,我就不管。"这里还该叙述的是N市的闺秀们也如她们那彼得堡的同行一样,在言语和表白上,总是十分留心,而且努力于正当的语调的。没有人听到过她们说:"我醒鼻涕!""我出汗","我吐口水",她们却换上了这样的话:"我清了一下鼻子"或则"我用了我的手巾"。无论如何,也总不能说:"这杯子或盘子臭,"不能的,连觉得有些这意思的影子的话也不能说,要挑选一句,这样的表现来替代它:"这杯子不成样子呵,"或者别的这一类话。因为要使俄国话更加高尚,就把所有言语的几乎一半,都从会话里逐出了,人就只好常常到法国话里去找逃路。这就成了完全两样的事情。用起法国话来,则即使比上面所述的还要厉害的词句,也全不算什么事。关于N市的闺秀们,就表面上说起来,大略如此。自然,倘使再看得深一点,那就又有完全不同的东西出现的:然而深察妇人的心,危险得很。我还是只以表面为度,再往前去罢。这以前,闺秀们是不大提起乞乞科夫的,虽然对于他那愉快的,体面的交际态度,也自然十分觉得。然而自从他的百万富翁的风传,散布了以来,注意可也移到他另外的性质上去了。这并不是我们的闺秀们利己,或是贪财,罪恶只在百万富翁那一句话——不是百万富翁本身,只是那句话;因为这句话的发音中,除暗示着钱袋之外,也还含有一点东西,对于坏人,对于好人,对于非坏非好人,都给以强有力的印象;一言以蔽之,就是没有一个人不受它的影响的。百万富翁有一种便当之处,他能够特别观察那并非出于打算和谋划的非利己的卑屈,纯粹的卑屈:许多人知道得很清楚,他们不会从他这里有所得,也全不是向他有所求,然而偏要跑到他面前去,欣然微笑,摘下帽子,或者遇有百万富翁在场的午餐会,便去设法运动也来招待他自己。说这一种对于卑屈的倾向,也染上了闺秀们,那是不可以的。然而在许多客厅里,却确在开始议论起来,说乞乞科夫固不是美男子的标本,但总不失为一个体面人,假使他再胖上一点点,可就没有这么好看了。当这时候,对于瘦长男子,还来了几句近于侮辱的话:那不过是剔牙杖,不是人。闺秀们的打扮,也留心到各种的装饰了。匹头市场非常热闹,挤也挤不开。简直是赛会。许多马车穿棱似的在跑。有几匹布,是从市集贩来,因为价钱贵,至今不能卖掉的,这回却变成繁销,飞一般的脱手,使商人们也看得莫名其妙。当弥撒之际,看见闺秀们中有一位在衣服下面曳着拖裙,那裙圈胖得很大,至于把整个教堂占领,在场的警察便只好命令人民让出地方,都退到大门口去,以免损害太太的衣服。连乞乞科夫,终于也不得不被对他的异常的注意,引起一点惊异了。大好天气的一天,他回到家里来,看见写字桌上有一封信。发信的是那里,送来的是谁,全都无从明白:侍者说,送信人不许他说出发信人是谁来。信的开头非常直截爽快,就是这样的句子:"不行,我非写信给你不可了!"以下说的是灵魂之间,实有神秘的交感,因为要使这真理格外显得有力,就用上许多点和横线,快要占到半行。再下去接续着几句金言,那确凿,真给人很深的意义,我们几乎负有引在这里的义务的。"什么是人生?——是流寓忧愁的山谷,什么是世界?——是无所感觉的人堆。"发信人于是说到为了去世已经二十五年的弱母,她眼泪滴湿了花笺;并且劝乞乞科夫从此离开拘束精神,闭塞呼吸的都会,跟她到荒野去;一到信的末尾,竟涌出确实的绝望来,用这几行做了结束:

> 两匹斑鸠儿
>
> 载君到坟头,
>
> 彼辈鸣且歌
>
> 示君吾深忧。

末一行其实不很顺当,然而不要紧:信是完全合于当时的精神的。下面不署名,没有本名和姓自然也没有月日和年份。只在附启里,写着乞乞科夫自己的心,会猜出发信的人来,而明天知事家里的跳舞会,这古怪脚色是也要到会的。

一切都很有意思。匿名里面,含有很多的刺戟和诱惑,很多,至于引起了好奇心,使乞乞科夫再拿这信来看了两三遍。终于叫了起来道:"这可是很有意思,如果查出了究竟谁是发信的人!"总而言之,事情确是分明的起了转变了,他把一个钟头以上的工夫,化在奇特的揣摩推测里。于是做一个放开不问的姿势,低下头去,喃喃自语道:"但这信有点非常之故意做作!"以后是不说也知道,很小心的迭好信纸,放在提箱里,和一张戏园广告,以及在那地方已经躺了七年,没有动过的一张婚礼请帖,做了邻居了。这时可真的送进一张知事家里的跳舞会的请帖来。在省会里,这是有点很普通的:什么地方有知事,就也得有跳舞会,要不然,阔人们是很容易欠缺相当的爱戴和尊敬的。

他立刻放下一切,不再看作一回事,抽出身子,专门去做跳舞会的准备去了;因为这件事实在有许多挑逗和刺戟。即使创造世界,恐怕也用不着化在装饰上的那么多的心力和工夫。单是对着镜子,检阅和修炼自己的脸,就要一点钟。他使自己的脸上显出一大串各种不同的表现:照见忽而正经和威严,忽而含着微笑的恭敬,忽而又是不含那种微笑的恭敬;于是对镜鞠几个躬,一面吐着含含胡胡的,颇像法国话的声音,虽然乞乞科夫也并不懂得法国话。之后他又装了一通极其讨人欢喜的惊愕,扬眉毛,牵嘴唇,连舌头也活动了一两次;你敬爱的上帝呵,如果人独自在那里,又觉得自己是一个美丈夫,并且确信没有人在钥匙洞里张望的时候,有什么还会做不出来呢。临末他还轻轻的自己摸一摸下巴,说道:"唉,唉,你这好家伙!"于是动手穿起衣服来。他始终觉得很高兴:一面套裤带,打领结,一面却在装着胡乱的行礼,优雅的鞠躬,并且跳了一下,虽然他从来没有学过跳舞。但这一跳。可出了无伤大雅的结果:柜子发抖。刷子从桌上掉了下来了。

他在会上的出现,引起了非常特别的情形。所有在场的人,都连忙来迎接他。一个还捏纸牌在手里,别一个是正在谈天,到了紧要之处,刚说出"您想,地方法官就回答道……"地方法官究竟怎么回答呢,他却不再讲下去,直奔我们的主角,去和他打招呼了:"保甫尔·伊凡诺维支!""阿,我的天,保甫尔,伊凡诺维支!""亲爱的保甫尔·伊凡诺维支!""可敬的保甫尔·伊凡诺维支!""保甫尔·伊凡诺维支,心肝!""您来啦吗,保甫尔·伊凡诺维支!""他来了哩,我们的保甫尔·伊凡诺维支!""您给我拥抱一下罢,保甫尔·伊凡诺维支!""这里来,给我诚心的接吻一下,我的宝贵的保甫尔·伊凡诺维支!"乞乞科夫觉得,他几乎同时被许多人所拥抱了。他还没有从审判厅长的拥抱里脱出,警察局长就已经把他围在他的臂膊里,警察局长又交给卫生监督,监督交给烧酒专卖局长,烧酒专卖局长交给建筑技师……那知事,这时正和一对闺秀们站在一起,一只手拿一张糖果的包纸,别一只手抱一匹波罗革那的小狗,一看见乞乞科夫,就把两样——包纸和小狗——都抛在地板上,至于使小狗大声的噪起来……总而言之,来客是散布着快活和高兴的。并未愉快得发光的脸,或者并未反映一点一般的高兴的脸,竟一个也没有。官们的脸,在他们的上司前来检阅下属的政绩之际,就这样的发光:这时最初的恐怖消散了,还觉得很得些上司的赞许,竟至于和气的露出一点小小的玩笑来,那就是说几句话,带着愉快的微笑——于是围着他的,跟着他的官们,就高兴的加倍的笑起来了,连话也不大听到,不大明白的官们,也一样的高兴的笑起来了,是的,连远远的一直站在门口,一生从来没有笑过,只给百姓看他拳头的警察——也遵照了反射和模拟的永久不变的定律,在他脸上现出微笑来,不过那微笑,却很有些像他嗅了一种强烈的鼻烟,现在刚刚要打嚏。我们的主角和大家招呼,又给各人回答,自己觉得非常的纯熟:他向右边弯腰,又向左边弯腰,虽然因为习惯,不免略有一点歪,然而不碍事,还是倾倒了所有在场的人物。闺秀们立刻像绚烂的花环似的来围住他,把他罩在各种香气的云雾里:这一个发着玫瑰味,那一个带来紫罗兰和春天的气息,第三个是涌出强烈的木犀草的芳香。乞乞科夫只是昂起鼻子。吸进香气去。她们的装饰上,也展布着无穷的趣味;所有羽纱,缎子和网绸的颜色,全是最时式的轻淡和褪光的,那细微的差别,单是说说名目也就不容易——这地方的文化和趣味,是已经达到这样的高超和精细了。飘带,结子和花束,以如画的纷乱,在衣服上飞动,虽然这纷乱,是由许多不纷乱的头脑,费过不少的时光。头上的轻装只搁在耳朵上,仿佛想要说:"且住! 我要飞去了! 只可惜不能带了我的美人一同去!"她们都穿着很紧窄的衫子,看起来就显出挺拔和合适的丰姿。(我应该趁这机会声明,N 市的闺秀们是都见得有点儿胖胖的,但她们知道很巧妙的收束起来,于是成了很适宜的姿态,人也不觉得她们的肥大了。)一切都经过深思熟虑:颈子和肩膀露出得刚刚合适,不太少,可也不太多;谁都照了自己的感觉和确信,显示着她的东西,来要一个男人的命;其余的部分,就用了很大的鉴识和意趣,遮盖起来:或者用一种飘带做成的,比叫作"接吻"的点心还要轻飘飘的围巾,淡烟似的绕在颈子上,或者在背后的衣服下面,衬一条我们乡下大抵称为"卫道"的细麻所做的小小的花纱。这花纱是前前后后,遮到决不使男子再会送命的程度的,然而这正是害事之处的嫌疑,却也就在这里。长手套并不紧接着袖口,显出肘弯以上的臂膊的动人的一段来,有许多还丰满得令人羡慕;有一些人,因为拉得太高,竟把羔皮手套撕破了——总而言之,好像一切东西,都想要说:"不不,这不是乡下,这是巴黎!"不过有时也突然现出一顶谁也一向没有见过的包帽,或者跳出一枝孔雀毛,或者反对时髦的别的什么和一种只顾自己的趣味的表示来。然而没有这些是不行的——这就是省会的特征:总要露一点这样的破绽。乞乞科夫站在闺秀们的面前,心里想:"但究竟谁是发信人呢?"他试在一刹时中,伸出他的鼻子去;却碰着了肘弯,翻领,袖口,飘带,香喷喷的小衫和衣服的一大阵。粗野的迦落巴特①发狂似的在他眼前奔了过去:邮政局长夫人,地方审判厅长,插蓝毛毛的太太,插白毛毛的太太,乔具亚的公爵咕卜卡咕哩全夫,彼得堡来的一个官,墨斯科来的一个官,法国人咕咕,沛尔勘诺夫斯基先生和沛来本陀夫斯基先生——都忽然当面在地球上出现,在那里奔腾奋迅了。

"我们这里是——全省都在活动了哩!"乞乞科夫后退着,一面自己说。但当闺秀们散开的时候,他却又重行察看,看他可能从颜面和眼睛的表示上,辨出寄信的人来;然而,颜面和眼睛都不告诉他,寄信人是那一个。各到各处,每张脸上都漂泛着一点依稀的可疑,无限的微妙——唉,多么微妙……!"不成,"乞乞科夫心里说:"女人……就是这样的物事"——这时他做了一个示意的手势——"那简直是无话可说的! 如果谁想把她们脸上闪过的一切这曲折和层叠,再来叙述一下,或者模拟一下罢……也简直办不到! 单是她们的眼睛就是一个无边无际的国土,倘有人错走了进去,那就完了! 钩也钩不回,风也刮不出。谁试来描写一下她们的眼神罢:这温润,绵软,蜜甜的眼神……谁知道这样的眼神有多少种呢:刚的和柔的,朦朦胧胧的,或者如几个人所说的'酣畅的'眼神,而且还有并不酣,然而更加危险的——那就是简直抓住人心,好像用箭穿通了灵魂的一种。不成,找不出话来形容的! 这是人类社会的'寻开心的'一半,再没有别的了!"

唉唉,不对! 我不料我们的主角竟滑出一句街坊上的话来。但叫我怎么办呢? 这是在俄国的作家的运命! 不过倘有一句街坊话混进这书里来,可不是作者之罪,倒是读者,尤其是上流的读者之罪:从他们那里,先就听不到合式的俄国话,他们用德国话,法国活,英国话和你应酬,多到令人情愿退避,连说话的样子也拼命的学来

---

① Galoppade,调子极急的跳舞。——译者。

头,存本色:说法国话要用鼻音,或者发吼,说英国话呢,像一只鸟儿还不算到家,再得装出一副真像鸟儿的脸相,而且还要嗤笑那不会学这模样的人。他们所惟一竭力避忌的,是一切俄国话——至多,也不过在乡下造一座俄国式的别墅。这样的是上流的读者,以及一切自以为上流的读者!然而别一面却又有:那么的严厉,那么的要求!他们简直要最规矩,纯粹,高尚的文体来做文章——一句话,是要俄国话自己圆熟完备,从云端里掉了下来,正落在他们的舌头上,只要一张口,教跑出外面去就好了。人类社会的女性的一半,自然是很难猜测的;但我得声明,我觉得可敬的读者先生,却往往更其难以猜测。

这之间,乞乞科夫越加惶惑,不知道怎么从所有在场的闺秀里,认出发信人来了。他再来一种试验,用了研究的眼光,去观察她们中的每一个,觉得那些多情的女性的眼睛里,都闪烁着一点东西,是使可怜的凡骨的心中,收得希望和甘甜的痛楚,这使他终于喊起来道:"不行,还是枉然的,我看不出!"但这对于他始终如一的大高兴,却并无丝毫影响。还是用他那快活的,无拘无束的态度,和一两位闺秀谈几句趣话,开着又快又小的脚步,忽而走向这个,忽而走向那个,轻飘飘的绕着女人,转来转去,好像穿高底靴的老花花公子,即俄国一般叫作"耗子公马"的一样。如果他要迅速稳当的穿过一群人,就鞠一个躬,同时把脚儿伸出一点去,就是所谓螺旋势子或是花花公子画花押。闺秀们都很愉快而且满足,不但是从他这里发见了一大堆可取和有趣的特色了,还在他脸孔的表情上,看出了一点凡有女人们一定非常喜欢的,尊严的,勇敢的,威武的东西来。真的,为了他,人几乎要吵架了:许多人立刻觉到,乞乞科夫是大抵站在门口近旁的,大家就都要来坐靠近门口的椅子,有一位闺秀比别一位占了先,这时就几乎现出不舒服的局面,有许多自己也想去坐的人,对于这无耻和胡闹,都气愤得很。

乞乞科夫和闺秀们施展着活泼的谈天,其实倒是她们向他来施展着活泼的谈天,给了他许多非常微妙和优秀的比喻的话头,全都得加以想象和猜测,弄得他满头流汗,至于忘记了去尽礼节的义务:就是向这家的主妇问安。直到听见已经对他站了两三分钟的知事太太的声音,这才记得起来了。知事太太亲密的摇着头,用了柔和的,又有些狡猾的音调,向他说话道:"阿,您来啦,保甫尔·伊凡诺维支!……"我在这里,不能把知事太太的话完全再现,我只知道她说了几句非常友爱和亲热的句子,就是我们的最高雅的作家们常常写在小说和故事里的,名媛和侠士所说的那一类,他们是特别偏爱描写我们客厅里的生活,而且趁这机会,显出他们是精微的情景的大知识家来的。她说的大约是:"人已经这么利害的占领了您的心,里面竟没有一块小地方,没有一点小角落,剩给您这么忍心忘却了的别人了吗?"我们的主角立刻转向知事太太去,而且已经想好了回答,那回答,比起我们从斯风斯基,林斯基,理定,格来明所写的时行小说里,以及从别的出场人物之类的军人们那里所听到的来,自然只会好,不会坏,但当他在无意中一抬眼的时候,却忽然遭了打击似的停止了。

知事太太站在他面前,然而并不止她自己:她还挽着一个十六七岁的年青的姑娘,鲜明的金色发,精致整齐的相貌,尖锐的下巴和卵圆的脸盘,实在可以给美术家去做画圣母的模范,在无论什么东西:山和树林,平野,脸,嘴唇和脚,都喜欢广大的俄国,是很不容易找出来的——当他走出罗士特来夫家的时候,当他的车子,因为车夫发昏或是马匹的碰巧的冲突,和她的马具缠绕起来的时候,当米卡衣叔和米念衣叔想来解开这纠纷的结子的时候,他在路上遇见的,就是这金色发。乞乞科夫非常狼狈了,至于嘴里再也说不出有条理的句子来,只吃吃的讲了一句痴呆的含胡话,无论是斯风斯基或林斯基,理定或格来明,都决不肯使他滑出口来的。

"您还没认识我的女儿罢?"知事太太说。"她是刚从女塾里毕业出来的。"

他回答说,他曾经出乎意外地和她有过相见的光荣;以后还想添上几句去,然而完全失败了。知事太太又说了一两句话,就和她的女儿走向大厅的那一头,去招呼另外的客人,乞乞科夫却还生根一般的站着。他在这地方还站了很久的工夫,恰如一个高高兴兴的到街上去散步的人,周围景象,无不浏览,却突然立住了,因为他想了起来,自己还忘记了什么;恐怕再没有比这样的人,更加不中用的了:只一击就从他脸上失去了无忧无愁的样子。他竭力的回想,自己究竟忘记了什么呢;手巾么?手巾就塞在衣袋里!他的钱?钱可是也在的!好像什么也没有缺,然而总有一个莫名其妙的妖魔,在耳朵边悄悄的告诉他忘记了什么。他只是胡胡涂涂的看着潮涌的人群,尾追的马车,兵们的枪和帽,店家的招牌之类,心里却并不明白。乞乞科夫也就是这模样,和周围的事情全不相关了。这之间,从女人的发香的口唇里,向他飞过许多柔腻的质问和暗示来。"我们这些可怜的地上居民可以斗胆的问您,您在沉思着什么吗?"——"您的思想所寄托的幸福的旷野,是在什么地方呢?"——"引您进这快活的瞑想之谷的那人的名字,我们可以知道吗?"然而他不再看重这些问题了,闺秀们的亲爱的言语,恰如说给了风的一样,是的,他竟这样的疏忽,至于放闺秀们静静的站着,自己却跑到大厅的那一边,去探知事太太和她女儿的踪迹去了。但闺秀们却并不肯这么轻易的就放手——各人都暗自下了坚固的决心,要用尽对于我们的心,非常危险的药味,要用尽她们的极顶强烈的撩人之力。我在这里应该夹叙一下,有几个闺秀——我说,有几个,决不是全体——是被一个小小的弱点所累的:如果她觉得自己有一点动人之处,无论前额也好,嘴也好,手也好,就以为这种特色,别人也应该立刻佩服,大家异口同声的喊道:"瞧呀,瞧呀,她有多么出色的希腊式的鼻子呀!"或者是"多么整齐的动人的前额呵!"如果有很美的肩膀呢,她首先就相信一切青年男子,都要给这肩膀所迷,她一走过,就无条件的叫起来道:"阿呀,她有多么出色的肩膀呀!"而对于脸孔,头发,眼睛和前额,却看也不看,即使看,也不过当作不关紧要的东西。闺秀们中的有几个,是在这样的想的。但这一晚上,却谁都立下誓愿,在跳舞之际,要竭力表现得动人,还把自己的最大美艳的特色,显得非常明白。邮政局长夫人在应着音响,跳着华勒支舞之间,把她俊俏的头,非常疲乏的侧了起来,令人觉得真的到了上界。一个非常可爱的闺秀,到会的目的,是完全不在跳舞的,用她自己的话来说,是在右脚的大趾上,有了鸡眼睛模样,豌豆儿大小的不舒服或是不便当,所以她只得穿了绒鞋,——但竟也坐不住了,就穿着她的绒鞋跳了几回华勒支,为的是不过使邮政局长夫人不要太自鸣得意。

然而这些一切,对于乞乞科夫并无豫期的效验;他几乎不看闺秀们的脚步和身段,只是踮起脚尖,从大家的头上张望着可爱的金头发的所在;忽而又弯低一点,由肩膀和臂膊之间去找寻她;他到底找到她了,他看见她和母亲坐在一起,头上俨然的摇动着插在一种东方式包帽上的羽毛。他好像就要向这堡垒冲锋了。春色恼杀了他,还是有谁在背后推他呢?总之,他就不管一切阻碍,决然的冲过去:烧酒专卖局长被他在肋下一推,好容易才能用一条腿站住,总算幸而还没有因此撞倒一排人;邮政局长也向后一跳,吃惊的看定他,带着一点微妙的嘲笑;但乞乞科夫却一看也不看,他只为那带着长手套的远地里的金头发生着眼睛,满心全是飞过场上,直到那边的希望了。这时在别一角落上,已经有四对跳着玛兹尔加:靴后跟敲着地板,一个陆军里的大尉,用了肉体和精神,两手和两脚,显出他们梦里也没有做过的奇想的姿势来。乞乞科夫几乎踏着了跳舞者的脚,一直跑向知事太太和她的女儿所坐的地方去。然而,待到和她们一接近,他却非常胆怯,也不再开勇往直前的小步,竟简直有些窘急,在一切举动上,都显出仓皇失措来了。

在我们的主角那里,真的发生了一点所谓恋爱吗,不能断定;像他那样的人,或者是并不很胖,却也并不太瘦的人,竟会有恋爱的本领吗,也可疑得很;然而这里却演出了一点连他自己也讲不明白的奇特的情景:据他后来自己说,他觉得,仿佛全个跳舞会以及喧嚣和杂沓,在一刹时中,都退到很远的远方,提琴和喇叭,好像在山背后作响,一切全如被烟雾所笼罩,似乎草率地涂在一幅画布上面的平原。而在这朦胧地,草率地涂在画布上面的平原里,却独独锋利而分明的显着动人的年青的金头发的优美的丰姿:她那出色的卵形的脸盘,她那苗条的充实的体态,这是只在刚出女塾的女孩儿身上,才得看见的,还有她那近乎质朴的洁白的衣服,轻松的裹着娇柔的肢节,到处显出堂皇的精粹的曲线来。她好像一件象牙雕成的奇特美丽的小玩意;在朦胧昏暗的群集里,惟独她灿然的见得雪白和分明。

这世界上,也会有这等事;乞乞科夫在他的一生中,虽然不过很短的一瞬息,但也成了一下子诗人了;不过诗人的名目,也还过份一点。至少,在这瞬间,他觉得自己像是一个少年人,或者一个时髦的骠骑兵了。那美人儿旁边恰有一把椅子是空的,他连忙坐下去。谈话开首有些不中肯,不久也就滔滔不绝,他而且得意了起来,然而……我应该在这里声明我的很大的惋惜,凡是身负重要的职务,上了年纪,有了品位的人,和闺秀们谈天,是有一点不大顺口的;说得很流畅的只有中尉,大尉以上的高级军官就全不行。他们在说什么呢,只有上帝知道:可总不是怎么高明的物事,但年青的姑娘们却笑得抖着肩膀;一个枢密顾问官倒也会对你们讲些极顶神妙的东西:说俄罗斯是一个强国,或者说句应酬话,自然并非没有精神的,不过全都很带着钞书的味道,倘若他说一点笑话,自己先就笑个不停,比听着的闺秀们还利害。我在这地方加了这样的声明,为的是要使读者明白,为什么在我们的主角谈话中间,我们的金头发竟打起呵欠来了。但我们的主角好像全没有觉得,仍旧不住的搬出他在各处已经用过许多回的所有出色的物事来,例如:在洵毕尔斯克省的梭夫伦·伊凡诺维支·培斯贝七尼那里,这时住着他的女儿亚兑拉大·梭夫伦诺夫娜和她那三个堂姊妹:马理亚·喀夫理罗夫娜,亚历山特拉·喀夫理罗夫娜和亚兑拉大·喀夫理罗夫娜;还有,在略山省的菲陀尔·菲陀罗维支·贝来克罗耶夫那里;在喷沙省的弗罗勒·华西理也维支·坡背陀诺斯尼和他的兄弟彼得·华西理也维支那里,这时住着他们的堂姊妹加德里娜·密哈罗夫娜和两个侄孙女;罗若·菲陀罗夫娜和爱密理亚·菲陀罗夫娜;最后是在伐忒卡省的彼得·华尔梭诺夫也维支那里,住着他的儿媳的姊妹贝拉该耶·雅戈罗夫娜和侄女苏非亚·罗斯谛斯拉夫娜和两个异父姊妹苏非亚·亚历山特罗夫娜和玛克拉土拉·亚历山特罗夫娜。

乞乞科夫的态度惹起了一切闺秀们的不平。其中的一个故意在他旁边经过,要他悟出这一点来,并且用她展开的裙裾,稍稍卤莽地扫着金头发,一面又整理着在她肩头飘动的围巾,那巾角就正拂在这年青闺秀的脸孔上;也在这时候,别一位闺秀便在乞乞科夫的背后,和从她那里洋溢出来的紫罗兰香一起,嘴里飞出了一句颇为恶毒的辛辣的言辞。然而无论他实在没有听见,或者不过装作不听见,他的举动在这地方却真的有些不合,因为闺秀们的意见是总该给点尊重的。他也后悔自己的过失,但可惜是在后来,已经到了太晚的时候了。

许多脸上都画出了应有的愤怒。纵使乞乞科夫的名声在交际场里有这么大,纵使谁都确信他拥有百万的家财,纵使他脸上带着威严的,英勇的神气,——但有一件事,是闺秀们决不饶恕男人的,无论怎样,无论是谁,他一定完结。女人和男人比较起来,性格上原也较为没有力,但到有些时候,她却不但坚强不屈胜于男人,还胜于世界上的一切。乞乞科夫在无意中显了出来的藐视,使那因为椅子事件,几乎破裂的闺秀们复归于平和与一致了。在她们随便说说的不关紧要的言语中,就会突然发见恶毒尖利的嘲讽。完成了这不幸的,是又有一个少年人,做了一两节关于跳舞者的讥刺诗,在外省的跳舞会里,没有这事是几乎不收场的。这诗又立刻说是乞乞科夫之作了。愤怒越来越大,闺秀们聚集在大厅的各处角落上,彼此切切私语,还给他几句非常不好的指斥;可怜的金头发也被奚落得半文不值,宣告了她的死刑。

这之间,却有一个极顶恼人的袭击,等候着我们的主角;当他的年青的对手打着呵欠,他向她讲述古代各种的故事,说到希腊哲学家提阿改纳斯的时候,罗士特来夫却突然上台,就从客厅的一间后房里走出来了。他从休息室里来,还是从那打着大牌的绿色小屋里跳出来的呢,他的出现,是由于自愿,还是被人赶出来的呢,总之,他高兴地,非常快活地走进客厅里来了,还挽着检事,他确是已经被拖了好久了的,因为这可怜的检事皱着眉头,看来看去,大约是在设法来摆脱他那亲密的旅行的向导。而且他的境遇,实在也很难忍受的。罗士特来夫拖过两杯红茶——自然加了蔗酒的——来,一饮而尽;于是又是讲大话。乞乞科夫一在远处望见他,就决计牺牲了目前的佳遇,赶紧飞速的走开,因为这会面,是决不会有好事情的。但不幸的是身边竟忽然现出知事来,自说找到了保甫尔·伊凡诺维支,非常高兴,并且将他坚留,请他判断和两位闺秀之间的小小的辩论;因为关于妇女的爱之是否永久,大家的意见还不能相同;但这时候,罗士特来夫却已经看见,一径向他跑来了:

“阿,唷! 赫尔生的地主! 赫尔生的地主!”他叫喊着跑近来,一面哈哈大笑,笑得他那红如春日蔷薇的鲜活的面庞,只是抖个不住。“怎么样? 你买了许多死人了吗? 您要知道,大人!”于是转向知事那边,放开喉咙,喊道:“他在做死魂灵的买卖哩! 真的,听罢,乞乞科夫! 听哪,我是看交情才对你说的,在这里的我们,都是你的好朋友,大人也在这里,我要绞死你,真的,我要绞死你!”

乞乞科夫一点办法也没有了。

“您不相信我罢,大人!”罗士特来夫接着说。“他对我说的是:‘听哪,把您的死掉的魂灵卖给我罢,’我几乎要笑死了。待到我上了市镇,人们却告诉我说他因为要移住,买了三百万卢布的魂灵,了不得的移住呀! 他到我这里就来过死人的。听哪,乞乞科夫:你是一只猪,天在头上,你是一只猪! 大人也在这里,对不对,检事先生?"

　　然而检事和乞乞科夫都非常失措,简直找不出答话来;罗士特来夫却有些快活起来了,不管别人,尽说着他的话:"哦,哦,我的乖乖……如果你不告诉我为什么要买死魂灵,我是不放开你的。听哪,乞乞科夫,你应该羞;你一定自己也明白,你没有比我再好的好朋友了。瞧罢,大人也在这里……对不对,检事先生?您不相信罢,大人,我们彼此有怎样的交情,实在的,如果您问我——我站在这里,如果您问我:'罗士特来夫,从实招来,你的亲爷和乞乞科夫两个里,你爱谁呀!'那我就回答说:乞乞科夫!天在头上!……心肝,来呀,让我和你接一个吻,亲一个嘴。您也许可我和他接一个吻罢,大人。请你不要推却,乞乞科夫,让我在你那雪白的面庞上,亲一个嘴儿罢!"然而罗士特来夫和他的亲嘴来得很不像样,几乎是直奔过去的。大家都从他身边退开,也不再去听他了。不过他那买死魂灵的话,却是放开喉咙,喊了出来的,又带着响亮的笑声,所以连停在大厅的较远之处的客人们,也无不加以注意。这报告来得太兀突,使大家的脸上带着一半疑惑,一半胡涂的表情,一声不响的呆立起来。乞乞科夫并且看见许多闺秀们都在使着眼色,恶意的可憎的微笑着,在有几个的脸上,还看出一点非常古怪的东西和另有意思的东西来,于是更加狼狈了。罗士特来夫是一个说谎大家,那是谁都知道的,从他那里听些胡说八道,也是谁都不以为意:然而尘世的凡人——唉唉,怎么这凡人竟会这样的呢,可实在很难解:一有极其昏妄,极其无聊的新闻,只要是新闻,他就无条件的散布到别一个凡人那里去,虽然也说:"又起了多么大的谣言了呵!"那别一个凡人就尖起耳朵,听得很高兴,后来固然也说道:"然而这是一个大谎,完全不必相信的!"于是连忙出外,去找第三个凡人,告诉他这故事,之后又因了义愤,同声叫喊道:"多么下贱的谎话呀!"而消息就这样的传遍了全市镇,所有在此的凡人们,多日谈论着这件事,一直到大家弄得厌倦,这才说,这故事是没有谈论的价值的。

这无聊之至的偶然的事故,使我们的主角很是心神不定了。一个呆子的很胡涂,很荒谬的话,也往往会使一个聪明人手足无措。他忽然觉得很不舒服,而且苦恼了,好像穿着擦得光亮的长靴,踏在醒醒的,发臭的水洼里;总而言之,这不漂亮,很不漂亮!他要竭力的不想它,忘掉它,疏散它。他还坐下去打牌,然而什么都不顺手,像一个弯曲的轮子:他错抓了两回别人的牌,有一回还至于忘记了并不该他打,却擎起手,打出自己的牌去了。这保甫尔·伊凡诺维支,是一个好手,并且还可以称为精细的赌客,怎么会犯这样的错误,而且连他自说是希望所寄,有如上帝的毕克王也打掉了的呢,审判厅长简直想不出缘故来。邮政局长,审判厅长,还有警察局长,自然也照例的和我们的主角打趣,说他一定在恋爱,而且他们知道,保甫尔·伊凡诺维支是怀着一颗发火的心的。谁使他的心受伤的呢,他们也很明白。然而这并不能给他慰安,虽然他也竭力的装出笑容,用玩笑来回答他们的玩笑。晚餐也没有使他快活起来。纵使席上非常适意,而且罗士特来夫也因为连闺秀们也说他胡闹,早已被人赶走了。当跳着珂蒂伦①时,他竟忽然坐在地板上,去抓跳舞者的衣裾,照闺秀们的口气说,这实在是大失体统的。晚餐吃得很愉快,在闪耀着三臂烛台,花朵,瓶子和装满点心的碟子之间的一切脸孔,都为了虚荣的欢喜和满足在发光。军官们,闺秀们和穿燕尾服的绅士们,谁都献着出格的殷勤。有一个大佐,竟用出鞘的刀尖,把汤碟子挑到他的闺秀的前面。有了年纪的绅士们,连乞乞科夫也在内,则在热心的讨论,一面嚼着硬煮食品的鱼或肉,尽量的撒上胡椒末,一面吐出确切的言语来;人们所争论的,正是乞乞科夫向来很有趣味的对象,但这一晚上,他却像一个从远道归来,疲乏困顿的人,脑子并不听他的指挥,他也没有参加的兴致。他竟等不及晚餐散席,

---

① Kotillon,大抵是两人一班,四班同起的跳舞,曾经风靡全俄,尤其是外省的。——译者。

大反了往常的习惯，一早就回到家里去了。

在读者已经很熟悉的门口摆着柜子，角落上窥探着蟑螂的屋子里，他的精神和思想，也如他所坐的桌兀不安的靠椅一样，不大平静。他的心很沉闷。一种沉重的空虚在苦恼他："鬼捉了玩出这跳舞会的那些东西去！"他愤愤的叫道。"他们为什么要这样的高兴？全省满是坏收成，物价腾贵和饥荒，他们却玩跳舞会！有什么好处：一大批娘儿们的旧货。奇怪的是她身上穿着一千卢布以上的东西。归根结蒂，还是农奴们拿他的租钱来付，结果也终于还是我们的。谁都知道，男人们为什么要这么敛钱，纳贿的呢：就是为了给他的女人买很贵的围巾，衣服，以及别的鬼知道叫作什么！这为的是什么呀？为的不过是使放荡的娘儿们可以说，邮政局长太太有一身好衣服哩，——因此就抛掉一千卢布。于是嚷道：跳舞会，跳舞会，多么愉快呀！妈的这样的跳舞会，我看和俄罗斯精神是一点也不合的，这完全是一种非俄罗斯制度。呸，还有哩：像精赤条条的拔光了毛的魔鬼似的，忽然跳出一个上了年纪的黑燕尾服的汉子来，把腿摇来摇去。别一个又和另一个弄在一起，和他谈着正经事，一面却又在地板上左左右右，玩出古怪花样来……这都不过是猴子学样；猴子学样罢了。因为法国人是到了四十岁，还像十五六岁的孩子一样的，所以我们也得这么的来一下！哼，真的，我觉得每一个跳舞会之后，就总要弄出一件什么坏事情，连想也想不得！脑袋的空虚，就恰如和一个场面上的名人谈了天，他说的全是浮面，讲的都靠书本；听起来原也很漂亮，有味的，然而听着的人的脑袋，还是先前似的一无所得；其实倒不如和一个简单的商人去谈天，他只知道自己的本行，然而知道得透彻，切实，比起所有这些小摆设来，更要有价值。究竟从这样的跳舞会里能弄出什么来呢？不知道可有一个作家，想照式照样，写出一切情形来的没有？即使做了书，那跳舞会本身，却还是荒谬胡涂之至的。不知道这究竟有什么影响：道德的，还是不道德的呢？究竟怎样，鬼才知道。人就只要吐一口唾沫，抛掉书！"对于跳舞会,乞乞科夫大概说得这么不合意;但我相信,他的不满,是另外还有一个原因的。招他憎恨的,其实全不是跳舞会,倒是那情状,当大众之前,忽然来了一道莫名其妙的光,于是他就扮演了很奇特,很暧昧的脚色了。自然,如果他用了明白人的眼睛来看这事故,他是会觉得一切都是小事情,一句呆话也毫无关系的,尤其是在要事已经幸而办妥了的现在。但是——人却有一点希奇:使他很恼怒的正是失掉了这人的寄托,虽然对于这寄托,他自己并不看重,评的极苛,还为了他们的尚浮华和爱装饰下过很锋利的攻击。待到经过充足的历练,知道他自己也该负一点罪,那就更加恼怒了。纵使他毫不气忿自己,而且当然还是不错的。可惜我们谁都有这一个小小的弱点,就是总要爱护自己,却去找一个邻近的东西,来泄自己的恼怒,或者用人,或者恰巧碰到的下属,或者自己的女人,或者简直是一把椅子,我们就把它摔到门口或者鬼知道的什么地方去,碰下它一条腿,或是一个靠手来,给看看我们绅士之流的恼怒。

乞乞科夫也立刻找到一个邻近,应该将自己的恼怒,全都归他负担的来了。这亲爱的邻近就是罗士特来夫,不消说,他就上上下下,四面八方的拼命的痛骂了一通,恰如偷儿的对于村长,车夫的对于旅客,对于远行的大尉,看情形也对于将军的一样,在许多古典的咒骂上,另外再加上一大批新鲜的,由他自己的发明精神而来的东西。罗士特来夫的整部家谱被拉出来了,他家族里的许多列祖列宗,都遭了利害的玩弄。

但当乞乞科夫为阴郁的思想所苦恼,一睡不睡的坐在他那坚硬的靠椅里,痛责着罗士特来夫和他的全家的时候,当烛光渐渐低微,烛心焦了一大段,脂烛随时怕会熄灭的时候,当窗外的漆黑的暗夜,已由熹微的晨光,转成莽苍苍的曙色的时候,当远处已有一二鸡鸣,在睡着的市镇的街道上,悄悄的走着一个只知道一条(可惜只是一条)不可拘束的俄罗斯人民所走的道路的,穿着简单的呢外套的莫辨地位和出身的不幸人的时候——在市镇的那一头,使我们主角的苦恼的地位更加为难的戏剧,却已经在开幕了。这时候,在远处的大街和小巷里,轧轧的走着一件非常奇特的东西,一下子很难叫出名目,既不像客车,也不像篷车,可又不像半篷车,倒仿佛一个胖面颊,大肚子的西瓜,搁在一对轮子上。这西瓜的面颊,就是车门,还剩有黄颜色的痕迹,但是很不容易关,因为闩和锁都不行了,只用几条绳勉强的缚住。西瓜里面,塞满着纱枕头,有像烟袋的,有圆的,也有和普通枕头一样的,还有袋子,装着谷物,白面包,小麦面包,捏粉的咸饼干。上面还露着一只填王瓜的鸡和王瓜馅的包子。马夫台上站着一个人,家丁模样,身穿杂色的手织麻布的背心。他不刮脸,头发是已经花白起来了。这是常见的人物,在我们那里的乡下,普通都叫作"小子"的。这铁轮皮和锈螺钉的喧闹惊醒了街的那一头的巡丁,抓起钺斧,在睡眼惺忪中放声大叫道:谁呀?待到他觉得并没有人,不过是猛烈的车轮声在远处作响,便伸手在领子上捉住一个小动物,走近街灯去,就在那地方亲手用指甲执行了死刑。于是又放下钺斧,遵照着他的武士品级的规矩,仍旧熟睡了。马匹的前蹄时时打着失,因为没有钉着马掌,而且也分明因为它们还没有熟悉这幽静的市镇的街道。这辆车又转过几个弯,从一条街弯进别一条去,终于通过圣尼古拉区教堂旁边的昏暗的小巷,停在住持太太的门口了。从车子里爬出一个姑娘来,头戴包帕,身穿背心,捏起两个拳头,像男人似的使劲的捶门。(那杂色麻布背心的小子,是因为他睡的像死尸一样,后来被拉着脚,从他的位置上拖开了。)狗儿噪了起来。接着也开了门。好容易总算吞进了这不像样的车辆。车子拉到堆着柴木,搭着许多鸡棚和别的堆房的狭小的前园里;才从车子里又走出一位太太来;这就是女地主十等官夫人科罗皤契加。我们的主角一走,这位老太太就非常着急,怕自己遭了他的诓骗,在三夜不能睡觉之后,终于决了心,虽然马匹还未钉好马掌,也一定亲赴市镇,去探听一下死魂灵是什么时价,而且她这么便宜的卖掉了,是否归结上了一个大当。她的到来,会发生什么结果呢,读者从两位闺秀的谈天里，立刻可以知道了。这谈天……但这谈天，还不如记在下一章里罢。

第 九 章

有一天早晨，还在 N 市的访客时间之前，从一家蓝柱子，黄楼房的大门里，飘出一位穿着豪华的花条衣服的闺秀来了，前面是一个家丁，身穿缀有许多领子的外套，头戴围着金色锦绦的亮晃晃的圆帽。那闺秀急急忙忙的跳下了阶沿，立刻坐进那停在门口的马车里。家丁就赶紧关好车门，跳上踏台，向车夫喝了一声"走"。这位闺秀，是刚刚知道了一件新闻，正要去告诉别人，急得打熬不住。她时时向窗外探望，看到路不过走了一半，就非常之懊恼。她觉得所有房屋，都比平时长了一些，那小窗门的白石造成的救济所，也简直显得无穷无尽，终于使她不禁叫了起来道："这该死的屋子，就总是不会完结的！"车夫也已经受了两回的命令，要他赶快："再快些，再快些，安特留式加！你今天真是赶的慢得要命！"到底是到了目的地了。车子停在一家深灰色的木造平房的前面，窗上是白色的雕花，外罩高高的木格子；一道狭窄的板墙围住了全家，里面是几株细瘦的树木，蒙着道路上的尘埃，因此就见得雪白。窗里面有一两个花瓶，一只鹦鹉，用嘴咬着干子，在向笼外窥探，还有两只叭儿狗，正在晒太阳。在这屋子里，就住着刚才到来的那位闺秀的好朋友。对于这两位闺秀，作者该怎样地称呼，又不受人们的照例的斥责，却委实是一件大难事。找一个随便什么姓罢——危险得很。纵使他选用了怎样的姓——但在我们这偌大的国度里的那里的角落上，总一定会有姓着这姓的人，他就要真的生气，把作者看成死对头，说他曾经为了探访，暗暗的来旅行，他究竟是何等样人，他穿着怎样的皮外套散步，他和什么亚格拉菲娜·伊凡诺夫娜太太有往来，以及他爱吃的东西是什么；如果说出他的官位和头衔来——那你就更加危险了。上帝保佑保佑！现在的时候，在我们这里，对于官阶和出身，都很神经过敏了，一看见印在书上，就立刻当作人身攻击：现在就成了这样的风气。你只要一说：在什么市镇上，有一个傻家伙——那就是人身攻击，一转眼间，便会跳出一位一表非凡的绅士来，向人叫喊道："我也是一个人，可是我也是傻的吗?"总而言之，他总立刻以为说着他自己。为豫防一切这种不愉快的未然之患起见，我们就用N市全部几乎都在这么称呼她的名目，来叫这招待来客的闺秀罢，那就是：通体漂亮的太太。她的得到这名目，是正当的，因为她只要能够显得极漂亮，极可爱，就什么东西都不可惜，虽然从她那可爱里，自然也时时露出一点女性的狡猾和聪明，在她的许多愉快的言语中，有时也藏着极可怕的芒刺！对于用了什么方法，想挤进上流来的人物，先不要用话去伤她的心。但这一切，是穿着一套外省所特有的细心大度的形式的衣裳的。她的一举一动，都很有意思，喜欢抒情诗，而且也懂得，还把头做梦似的歪在肩膀上，一言以蔽之，谁都觉得她确是一位通体漂亮的太太。至于刚才来访的那一位闺秀，性格就没有那么复杂和能干了，所以我们就只叫她也还漂亮的太太罢。她的到来，惊醒了在窗台上晒太阳的叭儿狗：简直埋在自己的毛里面了的狮毛的阿兑来和四条腿特别细长的雄狗坡忒浦儿丽。两匹都卷起尾巴，活泼的嗥着冲到前厅里，那刚到的闺秀正在这里脱掉她的外套，显出最新式样，摩登颜色的衣服和一条绕着颈子的长蛇[①]。一种浓重的素馨花香，散满了一屋子。通体漂亮的太太一知道也还漂亮的太太的来到，就也跑进前厅里来了。两位女朋友握手，接吻，叫喊，恰如两个刚在女塾毕业的年青女孩儿，当她们的母亲还没有告诉她这一个的父亲，比别一个的父亲穷，也不是那么的大官之前，重行遇见了的一样。她们的接吻就有这么响，至于使两匹叭儿狗又嗥起来，因此遭了手帕的很重的一下，——那两位闺秀

---

① Boa,指女人用的做成蛇形的皮围巾。——译者。

当然是走进淡蓝的客厅里,其中有一张沙发,一顶卵圆形的桌子,以及几张窗幔,边上绣着藤萝;狮毛的阿兑来和长脚的胖大坡忒浦儿丽,也就哼着跟她们跑进屋子里。"这里来,这里来,到这角落上来呀!"主妇说,一面请客人坐在沙发的一角上。"这才是了,这才对了!您还有一个靠枕在这里呢!"和这句话同时,又在她背后塞进一个绣得很好的垫子去;绣的是一向绣在十字布上的照例的骑士;他的鼻子很像一道楼梯,嘴唇是方的。"我多么高兴呵,一知道您……我听到有谁来了,就自己想,谁会来的这么早呢?派拉沙说恐怕是副知事的太太罢,我还告诉她哩:这蠢才又要来使我讨厌了吗?我已经想回复了……"

那一位闺秀正要说起事情,摊出她的新闻来,然而一声喊,这是恰在这时候,从通体漂亮的太太那里发出来的,就把谈话完全改变了。

"多么出色的,鲜明的细布料子啊!"通体漂亮的太太喊道,她一面注意的检查着也还漂亮的太太的衣服。

"是呀,很鲜明,灵动的料子!但是普拉斯科夫耶·菲陀罗夫娜说,如果那斜方格子再小些,点子不是肉桂色的,倒是亮蓝色的,就见得更加出色了。我给我的妹子买去了一件料子;可真好!我简直说不上来!您想想就是,全是顶细顶细的条纹,在亮蓝的底子上,细到不过才可以看得出,条纹之间可都是圈儿和点儿,圈儿和点儿……一句话,真好!几乎不妨说,在这世界上是还没有什么更好看的。"

"您知道,亲爱的,这可显得太花色了。"

"阿呀,不的!并不花色!"

"唉唉,真是!太花色的利害!"

我应该在这里声明,这位通体漂亮的太太,是有些近乎唯物论者的,很倾于否认和怀疑,把这人生的很多事物都否定了。

但这时也还漂亮的太太却解说着这并不算太花色,而且大声的说道:"阿呀,真的,幸而人们没有再用折迭衣边的了!"

"为什么不用的?"

“现在不用那个,改了花边了!”

“阿唷,花边可不好看!”

“那里,人们都只用花边了,什么也赶不上花边,披肩用花边,袖口用花边,头上用花边,下面用花边,一句话,到处花边。”

“这可不行,苏菲耶·伊凡诺夫娜,花边是不好看的!”

“但是,安娜·格力戈利也夫娜,好看呀,真是出色的很,人们是这么裁缝的:先迭两迭,迭出一条阔缝来,上面……可是您等一等,我就要说给您听了,您会听得出惊,并且说……真的,您看奇不奇:衫子现在是长得多了,正面尖一点,前面的鲸须撑的很开;裙子的周围是收紧的,像古时候的圆裙一样,后面还塞上一点东西,就简直 à la belle femme① 了。”

“不行,您知道,这撑的太开了! 这可是我要说的!”通体漂亮的太太喊了起来,还昂着头一摇,傲然的觉得自己很严正。

“一点不错,这撑的太开了,我也要这么说!”也还漂亮的太太回答道。

“那倒不,敬爱的,您爱怎么着,就怎么着罢,我可不跟着办!”

“我也不……如果知道什么都不过是时行……什么也都要完的! 我向我的妹子讨了一个纸样,只是开开玩笑的,您知道。家里的眉兰涅,可已经在做起来了。”

“什么,您有纸样吗?”通体漂亮的太太又喊了起来,显出她心里分明很活动。

“自然。我的妹子送了来的!”

“心肝,您给我罢,谢谢您!”

“可惜,我已经答应了普拉斯科夫耶·伊凡诺夫娜的了。等她用过之后?”

“什么普拉斯科夫耶·伊凡诺夫娜穿过之后,谁还要穿呀? 如

---

① 法国话,可解作“成为美妇人”的意思。——译者。

果您不给自己最亲近的朋友，倒先去给了一个外人，我看您实在特别得很！"

"但她是我的叔婆呀！"

"阿唷，那是怎样的叔婆？不过从您的男人那边排起来，她才是您的亲戚……不，苏菲耶·伊凡诺夫娜，我不要听这宗话——您安心要给我下不去，您已经讨厌我，您想不再和我打交道了……"

可怜的苏菲耶·伊凡诺夫娜竟弄得完全手足无措。她很知道，自己是在猛火里面烧。这只为了夸口！她想用针来刺自己的胡涂的舌头。

"可是，我们的花花公子怎么了呢？"这时通体漂亮的太太又接着说。

"阿呀，真的，真的呀。我和您坐了这么一大片工夫。一个出色的故事！您知道么，安娜·格力戈利也夫娜，我给您带了这样的新闻来了？"这时她才透过气来，言语的奔流，从舌头上涌出，好像鹰群被疾风所驱，要赶快飞上前去的一样。在这地位上说话，是她的极要好的女朋友也属于人情之外的强硬和奇酷的了。

"您称赞他，捧得他上天就是，随您的便，"她非常活泼的说。"可是我告诉您——就是当他的面，我也要说的，他是一个没有价值的人；没有价值的，没有价值的人！"

"对啦，但是您听着罢，我有事情通知您！"

"人家都说他好看，可是一点也不好看，一点也不——他的鼻子——他就生着一个讨厌的鼻子。"

"但是您让我，您让我告诉您，心肝，安娜·格力戈利也夫娜，您让我来说呀。这真是好一个故事，我告诉您，一个 'Ss'konapell istoar'①的故事，"那女朋友显着完全绝望的神情，并且用了恳求的声音说。——当这时候，写出两位闺秀用了许多外国字，并且在她们

---

① 夹着俄国语法的错误的法国语，意思是"所谓历史的事件"。——译者。

的会话里夹进长长的法国话语去，大约也并非过份的。然而作者对于为了我们祖国的利益，爱护着法国话的事，虽然怀着非常的敬畏，对于我们的上等人为了祖国之爱和它的统一，整天用着这种话的美俗，虽然非常之尊敬，却总不能自勉，把一句外国话里的句子，运进这纯粹的俄罗斯诗篇里面去，所以我们也还是用俄国话写下去罢。

"怎样的一个故事呢？"

"唉唉，我的亲爱的安娜·格力戈利也夫娜，您可知道我现在是怎样的一个心情呀！您想想看，今天，住持夫人，那住持的太太，那希理耳神甫的太太，到我这里来了；哪，您想是怎么样？我们这文弱的白面书生！您早知道的，那新来的客人，您看他怎么样？"

"怎的？他已经爱上了住持太太了吗？"

"那里那里！安娜·格力戈利也夫娜！要是这样，还不算很坏哩！不是的，您听着就是，那住持太太对我怎么说！'您想想看，'她说，'女地主科罗皤契加忽然闯到我这里来了，青得像一个死人，还对我说，哦，她对我说什么，您简直不会相信。您听着就是，她对我说的是什么！这简直是小说呀！在半夜里，全家都睡觉了，她忽然听到一个怪声音，这可怕是说也没有法子说，使尽劲道的在敲门，她还听到人声音在叫喊：开门！开门！要不，我就捣毁了……'唔，您以为怎么样？您看我们的花花公子竟怎么样？"

"哦，那么，那科罗皤契加年青，漂亮吗？"

"唉唉，那里！一个老家伙！"

"这倒是一个出色的故事！那么他是爱弄老的？哪，我们的太太们的脾气也真好，人可以说。一下子就着了迷了。"

"这倒并不是的，安娜·格力戈利也夫娜！和您所想象的，完全是另一回事。您想想看，他忽然站在她面前了，连牙齿也武装着，就是一个力那勒陀·力那勒提尼[①]，并且对她吆喝道：'把灵魂卖给我，

---

① Rinaldo Rinaldini，有名的强盗故事中的主角。——译者。

那些死掉了的,'他说。科罗皤契加自然是回答得很有理:'我不能卖给您;他们是已经死掉的了。'——'不,'他喊道,'他们没有死。知道他们死没有死,这是我的事,'他说,'他们是没有死的,没有死的!'他叫喊着。'他们是没有死的!'总而言之,他闹了一个大乱子,全村都逃了,孩子哭喊起来,大家嚷叫着,谁也不明白谁,一句话,不得了,不得了,不得了! 您简直不能知道,安娜·格力戈利也夫娜,当我听了这些一切的时候,我有多么害怕。'亲爱的太太,'我的玛式加对我说。'您去照一照镜子罢! 您发了青了!''唉唉,现在照什么镜,'我说,'我得赶快上安娜·格力戈利也夫娜那里去,去告诉她哩。'我立刻叫套车。我的车夫安特留式加问我要到什么地方去,我却说不出一句话儿来,只是白痴似的看着他的脸。我相信,他一定以为我发了疯了。唉唉,安娜·格力戈利也夫娜,如果您能够知道一点我怎么兴奋呵!"

"哼! 真是奇怪得很!"通体漂亮的太太说。"死魂灵,究竟是什么意思呢? 我老实说,这故事我可是一点也不懂,简直一点也不懂。我听说死魂灵,现在已经是第二回了。我的男人说,这是罗士特来夫撒谎! 但一定还有什么藏在里面的!"

"不不,您就单替我设身处地的来想一想罢,安娜·格力戈利也夫娜,当我听了的时候,我是怎样的心情呵! '现在呢,'科罗皤契加说,'我全不知道应该怎么着了! 他硬逼我在什么假契据上署名,'她说,'并且把一张十五卢布的钞票抛在桌子上。我,'她说,'是一个不通世故的,无依无靠的寡妇,这事情什么也不明白。'就是这样的一个故事呀! 阿唷,如果您能够知道一点我怎么的兴奋呵。"

"不不,您要说什么,说您的就是! 这并不是为了死魂灵呀! 有一点完全别样的东西藏在这里面的。"

"老实说,我也早就这么想的,"也还漂亮的太太说,有一点吃惊。她又立刻非常焦急,要知道究竟藏着什么了,于是漫然的问道:"但从您看来,那里面藏些什么呢?"

"但是,您怎么想呀?"

"我怎么想?……老实说,我好像在猜谜。"

"但我要知道,您究竟是什么意见呢?"

然而,也还漂亮的太太却什么也想不出,所以就不开口。对于事物,她只会兴奋,至于仔细的想象和综合,却并不是她的事,因此她比别人更极需要细腻的朋友,给她忠告和帮忙。

"那就是了,我来告诉您,这死魂灵是有什么意思的,"通体漂亮的太太说,她的女朋友就倾听,而且还尖着耳朵;她的耳朵好像自己尖起来了。她抬起身,几乎要离开了沙发,她虽然有点苗实的,但好像忽然瘦下,轻如羽毛,看来只要有一阵微风,便可以把她吹去似的了。

一样情形的是俄国的贵公子,他是一个爱养狗,爱打猎,也爱游荡的人,当他跑近森林时,从中正跳出一只追得半死的兔子,于是策马扬鞭,赶紧换上弹药,接着就要开火。他的眼睛看穿了昏沉的空气,决不再放松一点这可怜的小动物。纵使当面是雪花旋舞的广野,用了成束的银星,射着嘴巴和眼睛,胡须,眉毛和值钱的獭皮帽,他也还是不住的只管追。

"死魂灵是……"通体漂亮的太太说。

"怎样?什么?"那女朋友很兴奋的夹着追问道。

"死魂灵是……!"

"阿唷,您说呀,看上帝面上!"

"不过一种虚构,也无非是一个假托。其实是为了这件事:他想诱拐知事的女儿。"

这结论实在很出意料之外,而且无论从那一点来看,也都觉得离奇。也还漂亮的太太一听到,就化石似的坐在她的位置上;她失了色,青得像一个死人,这回可真的兴奋了。"阿呀,我的上帝!"她叫起来,还把两手一拍。"这是我梦也没有做到的!"

"我还得说,您刚刚开口,我就已经知道,那为的是什么了,"通体漂亮的太太回答道。

"这一来,那么,对于女塾的教育,人们会怎么说呢?这可爱的天真烂熳的!"

"好个天真烂熳!我听过她讲话了!我就没有这勇气,敢说出这样的话来。"

"您知道,安娜·格力戈利也夫娜,现在的风俗坏到这地步,可真的教人伤心呀。"

"然而先生们还都迷着她哩。我可以说,我是看不出她一点好处来。……她做作得可怕,简直做作得教人受不住。"

"唉唉,亲爱的安娜·格力戈利也夫娜,她冷得像一座石像,脸上什么表情也没有。"

"不不,她多么做作,多么做作得可怕,我的上帝,多么做作呵!她从谁学来的呢?不过我从来没有见过一个女孩子,有这么装腔作势的脾气的。"

"亲爱的,她是一个石像,苍白的像死尸。"

"唉唉,请您不要这么说罢,苏菲耶·伊凡诺夫娜,她是搽胭脂的,红到不要脸。"

"不的,您说什么呀,安娜·格力戈利也夫娜;她白的像石灰一样,简直像石灰。"

"我的亲爱的,我可是就坐在她旁边的呢,她面庞上搽着胭脂,真有一个指头那么厚,像墙上的石灰似的一片一片的掉下来。这是她的母亲教她的。母亲原就是一个精制过的骚货,但女儿可是赛过母亲了。"

"不不,请您原谅,不不,您只说您自己的,我可以打赌,只要她用着一点点,一星星,或者不过一丝一毫的红颜色,我就什么都输出来,我的男人,我的孩子,所有我的田产和家财!"

"阿呀,您竟在说些什么呀,苏菲耶·伊凡诺夫娜,"通体漂亮的太太把两手一拍,说。

"那里,您多么奇特呵!真的我只好看看您,出惊了!"也还漂亮的太太也把两手一拍,说。

两位闺秀对于几乎同时看见的,简直不能一致,读者是不必诧异的。在这世界上,实在有很多东西,带着这种希奇的性质;一位闺秀看作雪白,别一位闺秀却看作通红,红到像越橘一样。

"那么,再给您一个证据罢,她是苍白的,"也还漂亮的太太接着说。"我还记的非常清楚,好像就在今天一样,我坐在玛尼罗夫的旁边,对他说道:'您看哪,她多么苍白呵!'真的,倘要受她的迷,我们的先生们还得再胡涂一点呢。还有我们的花花公子先生……我的上帝,这时候,他多么使我讨厌呵!您是简直想象不来的,他多么使我讨厌呵!"

"但有几位太太,对于他可也并非毫无意思的。"

"您说我吗,安娜·格力戈利也夫娜?这您可不能这么说。没有的事,没有的事!"

"我可并不是说您,世界上也还有别的女人的呀!"

"没有的事,没有的事,安娜·格力戈利也夫娜。请您允许我通知一句,我是很明白我自己的;这和我不相干;但别的太太们,那些装作难以亲近的样子的,却难说。"

"那里的话,对不起,请您给我说一句,我可一向没有闹过这样的丑故事。别人会这样也说不定,然而不是我,这是您应该许可我通知您的。"

"您为什么这么发恼呢?您之外,也还有别的太太们在那里的,她们争先恐后的去占靠门的椅子,为的是好坐得和他近一点。"

人也许想,也还漂亮的太太一说这些话,接着一定要有一阵大雷雨了;但奇怪的是两位闺秀都突然不说话,预期的风暴并没有来。通体漂亮的太太恰巧记得了新衣服的纸样还没有在她的手中,也还漂亮的太太也知道还没有从她最好的朋友听过新发见的底细,因此这么快的就又恢复了和平。况且这两位闺秀们,不能说她天性上就有散布不乐的欲望,性情原也并不坏,不过当彼此谈天的时候,总是自然而然的,不知不觉的愿意给对手轻轻的吃一刀;那两人中的一人,间或因此得点小高兴,而这女朋友,有时是会说很亲昵的话语的:"这是你的!拿了吃去罢!"男性和女性,心里的欲望就如此的各式各样。

"我只还有一件事想不通,"也还漂亮的太太说,"那乞乞科夫,他不过是经过这里,怎么能决定一件这样骇人的举动来呢。他总该有一个什么帮手的。"

"您以为他是没有的吗?"

"您看怎么样,谁能够帮他呀?"

"是罗,譬如——罗士特来夫!"

"您真的相信——罗士特来夫?"

"怎么不?他什么都会做的。您莫非不知道,他还想卖掉他的亲爷,或者说的正确一点,是拿来做赌本哩。"

"我的上帝,我从您这里得了多么有趣的新闻呵!罗士特来夫也夹在这故事里,我真的想也想不到。"

"我可是马上就想到了!"

"这真教人觉得世界上无所不有!您说罢,当乞乞科夫初到我们这市镇里来的时候,谁料得到他会闹这样的大乱子的呢?唉唉,安娜·格力戈利也夫娜,如果您知道我怎样的兴奋呵!倘使我没有您,没有您的友情和您的好意……我真要像站在深坑边上一样……我得向那里去呢?我的玛式加凝视着我,觉得我白的像死人,对我说道:'亲爱的太太,您白的像一个死人了!'我还告诉她说:'唉唉,玛式加,我现在想的却完全是别的事情呢!'真的,就是这样!而且罗士特来夫也伏在那里面!好一个出色的故事!"

也还漂亮的太太很焦急,要知道关于诱拐的详情,就是日期,时间,以及别的种种,然而她渴望的太多了。通体漂亮的太太不过极简单的声明,她一点都不知道。况且她是从来不撒谎的:一种大胆的推测——那是另外一件事,但这也只以那推测根据于甚深的内心的确信为限;真的一有这内心的确信,这闺秀可也就挺身而出,那么,即使有最伟大的律师,且是著名的辩才和异论的征服者,去和她论争一下试试罢:这时候,他这才明白:内心的确信是怎样的东西了。

这两位闺秀们把先前仅是推测的事情,后来都成为确信,那是毫不足怪的。我们这些人,简洁的说,就是我们,我们称之为聪明的人们,那办法就完全一样,我们的学者的讨论,就是最好的证据。一位学者,对于事物,首先是像真的扒手一样,非常小心,而且近乎胆怯的来开手的,他提出一个极谦和稳健的问题:"此国之得名,是否自地球上之某处而来?"或是"此种记载,能或传于后世,将来否?"或是"吾等不应解此民众为如何如何之民众乎?"于是他立刻引据了古代的作家,只要发见一点什么暗示,或者只是他算作暗示的暗示,他就开起快步来了,勇气也有了,随便和古代的作家谈起天来,向他们提出质问去,接着又自己来回答,把他那由谦虚稳健的推测开手的事一下子完全忘记了;这时他已经好像一切都在目前,非常明白,以这样的话,来结束他的观察道:"而是乃如此。此民众应作如此解。此乃根据,应借以判别此对象者也!"于是俨然的在讲座上宣扬,给大家都听得见——而新的真理就到世界上去游行,以赢得新的附和者和赞叹者。

当我们的两位闺秀用了许多锐利的感觉,把这么错杂纠缠的事件,顺顺当当的解释清楚了的时候,那检事,却和他的永久不动的脸孔,浓密的眉毛和眨着的眼睛,走进客厅里来了。两位闺秀便马上报告他一切的新闻,讲述购买死魂灵,讲述乞乞科夫诱拐知事小姐的目的,而且讲的这么长,一直弄到他莫名其妙。他迷惑似的永是站在老地方,眨着左眼睛,用一块手帕揩掉胡子上面的鼻烟,听到的话却还是一句也不懂。当这时机,闺秀们便放下他不管,跑了出去,各奔自己的前程,到市里去发生骚扰去了。这计划,不过半点多钟就给她们做到。市镇由最内部开始,什么都显了很野的激昂,一下子就没有人还知道别的事。闺秀们是善于制造这种烟雾的,使所有的人,尤其是官员,都几乎茫然自失。她们的地位,开初就像一个中学生,用纸片卷了鼻烟,就是我们这里叫作"骠骑兵"的,探进睡着的同窗的鼻孔里面去。那睡着的人呼吸有些不通畅了,一面却以打鼾的全力,吸进鼻烟去,醒了,跳了起来,瞪着眼睛,看来看去,像一个傻子,却不明白他在什么地方,出了什么事;但接着又觉到了射在墙上的太阳的微光,躲在屋角里的同窗的笑声,穿窗而入的曙色,已经清醒的森林,数千鸟声的和鸣,在朝阳下发闪,在芦苇间曲折流行的小河,那明晃晃的波中,有无数稀湿的儿童在嬉游,叫人去洗澡——这时他才觉得,他鼻子里原来藏着骠骑兵。我们的市镇里的居民和官员的景况,开初就完全是这样的。谁都小羊似的呆站着,而且瞪着眼睛。死魂灵,知事的女儿和乞乞科夫;这一切都纠缠起来,在他们的脑袋里希奇古怪的起伏和旋转;待到最先的迷惘收了场,他们这才来区别种种的事物,将这一个和那一个分开,要求着清帐,但到他们觉得关于这事件简直不能明白的时候,他们就发恼了。"这算是什么比喻,哼,真的,死魂灵是什么昏话呢? 这故事和死魂灵,有什么逻辑关系呢? 那么,人怎么会买死魂灵? 那里会有这样的驴子来做这等事? 他用什么呆钱来买死魂灵? 他拿这死魂灵究竟有什么用? 况且:知事的女儿和这事件又有什么相干? 如果他真要诱拐她,为什么他就得要死魂灵? 如果他要买死魂灵,又何必去诱拐知事的女儿? 莫非他要把死魂灵来送知事的女儿吗? 市里流传着怎样的一种胡说白道呵! 多么不像样:人还来不及回头看一看,这胡涂话就已经说给别人了……如果这事件还有一点什么意义呢! ……但别一面也许有什么藏在那里面,否则也不会生出这种流言来。总该有什么缘故的。但死魂灵能是缘故的吗? 什么混帐缘故也不是。这实在就像'一个木雕的马掌','一双煮软的长靴'或是'一只玻璃的义足'一样!"总而言之,凡是说话,闲谈,私语,以及全市里所讲述的,都不外乎死魂灵和知事的女儿,乞乞科夫和死魂灵,知事的女儿和乞乞科夫，一切东西，全都动弹起来了。好像一阵旋风，吹过了沉睡至今的市镇。所有的懒人和隐士，向来是终年穿着睡衣，伏在火炉背后，忽而归罪于靴匠，说把他的长靴做得太小了，忽而归罪于成衣匠或者他的喝醉的车夫的，却也都从他们的巢穴里爬了出来，连那些久已和他的朋友断绝关系，只还和两位地主熊皮氏先生和负炉氏先生相往来的人们（两个很出名的姓氏，是从"躺在熊皮上"和"背靠着炉后面"的话制成，在我们这里很爱说，恰如成语里的"去访打鼾氏先生和黑甜氏先生"一样，那两人是无论侧卧，仰卧，以及什么位置的卧法，都能死一般的熟睡，从鼻子里发出大鼾，小鼾，以及一切附属的声音来的）；连那些请吃五百卢布的鱼羹和三四尺长的鲟鳇鱼，还有只能想象的入口即化的馒头，也一向不能诱他离家的人们，也统统出现了；一言以蔽之，好像是这市镇显得人口增多，幅员加广，到处令人心满意足的活泼的交际模样。居然泛起一位希梭以·巴孚努且维支先生和一位麦唐纳·凯尔洛维支先生来了，这是先前毫没有听到过的；忽然在客厅里现出一个一臂受过弹伤的长条子，一个真的巨人来了，这大块头，是一向没有看见过的。街上是只见些有盖的马车，大洪水以前的板车，嘎嘎的叫的箱车，轰轰的响的四轮车——乱七八遭。在别的时候和别的景况之下，这流言恐怕绝不会被注意，但 N 市久已没有了新闻。从最近的三个月以来，在都会里几乎等于没有所谓谈柄，而这在都市里，是谁都知道，那重要不下于按时输送粮食的。忽然间，这市镇的居民分为代表两种完全不同的意见的，两个完全相反的党派了：男的和女的。男人们的意见胡涂之至；他们只着重于死魂灵。女党则专管知事女儿的诱拐。这一党里——为闺秀们的名誉起见，说在这里——用心，秩序和思虑，都好得差远。这分明是因为女人的定命，原在成为贤妻，到处总在给好秩序操心的。在她们那里，一切就立刻获得一种确凿而生动的外观，显豁而切实的形状，无不明明白白，透彻而且清楚，好像一幅完工的钩勒分明的图画。现在这事情了然了，说是乞乞科夫原是早已爱上了那人的,说是她也到花园里在月下去相会,说是倘使没有乞乞科夫的前妻夹在这中间(怎么知道他已经结过婚的呢,谁也说不出),知事也早把他的女儿给乞乞科夫做老婆了,因为他有钱,像犹太人一样,说是那女人的心里还怀着绝望的爱,便写了一封很动人的信给知事,又说是乞乞科夫遭了她父母的坚决的拒绝,便决计来诱拐了。在许多人家里,这故事却又说得有点不同:乞乞科夫并没有老婆,但是一个精细切实的汉子,他要得那女儿,就先从母亲入手,和她有了一点秘密的事,这才说要娶她的女儿,母亲可是怕了起来,这是很容易犯罪,违背宗教的神圣的禁令的,便为后悔所苛责,一下子拒绝了,那时乞乞科夫才决了心,要把女儿诱拐。也还有一大批说明和修正,那流言传得愈广,一直侵入市边和小巷里,这些说明和修正也发生得愈多。在我们俄国,社会的下层,是也极喜欢上等人家的故事的,所以便是那样的小人家,也立刻来谈这丑闻,虽然毫不知道乞乞科夫,却还是马上造成新的流言和解释。这故事不断的加上兴味去,逐日具备些新鲜的和一定的形态,终于成为完全确切的事实,传到知事太太自己的耳朵里去了。知事太太是一家的母亲,是全市的第一个名媛,为了这故事,非常苦恼,况且她真的想也想不到,于是就大大的,也极正当的愤激了起来。可怜的金头发,是挨了一场十六七岁的女孩儿很难忍受的极不愉快的面谕。质问,指示,谴责,训戒和威吓的洪流,向这可怜的娃儿直注下来,弄得她流泪,呜咽,一句话也不懂;门丁是受了严厉的命令,无论怎样,也决不许再放进乞乞科夫来。

闺秀们彻底的干了一通这位知事太太,完成了她们的使命之后,便去拉男党,要他们站到自己这面来。她们说明,死魂灵的事情,不过是一种手段,因为要避去嫌疑,容易诱拐闺女,所以特地造出来的。男人们里的许多便转了向,加进闺秀们的党里去,虽然蒙了他们同志的指摘和非难,称之为罗袜英雄和娘儿衫子——这两个表号,谁都知道,对于男性是有着实在给他苦痛的意义的。

然而男人们纵使这么的武装起来，想顽强的来抵抗，他们这党里却总是缺少那些女党所特出的秩序和纪律。他们全都不中用，不切实，不合式，不调和，不正当；脑袋里满是混杂和纷乱，思想上是缠夹和胡涂——一言以蔽之，就是把男人的倒楣的本性，粗鲁，拙笨，迟钝的本性，既不会齐家，又没有确信，不虔诚，又懒惰，被永是怀疑和顾忌恐怖所搅坏的本性，很确切的暴露出来了。据男人们说，诱拐一个知事的女儿，骠骑兵比文人还要擅长，乞乞科夫未必来做这种事，不要相信女人，她们统统是胡说白道的，女人就像一只有洞的袋子，装进什么去，也漏出什么来：那应该着眼的要点，是死魂灵，虽然只有鬼知道那是怎么一回事，但也确有什么很不好，很讨厌的东西藏在那里面的。为什么男人们会觉得藏着什么很不好，很讨厌的东西的呢——我们不久就知道。这时恰恰放出一个新的总督到省里来了——这分明就是使官员们陷于不安和激昂情状的事件：于是永远要有各种查考和叱责了，于是头要洗得干净，摆得规矩了，于是上司照例办给他的下属的一切的羹汤，大家就总得喝尽了。——"上帝呀！"官员们想，"只要他一知道市镇上传播着这样的流言，他就不会当作笑话，可真的要发怒的呵。"卫生监督忽然完全发了青，他把这解释的很可怕了，怕"死魂灵"这句话，也许暗示着近来生了时疫，却因为办理不得法，死在病院里和别地方的许多人，怕乞乞科夫到底是从总督衙门里派出来的一个官，先来这里暗暗的探访一下的。他把自己的忧虑告诉了审判厅长。审判厅长说不会有这等事，但自己也立刻发了青，因为起了这思想：然而，如果乞乞科夫所买的魂灵确是死的呢？他不但许可了买卖契约，还做了泼留希金的证人。万一传到总督的耳朵里去了呢，那可怎么办？他把自己的忧虑去通知别几个，别几个也都忽然发青了：这忧愁刹时散布开去，比黑死病传染得还快。谁都在自己身上找出了并未犯过的罪案。"死魂灵"这句话显着很广泛的意义，至于令人疑心到它也许指着新近埋掉两个人的那两件事了。那两件案子都了结的还不怎么久。第一件，是几个梭耳维且各特的商人们闹出来的,他们在市镇的定期市集上,做过生意之后,就和几个从乌斯德希梭里斯克来的熟识的商人们来一桌小吃。俄国式的小吃,但用德国式的手段:羼水烧酒,柠檬香糖热酒,药酒,以及别的种种。这小吃,自然照例以勇敢的混战收场。梭耳维且各特的先生们,把乌斯德希梭里斯克的先生们痛打了一顿,虽然这一面在胁肋上也挨着很利害的几下,肚子上又受了伤,证明着阵亡的战士的拳头,有多么非常之大。胜利者中的一个,就像我们的拳斗家的照例的说法,张扬了起来,这就是说,鼻子给打扁了,只剩着一节指头的那么一点点。商人们都认了罪,并且声明,他们也太开了小玩笑。不久,大家就都说,为了这命案,他们每人出了四张一百卢布的钞票;此外就全都不然。但据研讯的结果,乌斯德希梭里斯克的商人们却都是被煤气闷死的了。于是他们也就算是这样的落了葬。别一件,出的还不久,那是这样子的:虱傲村的官家农奴连络了幡罗夫村的,以及打手村的官家农奴,好像把一位宪兵,原是陪审官资格,叫作特罗巴希金的,从地上消灭了。这位宪兵,就是陪审官特罗巴希金,非常随便,时常跑到他们的村里去,那情形几乎有疫病一般的可怕。但那原因,大约是在他有一点心肠软,对于村里的女人实在太热心。这案子也没有十分明白,虽然农夫们简直说,这宪兵爱闹的像一匹雄猫,他们逐了他不只一两回,有一回还只好精赤条条的从一家小屋子里赶出。为了他的心肠软,宪兵是当然要受严罚的,但别一方面,如果虱傲村和打手村的农奴真的和谋害有关,其专横却也不合道理,难以推诿。事情总是莫名其妙;人看见那宪兵倒在路上;他的制服或是他的长衫,像一堆破衣,相貌也几乎分辨不清了。案件弄到衙门里,终于移在刑事法庭,经私下的豫先商量之后,就发出这样意思来:人们聚集,即成惊人之数,故农奴中之何人,应负杀害宪兵之罪,殊不可知,况在特罗巴希金一方面,已系死人,纵使胜诉,亦属无聊,但农奴们是还在活着的,所以从宽发落,当有大益,于是下了判决,陪审官特罗巴希金应自负其死亡之责,因为他对于虱傲村和打手村之农户,加以法外之压逼,而且是在夜间乘橇归家之际,突然中风身故的。这案子好像已经了结得很圆稳;但官员们却又忽而觉得,这所谓死魂灵者,又即和这事件有关。正值这时候,可又来了一些事,即使没有这些事,官员们已经够在困苦的地位的了,然而知事又收到了两封信。一封是通知,说据最近的密报,省中有人在造假钞票,用的是各种不同的姓名。所以应该立即施行严厉的查缉。别一封是邻省知事的关于漏网的强盗的通知,谓在贵省的绅士群中,倘忽见有可疑之人,既无旅行护照,又无别种正当之证明书,则应请即将此人逮捕。两封信惹起了全体的惶恐;所有先前的豫料和推测,忽然都毫无用处了。这里面,关于乞乞科夫模样的话,自然是一句也没有的。但大家各自回想起来,却谁也不很明白乞乞科夫究竟是什么人,他自己也不过很含混,很游移的发表过他的身世,他单是说,他生平经历过大难,因为他想给真理服役,所以只得惹起目前的猜疑。然而这些话还是太朦胧,太含混。而且他又说,他有许多要他性命的敌人,那就更得想一想了:莫非他正有生命的危险,莫非他正在被穷追,莫非他正要开手做什么……那么,他究竟是何等样人呢? 当他制造假钞票的人,或者竟是一个强盗,那自然是不能的——他有一副那么堂堂的相貌;但首先是:他实在是何等样人呢? 到这时候,官员诸公这才起了开初就该发生的疑问,就是在这诗篇的第一章里,就该发生的疑问了。大家又决定到卖给他死魂灵的人们那里,去研究几件事,至少,是想知道那交易是怎样的情形,死魂灵究竟该作怎样的解释,以及乞乞科夫是否在偶然间,或者滑了口走漏过一点他的计划和目的,或者对他们讲过他是什么人。最先是到科罗皤契加那里去,但所得并不多:他用十五卢布买了死魂灵,也还要买鸟毛,哦,他还和她约定,竭力来买她另外的一切。他也把脂肪供给国家,所以他的确是骗子;因为先已有人买了她的鸟毛,而且把脂肪供给过国家。他什么利益都垄断,住持太太就给骗去足足一百卢布了。此外也探不出什么来;她说来说去,总只是这几句,于是官员们即刻明白,科罗蟠契加简直不过是一个痴呆的老虔婆。玛尼罗夫声明:他敢担保保甫尔·伊凡诺维支,犹如担保自己一样。只要他能有保甫尔·伊凡诺维支那样出众的人格百分之一,他就极情愿放弃全部财产;一说到他,他大抵就细起了眼睛,还吐露了一点关于友情的思想。这思想,自然是尽够证明他温良的心术的;但对于这事件本身,他却并没有说明白。梭巴开维支回答道:由他看来,乞乞科夫是一个体面的人,他,梭巴开维支,只卖给了他最好的农奴,无论从那一点看,都是壮健活泼的人物;然而他自然不能担保将来就不会出什么事。倘使他们吃不起移住的辛苦,在路上死掉了,那就不是他的罪;这全在上帝的手中,世界上时疫和别的死症多得很,已经有过全村死尽的事实了。官员诸公又用了别一种方法来救自己的急,这实在不能说是高明的,然而也常常使用。他们曲曲折折,使相识的奴仆,去打听乞乞科夫的跟丁,看他们是否知道自己主人的过往经历和生活关系中的一点什么节目。然而打听出来的也很少。从彼得尔希加,除了那一些住房的霉臭之外,他们毫无所得,绥里方也不过短短的说明道:“他先前是官,在税关上办事的。”这就是一切。这一流人,是有一种希奇古怪的脾气的:如果直截的问他们什么事,他们就什么也说不出。他们不能在自己的脑袋里把这事连结起来,或者只是简单的说,他们不知道。但倘若问他们别的事,可就什么都搬出来了,只要你愿意,而且还讲的很详细,连你从来并不想听的。官员们所做的一切的调查,只使他们明白了一件事:乞乞科夫到底是什么人呢,他们实在不知道,但他一定总该是什么人。他们终于决定,关于这对象,要有一致的意见,至少是弄出一个切实的判断来,他们怎么办,他们取什么标准,他们该怎样调查,他是什么人,是政治的不可放过,应该逮捕监禁的人,还倒是一个能把他们自己当作政治的不可放过的脚色,加以逮捕监禁的人呢。为了这目的,大家就彼此约定,都到警察局长的家里去,读者也早经熟识,那全市的父母和恩人的家里去了。

第 十 章

　　大家都聚在读者已经知道他是全市的父母和恩人的警察局长的家里。在这地方，官员们这才得了一个机会，彼此看出他们的面颊，为了不断的愁苦和兴奋，都这么的瘦损了下来。实在，新总督的任命，还有极重要的公文，末后是可怕的愁苦——这些一切，都在他们的脸上留着分明的痕迹，连大家的燕尾服也宽大起来了。谁都显得可怜和困顿。审判厅长，卫生监督，检事，看去都瘦削而且发青，连一个叫作什么绥蒙·伊凡诺维支的，谁也不知道他姓什么，示指上戴一个金戒指，特别爱给太太们看的人，也居然瘦损了一点。自然，其中也有几个大胆无敌的勇士，没有恐怖，没有缺点，不失其心的镇定的，然而那数目少得很；唔，可以算数的其实也只有一个，就是邮政局长。只有他总是平静如常，毫无变化，当这样的时候也仍然说：“明白你的，你总督大人。你还得换许多地方，我在我的邮局里，却就要三十年了。”对于这话，别的官员们往往这样的回报他道：“你好运气，先生！”“司泼列辛·齐·德意支①，伊凡·安特来伊支。”“你的差使是送信——你只要把送到的信收下来，发出去；你至多也只能把你的邮局早关一点钟，于是向一个迟到的商人，为了过时的收信，讨一点东西，或者也许把一个不该寄送的小包，寄送了出去。在这样的情形之下，自然是能唱高调的。但是你到我们的位置上来试试看，这地方是天天有妖魔变了人样子出现，不断的要你在手里玩点把戏的。你自己完全不想要，他却塞到你手里来。你的晦气并不怎么大；你只有一个小儿子。我这里呢，上帝却实在很保佑着我的泼拉司科夫耶·菲陀罗夫娜，使她每年总送给我一个泼拉司科式

---

　　① 见第八章。——译者。

加或是彼得鲁式加①。如果这样，你也就要唱别一种曲子了。"那些官员们这么说。至于不断的抗拒着妖魔，实际上是否办得到呢，这判断却不是作者的事了。在大家聚集起来的这我们的宗务会议上，分明有一种欠缺，就是民众的嘴里之所谓没有毛病的常识。要而言之，对于代议的集会，我们好像是生得不大惬当的。凡有我们的会议，从乡下的农人团体直到一切学术的和非学术的委员会，只要没有一个指挥者站在上面，就乱得一塌胡涂。怎么会这样的呢，很不容易说；好像我们的国民，是只在午膳或者小酌的集会上，例如德国式的大客厅和俱乐部的集会上，这才很有才能的。无论什么时候，对于任何东西，都很高兴。仿佛一帆风顺似的，我们会忽然设起慈善会，救济会，以及上帝知道是什么的别样的会来。目的是好的，但此后却一定什么事也没有。大约我们在开初，就是一早，已经觉得满足，相信这些事是全都做过的了。假如我们举一个要设立什么会，以慈善为目的，而且已经筹了许多款子的来做例子罢，为表扬我们的善举起见，我们就得摆设午宴，招待市里所有的阔人，至少化去现款的一半。那一半呢，是给委员们租一所装汽炉，带门房的阔宅子，于是全部款子，就只剩下五个半卢布来。而对于这一点款子的分配，会里的各委员也还不能一致，谁都要送给穷苦的伯母或姊娘。但这一次聚集起来的会议，却完全是别一种：逼人的必要，召集了在场人的。所议的也和穷人或第三者不相干，商量的事情，都关于各位官员自己；这是一样的威吓各人的危局，所以如果大家同心协力，正也毫不足怪。然而话虽如此，这会议也还是得了一个昏庸之极的收场。意见的不同和争论，是这样的会议上在所不免的，姑且不管它罢，但从各人的意见和议论中，却又表现了显著的优柔寡断：一个说，乞乞科夫是制造假钞票的，但又立刻接下去道："然而也许并不是，"别一个又说，他许是总督府里的属员，接着却又来改正，说道：

---

① 意即每年生一个女孩子或男孩子。——译者。

"不过,魔鬼才知道他是什么,人的脸上是不写着他是什么的呀。"说他是化装的强盗,却谁也不以为然,大家都倾服他诚实镇定的风姿,而在谈吐上,也没有会做这样的凶手的样子。许多工夫,总在深思熟虑的邮政局长,却忽然间——因为他发生了灵感,或是为了别样的原因———完全出人意外的叫起来了"你们知道吗,我的先生们,他是什么人呀?"他的这话,是用一种带着震动的声音说出来的,使所有在场的人们,也都异口同声的叫起来道:"那么,什么人呢?"———"他不是别人,我的先生们,他,最可尊敬的先生,不会不是戈贝金①大尉!"大家立刻就问他:"那么,这戈贝金又是什么人呢?"邮政局长却诧异的回答道:"怎么,你们不知道,戈贝金大尉是什么人吗?"

大家都告诉他说,他们一向没有听到过一点关于这戈贝金大尉的事。

"这戈贝金大尉,"邮政局长说,于是开开鼻烟壶,但只开了一点点,因为他怕近旁的人,竟会伸下指头去,而那指头,他以为是未必干净的——他倒总是常常说:"知道了的,知道了的,我的好人,您要把您的指头伸到那里去! 鼻烟——这东西,可是要小心,要干净的呀,"——"这戈贝金大尉,"他重复说,于是嗅一点鼻烟,"唔——总之,如果我对你们讲起他来——这是一个非常有意思的故事;对于一个作者,简直就是一篇完整的诗。"

所有在场的人们都表示了希望,要知道这故事,或者如邮政局长所说的这对于一个作者非常有意思的"诗",于是他开始了下面那样的讲述:

戈贝金大尉的故事

"在一八一二年的出兵②之后,可敬的先生,"邮政局长说,虽然并不是只有一个先生,坐在房里的倒一共有六个,"在一八一二年的

---

① Kopeikin 即从戈贝克(Kopeika)化成,倘译意,可云"铜子氏"。——译者。
② 指俄法之战。——译者。

出兵之后，和别的伤兵一起，有一个大尉，名叫戈贝金的，也送到卫戍病院里来了。是一个粗心浮气的朋友，恶魔似的强横，凡世界上所有的事，他都做过，在过守卫本部，受过许多点钟的禁锢。在克拉司努伊①附近，或是在利俾瑟②之战罢，那不关紧要，总之是他在战场上失去了一只臂膊和一条腿。您也知道，那时对于伤兵还没有什么设备：那废兵的年金，您也想得到，说起来，是一直到后来这才制定的。戈贝金大尉一看，他应该做事，可是您瞧，他只有一条臂膊，就是左边的那一条。他就到他父亲的家里去，但那父亲给他的回答是：'我也还是不能养活你；我，'您想想就是，'我自己就得十分辛苦，这才能够维持。'于是我的戈贝金大尉决定，您明白，可敬的先生，于是戈贝金决定，上圣彼得堡去，到该管机关那里，看他们可能给他一点小小的补助，他呢，说起来，是所谓牺牲了他的一生，而且流过血的……他坐着一辆货车或是公家的驿车，上首都去了，您瞧，可敬的先生，不消说，他吃尽辛苦，这才到了彼得堡。您自己想想看：现在是这人，就是戈贝金大尉，在彼得堡，就是在所谓世上无双的地方了！他的周围忽然光辉灿烂，所谓一片人生的广野，童话样的仙海拉宰台③的一种，您听明白了没有？您自己想想就是，他面前忽然的躺着这么一条涅夫斯基大街，或者这么一条豌豆街，或者，妈的，这么一条列退那耶街，这里的空中耸着这么的一座塔，那里又挂着几道桥，您知道，一点架子和柱子也没有，一句话，真正的什米拉米斯④。实在的，可敬的先生！他先在街上走了一转，为的是要租一间房子；然而对于他，什么都令人疑疑惑惑：所有这些窗幔，卷帘和所有鬼物事，您知道，就是地毯呀，真正波斯的，可敬的先生……一

---

① Krasnoje，俄国的市名。一八一二年，俄军和法军曾在这附近大战。——译者。
② Leipzig，德国的市名，一八一三年，俄德联军曾在这附近和拿破仑军大战。——译者。
③ Sheherazade，《一千一夜》（或称《天方夜谈》）里的市名。——译者。
④ Semiramis，见于童话中的古代阿希利亚的首都。——译者。

句话,说起来,就是所谓用脚踏着钱。人走过街上,鼻子远远的就觉得,千元钞票发着气味;您知道,我那戈贝金大尉的整个国立银行里,却只有五张蓝钞票和一两枚银角子……那么,您很知道,这是买不成一块田地的,也就是说,倘使再加上四万去,却也许买得到;然而有四万,人就先去租法国的王位了。好,他终于住在一个客店'力伐耳市'里,每天一卢布,您知道,午餐两样,一碟菜汤加一片汤料肉……他看起来,他的钱是用不多久的。他就打听,他应该往那里去。'你能到那里去呢,'人们对他说。'长官都不在市里呀。您明白的,都在巴黎。军队还没有回来。但这里有一个叫作临时委员会的。您去试试看,'人们对他说,'在那里您也许会得点什么结果的罢。'——'那么,好,我就到委员会去,'戈贝金说。'我要去告诉他们了。事情是如此这般的。我呢,说起来,是流了我的血,而且牺牲了我的一生。'于是他,有一天的早晨,起来的早一点,用左手理一理胡子,于是,您瞧,他到理发店里去了,这是因为要显得新开张的意思,穿好他的制服,用木脚一拐一拐的走到委员会的上司那里去。您只要自己想想就是! 他问,上司住在那里呢。人们告诉他说,海边上的那房子,就是他的。真是一所茅棚,您懂吗! 玻璃窗,大镜子,大理石,磁漆,您只要自己想想就是,可敬的先生! 一句话,令人头昏眼花。金属的门上的把手,是精致的好东西,好到人得先跑到店里去买两戈贝克肥皂,于是,就这么说罢,来洗一两点钟手,这才敢于去捏它。甬道前面呢,您瞧,站着一个手里拿着大刀的门丁,一副伯爵相,麻布领子,干干净净的像一匹养得很好的布尔狗……我这戈贝金总算拖着他的木脚走进前厅去,坐在一个角落里,只因为恐怕那臂膊在亚美利加或是印度上,在镀金的磁瓶上,您很知道的,碰一下。您瞧,他自然应该等候许多工夫,因为他到这里的时候,那上司呢,说起来,还刚刚起床,当差的正给他搬进什么一个银的盆子去,您很知道,是洗脸用的。我的戈贝金一直等了四个钟点之久;当直的官员总算出来了,说道:'长官就来!'这时屋子里早已充满了肩章和肩绶。一句话,人们拥挤得好像盘子里的豆子一样。到底,可敬的先生,长官进来了。哪,您自然自己想得到的:是长官自己呵。唔,自然,他的相貌就正和他的品级和官衔相称,这样的一副样子,您懂了没有? 全是京派的谦虚。他先问这个,然后再问那个:'您到这里贵干呀?'——'那么,您呢?'——'您有什么见教呢?'——'您光降是为了什么事情呢?'临末也轮到了我的戈贝金:'如此如此;这般这般,'他说,'我流了我的血,一条腿和一只臂膊失掉了,说起来,我已经不能做事,请允许我问一声,我可不可以得一点小小的补助,什么一种安排,算是教养之用的小奖金或者恩饷呢,您是很知道的。'长官看见这人装着义足,右边的袖子也空空的挂着。'就是了,'他说,'请您过几天再来听信罢!'我的戈贝金真是高兴非凡。'哪,'他想,'事情成功了。'他很得意,您想想就知道的;简直在铺道上直跳。他到巴勒庚酒店去,喝烧酒,在'伦敦'①吃中饭,叫了一碟炸排骨加胡椒花苞,再是一碟嫩鸡带各样的作料,还有一瓶葡萄酒——一句话,这是一场阔绰的筵宴,说起来。他在铺道上忽然看见来了一个英国女人。您知道,长长的,像天鹅一样。我的戈贝金,狂喜到血都发沸了,就下死劲的要用他的木脚跟着她跑,下死劲,下死劲,下死劲;'唔,不行!'他想,'且莫忙妈的什么娘儿们;慢慢的来,等我有了恩饷。我实在太荒唐了。'就在这一天,请注意呀,他几乎化掉了他的钱的一半。三四天之后,您瞧,他就又到委员会里去见长官:'我来了,'他说:'为的是等信,如此如此,这般这般,旧病和负伤的结果……说起来,我是流了我的血,您知道的。'说的都是官场话,那自然! '是呀,是呀,'那长官说,'但我先得通知您,您的事情,没有上司的决定,我可是没法办理的。您自己看就是,是怎么一个时候。战事是差不多,说起来,还没有完结。请您再熬一会儿,等到大臣们回来罢。您可以相信,不会忘记您的。如果您没法过活,

---

① 那时在彼得堡的第一流的大饭店。——译者。

就请您拿了这个去……这是已经尽了我所有的力量的……'哪,您知道,他给的自然并不多,不过用得省一点,也还可以将就到决定的日子。然而我的戈贝金不愿意这样子。他想,他是到明天就会有一两千的:'这是你的,我的亲爱的,喝一下高兴高兴罢!'他现在却只好等候,而且等到不知什么时候为止了。他的脑袋里,您知道,是接二连三的出现着英国女人,肉汤和炸排骨。他就像一匹猫头鹰或者一只茸毛狗,给厨子泼了一身水,从长官那里跑出来——夹着尾巴,挂下了耳朵。在彼得堡的生活,他有些厌倦了,他也已经这样那样的尝了一下。现在是:瞧着罢,你以后怎么办,一切好东西都没有路道,您瞧。况且他还是一个活泼的年青人,胃口好,说起来,真像狼肚子。他怎么不常常走过什么一个饭店前面,现在您自己想想看,厨子是外国人,一个法兰西人,您知道,那么一副坦白的脸,总是只穿着很精致的荷兰小衫,还有一块围身,说起来,雪似的白。这家伙现在站在他的灶跟前,在给你们做什么 Finserb 或是炸排骨加香菌,一句话,是很好的大菜,使我们的大厨馋的恨不得自己去吃一通。或者他走过米留丁的店门口:笑嘻嘻的迎着他的是一条熏鲑鱼,或者一篮子樱桃——每件五卢布,或者一大堆西瓜,简直是一辆公共汽车,您知道,都在窗子里,向外面找寻着衣袋里有些多余的百来块钱的呆子;您想想罢,一句话,步步都是诱惑,真教人所谓嘴里流涎,然而对于他呢:请等一等。现在请您设身处地的来想一想:一面呢,您瞧,熏鱼和西瓜,别一面呢,是这么的一种苦小菜,那名目就叫作:'明天再来'。'哼,什么,'他想,'不管他们要怎么样,我到委员会去,和所有的长官闹一场罢,我告诉他们:不行,多谢,这是不成的!'真的,他是强横的,不要面子的人——他一出搁楼,胆子就越大——于是他到委员会去了:'唔,你要怎样呢?'人问他,'您还要什么呢,您可是已经得了回信的了。'——'我告诉您,'他说,'我可是不能这么苦熬苦省。我得有我的炸排骨和一瓶法国的红酒吃中饭,还去看一回戏,高兴一下子,您知道,'他说。——'那可不成,这是只好请您原谅我们的了，'这时长官就说……'要这样子，您是应该忍耐的。您已经得了一点，可以敷衍到得到上头的决定，而且您也可以相信，您总会获得报酬，因为在我们这里，在俄国，如果有一个人，给他的祖国，说起来，是所谓尽了义务，对这样的人，置之不理，是还未有过先例的。但是，如果您现在就要随意的吃炸排骨，上戏园，您知道，那可只好请您原谅。只好请您自己去想法。只好请您自己办。'然而，您只要自己想一想就是，我的戈贝金屹然不动。这些话，像豌豆从墙上一样，都从他那里滚下去了。他大叫一声，给全体起了一个大乱子。他给所有的科长和秘书一阵真正的弹雨……'好，你们这么说，那么说就是，'他说，'好，你们可真不知道你们的义务和责任的，你们这些违法者！'一句话，他责骂他们了一通。别的衙门里的一个将军，也几乎遭殃。连这人也拉上了，您懂了没有？总之，他闹的乱七八遭。这么一个捣乱家伙，怎么办才好呢？长官看起来，除了用所谓严厉的办法来下场，也再没有别的路。'好罢，'他说，'如果您对于给您的东西还不满足，又不愿意在京里静候您的事情的决定，那么，我把您送回原籍去就是。叫野战猎兵来，送他回家去罢！'然而那野战猎兵，您很知道，却已经站着，等在门外面了：这么一个高大的家伙，您知道，简直好像天造他来跑腿的一样。一句话，是一个很好的拔牙钳。于是我们这上帝的忠仆就被装在马车里，由野战猎兵带走了。'唔，'戈贝金想，'我至少也省了盘缠钱。这一点，我倒要谢谢大人老爷们的。'他这么的走着，可敬的先生，和那野战猎兵，当他这样的坐在野战猎兵的旁边的时候，说起来，他在所谓对自己说：'好，'他说，'你告诉我，我只好自己办，自己想法子！好，可以，'他说，'我就来想法子罢！'他怎样的被送到他一定的地方，就是他到底弄到那里去了呢，什么也不知道。所以关于戈贝金大尉的消息，就沉在忘却的河流里面了，您知道，诗人之所谓莱多河①。但这地

---

① Letha，希腊神话中的河名，由人间通到地府。——译者。

方,您瞧,我的先生们,在这地方,可以说,却打着我们的奇闻的结子的。戈贝金究竟那里去了呢,谁也不知道;然而您自己想想罢,不到两个月,略山的林子里就现出一群强盗来,而这群强盗的头领,您瞧,却并非别的⋯⋯"

"可是对不起,伊凡·安特来也维支,"警察局长忽然打断他的话,"你自己说过,戈贝金大尉是失了一条腿和一只臂膊的;但乞乞科夫⋯⋯"

于是邮政局长失声大叫起来,下死劲的在前额上捶了一下,还在一切听众之前,自称为笨牛。他全不明白为什么当这故事的开始,竟没有立刻想到这事情,而且承认了俗谚之所谓"俄罗斯人事后才聪明",也实在是真话。但他又马上在搜索遁辞,想要洗刷了,他于是说,那些英国人,看报章就可以知道,机器是很完全的,有一个竟还发明了装着这么一种机关的木脚,只要在秘密的发条上一碰,那脚便会把人运到不知道什么地方去,再也寻不着了。

然而,大家虽然不相信乞乞科夫就是戈贝金大尉,也发见了邮政局长已经离题太远。但他们那一面却也不肯示弱,被邮政局长的玄妙的推测所刺戟,越迷越远了。在他们一流的许多优秀的臆想中,有一种尤其值得注意:这想的很奇特,以为乞乞科夫恐怕就是拿破仑化了装藏在他们的市里的;英国人久已嫉妒着俄国的力量和广大,早经常常表现于漫画上,画的是一个俄国人和一个英国人谈话:英国人站着,用麻绳牵着一只狗,这只狗可就是拿破仑的意思:"小心些,"那英国人说,"如果给我一点什么不合意,我就叫这狗来咬你。"谁知道呢,现在他们也许已经把这狗从圣海伦那①放出,装作乞乞科夫模样,到俄国各处来徘徊了,他其实却决不是乞乞科夫。

对于这臆测,官员们自然并不信仰,但他们想来想去,各人都静静的研究着这事情,却觉得乞乞科夫的侧脸,显然和拿破仑的似乎有些相像。警察局长曾经参加一八一二年的战事,见过拿破仑本

---

① St. Helena,拿破仑败后谪居的地方。——译者。

人,也承认他的确并不比乞乞科夫高大,脸盘也不见得更瘦,可是别一面又并不见得更肥。许多读者,也许以为这一切是非常不确的——哦,作者也极愿意跟着说,这故事非常不确;但没奈何的是确曾闹过我们在这里所说的事情,而这市镇并非荒僻之处,乃是邻近两大首都的地方,却也尤为奇特。这事即起于对法国人的光荣的战胜之后,是大家还应该记得的。当这时候,所有我们的地主,官僚,商人,掌柜,以及一切有教育的和无教育的人物,在最初的八年间,是都成了俗化的政治家的了。《墨斯科新报》和《祖国之子》被抢夺着看,至于到得末一个读者的手里,已经变成一团糟,不大看得出。没有这些问题了:您买这批燕麦是什么价钱呀,先生?——昨天的下雪,您以为怎样呢?——只听到问的是:哪,报上怎么说?——拿破仑没有跑掉吗?——而商人们尤其害怕,因为他们很相信一个三年前就下了监狱的前知者的豫言。这新的豫言者,忽然之间——没有人知道他是从那里来的——脚登草鞋,身披非常腥臭的光皮,在市上出现了,并且宣告说,拿破仑是反基督,现在系着石头的索子,困在七重墙和七个海后面,但他马上就要粉碎他的索子,来征服全世界了。这豫言者就为了他的豫言下了监狱,也为了法律。但却完成了他的传道,商人们因此很失掉一点理性。许久之后,即使有着赚钱的交易的时候,商人们也还跑到客店里去,在那里聚起来喝茶,谈着反基督。许多商人们和高尚的贵族,也不自禁的想着这件事,而且在那时支配了一切人心的神秘情调的潮流之下,相信从构成拿破仑这字的每个字母上,会发见一种特别的,大有道理的意义;有许多人竟还想从这里看出《默示录》的数目字来了。[①] 所以即使官员们

---

① 据约翰《默示录》说,世界末日,基督便将再临,而这之前,则必有反基督出现。这反基督,《默示录》称它为六六六,即"野兽的数目"。一八一二年拿破仑进攻俄国时,俄国人便把"拿破仑"这字改写为含有数量意义的斯拉夫字,再拉到六六六去,说他就是反基督。——译者。

研究着这一点,实在也毫不足怪的。然而,他们也就立刻省悟过来,觉得他们的幻想太发达了,事情却全不是这么一回事。他们这么想,那么想,讨论来,讨论去,终于决定了去问一问罗士特来夫,倒也许并不坏。他是发表了死魂灵的故事的第一个人,而且据人们说,和乞乞科夫有很密切的关系,应该知道一点他的生活情形的;于是大家决定,先去听一听罗士特来夫怎么说。

这些官大人,真是古怪非常的人物,他们七颠八倒了:他们很知道罗士特来夫是一个撒谎家,说一句话,做一点事,都相信不得,但他们却到他那里去找自己的活路了! 这里就知道人是怎样的! 他不相信上帝,却相信把他的鼻子一抓,他就一定会死掉;对于由内心的调和和崇高的智慧所贯注,朗如日光的诗人的创作,他毫不放在心中,却很喜欢一个无耻之徒的产物,向他胡说一些乱七八遭,破坏自然的物事。这时他就张开嘴巴,高声大叫道:"瞧罢! 这是纯粹的心声呀!"他一向轻蔑医生,后来却会跑到一个用祝赞和唾沫给人治病的老婆子那里去,或者简直自己用什么东西煎起汤药来,因为他忽然起了胡涂思想,以为这是可以治他毛病的了。官大人和他那困难的处境,大家自然是能够原谅的。人常说,一个淹在水里的人会抓一条草梗,他已经来不及想,一条草梗至多也不过能站一匹苍蝇,却禁不起重有四五普特的他;然而如人所常说的那样,当这时候,他简直想不到这一点,就去抓那草梗了。我们的大人们,也就是这样子,终于向罗士特来夫身上去找活路。警察局长立刻写了一封信,请他到自己家里来吃夜饭,一个高长统靴,通红面庞的警官就匆匆的登程,用手捏住了他的指挥刀,跑到罗士特来夫那里去送信。罗士特来夫正在办一件极重要的事情,他已经四天不出屋子了,不见人,连中饭也从窗口递进去——一句话,他瘦得很,脸上也几乎发了青。这事情必须极大的注意和小心:是从六十副花样相同的纸牌里,选出一副纸牌来。但那花样必须极其分明,要像好朋友似的可以凭信。这样的工作,至少要化两礼拜工作。在这期间,坡尔菲里就得用一种特别的刷子给小猛狗刷肚脐,还用肥皂一天洗三次。他的独居受了搅扰,罗士特来夫大很气恼,他先骂警官一声鬼,但到明白了警察局长当晚有一个小集会,席上还有什么一个新脚色的时候,他却立刻软下来了;他赶紧锁了门,很匆忙的穿好衣服,就到警察局长家里去。罗士特来夫的陈述,证明和推测,却和官大人的恰恰相反,把他们那些极其大胆的猜想,完全推翻了。他实在就是这样的一个人,简直没有含胡,也没有疑问;他们的推测愈游移,愈慎重,他的就愈坚固,愈确实。他毫不吞吞吐吐,立刻来回答一切的问题。他说,乞乞科夫买了一两千卢布的死魂灵,而他,罗士特来夫自己,也卖给他的,因为他毫不见有不该出卖的道理。对于他是否是一个侦探,到此嗅来嗅去的问题,罗士特来夫答道:他自然是一个侦探;大家同在学校里的时候,他就得了奸细的诨名,所有同学,自己也在内,还因此痛打了他一顿,至于后来单在太阳穴上,就得摆上二百四十条水蛭去①——他原想只说四十条的,但二百条却自己滑出来了。——对于他是否制造假钞票的问题,罗士特来夫答道,他自然制造。趁这机会,罗士特来夫还讲了一个乞乞科夫的出人意外的干练和敏捷的故事:他的家里藏着二万假钞票,给人知道了。于是封闭了屋子,路上站一个哨兵,门口站两个兵士;但乞乞科夫却在夜里把所有钞票掉换了一下,到第二天启封的时候,都是真的钞票了。关于这问题:乞乞科夫是否真有诱拐知事的女儿的目的,而他,罗士特来夫,是否也真在帮他的忙呢,那回答是:他的确在帮他,如果他不在内,事情是要全盘失败的。这时他却有些吞吞吐吐;他明知道这谎不得,而且很容易因此惹出麻烦来,但也禁不住自己的嘴。况且这也不是小事情,因为他的幻想,逼出了很有趣的详细事,想要完全消掉,实在也是一件难事了:他还说出拟去结婚的教堂所在的村子来;那就是德卢赫玛曲夫加村,牧师名叫齐陀尔长老,结婚费是二

---

① 这是放在打扑伤上,使它吸血,借以去瘀消肿的。——译者。

十五卢布,如果乞乞科夫不加以恐吓,说要告发他给面粉商人米哈罗和一个亲戚结了婚,教士是不肯答应的;而他,罗士特来夫,还借给他们自己的马车,准备着每一站就换马。他已经讲进很细微的节目去了,竟至于说出马夫的名字来。这时有人提起了拿破仑,然而只落得自己没趣,因为罗士特来夫所说的全是胡说白道,不但和真实全不相像,而且连联接也联接不起来的,于是使官员们到底只好站起身,叹着气走散;独有警察局长还注意的听了他许多工夫,想得到一点什么,然而他也终于装一个没有希望的姿势,只说道:"呸,见鬼!"所有在场的人全都明白,再来费力,实在也只等于试在公牛身上挤奶了。我们的官员的景况,于是比先前就更坏,决定了毫不能查出乞乞科夫是什么人。这里又分明的显出了人是怎样的物事:他处置别的人们的事情,是聪明,清楚,智慧的,但对于他自己却不行。只在你们陷于困难的境地时,他才有很切实,很周到的忠告!"多么精明的脚色呀!"大家叫喊道,"多么不屈的性格呀!"但只要使什么不幸来找一下这"精明的脚色",使他自己进一回困难的境地罢——他的性格就立刻不会动!这不屈的人物毫无希望的站着,他变了可怜的乏人,柔弱的,啼哭的孩子,或者如罗士特来夫所爱说的说法,简直变成一个屠头东西了。

所有这些讲说,风闻和推测,不知为什么缘故,竟给了可怜的检事一个很大的印象。这印象很有力,至于使他回到家里,就沉思起来,而且就此沉思下去,在一个好天气的日子,竟忽然间,也说不出为什么,躺倒,死掉了。得了中风,还是因为什么别的呢,总之,他从椅子上跌下来,就长长的躺在地板上。一有这样的事,大家便照例的吓得失声,两手一拍,叫喊道:"阿呀上帝,阿呀上帝!"去邀医生来,给他放血,而终于决定了检事已经不过是一个没有魂灵的死尸。这时候,大家这才来怜惜死者实在有过一个魂灵,虽然因为他的谦虚,没有使人觉得。然而死的出现,在这里的可怕,是虽在一个渺小的人物,也正如伟大的闻人的,他,不久以前还是活着,动作,玩牌,竭力在种种文件上签字,常常和他那浓眉毛和鬼睒眼在官员们里逗留;他现在躺在台了上,左眼也不再睒了,惟独一只眉毛吊起了一点,使脸上显出一种奇特的,疑问的表情。浮在他嘴唇上面的,究竟是怎么一个问题呢? 莫非他要知道他为什么而生,或者为什么而死——这只有上帝知道罢了。

　　"然而这可是不会有的,这是简直不近情理的! 这怎么能呢,官员们竟会这么恐怖,这么胡涂,离真实到这么远,就是小孩子,也知道应该怎么办的呀!"许多读者会这样说,并且责备作者,说他做了荒唐无稽之谈,或者称那可怜的官员们为傻子,因为人是很爱用"傻子"这个字,每天总有二十来次,把这尊号抛在邻近的人们的头上的。人即使有十件聪明的性质,只要其中有一件胡涂,便要被称为傻子。读者坐在幽静的角落里,从自己的高处,俯视着广远的下方,就很容易断定人只知道近在鼻子跟前的物事。在世界史的编年录里,就有许多世纪,是简直可以抹杀,并且定为多余的。世界上的错误也真多,而且竟是现在连小孩子也许知道免掉的错误。和天府的华贵相通的大道,分明就在目前,但人类的向往永久的真理的努力,却选了多么奇特的,蜿蜒的曲径,多么狭窄的,不毛的,难走的岔路呵。大道比一切路径更广阔,更堂皇,白昼为日光所照临,夜间有火焰的晃耀;常有天降聪明,指示着正路,而人类却从旁岔出,迷入阴惨的黑暗里面去。但他们这时也吓得倒退了,他们从新更加和正路离开,当作光明,而跑进幽隐荒凉的处所,眼前又笼罩了别一种昏暗的浓雾,并且跟着骗人的磷火,直到奔向深渊中,于是吃惊的问道:"桥梁在那里,出路在那里呢?"这些一切,使我们分明的知道了古往今来的人性。诧异那错误,嗤笑古人的胡涂,却没有看出这编年录乃是上天的火焰文字所书写,每个字每都宣示着真理,说所有书页上的警告的指头,就指着自己,指着我们现存的人性;然而现在的人性却在嗤笑着,骄傲着,他自己又在开始造出一批给后人一样的傲然微笑的错误来。

所有事情,乞乞科夫都不知道;仿佛故意似的,他这时恰巧受了一点寒,引起了腮帮子肿和轻微的喉痛,这样的毛病,许多我们的省会的气候,在居民之间是很适于蔓延的。要靠上帝保佑,他的生活并不就完,还有工夫愁他的子孙,他就决计躲在家里三四日。在这时候,他用牛乳漱口,里面浸一个无花果,漱过就喝掉,又把一个装着加密列草和樟脑的小袋子,贴在面颊上。因为散闷,他造起一个新买的农奴的详细的表册,还看看从箱子里找出来的一本讲拉瓦梨尔公爵夫人的什么书,又把提箱里的小纸片,小物事,都检查了一番,有许多还再读了一遍,一直到连这些也觉得无聊之至。没有一个这市的官员来问候他的健康,他简直不明白是什么道理,略略先前,是总有一辆车子停在他的门外的——忽而检事的,忽而邮政局长的,忽而审判厅长的。他不断的耸着肩膀,一面在屋子里走来走去。终于觉得好一点了,一到更加恢复,能去呼吸新鲜空气的时候,他非常高兴。他毫不迁延的就化装,打开箱子,玻璃杯里倒上一点温水,取了肥皂和刷子去刮脸,日子真也隔得长久了,因为手一摸着他的下巴,向镜子一照,他就叫起来道:"这简直是树林子呀!"而且实在的:即使并非树林子,也不失为种子在下巴和面颊上密密的抽了芽。他刮过脸,赶紧穿衣服,真的,他几乎是从裤子里跳出来的。到底穿好了;洒一点可伦香水,温暖的裹好了外套,走到街上去,还先用一条围巾小心的包住了面颊。他最初的出行——正如所有恢复了的病人一样——真有些像喜庆事。凡有他所看见的一切,都仿佛在向他欣然微笑,连街上的房屋和农奴,但他们的态度,其实是显得很严紧的,其中的许多人,还已经打过他的兄弟一个耳刮子。他最初的访问,总该是知事。他在路上,起了各式各样的想头:忽而想到年青的金头发了,真的,他的空想实在有一点过度,他还自己笑起自己,自己戏弄起自己来了。他以这样的心情,忽然在知事的门前出现。他已经跨进了门口,刚要脱下外套来,门丁却突然走了过来,用这样的话吓了他一跳:"我受过命令,不放您进去!"

"怎的？你说什么？你不认得我吗？看清楚些!"乞乞科夫诧异着说。

"我是认得您的！我看见您也不只一两回了,"那门丁道。"只有您一个我不能放进去;别人都行,只有您不!"

"唔,怎么？为什么只有我不,为什么不？"

"是命令这么说;他总有他的缘故的,"门丁道,还添上一声"喳",就摆出放肆模样,把他拦住,不再有先前巴结的给他脱外套时候那样殷勤的微笑了。他好像自己在想着:"哼！如果大人先生们不准你进门,那么你一定是个下等人！"

"奇怪!"乞乞科夫想,立刻去访审判厅长去;但厅长一见他的面,就非常狼狈,至于吃吃的讲不出两句话,大家说了些无谓的攀谈,弄得彼此都很窘。乞乞科夫走掉了,他在路上竭力的思索,要猜出厅长是什么的意见,他的话里含着怎样的意义来,但是什么也没有做到。他于是再去访别人:访警察局长,访副知事,访邮政局长,然而并不招待他,或者给他一种非常奇特的招待,说些莫名其妙的话,令人很发烦,要以为他们实在有点不清醒。他又访了一个人,还找着几个熟识者,想知道这变化的缘故,却仍然不得手。他仿佛半睡似的在街上徘徊,决不定是他自己发懵呢还是官员们失了神,这一切都不过是一个梦呢还是比梦更无味的,荒谬胡涂的真实。迟到晚上,已经黑下来了,他这才回到他高高兴兴的出了门的自己的旅馆去,叫人备茶,来排遣烦闷和无聊。他沉思的推察着他这奇怪的景况,斟出一杯茶来的时候,突然间,房门开处,走进他万料不到的罗士特来夫来了。

"俗谚里说过的,为朋友不怕路远,"那人大声说,除下了帽子。"我刚刚走过这里,看见你的窗子里还亮。'他大约还没有睡觉,'我想,'我得跑上去瞧一瞧。'阿晴！这可是好极了,你有茶,我很愿意喝一杯:今天吃了各式各样的东西,我的肚子里在造反了！给我装一筒烟罢。你的烟筒在那里?"

"我可是不吸烟的，"乞乞科夫不大理会的说。

"胡说，你是一个大瘾头的吸烟家，还当我不知道。喂！你的用人叫什么呀？喂，瓦赫拉米，听哪！"

"他不叫瓦赫拉米，他叫彼得尔希加。"

"怎么？你先前不有一个瓦赫拉米吗？"

"我这里可并没有！"乞乞科夫说。

"不错，真的。那是台累平的，他有一个瓦赫拉米。你想，台累平有多么好运道：他的婶娘和自己的儿子吵架，因为他和婢女结了婚，她就把全部财产都送给台累平了。这才有意思哩，如果我们这边有这样的一位婶娘，你知道，那才是好出息，对不对？告诉我，朋友，为什么你忽然这么的躲了起来，大家简直不再看见你了！我知道，你是在研究学术上的物事的，书也看的很多。（罗士特来夫从那里决定，我们的主角是在研究学术上的物事，而且书也看的很多的呢，我们只好声明我们的抱歉，可惜不能泄漏，然而乞乞科夫却更不能。）听哪，乞乞科夫！如果你单是看见……也就该有益于你那讽刺的精神了。——（为什么乞乞科夫会有一种讽刺的精神呢——可惜也简直不明白。）你想想看，好朋友，新近在商人列哈且夫那里，我们去打牌，呵，可是笑得可以。贝来本全夫，就是和我同在那里的，总是说：'如果乞乞科夫在这里，他就用得着这些了！'（乞乞科夫却一向没有和贝来本全夫见过面。）哦，招认罢，乖乖，那一回你可实在玩的没出息，你还记得吗，我们下棋的时候？我确是赢了的……然而你简直诓骗我！但是，妈的，我是不会恼的怎么久的。新近在厅长那里……哦，不错，我还得告诉你：市里是谁都和你决裂了！他们相信，你造假钞票……大家忽然都找着我——哪，我自然遮住你，好像一座山——我对他们说：我们是同学，我认识你的父亲；总而言之，我狠狠的骗了他们一下子！"

"我造假钞票？"乞乞科夫叫喊着，从椅子上跳了起来。

"但是你为什么也使他们这样的吃惊的？"罗士特来夫接着说。

"他们实在是吓得半疯了：他们当你是侦探和强盗。——检事就因为受惊，死掉了……明天下葬。你预备去送吗？老实说，他们是怕新总督，还怕因为你再闹出什么故事来；关于总督，我自然是这样的意见，如果他太骄傲，太摆架子，和贵族们是弄不好的。贵族们要亲热，对不对？自然也可以躲在自己的屋子里，一个跳舞会也不开，然而这有什么用？更没有好处。但是，听哪，乞乞科夫，你可是真的在干危险事情呀！"

"怎样的危险事情？"乞乞科夫不安的回问道。

"哪，诱拐知事的女儿。老实说，我是料到了的，天在头上，我是料到了的！我在跳舞会上一看见你：'哪！'我就心里想，'乞乞科夫在这里还有缘故哩……'但是你没有眼睛；我从她那里简直找不出一点好处来。另外有，毕苦棱夫的亲戚，他的姊妹的女儿，那可是一个美人儿！这才可以说：就是一个出色！"

"你在说什么废话？谁要拐知事的女儿？你什么意思？"乞乞科夫不懂似的凝视着他，说。

"不要玩花样了，好朋友：好一个秘密大家！我明白的说出来罢，我就是为了这事，跑到你这里来的，要给你出一点力。我可以帮你结婚，并且把我的车子和马匹借给你去诱拐，不过有一个条件：你得借我三千卢布。我正在一个没法的景况中，就是要用。"

在罗士特来夫的这些胡说白道之间，乞乞科夫擦了好几回眼睛，查考他是否在做梦。假钞票，知事的女儿的诱拐，原因该起于他的检事的死亡，新总督的到任，这些一切，都使他吃惊不小。"唉，糟了，如果是这样的情形，"他想，"我可迁延不得了，我应该赶紧走。"

他设法把罗士特来夫从速支使出去，立刻叫了绥里方来，命令他一到天亮就得准备妥当，因为明早六点钟就要从这市上出发。他又嘱咐他检查一遍，车子上是否添好了油，等等，等等。绥里方单是说："知道了，保甫尔·伊凡诺维支！"却在门口站了一会，动也不动。主人又命令彼得尔希加立刻从卧床底下，拖出那积满了灰尘的箱子

来,和那小子动手收拾他所有的物件;这并不费事,他只是什么都随
手抛进箱子里面去:袜子,小衫,干净的和龌龊的衬衣,靴楦,一个日
历之类。这些都收拾的很匆忙,因为他要在这一夜里全都整好,以
免明天早上白费了时光。绥里方还在门口站了一两分钟,于是走掉
了。以总算还在意料之中的谨慎和缓慢,把他那湿的长靴的印子留
在踏坏了的梯级上,走下楼梯去。他在那里又站了不少的功夫,搔
着后脑壳。这举动,是什么意思? 它所表示的究竟是什么呢? 是在
懊恼和那里的一个也是身穿破皮袍,腰系破皮带的伙伴,明天同到
什么御酒馆里去的约定,因此不成功;还是在这新地方已经发生了
交情,舍不得一到黄昏,红小衫的青年们在宫女面前弹起巴罗拉加
来,人们卸下白天的重担和疲劳,低声谈天时候的门前的伫立,和殷
勤的握手——还是不过因为要离开那穿了皮袍,坐在那里的厨房里
的炉边的暖热之处,京里才有的白菜汤和软馒头的同人,从新在雨
雪之下,去受旅行的颠连和辛苦,所以觉得苦痛呢? 这只有上帝知
道——谁愿意猜,猜就是。俄国的人民一搔后脑壳,是表示着很多
意思的。

第十一章

　　出现的却完全是乞乞科夫意料以外的事。首先是他醒得比想
定的太晚了——这是第一件不高兴——他一起来,就叫人下去问车
子整好了没有,马匹驾好了没有,一切旅行的事情,是否都已经准备
停当,但恼人的是他竟明白了马匹并没有驾好,而且毫无一点什么
旅行的准备——这是第二件不高兴。他气愤起来了,要给我们的朋
友绥里方着着实实的当面吃一拳,就焦灼的等着,不管他来说怎样
的谢罪的话。绥里方也立刻在门口出现了,这时他的主人,就得受
用凡有急于旅行的人,总得由他的仆役听一回的一番话。

　　"不过马匹的马掌先得钉一下呀,保甫尔·伊凡诺维支!"

"唉唉,你这贱胎! 你这昏蛋,你! 为什么你不早对我说的? 你没有工夫吗?"

"唔,对,工夫自然是有的……不过轮子也不行了,保甫尔·伊凡诺维支……总得换一个新箍,路上是有这么多的高低,窟窿,不平得很……哦,还有,我又忘记了一点事:车台断了,摇摇摆摆的,怕挨不到两站路。"

"这恶棍!"乞乞科夫叫了起来,两手一拍,奔向绥里方去,使他恐怕要遭主人的打,吓得倒退了几步。

"你要我的命吗? 你要谋害我吗? 是不是? 你要像拦路强盗似的,在路上杀死我吗? 你这猪猡,你这海怪! 三个礼拜,我们在这里一动也不动! 只要他来说一声,这不中用的家伙! 他却什么都挨到这最末的时光! 现在,已经要上车,动身了,他竟对人来玩这一下! 什么……你早就知道的罢? 还是没有知道? 怎么样? 说出来? 唔?"

"自然!"绥里方回答说,低了头。

"那么,你为什么不说的? 为什么?"对于这问题,没有回答。绥里方还是低了头,站在那里,好像在对自己说:"你看见这事情闹成怎样了吗? 我原是早就知道的,不过没有说!"

"那就立刻跑到铁匠那里去,叫了他来。要两个钟头之内全都弄好,懂了没有? 至迟两个钟头! 如果弄不好,那么——那么,我就把你捆成一个结子!"我们的主角非常愤怒了。

绥里方已经要走了,去奉行他的主人的命令;但他又想了一想,站下来说道:"您知道,老爷,那匹花马,到底也只好卖掉,真的,保甫尔·伊凡诺维支,那真是一条恶棍……天在头上,那么的一匹坏马,是只会妨碍趱路的!"

"哦? 我就跑到市场去,卖掉它来罢。好不好?"

"天在头上,保甫尔·伊凡诺维支。它不过看起来有劲道;其实是靠不住的,这样的马,简直再没有……"

"驴子! 如果我要卖掉,我会卖掉的。这东西还在这里说个不完！听着:如果你不给我立刻叫一两个铁匠来,如果不给我把一切都在两个钟头之内办好,我就给你兜鼻一拳,打得你昏头昏脑! 跑,快去! 跑!"绥里方走出屋子去了。

乞乞科夫的心情非常之恶劣,恨恨地把长刀抛在地板上,这是他总是随身带着,用它恐吓人们,并且保护威严的。他和铁匠们争论了一刻多钟,这才说定了价钱,因为他们照例是狡猾的贱胚,一看出乞乞科夫在赶忙,就多讨了六倍。他很气恼,说他们是贼骨头,是强盗,是拦路贼,他们也什么都不怕;他只好诅咒,用末日裁判来吓他们;然而这对于铁匠帮也毫无影响,他们一口咬定,不但连一文也不肯让,还不管两个钟头的约定,化去整整五个半钟头,这才修好了马车。这之间,乞乞科夫就只得消受着出色的时光,这是凡有出门人全都尝过的,箱子理好了,屋子里只剩下几条绳子,几个纸团,以及别样的废物,人是还没有上车,然而也不能静静的停在屋子里,终于走到窗口,去看看下面在街上经过,或是跑过的人们,谈着他们的银钱,抬起他们的呆眼,诧异的来看他,使不能动身的可怜的旅人,更加焦急。一切东西,凡是他所看见的:面前的小铺子,住在对面的屋子里,时时跑到挂着短帘的窗口来的老太婆的头——无不使他讨厌,然而他又不能决计从窗口离开。他一步不移,没有思想,忘记了自己,忘记了周围,只等着立刻到来的切实的目的。他麻木的看着在身边活动的一切,结果是懊恼的捺杀了一匹在玻璃上叫着撞着,投到他指头下面来的苍蝇。然而世间的事,是总有一个结局的,这渴望着的时刻到底等到了。车台已经修好,轮子嵌了新箍,马匹也喝过水,铁匠们再数了一回工钱,祝了乞乞科夫一路平安之后,走掉了。终于是马也驾在车子前面了;还赶忙往车里装上两个刚刚买来的热的白面包,坐到车台上去的绥里方,也把一点什么东西塞在衣袋里,我们的主角就走出旅馆,来上他的车,欢送的是永远穿着呢布礼服的侍者,摇着他的帽子在作别,还有来看客人怎么出发的,本馆和外来的几个仆役和车夫,以及出门时候总不会缺的一切附属的事物;乞乞科夫坐进篷车里面去,于是这久停在车房里,连读者也恐怕已经觉得无聊起来的熟识的鳏夫的车子,就往门外驶出去了。"谢谢上帝!"乞乞科夫想,并且画了一个十字。绥里方鸣着鞭,彼得尔希加呢,先是站在踏台上面的,不久就和他并排坐下了,我们的主角是在高加索毯子上坐安稳,把皮靠枕垫在背后,紧压着两个热的白面包,那车子就从新进跳起来了,多谢铺石路,可真有出色的震动力。乞乞科夫怀着一种奇特的,莫名其妙的心情,看着房屋,墙壁,篱垣和街道,都跟着车子的进跳,显得一起一落,在他眼前慢慢的移过去。上帝知道,在他一生中,可还能再见不能呢? 到一条十字路口,车子只得停止了,是被一个沿着大街,蜿蜒而来的大出丧遮了道。乞乞科夫把头伸出车子外面去,叫彼得尔希加问一问,这去下葬的是什么人。于是知道了这人是检事。乞乞科夫满不舒服的连忙缩在一个角落里,放下车子的皮帘,遮好了窗幔。当篷车停着的时候,绥里方和彼得尔希加都恭恭敬敬的脱了帽,留心注视着行列,尤其有味的是车子和其中的坐客,还好像在数着坐车的是多少人,步行的是多少人;他们的主人吩咐了他们不要和别人招呼,不要和熟识的仆役话别之后,也从皮幔的小窗洞里在窥探着行列。一切官员都露了顶,恭送着灵柩。乞乞科夫怕他们会看见自己的篷车;然而他们竟毫没有注意到。当送葬之际,他们是连平时常在争论的实际问题也没有提一句的。他们的思想都集中于自己;他们在想着新总督究竟是怎样的一个人,他怎样的办这事,怎样的对他们。步行的官员们之后,跟着一串车子,里面是闺秀们,露着黑色的衣帽。看那手和嘴唇的动作,就知道她们是在起劲的谈天:大约也是议论新总督的到来,尤其是关于他要来开的跳舞会的准备,而且现在已在愁着自己的新的褶纽和发饰了。马车之后,又来了几辆空车子,一辆接着一辆的,后来就什么也没有了,道路旷荡,我们的主角就又可以往前走。他拉开皮幔,从心底里叹出一口气来,说道:"这是检事!他做了一辈子人,现在可是死掉了! 现在是报上怕要登载,说他在所有属员和一切人们的大悲痛之下,长辞了人间,他,是一位可敬的市民,希有的父亲,丈夫的模范;他们怎不还要大写一通呢:恐怕接下去就说,那寡妇孤儿的血泪,一直送他到了坟头;然而如果接近的看起事情来,一探他的底细,除了你的浓眉毛之外,你可是毫没有什么动人之处了。"于是他吩咐绥里方赶快走,并且对自己说道:"我们遇着了大出丧,可是好得很,人说,路上看见棺材,是有运气的。"

这之间,车子已经通过了郊外的空虚荒僻的道路,立刻看见两面只有显示着街市尽头的延长的木栅子了。现在是铺石路也已走完,市门和市镇都在旅人的背后——到了荒凉的公路上。车子就又沿着驿道飞跑,两边是早就熟识了的景象:路标;站长;井;车子;货车;灰色的村庄和它的茶炊;农妇和拿着一个燕麦袋,跑出客栈来的活泼的大胡子的汉子;足登破草鞋,恐怕已经走了七百维尔斯他的巡行者;热闹的小镇和它那木造的店铺,粉桶,草鞋,面包和其余的旧货;斑驳的市门柱子;正在修缮的桥梁;两边的一望无际的平野;地主的旅行马车;骑马的兵丁,带一个满装枪弹的绿箱子,上面写道:送第几炮兵连! 田地里的绿的,黄的,或则新耕的黑色的长条;在平野中到处出没,从远地里传来的忧郁的歌曲;淡烟里的松梢;漂到的钟声;蝇群似的乌鸦队;以及无穷无尽地平线……唉唉,俄国呀! 我的俄国呀! 我在看你,从我那堂皇的,美丽的远处在看你了。贫瘠,很散漫和不愉快是你的各省府,没有一种造化的豪放的奇迹,曾蒙豪放的人工的超群之作的光荣——令人惊心悦目的,没有可见造在山石中间的许多窗牖的高殿的市镇,没有如画的树木和绕屋的藤萝,珠玑四溅的不竭的瀑布;用不着回过头去,去看那高入云际的岩岫;不见葡萄枝,藤蔓和无数的野蔷薇交织而成的幽暗的长夹道;也不见那些后面的耸在银色天空中的永久灿烂的高峰。你只是坦白,荒凉,平板;就像小点子,或是细线条,把你的小市镇站在平野里;毫不醒一下我们的眼睛。然而是一种什么不可捉摸的,非常神秘的力量,把我拉到你这里去的呢? 为什么你那忧郁的,不息的,无远弗届,无海弗传的歌声,在我们的耳朵里响个不住的呢?有怎么一种奇异的魔力藏在这歌里面?其中有什么在叫唤,有什么在呜咽,竟这么奇特的抓住了人心?是什么声音,竟这么柔和我们的魂灵,深入心中,给以甜美的拥抱的呢?唉唉,俄国呀!说出来罢,你要我怎样?我们之间有着怎样的不可捉摸的联系?你为什么这样的凝视我,为什么怀着你所有的一切一切,把你的眼睛这么满是期望的向着我的呢?……我还是疑惑的,不动的站着,含雨的阴云已经盖在我的头上,而且把在你的无边的广漠中所发生的思想沉默了。这不可测度的开展和广漠是什么意思?莫非因为你自己是无穷的,就得在这里,在你的怀抱里,也生出无穷的思想吗?空间旷远,可以施展,可以迈步,这里不该生出英雄来吗?用了它一切的可怕,深深的震动了我的心曲的雄伟的空间,吓人的笼罩着我;一种超乎自然的力量,开了我的眼……唉唉,怎么的一种晃耀的,希奇的,未知的广远呵!我的俄国!……

“停住,停住,你这驴子!”乞乞科夫向绥里方叫喊道。

“我马上用这刀砍掉你!”一个飞驰的急差吆喝着,他胡子长有三尺多。“你不看见吗,这是官车?妈的!”于是那三驾马车,就像幻影似的在雷和烟云中消失了。

然而这两个字里可藏着多么希罕的,神奇的蛊惑:公路!而且又多么的出色呢,这公路!一个晴天,秋叶,空气是凉爽的……你紧紧的裹在自己的雨衣里,帽子拉到耳朵边,舒服的缩在你的车角上!到得后来,寒气就从肢节上走掉,涌出温暖来了。马在跑着……有些瞌睡起来。眼睑合上了。朦胧中还听得一点“雪不白呀……”的歌儿,马的鼻息和轮子的响动,终于是把你的邻人挤在车角里,高声的打了鼾。然而你现在醒来了,已经走过了五站;月亮升在空中;你经过一个陌生的市镇,有旧式圆屋顶和昏沉的尖塔的教堂,有阴暗的木造的和雪白的石造的房屋;处处有一大条闪烁的月光,白麻布头巾似的罩在墙壁和街道上,漆黑的阴影斜躺在这上面,照亮了的木屋顶,像闪闪的金属一般的在发着光;一个人也没有:都睡了觉。只有一个孤独的灯,还点在这里或是那里的小窗里:是居民在修自己的长靴,或则面包师正在炉边做事罢?——你不高兴什么呢?唉唉,怎样的夜……天上的力!在这上面的是怎样的夜呀!唉唉,空气,唉唉,天空,在你那莫测的深处,在我们的上头,不可捉摸的明朗地,响亮地展开着的又高又远的天空!……夜的凉爽的呼息,吹着你的眼睛,唱着使你入于甜美的酣睡;于是你懵腾了,全不自觉,而且打鼾了——然而被你挤在车角上的可怜的邻人,却因为你这太重的负担,忿忿的一摇。你又从新醒了转来,你的面前就又是田地和平原;只见无际的野地,此外什么也没有。路标一个个的跑过去;天亮了;在苍白的,寒冷的地平线上,露出微弱的金色的光芒,朝风冷冰冰的,有力的吹着耳朵。你要裹好着外套!多么出色的寒冷呵!又来招你的睡眠可多么希奇!一震又震醒了你。太阳已经升在天顶了。"小心,小心!"你的旁边有人在喊着,车子驰下了峻坂来。下面等着一只渡船;一个很大的清池,在太阳下,铜锅似的发闪;一个村庄,坡上是如画的小屋;旁边闪烁着村教堂的十字架,好像一颗星;蜂鸣似的响着农夫们的起劲的闲谈,还有肚子里的熬不下去的饥饿……我的上帝,这是很远很远的旅行的道路,可是多么美丽呵!每当陷没和沉溺,我总是立刻缒住你,你也总是拉我上来,宽仁的抓着我的臂膊!而且由这样子,又产生了多少满是神异的诗情的雄伟的思想和梦境,多少幸福的印象充实了魂灵!……

这时候,我们的朋友乞乞科夫的梦想,也不再这样的全是散文一类了。我们且来看一看他起了怎样的感情罢!首先是他简直毫无所感,单是不住的回过头去看,因为要断定那市镇是否的确已经在他的背后;但待到早已望不见,也没有了打铁店,没有了磨粉作,以及凡在市旁边常常遇着的一切,连石造教堂的白色塔尖也隐在地平线后的时候,他却把全盘注意都向着路上了;他向两边看,把 N 市忘得干干净净,好像他在很久,很久之前,还是早先的孩子时代,曾在那里住过似的。终于也遇到了使他觉得无聊的路,他就略闭了眼睛,把头靠在皮枕上。作者应该声明,到底找着了来说几句关于他那主角的话的机会,这是他觉得很高兴的,因为直到现在,实在总是——读者自己也很知道——忽而被罗士特来夫,忽而被什么一个跳舞会,忽而被闺秀们或者街谈巷议,或者是许多别的小事情所妨碍,这些小事情,要写进书里去,这才显得它小,但还在世界上飞扬之际,是当作极其重大,极其要紧的事件的。现在我们却要放下一切,专来做这工作了。

我很怀疑,我这诗篇里的主角,是否中了读者的意。在闺秀们中,他完全没有被中意,是已经可以断定的——因为闺秀们都愿意她们的主角是一位无不完全的模范,只要有一点极小的体质上或是精神上的缺点,那就从此完结了。作者更深一层的映进了他的魂灵,当作镜子来照清他的形象——这人在她们的眼睛里也还是毫无价值。乞乞科夫的肥胖和中年,就已经该是他的非常吃亏之处,这肥胖,是没有人原谅的,许多闺秀们会轻蔑的转过脸去,并且说道:"呸,多么讨厌!"唉唉,真是的! 这些一切,作者都很明白,但话虽如此——他却还不能选一个正人君子来做主角……然而……在这故事里,可也许会听到未曾弹过的弦索,看见俄罗斯精神的无限的丰饶,一个男子,有神明一般的特长和德性,向我们走来,或者一个出色的俄国女儿,具有女性的一切之美,满是高尚的努力,甘作伟大的牺牲,在全世界上找不出第二个! 别个种族里的一切有德的男男女女,便在他们面前褪色,消失,恰如死文学的遇见了活言语一样! 俄罗斯精神的一切强有力的活动,就要朗然分明……而且要明白了别国民不过触着浮面的,斯拉夫性情却抓得多么深,捏得多么紧……然而,为什么我应该来叙述另外还有什么事呢? 已经到了男子的成年,锻炼过内面生活的严厉的苦功和孤独生活的清净的克己的诗人,倒像孩子似的忘其所以,是不相称的。各个事物,都自有它的地位和时候! 然而也仍不选有德之士为主角。我们还可以说一说他为什么不选的原因。这是因为已经到了给可怜的有德家伙休息的时候;因为"有德之士"这句话已经成了大家的口头禅;因为人们已经将有德之士当作竹马,而且没有一个作家不骑着他驰驱,还用鞭子以及天知道另外的东西鞭策他前进;因为人们已经把有德之士驱使得要死,快要连道德的影子也不剩,他身上只还留下几条肋骨和一点皮,因为人们简直已经并不尊重有德之士了。不,究竟也到了把坏人驾在车子前面的时候了!那么,我们就把他来驾在我们的车子前面吧!

我们的主角的出身,是不大清楚的。他的两亲是贵族,世袭的,还不过是本身的贵族呢——却只有敬爱的上帝明白。而且他和父母也不相像:至少,当他生下来的时候,有一个在场的亲戚,是生得很小俏的太太,我们乡下称为野鸭的,就抱着孩子,叫了起来道:"阿呀,我的天哪!这可和我豫料的一点不对呀!我想他是该像外祖母的,那就很好,不料他竟一点也不这样,倒如俗语里说的:不像爷,不像娘,倒像一个过路少年郎。"一开头,人生就偏执地,懊恼地,仿佛通过了一个遮着雪的昏暗的窗门似的来凝视他了;他的儿童时代,就没有一个朋友,也没有一个伙伴!一间小房子,一个小窗子,无论冬,夏,总是不开放;他的父亲是一个病人,身穿羊皮里子的长外褂,赤脚套着编织的拖鞋;他在屋子里踱来踱去,叹着气,把唾沫吐在屋角的沙盂里,孩子就得永远坐在椅子上,捏着笔,指头和嘴唇沾满了墨水,当面学着不能规避的字:"汝毋妄言,应敬尊长,抱道在躬!"拖鞋的永久的拖曳和蹒跚,熟识的永久的森严的言语:"你又发昏了吗?"如果孩子厌倦了练习的单调,在字母上加一个小钩子或者小花纹,就得接受这一句;于是,是久已熟识,然而也总是痛苦的感觉,跟着这句话,就从背后伸过长指头的爪甲来,把耳轮拧得非常之疼痛。这是他最初的做孩子的景象,只剩下一点模胡的记忆了的。然而人生都变化得很突然和飞快:一个好天气的日子,春日的最初的光线刚刚温暖了地面,小河才开始着潺湲,那父亲就携着他的儿子的手,上了一辆四轮车,拉的是在我们马业们中,叫做"喜鹊"的小花马;一个矮小的驼背的车夫赶着车,他是乞乞科夫的父亲所有的惟一的一家农奴的家长。这旅行几乎有一日半之久,在路上过了一夜,渡过一条小河,吃着冷馒头和烤羊肉,到第三天的早晨,这才到了市镇上。意外的辉煌和街道的壮丽,都给孩子一个很深的印象,使他诧异到大张了嘴巴。后来"喜鹊"和车子都陷在泥洼里了,这地方是一条又狭又峭,满是泥泞的街道的进口,那马四脚满是泥污,下死劲的挣了许多工夫,靠着驼背车夫和主人自己的策励,这才终于把车子和坐客从泥泞中拉出,到了一个小小的前园;这是站在小冈子上面的;旧的小房屋前面有两株正在开花的苹果树,树后是一片简陋的小园,只有一两株野薇,接骨木,和一直造在里面的小木屋,盖着木板,有一个半瞎的小窗。这里住着乞乞科夫的亲戚,是一位老得打皱的老婆婆,然而每天早晨还到市场去,后来就在茶炊上烘干她的袜子。她敲敲孩子的面颊,喜欢他长得这么胖,养得这么好。在这里,他就得从此住下,去进市立学校了。那父亲在老婆婆家里过了一夜。第二天就又上了路,回到家里去。当他的儿子和他作别的时候,他并没有淌下眼泪来:他给了半卢布的铜元,做做另用,更其重要的倒是几句智慧的教训:"你听哪,保甫卢沙,要学正经,不要胡涂,也不要胡闹,不过最要紧的是要博得你的上头和教师的欢心。只要和你的上头弄好,那么,即使你生来没有才能,学问不大长进,也都不打紧;你会赛过你所有的同学的。不要多交朋友,他们不会给你多大好处的;如果要交,那就拣一拣,要拣有钱有势的来做朋友,好帮帮你的忙,这才有用处。不要乱化钱,滥请客,倒要使别人请你吃,替你化;但顶要紧的是:省钱,积钱,世界上的什么东西都可以不要,这却不能不要的。朋友和伙伴会欺骗你,你一倒运,首先抛弃你的是他们,但钱是永不会抛弃你的,即使遭了艰难或危险!只要有钱,你想怎样就怎样,什么都办得到,什么都做得成。"给了这智慧的教训之后,那父亲就受了他的儿子的告别,和"喜鹊"一同回去了。那儿子就从此不再看见他,然而他的言语和教训,却深刻的印进了魂灵。

到第二天,保甫卢沙就上学校去了。对于规定的学科,他并不见得有特别的才能;优秀之处倒在肯用功和爱整洁;然而他立刻又迸出另外一种才能来:很切实的智力。他立刻明白了办法,和朋友交际,就遵照着父亲的教训,那就是使他们请自己吃,给自己化,他自己却一点也不破费,而且有时还得到赠品,后来看看机会,仍旧卖给原先的赠送者。事事俭省,是他孩子时候就学好了的。从父亲得来的半卢布,他不但一文也没有化,在这一年里倒还增加了数目,这是因为他显出一种伟大的创业精神来:用白蜡做成云雀,画得斑斓悦目,非常之贵的卖掉了。后来有一时期,他又试办着别样的投机事业,用的是这样的方法:他到市场上去买了食物来,进得学校,就坐在最富足,最有钱的人的旁边;一看出一个同学无精打采了——这就是觉得肚饿的征候——他就装作并非故意模样,在椅子下面,给他看见一个姜饼或者面饼的一角。待到引得人嘴馋,他于是取得一个价钱,并无一定,以馋的大小为标准。两个月之久,他又在房里不断的训练着一匹关在小木笼里的鼠子;到底练得那鼠子听着命令,用后脚直立,躺倒,站起了,他就一样的卖掉,得了大价钱。用这样的法子,积到大约五个卢布的时候,便缝在一个小袋里,再重新来积钱。和学校的上头的关系,他可更要聪明些。谁也不及他,能在椅子上坐得鼠子一般静。我们在这里应该声明一下,教师是最喜欢安静的人,而对于机灵的孩子却是受不住的;他觉得他们常常在笑他。一个学生,如果先被认作狡猾,爱闹的了,那么,他只要在椅子上略略一动,无意的把眉头一皱,教师就要对他发怒。他毫不宽假的窘迫他,责罚他。"我要教好你的骄傲和反抗!"他叫喊着说。"我看得你清清楚楚,比你自己还清楚!跪下!你要知道肚子饿是什么味道了!"于是这孩子就应该擦破膝盖,挨饿一天,连自己也不明白为什么。"本领,资质,才能——这都是胡说白道!"教师常常说。"我顶着重的是品行。一个彬彬有礼的学生，就是连字母也不认识，一切学科我还是给他很好的分数；但一给我看出回嘴和笑人的坏脾气——就给一个零分，即使他有一个梭伦①藏在衣袋里！"所以他也很忿忿的憎恶克理罗夫②，因为这人在他的寓言里说过："喝酒毫不要紧，但要明白事情！"他又时常十分满足的，脸上和眼里全都光辉灿烂的，讲述他先前教过的学校，竟有这么安静，连一个蝇子在屋里飞过，也可以听出来，整整一个年，学生在授课时间中敢发一声咳嗽，醒一下鼻子的，连一回也没有，直到摇铃为止，谁也辨不出教室里有没有人。乞乞科夫立刻捉着了教师的精神和意思，懂得这好品行是什么了。在授课时间中，无论别人怎么来拧他，来抓他，他连一动眼，一皱眉的事，也一回也没有；铃声一响，乞乞科夫可就没命的奔到门口去，为的是争先把帽子递给那教师——那教师戴的是一顶普通的农家帽；于是首先跑出了教室，设法和他在路上遇到好几回，每一回又恭恭敬敬的除下了帽子。他的办法得了很出色的效验。自从他入校以来，成绩一直都很好，毕业是优等的文凭和全学科最好的分数，另外还有一本书，印着金字道："敦品励学之赏"。当他离开学校的时候，已经是一个有着必须常常修剃的下巴的一表非凡的青年了。这时就死掉了他的父亲。他留给自己的儿子的是四件破旧的粗呢小衫，两件羊皮里子的旧长褂，以及全不足道的一点钱。那父亲分明是只会说节俭的好教训，自己却储蓄得很有限的。乞乞科夫立刻把古老的小屋子和连带的瘠地一起卖了一千个卢布，把住着的一家农奴送到市里去，自己就在那里住下，给国家去服务了。这时候，那最着重安静和好品行的可怜的教师，不知道为了他没本领，还是一种别的过失呢，却失了业；因为气愤，他就喝起酒来；但又

---

① Solon(640—559 B. C.)，希腊七贤之一，也是有名的雅典的立法者。——译者。

② Ivan Krilov(1768—1844)，有名的俄国的寓言作家。——译者。

立刻没有了钱;生病,无法可想,连一口面包也得不到,他只好长久饿在一间冰冷的偏僻的搁楼里。那些先前为了顽皮和乖巧,他总是斥为顽梗和骄傲的学生们,一知道他的景况,便赶紧来募集一点钱,有几个还因此卖掉了自己的缺少不得的物件;只有保甫卢沙·乞乞科夫却推托了,说他一无所有,单捐了一枚小气的五戈贝克的银钱,同学们向他说了一句:哼,你这吝啬鬼!便抛在地上了。可怜的教师一知道他先前的学生的这举动,就用两手掩了脸;像一个孱弱的孩子,眼泪滔滔不绝,涌出他昏浊的眼睛来,"在临死的床上,上帝还送我这眼泪!"他用微弱的声音说;到得知道了乞乞科夫怎样对他的时候,他就苦痛的叹息,接着道:"唉唉,保甫卢沙,保甫卢沙!人是多么会变化呵!他曾是怎样的一个驯良的好孩子呀!他毫不粗野,软得像丝绢一样。他骗了我了,唉唉,他真的骗了我了!……"

但也不能说我们的主角的天性,竟有这样的冷酷和顽固,感情竟有这样的麻木,至于不知道怜悯和同情。这两种感情,他是都很觉得的,而且还准备了帮助,只因为他不能动用那决计不再动用的款子,所以也不能捐很多的钱;总而言之,父亲的"要省钱,积钱"的忠告,是已经落在肥地上了。不过他也并非为钱而爱钱;吝啬还不全是支配他的发条。不是的,这并非指使他的原动力;他所企慕的是无不舒服的安乐富足的生活,车马,整顿的家计,美味的饭菜——这才是占领了他,驱策着他的东西。所以他要刻苦了自己和别人,一文一文的省钱,积钱,直到尝饱了这一切阔绰的时候。倘有一个有钱人坐了华美的轻车,驾着马具辉煌的高头大马,从他旁边经过,他就生根似的站下来,于是好像从大梦里醒来一样,说道:"而且他是一个普通的助理,却烫着蜷头发!"凡有显示着豪富和安乐的,都给他一个很深的印象,连他自己也不很明白是怎么一回事。出了学校以后,他一刻也没有安静过:希望很强,要赶快找一种职业,给国家去服务。然而,虽有优等的文凭,却不过就了财政厅里的一个不相干的位置;没有奥援,是弄不到很远的寰儿的!终于他又找着了一点小事情,薪水每年三四十卢布。但他决计献身于这职务,把所有障碍都打退,克服。他真的显出未曾前闻的克己和忍耐来了,用最要的事情来节制了自己的需要。从早晨一早起到很迟的晚上止,总是毫不疲倦的坐在桌子前面,倾注精神和肉体的全力,写呀写呀,都化在他的文件上,不很回家,睡在办公室的桌子上,有时就和当差的和管门的一同吃中饭,而且知道顶要紧的是干净的,高尚的外观,衣服像样,脸上有一种令人愉快的表情,还要从举动上,显出他是一位真正的上等人。这里应该说,财政厅的官员,是尤以他们的质朴和讨厌见长的。所有脸孔,都像烤得不好的白面包;一边的面颊是鼓起的,下巴是歪的,上唇肿得像一个水泡,而且还要开着裂;总而言之,他们都很不漂亮。他们都用一种很凶的言语,声音很粗,好像要打人;在巴克呼斯大仙①那里,他们献了很多的牺牲,在证明斯拉夫民族里,也还剩着不少邪教的残滓;唔,他们还时常有点醉醺醺的来办公,使办公室实在不愉快,至少也只好称这里的空气为酒香。在这样的官员里,乞乞科夫当然是惹眼的了,一切事情,他几乎和他们完全相反;他的相貌是动人的,他的声音是愉快的,而且什么酒类都不喝。然而他的前途还是很暗淡。他得了一位很老的科长来做上司,是石头似的没感觉和不摇动的好模范;总是不可亲近,脸上从来没有显过一点笑影,对人从来没有给过一句亲热的招呼,或者问一问安好。在家里或在街上,谁也没有见过他和老样子有些不同;他从不表示一点兴趣或者似乎对于别人的命运的同情;没有见过他喝醉和醉得呵呵大笑;没有闹过强盗在酩酊时候似的豪兴;——而且连一点影子也找不出。他是出于善恶之外的,然而在这绝无强烈的感情和情热中,却藏着一点可怕。他那大理石脸孔上,找不出什么不匀称的特征,但也记不起相像的人脸,线条都凑合得很草率。不过一看许多痘痕和麻点,却是属于那魔鬼在夜里来撒了豆的脸孔一

---

① Bacchus,希腊神话上的酒神。——译者。

类的。和这样的人物去亲近,想讨他的欢喜,人总以为决非一切人力所能及的罢;然而乞乞科夫竟去尝试了。他先从各种琐细的小事情上去迎合他;他悉心研究,科长用的鹅毛笔是怎样削法的,于是照样的削好几枝,放在他容易看见的处所,把他桌子上的尘沙和烟灰吹掉,擦去;给墨水瓶换上一块新布片;记住了他的帽子挂在那里——那世界上最讨人厌的帽子,每当散直之前,就取来放在他的旁边;如果他的背脊在墙壁上摩白了,就替他去刷,而且很赶紧。然而这些都丝毫没有效验,仿佛简直并无其事一样。乞乞科夫终于打听到他那上司的家族情形了:他知道他有一个成年的女儿,那脸孔也生得好像"在夜里撒了豆"。于是他就准备从这一边去攻城。他查出了每礼拜日她前去的是那一个教堂;每回都穿得很漂亮,很整齐,衬着出色的笔挺的硬胸衣,站在她对面,这事情有结果:严厉的科长软下来了,邀他去喝茶!马上见了大进步,乞乞科夫就搬到他的家里去,于是又立刻弄得必不可缺;他买面粉和白糖,像自己的未婚妻似的和那女儿来往,称科长先生为"爸爸",在他的手上接吻。衙门里大家相信,在二月底,大精进日之前,是要举行婚礼的,严厉的科长就替他在自己的上司面前出力,不多久,乞乞科夫自己就当了科长,坐在一个刚刚空出的位置上了。这大约正是他亲近老科长的主要目的,因为这一天,他就悄悄的把行李搬回家里去,第二天已经住在别的屋子里了。他中止了尊科长为"爸爸"和在他手上接吻,婚礼这件事是从此永远拖下去,几乎好像简直并没有提起过似的。然而他如果遇见科长,却仍旧殷勤的抢先和他握手,请他去喝茶,使这老头子虽然很麻木,极冷淡,也每次摇着头,喃喃自语道:"他骗我,这恶鬼!"

这是最大的难关,然而现在通过了。从此就很容易,一路更加顺当的向前进。大家尊重他起来了。他具备了凡有想要打出这世界去的人们所必需的一切:愉快的态度,优美的举动,以及办事上的大胆的决断。用了这手段,不久就补了一个一般之所谓"好缺"。大家应该知道,在这时候,是开始严禁了收贿的。但一切规条都吓不倒他,倒时常利用它来收自己的利益,而且还显出了每当严禁时候,却更加旺盛的真正俄罗斯式的发明精神来。他的办法是这样的:倘有一个请愿人出现,把手伸进衣袋里,要摸出一张谁都极熟的在我们俄国称为"呵凡斯基公爵绍介信"①的来——他就马上显出和气的微笑,紧紧的按住了请愿人的手,说道:"您以为我是……不必,真的!不必!这是我们的义务和责任,就是没有报酬我们也应该办的!这一点,您放心就是。一到明天早上,就什么都妥当了!我可以问您住在那儿吗?您全不必自己费神。一切都会替您送到府上去的!"吃惊的请愿人很感动的回到家里去,自己想道:"这才是一个人!唉唉,要多一点,这才好,这是真的宝石呵!"然而请愿人等候了一天,等候了两天,却还是总不见有他的文件送到家里去。到第三天也一样。他再上官厅去一趟——简直还没有看过他的呈文。他再去找他的宝石。"阿呀,对不起,对不起,"乞乞科夫优雅的说,一面握住了那位先生的两只手:"我们实在忙得要命,但是明天,明天您一定收到的!这真连我自己也非常过意不去!"和这些话,还伴着蛊惑的态度。如果这时衣角敞开了,他就连忙用手来整好,这样的敷衍了对手。然而文件却仍旧没有来,无论明天,后天,以至再后天。请愿人于是要想一想了:"哼,恐怕一定有些别的缘故罢?"他去探问,得了这样的回答:"书记得要一点!"——"当然,我怎么可以不给他呢:他们照例有他们的二十五个戈贝克,可是五十个也可以的。"——"不,那可不行,您至少得给他一张白票子②。"——"什么?给书记一张白的?"请愿人吓得叫了起来。"是的,您为什么只是这么的出惊呢?"人回答他说。"书记确是只有他们的二十五戈贝克的,其余的要送到上头去!"于是麻木的请愿人就敲一下自己的头,

---

① 即钞票,那上面有呵凡斯基(Chovanski)的签名。——译者。
② 白色的钞票是二十五卢布。——译者。

忿忿的诅咒新规则,诅咒禁收贿和官场的非常精炼的交际式。在先前,人们至少是知道办法:给头儿放一张红的票子①在桌子上,事情就有了着落,现在却要牺牲一张白的了,还要化掉整整一礼拜工夫,这才明白其中究竟是怎么一回事!……妈的这大人老爷们的廉洁和清高!请愿人自然是完全不错的:可是现在也不再有收贿:所有上司都是正经的,高尚的人物,只有书记和秘书还是恶棍和强盗。但不多久,乞乞科夫的前面展开一片活动的大场面来了:成立了一个建筑很大的官家屋宇的委员会。在这委员会里,乞乞科夫也入了选,而且是其中的一个最活动的分子。大家立刻来办公。给这官家建筑出力了六年之久,然而为了气候,或者因为材料,这建筑简直不想往前走,总是跨不出地基以外去。但会里的委员们,却在市边的各处,造起一排京式的很好看的屋子来了;大约是那些地方的地面好一点。委员老爷们已经开始在享福,并且立了家庭的基础。到现在,乞乞科夫这才在新的景况之下,脱离了他那严厉的禁制和克己的重担的压迫。到现在,他这才对于向来看得很重的大斋②规则,决计通融办理,而且到现在,他才明白了对于人还不能自主的如火的青年时代力加抑制的那些享乐,他也并不是敌人。他竟阔绰起来了,雇厨子,买漂亮的荷兰小衫。他也买了外省无法买到的,特别是深灰和发光的淡红颜色的衣料,也办了一对高头大马,还自己来操纵他的车,捏好缰绳,使边马出色的驰骋;现在也已经染上用一块海绵,蘸着水和可伦香水的混合物,来拭身体的习惯了,已经为了要使自己的皮肤软滑,购买重价的肥皂了,已经……

但那老废物的位置上,忽然换了新长官,是一个严厉的军人,贿赂系统和一切所谓不正和不端的死敌。到第二天,他就使所有官员全都惶恐了起来,直到最末的一个;要求收支帐目,到处发见了漏

---

① 十卢布的钞票。——译者。
② 耶稣复活节之前的四十日间的节食。——译者。

洞,看起来,什么总数都不对,立刻注意到京式的体面屋子——而且接着就执行了调查。官员们被停职了;京式屋子被官家所没收,变作各种慈善事业机关和新兵的学校了;所有官员们都受了严重的道德的训斥,而尤其是我们的朋友乞乞科夫。他的脸虽然有愉快的表情,却忽然很招了上司的憎厌——究竟为什么呢——可只有上帝知道;这些事是往往并无缘故的——总之,他讨厌乞乞科夫得要死。而且这铁面无私的长官,发起怒来也可怕得很!然而他究竟不过是一个老兵,不明白文官们的一切精致的曲折和乖巧,别的一些官就仗着相貌老实和办事熟练的混骗,蒙恩得到登用了,于是这位将军就马上落在更大,更坏的恶棍的手里,而他却完全不知道;竟还在满足,自以为找着了好人,而且认真的自负,他怎样的善于从才能和本领上,来辨别和鉴定人。官员们立刻看透了他的性格和脾气。他的下属,就全是激烈的真理疯子,对于不正和不法,都毫不宽容的惩罚;无论那里,一遇到这等事,他们就穷追它,恰如渔人的捏着鱼叉,去追一条肥大的白鲟鱼一样,而且实在也有很大的结果,过不多久,每人就都有几千卢布的财产了。这时候,先前的官员也回来了很不少,又蒙宽恩,仍见收录;只有乞乞科夫独没有再回衙门的运气;虽有将军的秘书长因为一封呵凡斯基公爵的绍介信的督促,很替他出力,替他设法,这人,是最善于控御将军的鼻子的——然而他什么也办不成。将军原是一个被牵着鼻子跑来跑去的人(他自己当然并不觉得的);但倘若他的脑袋里起了一种想头,那就牢得像一枚铁钉,决非人力所能拔出。这聪明的秘书长办得到的一切,是消灭先前的龌龊的履历,然而也只好打动他的长官,是诉之于他的同情,并且用浓烈的色采,向他画出乞乞科夫的悲惨的运命,和他那不幸的,然而其实是幸而完全没有的家族罢了。

"怎么的!"乞乞科夫说。"我钓着的了,拉上来的了,可是这东西又断掉了——这没有话好说。就是号啕大哭,也不能使这不幸变好的。还不如做事情去!"于是他决计从新开始他的行径,用忍耐武装起来,甘心抑制他先前那样的阔绰。他决计搬到一个别的市上去,在那里博得名声。然而一切都不十分顺手。在很短的时光中,他改换了两三回他的职业,因为那些事情,全是龌龊而且讨厌的。读者应该知道,在闲雅和洁净上,乞乞科夫是这世界上不可多得的人。开初虽然也只得在不干净的社会里活动,但他的魂灵却总是纯洁,无瑕的,所以他在衙门的公事房里,桌子也喜欢磁漆,而且一切都见得高尚和精致。他决不许自己的谈吐中,有一句不雅的言语,别人的话里倘有疏忽了他的品级和身分的句子,他也很不高兴。我相信,这大约是读者也很赞成的罢,如果知道了他每两天换一次白衬衫;夏天的大热时候,那就每天换两次:些微的不愉快的气味,他的灵敏的嗅觉机关是受不住的。所以每当彼得尔希加进来替他脱衣服,脱长靴,他总是用两粒丁香塞在鼻孔里;而且他那神经之娇嫩,是往往赛过一位年青小姐的;所以要再混进谁都发着烧酒气,全无礼貌的一伙里面去,真也苦痛得很。他虽然勉力自持,但在这样的逆境和坏运道之下,竟也瘦了一点,而且显出绿莹莹的脸色来了。当读者最初遇见,和他相识的时候,他是正在开始发胖,成了圆圆的,合式的身样了的;每一照镜,他已经常常想到尘世的快乐:一位漂亮的夫人,一间住满的孩子房,于是他脸上就和这思想一同露出微笑;但现在如果偶向镜子一瞥,就不禁叫喊起来道:"神圣的圣母,我是多么丑呀!"他从此长久不高兴去照镜子了。然而我们的主角担受着一切,坚忍地,勇敢地担受着——于是他到底在税关上得了一个位置。我们应该在这里说明,这样的地位,本来久已是他的秘密希望的对象。他看见过税务官员弄到怎样的好看到出奇的外国货,把怎样的出色的麻纱和磁器去送他的姊妹,教母和婶娘。他屡次叹息着叫喊道:"但愿我也去得成:国界不远,四近都是有教育的人,还能穿多么精致的荷兰小衫呀!"我们还应该附白一下,他也还想着使皮肤洁白柔软,使面颊鲜活发光的一种特别的法兰西肥皂;这是什么商标呢,上帝知道,总之,他推测起来,是只在国界上才有的。所以,他虽然久已神往于税关,但从建筑委员会办事所发生出来的目前的利益,却把他暂时按下,他说得很不错,当建筑委员会还总是手里的麻雀时,税关也不过是屋顶上的鸽子罢了。现在他却已经决定,无论如何要进税关去——而且也真的进去了。他用了真正的火一般热心去办事。好像命里也注定他来做税务官吏似的。三四个礼拜后,他已经把税关事务练习得这样的熟悉,从头到底什么都明白了:他全不用称,也不用量;因为他只要一看发票,立刻知道包裹里有几丈匹头;只消用手把袋子一提,就说得出有多少重量;至于检查,那是他呢,恰如他自己的同事所说一样,简直是“一条好猎狗似的嗅觉”:这也实在很奇怪,他会耐心的去瞎查每个纽扣,而且都做得绝顶的冷静,又是出色的文雅。就是那被检查的不幸的对手气得发昏,失了一切自制的力量,恨不得在他愉快的脸上,重重的给一个耳刮子的时候,他也仍然神色自若,总是一样的说得很和气:“您肯赏光,劳您的驾,站起一下子来罢!”或是:“您肯屈驾,太太,到间壁的屋子里去一下么?那里有一位我们公务人员的夫人,想和您谈几句天呢”或者“请您许可,我在您那外套的里子上,用小刀拆开一点点罢。”和这话同时,他就非常冷静的从这地方拉出头巾,围巾以及别的东西来,简直好像在翻自己的箱子一样。连上司也说,这是一个精怪,不是人。他到处搜出些东西:车轮间,车辙中,马耳朵里,以及上帝知道什么另外的处所,这些处所,没有一个诗人会想到去搜寻,只有税务官员这才想得出来的。那可怜的旅客通过了国境之后,很久还不能定下心神来,揩掉从一切毛孔中涌出的大汗,画一个十字,喃喃的说道:“阿唷,阿唷!”他的境遇好像一个逃出密室来的中学生,教师叫他进去听几句小教训,却竟是完全出于意外的挨了一顿痛打。对于他,私贩子一时毫没有法子想:他是所有波兰一带的犹太人帮的灾星和恶煞。他的正直和廉洁是无比的,而且也是出乎自然以上的。他从那些因为省掉无谓的登记,就不再充公的没收的货品和截留的东西上,决不沾一点光。办事有一种这样的毫不自私自利的热心,当然要惹起大家的惊异,终于也传到长官的耳朵里去了。他升了一级,并且赶紧向长官上了一个条陈,说怎样才可以捕获全部偷运者,加以法办。在这条陈上,还请给他以实行方法的委任。他立刻被任为指挥长,得了施行一切调查搜检的绝对的全权。他所要的就正是这一件。在这时候,私贩们恰恰也成立了一个大团体,做得很有心计,也很有盘算:这无耻的勾当,准备要赚钱一百万。乞乞科夫是早已知道了一点的,但当私贩们派人来通关节时,却遭了拒绝,他很冷淡的说,时候还没有到。一到掌握了一切关键之后,他便使人去通知这团体,告诉他们道:现在是时候了。他算得很正确。只在一年里面,他就能够赚得比二十年的热心办公还要多。他在先前是不愿意和他们合作的,因为他还不像一个棋中之帅,所以分起来也很有限。现在可是完全不同了,现在他可以对他们提出条件去了。因为要事情十分稳当,他又去引别一个官吏加入自己这面来,这计画成功了,那同事虽然头发已经雪白,竟不能拒绝他的诱惑。契约一结好,团体就进向了实行。他们的第一番活动,是见了冠冕堂皇的结果的。读者一定已经听到过关于西班牙羊的巧计的旅行这一个有名的,时常讲起的故事了的罢,那羊外面又蒙着一张皮,通过了国境,皮下面却藏着值到一百万的孛拉彭德①的花边。这事情就正出在乞乞科夫做着税务官的时候。如果他自己不去参加这计画,世界上是没有一个犹太人办得妥这类玩意的。羊通过了国境三四回之后,两个官员就各各有了四十万卢布的财产。哦,人们私议,是乞乞科夫怕要到五十万的了,因为他比别一个还要放肆点。只要没有一匹该死的羊捣乱,上帝才知道这大财是会发到怎么一个值得赞叹的总数呢。恶魔来搅扰这两位官。公羊触动了他们,他们无缘无故的彼此弄出事来了。正在快活的谈天的时候,

① Brabant,是跨荷兰和比利时两国的平野地方,以出产极贵的花边著名。——译者。

乞乞科夫也许多喝了一点酒罢,就称那一个官为教士的儿子,那人虽然确是教士的儿子,但不知怎的却非常的以为受辱,就很激烈,很锋利的回过来。他说道:"你胡说!我是五等官,不是教士的儿子。你倒恐怕是教士的儿子!"因为要给对手一个刺,使他更加懊恼,就再添上一句道:"哼,一定是的!"他虽然把加在自己头上的坏话,回敬了我们的乞乞科夫,虽然那"哼,一定是的!"的一转,已经够得利害,他却另外还向长官送了一个秘密的告发。听人说,除此之外,他们俩原已为了一个活泼茁壮的女人,正在争风吃醋了的,那女人呢,用官们的表现法来说,那就是"切实"到像一个萝卜,哦,那人还雇了两个很有力气的家伙,要夜里在一条昏暗的小巷里把我们的主角狠命的打一通;然而到底也还是两位老爷们发胡涂,该女人是已经被一位勖玛哈略夫大尉弄了去的了。那实情究竟怎么样呢,可只有上帝知道。总之,和私贩们的秘密关系是传扬开来,显露出来了。五等文官立刻翻筋斗,但他拉自己的同事也翻了一个筋斗。他们被传到法庭上去,他们的全部财产都被查抄,就像在他们的负罪的头上来了一个晴天霹雳。他们的精神好像被烟雾所笼罩,到得清楚起来,这才栗然的明白了自己犯了什么事,五等文官禁不起这运命的打击,在什么地方穷死了,但六等文官却没有倒运,还是牢牢的站着。纵使前来搜查的官们的嗅觉有多么细致,他也能稳妥的藏下了财产的一部分;他用尽了一切凡有识得透,做得多的深通世故的人的策略和口实:这里用合式的态度,那里用动人的言语,而且用些决不令人难受的谄媚,博得官们的帮忙,有时还塞给他们一点点,总而言之,他知道把他的事情怎么化小,纵使无论如何逃不出刑事裁判,至少,也不像他的同事那样没面子的收场。自然:财产和一切出色的外国货是不见了;这些东西,都跑到别个赏鉴家的手里去了。剩在这里的,是他从这大破绽里救出来的,藏着应急的至多一万卢布,还有两打荷兰小衫,一辆年青独身者所坐的小马车,以及两个农奴:马夫绥里方和跟丁彼得尔希加,此外是因为税务官员的纯粹的好心,留给他的五六块肥皂,使他把他的脸好弄得长是干净和光鲜——这就是一切。我们的主角,现在又一下子陷在这样的逆境里了!忽然来毁坏了他的,是多么一个吓人的坏运道!他称这为:因真理而受苦。人们也许想,在这些变动,历练,运命的打击和人生的恶趣之后,他会带了他那最后的伤心的一万块,躲到外省的平安的角落里,从此在那里锈下去:身穿印花的睡衣,坐在小屋的窗口,看着农夫们在礼拜天怎样的打架,或者也许为了保养,到鸡棚那边去走一趟,查一下那一只可以烧汤,那么,他的生活就真的很闲静,而且为他设想,也并非过得毫无意思的罢。然而全不是这一回事;对于我们的主角的不屈不挠的性格之坚强,人只好又说他不错。经过了够使一个人纵不灭亡,但遇事总不免沉静和驯良下去的一切这些打击之后,在他那里却仍没有消掉那未曾前闻的热情。他懊恼,他愤怒,唠叨全世界,骂运命的不公平,恨人们的奸恶,然而他不能放掉再来一个新的尝试。总而言之,他显出一种英雄气概来了,在这前面,那发源于迟钝的血液循环的德国人的萎靡不振的忍耐,就缩得一无所有。乞乞科夫的血液,却是火一般在脉管里流行的,倘要驾御一切要从这里奔进出来,自由活动的欲望,必须有坚强的,明晰的意志。他这样那样的反省了许多时,而且总反省出一些正当。为什么我竟这样子?为什么现在不幸应该闯到我的头上来?那么,现在谁得了职业?人都在图谋好处。我没有陷害过什么人,没有抢掠过一个寡妇,没有弄得谁去做乞丐,我不过取了一点余剩,别人站在我的地位上,也要伸下手去的。我不趁这机会揩点油,别人也要来揩的。为什么别人可以称心享福?为什么我却应该蛆虫似的烂掉?我现在是什么东西?我还有什么用处?我现在怎么和一个体面的一家之父见面呢?如果我一想到空活在这世界上,能不觉得良心的苛责吗?而且将来我的孩子们会怎么说呢?——“看我们的父亲罢,”他们会说:“他是一只猪,毫不留给我们一点财产。”

我们已经知道,乞乞科夫是很担心着他的后代的。这是一件发痒似的事情。假使嘴唇上不常涌出这奇特的，渺茫的"我的孩子们会怎么说呢？"的问题来，许多人就未必这么深的去捞别人的袋子了。未来的一家之父却赶忙去捞一切手头的东西，恰如一匹谨慎的雄猫，惴惴的斜视着两边，看主人可在近地：只要看到一块肥皂，一枝蜡烛，一片脂肪，爪下的一只金丝雀，他就全都抓来，什么也不放过。我们的主角在这的慨叹和诉苦，但他的头却不断的在用功。他固执的要想出一些什么来；只还缺新建设的计画。他又缩小了，他又开始辛苦的工作生活，他又无不省俭，他又下了高尚的和纯净的天，掉在龌龊和困苦的存在里了。在等候着好机会之间，总算得了法院代书人的职务，这职业者，在我们这里是还没有争得公民资格，非忍受各方面的打和推不可，被法院小官和他们的上司所轻蔑，判定了候在房外，并挨各种欺侮呵斥的苦恼的。然而艰难使我们的主角炼成一切的本领。在他所委托执行的许多公务中，也有这样的一件事：是有几百个农奴到救济局里来做抵押。那些农奴所属的土地，已经成为荒场。可怕的家畜传染病，奸恶经理人的舞弊，送掉顶好的农奴的时疫，坏收成，以及地主的不小的胡涂，都使这成为不毛之地。主人往墨斯科造起时髦房子来，装饰的最新式，最适意，但却把他的财产化得不剩一文钱，至于连吃也不容易。于是他只好把还剩在他手里的惟一的田地，拿去做抵押了。向国家抵押的事，当时还不很明白，而且试办未久，所以要决定这一步，总不免心怀一点疑惧。乞乞科夫以代书人的资格，先来准备下一切；他首先是博得所有在场人的欢心（没有这豫先的调度，谁都知道是连简单的讯问也轮不到的——总得每人有一瓶玛兑拉酒才好），待到确实的笼络住了所有官员之后，他才告诉他们说：这事件里还有一点必须注意的情形："农奴的一半的已经死掉了的，要防后来会有什么申诉……"——"但他们是还写在户口调查册上的罢，不是吗？"秘书官说。"自然，"乞乞科夫回答道。——"那么，你还怕什么呢？"秘书官道。"这一个死掉，别一个会生，并无失少呀，这么样就成。"谁都看见，这位秘书官是能够用诗来说话的。但在我们的主角的头里，却闪出一个人所能想到的最天才的思想来了。"唉，我这老实人！"他对自己说。"我在找我的手套，它却就塞在自己的腰带上！趁新的人口调查还没有造好之前，我去买了所有死掉了的人们来；一下子弄它一千个，于是到救济局里去抵押；那么，每个魂灵我就有二百卢布，目前足可以弄到二十万卢布了！而且现在恰是最好的时机，时疫正在流行，靠上帝，送命的很不少！地主们输光了他的钱，到处游荡，把财产化得一点不剩，都想往彼得堡去做官：抛下田地，经理人又不很帮他们，收租也逐年的难起来；单是用不着再付人头税，就不知道他们多么愿意把死掉的魂灵让给我呢，唔，恐怕我到底只要化一两个戈贝克就什么都拿来了。这自然是不容易的，要费许多力，人只好永远在苦海里漂泛，掉下去，又从此造出新的历史来。然而人究竟为什么要他的聪明呢？所谓好事情，就是很不真实，没有人真肯相信的事情。自然，不连田地，是不能买，也不能押的；但我用移住的目的去买，自然，移住的目的；滔律支省和赫尔生省的荒地，现在几乎可以不化钱的去领；那地方你就可以移民的，心里想多少就多少！我简直送他们到那地方去：到赫尔生省去：使他们住下！移民是要履行法律的程序，遵照设定的条文，经过裁决的。如果他们要证明书，可以，我不反对。为什么不可以？我也能拿出一个地方审判厅长亲笔署名的证明书来的。这田地，就叫做'乞乞科夫庄'，或者用我的本名，称为'保甫尔村'罢。"在我们的主角的头里建设了这奇特的计画；读者对于这，是否十分感谢呢，我毫不知道，但作者却觉得应该不可以言语形容的感谢的；无论如何，假使乞乞科夫没有发生这思想——这诗篇也不会看见世界的光了。

他依照俄国的习惯，划过一个十字之后，要实行他的大计画了。他要撒着谎，他是在找寻一块可以住下的小地方，还用许多另外的口实，到我们国度里的边疆僻壤去察看，尤其是比别处蒙着更多的灾害之处，就是：荒歉，死亡以及别的种种。一言以蔽之，是给他极好的机会,十分便宜的买到他所需要的农奴的地方。他决不随便去找任何的地主,却从他的口味来挑选人,这就是,须是和他做成这一种交易,不会怎样的棘手。他先设法去和他接近,赚得他的交情,使农奴可以白白的送他,自己无须破费。在我们这故事的进行中,出现的人物虽然总不合他的口味,但读者却也不能嗔怪作者的:这是乞乞科夫的错;因为这里他是局面的主人公,他想往那里去,我们也只好跟着他,如果有人加以责备,说我们的人物和性格都模胡,轻淡,那么,我们这一面也只能总是反复的说,在一件事情的开初,是不能测度它的全部情状,以及经过的广和深的。坐车到一个都会去,即使是繁华的首都,也往往毫无趣味。先是什么都显得灰色,单调。无边际的工厂和熏黑的作场干燥无味的屹立着。稍迟就出现了六层楼房的屋角,体面的店铺,挂着的招牌,街道的长行和钟楼,圆柱,雕像,教堂,还有街上的喧嚣和灿烂,以及人的手和人的精神所创造的奇迹。第一回的购买是怎样的成交,读者已经看见了;这事件怎样地展开,怎样的成功和失败等候着我们的主角,他怎样地打胜和克服更其艰难的障碍,还有是强大的形象怎样地在我们前面开步,极其秘密的杠杆怎样地使我们这泛滥很广的故事运行,水平线怎样地激荡起来,于是进为堂皇的抒情诗的洪流呢,我们到后来就看见。一位中年的绅士,一辆年青独身者常坐的马车,跟丁彼得尔希加,马夫绥里方和驾车的三头骏马,从议员到卑劣的花马,是我们已经介绍过了的,由这些编成的我们的旅团,要走的是一条远路。于此就可见我们的主角的生涯。但也许大家还希望我用最后的一笔,描出性格来罢:从他的德行方面说起来,他是怎样的人呢?他并不是具备一切道德,优长,以及无不完善的英雄——那是明明白白的。他究竟是怎样的人?那就是一个恶棍了罢?为什么立刻就是一个恶棍?对于别人,我们又何必这么严厉呢?我们这里,现在是已经没有恶棍的了。有的是仁善的,坚定的,和气的人,不过对于公然的侮辱,肯献出他的脸相来迎接颊上的一击的,却还是少得很。

这一种类,我们只能找出两三个,他们自然立刻高声的谈起道德来。最确切是称他为好掌柜或是得利的天才。得利的欲望——是罪魁祸首,它就是世间称为"不很干净"的一切关系和事务的原因。自然,这样的性格,是有一点招人反感的,就是读者,即使在自己的一生中,和这样的人打交道,引他到自己的家里来,和他消遣过许多愉快的时间,但一在什么戏曲里,或者一篇诗歌里遇见,却就疑忌的向他看。然而什么性格都不畏惮,倒放出考察的眼光,来把握他那最内部的欲望的弹簧的人,是聪明,聪明,第三个聪明的;在人,什么都变化得很迅速;一瞬息间,内部就有可怕的虫蛆做了窠,不住的生长起来,把所有的生活力吸得干干净净。还有已经不只发现过一回的,是一个人系出高门,不但是剧烈的热情生长得很强盛,倒往往因为一种可怜的渺小的欲望,忘却了崇高的神圣的义务,向无聊的空虚里,去找伟大和尊荣了。像海中沙的,是人的热情,彼此无一相像,开初是无不柔顺,听命于人的,高超的也如卑俗的一样,但后来却成为可怕的暴君。恭喜的是从中选取最美的热情的人:他的无边的幸福逐日逐时的生长起来,愈进愈深的他进了他的魂灵的无际的天国。然而也有并不由人挑选的热情。这是和人一同出世的,却没有能够推开它的力量。它所驱使的是最高的计画,有一点东西含在这里面,在人的一生中决不暂时沉默,总在叫唤和招呼。使下界的大竞走场至于完成,乃是它的目的,无论它以朦胧的姿态游行,或者以使全世界发大欢呼的辉煌的现象,在我们面前经过——完全一样——它的到来,是为了给人以未知之善的。在驱使和催促我们的主角乞乞科夫的,大约也是发源于热情的罢,这非出于他自己,是伏在他的冰冷的生涯中,将来要令人向上天的智慧曲膝,而且微如尘沙的。至于这形象,为什么不就在目下已经出世的这诗篇里出现呢,却还是一个秘密。

但大家不满足于我们的主角,并不是苦楚;更其苦楚和伤心的倒是这:我的魂灵里生活着推不开的确信,是无论如何,读者竟会满足于这主角,满足于就是这一个乞乞科夫的。如果作者不去洞察他的心,如果他不去撩起那瞒着人眼,遮盖起来的,活在他的魂灵的最底里的一切,如果他不去揭破那谁也不肯对人明说的,他的秘密的心思,却只写得他像全市镇里,玛尼罗夫以及所有别的人们——那样子,——那么,大家就会非常满足,谁都把他当作一个很有意思的人物的罢。不过他的姿态和形象,也就当然不会那么活泼的在我们眼前出现;因此也没有什么感动,事后还在振撼我们的魂灵,我们只要一放下书本,就又可以安详的坐到那全俄之乐的我们的打牌桌子前面去了。是的,我的体面的读者,你们是不喜欢看人的精赤条条的可怜相的:"看什么呢?"你们说。"这些有什么用呢? 难道我们自己不知道世界上有很多的卑鄙和胡涂吗? 即使没有这书,人也常常看见无法自慰的物事的。还是给我们看看惊心动魄的美丽的东西罢! 来帮帮我们,还是使我们忘记自己罢!"——"为什么你要来告诉我,说我的经济不行的呀,弟兄?"一个地主对他的管家说。"没有你,我也明白,好朋友;你就竟不会谈谈什么别的了吗? 是不是? 还是帮我忘记一切,不要想到它的好——那么,我就幸福了。"钱也一样,是用它来经营田地的,却为了忘却自己,用各种手段去化掉。连也许能够忽然发现大富源的精神,也睡了觉了;他的田地拍卖了,地主为了忘却自己,只好去乞食;带着一个原是出奇的下贱和庸俗,连自己看见也要大吃一吓的魂灵。

对于作者,还有一种别样的申斥;这是出于所谓爱国者的,他们幽闲的坐在自己的窠里,做着随随便便的事情,在别人的粮食上,抽着好签子,积起了一批财产;然而一有从他们看起来,以为是辱没祖国的东西,即使不过是包含着苦口的真实的什么书一出版——他们也就像蜘蛛的发见一个苍蝇兜在他们的网上了的一般,从各处的角角落落里爬出来,扬起一种大声的叫喊道:"唔,把这样的物事发表出来,公然叙述,这是好的吗? 写在这里的,确是我们的事——但这么办,算得聪明吗? 况且外国人会怎么说呢? 听别人说我们坏,觉得舒服吗?"而且他们想:这于我们有没有损呢? 想:我们岂不是爱国者吗? 对于这样的警告,尤其是关于外国人,我找不出适当的回答。有一件这样的事:在俄国的什么偏僻之处,曾经生活着两个人。其一,是一个大家族的父亲,叫作吉法·摩基维支;他是温和,平静的人,只爱舒适和幽闲的生活。他不大过问家务;他的生涯,倒是献给思索的居多,他沉潜于"哲学的问题",照他自己说。"拿走兽来做例子罢,"他时常说,一面在房里走来走去。"走兽是完全精赤条条的生下来的。为什么竟是精赤条条? 为什么不像飞禽似的再多一些毛? 为什么它,譬如说,不从蛋壳里爬出来的? 唉唉,真的,奇怪得很……人研究自然越深,就知道得越少!"市民吉法·摩基维支这样想。然而这还不是最关紧要的。别一位市民是摩基·吉法维支,他的亲生的儿子。他是一个俄国一般之所谓英雄,当那父亲正在研究走兽的产生的时候,他那二十来岁的广肩阔背的身体,却以全力在倾注于发展和生长。无论什么事,他不能轻易的,照常的就完——总是折断了谁的臂膊,或者给鼻子上肿起一大块。在家里或在邻近,只要一望见他,一切——从家里的使女起一直到狗——全都逃跑,连在他卧房里的自己的眠床,他也捣成了碎片。这样的是摩基·吉法维支,除此之外,他却是一个善良的好心的人物。但这并不是重要的。重要的是在这里:"我告诉你,吉法·摩基维支老爷,"自家的和别人的使女和家丁都来对父亲说,"你那摩基·吉法维支是怎样的一位少爷呀? 他给谁都安静不来,太捣乱了!"——"对的,对的,他真也有些胡闹,"那父亲总是这么回答着,"但有什么办法呢? 打他是已经不行的了,大家就都要说我严厉和苛刻,他却是一个爱面子的人;如果我在别人面前申斥他呢——他一定会小心的;但也忘不了当场丢脸——这就着实可怜。市里一知道,他们是要立刻叫他畜生的。你们以为我不会觉得苦痛的吗? 你们以为我在研究哲学,再没有别的功夫,就不是他的父亲了吗? 那里的话,你们弄错了。我是父亲呀,是的,我是父亲呀,妈的会不是。摩基·吉法维支——是深深的藏在我这里的心里的。"吉法·摩基维支用拳头使劲的捶着胸膛,非常愤激了:"即使他一世总是一匹畜生,至少,从我的嘴里是总不会说出来的;我可不能自己来给他丢脸!"他这样的发挥了父亲的感情之后,是一任摩基·吉法维支仍旧做着他的英雄事业,自己却回到他心爱的对象去,其间忽然提出这样的问题来了:"哼,如果像是生蛋的,那蛋壳应该不至于厚到没有什么炮弹打得碎罢?唉,唉,现在是到了发明一种新火器的时候了!"我们的两位居民,就是这样的在平安的地角里过活,他们,在我们这诗篇的完结之处,突然好像从一个窗口来窥探了一下,为的是对于热烈的爱国者的申斥,给一个平稳的回答,他们爱国者,就大概是一向静静的研究着哲学,或者他们所热爱的祖国的富的增加,不管做着坏事情,却只怕有人说出做着坏事情来的,然而爱国主义和上述的感情,也并不是这一切责备和申斥的原因。还有完全两样的东西藏在那里面。我为什么该守秘密呢?除了作者,谁还有这义务,来宣告神圣的真实呢?你们怕深刻的,探究的眼光射到你们的身上来。你们不敢自己用这眼光去看对象,你们喜欢瞎了眼睛,毫不思索,在一切之前溜过。你们也许在心里嗤笑乞乞科夫;也许竟在称赞作者,说,"然而,许多事情,他实在也观察得很精细!该是一个性情快活的人罢!"这话之后,你们就以加倍的骄傲,回到自己的本来,脸上显出一种很自负的微笑,接下去道:"人可是应该说,在俄国的一两个地方,确有非常特别和可笑的人的,其中也还有实在精炼的恶棍!"不过你们里面,可有谁怀着基督教的谦虚,不高声,不明说,只在万籁俱寂,魂灵孤独的自言自语的一瞬息间,在内部的深处,提一个问题来道:"怎么样?我这里恐怕也含有一点乞乞科夫气罢?"怎么会一点也没有。假如迎面走过了一个官,是中等品级的汉子——他就会立刻触一触他的邻人,几乎要笑了出来的样子,告诉他道:"看呀,看呀,这是乞乞科夫,他走过去了!"他还会忘记了和自己的身分和年龄相当的礼仪,孩子似的跟住他,嘲笑他,愚弄他,并且在他后面叫喊道:"乞乞科夫！乞乞科夫！乞乞科夫！"

　　然而我们话讲的太响,竟全没有留心到我们的主角在讲他一生的故事时睡得很熟,现在却已经醒来,而且要隐约的听到有谁屡次的叫着他的姓氏了。他这人,是很容易生气,如果毫不客气的在讲他,也是极不高兴的。得罪了乞乞科夫没有,读者自然觉得并无关系;但作者却相反,无论如何,他总不能和他的主角闹散的:他还有许多路,要和他携手同行;还有两大部诗,摆在自己的前面,而且这实在也不是小事情。

　　"喂,喂！你在闹什么了!"乞乞科夫向绥里方叫喊道。"你……?"

　　"什么呀?"绥里方慢吞吞的问。

　　"什么呀? 你问! 你这昏蛋! 这是什么走法? 前去,上紧!"

　　实在的,绥里方坐在他的马夫台上,久已迷蒙着眼睛了。他不过在半醒半睡中,间或用缰绳轻轻的敲着也在睡觉的马的背脊。彼得尔希加也不知道在什么地方落掉了帽子,反身向后,把头搁在乞乞科夫的膝髁上,吃了主人的许多有力的敲击。绥里方鼓起勇气来,在花马上使劲的抽上一两鞭,马就跑开了活泼的步子;于是他使鞭子在马背脊上呼呼发响,用了尖细的声音,唱歌似的叱咤道:"不怕就是了!"马匹奋迅起来,曳着轻车,羽毛似的前进。绥里方单是挥着鞭子,叫道:"吓,吓,吓!"一面在他的马夫台上很有规律的颠来簸去,车子就在散在公路上的山谷上飞驰。乞乞科夫靠在垫子上,略略欠起一点身子来,愉快的微笑着! 因为他是喜欢疾走的。那一个俄国人不喜欢疾走呢? 他的魂灵,无时无地不神往于懵腾和颠倒,而且时常要高声的叫出"管他妈的"来,他的魂灵会不喜欢疾走吗? 倘若其中含着一点很神妙,很感幸的东西,他会不喜欢吗? 好像一种不知的伟力,把你载在它的翼子上,你飞去了,周围的一切也和你一同飞去了:路标,坐在车上的商人,两旁的种着幽暗的松树和枞树,听到斧声和鸦鸣的树林,很长的道路,都飞过去了——远远的去在不可知的远地里;而在这飞速的闪烁和动荡中,却含有一种恐怖,可怕,一切飞逝的对象,都没有看清模样的工夫,只有我们头上的天,淡淡的云,上升的月亮,却好像不动的静静的站着。我的三驾马车呵,唉唉,我的鸟儿三驾马车呵!是谁发明了你的呢?你是只从大胆的,勇敢的国民里,这才生得出来的——在不爱玩笑,却如无边的平野一般,展布在半个地球之上的那个国度里:试去数一数路标罢,可不要闪花了眼睛!真的,你不是用铁攀来钩连起来的,乖巧的弄成的车子。却是迅速地,随随便便地,单单用了斧凿,一个敏捷的耶罗斯拉夫的农人做你成功的。驾驶你的马夫并不穿德国的长统靴,他蓬着胡子,戴着手套,坐着,鬼知道是在什么上;他一站起,挥动他的鞭子,唱起他的无穷尽的歌来——马就旋风似的飞跑。车轴闪成一枚圆圆的平板。道路隆隆鸣动。行路人吓得发喊,站下来仿佛生了根。——车子飞过去了,飞呀飞呀!……只看见在远地里好像一阵浓密的烟云,后面旋转着空气。

你不是也在飞跑,俄国呵,好像大胆的,总是追不着的三驾马车吗?地面在你底下扬尘;桥在发吼。一切都留在你后面了,远远的留在你后面。被上帝的奇迹所震悚似的,吃惊的旁观者站了下来。这是出自云间的闪电吗?这令人恐怖的动作,是什么意义?而且在这世所未见的马里,是蓄着怎样的不可思议的力量的呢?唉唉,你们马呵!你们神奇的马呵!有旋风住在你们的鬃毛上面吗?在每条血管里,都颤动着一只留神的耳朵吗?你们倾听了头上的心爱的,熟识的歌,现在就一致的挺出你这黄铜的胸脯的吗?你们几乎蹄不点地,把身子伸成一线,飞空中,狂奔而去,简直像是得了神助!……俄国呵!你奔到那里去给一个回答罢!你一声也不响。奇妙地响着铃子的歌。好像被风所搅碎似的,空气在咆哮,在凝结;超过了凡在地上生活和动弹的一切,涌过去了;所有别的国度和国民,都对你退避,闪在一旁,让给你道路。

1935 年 5 至 10 月连载于上海生活书店编《世界文库》1
至 6 册。1935 年 11 月上海文化生活出版社作为"译文丛
书"之一出版。

[附　录]

致 伊罗生

Shanghai, China

Oct. 17. 1935.

Dear Mr. Isaacs.

In reply to your letter of Sept. 15, about the remuneration for the translation of my story "Gust of Wind", I wish to inform you that I have no desire to take the money you intend to send me, for the work above mentioned did take me no much time at all. I hope the said sum will be disposed at your will.

With thanks.

Truly yours,

Lusin.

此信系茅盾起草,鲁迅签名。

十一月

一日

日记 晴。午后得孔若君信,即复。下午诗荃来。晚胃痛。

致 孔另境

若君先生:

奉到手示,刚刚都是我没法相帮的事,因为我的写信,一向不留稿子,而且别人给我的信,我也一封都不存留的,这是鉴于六七年前的前车,我想这理由先生自然知道。

专此奉复,并颂

时绥。

迅 上 十一月一日

二日

日记 晴,风。上午得母亲信附与海婴笺,十月三十日发。午后得何谷天信并赠《父子之间》一本。下午吴朗西来。晚蕴如携阿玉来。河清来。三弟来。夜雨。

三日

日记 星期。小雨。午后得王钧初信。下午同广平携海婴往卡尔登影戏院观《海底探检[险]》。夜同广平往金城大戏院观演《钦差大臣》。

四日

　　日记　晴。上午得徐懋庸信并上海业余剧社笺。得罗清桢信。得王冶秋信。得『版芸術』（十一月分）一本，六角。开明书店送丛芜版税五十八元八角一分二。

致 郑振铎

西谛先生：

　　拟印之稿件已编好，第一部纯为关于文学之论文，约三十余万字，可先付排。

　　简单的办法，我想先生可指定一时间和地点（如书店或印刷所），在那里等候，我当挟稿届时前往，一同付与印刷者，并接洽校对的办法。

　　但指定之信发出时，希比指定之日期早三四天，以免我接到来信时，已在所约的日期之后也。

　　专此布达，即请

撰安。

迅　顿首　十一月四日

致 萧军、萧红

刘兄
悄吟太太：

　　我想在礼拜三（十一月六日）下午五点钟，在书店等候，您们俩先去逛公园之后，然后到店里来，同到我的寓里吃夜饭。

396

专此,即祝

俪祉。

豫　上　十一月四日

五日

日记　昙。上午寄振铎信。寄萧军信。午后复冶秋信。访明甫及烈文。

致　王冶秋

野秋兄:

十月二十八日信收到;前一信并《唐代文学史》,也收到的。关于近代文学史的材料,我无可帮助,因为平时既不收集,偶有的一点,也为了搬来搬去,全都弄掉了。《导报》尚有,当寄上;阿英的那一本尚未出,出后当寄上,我想大约在年底罢。

讲文学的著作,如果是所谓"史"的,当然该以时代来区分,"什么是文学"之类,那是文学概论的范围,万不能牵进去,如果连这些也讲,那么,连文法也可以讲进去了。史总须以时代为经,一般的文学史,则大抵以文章的形式为纬,不过外国的文学者,作品比较的专,小说家多做小说,戏剧家多做戏剧,不像中国的所谓作家,什么都做一点,所以他们做起文学史来,不至于将一个作者切开。中国的这现象,是过渡时代的现象,我想,做起文学史来,只能看这作者的作品重在那一面,便将他归入那一类,例如小说家也做诗,则以小说为主,而将他的诗不过附带的提及。

我今年不过出了几本翻译,当寄上,但望即告我收信人的姓名,以用那几个字为宜,因为寄书要挂号,收信人须用印章的。又南阳石刻拓费,拟寄上三十元,由兄转交,不知可否,并望即见复。专此布复,即颂

时绥。

迅　上　十一月五日

回信可仍寄[仍]书店转交,不致失落的。　又及。

六日

日记　晴。上午内山书店送来『チェーホフ全集』(十二)一本,二元八角。孙式甫夫人来辞行。得孟十还信,即复。得蒲风信,即复。下午清水三郎君见访并赠时钟一具。买『世界文芸大辞典』(一)一本,五元五角。晚邀刘军及悄吟夜饭。

致 孟十还

十还先生:

四夜信收到。那本画集决计把它买来,今托友送上大洋二十五元,乞先生前去买下为托。将来也许可以绍介给中国读者的。

顺便奉送卢那察尔斯基的《解放了的 D. Q. 》美术版一本,据说那边已经绝版,我另有一本。但这一本订线已脱,须修一修耳。

又中译本一册,印得很坏,我上印刷所的当的。不过译文出于瞿君之手,想必还好。

专此布复,即颂
时绥。

迅　顿首　十一月六日

七日

日记 昙。午后得振铎信。下午张因来,赠以メレジコフスキイ『文芸論』一本。

八日

日记 晴。上午得曹聚仁信并《芒种》稿费六元。买《越天乐》一本,二元二角。下午河清来并交孟十还信及所代买《死魂灵图》一本,A. Agin 绘,价二十五元。

九日

日记 晴。上午得孟十还信,即复。得赵家璧信并赠《小哥儿俩》一本,即复。得赖少麒信并木刻三幅。得蒲风信并诗稿。午后访西谛,得《世界文库》六之译费七十二元。下午北新书局送来板税百五十。晚蕴如及三弟,阿菩来。

致 赵家璧

家璧先生:

得来信并蒙赠书一本,谢谢。

《死魂灵》第一部,平装者已订成,布面装订者,尚须迟数天,一俟订好,当奉呈。长序亦译自德文本,并不精彩,倒是附录颇有趣。

来信说要印花二千。不知是一共二千,还是每种二千? 希示遵办。

专此布达,即请

撰安。

迅 顿首 十一月九日

十日

　　日记　星期。晴。上午得马子华信。得蔡斐君信并诗稿。下午同广平携海婴往卡尔登戏院观 *Angkor*。捐给童子军募捐队一元。

十一日

　　日记　晴。上午得何白涛信并木刻二幅。得张慧信并木刻二十二幅。得王冶秋信。得韦女士信。得增田君信。得孟克信。得《现代板画》(13)一册。得《松中木刻》一册。下午得萧军信。吴朗西来。晚三弟来。夜校《桃园》。小雨。

致 马子华

子华先生：

　　来信收到。十来年前，我的确给人看过作品，但现在是体力和时间，都不许可了，所以实在无法实现何先生的希望，真是抱歉得很。

　　专此布复，并颂

时绥。

鲁迅　十一月十一日

十二日

　　日记　雨。午后复马子华信。复蔡斐君信。寄吴朗西信。下午得《世界文库》(六)一本。夜同广平往光陆影戏院观《菲州战争》。

十三日

　　日记　昙。夜同广平往邀三弟及蕴如至融光影戏院观《黑衣骑士》。雨。

十四日

日记　雨。上午诗荃寄赠《朝霞》一本。下午谷非来。孔若
君来。

萧红作《生死场》序

记得已是四年前的事了，时维二月，我和妇孺正陷在上海闸北
的火线中，眼见中国人的因为逃走或死亡而绝迹。后来仗着几个朋
友的帮助，这才得进平和的英租界，难民虽然满路，居人却很安闲。
和闸北相距不过四五里罢，就是一个这么不同的世界，——我们又
怎么会想到哈尔滨。

这本稿子的到了我的桌上，已是今年的春天，我早重回闸北，周
围又复熙熙攘攘的时候了。但却看见了五年以前，以及更早的哈尔
滨。这自然还不过是略图，叙事和写景，胜于人物的描写，然而北方
人民的对于生的坚强，对于死的挣扎，却往往已经力透纸背；女性作
者的细致的观察和越轨的笔致，又增加了不少明丽和新鲜。精神是
健全的，就是深恶文艺和功利有关的人，如果看起来，他不幸得很，
他也难免不能毫无所得。

听说文学社曾经愿意给她付印，稿子呈到中央宣传部书报检查
委员会那里去，搁了半年，结果是不许可。人常常会事后才聪明，回
想起来，这正是当然的事：对于生的坚强和死的挣扎，恐怕也确是大
背"训政"之道的。今年五月，只为了《略谈皇帝》这一篇文章，这一
个气焰万丈的委员会就忽然烟消火灭，便是"以身作则"的实地大
教训。

奴隶社以汗血换来的几文钱,想为这本书出版,却又在我们的上司"以身作则"的半年之后了,还要我写几句序。然而这几天,却又谣言蜂起,闸北的熙熙攘攘的居民,又在抱头鼠窜了,路上是骆驿不绝的行李车和人,路旁是黄白两色的外人,含笑在赏鉴这礼让之邦的盛况。自以为居于安全地带的报馆的报纸,则称这些逃命者为"庸人"或"愚民"。我却以为他们也许是聪明的,至少,已经凭着经验,知道了煌煌的官样文章之不可信。他们还有些记性。

现在是一九三五年十一月十四的夜里,我在灯下再看完了《生死场》。周围像死一般寂静,听惯的邻人的谈话声没有了,食物的叫卖声也没有了,不过偶有远远的几声犬吠。想起来,英法租界当不是这情形,哈尔滨也不是这情形;我和那里的居人,彼此都怀着不同的心情,住在不同的世界。然而我的心现在却好像古井中水,不生微波,麻木的写了以上那些字。这正是奴隶的心!——但是,如果还是搅乱了读者的心呢? 那么,我们决不是奴才。

不过与其听我还在安坐中的牢骚话,不如快看下面的《生死场》,她才会给你们以坚强和挣扎的力气。

鲁迅。

最初印入 1935 年 12 月奴隶社版"奴隶丛书"之一《生死场》。

初收 1937 年 7 月上海三闲书屋版《且介亭杂文二集》。

致 章锡琛

雪村先生:

韦丛芜君版税,因还未名社旧款,由我收取已久,现因此项欠款,大致已清,所以拟不续收,此后务乞寄与韦君直接收下为祷。

专此布达，即请

道安。

鲁迅　上　十一月十四日

十五日

　　日记　雨。上午寄章雪村信。寄来青阁信。得母亲信，十一日发，即复。得伯简信并《南阳汉画象访拓记》一本，即复。寄萧军信并《生死场》小序一篇。得赵家璧信。下午理发。夜同广平往融光影戏院观"G"Men。

题《死魂灵》赠孟十还

这是重译的书，以呈

十环先生，所谓"班门弄斧"

者是也

鲁　迅

一九三五年十一月十五

日，上海。

未另发表。据手迹编入。

初未收集。

致母亲

母亲大人膝下，敬禀者，十一月十一日来信，顷已收到，前回的一封，也早收到了。牙痛近来不知如何？倘常痛，恐怕只好拔去，不

403

过假牙无法可装，却很不便，只能专吃很软的食物了。

海婴很好，每天上幼稚园去，不大赖学了。他比夏天胖了一点，虽然还要算瘦，却很长，刚满六岁，别人都猜他是八九岁，他是细长的手和脚，像他母亲的。今年总在吃鱼肝油，没有间断过。他什么事情都想模仿我，用我来做比，只有衣服不肯学我的随便，爱漂亮，要穿洋服了。

近来此地颇多谣言，纷纷迁避，其实大抵是无根之谈，所以我们仍旧不动，也极平安，务请勿念。也常有关于北平和天津的谣言，关切的朋友，至于半夜敲门来通报，到第二天一打听，才知道也是误传的。

害马及男都好的，亦请勿念。

专此布复，敬请

金安。

　　　　男树　叩上　广平及海婴同叩　十一月十五日

致 萧 军

刘兄：

校稿昨天看完，胡刚刚来，便交与他了。

校稿除改正了几个错字之外，又改正了一点格式，例如每行的第一格，就是一个圈或一个点，很不好看，现在都已改正。

夜里写了一点序文，今寄上。

这几天四近谣言很多，虽然未必真，可也令人不十分静得下。居民搬的很多。

专此布达，即请

俪安。

404

《死灵魂》纸面的已出，布面的还得等几天。　又及。

致 台静农

伯简兄：

　　十一日信并《南阳画象访拓记》一本，顷同时收到。关于石刻事，王冶秋兄亦已有信来，日内拟即汇三十元去，托其雇工椎拓，但北方已冷，将结冰，今年不能动手亦未可料。印行汉画，读者不多，欲不赔本，恐难。南阳石刻，关百益有选印本（中华书局出版），亦多凡品，若随得随印，则零星者多，未必为读者所必需，且亦实无大益。而需巨款则又一问题。

　　我陆续曾收得汉石画象一箧，初拟全印，不问完或残，使其如图目，分类为：一，摩厓；二，阙，门；三，石室，堂；四，残杂（此类最多）。材料不完，印工亦浩大，遂止；后又欲选其有关于神话及当时生活状态，而刻划又较明晰者，为选集，但亦未实行。南阳画象如印行，似只可用选印法。

　　瞿木夫之《武梁祠画象考》，有刘翰怡刻本，价钜而难得。然实不佳。瞿氏之文，其弊在欲夸博，滥引古书，使其文浩浩洋洋，而无裁择，结果为不得要领。

　　近来谣言大炽，四近居人，大抵迁徙，景物颇已寂寥，上海人已是惊弓之鸟，固不可诋为"庸人自扰"。但谣言则其实大抵无根，所以我没有动，观仓皇奔走之状，黯然而已。

　　专此布复，并颂

时绥。

树　顿首　十一月十五午

十六日

日记　小雨。上午吴朗西来并赠《死魂灵》布面装订本五本。午后晴。下午姚克来。晚蕴如来。三弟来。得萧军及悄吟信,夜复。

致 萧军、萧红

刘军兄及其悄吟太太:

十六日信当天收到,真快。没有了家,暂且漂流一下罢,将来不要忘记。二十四年前,太大度了,受了所谓"文明"这两个字的骗。到将来,也会有人道主义者来反对报复的罢,我憎恶他们。

校出了几个错字,为什么这么吃惊? 我曾经做过杂志的校对,经验也比较的多,能校是当然的,但因为看得太快,也许还有错字。

印刷所也太会恼怒,其实,圈点不该在顶上,是他们应该知道,自动的改正的。他们必须遇见厉害的商人,这才和和气气。我自己印书,没有一回不吃他们的亏。

那序文上,有一句"叙事写景,胜于描写人物",也并不是好话,也可以解作描写人物并不怎么好。因为做序文,也要顾及销路,所以只得说的弯曲一点。至于老王婆,我却不觉得怎么鬼气,这样的人物,南方的乡下也常有的。安特列夫的小说,还要写得怕人,我那《药》的末一段,就有些他的影响,比王婆鬼气。

我不大希罕亲笔签名制版之类,觉得这有些孩子气,不过悄吟太太既然热心于此,就写了附上,写得太大,制版时可以缩小的。这位太太,到上海以后,好像体格高了一点,两条辫子也长了一点了,然而孩子气不改,真是无可奈何。

这几天四近逃得一榻胡涂。铺子没有生意,也大有关门之势。孩子的幼稚园里,原有十五人,现在连先生的小妹子一共只剩下三个了,要关门大吉也说不定。他喜欢朋友,现在很感得寂寞。你们俩他是欢迎的,他欢迎客人,也喜欢留吃饭。有空望随便来玩,不过速成的小菜,会比那一天的粗拙一点。

　　专此布达,即请

俪安。

豫　上。十一月十六夜。

十七日

　　日记　星期。昙。午后得陈浅生信并《嫩芽》一本。得王冶秋信并小说稿。买《条件》一本,『文化の擁護』一本,共泉二元八角。下午烈文来。胡风来。

十八日

　　日记　晴。午后寄王冶秋信并石刻拓印费三十元。寄赵家璧信并书三本,印证四千。得来青阁书目一本。得温涛信并木刻一本。得徐懋庸信。得 P. Ettinger 信。下午寄明甫信。寄靖华信。复徐懋庸信。

致 王冶秋

野秋兄:

　　十一月八日信并拓片十张,又十四日信并小说稿两篇,均收到。指点做法,非我所能,我一向的写东西,却如厨子做菜,做是做的,可是说不出什么手法之类。至于投寄别处,姑且试试看,但大约毫无把握,一者因为上海刊物已不多,且大抵有些一派专卖,我却不去交际,和谁也不一气的。二则,每一书店,都有"文化统制",所以对于不是一气的人,非常讨厌。

前几天,已托书店寄上书数本,不知已收到否?《中国新文学大系》,今天去定一部,即由公司陆续寄上。

又汇票一纸三十元,希向商务印书馆分馆一取,后面要签名盖印(印必与所写的名字相同),倘问寄款人,则写在信面者是也。此款乞代拓南阳石刻,且须由拓工拓,因为外行人总不及拓工的。至于用纸,只须用中国连史就好(万不要用洋纸),寄来的十幅中,只有一幅是洋纸,另外都就是中国连史纸,今附上标本。(但不看惯,恐也难辨)

专此布复　即颂
时绥。

豫　上。十一月十八日

致 赵家璧

家璧先生:

兹送上印证四千,《死魂灵》一本,希察人。又小书两本,不足道也,但顺便送上,并乞哂存为幸。

专此布达,并请
撰安。

鲁迅　十一月十八日

致 曹靖华

汝珍兄:

日前收到一些刊物,即托书店转寄,大约有四包,不知已收到否？

今天得了 E 君一封信，今寄上，请兄译示为荷。

前一些时这里颇多谣言，现在安静了。我们一动也没有动，不过四邻搬掉的多，冷静而已。今天又已在渐渐的搬回来。

寓中大小均安，请释念。

专此布达，即请

近安。

弟豫　上　十一月十八日

致 徐懋庸

乞转

徐先生：

信收到。另一笺已转寄。但我的投稿，恐怕不大可靠，近来笔债真欠得太多了。

《死魂灵》当然要送，日内托书店并送曹先生的一本一同寄去，请先向曹先生提明一声。

专复，即祝

撰安。

豫　上　十一月十八日

十九日

日记　晴。午后得周昭俭信，即复，并赠书五本。下午得母亲信并食物一包，十四日发。

二十日

日记 晴。上午托广平往蟫隐庐买《大历诗略》一部四本,《元人选元诗五种》一部六本,共泉八元八角。得明甫信。得耳耶信,午后复。下午为三笠书房作关于陀斯妥夫斯基之短文一篇。省吾持莘农信并译稿来。

ドストエーフスキイのこと

ドストエーフスキイについて二三言云はなければならん様になる。何んと云はうか。彼は余りに偉大で、しかも自分は其の作品をさう勉強して読んだことがなかつた。

回憶して見ると若かつたときに偉大な文学者の作品を読んで其の作者を敬服すれども、どうしても愛し(え)ないものは二人有つた。一人はダンテで其の『神曲』の煉獄の中に自分の愛する異端が居つて、或るものは斜面の岩壁に重い石を推し上げて居る。そんな労作は非常にくたびれ、併もよせば圧潰されてしまふ。どうも自分も大にくたびれ、遂にここにとまつて天国までは行けなかつた。

もう一人は即ちドストエーフスキイであつた。彼の二十四歳の時に書いた『貧しき人々』を読んで既に其の暮年らしい寂しさに驚かされる。後に至つては遂に罪深い罪人となり同時に残酷な拷問官となつて現はれ、小説の中の男女を色々な堪らない境遇に置いて試煉し、其の表面にある潔白さを剝取つて下に隠して居る罪悪を拷問し出すばかりでなく、又其の罪悪の下に隠して居る本当の潔白さまでも拷問し出して仕舞ふ。其の上、仲々殺さないで出来るだけ永く生かして置く。而してドストエーフスキイ自分は罪人と共に苦しみ、拷問官と共に面白がつて喜んで居るらしい。それは決して只の人間の出来る仕業でなく、詰り偉大であつたからである。併し自分は度々読んで行く事をよさうかと思つた。

　医学者はよくドストエーフスキイの作品を病埋的に解釈する
が、斯るルムブロゾ的説明は、今の大抵の国国に於ては非常に便利
で一般の人々にもよく賛成されるかも知れない。併し彼は神経
病者としても露西亜ツアル時代の神経病者で、今でも若し彼に似
よつた重圧を受ければ受ける程彼の誇大を雑へた真実、冷いまで
になつた熱情、直に破裂しさうな忍従を、益々了解し、彼を愛する
様になるのであらう。

　只支那の読者としての自分は未だドストエーフスキイ的忍従、
即ち横逆に対する徹底的な、本当の忍従を腑に落ちない。支那に
は露西亜のキリストが居ない。支那には神の代りに聖人の礼義
が君臨して居る、殊に弱々しい女性の上に。百パーセントの忍従
は、結婚しない前に言名附の夫我が死んで八十まで苦しんで生通
す所謂「節婦」には偶に見出されるかも知れないが、一般には仲々
少いらしい。無論、忍従の形式はあるが、併しドストエーフスキ
イ的に掘つてゆけば矢張り虚偽だらうと思ふ。圧迫者から圧迫
される者の不道徳の一と指定して居る虚偽は、同類に対しては悪
であるが、圧迫者に対しては徳であるからだ。

　併しドストエーフスキイ的忍従も遂に説教、或は抗議になつた
ばかりでなかつた。それは堪らない忍従、余りに偉大な忍従だか
らである。或る人々は遂に罪を帯びて居るが儘に、ダンテ的天国
までも突進し、そこで始めて合唱しつゝ天人の修業を積上げるの
であるが、中庸な人間だけは地獄に落る恐れもないけれども天国
に這入る望みもないのであらう。

　　　　　原載 1936 年 2 月号东京《文艺》杂志。
　　　　　初未收集。

致 聂绀弩

耳耶兄：

十八日信收到。《死魂灵》昨已托书店送上，他们顺路的时候就要送到报馆里去的。

《漫画与生活》单就缺点讲，有二：一，文章比较的单调；二，图画有不能一目了然者。至于献辞，大约是《小品文和漫画》上取来的，兄无欤［嫌］疑。

我的文章，却是问题，因为欠账太多了，也许弄到简直不还。这刊物，我一定做一点，不过不能限期。如果下期就等着，那可是——糟了。

专此布达，顺颂

时绥。

迅　上　十一月廿日

二十一日

日记　晴。上午复猛克信。午后往蟫隐庐买《明越中三不朽图赞》一本，一元三角；又往来青阁买《荆南萃古编》一部二本，三元五角；《密韵楼丛书》一部二十本，三十五元。晚得《中国新文学大系》（一及二）二本。

二十二日

日记　晴。上午内山书店送来『玩具丛书』（七）一本，二元七角。得徐懋庸信。下午姚克来。梵斯女士来。

二十三日

日记　昙。上午得邱遇信，即复。得王冶秋信并其子之照相。

下午河清来。晚蕴如携阿玉来。三弟来。

致 邱 遇

邱先生：

《野草》的题词，系书店删去，是无意的漏落，他们常是这么模摸胡胡的——，还是因为触了当局的讳忌，有意删掉的，我可不知道。《不周山》系自己所删，第二板上就没有了，后来编入《故事新编》里，改名《补天》。

《故事新编》还只是一些草稿，现在文化生活出版社要给我付印，正在整理，大约明年正二月间，可印成的罢。

《集外集》中一篇文章的重出，我看只是编者未及细查之故。

专此布复，并颂

时绥。

迅 上 十一月二十三日

二十四日

日记 星期。昙。上午得孟十还信。得阿芷信。得『白と黒』一本，第四期，价六角。午后孔若君来。同广平携海婴往南京戏院观《寻子伏虎记》。

二十五日

日记 晴。上午得周昭俭信，即复。得刘宗德信，即复，并以其信转寄河清。得靖华信。得张露薇信。午后在内山书店买『キェルヶゴール選集』(一)一本，ゴリキイ『文学論』一本，共泉三元八角。

下午往来青阁买刘刻百纳本《史记》一部十六本,严复评点《老子》一本,共泉十六元五角。

孔另境编《当代文人尺牍钞》序

日记或书信,是向来有些读者的。先前是在看朝章国故,丽句清词,如何抑扬,怎样请托,于是害得名人连写日记和信也不敢随随便便。晋人写信,已经得声明"匆匆不暇草书",今人作日记,竟日日要防传钞,来不及出版。王尔德的自述,至今还有一部分未曾公开,罗曼罗兰的日记,约在死后十年才可发表,这在我们中国恐怕办不到。

不过现在的读文人的非文学作品,大约目的已经有些和古之人不同,是比较的欧化了的:远之,在钩稽文坛的故实,近之,在探索作者的生平。而后者似乎要居多数。因为一个人的言行,总有一部分愿意别人知道,或者不妨给别人知道,但有一部分却不然。然而一个人的脾气,又偏爱知道别人不肯给人知道的一部分,于是尺牍就有了出路。这并非等于窥探门缝,意在发人的阴私,实在是因为要知道这人的全般,就是从不经意处,看出这人——社会的一分子的真实。

就是在"文学概论"上有了名目的创作上,作者本来也掩不住自己,无论写的是什么,这个人总还是这个人,不过加了些藻饰,有了些排场,仿佛穿上了制服。写信固然比较的随便,然而做作惯了的,仍不免带些惯性,别人以为他这回是赤条条的上场了罢,他其实还是穿着肉色紧身小衫裤,甚至于用了平常决不应用的奶罩。话虽如此,比起峨冠博带的时候来,这一回可究竟较近于真实。所以从作家的日记或尺牍上,往往能得到比看他的作品更其明晰的意见,也就是他自己的简洁的注释。不过也不能十分当真。有些作者,是连账簿也用心机的,叔本华记账就用梵文,不愿意别人明白。

另境先生的编这部书,我想是为了显示文人的全貌的,好在用心之古奥如叔本华先生者,中国还未必有。只是我的做序,可不比写信,总不免用些做序的拳经:这是要请编者读者,大家心照的。

一九三五年十一月二十五夜,鲁迅记于上海闸北之且介亭。

最初印入 1936 年 5 月生活书店版《现代作家书简》,原题作《当代文人尺牍钞》。

初收 1937 年 7 月上海三闲书屋版《且介亭杂文二集》。

致 叶 紫

芷兄:

来信收到。我现在实在太苦于打杂,没有会谈和看文章的工夫了,许也没有看文章的力量,所以这两层只好姑且搁起。

你还是休息一下好。先前那样十步九回头的作文法,是很不对的,这就是在不断的不相信自己——结果一定做不成。以后应该立定格局之后,一直写下去,不管修辞,也不要回头看。等到成后,搁它几天,然后再来复看,删去若干,改换几字。在创作的途中,一面练字,真要把感兴打断的。我翻译时,倘想不到适当的字,就把这字空起来,仍旧译下去,这字待稍暇时再想。否则,能够因为一个字,停到大半天。

《选集》我也没有了;别的两本,已放在书店里,附上一条,希持此去一取为托。

专此布复,并颂
时绥。

豫　上　十一月二十五夜

二十六日

日记 晴。午后寄母亲信附海婴笺。复阿芷信并书二本。为孔若君作《当代文人尺牍钞》序寄之。得俊明信。得吴渤信。得周扬信,即复。下午胡风来。夜同广平往卡尔登影戏院观《蛮岛黑月》。

致 母 亲

母亲大人膝下,敬禀者,十一月十五日信,已早到,果脯等一大包,也
 收到了。已将一部份分给三弟。

上海近来已较平静,寓中都好的。海婴仍上幼稚园,但原有十
 五个同学,现在已只剩了七个了。他已认得一百多个字,就想
 写信,附上一笺,其中有几个歪歪斜斜的字,就是他写的。

今天晚报上又载着天津不平静,想北平不至于受影响。至于物
 价飞涨,那是南北一样,上海的物价,比半月前就贵了三成了。

专此布达,恭请

金安。

男树 叩上 广平海婴同叩 十一月二十六日

二十七日

日记 雨。午后同广平携海婴往须藤医院诊。下午得霁野信,五日伦敦发。得生活知识社信并杂志四本。得增田君信。得章雪村信,即复。买『文学論』及『芸術論』各一本,共二元;又十二月分『版芸術』一本,六角。

二十八日

日记 雨。午后寄河清信。下午得蔡斐君信。得张因信。得《中国新文学大系》(诗歌集)一本。张莹及其夫人来。

二十九日

日记 昙。上午得母亲信,二十五日发。得河清信。得徐讦信,下午复。得静农信。夜作《治水》讫,八千字。雨。

理 水

一

这时候是"汤汤洪水方割,浩浩怀山襄陵";舜爷的百姓,倒并不都挤在露出水面的山顶上,有的捆在树顶,有的坐着木排,有些木排上还搭有小小的板棚,从岸上看起来,很富于诗趣。

远地里的消息,是从木排上传过来的。大家终于知道鲧大人因为治了九整年的水,什么效验也没有,上头龙心震怒,把他充军到羽山去了,接任的好像就是他的儿子文命少爷,乳名叫作阿禹。

灾荒得久了,大学早已解散,连幼稚园也没有地方开,所以百姓们都有些混混沌沌。只在文化山上,还聚集着许多学者,他们的食粮,是都从奇肱国用飞车运来的,因此不怕缺乏,因此也能够研究学问。然而他们里面,大抵是反对禹的,或者简直不相信世界上真有这个禹。

每月一次,照例的半空中要簌簌的发响,愈响愈厉害,飞车看得清楚了,车上插一张旗,画着一个黄圆圈在发毫光。离地五尺,就挂

417

下几只篮子来,别人可不知道里面装的是什么,只听得上下在讲话:

"古貌林!"

"好杜有图!"

"古鲁几哩……"

"O,K!"

飞车向奇肱国疾飞而去,天空中不再留下微声,学者们也静悄悄,这是大家在吃饭。独有山周围的水波,撞着石头,不住的澎湃的在发响。午觉醒来,精神百倍,于是学说也就压倒了涛声了。

"禹来治水,一定不成功,如果他是鲧的儿子的话,"一个拿拄杖的学者说。"我曾经搜集了许多王公大臣和豪富人家的家谱,很下过一番研究工夫,得到一个结论:阔人的子孙都是阔人,坏人的子孙都是坏人——这就叫作'遗传'。所以,鲧不成功,他的儿子禹一定也不会成功,因为愚人是生不出聪明人来的!"

"O,K!"一个不拿拄杖的学者说。

"不过您要想想咱们的太上皇,"别一个不拿拄杖的学者道。

"他先前虽然有些'顽',现在可是改好了。倘是愚人,就永远不会改好……"

"O,K!"

"这这些些都是费话,"又一个学者吃吃的说,立刻把鼻尖胀得通红。"你们是受了谣言的骗的。其实并没有所谓禹,'禹'是一条虫,虫虫会治水的吗?我看鲧也没有的,'鲧'是一条鱼,鱼鱼会治水水水的吗?"他说到这里,把两脚一蹬,显得非常用劲。

"不过鲧却的确是有的,七年以前,我还亲眼看见他到昆仑山脚下去赏梅花的。"

"那么,他的名字弄错了,他大概不叫'鲧',他的名字应该叫'人'!至于禹,那可一定是一条虫,我有许多证据,可以证明他的乌有,叫大家来公评……"

于是他勇猛的站了起来,摸出削刀,刮去了五株大松树皮,用吃剩的面包末屑和水研成浆,调了炭粉,在树身上用很小的蝌蚪文写上抹杀阿禹的考据,足足化掉了三九廿七天工夫。但是凡有要看的人,得拿出十片嫩榆叶,如果住在木排上,就改给一贝壳鲜水苔。

横竖到处都是水,猎也不能打,地也不能种,只要还活着,所有的是闲工夫,来看的人倒也很不少。松树下挨挤了三天,到处都发出叹息的声音,有的是佩服,有的是疲劳。但到第四天的正午,一个乡下人终于说话了,这时那学者正在吃炒面。

"人里面,是有叫作阿禹的,"乡下人说。"况且'禹'也不是虫,这是我们乡下人的简笔字,老爷们都写作'禹',是大猴子……"

"人有叫作大大猴子的吗? ……"学者跳起来了,连忙咽下没有嚼烂的一口面,鼻子红到发紫,吆喝道。

"有的呀,连叫阿狗阿猫的也有。"

"鸟头先生,您不要和他去辩论了,"拿拄杖的学者放下面包,拦在中间,说。"乡下人都是愚人。拿你的家谱来,"他又转向乡下人,大声道,"我一定会发见你的上代都是愚人……"

"我就从来没有过家谱……"

"呸,使我的研究不能精密,就是你们这些东西可恶!"

"不过这这也用不着家谱,我的学说是不会错的。"鸟头先生更加愤愤的说。"先前,许多学者都写信来赞成我的学说,那些信我都带在这里……"

"不不,那可应该查家谱……"

"但是我竟没有家谱,"那"愚人"说。"现在又是这么的人荒马乱,交通不方便,要等您的朋友们来信赞成,当作证据,真也比螺蛳壳里做道场还难。证据就在眼前:您叫鸟头先生,莫非真的是一个鸟儿的头,并不是人吗?"

"哼!"鸟头先生气忿到连耳轮都发紫了。"你竟这样的侮辱我!说我不是人! 我要和你到皋陶大人那里去法律解决! 如果我真的不是人,我情愿大辟——就是杀头呀,你懂了没有? 要不然,你是应该反坐的。你等着罢,不要动,等我吃完了炒面。"

"先生,"乡下人麻木而平静的回答道,"您是学者,总该知道现在已是午后,别人也要肚子饿的。可恨的是愚人的肚子却和聪明人的一样:也要饿。真是对不起得很,我要捞青苔去了,等您上了呈子之后,我再来投案罢。"于是他跳上木排,拿起网兜,捞着水草,泛泛的远开去了。看客也渐渐的走散,鸟头先生就红着耳轮和鼻尖从新吃炒面,拿拄杖的学者在摇头。

然而"禹"究竟是一条虫,还是一个人呢,却仍然是一个大疑问。

二

禹也真好像是一条虫。

大半年过去了,奇肱国的飞车已经来过八回,读过松树身上的文字的木排居民,十个里面有九个生了脚气病,治水的新官却还没有消息。直到第十回飞车来过之后,这才传来了新闻,说禹是确有这么一个人的,正是鲧的儿子,也确是简放了水利大臣,三年之前,已从冀州启节,不久就要到这里了。

大家略有一点兴奋,但又很淡漠,不大相信,因为这一类不甚可靠的传闻,是谁都听得耳朵起茧了的。

然而这一回却又像消息很可靠,十多天之后,几乎谁都说大臣的确要到了,因为有人出去捞浮草,亲眼看见过官船;他还指着头上一块乌青的疙瘩,说是为了回避得太慢一点了,吃了一下官兵的飞石:这就是大臣确已到来的证据。这人从此就很有名,也很忙碌,大家都争先恐后的来看他头上的疙瘩,几乎把木排踏沉;后来还经学者们召了他去,细心研究,决定了他的疙瘩确是真疙瘩,于是使鸟头先生也不能再执成见,只好把考据学让给别人,自己另去搜集民间的曲子了。

一大阵独木大舟的到来,是在头上打出疙瘩的大约二十多天之后,每只船上,有二十名官兵打桨,三十名官兵持矛,前后都是旗帜;刚靠山顶,绅士们和学者们已在岸上列队恭迎,过了大半天,这才从最大的船里,有两位中年的胖胖的大员出现,约略二十个穿虎皮的武士簇拥着,和迎接的人们一同到最高巅的石屋里去了。

大家在水陆两面,探头探脑的悉心打听,才明白原来那两位只是考察的专员,却并非禹自己。

大员坐在石屋的中央,吃过面包,就开始考察。

"灾情倒并不算重,粮食也还可敷衍,"一位学者们的代表,苗民言语学专家说。"面包是每月会从半空中掉下来的;鱼也不缺,虽然未免有些泥土气,可是很肥,大人。至于那些下民,他们有的是榆叶和海苔,他们'饱食终日,无所用心',——就是并不劳心,原只要吃这些就够。我们也尝过了,味道倒并不坏,特别得很……"

"况且,"别一位研究《神农本草》的学者抢着说,"榆叶里面是含有维他命 W 的;海苔里有碘质,可医瘰疬病,两样都极合于卫生。"

"O,K!"又一个学者说。大员们瞪了他一眼。

"饮料呢,"那《神农本草》学者接下去道,"他们要多少有多少,一万代也喝不完。可惜含一点黄土,饮用之前,应该蒸馏一下的。敝人指导过许多次了,然而他们冥顽不灵,绝对的不肯照办,于是弄出数不清的病人来……"

"就是洪水,也还不是他们弄出来的吗?"一位五绺长须,身穿酱色长袍的绅士又抢着说。"水还没来的时候,他们懒着不肯填,洪水来了的时候,他们又懒着不肯戽……"

"是之谓失其性灵,"坐在后一排,八字胡子的伏羲朝小品文学家笑道。"吾尝登帕米尔之原,天风浩然,梅花开矣,白云飞矣,金价涨矣,耗子眠矣,见一少年,口衔雪茄,面有蚩尤氏之雾……哈哈哈!没有法子……"

"O,K!"

这样的谈了小半天。大员们都十分用心的听着,临末是叫他们合拟一个公呈,最好还有一种条陈,沥述着善后的方法。

于是大员们下船去了。第二天,说是因为路上劳顿,不办公,也不见客;第三天是学者们公请在最高峰上赏偃盖古松,下半天又同往山背后钓黄鳝,一直玩到黄昏。第四天,说是因为考察劳顿了,不办公,也不见客;第五天的午后,就传见下民的代表。

下民的代表,是四天以前就在开始推举的,然而谁也不肯去,说是一向没有见过官。于是大多数就推定了头有疙瘩的那一个,以为他曾有见过官的经验。已经平复下去的疙瘩,这时忽然针刺似的痛起来了,他就哭着一口咬定:做代表,毋宁死!大家把他围起来,连日连夜的责以大义,说他不顾公益,是利己的个人主义者,将为华夏所不容;激烈点的,还至于捏起拳头,伸在他的鼻子跟前,要他负这回的水灾的责任。他渴睡得要命,心想与其逼死在木排上,还不如冒险去做公益的牺牲,便下了绝大的决心,到第四天,答应了。

大家就都称赞他,但几个勇士,却又有些妒忌。

就是这第五天的早晨,大家一早就把他拖起来,站在岸上听呼唤。果然,大员们呼唤了。他两腿立刻发抖,然而又立刻下了绝大的决心,决心之后,就又打了两个大呵欠,肿着眼眶,自己觉得好像脚不点地,浮在空中似的走到官船上去了。

奇怪得很,持矛的官兵,虎皮的武士,都没有打骂他,一直放进了中舱。舱里铺着熊皮,豹皮,还挂着几副弩箭,摆着许多瓶罐,弄得他眼花缭乱。定神一看,才看见在上面,就是自己的对面,坐着两位胖大的官员。什么相貌,他不敢看清楚。

"你是百姓的代表吗?"大员中的一个问道。

"他们叫我上来的。"他眼睛看着铺在舱底上的豹皮的艾叶一般的花纹,回答说。

"你们怎么样?"

"……"他不懂意思,没有答。

"你们过得还好么?"

"托大人的鸿福,还好……"他又想了一想,低低的说道,"敷敷衍衍……混混……"

"吃的呢?"

"有,叶子呀,水苔呀……"

"都还吃得来吗?"

"吃得来的。我们是什么都弄惯了的,吃得来的。只有些小畜生还要嚷,人心在坏下去哩,妈的,我们就揍他。"

大人们笑起来了,有一个对别一个说道:"这家伙倒老实。"

这家伙一听到称赞,非常高兴,胆子也大了,滔滔的讲述道:

"我们总有法子想。比如水苔,顶好是做滑溜翡翠汤,榆叶就做一品当朝羹。剥树皮不可剥光,要留下一道,那么,明年春天树枝梢还是长叶子,有收成。如果托大人的福,钓到了黄鳝……"

然而大人好像不大爱听了,有一位也接连打了两个大呵欠,打断他的讲演道:"你们还是合具一个公呈来罢,最好是还带一个贡献善后方法的条陈。"

"我们可是谁也不会写……"他惴惴的说。

"你们不识字吗?这真叫作不求上进!没有法子,把你们吃的东西拣一份来就是!"

他又恐惧又高兴的退了出来,摸一摸疙瘩疤,立刻把大人的吩咐传给岸上,树上和排上的居民,并且大声叮嘱道:"这是送到上头去的呵!要做得干净,细致,体面呀!……"

所有居民就同时忙碌起来,洗叶子,切树皮,捞青苔,乱作一团。他自己是锯木版,来做进呈的盒子。有两片磨得特别光,连夜跑到山顶上请学者去写字,一片是做盒子盖的,求写"寿山福海",一片是给自己的木排上做扁额,以志荣幸的,求写"老实堂"。但学者却只肯写了"寿山福海"的一块。

三

当两位大员回到京都的时候,别的考察员也大抵陆续回来了,只有禹还在外。他们在家里休息了几天,水利局的同事们就在局里大排筵宴,替他们接风,份子分福禄寿三种,最少也得出五十枚大贝壳。这一天真是车水马龙,不到黄昏时候,主客就全都到齐了,院子里却已经点起庭燎来,鼎中的牛肉香,一直透到门外虎贲的鼻子跟前,大家就一齐咽口水。酒过三巡,大员们就讲了一些水乡沿途的风景,芦花似雪,泥水如金,黄鳝膏腴,青苔滑溜……等等。微醺之后,才取出大家采集了来的民食来,都装着细巧的木匣子,盖上写着文字,有的是伏羲八卦体,有的是仓颉鬼哭体,大家就先来赏鉴这些字,争论得几乎打架之后,才决定以写着"国泰民安"的一块为第一,因为不但文字质朴难识,有上古淳厚之风,而且立言也很得体,可以宣付史馆的。

评定了中国特有的艺术之后,文化问题总算告一段落,于是来考察盒子的内容了:大家一致称赞着饼样的精巧。然而大约酒也喝得太多了,便议论纷纷:有的咬一口松皮饼,极口叹赏它的清香,说自己明天就要挂冠归隐,去享这样的清福;咬了柏叶糕的,却道质粗味苦,伤他的舌头,要这样与下民共患难,可见为君难,为臣亦不易。有几个又扑上去,想抢下他们咬过的糕饼来,说不久就要开展览会募捐,这些都得去陈列,咬得太多是很不雅观的。

局外面也起了一阵喧嚷。一群乞丐似的大汉,面目黧黑,衣服破旧,竟冲破了断绝交通的界线,闯到局里来了。卫兵们大喝一声,连忙左右交叉了明晃晃的戈,挡住他们的去路。

"什么?——看明白!"当头是一条瘦长的莽汉,粗手粗脚的,怔了一下,大声说。

卫兵们在昏黄中定睛一看,就恭恭敬敬的立正,举戈,放他们进去了，只拦住了气喘吁吁的从后面追来的一个身穿深蓝土布袍子，手抱孩子的妇女。

"怎么？你们不认识我了吗？"她用拳头揩着额上的汗，诧异的问。

"禹太太，我们怎会不认识您家呢？"

"那么，为什么不放我进去的？"

"禹太太，这个年头儿，不大好，从今年起，要端风俗而正人心，男女有别了。现在那一个衙门里也不放娘儿们进去，不但这里，不但您。这是上头的命令，怪不着我们的。"

禹太太呆了一会，就把双眉一扬，一面回转身，一面嚷叫道：

"这杀千刀的！奔什么丧！走过自家的门口，看也不进来看一下，就奔你的丧！做官做官，做官有什么好处，仔细像你的老子，做到充军，还掉在池子里变大忘八！这没良心的杀千刀……"

这时候，局里的大厅上也早发生了扰乱。大家一望见一群莽汉们奔来，纷纷都想躲避，但看不见耀眼的兵器，就又硬着头皮，定睛去看。奔来的也临近了，头一个虽然面貌黑瘦，但从神情上，也就认识他正是禹；其余的自然是他的随员。

这一吓，把大家的酒意都吓退了，沙沙的一阵衣裳声，立刻都退在下面。禹便一径跨到席上，在上面坐下，大约是大模大样，或者生了鹤膝风罢，并不屈膝而坐，却伸开了两脚，把大脚底对着大员们，又不穿袜子，满脚底都是栗子一般的老茧。随员们就分坐在他的左右。

"大人是今天回京的?"一位大胆的属员，膝行而前了一点，恭敬的问。

"你们坐近一点来！"禹不答他的询问，只对大家说。"查的怎么样？"

大员们一面膝行而前，一面面面相觑，列坐在残筵的下面，看见咬过的松皮饼和啃光的牛骨头。非常不自在——却又不敢叫膳夫来收去。

"禀大人，"一位大员终于说。"倒还像个样子——印象甚佳。松皮水草，出产不少；饮料呢，那可丰富得很。百姓都很老实，他们是过惯了的。禀大人，他们都是以善于吃苦，驰名世界的人们。"

　　"卑职可是已经拟好了募捐的计画，"又一位大员说。"准备开一个奇异食品展览会，另请女隗小姐来做时装表演。只卖票，并且声明会里不再募捐，那么，来看的可以多一点。"

　　"这很好。"禹说着，向他弯一弯腰。

　　"不过第一要紧的是赶快派一批大木筏去，把学者们接上高原来。"第三位大员说，"一面派人去通知奇肱国，使他们知道我们的尊崇文化，接济也只要每月送到这边来就好。学者们有一个公呈在这里，说的倒也很有意思，他们以为文化是一国的命脉，学者是文化的灵魂，只要文化存在，华夏也就存在，别的一切，倒还在其次……"

　　"他们以为华夏的人口太多了，"第一位大员道，"减少一些倒也是致太平之道。况且那些不过是愚民，那喜怒哀乐，也决没有智者所推想的那么精微的。知人论事，第一要凭主观。例如莎士比亚……"

　　"放他妈的屁！"禹心里想，但嘴上却大声的说道："我经过查考，知道先前的方法：'湮'，确是错误了。以后应该用'导'！不知道诸位的意见怎么样？"

　　静得好像坟山；大员们的脸上也显出死色，许多人还觉得自己生了病，明天恐怕要请病假了。

　　"这是蚩尤的法子！"一个勇敢的青年官员悄悄的愤激着。

　　"卑职的愚见，窃以为大人是似乎应该收回成命的。"一位白须白发的大员，这时觉得天下兴亡，系在他的嘴上了，便把心一横，置死生于度外，坚决的抗议道："湮是老大人的成法。'三年无改于父之道，可谓孝矣。'——老大人升天还不到三年。"

　　禹一声也不响。

　　"况且老大人化过多少心力呢。借了上帝的息壤，来湮洪水，虽然触了上帝的恼怒，洪水的深度可也浅了一点了。这似乎还是照例的治下去。"另一位花白须发的大员说,他是禹的母舅的干儿子。

禹一声也不响。

"我看大人还不如'干父之蛊',"一位胖大官员看得禹不作声,以为他就要折服了,便带些轻薄的大声说,不过脸上还流出着一层油汗。"照着家法,挽回家声。大人大约未必知道人们在怎么讲说老大人罢……"

"要而言之,'湮'是世界上已有定评的好法子,"白须发的老官恐怕胖子闹出岔子来,就抢着说道。"别的种种,所谓'摩登'者也,昔者蚩尤氏就坏在这一点上。"

禹微微一笑:"我知道的。有人说我的爸爸变了黄熊,也有人说他变了三足鳖,也有人说我在求名,图利。说就是了。我要说的是我查了山泽的情形,征了百姓的意见,已经看透实情,打定主意,无论如何,非'导'不可!这些同事,也都和我同意的。"

他举手向两旁一指。白须发的,花须发的,小白脸的,胖而流着油汗的,胖而不流油汗的官员们,跟着他的指头看过去,只见一排黑瘦的乞丐似的东西,不动,不言,不笑,像铁铸的一样。

四

禹爷走后,时光也过得真快,不知不觉间,京师的景况日见其繁盛了。首先是阔人们有些穿了茧绸袍,后来就看见大水果铺里卖着橘子和柚子,大绸缎店里挂着华丝葛;富翁的筵席上有了好酱油,清炖鱼翅,凉拌海参;再后来他们竟有熊皮褥子狐皮褂,那太太也戴上赤金耳环银手镯了。

只要站在大门口,也总有什么新鲜的物事看:今天来一车竹箭,明天来一批松板,有时抬过了做假山的怪石,有时提过了做鱼生的鲜鱼;有时是一大群一尺二寸长的大乌龟,都缩了头装着竹笼,载在车子上,拉向皇城那面去。

"妈妈,你瞧呀,好大的乌龟!"孩子们一看见,就嚷起来,跑上去,围住了车子。

"小鬼,快滚开! 这是万岁爷的宝贝,当心杀头!"

然而关于禹爷的新闻,也和珍宝的入京一同多起来了。百姓的檐前,路旁的树下,大家都在谈他的故事;最多的是他怎样夜里化为黄熊,用嘴和爪子,一拱一拱的疏通了九河,以及怎样请了天兵天将,捉住兴风作浪的妖怪无支祁,镇在龟山的脚下。皇上舜爷的事情,可是谁也不再提起了,至多,也不过谈谈丹朱太子的没出息。

禹要回京的消息,原已传布得很久了,每天总有一群人站在关口,看可有他的仪仗的到来。并没有。然而消息却愈传愈紧,也好像愈真。一个半阴半晴的上午,他终于在百姓们的万头攒动之间,进了冀州的帝都了。前面并没有仪仗,不过一大批乞丐似的随员。临末是一个粗手粗脚的大汉,黑脸黄须,腿弯微曲,双手捧着一片乌黑的尖顶的大石头——舜爷所赐的"玄圭",连声说道"借光,借光,让一让,让一让",从人丛中挤进皇宫里去了。

百姓们就在宫门外欢呼,议论,声音正好像浙水的涛声一样。

舜爷坐在龙位上,原已有了年纪,不免觉得疲劳,这时又似乎有些惊骇。禹一到,就连忙客气的站起来,行过礼,皋陶先去应酬了几句,舜才说道:

"你也讲几句好话我听呀。"

"哼,我有什么说呢?"禹简截的回答道。"我就是想,每天孳孳!"

"什么叫作'孳孳'?"皋陶问。

"洪水滔天,"禹说,"浩浩怀山襄陵,下民都浸在水里。我走旱路坐车,走水路坐船,走泥路坐橇,走山路坐轿。到一座山,砍一通树,和益俩给大家有饭吃,有肉吃。放田水入川,放川水入海,和稷俩给大家有难得的东西吃。东西不够,就调有余,补不足。搬家。大家这才静下来了,各地方成了个样子。"

"对啦对啦,这些话可真好!"皋陶称赞道。

"唉!"禹说。"做皇帝要小心,安静。对天有良心,天才会仍旧给你好处!"

舜爷叹一口气,就托他管理国家大事,有意见当面讲,不要背后说坏话。看见禹都答应了,又叹一口气,道:"莫像丹朱的不听话,只喜欢游荡,旱地上要撑船,在家里又捣乱,弄得过不了日子,这我可真看的不顺眼!"

"我讨过老婆,四天就走,"禹回答说。"生了阿启,也不当他儿子看。所以能够治了水,分作五圈,简直有五千里,计十二州,直到海边,立了五个头领,都很好。只是有苗可不行,你得留心点!"

"我的天下,真是全仗的你的功劳弄好的!"舜爷也称赞道。

于是皋陶也和舜爷一同肃然起敬,低了头;退朝之后,他就赶紧下一道特别的命令,叫百姓都要学禹的行为,倘不然,立刻就算是犯了罪。

这使商家首先起了大恐慌。但幸而禹爷自从回京以后,态度也改变一点了:吃喝不考究,但做起祭祀和法事来,是阔绰的;衣服很随便,但上朝和拜客时候的穿著,是要漂亮的。所以市面仍旧不很受影响,不多久,商人们就又说禹爷的行为真该学,皋爷的新法令也很不错;终于太平到连百兽都会跳舞,凤凰也飞来凑热闹了。

一九三五年十一月作。

未另发表。

初收 1936 年 1 月上海文化生活出版社版"文学丛刊"之一《故事新编》。

三十日

日记 雨。上午内山书店送来『モンテーニェ随想録』(三),『近世錦絵世相史』(二)各一本,共泉十元。午蕴如携阿菩来。下午得周昭俭信。得河清信。晚得小峰信并版税百五十。夜三弟来。风。

十二月

一日

日记 星期。昙,冷。下午寄三弟信。装火炉,用泉五。

二日

日记 昙。上午得李长之信。午季市来。海婴始换牙。

杂谈小品文

自从"小品文"这一个名目流行以来,看看书店广告,连信札,论文,都排在小品文里了,这自然只是生意经,不足为据。一般的意见,第一是在篇幅短。

但篇幅短并不是小品文的特征。一条几何定理不过数十字,一部《老子》只有五千言,都不能说是小品。这该像佛经的小乘似的,先看内容,然后讲篇幅。讲小道理,或没道理,而又不是长篇的,才可谓之小品。至于有骨力的文章,恐不如谓之"短文",短当然不及长,寥寥几句,也说不尽森罗万象,然而它并不"小"。

《史记》里的《伯夷列传》和《屈原贾谊列传》除去了引用的骚赋,其实也不过是小品,只因为他是"太史公"之作,又常见,所以没有人来选出,翻印。由晋至唐,也很有几个作家;宋文我不知道,但"江湖派"诗,却确是我所谓的小品。现在大家所提倡的,是明清,据说"抒写性灵"是它的特色。那时有一些人,确也只能够抒写性灵的,风气和环境,加上作者的出身和生活,也只能有这样的意思,写这样的文章。虽说抒写性灵，其实后来仍落了窠臼，不过是"赋得性灵"，照例写出那么一套来。当然也有人豫感到危难，后来是身历了危难的，所以小品文中，有时也夹着感愤，但在文字狱时，都被销毁，劈板了，于是我们所见，就只剩了"天马行空"似的超然的性灵。

这经过清朝检选的"性灵"，到得现在，却刚刚相宜，有明末的洒脱，无清初的所谓"悖谬"，有国时是高人，没国时还不失为逸士。逸士也得有资格，首先即在"超然"，"士"所以超庸奴，"逸"所以超责任：现在的特重明清小品，其实是大有理由，毫不足怪的。

不过"高人兼逸士梦"恐怕也不长久。近一年来，就露了大破绽，自以为高一点的，已经满纸空言，甚而至于胡说八道，下流的却成为打诨，和猥鄙丑角，并无不同，主意只在挖公子哥儿们的跳舞之资，和舞女们争生意，可怜之状，已经下于五四运动前后的鸳鸯蝴蝶派数等了。

为了这小品文的盛行，今年就又有翻印所谓"珍本"的事。有些论者，也以为可虑。我却觉得这是并非无用的。原本价贵，大抵无力购买，现在只用了一元或数角，就可以看见现代名人的祖师，以及先前的性灵，怎样叠床架屋，现在的性灵，怎样看人学样，啃过一堆牛骨头，即使是牛骨头，不也有了识见，可以不再被生炒牛角尖骗去了吗？

不过"珍本"并不就是"善本"，有些是正因为它无聊，没有人要看，这才日就灭亡，少下去；因为少，所以"珍"起来。就是旧书店里必讨大价的所谓"禁书"，也并非都是慷慨激昂，令人奋起的作品，清初，单为了作者也会禁，往往和内容简直不相干。这一层，却要读者有选择的眼光，也希望识者给相当的指点的。

十二月二日。

原载 1935 年 12 月 7 日《时事新报·每周文学》。署名旅隼。

初收 1937 年 7 月上海三闲书屋版《且介亭杂文二集》。

三日

日记 晴,午后昙。收山本夫人寄赠海婴之有平糖一瓶。得生活书店信并图书目录一本。得胡其藻寄赠之《一个平凡的故事》一本。得徐讦信附与诗荃函,即为转寄。得王冶秋信。下午寄河清信。寄懋庸信并稿一篇。晚吴朗西来交版税泉五十,赠《桃园》二本,《文学丛刊》三种各一本。

致 徐懋庸

乞转

徐先生:

信早收到。我看《小鬼》译的很好,可以流利的看下去。

关于小品文的,写了一点,今寄上;署名用旅隼,何干之类,随便。关于翻译,前已说过不少,现在也别无新意,不做了。

关于别的杂题的,如有,当随时寄上。

专布,即颂

时绥。

隼　顿首　十二月三日

致 孟十还

十还先生:

今天看见吴先生,知道《密尔格勒》已译完,要付印了。

我们也决计即将《死灵魂图》付印,所以,如果先生现在有些时间的话,乞将那书的序文和题句一译。题句只要随便译,不必查译本,将来我会照译本改成一律的,因为我记得在什么地方,容易查。

目前在做几个短篇,那第二部,要明年正月才能开手了。

专此布达,即颂

时绥。

迅 上 十二月三夜。

致 台静农

伯简兄:

十一月二十三日函已收到。拓汉画款,先已寄去卅,但今思之,北方已结冰,难施墨,恐须明春矣。关百益本实未佳,价亦太贵,倘严选而精印,于读者当更有益。顾北事正亦未可知,我疑必骨奴而肤主,留所谓面子,其状与战区同。珍籍南迁,似未确,书籍价不及钟鼎,迁之何为。校长亦未纷来,二代表则有之,即白与许,曾见许君,但未问其结果,料必不得要领而已。

上海亦曾大迁避,或谓将被征,或谓将征彼,纷纷奔窜,汽车价曾至十倍,今已稍定,而邻人十去其六七,入夜阒寂,如居乡村,盖亦"闲适"之一境,惜又不似"人间世"耳。

《死魂灵》出单行本时,《世界文库》上亦正登毕,但不更为译第二部,因《译文》之夭,郑君有下石之嫌疑也。此祝

康吉。

树 上 十二月三夜

致 增田涉

十一月二十二夜の手紙拝見。新文学何とか史は一冊発見、午後

老版に送る様にたのみました。尚ほ一円程残って居ります、後で
何か買ひましゃう。

「日本の支那文学研究者に対する注文」は一向考へた事が無かっ
た。今度假りに考へて見たら大抵つまらない事で言可き価値が
ない。だから書く事はよします。

上海は寒くなりました。自分は老衰したのか、本当に仕事が多
くなったのか兎角忙しく感じます。今は神話などより題材をとっ
て短篇小説を書いてますが成績はゼロだろうと思ひます。

迅　拝上　十二月三夜

増田学兄几下

致 山本初枝

拝啓　永しく御無沙汰致しました。今日子供に下さる有平糖
を一ついただいて有難う御座います。上海は寒くなりました。
此頃近所は随分にぎやかくなったのに又謡言が出来て多くの人が
引越して仕舞ひ頗るさびしくなりました。内山老板の店も割合
にひまの様です。夜になると殊にしづかで田舎に居る様な気が
します。もとの通りになるには又半ケ年くらいかかりましゃう。
老板の『生ける支那の姿』は出版したが、まだ見本しか見えませ
ん。増田一世は東京から手紙をよこしたが今にはもう家に帰て
るでしゃう。私は不相変忙しく、書かなければならない為めです。
併し書く可きものがないから困ります。書きたいものは発表さ
れない、近頃は大抵まづ何も考へないで、テーブルの前へ腰掛け
て筆を手に押つける、そうすると何だか、わけの解らないものが
自然に出て来て詰り矢張りいはゆる作文になるが人間も時に機

434

械になる事が出来るものです。併し機械になったら頗るつまらな
いから仕方なく活動写真に行きます。が、よいものはない。先月
にジャック・ロンドンの『野性のさけび』を見ましたが実におどろ
きました。もう其の小説とすっかり違って居ります。今度は名著
から取る活動写真もこりこりになりました。小供はもう前歯が
かへて居ます。秋から幼稚園へやりましたが銅貨は大切なもの
であると云ふ有難い学識を習得しました。同学が種々なものを買
って食ふ事を見たからです。併し今度の謡言の為めに引越すもの
は多かったから今には同学はもう六人しか残って居ません。その
幼稚園も何時までつづくか解りません。

魯迅　拝呈　十二月三夜

山本夫人几下

四日

　　日记　雨。上午寄母亲信。寄增田君信并《中国新文学运动
史》一本。寄山本夫人信。寄三弟信。寄孟十还信。午后寄静农
信。内山君赠『生ケル支那ノ姿』五本。得刘暮霞信，下午复。

致 母 亲

母亲大人膝下敬禀者，收到小包后，即复一信，想已到。十六日来
示，今已收到矣。

　　大人牙已拔去，又并不痛，甚好，其实时时要痛，原不如拔去为
佳，惟此后食物，务乞多吃柔软之物，以免胃不消化为要。后园
之树，想起来亦无甚可种，因为地土原系炉灰所填，所以不合于

种树。白杨易于种植,尚且不能保存,似乎可以不必补种了。

海婴仍然每日往幼稚园,尚听话。新的下门牙两枚,已经出来,昨已往牙医处将旧牙拔去。

上海已颇冷,寓中于昨已生火炉。男及害马均安好,务请勿念。

专此布达,恭请

金安。

男树　叩上　广平及海婴同叩。十二月四日

致 刘暮霞

卢氏《艺术论》的原本的出版所,我忘记了,禁否也不知道,因为这些事情,是不一定的,即使未禁,也可以没收。大江书店后来盘给开明书店了,这一部书纵使还有余剩,他们也不敢发卖,所以没有法子想。

《科学的艺术论丛书》,我手头倒还有第3及13两本,自己并无用处,现在包着放在内山书店里,先生如要的话,乞拿了附上之一笺,去取;包内还有《艺术研究》一本,是出了一本就停版的月刊,现在恐怕也已经成了古董,都可以送给先生。这书店在北四川路底,离第一路电车的终点不过二三十步。

《烟袋》及《四十一》的印本,早在北平被官们收去,但好像并未禁,书可难以找到了。去年曾由译者自己改编,寄给现代书局,他们就搁起来,后来我去索取了许多回,都不还,此刻是一定都被封在店里了。其实中国作者的被害,也不但从这一方面,市侩和编辑的虐待,也大有力量的。

假如有人肯印的话,这两种也还想设法再版,不过看目前的状态,怕很难。

专此布复,并颂

时绥。

鲁迅　十二月四日

致 王冶秋

野秋兄:

　　昨得十一月廿八日函;前一函并令郎照相,亦早收到,看起来简直是一个北方小孩,盖服装之故。其实各种举动,皆环境之故,我的小孩,一向关在家里,态度颇特别,而口吻遂像成人,今年送入幼稚园,则什么都和普通孩子一样了,尤其是想在街头买东西吃。

　　《新文学大系》是我送的,不要还钱,因为几张"国币",在我尚无影响,你若拿出,则冤矣。此书约编辑十人,每人编辑费三百,序文每[千]字十元,化钱不可谓不多,但其中有几本颇草草,序文亦无可观也。

　　《杂文》上海闻禁售,第二本恐不可得,但当留心觅之。

　　对于《题未定草》,所论极是,世上实有被打嘴巴而反高兴的人,所以无法可想。我这里也偶有人寄骂我的文章来,久不答,他便焦急的问人道:他为什么还不回骂呢? 盖"名利双收"之法,颇有多种。不过虽有弊,却亦有利,此类英雄,被骂之后,于他有益,但于读者也有益=于他又有损,因为气焰究竟要衰一点,而有些读者,也因此看见那狐狸尾巴也。

　　张英雄新近给我一信,又有《文学导报》征稿之印刷品寄来,编辑者即此英雄,但这回大约没有工夫回答了。

　　《果戈理选集》,想于明年出全,我所担任的还有一本半,而一个字也没有,因为忙于打杂;现在在做以神话为题材的短篇小说,须年底才完。《陀氏学校》的德文本，我没有了，在希公统治之下，出版者似已搬到捷克去，要买也不容易，所以总不见得翻译。另外也还有几本童话在手头，别人做的，很好，但中国即译出也不能发卖。当初在《译文》投稿时，要有意义，又要能公开，所以单是选材料，就每月要想几天。

《译文》至今还找不到出版的人，自己们又无资本，所以还搁着。已出的一年，兄有否？如无，当寄上，因为我有两部，即不送人，后来也总是几文一斤，称给打鼓担的。

至于讲五四运动的那一篇文章，找不出。以前似忘记了答复，今补告。

专此布达，并颂

时祉。

树　上　十二月四夜。

致　徐　讦

××先生：

惠函收到。……

武松打虎之类的目连戏，曾查刊本《目连救母记》，完全不同。这种戏文，好像只有绍兴有，是用目连巡行为线索，来描写世故人情，用语极奇警，翻成普通话，就减色。似乎没有底本，除了夏天到戏台下自己去速记之外，没有别的方法。我想：只要连看几台，也就记下来了，倒并不难的。

现在听说其中的《小尼姑下山》《张蛮打爹》两段，已被绍兴的正人君子禁止，将来一定和童话及民谣携手灭亡的。我想在夏天回去抄录，已有多年，但因蒙恩通缉在案，未敢妄动，别的也没有适当的

438

人可托；倘若另有好事之徒，那就好了。专复，并请
撰安。

迅　十二月四夜

五日

日记　晴。上午寄王冶秋信。复徐訏信。得母亲信，二日发。
午后为仲足书一横幅，为杨霁云书一直幅，一联。为季市书一小幅，
云："曾惊秋肃临天下，敢遣春温上笔端。尘海苍茫沉百感，金风萧
瑟走千官。老归大泽菰蒲尽，梦坠空云齿发寒。竦听荒鸡偏阒寂，
起看星斗正阑干。"下午买『猫町』一本，八角。

亥年残秋偶作

曾惊秋肃临天下，敢遣春温上笔端。
尘海苍茫沉百感，金风萧瑟走千官。
老归大泽菰蒲尽，梦坠空云齿发寒。
竦听荒鸡偏阒寂，起看星斗正阑干。

十二月

未另发表。据手稿编入。
初未收集。

六日

日记　晴。午后得张谔信，即复。得孟十还信。得徐诗荃信。

下午寄静农图书总目录一本。寄 P. Ettinger《士敏土之图》及 *Die Jagd nach dem Zaren* 各一本，信笺数十枚。夜同广平往卡尔登影戏院观《泰山之子》上集。校《海上述林》（第一部：《辨林》）起。

七日

日记 晴。上午达夫来。得懋庸信。得段干青寄赠之自作版画一本。得『第二の日』一本，一元七角。午复徐讦信。下午寄靖华信。寄章雪村信。买『フロオベエル全集』（二）一本，二元八角。晚蕴如携蕖官来。夜三弟来并为买得《墨巢秘玩宋人画册》一本，一元五角。濯足。雨。

致 曹靖华

汝珍兄：

十一月二十一日信早收到。此间已较安静，但关于北方的消息则多，时弛时紧，但我看大约不久会告一段落。

寄 E 君信，附上一稿，乞兄译后寄下。《文学百科全书》第 7 本已寄到，日内当寄奉。

上海已冷。市面甚萧条，书籍销路减少，出版者也更加凶起来，卖文者几乎不能生活。我目下还可敷衍，不过不久恐怕总要受到影响。

但寓中均平安。自己身体也好，不过忙于打杂，殊觉苦恼而已。

专此布达，即请

冬安。

弟树 上 十二月七日

致 章锡琛

雪村先生：

惠书所说的里书和总目，其实正是本文的题目和分目。至于全书的小引（有无未定），总目和里书，还在我这里，须俟本文排完后交出，那时另用罗马字记页数，与本文不连。

所以现在就请将原稿的第一页，补排为 1（2 空白），目录补排为 3。文章是 5 起，已在校样上改正了。

专此布复，并请

道安。

树　顿首　十二月七日

致 巴惠尔·艾丁格尔

P. E. 先生：

十一月一日的信，我已收到。我所寄的中国纸，得了这样的一个结果，真是出于意料之外，因为我是将你的姓名和住址，明白的告诉了被委托者的。里面还有 K. Meffert 刻的 *Zement* 的图画，也不知道怎么样了。那么，纸已不能寄，因为我再找不出更好的方法了。

看来信，好像你已经寄给我木刻。但我也没有收到。

这一次，我从邮局挂号寄出一包，内仍是 *Zement* 一本，*Die Jagd nach dem Zaren* 一本，又有几种信笺，是旧时代的智识者们用的；现在也还有人用。那制法，是画的是一个人，刻的和印的都是别一个人，和欧洲古时候的木刻的制法一样。我希望这一回你能收到。至于现在的新的木刻，我觉得今年并没有发展。

Pushkin 的著作，中国有译本，却没有插画的。

你来信以为我懂俄文,是误解的,我的前一回的信,是托朋友代写的,这一回也一样。我自己并不懂。但你给我信时,用俄文也不要紧,我仍可托朋友代看,代写,不过回信迟一点而已。

八日

日记　星期。小雨。午后得徐讦信。得周昭俭信附周棱伽信,夜复。夜风。

九日

日记　小雨。上午张莹来。午后得刘岘信并木刻八幅。得三笠书房编辑小川正夫信并赠『ドストイエフスキイ全集』普及本全部,先得第一及第六两册。

十日

日记　晴。晚河清来,赠以普及本『ド氏集』,并托代交文化生活出版社泉四百。

十一日

日记　微雪。上午得马子华信并《他的子民们》一本。晚同广平携海婴往国泰大戏院观《仲夏夜之梦》,至则已满坐,遂回寓,饭后复往,始得观。

十二日

日记　昙。午后得刘暮霞信。得《路工之歌》及《未明集》各一本,作者寄赠。

致 徐懋庸

乞转

徐先生：

萧君有一封信，早已交出去了，我想先生大约可以辗转看到。

还是由先生约我一个日期好，但不要上午或傍晚，也不要在礼拜天。

专布，即颂

时绥

豫 顿首 十二月十二日

致 杨霁云

霁云先生：

久疏问候，想动定一切佳胜？

前嘱作书，顷始写就，拙劣如故，视之汗颜，但亦只能姑且寄奉，所谓塞责焉耳。埋之箱底，以施蟫鱼，是所愿也。专此布达，并请道安。

迅 顿首 十二月十二日

十三日

日记 昙。下午复徐懋庸信。寄杨霁云信并字三幅。得朱淳信，即复。得赵家璧信，即复。得立波信，即复。得冶秋信。晚烈文来。得易斐君信。夜得内山夫人信并赠酱油渍松茸一碗。始见冰。

十四日

日记 晴。上午得周剑英信,下午复,并寄书二本。得野夫信并木刻《卖盐》一本。得陈烟桥木刻集一本。为增井君作字一幅。晚寄雪村信。蕴如携晔儿来。夜三弟来。

致 周剑英

剑英先生:

惠函收到。《伪自由书》中的文章,诚如来信所说,大抵发表过的,而出版后忽被禁止,殊可笑。今已托书店寄上一册,后又出有《准风月谈》一本,顺便一并寄赠。二者皆手头所有,并非买来,万勿以代价寄下为要。

我的意见,都陆续写出,更无秘策在胸,所以"人生计划",实无从开列。总而言之,我的意思甚浅显:随时为大家想想,谋点利益就好。

我的通信处是:上海、北四川路底、内山书店转。

专此布复,即颂

时绥。

鲁迅　十二月十四日

十五日

日记 星期。晴。午后得懋庸信。晚张莹及其夫人来。

十六日

日记 雨。午后买『からす』及『向日葵の書』各一本,共泉四元二角。下午得刘宗德信。

十七日

日记 昙。上午得增田君信。得孟克信。得《现代版画》（十四），《木刻三人展览会纪念册》各一本，李桦寄赠。午后晴。得杨晦信片。得生存线社信并周刊三期。下午得『土俗玩具集』（七及八）二本，一元一角。得『漱石全集』（四）一本，一元七角。

十八日

日记 晴。上午得小岛君信并赠海婴玩具火车及汽车各一具。夜得靖华信。

"题未定"草

六

记得 T 君曾经对我谈起过：我的《集外集》出版之后，施蛰存先生曾在什么刊物上有过批评，以为这本书不值得付印，最好是选一下。我至今没有看到那刊物；但从施先生的推崇《文选》和手定《晚明二十家小品》的功业，以及自标"言行一致"的美德推测起来，这也正像他的话。好在我现在并不要研究他的言行，用不着多管这些事。

《集外集》的不值得付印，无论谁说，都是对的。其实岂只这一本书，将来重开四库馆时，恐怕我的一切译作，全在排除之列；虽是现在，天津图书馆的目录上，在《呐喊》和《彷徨》之下，就注着一个

"销"字,"销"者,销毁之谓也;梁实秋教授充当什么图书馆主任时,听说也曾将我的许多译作驱逐出境。但从一般的情形而论,目前的出版界,却实在并不十分谨严,所以印了我的一本《集外集》,似乎也算不得怎么特别糟蹋了纸墨。至于选本,我倒以为是弊多利少的,记得前年就写过一篇《选本》,说明着自己的意见,后来就收在《集外集》中。

自然,如果随便玩玩,那是什么选本都可以的,《文选》好,《古文观止》也可以。不过倘要研究文学或某一作家,所谓"知人论世",那么,足以应用的选本就很难得。选本所显示的,往往并非作者的特色,倒是选者的眼光。眼光愈锐利,见识愈深广,选本固然愈准确,但可惜的是大抵眼光如豆,抹杀了作者真相的居多,这才是一个"文人浩劫"。例如蔡邕,选家大抵只取他的碑文,使读者仅觉得他是典重文章的作手,必须看见《蔡中郎集》里的《述行赋》(也见于《续古文苑》),那些"穷工巧于台榭兮,民露处而寝湿,委嘉谷于禽兽兮,下糠秕而无粒"(手头无书,也许记错,容后订正)的句子,才明白他并非单单的老学究,也是一个有血性的人,明白那时的情形,明白他确有取死之道。又如被选家录取了《归去来辞》和《桃花源记》,被论客赞赏着"采菊东篱下,悠然见南山"的陶潜先生,在后人的心目中,实在飘逸得太久了,但在全集里,他却有时很摩登,"愿在丝而为履,附素足以周旋,悲行止之有节,空委弃于床前",竟想摇身一变,化为"阿呀呀,我的爱人呀"的鞋子,虽然后来自说因为"止于礼义",未能进攻到底,但那些胡思乱想的自白,究竟是大胆的。就是诗,除论客所佩服的"悠然见南山"之外,也还有"精卫衔微木,将以填沧海,形天舞干戚,猛志固常在"之类的"金刚怒目"式,在证明着他并非整天整夜的飘飘然。这"猛志固常在"和"悠然见南山"的是一个人,倘有取舍,即非全人,再加抑扬,更离真实。譬如勇士,也战斗,也休息,也饮食,自然也性交,如果只取他末一点,画起像来,挂在妓院里,尊为性交大师,那当然也不能说是毫无根据的,然而,岂不冤哉! 我每见近人的称引陶渊明,往往不禁为古人惋惜。

这也是关于取用文学遗产的问题,潦倒而至于昏聩的人,凡是好的,他总归得不到。前几天,看见《时事新报》的《青光》上,引过林语堂先生的话,原文抛掉了,大意是说:老庄是上流,泼妇骂街之类是下流,他都要看,只有中流,剽上窃下,最无足观。如果我所记忆的并不错,那么,这真不但宣告了宋人语录,明人小品,下至《论语》,《人间世》,《宇宙风》这些"中流"作品的死刑,也透彻的表白了其人的毫无自信。不过这还是空腹高心之谈,因为虽是"中流",也并不一概,即使同是剽窃,有取了好处的,有取了无用之处的,有取了坏处的,到得"中流"的下流;他就连剽窃也不会,"老庄"不必说了,虽是明清的文章,又何尝真的看得懂。

标点古文,不但使应试的学生为难,也往往害得有名的学者出丑,乱点词曲,拆散骈文的美谈,已经成为陈迹,也不必回顾了;今年出了许多廉价的所谓珍本书,都有名家标点,关心世道者怃然忧之,以为足煽复古之焰。我却没有这么悲观,化国币一元数角,买了几本,既读古之中流的文章,又看今之中流的标点;今之中流,未必能懂古之中流的文章的结论,就从这里得来的。

例如罢,——这种举例,是很危险的,从古到今,文人的送命,往往并非他的什么"意德沃罗基"的悖谬,倒是为了个人的私仇居多。然而这里仍得举,因为写到这里,必须有例,所谓"箭在弦上,不得不发"者是也。但经再三忖度,决定"姑隐其名",或者得免于难欤,这是我在利用中国人只顾空面子的缺点。

例如罢,我买的"珍本"之中,有一本是张岱的《琅嬛文集》,"特印本实价四角";据"乙亥十月,卢前冀野父"跋,是"化峭僻之途为康庄"的,但照标点看下去,却并不十分"康庄"。标点,对于五言或七言诗最容易,不必文学家,只要数学家就行,乐府就不大"康庄"了,所以卷三的《景清刺》里,有了难懂的句子:

"……佩铅刀。藏膝髁。太史奏。机谋破。不称王向前。

坐对御衣含血唾。……"

琅琅可诵，韵也押的，不过"不称王向前"这一句总有些费解。看看原序，有云："清知事不成。跃而询上。大怒曰。毋谓我王。即王敢尔耶。清曰。今日之号。尚称王哉。命抉其齿。立且询。则含血前。渰御衣。上益怒。剥其肤。……"(标点悉遵原本)那么，诗该是"不称王，向前坐"了，"不称王"者，"尚称王哉"也；"向前坐"者，"则含血前"也。而序文的"跃而询上。大怒曰"，恐怕也该是"跃而询。上大怒曰"才合式，据作文之初阶，观下文之"上益怒"，可知也矣。

纵使明人小品如何"本色"，如何"性灵"，拿它乱玩究竟还是不行的，自误事小，误人可似乎不大好。例如卷六的《琴操》《脊令操》序里，有这样的句子：

> "秦府僚属。劝秦王世民。行周公之事。伏兵玄武门。射杀建成元吉魏征。伤亡作。"

文章也很通，不过一翻《唐书》，就不免觉得魏征实在射杀得冤枉，他其实是秦王世民做了皇帝十七年之后，这才病死的，所以我们没有法，这里只好点作"射杀建成元吉，魏征伤亡作"。明明是张岱作的《琴操》，怎么会是魏征作呢，索性也将他射杀干净，固然不能说没有道理，不过"中流"文人，是常有拟作的，例如韩愈先生，就替周文王说过"臣罪当诛兮天王圣明"，所以在这里，也还是以"魏征伤亡作"为稳当。

我在这里也犯了"文人相轻"罪，其罪状曰"吹毛求疵"。但我想"将功折罪"的，是证明了有些名人，连文章也看不懂，点不断，如果选起文章来，说这篇好，那篇坏，实在不免令人有些毛骨悚然，所以认真读书的人，一不可倚仗选本，二不可凭信标点。

七

还有一样最能引读者入于迷途的，是"摘句"。它往往是衣裳上撕下来的一块绣花,经摘取者一吹嘘或附会,说是怎样超然物外,与尘浊无干,读者没有见过全体,便也被他弄得迷离惝恍。最显著的便是上文说过的"悠然见南山"的例子,忘记了陶潜的《述酒》和《读山海经》等诗,捏成他单是一个飘飘然,就是这摘句作怪。新近在《中学生》的十二月号上,看见了朱光潜先生的《说'曲终人不见,江上数峰青'》的文章,推这两句为诗美的极致,我觉得也未免有以割裂为美的小疵。他说的好处是:

> "我爱这两句诗,多少是因为它对于我启示了一种哲学的意蕴。'曲终人不见'所表现的是消逝,'江上数峰青'所表现的是永恒。可爱的乐声和奏乐者虽然消逝了,而青山却巍然如旧,永远可以让我们把心情寄托在它上面。人到底是怕凄凉的,要求伴侣的。曲终了,人去了,我们一霎时以前所游目骋怀的世界猛然间好像从脚底倒塌去了。这是人生最难堪的一件事,但是一转眼间我们看到江上青峰,好像又找到另一个可亲的伴侣,另一个可托足的世界,而且它永远是在那里的。'山穷水尽疑无路,柳暗花明又一村',此种风味似之。不仅如此,人和曲果真消逝了么;这一曲缠绵悱恻的音乐没有惊动山灵?它没有传出江上青峰的妩媚和严肃?它没有深深地印在这妩媚和严肃里面?反正青山和湘灵的瑟声已发生这么一回的因缘,青山永在,瑟声和鼓瑟的人也就永在了。"

这确已说明了他的所以激赏的原因。但也没有尽。读者是种种不同的,有的爱读《江赋》和《海赋》,有的欣赏《小园》或《枯树》。后者是徘徊于有无生灭之间的文人,对于人生,既惮扰攘,又怕离去,懒于求生,又不乐死,实有太板,寂绝又太空,疲倦得要休息,而休息又太凄凉,所以又必须有一种抚慰。于是"曲终人不见"之外,如"只在此山中,云深不知处"或"笙歌归院落,灯火下楼台"之类,就往往为人所称道。因为眼前不见,而远处却在,如果不在,便悲哀了,这就是道士之所以说"至心归命礼,玉皇大天尊!"也。

抚慰劳人的圣药,在诗,用朱先生的话来说,是"静穆":

　　"艺术的最高境界都不在热烈。就诗人之所以为人而论,他所感到的欢喜和愁苦也许比常人所感到的更加热烈。就诗人之所以为诗人而论,热烈的欢喜或热烈的愁苦经过诗表现出来以后,都好比黄酒经过长久年代的储藏,失去它的辣性,只剩一味醇朴。我在别的文章里曾经说过这一段话:'懂得这个道理,我们可以明白古希腊人何以把和平静穆看作诗的极境。把诗神亚波罗摆在蔚蓝的山巅,俯瞰众生扰攘,而眉宇间却常如作甜蜜梦,不露一丝被扰动的神色?'这里所谓'静穆'(Serenity)自然只是一种最高理想,不是在一般诗里所能找得到的。古希腊——尤其是古希腊的造形艺术——常使我们觉到这种'静穆'的风味。'静穆'是一种豁然大悟,得到归依的心情。它好比低眉默想的观音大士,超一切忧喜,同时你也可说它泯化一切忧喜。这种境界在中国诗里不多见。屈原阮籍李白杜甫都不免有些像金刚怒目,愤愤不平的样子。陶潜浑身是'静穆',所以他伟大。"

　　古希腊人,也许把和平静穆看作诗的极境的罢,这一点我毫无知识。但以现存的希腊诗歌而论,荷马的史诗,是雄大而活泼的,沙孚的恋歌,是明白而热烈的,都不静穆。我想,立"静穆"为诗的极境,而此境不见于诗,也许和立蛋形为人体的最高形式,而此形终不见于人一样。至于亚波罗之在山巅,那可因为他是"神"的缘故,无论古今,凡神像,总是放在较高之处的。这像,我曾见过照相,睁着眼睛,神清气爽,并不像"常如作甜蜜梦"。不过看见实物,是否"使我们觉到这种'静穆'的风味",在我可就很难断定了,但是,倘使真的觉得,我以为也许有些因为他"古"的缘故。

　　我也是常常徘徊于雅俗之间的人,此刻的话,很近于大煞风景,但有时却自以为颇"雅"的:间或喜欢看看古董。记得十多年前,在北京认识了一个土财主,不知怎么一来,他也忽然"雅"起来了,买了一个鼎,据说是周鼎,真是土花斑驳,古色古香。而不料过不几天,他竟叫铜匠把它的土花和铜绿擦得一干二净,这才摆在客厅里,闪闪的发着铜光。这样的擦得精光的古铜器,我一生中还没有见过第二个。一切"雅士",听到的无不大笑,我在当时,也不禁由吃惊而失笑了,但接着就变成肃然,好像得了一种启示。这启示并非"哲学的意蕴",是觉得这才看见了近于真相的周鼎。鼎在周朝,恰如碗之在现代,我们的碗,无整年不洗之理,所以鼎在当时,一定是干干净净,金光灿烂的,换了术语来说,就是它并不"静穆",倒有些"热烈"。这一种俗气至今未脱,变化了我衡量古美术的眼光,例如希腊雕刻罢,我总以为它现在之见得"只剩一味醇朴"者,原因之一,是在曾埋土中,或久经风雨,失去了锋棱和光泽的缘故,雕造的当时,一定是崭新,雪白,而且发闪的,所以我们现在所见的希腊之美,其实并不准是当时希腊人之所谓美,我们应该悬想它是一件新东西。

凡论文艺,虚悬了一个"极境",是要陷入"绝境"的,在艺术,会迷惘于土花,在文学,则被拘迫而"摘句"。但"摘句"又大足以困人,所以朱先生就只能取钱起的两句,而踢开他的全篇,又用这两句来概括作者的全人,又用这两句来打杀了屈原,阮籍,李白,杜甫等辈,以为"都不免有些像金刚怒目,愤愤不平的样子"。其实是他们四位,都因为垫高朱先生的美学说,做了冤屈的牺牲的。

我们现在先来看一看钱起的全篇罢:

> "省试湘灵鼓瑟
>
> 善鼓云和瑟,常闻帝子灵。冯夷空自舞,楚客不堪听。苦调凄金石,清音入杳冥。苍梧来怨慕,白芷动芳馨。流水传湘浦,悲风过洞庭。曲终人不见,江上数峰青。"

要证成"醇朴"或"静穆",这全篇实在是不宜称引的,因为中间的四联,颇近于所谓"衰飒"。但没有上文,末两句便显得含胡,不过这含胡,却也许又是称引者之所谓超妙。现在一看题目,便明白"曲终"者结"鼓瑟","人不见"者点"灵"字,"江上数峰青"者做"湘"字,全篇虽不失为唐人的好试帖,但末两句也并不怎么神奇了。况且题上明说是"省试",当然不会有"愤愤不平的样子",假使屈原不和椒兰吵架,却上京求取功名,我想,他大约也不至于在考卷上大发牢骚的,他首先要防落第。

我们于是应该再来看看这《湘灵鼓瑟》的作者的另外的诗了。但我手头也没有他的诗集,只有一部《大历诗略》,也是迂夫子的选本,不过篇数却不少,其中有一首是:

> "下第题长安客舍
>
> 不遂青云望,愁看黄鸟飞。梨花寒食夜,客子未春衣。世事随时变,交情与我违。空余主人柳,相见却依依。"

一落第,在客栈的墙壁上题起诗来,他就不免有些愤愤了,可见那一首《湘灵鼓瑟》,实在是因为题目,又因为省试,所以只好如此圆转活脱。他和屈原,阮籍,李白,杜甫四位,有时都不免是怒目金刚,但就全体而论,他长不到丈六。

世间有所谓"就事论事"的办法,现在就诗论诗,或者也可以说是无碍的罢。不过我总以为倘要论文,最好是顾及全篇,并且顾及作者的全人,以及他所处的社会状态,这才较为确凿。要不然,是很容易近乎说梦。但我也并非反对说梦,我只主张听者心里明白所听的是说梦,这和我劝那些认真的读者不要专凭选本和标点本为法宝来研究文学的意思,大致并无不同。自己放出眼光看过较多的作品,就知道历来的伟大的作者,是没有一个"浑身是'静穆'"的。陶潜正因为并非"浑身是'静穆',所以他伟大"。现在之所以往往被尊为"静穆",是因为他被选文家和摘句家所缩小,凌迟了。

原载 1936 年 1 月 20 日《海燕》月刊第 1 期。

初收 1937 年 7 月上海三闲书屋版《且介亭杂文二集》。

十九日

日记 晴。上午得杨霁云信，午后复。下午复靖华信并寄《文学辞典》等二包。明甫来并赠《桃园》及《路》各一本。晚张因来。复P. Ettinger信。

"题未定"草

八

现在还在流传的古人文集，汉人的已经没有略存原状的了，魏的嵇康，所存的集子里还有别人的赠答和论难，晋的阮籍，集里也有伏义的来信，大约都是很古的残本，由后人重编的。《谢宣城集》虽然只剩了前半部，但有他的同僚一同赋咏的诗。我以为这样的集子最好，因为一面看作者的文章，一面又可以见他和别人的关系，他的作品，比之同咏者，高下如何，他为什么要说那些话……现在采取这样的编法的，据我所知道，则《独秀文存》，也附有和所存的"文"相关的别人的文字。

那些了不得的作家，谨严入骨，惜墨如金，要把一生的作品，只删存一个或者三四个字，刻之泰山顶上，"传之其人"，那当然听他自己的便，还有鬼蜮似的"作家"，明明有天兵天将保佑，姓名大可公开，他却偏要躲躲闪闪，生怕他的"作品"和自己的原形发生关系，随作随删，删到只剩下一张白纸，到底什么也没有，那当然也听他自己的便。如果多少和社会有些关系的文字，我以为是都应该集印的，其中当然夹杂着许多废料，所谓"榛楛弗剪"，然而这才是深山大泽。现在已经不像古代，要手抄，要木刻，只要用铅字一排就够。虽说排印,糟蹋纸墨自然也还是糟蹋纸墨的,不过只要一想连杨邨人之流的东西也还在排印,那就无论什么都可以闭着眼睛发出去了。中国人常说,"有一利必有一弊",也就是"有一弊必有一利":揭起小无耻之旗,固然要引出无耻群,但使谦让者泼剌起来,却是一利。

收回了谦让的人,在实际上也并不少,但又是所谓"爱惜自己"的居多。"爱惜自己"当然并不是坏事情,至少,他不至于无耻,然而有些人往往误认"装点"和"遮掩"为"爱惜"。集子里面,有兼收"少作"的,然而偏去修改一下,在孩子的脸上,种上一撮白胡须;也有兼收别人之作的,然而又大加拣选,决不取谩骂诬蔑的文章,以为无价值。其实是这些东西,一样的和本文都有价值的,即使那力量还不够引出无耻群,但倘和有价值的本文有关,这就是它在当时的价值。中国的史家是早已明白了这一点的,所以历史里大抵有循吏传,隐逸传,却也有酷吏传和佞幸传,有忠臣传,也有奸臣传。因为不如此,便无从知道全般。

而且一任鬼蜮的技俩随时消灭,也不能洞晓反鬼蜮者的人和文章。山林隐逸之作不必论,倘使这作者是身在人间,带些战斗性的,那么,他在社会上一定有敌对。只是这些敌对决不肯自承,时时撒娇道:"冤乎枉哉,这是他把我当作假想敌了呀!"可是留心一看,他的确在放暗箭,一经指出,这才改为明枪,但又说这是因为被诬为"假想敌"的报复。所用的技俩,也是决不肯任其流传的,不但事后要它消灭,就是临时也在躲闪;而编集子的人又不屑收录。于是到得后来,就只剩了一面的文章了,无可对比,当时的抗战之作,就都好像无的放矢,独个人在向着空中发疯。我尝见人评古人的文章,说谁是"锋棱太露",谁又是"剑拔弩张",就因为对面的文章,完全消灭了的缘故,倘在,是也许可以减去评论家几分懵懂的。所以我以为此后该有博采种种所谓无价值的别人的文章,作为附录的集子。以前虽无成例,却是留给后来的宝贝,其功用与铸了魑魅罔两的形状的禹鼎相同。

就是近来的有些期刊，那无聊，无耻与下流，也是世界上不可多得物事。然而这又确是现代中国的或一群人的"文学"，现在可以知今，将来可以知古，较大的图书馆，都必须保存的。但记得C君曾经告诉我，不但这些，连认真切实的期刊，也保存的很少，大抵只在把外国的杂志，一大本一大本的装起来：还是生着"贵古而贱今，忽近而图远"的老毛病。

九

仍是上文说过的所谓《珍本丛书》之一的张岱《琅嬛文集》，那卷三的书牍类里，有《又与毅儒八弟》的信，开首说：

> "前见吾弟选《明诗存》，有一字不似钟谭者，必弃置不取；今几社诸君子盛称王李，痛骂钟谭，而吾弟选法又与前一变，有一字似钟谭者，必弃置不取。钟谭之诗集，仍此诗集，吾弟手眼，仍此手眼，而乃转若飞蓬，捷如影响，何胸无定识，目无定见，口无定评，乃至斯极耶？盖吾弟喜钟谭时，有钟谭之好处，尽有钟谭之不好处，彼盖玉常带璞，原不该尽视为连城；吾弟恨钟谭时，有钟谭之不好处，仍有钟谭之好处，彼盖瑕不掩瑜，更不可尽弃为瓦砾。吾弟勿以几社君子之言，横据胸中，虚心平气，细细论之，则其妍丑自见，奈何以他人好尚为好尚哉！……"

这是分明的画出随风转舵的选家的面目，也指证了选本的难以凭信的。张岱自己，则以为选文造史，须无自己的意见，他在《与李砚翁》的信里说："弟《石匮》一书，泚笔四十余载，心如止水秦铜，并不自立意见，故下笔描绘，妍媸自见，敢言刻划，亦就物肖形而已。……"然而心究非镜，也不能虚，所以立"虚心平气"为选诗的极境，"并不自立意见"为作史的极境者，也像立"静穆"为诗的极境一样，在事实上不可得。数年前的文坛上所谓"第三种人"杜衡辈，标榜超然，实为群丑，不久即本相毕露，知耻者皆羞称之，无待这里多

说了;就令自觉不怀他意,屹然中立如张岱者,其实也还是偏倚的。他在同一信中,论东林云:

"……夫东林自顾泾阳讲学以来,以此名目,祸我国家者八九十年,以其党升沉,用占世数兴败,其党盛则为终南之捷径,其党败则为元祐之党碑。……盖东林首事者实多君子,窜入者不无小人,拥戴者皆为小人,招徕者亦有君子,此其间线索甚清,门户甚迥。……东林之中,其庸庸碌碌者不必置论,如贪婪强横之王图,奸险凶暴之李三才,闯贼首辅之项煜,上笺劝进之周钟,以致窜入东林,乃欲俱奉之以君子,则吾臂可断,决不敢徇情也。东林之尤可丑者,时敏之降闯贼曰,'吾东林时敏也',以冀大用。鲁王监国,蕞尔小朝廷,科道任孔当辈犹曰,'非东林不可进用'。则是东林二字,直与蕞尔鲁国及汝偕亡者。手刃此辈,置之汤镬,出薪真不可不猛也。……"

这真可谓"词严义正"。所举的群小,也都确实的,尤其是时敏,虽在三百年后,也何尝无此等人,真令人惊心动魄。然而他的严责东林,是因为东林党中也有小人,古今来无纯一不杂的君子群,于是凡有党社,必为自谓中立者所不满,就大体而言,是好人多还是坏人多,他就置之不论了。或者还更加一转云:东林虽多君子,然亦有小人,反东林者虽多小人,然亦有正士,于是好像两面都有好有坏,并无不同,但因东林世称君子,故有小人即可丑,反东林者本为小人,故有正士则可嘉,苛求君子,宽纵小人,自以为明察秋毫,而实则反助小人张目。倘说:东林中虽亦有小人,然多数为君子,反东林者虽亦有正士,而大抵是小人。那么,斤量就大不相同了。

谢国桢先生作《明清之际党社运动考》,钩索文籍,用力甚勤,叙魏忠贤两次虐杀东林党人毕,说道:"那时候,亲戚朋友,全远远的躲避,无耻的士大夫,早投降到魏党的旗帜底下了。说一两句公道话,想替诸君子帮忙的,只有几个书呆子,还有几个老百姓。"

这说的是魏忠贤使缇骑捕周顺昌,被苏州人民击散的事。诚然,老百姓虽然不读诗书,不明史法,不解在瑜中求瑕,屎里觅道,但能从大概上看,明黑白,辨是非,往往有决非清高通达的士大夫所叵几及之处的。刚刚接到本日的《大美晚报》,有"北平特约通讯",记学生游行,被警察水龙喷射,棍击刀砍,一部分则被闭于城外,使受冻馁,"此时燕冀中学师大附中及附近居民纷纷组织慰劳队,送水烧饼馒头等食物,学生略解饥肠……"谁说中国的老百姓是庸愚的呢,被愚弄诓骗压迫到现在,还明白如此。张岱又说:"忠臣义士多见于国破家亡之际,如敲石出火,一闪即灭,人主不急起收之,则火种绝矣。"(《越绝诗小序》)他所指的"人主"是明太祖,和现在的情景不相符。

石在,火种是不会绝的。但我要重申九年前的主张:不要再请愿!

十二月十八——十九夜。

原载 1936 年 2 月 20 日《海燕》月刊第 2 期。

初收 1937 年 7 月上海三闲书屋版《且介亭杂文二集》。

致 杨霁云

霁云先生:

惠示诵悉。腹疾已愈否?为念。

集中国文字狱史料,此举极紧要,大约起源古矣。清朝之狱,往往亦始于汉人之告密,此事又将于不远之日见之。

近来因译《死魂灵》,并写短文打杂,什么事也无片段。翻译已止,但文集尚未编,出版恐不能望之书局,因为他们要不危险而又能赚钱者,我的东西,是不合格的。

国事至此,始云"保障正当舆论","正当"二字,加得真真聪明,但即使真给保障,这代价可谓大极了。

关于我的记载,虽未见,但记得有人提起过,常州报上,一定是从沪报转载的,请不必觅寄,此种技俩,为中国所独有,殊可耻。但因可耻之事,世间不以为奇,故诬蔑遂亦失效,充其极致,不过欲人以我为小人,然而今之巍巍者,正非君子也。倘遇真小人,他们将磕头之不暇矣。

上海已见冰。贱躯如常,可告慰也。

专此布达,并颂

文安。

迅 顿首 十二月十九日

致 曹靖华

汝珍兄:

十五日信已到,并代译的信,谢谢!

上海一切如故,出版界上,仍然狐鼠成群,此辈决不会改悔。近来始有"保护正当舆论"之说,"正当"二字,加的真真聪明,但即使真加保护,这代价也可谓大极。不过这也是空言,畏强者,未有不欺弱的。

谛君之事,报载未始无因,《译文》之停刊,颇有人疑他从中作怪,而生活书店貌作左倾,一面压迫我辈,故我退开。但《死魂灵》第一部,实已登毕。

青年之遭惨遇,我已目睹数次,真是无话可说,那结果,是反使有一些人可以邀功,一面又向外夸称"民气"。当局是向来媚于权贵的。高教此后当到处扫地,上海早不成样子。我们只好混几天再看。

书的销路，也大跌了，北新已说我欠账，但是他们玩的花样，亦未可知。于我的生活，此刻尚可无影响，俟明年再看。寓中均安，可请勿念，史兄病故后，史嫂由其母家接去，云当旅行。三月无消息。兄如与三兄通信，乞便中一问，究竟已到那边否。

专此布达，即请

冬安。

弟豫　上　十二月十九日

二十日

日记　雨。午后得母亲信，十七日发。晚得周昭俭及周楞伽信。河清来。得十还信。

二十一日

日记　昙。上午镰田夫人来，赠海婴玩具一合，文具一合，纸制唱片二枚。开明书店送来佳纸皮面本《二十五史》一部五本，并《人名索引》一本，价四十七元。得伯简信。得明甫信，午后复。寄赵家璧信。下午寄母亲信。得南阳汉石画象拓片六十五枚，杨廷宾君寄来，先由冶秋寄泉卅。得赵景深信。得小峰信并版税百五十，稿费十。晚吴朗西来。蕴如携阿菩来。三弟来。

致 赵家璧

家璧先生：

数日前寄奉一函，想已达。近来常有关于我的谣言，谓要挤出何人，打倒何人，研究语气，颇知谣言之所从出，所以在文坛之闻人绅士所聚会之阵营中，拟不再投稿，以省闲气，前回说过的那一个短篇，也不寄奉了。

专此布达，即请

著安。

鲁迅 十二月二十一日

致 母 亲

母亲大人膝下，敬禀者，十七日手谕，已经收到，备悉一切。上海近来尚称平静，不过市面日见萧条，店铺常常倒闭，和先前也不大相同了。寓中一切平安，请勿念。海婴也很好，比夏天胖了一些，现仍每天往幼稚园，已认得一百多字，虽更加懂事，但也刁钻古怪起来了。男的朋友，常常送他玩具，比起我们的孩子时代来，真是阔气得多，但因此他也不大爱惜，常将玩具拆破了。

一礼拜前，给他照了一张相，两三天内可以去取。取来之后，当寄奉。

由前一信，知和森哥也在北京，想必仍住在我家附近，见时请为男道候。他的孩子，想起来已有十多岁了，男拟送他两本童话，当同海婴的照片，一并寄回，收到后请转交。老三因闸北多谣言，搬了房子，离男寓很远，但每礼拜总大约可以见一次。他近来身体似尚好，不过极忙，而且窘，好像八道湾方面，逼钱颇凶也。

专此布达，恭请

金安。

男树　叩上　广平海婴同叩　十二月二十一日。

致 台静农

伯简兄：

十六日信已到。过沪乞惠临，厦门似无出产品，故无所需也。北平学生游行，所遭与前数次无异，闻之惨然，此照例之饰终大典耳。上海学生，则长跪于府前，此真教育之效，可羞甚于陨亡。

南阳杨君，已寄拓本六十五幅来，纸墨俱佳，大约此后尚有续寄。将来如有暇豫，当并旧藏选印也。

贱躯无恙，可释远念。

专此布复，并颂

时绥。

豫　顿首　十二月廿一夜

致 王冶秋

冶秋兄：

九日信早到。《译文》已托书店寄出；关于拉丁化书，则由别一书店寄上三种（别一种是我的议论，他们辑印的），或已先到。此种拉丁化，盖以山东话为根本，所以我们看起来，颇有难懂之处，但究而言之，远胜于罗马字拼法无疑。

今日已收到杨君寄来之南阳画象拓片一包，计六十五张，此后当尚有续寄，款如不足，望告知，当续汇也。这些也还是古之阔人的冢墓中物，有神话，有变戏法的，有音乐队，也有车马行列，恐非"土财主"所能办，其比别的汉画稍粗者，因无石壁画象故也。石室之中，本该有瓦器铜镜之类，大约早被人检去了。

饭碗消息如何？×文我曾见过，似颇明白，而不料如此之坏。至于×××××××××大人，则前曾相识，固一圆滑无比者也。

小说商务不收，改送中华，尚无回信。

此复，即颂

时绥。

树　上　十二月廿一夜。

二十二日

日记　星期。晴。上午内山君赠岁寒三友一盆。午后复台伯简信。复孟十还信。复王冶秋并《译文》等寄之。下午得叶紫信，即复。得杨廷宾信，即复。

致 叶 紫

芷兄：

来信收到。对于小说，他们只管攻击去，这也是一种广告。总而言之，它们只会作狗叫，谁也做不出一点这样的小说来：这就够是它们的死症了。

附书两本，也收到。为《漫画和生活》，我是准备做一点的，不过幽默文章，一时写不出，近来又为了杂文，没有想一想的工夫，只好等阳历明年了。至于吴先生要我给《殖民地问题》一个批评，那可真像要我批评诸葛武侯八卦阵一样，无从动笔。

《星》在我这里，改正之类，近来实在办不到了。

专此布复，即请

刻安。

狗报上关于你的名字之类，何以如此清楚，奇怪！

二十三日

日记 晴。上午以广平及海婴照相寄母亲，附书二本，赠和森之子。复小峰信附与赵景深笺并稿一。下午得谢六逸信。得文尹信附王弘笺。

论新文字

汉字拉丁化的方法一出世，方块字系的简笔字和注音字母，都赛下去了，还在竞争的只有罗马字拼音。这拼法的保守者用来打击拉丁化字的最大的理由，是说它方法太简单，有许多字很不容易分别。

这确是一个缺点。凡文字，倘若容易学，容易写，常常是未必精密的。烦难的文字，固然不见得一定就精密，但要精密，却总不免比较的烦难。罗马字拼音能显四声，拉丁化字不能显，所以没有"东""董"之分，然而方块字能显"东""蛛"之分，罗马字拼音却也不能显。单拿能否细别一两个字来定新文字的优劣，是并不确当的。况且文字一用于组成文章，那意义就会明显。虽是方块字，倘若单取一两个字，也往往难以确切的定出它的意义来。例如"日者"这两个字，如果只是这两个字，我们可以作"太阳这东西"解，可以作"近几天"解，也可以作"占卜吉凶的人"解；又如"果然"，大抵是"竟是"的意思，然而又是一种动物的名目，也可以作隆起的形容；就是一个"一"

463

字,在孤立的时候,也不能决定它是数字"一二三"之"一"呢,还是动词"四海一"之"一"。不过组织在句子里,这疑难就消失了。所以取拉丁化的一两个字,说它含胡,并不是正当的指摘。

主张罗马字拼音和拉丁化者两派的争执,其实并不在精密和粗疏,却在那由来,也就是目的。罗马字拼音者是以古来的方块字为主,翻成罗马字,使大家都来照这规矩写,拉丁化者却以现在的方言为主,翻成拉丁字,这就是规矩。假使翻一部《诗韵》来作比赛,后者是赛不过的,然而要写出活人的口语来,倒轻而易举。这一点,就可以补它的不精密的缺点而有余了,何况后来还可以凭着实验,逐渐补正呢。

易举和难行是改革者的两大派。同是不满于现状,但打破现状的手段却大不同:一是革新,一是复古。同是革新,那手段也大不同:一是难行,一是易举。这两者有斗争。难行者的好幌子,一定是完全和精密,借此来阻碍易举者的进行,然而它本身,却因为是虚悬的计画,结果总并无成就:就是不行。

这不行,可又正是难行的改革者的慰藉,因为它虽无改革之实,却有改革之名。有些改革者,是极爱谈改革的,但真的改革到了身边,却使他恐惧。惟有大谈难行的改革,这才可以阻止易举的改革的到来,就是竭力维持着现状,一面大谈其改革,算是在做他那完全的改革的事业。这和主张在床上学会了浮水,然后再去游泳的方法,其实是一样的。

拉丁化却没有这空谈的弊病,说得出,就写得来,它和民众是有联系的,不是研究室或书斋里的清玩,是街头巷尾的东西;它和旧文字的关系轻,但和人民的联系密,倘要大家能够发表自己的意见,收获切要的知识,除它以外,确没有更简易的文字了。

而且由只识拉丁化字的人们写起创作来,才是中国文学的新生,才是现代中国的新文学,因为他们是没有中一点什么《庄子》和《文选》之类的毒的。

十二月二十三日。

原载 1936 年 1 月 11 日《时事新报·每周文学》。署名
旅隼。

初收 1937 年 7 月上海三闲书屋版《且介亭杂文二集》。

陀思妥夫斯基的事

为日本三笠书房《陀思妥夫斯基全集》普及本作

到了关于陀思妥夫斯基,不能不说一两句话的时候了。说什么
呢?他太伟大了,而自己却没有很细心的读过他的作品。

回想起来,在年青时候,读了伟大的文学者的作品,虽然敬服那
作者,然而总不能爱的,一共有两个人。一个是但丁,那《神曲》的
《炼狱》里,就有我所爱的异端在;有些鬼魂还在把很重的石头,推上
峻峭的岩壁去。这是极吃力的工作,但一松手,可就立刻压烂了自
己。不知怎地,自己也好像很是疲乏了。于是我就在这地方停住,
没有能够走到天国去。

还有一个,就是陀思妥夫斯基。一读他二十四岁时所作的《穷
人》,就已经吃惊于他那暮年似的孤寂。到后来,他竟作为罪孽深重
的罪人,同时也是残酷的拷问官而出现了。他把小说中的男男女
女,放在万难忍受的境遇里,来试炼它们,不但剥去了表面的洁白,
拷问出藏在底下的罪恶,而且还要拷问出藏在那罪恶之下的真正的
洁白来。而且还不肯爽利的处死,竭力要放它们活得长久。而这陀
思妥夫斯基,则仿佛就在和罪人一同苦恼,和拷问官一同高兴着似
的。这决不是平常人做得到的事情,总而言之,就因为伟大的缘故。
但我自己,却常常想废书不观。

医学者往往用病态来解释陀思妥夫斯基的作品。这伦勃罗梭
式的说明,在现今的大多数的国度里,恐怕实在也非常便利,能得一

般人们的赞许的。但是，即使他是神经病者，也是俄国专制时代的神经病者，倘若谁身受了和他相类的重压，那么，愈身受，也就会愈懂得他那夹着夸张的真实，热到发冷的热情，快要破裂的忍从，于是爱他起来的罢。

不过作为中国的读者的我，却还不能熟悉陀思妥夫斯基式的忍从——对于横逆之来的真正的忍从。在中国，没有俄国的基督。在中国，君临的是"礼"，不是神。百分之百的忍从，在未嫁就死了定婚的丈夫，坚苦的一直硬活到八十岁的所谓节妇身上，也许偶然可以发见罢，但在一般的人们，却没有。忍从的形式，是有的，然而陀思妥夫斯基式的掘下去，我以为恐怕也还是虚伪。因为压迫者指为被压迫者的不德之一的这虚伪，对于同类，是恶，而对于压迫者，却是道德的。

但是，陀思妥夫斯基式的忍从，终于也并不只成了说教或抗议就完结。因为这是当不住的忍从，太伟大的忍从的缘故。人们也只好带着罪业，一直闯进但丁的天国，在这里这才大家合唱着，再来修练天人的功德了。只有中庸的人，固然并无堕入地狱的危险，但也恐怕进不了天国的罢。

十一月二十日。

原作为日文稿，鲁迅自译成中文，载 1936 年 2 月《青年界》月刊第 9 卷第 2 期；又刊同年 2 月 20 日《海燕》月刊第 2 期，副题作"为东京三笠书房《陀思妥夫斯基全集》普及本作"。初收 1937 年 7 月上海三闲书屋版《且介亭杂文二集》。

致 李小峰

小峰兄：

惠示诵悉。《集外集拾遗》抄出大半，尚有数篇在觅期刊，编好须在明年了。

北新以社会情形和内部关系之故，自当渐不如前，但此非我个人之力所能如何，而况我亦年渐衰迈，体力已不如前哉？区区一二本书，恐无甚效，而北新又须选择，我的作品又很不平稳，如何是好。

附笺并稿一件，乞转交赵先生。

迅　顿首　十二月二十三日

致 赵景深

景深先生：

示敬悉。附呈一短文，系自己译出，似尚非无关系文字，可用否乞　裁酌。

倘若录用，希在第二期再登，因为我畏与天下文坛闻人，一同在第一期上耀武扬威也。

专此布复，即请

撰安。

迅　顿首　十二月二十三日

致 沈雁冰

明甫先生：

顷已接到密斯杨由那边（法国寄出）的来信，内云："曾发两信，收到否？也许此信比那两封可快一些。"的确，那两封还未到。

此外是关于取物件的事。身体是好的，但云有些胃痛。

信上并无通信地址，大约在第一封上。

末了云：

"我曾有一信寄给联华影片公司转给陆小姐的，要陆小姐到联华去拿。敝亲胡子馨在那里做事。"便中乞转告，但似乎也无头无绪，不知道怎么拿。

转此布达，即请
著安。

树　上　十二月廿三夜

二十四日

日记　昙。上午寄三弟信。寄明甫信。内山夫人赠海婴望远镜一具。晚长谷川君赠蛋糕一合。夜整理《死魂灵百图》序及说明。雨。

《死魂灵百图》小引

果戈理开手作《死魂灵》第一部的时候，是一八三五年的下半年，离现在足有一百年了。幸而，还是不幸呢，其中的许多人物，到现在还很有生气，使我们不同国度，不同时代的读者，也觉得仿佛写着自己的周围，不得不叹服他伟大的写实的本领。不过那时的风尚，却究竟有了变迁，例如男子的衣服，和现在虽然小异大同，而闺秀们的高髻圆裙，则已经少见；那时的时髦的车子，并非流线形的摩托卡，却是三匹马拉的篷车，照着跳舞夜会的所谓眩眼的光辉，也不是电灯，只不过许多插在多臂烛台上的蜡烛：凡这些，倘使没有图画，是很难想像清楚的。

关于《死魂灵》的有名的图画，据里斯珂夫说，一共有三种，而最正确和完备的是阿庚的百图。这图画先有七十二幅，未详何年出版，但总在一八四七年之前，去现在也快要九十年；后来即成为难得之品，新近苏联出版的《文学辞典》里，曾采它为插画，可见已经是有了定评的文献了。虽在它的本国，恐怕也只能在图书馆中相遇，更何况在我们中国。今年秋末，孟十还君忽然在上海的旧书店里看到了这画集，便像孩子望见了糖果似的，立刻奔走呼号，总算弄到手里了，是一八九三年印的第四版，不但百图完备，还增加了收藏家蔼甫列摩夫所藏的三幅，并那时的广告画和第一版封纸上的小图各一幅，共计一百零五图。

这大约是十月革命之际，俄国人带了逃出国外来的；他该是一个爱好文艺的人，抱守了十六年，终于只好拿它来换衣食之资；在中国，也许未必有第二本。藏了起来，对己对人，说不定都是一种罪业，所以现在就设法来翻印这一本书，除绍介外国的艺术之外，第一，是在献给中国的研究文学，或爱好文学者，可以和小说相辅，所谓"左图右史"，更明白十九世纪上半的俄国中流社会的情形，第二，则想献给插画家，藉此看看别国的写实的典型，知道和中国向来的"出相"或"绣像"有怎样的不同，或者能有可以取法之处；同时也以慰售出这本画集的人，将他的原本化为千万，广布于世，实足偿其损失而有余，一面也庶几不枉孟十还君的一番奔走呼号之苦。对于木刻家，却恐怕并无大益，因为这虽说是木刻，但画者一人，刻者又别一人，和现在的自画自刻，刻即是画的创作木刻，是已经大有差别的了。

世间也真有意外的运气。当中文译本的《死魂灵》开始发表时，曹靖华君就寄给我一卷图画，也还是十月革命后不多久，在彼得堡得得到的。这正是里斯珂夫所说的梭可罗夫画的十二幅。纸张虽然颇为破碎，但图像并无大损，怕它由我而亡，现在就附印在阿庚的百图之后，于是俄国艺术家所作的最写实，而且可以互相补助的两种《死魂灵》的插画，就全收在我们的这一本集子里了。

移译序文和每图的题句的，也是孟十还君的劳作；题句大概依照译本，但有数处不同，现在也不改从一律；最末一图的题句，不见于第一部中，疑是第二部记乞乞科夫免罪以后的事，这是那时俄国文艺家的习尚：总喜欢带点教训的。至于校印装制，则是吴朗西君和另外几位朋友们所经营。这都应该在这里声明谢意。

一九三五年十二月二十四日，鲁迅。

最初印入 1936 年 7 月三闲书屋版《死魂灵百图》。

初收 1937 年 7 月上海三闲书屋版《且介亭杂文二集》。

致 谢六逸

六逸先生：

惠示诵悉。看近来稍稍直说的报章，天窗满纸，华北虽然脱体，华南却仍旧箝口可知，与其吞吞吐吐以冀发表而仍不达意，还不如一字不说之痛快也。

专此布复，并请

撰安。

鲁迅 顿首 十二月廿四日

二十五日

日记 雨。上午寄水电公司信。复谢六逸信。午后内山书店送来『キェルケゴール選集』（三）一本，二元八角；又从丸善寄来 *The Works of H. Fabre* 五本，五十元。下午得赵家璧信。得袁延龄信，夜复。

二十六日

日记 昙。下午得阿芷信。晚编《故事新编》并作序讫，共六万余字。夜雨。

《故事新编》序言

这一本很小的集子，从开手写起到编成，经过的日子却可以算得很长久了：足足有十三年。

第一篇《补天》——原先题作《不周山》——还是一九二二年的冬天写成的。那时的意见，是想从古代和现代都采取题材，来做短篇小说，《不周山》便是取了"女娲炼石补天"的神话，动手试作的第一篇。首先，是很认真的，虽然也不过取了茀罗特说，来解释创造——人和文学的——的缘起。不记得怎么一来，中途停了笔，去看日报了，不幸正看见了谁——现在忘记了名字——的对于汪静之君的《蕙的风》的批评，他说要含泪哀求，请青年不要再写这样的文字。这可怜的阴险使我感到滑稽，当再写小说时，就无论如何，止不住有一个古衣冠的小丈夫，在女娲的两腿之间出现了。这就是从认真陷入了油滑的开端。油滑是创作的大敌，我对于自己很不满。

我决计不再写这样的小说，当编印《呐喊》时，便将它附在卷末，算是一个开始，也就是一个收场。

这时我们的批评家成仿吾先生正在创造社门口的"灵魂的冒险"的旗子底下抡板斧。他以"庸俗"的罪名，几斧砍杀了《呐喊》，只推《不周山》为佳作，——自然也仍有不好的地方。坦白的说罢，这就是使我不但不能心服，而且还轻视了这位勇士的原因。我是不薄"庸俗"，也自甘"庸俗"的；对于历史小说，则以为博考文献，言必有据者，纵使有人讥为"教授小说"，其实是很难织组之作，至于只取一

471

点因由,随意点染,铺成一篇,倒无需怎样的手腕;况且"如鱼饮水,冷暖自知",用庸俗的话来说,就是"自家有病自家知"罢:《不周山》的后半是很草率的,决不能称为佳作。倘使读者相信了这冒险家的话,一定自误,而我也成了误人,于是当《呐喊》印行第二版时,即将这一篇删除;向这位"魂灵"回敬了当头一棒——我的集子里,只剩着"庸俗"在跋扈了。

直到一九二六年的秋天,一个人住在厦门的石屋里,对着大海,翻着古书,四近无生人气,心里空空洞洞。而北京的未名社,却不绝的来信,催促杂志的文章。这时我不愿意想到目前;于是回忆在心里出土了,写了十篇《朝华夕拾》;并且仍旧拾取古代的传说之类,预备足成八则《故事新编》。但刚写了《奔月》和《铸剑》——发表的那时题为《眉间尺》,——我便奔向广州,这事就又完全搁起了。后来虽然偶尔得到一点题材,作一段速写,却一向不加整理。

现在才总算编成了一本书。其中也还是速写居多,不足称为"文学概论"之所谓小说。叙事有时也有一点旧书上的根据,有时却不过信口开河。而且因为自己的对于古人,不及对于今人的诚敬,所以仍不免时有油滑之处。过了十三年,依然并无长进,看起来真也是"无非《不周山》之流";不过并没有将古人写得更死,却也许暂时还有存在的余地的罢。

一九三五年十二月二十六日　鲁迅

未另发表。

初收 1936 年 1 月文化生活出版社版"文学丛刊"之一

《故事新编》。

采 薇

一

这半年来，不知怎的连养老堂里也不大平静了，一部分的老头子，也都交头接耳，跑进跑出的很起劲。只有伯夷最不留心闲事，秋凉到了，他又老的很怕冷，就整天的坐在阶沿上晒太阳，纵使听到匆忙的脚步声，也决不抬起头来看。

"大哥!"

一听声音自然就知道是叔齐。伯夷是向来最讲礼让的，便在抬头之前，先站起身，把手一摆，意思是请兄弟在阶沿上坐下。

"大哥，时局好像不大好!"叔齐一面并排坐下去，一面气喘吁吁的说，声音有些发抖。

"怎么了呀?"伯夷这才转过脸去看，只见叔齐的原是苍白的脸色，好像更加苍白了。

"您听到过从商王那里，逃来两个瞎子的事了罢。"

"唔，前几天，散宜生好像提起过。我没有留心。"

"我今天去拜访过了。一个是太师疵，一个是少师强，还带来许多乐器。听说前几时还开过一个展览会。参观者都'啧啧称美'，——不过好像这边就要动兵了。"

"为了乐器动兵，是不合先王之道的。"伯夷慢吞吞的说。

"也不单为了乐器。您不早听到过商王无道，砍早上渡河不怕水冷的人的脚骨，看看他的骨髓，挖出比干王爷的心来，看它可有七窍吗? 先前还是传闻，瞎子一到，可就证实了。况且还切切实实的证明了商王的变乱旧章。变乱旧章，原是应该征伐的。不过我想，以下犯上，究竟也不合先王之道……"

"近来的烙饼,一天一天的小下去了,看来确也像要出事情,"伯夷想了一想,说。"但我看你还是少出门,少说话,仍旧每天练你的太极拳的好!"

"是……"叔齐是很悌的,应了半声。

"你想想看,"伯夷知道他心里其实并不服气,便接着说。"我们是客人,因为西伯肯养老,呆在这里的。烙饼小下去了,固然不该说什么,就是事情闹起来了,也不该说什么的。"

"那么,我们可就成了为养老而养老了。"

"最好是少说话。我也没有力气来听这些事。"

伯夷咳了起来,叔齐也不再开口。咳嗽一止,万籁寂然,秋末的夕阳,照着两部白胡子,都在闪闪的发亮。

二

然而这不平静,却总是滋长起来,烙饼不但小下去,粉也粗起来了。养老堂的人们更加交头接耳,外面只听得车马行走声,叔齐更加喜欢出门,虽然回来也不说什么话,但那不安的神色,却惹得伯夷也很难闲适了:他似乎觉得这碗平稳饭快要吃不稳。

十一月下旬,叔齐照例一早起了床,要练太极拳,但他走到院子里,听了一听,却开开堂门,跑出去了。约摸有烙十张饼的时候,这才气急败坏的跑回来,鼻子冻得通红,嘴里一阵一阵的喷着白蒸气。

"大哥!你起来!出兵了!"他恭敬的垂手站在伯夷的床前,大声说,声音有些比平常粗。

伯夷怕冷,很不愿意这么早就起身,但他是非常友爱的,看见兄弟着急,只好把牙齿一咬,坐了起来,披上皮袍,在被窝里慢吞吞的穿裤子。

"我刚要练拳,"叔齐等着,一面说。"却听得外面有人马走动,连忙跑到大路上去看时——果然,来了。首先是一乘白彩的大轿,总该有八十一人抬着罢,里面一座木主,写的是'大周文王之灵位';后面跟的都是兵。我想:这一定是要去伐纣了。现在的周王是孝子,他要做大事,一定是把文王抬在前面的。看了一会,我就跑回来,不料我们养老堂的墙外就贴着告示……"

伯夷的衣服穿好了,弟兄俩走出屋子,就觉得一阵冷气,赶紧缩紧了身子。伯夷向来不大走动,一出大门,很看得有些新鲜。不几步,叔齐就伸手向墙上一指,可真的贴着一张大告示:

"照得今殷王纣,乃用其妇人之言,自绝于天,毁坏其三正,离逷其王父母弟。乃断弃其先祖之乐;乃为淫声,用变乱正声,怡说妇人。故今予发,维共行天罚。勉哉夫子,不可再,不可三!此示。"

两人看完之后,都不作声,径向大路走去。只见路边都挤满了民众,站得水泄不通。两人在后面说一声"借光",民众回头一看,见是两位白须老者,便照文王敬老的上谕,赶忙闪开,让他们走到前面。这时打头的木主早已望不见了,走过去的都是一排一排的甲士,约有烙三百五十二张大饼的工夫,这才见别有许多兵丁,肩着九旒云罕旗,仿佛五色云一样。接着又是甲士,后面一大队骑着高头大马的文武官员,簇拥着一位王爷,紫糖色脸,络腮胡子,左捏黄斧头,右拿白牛尾,威风凛凛:这正是"恭行天罚"的周王发。

大路两旁的民众,个个肃然起敬,没有人动一下,没有人响一声。在百静中,不提防叔齐却拖着伯夷直扑上去,钻过几个马头,拉住了周王的马嚼子,直着脖子嚷起来道:

"老子死了不葬,倒来动兵,说得上'孝'吗?臣子想要杀主子,说得上'仁'吗?……"

开初,是路旁的民众,驾前的武将,都吓得呆了;连周王手里的白牛尾巴也歪了过去。但叔齐刚说了四句话,却就听得一片哗啷声响,有好几把大刀从他们的头上砍下来。

"且住!"

谁都知道这是姜太公的声音,岂敢不听,便连忙停了刀,看着这也是白须白发,然而胖得圆圆的脸。

"义士呢。放他们去罢!"

武将们立刻把刀收回,插在腰带上。一面是走上四个甲士来,恭敬的向伯夷和叔齐立正,举手,之后就两个挟一个,开正步向路旁走过去。民众们也赶紧让开道,放他们走到自己的背后去。

到得背后,甲士们便又恭敬的立正,放了手,用力在他们俩的脊梁上一推。两人只叫得一声"阿呀",跄跄踉踉的颠了周尺一丈路远近,这才扑通的倒在地面上。叔齐还好,用手支着,只印了一脸泥;伯夷究竟比较的有了年纪,脑袋又恰巧磕在石头上,便晕过去了。

三

大军过去之后,什么也不再望得见,大家便换了方向,把躺着的伯夷和坐着的叔齐围起来。有几个是认识他们的,当场告诉人们,说这原是辽西的孤竹君的两位世子,因为让位,这才一同逃到这里,进了先王所设的养老堂。这报告引得众人连声赞叹,几个人便蹲下身子,歪着头去看叔齐的脸,几个人回家去烧姜汤,几个人去通知养老堂,叫他们快抬门板来接了。

大约过了烙好一百零三四张大饼的工夫,现状并无变化,看客也渐渐的走散;又好久,才有两个老头子抬着一扇门板,一拐一拐的走来,板上面还铺着一层稻草:这还是文王定下来的敬老的老规矩。板在地上一放,哐啷一声,震得伯夷突然张开了眼睛:他苏甦了。叔齐惊喜的发一声喊,帮那两个人一同轻轻的把伯夷扛上门板,抬向养老堂里去;自己是在旁边跟定,扶住了挂着门板的麻绳。

走了六七十步路,听得远远地有人在叫喊:

"您哪! 等一下! 姜汤来哩!"望去是一位年青的太太,手里端着一个瓦罐子,向这面跑来了,大约怕姜汤泼出罢,她跑得不很快。

大家只得停住,等候她的到来。叔齐谢了她的好意。她看见伯夷已经自己醒来了,似乎很有些失望,但想了一想,就劝他仍旧喝下去,可以暖暖胃。然而伯夷怕辣,一定不肯喝。

"这怎么办好呢?还是八年陈的老姜熬的呀。别人家还拿不出这样的东西来呢。我们的家里又没有爱吃辣的人……"她显然有点不高兴。

叔齐只得接了瓦罐,做好做歹的硬劝伯夷喝了一口半,余下的还很多,便说自己也正在胃气痛,统统喝掉了。眼圈通红的,恭敬的夸赞了姜汤的力量,谢了那太太的好意之后,这才解决了这一场大纠纷。

他们回到养老堂里,倒也并没有什么余病,到第三天,伯夷就能够起床了,虽然前额上肿着一大块——然而胃口坏。

官民们都不肯给他们超然,时时送来些搅扰他们的消息,或者是官报,或者是新闻。十二月底,就听说大军已经渡了盟津,诸侯无一不到。不久也送了武王的《太誓》的钞本来。这是特别钞给养老堂看的,怕他们眼睛花,每个字都写得有核桃一般大。不过伯夷还是懒得看,只听叔齐朗诵了一遍,别的倒也并没有什么,但是"自弃其先祖肆祀不答,昏弃其家国……"这几句,断章取义,却好像很伤了自己的心。

传说也不少:有的说,周师到了牧野,和纣王的兵大战,杀得他们尸横遍野,血流成河,连木棍也浮起来,仿佛水上的草梗一样;有的却道纣王的兵虽然有七十万,其实并没有战,一望见姜太公带着大军前来,便回转身,反替武王开路了。

这两种传说,固然略有些不同,但打了胜仗,却似乎确实的。此后又时时听到运来了鹿台的宝贝,巨桥的白米,就更加证明了得胜的确实。伤兵也陆陆续续的回来了,又好像还是打过大仗似的。凡是能够勉强走动的伤兵,大抵在茶馆,酒店,理发铺,以及人家的檐前或门口闲坐,讲述战争的故事,无论那里,总有一群人眉飞色舞的在听他。春天到了,露天下也不再觉得怎么凉,往往到夜里还讲得很起劲。

伯夷和叔齐都消化不良,每顿总是吃不完应得的烙饼;睡觉还照先前一样,天一暗就上床,然而总是睡不着。伯夷只在翻来覆去,叔齐听了,又烦躁,又心酸,这时候,他常是重行起来,穿好衣服,到院子里去走走,或者练一套太极拳。

有一夜,是有星无月的夜。大家都睡得静静的了,门口却还有人在谈天。叔齐是向来不偷听人家谈话的,这一回可不知怎的,竟停了脚步,同时也侧着耳朵。

"妈的纣王,一败,就奔上鹿台去了,"说话的大约是回来的伤兵。"妈的,他堆好宝贝,自己坐在中央,就点起火来。"

"阿唷,这可多么可惜呀!"这分明是管门人的声音。

"不慌! 只烧死了自己,宝贝可没有烧哩。咱们大王就带着诸侯,进了商国。他们的百姓都在郊外迎接,大王叫大人们招呼他们道:'纳福呀!'他们就都磕头。一直进去,但见门上都贴着两个大字道:'顺民'。大王的车子一径走向鹿台,找到纣王自寻短见的处所,射了三箭……"

"为什么呀? 怕他没有死吗?"别一人问道。

"谁知道呢。可是射了三箭,又拔出轻剑来,一砍,这才拿了黄斧头,嚓! 砍下他的脑袋来,挂在大白旗上。"

叔齐吃了一惊。

"之后就去找纣王的两个小老婆。哼,早已统统吊死了。大王就又射了三箭,拔出剑来,一砍,这才拿了黑斧头,割下她们的脑袋,挂在小白旗上。这么一来……"

"那两个姨太太真的漂亮吗?"管门人打断了他的话。

"知不清。旗杆子高,看的人又多,我那时金创还很疼,没有挤近去看。"

"他们说那一个叫作妲己的是狐狸精,只有两只脚变不成人样,便用布条子裹起来：真的？"

"谁知道呢。我也没有看见她的脚。可是那边的娘儿们却真有许多把脚弄得好像猪蹄子的。"

叔齐是正经人，一听到他们从皇帝的头，谈到女人的脚上去了，便双眉一皱，连忙掩住耳朵，返身跑进房里去。伯夷也还没有睡着，轻轻的问道：

"你又去练拳了么？"

叔齐不回答，慢慢的走过去，坐在伯夷的床沿上，弯下腰，告诉了他刚才听来的一些话。这之后，两人都沉默了许多时，终于是叔齐很困难的叹一口气，悄悄的说道：

"不料竟全改了文王的规矩……你瞧罢，不但不孝，也不仁……这样看来，这里的饭是吃不得了。"

"那么，怎么好呢？"伯夷问。

"我看还是走……"

于是两人商量了几句，就决定明天一早离开这养老堂，不再吃周家的大饼；东西是什么也不带。兄弟俩一同走到华山去，吃些野果和树叶来送自己的残年。况且"天道无亲，常与善人"，或者竟会有苍朮和茯苓之类也说不定。

打定主意之后，心地倒十分轻松了。叔齐重复解衣躺下，不多久，就听到伯夷讲梦话；自己也觉得很有兴致，而且仿佛闻到茯苓的清香，接着也就在这茯苓的清香中，沉沉睡去了。

四

第二天，兄弟俩都比平常醒得早，梳洗完毕，毫不带什么东西，其实也并无东西可带，只有一件老羊皮长袍舍不得，仍旧穿在身上，拿了拄杖，和留下的烙饼，推称散步，一径走出养老堂的大门；心里想，从此要长别了，便似乎还不免有些留恋似的，回过头来看了几眼。

街道上行人还不多；所遇见的不过是睡眼惺忪的女人，在井边打水。将近郊外，太阳已经高升，走路的也多起来了，虽然大抵昂着头，得意洋洋的，但一看见他们，却还是照例的让路。树木也多起来了，不知名的落叶树上，已经吐着新芽，一望好像灰绿的轻烟，其间夹着松柏，在蒙胧中仍然显得很苍翠。

满眼是阔大，自由，好看，伯夷和叔齐觉得仿佛年青起来，脚步轻松，心里也很舒畅了。

到第二天的午后，迎面遇见了几条岔路，他们决不定走那一条路近，便检了一个对面走来的老头子，很和气的去问他。

"阿呀，可惜，"那老头子说。"您要是早一点，跟先前过去的那队马跑就好了。现在可只得先走这条路。前面岔路还多，再问罢。"

叔齐就记得了正午时分，他们的确遇见过几个废兵，赶着一大批老马，瘦马，跛脚马，癫皮马，从背后冲上来，几乎把他们踏死，这时就趁便问那老人，这些马是赶去做什么的。

"您还不知道吗？"那人答道。"我们大王已经'恭行天罚'，用不着再来兴师动众，所以把马放到华山脚下去的。这就是'归马于华山之阳'呀，您懂了没有？我们还在'放牛于桃林之野'哩！吓，这回可真是大家要吃太平饭了。"

然而这竟是兜头一桶冷水，使两个人同时打了一个寒噤，但仍然不动声色，谢过老人，向着他所指示的路前行。无奈这"归马于华山之阳"，竟踏坏了他们的梦境，使两个人的心里，从此都有些七上八下起来。

心里忐忑，嘴里不说，仍是走，到得傍晚，临近了一座并不很高的黄土冈，上面有一些树林，几间土屋，他们便在途中议定，到这里去借宿。

离土冈脚还有十几步，林子里便窜出五个彪形大汉来，头包白布，身穿破衣，为首的拿一把大刀，另外四个都是木棍。一到冈下，便一字排开，拦住去路，一同恭敬的点头，大声吆喝道：

"老先生，您好哇！"

他们俩都吓得倒退了几步，伯夷竟发起抖来，还是叔齐能干，索性走上前，问他们是什么人，有什么事。

"小人就是华山大王小穷奇，"那拿刀的说，"带了兄弟们在这里，要请您老赏一点买路钱！"

"我们那里有钱呢，大王。"叔齐很客气的说。"我们是从养老堂里出来的。"

"阿呀！"小穷奇吃了一惊，立刻肃然起敬，"那么，您两位一定是'天下之大老也'了。小人们也遵先王遗教，非常敬老，所以要请您老留下一点纪念品……"他看见叔齐没有回答，便将大刀一挥，提高了声音道："如果您老还要谦让，那可小人们只好恭行天搜，瞻仰一下您老的贵体了！"

伯夷叔齐立刻擎起了两只手；一个拿木棍的就来解开他们的皮袍，棉袄，小衫，细细搜检了一遍。

"两个穷光蛋，真的什么也没有！"他满脸显出失望的颜色，转过头去，对小穷奇说。

小穷奇看出了伯夷在发抖，便上前去，恭敬的拍拍他肩膀，说道：

"老先生，请您不要怕。海派会'剥猪猡'，我们是文明人，不干这玩意儿的。什么纪念品也没有，只好算我们自己晦气。现在您只要滚您的蛋就是了！"

伯夷没有话好回答，连衣服也来不及穿好，和叔齐迈开大步，眼看着地，向前便跑。这时五个人都已经站在旁边，让出路来了。看见他们在面前走过，便恭敬的垂下双手，同声问道：

"您走了？您不喝茶了么？"

"不喝了，不喝了……"伯夷和叔齐且走且说，一面不住的点着头。

五

"归马于华山之阳"和华山大王小穷奇,都使两位义士对华山害怕,于是从新商量,转身向北,讨着饭,晓行夜宿,终于到了首阳山。

这确是一座好山。既不高,又不深,没有大树林,不愁虎狼,也不必防强盗:是理想的幽栖之所。两人到山脚下一看,只见新叶嫩碧,土地金黄,野草里开着些红红白白的小花,真是连看看也赏心悦目。他们就满心高兴,用拄杖点着山径,一步一步的挨上去,找到上面突出一片石头,好像岩洞的处所,坐了下来,一面擦着汗,一面喘着气。

这时候,太阳已经西沉,倦鸟归林,啾啾唧唧的叫着,没有上山时候那么清静了,但他们倒觉得也还新鲜,有趣。在铺好羊皮袍,准备就睡之前,叔齐取出两个大饭团,和伯夷吃了一饱。这是沿路讨来的残饭,因为两人曾经议定,"不食周粟",只好进了首阳山之后开始实行,所以当晚把它吃完,从明天起,就要坚守主义,绝不通融了。

他们一早就被乌老鸦闹醒,后来重又睡去,醒来却已是上午时分。伯夷说腰痛腿酸,简直站不起;叔齐只得独自去走走,看可有可吃的东西。他走了一些时,竟发见这山的不高不深,没有虎狼盗贼,固然是其所长,然而因此也有了缺点:下面就是首阳村,所以不但常有砍柴的老人或女人,并且有进来玩耍的孩子,可吃的野果子之类,一颗也找不出,大约早被他们摘去了。

他自然就想到茯苓。但山上虽然有松树,却不是古松,都好像根上未必有茯苓;即使有,自己也不带锄头,没有法子想。接着又想到苍术,然而他只见过苍术的根,毫不知道那叶子的形状,又不能把满山的草都拔起来看一看,即使苍术生在眼前,也不能认识。心里一暴躁,满脸发热,就乱抓了一通头皮。

但是他立刻平静了,似乎有了主意,接着就走到松树旁边,摘了一衣兜的松针,又往溪边寻了两块石头,砸下松针外面的青皮,洗过,又细细的砸得好像面饼,另寻 片很薄的石片,拿着回到石洞去了。

"三弟,有什么捞儿没有?我是肚子饿的咕噜咕噜响了好半天了。"伯夷一望见他,就问。

"大哥,什么也没有。试试这玩意儿罢。"

他就近拾了两块石头,支起石片来,放上松针面,聚些枯枝,在下面生了火。实在是许多工夫,才听得湿的松针面有些吱吱作响,可也发出一点清香,引得他们俩咽口水。叔齐高兴得微笑起来了,这是姜太公做八十五岁生日的时候,他去拜寿,在寿筵上听来的方法。

发香之后,就发泡,眼见它渐渐的干下去,正是一块糕。叔齐用皮袍袖子裹着手,把石片笑嘻嘻的端到伯夷的面前。伯夷一面吹,一面拗,终于拗下一角来,连忙塞进嘴里去。

他愈嚼,就愈皱眉,直着脖子咽了几咽,倒哇的一声吐出来了,诉苦似的看着叔齐道:

"苦……粗……"

这时候,叔齐真好像落在深潭里,什么希望也没有了。抖抖的也拗了一角,咀嚼起来,可真也毫没有可吃的样子:苦……粗……

叔齐一下子失了锐气,坐倒了,垂了头。然而还在想,挣扎的想,仿佛是在爬出一个深潭去。爬着爬着,只向前。终于似乎自己变了孩子,还是孤竹君的世子,坐在保姆的膝上了。这保姆是乡下人,在和他讲故事:黄帝打蚩尤,大禹捉无支祁,还有乡下人荒年吃薇菜。

他又记得了自己问过薇菜的样子,而且山上正见过这东西。他忽然觉得有了气力,立刻站起身,跨进草丛,一路寻过去。

果然,这东西倒不算少,走不到一里路,就摘了半衣兜。

他还是在溪水里洗了一洗,这才拿回来;还是用那烙过松针面的石片,来烤薇菜。叶子变成暗绿,熟了。但这回再不敢先去敬他的大哥了,撮起一株来,放在自己的嘴里,闭着眼睛,只是嚼。

"怎么样?"伯夷焦急的问。

"鲜的!"

两人就笑嘻嘻的来尝烤薇菜;伯夷多吃了两撮,因为他是大哥。

他们从此天天采薇菜。先前是叔齐一个人去采,伯夷煮;后来伯夷觉得身体健壮了一些,也出去采了。做法也多起来:薇汤,薇羹,薇酱,清炖薇,原汤焖薇芽,生晒嫩薇叶……

然而近地的薇菜,却渐渐的采完,虽然留着根,一时也很难生长,每天非走远路不可了。搬了几回家,后来还是一样的结果。而且新住处也逐渐的难找了起来,因为既要薇菜多,又要溪水近,这样的便当之处,在首阳山上实在也不可多得。叔齐怕伯夷年纪太大了,一不小心会中风,便竭力劝他安坐在家里,仍旧单是担任煮,让自己独自去采薇。

伯夷逊让了一番之后,倒也应允了,从此就较为安闲自在,然而首阳山上是有人迹的,他没事做,脾气又有些改变,从沉默成了多话,便不免和孩子去搭讪,和樵夫去扳谈。也许是因为一时高兴,或者有人叫他老乞丐的缘故罢,他竟说出了他们俩原是辽西的孤竹君的儿子,他老大,那一个是老三。父亲在日原是说要传位给老三的,一到死后,老三却一定向他让。他遵父命,省得麻烦,逃走了。不料老三也逃走了。两人在路上遇见,便一同来找西伯——文王,进了养老堂。又不料现在的周王竟"以臣弑君"起来,所以只好不食周粟,逃上首阳山,吃野菜活命……等到叔齐知道,怪他多嘴的时候,已经传播开去,没法挽救了。但也不敢怎么埋怨他;只在心里想:父亲不肯把位传给他,可也不能不说很有些眼力。

叔齐的豫料也并不错:这结果坏得很,不但村里时常讲到他们的事,也常有特地上山来看他们的人。有的当他们名人,有的当他们怪物,有的当他们古董。甚至于跟着看怎样采,围着看怎样吃,指手画脚,问长问短,令人头昏。而且对付还须谦虚,倘使略不小心,皱一皱眉,就难免有人说是"发脾气"。

不过舆论还是好的方面多。后来连小姐太太,也有几个人来看了,回家去都摇头,说是"不好看",上了一个大当。

终于还引动了首阳村的第一等高人小丙君。他原是妲己的舅公的干女婿,做着祭酒,因为知道天命有归,便带着五十车行李和八百个奴婢,来投明主了。可惜已在会师盟津的前几天,兵马事忙,来不及好好的安插,便留下他四十车货物和七百五十个奴婢,另外给予两顷首阳山下的肥田,叫他在村里研究八卦学。他也喜欢弄文学,村中都是文盲,不懂得文学概论,气闷已久,便叫家丁打轿,找那两个老头子,谈谈文学去了;尤其是诗歌,因为他也是诗人,已经做好一本诗集子。

然而谈过之后,他一上轿就摇头,回了家,竟至于很有些气愤。他以为那两个家伙是谈不来诗歌的。第一,是穷:谋生之不暇,怎么做得出好诗? 第二,是"有所为",失了诗的"敦厚";第三,是有议论,失了诗的"温柔"。尤其可议的是他们的品格,通体都是矛盾。于是他大义凛然的斩钉截铁的说道:

"'普天之下,莫非王土',难道他们在吃的薇,不是我们圣上的吗!"

这时候,伯夷和叔齐也在一天一天的瘦下去了。这并非为了忙于应酬,因为参观者倒在逐渐的减少。所苦的是薇菜也已经逐渐的减少,每天要找一捧,总得费许多力,走许多路。

然而祸不单行。掉在井里面的时候,上面偏又来了一块大石头。

有一天,他们俩正在吃烤薇菜,不容易找,所以这午餐已在下午了。忽然走来了一个二十来岁的女人,先前是没有见过的,看她模样,好像是阔人家里的婢女。

"您吃饭吗?"她问。

叔齐仰起脸来,连忙陪笑,点点头。

"这是什么玩意儿呀?"她又问。

"薇。"伯夷说。

"怎么吃着这样的玩意儿的呀?"

"因为我们是不食周粟……"

伯夷刚刚说出口,叔齐赶紧使一个眼色,但那女人好像聪明得很,已经懂得了。她冷笑了一下,于是大义凛然的斩钉截铁的说道:

"'普天之下,莫非王土',你们在吃的薇,难道不是我们圣上的吗!"

伯夷和叔齐听得清清楚楚,到了末一句,就好像一个大霹雳,震得他们发昏;待到清醒过来,那薇头已经不见。薇,自然是不吃,也吃不下去了,而且连看看也害羞,连要去搬开它,也抬不起手来,觉得仿佛有好几百斤重。

六

樵夫偶然发见了伯夷和叔齐都缩做一团,死在山背后的石洞里,是大约这之后的二十天。并没有烂,虽然因为瘦,但也可见死的并不久;老羊皮袍却没有垫着,不知道弄到那里去了。这消息一传到村子里,又哄动了一大批来看的人,来来往往,一直闹到夜。结果是有几个多事的人,就地用黄土把他们埋起来,还商量立一块石碑,刻上几个字,给后来好做古迹。

然而合村里没有人能写字,只好去求小丙君。

然而小丙君不肯写。

"他们不配我来写,"他说。"都是昏蛋。跑到养老堂里来,倒也罢了,可又不肯超然;跑到首阳山里来,倒也罢了,可是还要做诗;做诗倒也罢了,可是还要发感慨,不肯安分守己,'为艺术而艺术'。你瞧,这样的诗,可是有永久性的:

上那西山呀采它的薇菜，

强盗来代强盗呀不知道这的不对。

神农虞夏一下子过去了，我又那里去呢？

唉唉死罢，命里注定的晦气！

"你瞧，这是什么话？温柔敦厚的才是诗。他们的东西，却不但'怨'，简直'骂'了。没有花，只有刺，尚且不可，何况只有骂。即使放开文学不谈，他们撇下祖业，也不是什么孝子，到这里又讥讪朝政，更不像一个良民……我不写！……"

文盲们不大懂得他的议论，但看见声势汹汹，知道一定是反对的意思，也只好作罢了。伯夷和叔齐的丧事，就这样的算是告了一段落。

然而夏夜纳凉的时候，有时还谈起他们的事情来。有人说是老死的，有人说是病死的，有人说是给抢羊皮袍子的强盗杀死的。后来又有人说其实恐怕是故意饿死的，因为他从小丙君府上的鸦头阿金姐那里听来：这之前的十多天，她曾经上山去奚落他们了几句，傻瓜总是脾气大，大约就生气了，绝了食撒赖，可是撒赖只落得一个自己死。

于是许多人就非常佩服阿金姐，说她很聪明，但也有些人怪她太刻薄。

阿金姐却并不以为伯夷叔齐的死掉，是和她有关系的。自然，她上山去开了几句玩笑，是事实，不过这仅仅是玩笑。那两个傻瓜发脾气，因此不吃薇菜了，也是事实，不过并没有死，倒招来了很大的运气。

"老天爷的心肠是顶好的，"她说。"他看见他们的撒赖，快要饿死了，就吩咐母鹿，用它的奶去喂他们。您瞧，这不是顶好的福气吗？用不着种地，用不着砍柴，只要坐着，就天天有鹿奶自己送到你嘴里来。可是贱骨头不识抬举，那老三，他叫什么呀，得步进步，喝鹿奶还不够了。他喝着鹿奶，心里想，'这鹿有这么胖，杀它来吃，味

487

道一定是不坏的。'一面就慢慢的伸开臂膊,要去拿石片。可不知道鹿是通灵的东西,它已经知道了人的心思,立刻一溜烟逃走了。老天爷也讨厌他们的贪嘴,叫母鹿从此不要去。您瞧,他们还不只好饿死吗?那里是为了我的话,倒是为了自己的贪心,贪嘴呵!……"

听到这故事的人们,临末都深深的叹一口气,不知怎的,连自己的肩膀也觉得轻松不少了。即使有时还会想起伯夷叔齐来,但恍恍忽忽,好像看见他们蹲在石壁下,正在张开白胡子的大口,拼命的吃鹿肉。

一九三五年十二月作。

未另发表。
初收 1936 年 1 月上海文化生活出版社版"文学丛刊"之一《故事新编》。

出　关

老子毫无动静的坐着,好像一段呆木头。

"先生,孔丘又来了!"他的学生庚桑楚,不耐烦似的走进来,轻轻的说。

"请……"

"先生,您好吗?"孔子极恭敬的行着礼,一面说。

"我总是这样子,"老子答道。"您怎么样?所有这里的藏书,都看过了罢?"

"都看过了。不过……"孔子很有些焦躁模样,这是他从来所没有的。"我研究《诗》,《书》,《礼》,《乐》,《易》,《春秋》六经,自以为很长久了,够熟透了。去拜见了七十二位主子,谁也不采用。人可真是难得说明白呵。还是'道'的难以说明白呢?"

"你还算运气的哩，"老子说，"没有遇着能干的主子。六经这玩艺儿，只是先王的陈迹呀。那里是弄出迹来的东西呢？你的话，可是和迹一样的。迹是鞋子踏成的，但迹难道就是鞋子吗？"停了一会，又接着说道："白鶂们只要瞧着，眼珠子动也不动，然而自然有孕；虫呢，雄的在上风叫，雌的在下风应，自然有孕；类是一身上兼具雌雄的，所以自然有孕。性，是不能改的；命，是不能换的；时，是不能留的；道，是不能塞的。只要得了道，什么都行，可是如果失掉了，那就什么都不行。"

孔子好像受了当头一棒，亡魂失魄的坐着，恰如一段呆木头。

大约过了八分钟，他深深的倒抽了一口气，就起身要告辞，一面照例很客气的致谢老子的教训。

老子也并不挽留他，站起来扶着拄杖，一直送他到图书馆的大门外。孔子就要上车了，他才留声机似的说道：

"您走了？您不喝点儿茶去吗？……"

孔子答应着"是是"，上了车，拱着两只手极恭敬的靠在横板上；冉有把鞭子在空中一挥，嘴里喊一声"都"，车子就走动了。待到车子离开了大门十几步，老子才回进自己的屋里去。

"先生今天好像很高兴，"庚桑楚看老子坐定了，才站在旁边，垂着手，说。"话说的很不少……"

"你说的对。"老子微微的叹一口气，有些颓唐似的回答道。"我的话真也说的太多了。"他又仿佛突然记起一件事情来，"哦，孔丘送我的一只雁鹅，不是晒了腊鹅了吗？你蒸蒸吃去罢。我横竖没有牙齿，咬不动。"

庚桑楚出去了。老子就又静下来，合了眼。图书馆里很寂静。只听得竹竿子碰着屋檐响，这是庚桑楚在取挂在檐下的腊鹅。

一过就是三个月。老子仍旧毫无动静的坐着，好像一段呆木头。

"先生，孔丘来了哩！"他的学生庚桑楚，诧异似的走进来，轻轻的说。"他不是长久没来了吗？这的来，不知道是怎的？……"

"请……"老子照例只说了这一个字。

"先生，您好吗？"孔子极恭敬的行着礼，一面说。

"我总是这样子，"老子答道。"长久不看见了，一定是躲在寓里用功罢？"

"那里那里，"孔子谦虚的说。"没有出门，在想着。想通了一点：鸦鹊亲嘴；鱼儿涂口水；细腰蜂儿化别个；怀了弟弟，做哥哥的就哭。我自己久不投在变化里了，这怎么能够变化别人呢！……"

"对对！"老子道。"您想通了！"

大家都从此没有话，好像两段呆木头。

大约过了八分钟，孔子这才深深的呼出了一口气，就起身要告辞，一面照例很客气的致谢着老子的教训。

老子也并不挽留他。站起来扶着拄杖，一直送他到图书馆的大门外。孔子就要上车了，他才留声机似的说道：

"您走了？您不喝点儿茶去吗？……"

孔子答应着"是是"，上了车，拱着两只手极恭敬的靠在横板上；冉有把鞭子在空中一挥，嘴里喊一声"都"，车子就走动了。待到车子离开了大门十几步，老子才回进自己的屋里去。

"先生今天好像不大高兴，"庚桑楚看老子坐定了，才站在旁边，垂着手，说。"话说的很少……"

"你说的对。"老子微微的叹一口气，有些颓唐的回答道。"可是你不知道：我看我应该走了。"

"这为什么呢？"庚桑楚大吃一惊，好像遇着了晴天的霹雳。

"孔丘已经懂得了我的意思。他知道能够明白他的底细的，只有我，一定放心不下。我不走，是不大方便的……"

"那么，不正是同道了吗？还走什么呢？"

"不，"老子摆一摆手，"我们还是道不同。譬如同是一双鞋子罢,我的是走流沙,他的是上朝廷的。"

"但您究竟是他的先生呵!"

"你在我这里学了这许多年,还是这么老实,"老子笑了起来,"这真是性不能改,命不能换了。你要知道孔丘和你不同:他以后就不再来,也再不叫我先生,只叫我老头子,背地里还要玩花样了呀。"

"我真想不到。但先生的看人是不会错的……"

"不,开头也常常看错。"

"那么,"庚桑楚想了一想,"我们就和他干一下……"

老子又笑了起来,向庚桑楚张开嘴:

"你看:我牙齿还有吗?"他问。

"没有了。"庚桑楚回答说。

"舌头还在吗?"

"在的。"

"懂了没有?"

"先生的意思是说:硬的早掉,软的却在吗?"

"你说的对。我看你也还不如收拾收拾,回家看看你的老婆去罢。但先给我的那匹青牛刷一下,鞍鞯晒一下。我明天一早就要骑的。"

老子到了函谷关,没有直走通到关口的大道,却把青牛一勒,转入岔路,在城根下慢慢的绕着。他想爬城。城墙倒并不高,只要站在牛背上,将身一耸,是勉强爬得上的;但是青牛留在城里,却没法搬出城外去。倘要搬,得用起重机,无奈这时鲁般和墨翟还都没有出世,老子自己也想不到会有这玩意。总而言之:他用尽哲学的脑筋,只是一个没有法。

然而他更料不到当他弯进岔路的时候,已经给探子望见,立刻去报告了关官。所以绕不到七八丈路,一群人马就从后面追来了。那个探子跃马当先,其次是关官,就是关尹喜,还带着四个巡警和两个签子手。

"站住!"几个人大叫着。

老子连忙勒住青牛,自己是一动也不动,好像一段呆木头。

"阿呀!"关官一冲上前,看见了老子的脸,就惊叫了一声,即刻滚鞍下马,打着拱,说道:"我道是谁,原来是老聃馆长。这真是万想不到的。"

老子也赶紧爬下牛背来,细着眼睛,看了那人一看,含含胡胡的说:"我记性坏……"

"自然,自然,先生是忘记了的。我是关尹喜,先前因为上图书馆去查《税收精义》,曾经拜访过先生……"

这时签子手便翻了一通青牛上的鞍鞯,又用签子刺一个洞,伸进指头去掏了一下,一声不响,橛着嘴走开了。

"先生在城圈边溜溜?"关尹喜问。

"不,我想出去,换换新鲜空气……"

"那很好! 那好极了! 现在谁都讲卫生,卫生是顶要紧的。不过机会难得,我们要请先生到关上去住几天,听听先生的教训……"

老子还没有回答,四个巡警就一拥上前,把他扛在牛背上,签子手用签子在牛屁股上刺了一下,牛把尾巴一卷,就放开脚步,一同向关口跑去了。

到得关上,立刻开了大厅来招待他。这大厅就是城楼的中一间,临窗一望,只见外面全是黄土的平原,愈远愈低;天色苍苍,真是好空气。这雄关就高踞峻坂之上,门外左右全是土坡,中间一条车道,好像在峭壁之间。实在是只要一丸泥就可以封住的。

大家喝过开水,再吃饽饽。让老子休息一会之后,关尹喜就提议要他讲学了。老子早知道这是免不掉的,就满口答应。于是轰轰了一阵,屋里逐渐坐满了听讲的人们。同来的八人之外,还有四个巡警,两个签子手,五个探子,一个书记,账房和厨房。有几个还带着笔,刀,木札,预备抄讲义。

老子像一段呆木头似的坐在中央,沉默了一会,这才咳嗽几声,白胡子里面的嘴唇在动起来了。大家即刻屏住呼吸,侧着耳朵听。只听得他慢慢的说道:

"道可道,非常道;名可名,非常名。无名,天地之始;有名,万物之母。……"

大家彼此面面相觑,没有抄。

"故常无欲以观其妙,"老子接着说,"常有欲以观其窍。此两者,同出而异名。同,谓之玄,玄之又玄,众妙之门……"

大家显出苦脸来了,有些人还似乎手足失措。一个签子手打了一个大呵欠,书记先生竟打起磕睡来,哗啷一声,刀,笔,木札,都从手里落在席子上面了。

老子仿佛并没有觉得,但仿佛又有些觉得似的,因为他从此讲得详细了一点。然而他没有牙齿,发音不清,打着陕西腔,夹上湖南音,"哩""呢"不分,又爱说什么"啊":大家还是听不懂。可是时间加长了,来听他讲学的人,倒格外的受苦。

为面子起见,人们只好熬着,但后来总不免七倒八歪斜,各人想着自己的事,待到讲到"圣人之道,为而不争",住了口了,还是谁也不动弹。老子等了一会,就加上一句道:

"啊,完了!"

大家这才如大梦初醒,虽然因为坐得太久,两腿都麻木了,一时站不起身,但心里又惊又喜,恰如遇到大赦的一样。

于是老子也被送到厢房里,请他去休息。他喝过几口白开水,就毫无动静的坐着,好像一段呆木头。

人们却还在外面纷纷议论。过不多久,就有四个代表进来见老子,大意是说他的话讲的太快了,加上国语不大纯粹,所以谁也不能笔记。没有记录,可惜非常,所以要请他补发些讲义。

"来笃话啥西,俺实直头听弗懂!"账房说。

"还是耐自家写子出来末哉。写子出来末,总算弗白嚼蛆一场哉哇。阿是?"书记先生道。

老子也不十分听得懂,但看见别的两个把笔,刀,木札,都摆在自己的面前了,就料是一定要他编讲义。他知道这是免不掉的,于是满口答应;不过今天太晚了,要明天才开手。

代表们认这结果为满意,退出去了。

第二天早晨,天气有些阴沉沉,老子觉得心里不舒适,不过仍须编讲义,因为他急于要出关,而出关,却须把讲义交卷。他看一眼面前的一大堆木札,似乎觉得更加不舒适了。

然而他还是不动声色,静静的坐下去,写起来。回忆着昨天的话,想一想,写一句。那时眼镜还没有发明,他的老花眼睛细得好像一条线,很费力;除去喝白开水和吃馍馍的时间,写了整整一天半,也不过五千个大字。

"为了出关,我看这也敷衍得过去了。"他想。

于是取了绳子,穿起木札来,计两串,扶着拄杖,到关尹喜的公事房里去交稿,并且声明他立刻要走的意思。

关尹喜非常高兴,非常感谢,又非常惋惜,坚留他多住一些时,但看见留不住,便换了一副悲哀的脸相,答应了,命令巡警给青牛加鞍。一面自己亲手从架子上挑出一包盐,一包胡麻,十五个馍馍来,装在一个充公的白布口袋里送给老子做路上的粮食。并且声明:这是因为他是老作家,所以非常优待,假如他年纪青,馍馍就只能有十个了。

老子再三称谢,收了口袋,和大家走下城楼,到得关口,还要牵着青牛走路;关尹喜竭力劝他上牛,逊让一番之后,终于也骑上去了。作过别,拨转牛头,便向峻坂的大路上慢慢的走去。

不多久,牛就放开了脚步。大家在关口目送着,去了两三丈远,还辨得出白发,黄袍,青牛,白口袋,接着就尘头逐步而起,罩着人和牛,一律变成灰色,再一会,已只有黄尘滚滚,什么也看不见了。

大家回到关上，好像卸下了一副担子，伸一伸腰，又好像得了什么货色似的，咂一咂嘴，好些人跟着关尹喜走进公事房里去。

"这就是稿子？"账房先生提起一串木札来，翻着，说。"字倒写得还干净。我看到市上去卖起来，一定会有人要的。"

书记先生也凑上去，看着第一片，念道：

"'道可道，非常道'……哼，还是这些老套。真教人听得头痛，讨厌……"

"医头痛最好是打打盹。"账房放下了木札，说。

"哈哈哈！……我真只好打盹了。老实说，我是猜他要讲自己的恋爱故事，这才去听的。要是早知道他不过这么胡说八道，我就压根儿不去坐这么大半天受罪……"

"这可只能怪您自己看错了人，"关尹喜笑道。"他那里会有恋爱故事呢？他压根儿就没有过恋爱。"

"您怎么知道？"书记诧异的问。

"这也只能怪您自己打了磕睡，没有听到他说'无为而无不为'。这家伙真是'心高于天，命薄如纸'，想'无不为'，就只好'无为'。一有所爱，就不能无不爱，那里还能恋爱，敢恋爱？您看看您自己就是：现在只要看见一个大姑娘，不论好丑，就眼睛甜腻腻的都像是你自己的老婆。将来娶了太太，恐怕就要像我们的账房先生一样，规矩一些了。"

窗外起了一阵风，大家都觉得有些冷。

"这老头子究竟是到那里去，去干什么的？"书记先生趁势岔开了关尹喜的话。

"自说是上流沙去的，"关尹喜冷冷的说。"看他走得到。外面不但没有盐，面，连水也难得。肚子饿起来，我看是后来还要回到我们这里来的。"

"那么，我们再叫他著书。"账房先生高兴了起来。"不过馎馎真也太费。那时候，我们只要说宗旨已经改为提拔新作家，两串稿子，给他五个馍馍也足够了。"

"那可不见得行。要发牢骚,闹脾气的。"

"饿过了肚子,还要闹脾气?"

"我倒怕这种东西,没有人要看。"书记摇着手,说。"连五个馍馍的本钱也捞不回。譬如罢,倘使他的话是对的,那么,我们的头儿就得放下关官不做,这才是无不做,是一个了不起的大人……"

"那倒不要紧,"账房先生说,"总有人看的。交卸了的关官和还没有做关官的隐士,不是多得很吗?……"

窗外起了一阵风,括上黄尘来,遮得半天暗。这时关尹喜向门外一看,只见还站着许多巡警和探子,在呆听他们的闲谈。

"呆站在这里干什么?"他吆喝道。"黄昏了,不正是私贩子爬城偷税的时候了吗?巡逻去!"

门外的人们,一溜烟跑下去了。屋里的人们,也不再说什么话,账房和书记都走出去了。关尹喜才用袍袖子把案上的灰尘拂了一拂,提起两串木札来,放在堆着充公的盐,胡麻,布,大豆,馍馍等类的架子上。

一九三五年十二月作。

原载 1936 年 1 月 20 日《海燕》月刊第 1 期。

初收 1936 年 1 月上海文化生活出版社版"文学丛刊"之一《故事新编》。

起　死

（一大片荒地。处处有些土冈,最高的不过六七尺。没有树木。遍地都是杂乱的蓬草;草间有一条人马踏成的路径。离路不远,有一个水溜。远处望见房屋。）

庄子——（黑瘦面皮，花白的络腮胡子，道冠，布袍，拿着马鞭，上。）出门没有水喝，一下子就觉得口渴。口渴可不是玩意儿呀，真不如化为蝴蝶。可是这里也没有花儿呀，……哦！海子在这里了，运气，运气！（他跑到水溜旁边，拨开浮萍，用手掬起水来，喝了十几口。）唔，好了。慢慢的上路。（走着，向四处看，）阿呀！一个髑髅。这是怎的？（用马鞭在蓬草间拨了一拨，敲着，说：）

您是贪生怕死，倒行逆施，成了这样的呢？（橐橐。）还是失掉地盘，吃着板刀，成了这样的呢？（橐橐。）还是闹得一榻胡涂，对不起父母妻子，成了这样的呢？（橐橐。）您不知道自杀是弱者的行为吗？（橐橐橐！）还是您没有饭吃，没有衣穿，成了这样的呢？（橐橐。）还是年纪老了，活该死掉，成了这样的呢？（橐橐。）还是……唉，这倒是我胡涂，好像在做戏了。那里会回答。好在离楚国已经不远，用不着忙，还是请司命大神复他的形，生他的肉，和他谈谈闲天，再给他重回家乡，骨肉团聚罢。（放下马鞭，朝着东方，拱两手向天，提高了喉咙，大叫起来：）

至心朝礼，司命大天尊！……

　　（一阵阴风，许多蓬头的，秃头的，瘦的，胖的，男的，女的，老
　　的，少的鬼魂出现。）

鬼魂——庄周，你这胡涂虫！花白了胡子，还是想不通。死了没有四季，也没有主人公。天地就是春秋，做皇帝也没有这么轻松。还是莫管闲事罢，快到楚国去干你自家的运动。……

庄子——你们才是胡涂鬼，死了也还是想不通。要知道活就是死，死就是活呀，奴才也就是主人公。我是达性命之源的，可不受你们小鬼的运动。

鬼魂——那么，就给你当场出丑……

庄子——楚王的圣旨在我头上，更不怕你们小鬼的起哄！

　　（又拱两手向天，提高了喉咙，大叫起来：）

至心朝礼，司命大天尊！

天地玄黄,宇宙洪荒。日月盈昃,辰宿列张。

赵钱孙李,周吴郑王。冯秦褚卫,姜沈韩杨。

太上老君急急如律令! 敕! 敕! 敕!

　　(一阵清风,司命大神道冠布袍,黑瘦面皮,花白的络腮胡子,
　　手执马鞭,在东方的朦胧中出现。鬼魂全都隐去。)

　　司命——庄周,你找我,又要闹什么玩意儿了? 喝够了水,不安分起来了吗?

　　庄子——臣是见楚王去的,路经此地,看见一个空髑髅,却还存着头样子。该有父母妻子的罢,死在这里了,真是呜呼哀哉,可怜得很。所以恳请大神复他的形,还他的肉,给他活转来,好回家乡去。

　　司命——哈哈! 这也不是真心话,你是肚子还没饱就找闲事做。认真不像认真,玩耍又不像玩耍。还是走你的路罢,不要和我来打岔。要知道"死生有命",我也碍难随便安排。

　　庄子——大神错矣。其实那里有什么死生。我庄周曾经做梦变了蝴蝶,是一只飘飘荡荡的蝴蝶,醒来成了庄周,是一个忙忙碌碌的庄周。究竟是庄周做梦变了蝴蝶呢,还是蝴蝶做梦变了庄周呢,可是到现在还没有弄明白。这样看来,又安知道这髑髅不是现在正活着,所谓活了转来之后,倒是死掉了呢? 请大神随随便便,通融一点罢。做人要圆滑,做神也不必迂腐的。

　　司命——(微笑,)你也还是能说不能行,是人而非神……那么,也好,给你试试罢。

　　(司命用马鞭向蓬中一指。同时消失了。所指的地方,发出
　　一道火光,跳起一个汉子来。)

　　汉子——(大约三十岁左右,体格高大,紫色脸,像是乡下人,全身赤条条的一丝不挂。用拳头揉了一通眼睛之后,定一定神,看见了庄子,)哈?

　　庄子——哈? (微笑着走近去,看定他,)你是怎么的?

　　汉子——唉唉,睡着了。你是怎么的? (向两边看,叫了起来,)

498

阿呀,我的包裹和伞子呢?(向自己的身上看,)阿呀呀,我的衣服呢?(蹲了下去。)

庄子——你静一静,不要着慌罢。你是刚刚活过来的。你的东西,我看是早已烂掉,或者给人拾去了。

汉子——你说什么?

庄子——我且问你:你姓甚名谁,那里人?

汉子——我是杨家庄的杨大呀。学名叫必恭。

庄子——那么,你到这里是来干什么的呢?

汉子——探亲去的呀。不提防在这里睡着了。(着急起来,)我的衣服呢? 我的包裹和伞子呢?

庄子——你静一静,不要着慌罢——我且问你:你是什么时候的人?

汉子——(诧异,)什么? ……什么叫作"什么时候的人"? ……我的衣服呢? ……

庄子——啧啧,你这人真是胡涂得要死的角儿——专管自己的衣服,真是一个澈底的利己主义者。你这"人"尚且没有弄明白,那里谈得到你的衣服呢? 所以我首先要问你:你是什么时候的人? 唉唉,你不懂。……那么,(想了一想,)我且问你:你先前活着的时候,村子里出了什么故事?

汉子——故事吗? 有的。昨天,阿二嫂就和七太婆吵嘴。

庄子——还欠大!

汉子——还欠大? ……那么,杨小三旌表了孝子……

庄子——旌表了孝子,确也是一件大事情……不过还是很难查考……(想了一想,)再没有什么更大的事情,使大家因此闹了起来的了吗?

汉子——闹了起来? ……(想着,)哦,有有! 那还是三四个月前头,因为孩子们的魂灵,要摄去垫鹿台脚了,真吓得大家鸡飞狗走,赶忙做起符袋来,给孩子们带上……

庄子——（出惊,）鹿台？什么时候的鹿台？

汉子——就是三四个月前头动工的鹿台。

庄子——那么,你是纣王的时候死的？这真了不得,你已经死了五百多年了。

汉子——（有点发怒,）先生,我和你还是初会,不要开玩笑罢。我不过在这儿睡了一忽,什么死了五百多年。我是有正经事,探亲去的。快还我的衣服,包裹和伞子。我没有陪你玩笑的工夫。

庄子——慢慢的,慢慢的,且让我来研究一下。你是怎么睡着的呀？

汉子——怎么睡着的吗？（想着,）我早上走到这地方,好像头顶上轰的一声,眼前一黑,就睡着了。

庄子——疼吗？

汉子——好像没有疼。

庄子——哦……（想了一想,）哦……我明白了。一定是你在商朝的纣王的时候,独个儿走到这地方,却遇着了断路强盗,从背后给你一闷棍,把你打死,什么都抢走了。现在我们是周朝,已经隔了五百多年,还那里去寻衣服。你懂了没有？

汉子——（瞪了眼睛,看着庄子,）我一点也不懂。先生,你还是不要胡闹,还我衣服,包裹和伞子罢。我是有正经事,探亲去的,没有陪你玩笑的工夫!

庄子——你这人真是不明道理……

汉子——谁不明道理？我不见了东西,当场捉住了你,不问你要,问谁要？（站起来。）

庄子——（着急,）你再听我讲:你原是一个髑髅,是我看得可怜,请司命大神给你活转来的。你想想看:你死了这许多年,那里还有衣服呢! 我现在并不要你的谢礼,你且坐下,和我讲讲纣王那时候……

汉子——胡说! 这话,就是三岁小孩子也不会相信的。我可是三十三岁了!（走开来,）你……

庄子——我可真有这本领。你该知道漆园的庄周的罢。

汉子——我不知道。就是你真有这本领，又值什么鸟？你把我弄得精赤条条的，活转来又有什么用？叫我怎么去探亲？包裹也没有了……（有些要哭，跑开来拉住了庄子的袖子，）我不相信你的胡说。这里只有你，我当然问你要！我扭你见保甲去！

庄子——慢慢的，慢慢的，我的衣服旧了，很脆，拉不得。你且听我几句话：你先不要专想衣服罢，衣服是可有可无的，也许是有衣服对，也许是没有衣服对。鸟有羽，兽有毛，然而王瓜茄子赤条条。此所谓"彼亦一是非，此亦一是非"，你固然不能说没有衣服对，然而你又怎么能说有衣服对呢？……

汉子——（发怒，）放你妈的屁！不还我的东西，我先搋死你！（一手捏了拳头，举起来，一手去揪庄子。）

庄子——（窘急，招架着，）你敢动粗！放手！要不然，我就请司命大神来还你一个死！

汉子——（冷笑着退开，）好，你还我一个死罢。要不然，我就要你还我的衣服，伞子和包裹，里面是五十二个圜钱，斤半白糖，二斤南枣……

庄子——（严正地，）你不反悔？

汉子——小舅子才反悔！

庄子——（决绝地，）那就是了。既然这么胡涂，还是送你还原罢。（转脸朝着东方，拱两手向天，提高了喉咙，大叫起来：）

至心朝礼，司命大天尊！

天地玄黄，宇宙洪荒。日月盈昃，辰宿列张。

赵钱孙李，周吴郑王。冯秦褚卫，姜沈韩杨。

太上老君急急如律令！敕！敕！敕！

（毫无影响，好一会。）

天地玄黄！

太上老君！敕！敕！敕！……敕！

（毫无影响，好一会。）

（庄子向周围四顾，慢慢的垂下手来。）

汉子——死了没有呀？

庄子——（颓唐地，）不知怎的，这回可不灵……

汉子——（扑上前，）那么，不要再胡说了。赔我的衣服！

庄子——（退后，）你敢动手？这不懂哲理的野蛮！

汉子——（揪住他，）你这贼骨头！你这强盗军师！我先剥你的
道袍，拿你的马，赔我……

  （庄子一面支撑着，一面赶紧从道袍的袖子里摸出警笛来，狂
  吹了三声。汉子愕然，放慢了动作。不多久，从远处跑来一
  个巡士。）

巡士——（且跑且喊，）带住他！不要放！（他跑近来，是一个鲁
国大汉，身材高大，制服制帽，手执警棍，面赤无须。）带住他！这舅
子！……

汉子———（又揪紧了庄子，）带住他！这舅子！……

  （巡士跑到，抓住庄子的衣领，一手举起警棍来。汉子放手，
  微弯了身子，两手掩着小肚。）

庄子——（托住警棍，歪着头，）这算什么？

巡士——这算什么？哼！你自己还不明白？

庄子——（愤怒，）怎么叫了你来，你倒来抓我？

巡士——什么？

庄子——我吹了警笛……

巡士——你抢了人家的衣服，还自己吹警笛，这昏蛋！

庄子——我是过路的，见他死在这里，救了他，他倒缠住我，说
我拿了他的东西了。你看看我的样子，可是抢人东西的？

巡士——（收回警棍，）"知人知面不知心"，谁知道。到局里
去罢。

庄子——那可不成。我得赶路，见楚王去。

巡士——（吃惊,松手,细看了庄子的脸,）那么,您是漆……

庄子——（高兴起来,）不错! 我正是漆园吏庄周。您怎么知道的?

巡士——咱们的局长这几天就常常提起您老,说您老要上楚国发财去了,也许从这里经过的。敝局长也是一位隐士,带便兼办一点差使,很爱读您老的文章,读《齐物论》,什么"方生方死,方死方生,方可方不可,方不可方可",真写得有劲,真是上流的文章,真好! 您老还是到敝局里去歇歇罢。

（汉子吃惊,退进蓬草丛中,蹲下去。）

庄子——今天已经不早,我要赶路,不能耽搁了。还是回来的时候,再去拜访贵局长罢。

（庄子且说且走,爬在马上,正想加鞭,那汉子突然跳出草丛,
跑上去拉住了马嚼子。巡士也追上去,拉住汉子的臂膊。）

庄子——你还缠什么?

汉子——你走了,我什么也没有,叫我怎么办?（看着巡士,）您瞧,巡士先生……

巡士——（搔着耳朵背后,）这模样,可真难办……但是,先生……我看起来,（看着庄子,）还是您老富裕一点,赏他一件衣服,给他遮遮羞……

庄子——那自然可以的,衣服本来并非我有。不过我这回要去见楚王,不穿袍子,不行,脱了小衫,光穿一件袍子,也不行……

巡士——对啦,这实在少不得。（向汉子,）放手!

汉子——我要去探亲……

巡士——胡说! 再麻烦,看我带你到局里去!（举起警棍,）滚开!

（汉子退走,巡士追着,一直到乱蓬里。）

庄子——再见再见。

巡士——再见再见。您老走好哪!

（庄子在马上打了一鞭,走动了。巡士反背着手,看他渐跑渐远,没入尘头中,这才慢慢的回转身,向原来的路上踱去。）

（汉子突然从草丛中跳出来,拉住巡士的衣角。）

巡士——干吗?

汉子——我怎么办呢?

巡士——这我怎么知道。

汉子——我要去探亲……

巡士——你探去就是了。

汉子——我没有衣服呀。

巡士——没有衣服就不能探亲吗?

汉子——你放走了他。现在你又想溜走了,我只好找你想法子。不问你,问谁呢? 你瞧,这叫我怎么活下去!

巡士——可是我告诉你:自杀是弱者的行为呀!

汉子——那么,你给我想法子!

巡士——(摆脱着衣角,)我没有法子想!

汉子——(缠住巡士的袖子,)那么,你带我到局里去!

巡士——(摆脱着袖子,)这怎么成。赤条条的,街上怎么走。放手!

汉子——那么,你借我一条裤子!

巡士——我只有这一条裤子,借给了你,自己不成样子了。(竭力的摆脱着,)不要胡闹! 放手!

汉子——(揪住巡士的颈子,)我一定要跟你去!

巡士——(窘急,)不成!

汉子——那么,我不放你走!

巡士——你要怎么样呢?

汉子——我要你带我到局里去!

巡士——这真是……带你去做什么用呢? 不要捣乱了。放手!要不然……(竭力的挣扎。)

汉子——(揪得更紧,)要不然,我不能探亲,也不能做人了。二斤南枣,斤半白糖……你放走了他,我和你拼命……

巡士——(挣扎着,)不要捣乱了! 放手! 要不然 …… 要不然……(说着,一面摸出警笛,狂吹起来。)

一九三五年十二月作

未另发表。

初收 1936 年 1 月上海文化生活出版社版"文学丛刊"之一《故事新编》。

二十七日

日记　雨。上午从丸善寄来 *The Works of H. Fabre* 陆本,六十元。下午得谢六逸信。晚蕴如来。往高桥齿科医院付治疗费六元,三弟家十元。夜三弟来,赠以 *The Works of H. Fabre* 十一本。得赵景深信。以《药用植物》版权售与商务印书馆,得泉五十,转赠朱宅。晔儿十岁,赠以衣料及饼干。

二十八日

日记　雨。午后买《漱石全集》一本,一元七角;又全译ゴリキイ『文学論』一本,二元。下午张因来。夜吴朗西来并见赠漫画 *Vater und Sohn* 一本。

致 叶 紫

芷兄:

来信收到。账已算来,附上账单,拿这到书店,便可取款。

专此布达，即颂

刻安。

豫　上　十二月二十八夜。

二十九日

日记　星期。昙。午后寄阿芷信。下午得『版芸術』（明年正月号）一本，七角。得林绍仑信。得王冶秋信，即复。夜同广平往融光戏院观 *Clive in India*。

《花边文学》序言

我的常常写些短评，确是从投稿于《申报》的《自由谈》上开头的；集一九三三年之所作，就有了《伪自由书》和《准风月谈》两本。后来编辑者黎烈文先生真被挤轧得苦，到第二年，终于被挤出了，我本也可以就此搁笔，但为了赌气，却还是改些作法，换些笔名，托人抄写了去投稿，新任者不能细辨，依然常常登了出来。一面又扩大了范围，给《中华日报》的副刊《动向》，小品文半月刊《太白》之类，也间或写几篇同样的文字。聚起一九三四年所写的这些东西来，就是这一本《花边文学》。

这一个名称，是和我在同一营垒里的青年战友，换掉姓名挂在暗箭上射给我的。那立意非常巧妙：一，因为这类短评，在报上登出来的时候往往围绕一圈花边以示重要，使我的战友看得头疼；二，因为"花边"也是银元的别名，以见我的这些文章是为了稿费，其实并无足取。至于我们的意见不同之处，是我以为我们无须希望外国人待我们比鸡鸭优，他却以为应该待我们比鸡鸭优，我在替西洋人辩

506

护，所以是"买办"。那文章就附在《倒提》之下，这里不必多说。此外，倒也并无什么可记之事。只为了一篇《玩笑只当它玩笑》，又曾引出过一封文公直先生的来信，笔伐的更严重了，说我是"汉奸"，现在和我的复信都附在本文的下面。其余的一些鬼鬼祟祟，躲躲闪闪的攻击，离上举的两位还差得很远，这里都不转载了。

"花边文学"可也真不行。一九三四年不同一九三五年，今年是为了《闲话皇帝》事件，官家的书报检查处忽然不知所往，还革掉七位检查官，日报上被删之处，也好像可以留着空白（术语谓之"开天窗"）了。但那时可真厉害，这么说不可以，那么说又不成功，而且删掉的地方，还不许留下空隙，要接起来，使作者自己来负吞吞吐吐，不知所云的责任。在这种明诛暗杀之下，能够苟延残喘，和读者相见的，那么，非奴隶文章是什么呢？

我曾经和几个朋友闲谈。一个朋友说：现在的文章，是不会有骨气的了，譬如向一种日报上的副刊去投稿罢，副刊编辑先抽去几根骨头，总编辑又抽去几根骨头，检查官又抽去几根骨头，剩下来还有什么呢？我说：我是自己先抽去了几根骨头的，否则，连"剩下来"的也不剩。所以，那时发表出来的文字，有被抽四次的可能，——现在有些人不在拼命表彰文天祥方孝孺么，幸而他们是宋明人，如果活在现在，他们的言行是谁也无从知道的。

因此除了官准的有骨气的文章之外，读者也只能看看没有骨气的文章。我生于清朝，原是奴隶出身，不同二十五岁以内的青年，一生下来就是中华民国的主子，然而他们不经世故，偶尔"忘其所以"也就大碰其钉子。我的投稿，目的是在发表的，当然不给它见得有骨气，所以被"花边"所装饰者，大约也确比青年作家的作品多，而且奇怪，被删掉的地方倒很少。一年之中，只有三篇，现在补全，仍用黑点为记。我看《论秦理斋夫人事》的末尾，是申报馆的总编辑删的，别的两篇，却是检查官删的：这里都显着他们不同的心思。

今年一年中，我所投稿的《自由谈》和《动向》，都停刊了；《太白》

也不出了。我曾经想过:凡是我寄文稿的,只寄开初的一两期还不妨,假使接连不断,它就总归活不久。于是从今年起,我就不大做这样的短文,因为对于同人,是回避他背后的闷棍,对于自己,是不愿做开路的呆子,对于刊物,是希望它尽可能的长生。所以有人要我投稿,我特别敷延推宕,非"摆架子"也,是带些好意——然而有时也是恶意——的"世故":这是要请索稿者原谅的。

一直到了今年下半年,这才看见了新闻记者的"保护正当舆论"的请愿和智识阶级的言论自由的要求。要过年了,我不知道结果怎么样。然而,即使从此文章都成了民众的喉舌,那代价也可谓大极了:是北五省的自治。这恰如先前的不敢恳请"保护正当舆论"和要求言论自由的代价之大一样:是东三省的沦亡。不过这一次,换来的东西是光明的。然而,倘使万一不幸,后来又复换回了我做"花边文学"一样的时代,大家试来猜一猜那代价该是什么罢……

一九三五年十二月二十九之夜,鲁迅记。

未另发表。

初收 1936 年 6 月上海联华书局版《花边文学》。

致 王冶秋

冶秋兄:

廿四晚信收到。看杨君寄来的拓片,都是我之所谓连史纸,并非洋纸,那么,大约是河南人称连史为"磅纸"的了。"磅"字有洋气,不知道何以要用这一个字。

《表》的译文,因匆匆写完,可改之处甚多。"挫折"是可改为"萎"的,我们那里叫"瘟",一音之转。但"原谅"和"饶"却不同,比较的比"饶"还要平等一点。

最难的是所谓"不够格",我想了好久,终于想不出适译。这并不是"不成器"或"不成材料",只是"有所欠缺"的意思,犹言从智识到品行,都不及普通人——但教育起来,是可以好的。

那两篇小说,又从中华回来了,别处无路,只能搁一搁。

专此布复,即颂

时绥。

豫　上　十二月廿九日。

三十日

日记 昙。午后得周剑英信。往永安公司买药三种,五元六角。往来青阁买《论语解经》一部二本,《昭明太子集》一部二本,《杜樊川集》一部四本,共泉九元四角。往商务印书馆取百衲本《二十四史》四种共一百三十二本,又《四部丛刊》三编八种共一百五十本。晚张莹及其夫人来。

《且介亭杂文》序言

近几年来,所谓"杂文"的产生,比先前多,也比先前更受着攻击。例如自称"诗人"邵洵美,前"第三种人"施蛰存和杜衡即苏汶,还不到一知半解程度的大学生林希隽之流,就都和杂文有切骨之仇,给了种种罪状的。然而没有效,作者多起来,读者也多起来了。

其实"杂文"也不是现在的新货色,是"古已有之"的,凡有文章,倘若分类,都有类可归,如果编年,那就只按作成的年月,不管文体,各种都夹在一处,于是成了"杂"。分类有益于揣摩文章,编年有利于明白时势,倘要知人论世,是非看编年的文集不可的,现在新作的古人年谱的流行,即证明着已经有许多人省悟了此中的消息。况且现在是多么切迫的时候,作者的任务,是在对于有害的事物,立刻给以反响或抗争,是感应的神经,是攻守的手足。潜心于他的鸿篇巨制,为未来的文化设想,固然是很好的,但为现在抗争,却也正是为现在和未来的战斗的作者,因为失掉了现在,也就没有了未来。

战斗一定有倾向。这就是邵施杜林之流的大敌,其实他们所憎恶的是内容,虽然披了文艺的法衣,里面却包藏着"死之说教者",和生存不能两立。

这一本集子和《花边文学》,是我在去年一年中,在官民的明明暗暗,软软硬硬的围剿"杂文"的笔和刀下的结集,凡是写下来的,全在这里面。当然不敢说是诗史,其中有着时代的眉目,也决不是英雄们的八宝箱,一朝打开,便见光辉灿烂。我只在深夜的街头摆着一个地摊,所有的无非几个小钉,几个瓦碟,但也希望,并且相信有些人会从中寻出合于他的用处的东西。

一九三五年十二月三十日,记于上海之且介亭。

未另发表。

初收 1937 年 7 月上海三闲书屋版《且介亭杂文》。

《且介亭杂文》附记

第一篇《关于中国的两三件事》,是应日本的改造社之托而写的,原是日文,即于是年三月,登在《改造》上,改题为《火,王道,监狱》。记得中国北方,曾有一种期刊译载过这三篇,但在南方,却只有林语堂,邵洵美,章克标三位所主编的杂志《人言》上,曾用这为攻击作者之具,其详见于《准风月谈》的后记中,兹不赘。

《草鞋脚》是现代中国作家的短篇小说集,应伊罗生(H. Isaacs)先生之托,由我和茅盾先生选出,他更加选择,译成英文的。但至今好像还没有出版。

《答曹聚仁先生信》原是我们的私人通信,不料竟在《社会月报》上登出来了,这一登可是祸事非小,我就成为"替杨邨人氏打开场锣鼓,谁说鲁迅先生器量窄小呢"了。有八月三十一日《大晚报》副刊《火炬》上的文章为证——

调　和　　　　　　　　　绍伯

——读《社会月报》八月号

"中国人是善于调和的民族"——这话我从前还不大相信,因为那时我年纪还轻,阅历不到,我自己是不大肯调和的,我就以为别人也和我一样的不肯调和。

这观念后来也稍稍改正了。那是我有一个亲戚,在我故乡两个军阀的政权争夺战中做了牺牲,我那时对于某军阀虽无好感,却因亲戚之故也感着一种同仇敌忾,及至后来那两军阀到了上海又很快的调和了,彼此过从颇密,我不觉为之呆然,觉得我们亲戚假使仅仅是为着他的"政友"而死,他真是白死了。

后来又听得广东 A 君告诉我在两广战争后战士们白骨在野碧血还腥的时候,两军主持的太太在香港寓楼时常一道打牌,亲昵逾常,这更使我大彻大悟。

现在,我们更明白了,这是当然的事,不单是军阀战争如此,帝国主义的分赃战争也作如是观。老百姓整千整万地做了炮灰,各国资本家却可以聚首一堂举着香槟相视而笑。什么"军阀主义""民主主义"都成了骗人的话。

然而这是指那些军阀资本家们"无原则的争斗",若夫真理追求者的"有原则的争斗"应该不是这样!

　　最近这几年,青年们追随着思想界的领袖们之后做了许多惨淡的努力,有的为着这还牺牲了宝贵的生命。个人的生命是可宝贵的,但一代的真理更可宝贵,生命牺牲了而真理昭然于天下,这死是值得的,就是不可以太打浑了水,把人家弄得不明不白。

　　后者的例子可求之于《社会月报》。这月刊真可以说是当今最完备的"杂"志了。而最"杂"得有趣的是题为"大众语特辑"的八月号。读者试念念这一期的目录罢,第一位打开场锣鼓的是鲁迅先生(关于大众语的意见),而"压轴子"的是《赤区归来记》作者杨邨人氏。就是健忘的读者想也记得鲁迅先生和杨邨人氏有过不小的一点"原则上"的争执罢。鲁迅先生似乎还"嘘"过杨邨人氏,然而他却可以替杨邨人氏打开场锣鼓,谁说鲁迅先生器量窄小呢?

　　苦的只是读者,读了鲁迅先生的信,我们知道"汉字和大众不两立",我们知道应把"交通繁盛言语混杂的地方"的"'大众语'的雏形,它的字汇和语法输进穷乡僻壤去"。我们知道"先驱者的任务"是在给大众许多话"发表更明确的意思",同时"明白更精确的意义";我们知道现在所能实行的是以"进步的"思想写"向大众语去的作品"。但读了最后杨邨人氏的文章,才知道向大众去根本是一条死路,那里在水灾与敌人围攻之下,破产无余,……"维持已经困难,建设更不要空谈。"还是"归"到都会里"来"扬起小资产阶级文学之旗更靠得住。

　　于是,我们所得的知识前后相销,昏昏沉沉,莫明其妙。

　　这恐怕也表示中国民族善于调和吧,但是太调和了,使人疑心思想上的争斗也渐渐没有原则了。变成"戟门坝上的儿戏"了。照这样的阵容看,有些人真死的不明不白。

关于开锣以后"压轴"以前的那些"中间作家"的文章特别是大众语问题的一些宏论,本想略抒鄙见,但这只好改日再谈了。

关于这一案,我到十一月《答〈戏〉周刊编者信》里,这才回答了几句。

《门外文谈》是用了"华圈"的笔名,向《自由谈》投稿的,每天登一节。但不知道为什么,第一节被删去了末一行,第十节开头又被删去了二百余字,现仍补足,并用黑点为记。

《不知肉味和不知水味》是写给《太白》的,登出来时,后半篇都不见了,我看这是"中央宣传部书报检查委员会"的政绩。那时有人看了《太白》上的这一篇,当面问我道:"你在说什么呀?"现仍补足,并用黑点为记,使读者可以知道我其实是在说什么。

《中国人失掉自信力了吗》也是写给《太白》的。凡是对于求神拜佛,略有不敬之处,都被删除,可见这时我们的"上峰"正在主张求神拜佛。现仍补足,并用黑点为记,聊以存一时之风尚耳。

《脸谱臆测》是写给《生生月刊》的,奉官谕:不准发表。我当初很觉得奇怪,待到领回原稿,看见用红铅笔打着杠子的处所,才明白原来是因为得罪了"第三种人"老爷们了。现仍加上黑杠子,以代红杠子,且以警戒新作家。

《答〈戏〉周刊编者信》的末尾,是对于绍伯先生那篇《调和》的答复。听说当时我们有一位姓沈的"战友"看了就呵呵大笑道:"这老头子又发牢骚了!""头子"而"老","牢骚"而"又",恐怕真也滑稽得很。然而我自己,是认真的。

不过向《戏》周刊编者去"发牢骚",别人也许会觉得奇怪。然而并不,因为编者之一是田汉同志,而田汉同志也就是绍伯先生。

《中国文坛上的鬼魅》是写给《现代中国》(China Today)的,不知由何人所译,登在第一卷第五期,后来又由英文转译,载在德文和法文的《国际文学》上。

《病后杂谈》是向《文学》的投稿,共五段;待到四卷二号上登了出来时,只剩下第一段了。后有一位作家,根据了这一段评论我道:鲁迅是赞成生病的。他竟毫不想到检查官的删削。可见文艺上的暗杀政策,有时也还有一些效力的。

《病后杂谈之余》也是向《文学》的投稿,但不知道为什么,检查官这回却古里古怪了,不说不准登,也不说可登,也不动贵手删削,就是一个支支吾吾。发行人没有法,来找我自己删改了一些,然而听说还是不行,终于由发行人执笔,检查官动口,再删一通,这才能在四卷三号上登出。题目必须改为《病后余谈》,小注"关于舒愤懑"这一句也不准;改动的两处,我都注在本文之下,删掉的五处,则仍以黑点为记,读者试一想这些讳忌,是会觉得很有趣的。只有不准说"言行一致"云云,也许莫明其妙,现在我应该指明,这是因为又触犯了"第三种人"了。

《阿金》是写给《漫画生活》的;然而不但不准登载,听说还送到南京中央宣传会里去了。这真是不过一篇漫谈,毫无深意,怎么会惹出这样大问题来的呢,自己总是参不透。后来索回原稿,先看见第一页上有两颗紫色印,一大一小,文曰"抽去",大约小的是上海印,大的是首都印,然则必须"抽去",已无疑义了。再看下去,就又发见了许多红杠子,现在改为黑杠,仍留在本文的旁边。

看了杠子，有几处是可以悟出道理来的。例如"主子是外国人"，"炸弹"，"巷战"之类，自然也以不提为是。但是我总不懂为什么不能说我死了"未必能够弄到开起同乡会"的缘由，莫非官意是以为我死了会开同乡会的么？

我们活在这样的地方，我们活在这样的时代。

一九三五年十二月三十日，编讫记。

未另发表。

初收 1937 年 7 月上海三闲书屋版《且介亭杂文》。

关于中国的两三件事

一　关于中国的火

希腊人所用的火，听说是在一直先前，普洛美修斯从天上偷来的，但中国的却和它不同，是燧人氏自家所发见——或者该说是发明罢。因为并非偷儿，所以拴在山上，给老雕去啄的灾难是免掉了，然而也没有普洛美修斯那样的被传扬，被崇拜。

中国也有火神的。但那可不是燧人氏，而是随意放火的莫名其妙的东西。

自从燧人氏发见，或者发明了火以来，能够很有味的吃火锅，点起灯来，夜里也可以工作了，但是，真如先哲之所谓"有一利必有一弊"罢，同时也开始了火灾，故意点上火，烧掉那有巢氏所发明的巢的了不起的人物也出现了。

和善的燧人氏是该被忘却的。即使伤了食,这回是属于神农氏的领域了,所以那神农氏,至今还被人们所记得。至于火灾,虽然不知道那发明家究竟是什么人,但祖师总归是有的,于是没有法,只好漫称之曰火神,而献以敬畏。看他的画像,是红面孔,红胡须,不过祭祀的时候,却须避去一切红色的东西,而代之以绿色。他大约像西班牙的牛一样,一看见红色,便会亢奋起来,做出一种可怕的行动的。

他因此受着崇祀。在中国,这样的恶神还很多。

然而,在人世间,倒似乎因了他们而热闹。赛会也只有火神的,燧人氏的却没有。倘有火灾,则被灾的和邻近的没有被灾的人们,都要祭火神,以表感谢之意。被了灾还要来表感谢之意,虽然未免有些出于意外,但若不祭,据说是第二回还会烧,所以还是感谢了的安全。而且也不但对于火神,就是对于人,有时也一样的这么办,我想,大约也是礼仪的一种罢。

其实,放火,是很可怕的,然而比起烧饭来.却也许更有趣。外国的事情我不知道,若在中国,则无论查检怎样的历史,总寻不出烧饭和点灯的人们的列传来。在社会上,即使怎样的善于烧饭,善于点灯,也毫没有成为名人的希望。然而秦始皇一烧书,至今还俨然做着名人,至于引为希特拉烧书事件的先例。假使希特拉太善于开电灯,烤面包罢,那么,要在历史上寻一点先例,恐怕可就难了。但是,幸而那样的事,是不会哄动一世的。

烧掉房子的事,据宋人的笔记说,是开始于蒙古人的。因为他们住着帐篷,不知道住房子,所以就一路的放火。然而,这是诳话。蒙古人中,懂得汉文的很少,所以不来更正的。其实,秦的末年就有着放火的名人项羽在,一烧阿房宫,便天下闻名,至今还会在戏台上出现,连在日本也很有名。然而,在未烧以前的阿房宫里每天点灯的人们,又有谁知道他们的名姓呢?

现在是爆裂弹呀,烧夷弹呀之类的东西已经做出,加以飞机也很进步,如果要做名人,就更加容易了。而且如果放火比先前放得大。那么,那人就也更加受尊敬,从远处看去,恰如救世主一样,而那火光,便令人以为是光明。

二 关于中国的王道

在前年,曾经拜读过中里介山氏的大作《给支那及支那国民的信》。只记得那里面说,周汉都有着侵略者的资质。而支那人都讴歌他,欢迎他了。连对于朔北的元和清,也加以讴歌了。只要那侵略,有着安定国家之力,保护民生之实,那便是支那人民所渴望的王道,于是对于支那人的执迷不悟之点,愤慨得非常。

那"信",在满洲出版的杂志上,是被译载了的,但因为未曾输入中国,所以像是回信的东西,至今一篇也没有见。只在去年的上海报上所载的胡适博士的谈话里,有的说,"只有一个方法可以征服中国,即彻底停止侵略,反过来征服中国民族的心。"不消说,那不过是偶然的,但也有些令人觉得好像是对于那信的答复。

征服中国民族的心,这是胡适博士给中国之所谓王道所下的定义,然而我想,他自己恐怕也未必相信自己的话的罢。在中国,其实是彻底的未曾有过王道,"有历史癖和考据癖"的胡博士,该是不至于不知道的。

不错,中国也有过讴歌了元和清的人们,但那是感谢火神之类,并非连心也全被征服了的证据。如果给与一个暗示,说是倘不讴歌,便将更加虐待,那么,即使加以或一程度的虐待,也还可以使人们来讴歌。四五年前,我曾经加盟于一个要求自由的团体,而那时的上海教育局长陈德征氏勃然大怒道,在三民主义的统治之下,还觉得不满么?那可连现在所给与着的一点自由也要收起了。而且,真的是收起了的。每当感到比先前更不自由的时候,我一面佩服着陈氏的精通王道的学识,一面有时也不免想,真该是讴歌三民主义的。然而,现在是已经太晚了。

在中国的王道,看去虽然好像是和霸道对立的东西,其实却是兄弟,这之前和之后,一定要有霸道跑来的。人民之所讴歌,就为了希望霸道的减轻,或者不更加重的缘故。

汉的高祖,据历史家说,是龙种,但其实是无赖出身,说是侵略者,恐怕有些不对的。至于周的武王,则以征伐之名入中国,加以和殷似乎连民族也不同,用现代的话来说,那可是侵略者。然而那时的民众的声音,现在已经没有留存了。孔子和孟子确曾大大的宣传过那王道,但先生们不但是周朝的臣民而已,并且周游历国,有所活动,所以恐怕是为了想做官也难说。说得好看一点,就是因为要"行道",倘做了官,于行道就较为便当,而要做官,则不如称赞周朝之为便当的。然而,看起别的记载来,却虽是那王道的祖师而且专家的周朝,当讨伐之初,也有伯夷和叔齐扣马而谏,非拖开不可;纣的军队也加反抗,非使他们的血流到漂杵不可。接着是殷民又造了反,虽然特别称之曰"顽民",从王道天下的人民中除开,但总之,似乎究竟有了一种什么破绽似的。好个王道,只消一个顽民,便将它弄得毫无根据了。

儒士和方士,是中国特产的名物。方士的最高理想是仙道,儒士的便是王道。但可惜的是这两件在中国终于都没有。据长久的历史上的事实所证明,则倘说先前曾有真的王道者,是妄言,说现在还有者,是新药。孟子生于周季,所以以谈霸道为羞,倘使生于今日,则跟着人类的智识范围的展开,怕要羞谈王道的罢。

三　关于中国的监狱

我想,人们是的确由事实而从新省悟,而事情又由此发生变化的。从宋朝到清朝的末年,许多年间,专以代圣贤立言的"制艺"这一种烦难的文章取士,到得和法国打了败仗,这才省悟了这方法的错误。于是派留学生到西洋,开设兵器制造局,作为那改正的手段。省悟到这还不够,是在和日本打了败仗之后,这回是竭力开起学校来。于是学生们年年大闹了。从清朝倒掉,国民党掌握政权的时候起,才又省悟了这错误,作为那改正的手段的,是除了大造监狱之外,什么也没有了。

在中国,国粹式的监狱,是早已各处都有的,到清末,就也造了一点西洋式,即所谓文明式的监狱。那是为了示给旅行到此的外国人而建造,应该与为了和外国人好互相应酬,特地派出去,学些文明人的礼节的留学生,属于同一种类的。托了这福,犯人的待遇也还好,给洗澡,也给一定分量的饭吃,所以倒是颇为幸福的地方。但是,就在两三礼拜前,政府因为要行仁政了,还发过一个不准克扣囚粮的命令。从此以后,可更加幸福了。

至于旧式的监狱,则因为好像是取法于佛教的地狱的,所以不但禁锢犯人,此外还有给他吃苦的职掌。挤取金钱,使犯人的家属穷到透顶的职掌,有时也会兼带的。但大家都以为应该。如果有谁反对罢,那就等于替犯人说话,便要受恶党的嫌疑。然而文明是出奇的进步了,所以去年也有了提倡每年该放犯人回家一趟,给以解决性欲的机会的,颇是人道主义气味之说的官吏。其实,他也并非对于犯人的性欲,特别表着同情,不过因为总不愁竟会实行的,所以也就高声嚷一下,以见自己的作为官吏的存在。然而舆论颇为沸腾了。有一位批评家,还以为这么一来,大家便要不怕牢监,高高兴兴的进去了,很为世道人心愤慨了一下。受了所谓圣贤之教那么久,竟还没有那位官吏的圆滑,固然也令人觉得诚实可靠,然而他的意见,是以为对于犯人,非加虐待不可,却也因此可见了。

从别一条路想,监狱确也并非没有不像以“安全第一”为标语的人们的理想乡的地方。火灾极少,偷儿不来,土匪也一定不来抢。即使打仗,也决没有以监狱为目标,施行轰炸的傻子;即使革命,有释放囚犯的例，而加以屠戮的是没有的。当福建独立之初，虽有说是释放犯人，而一到外面，和他们自己意见不同的人们倒反而失踪了的谣言，然而这样的例子，以前是未曾有过的。总而言之，似乎也并非很坏的处所。只要准带家眷，则即使不是现在似的大水，饥荒，战争，恐怖的时候，请求搬进去住的人们，也未必一定没有的。于是虐待就成为必不可少了。

牛兰夫妇，作为赤化宣传者而关在南京的监狱里，也绝食了三四回了，可是什么效力也没有。这是因为他不知道中国的监狱的精神的缘故。有一位官员诧异的说过：他自己不吃，和别人有什么关系呢？岂但和仁政并无关系而已呢，省些食料，倒是于监狱有益的。甘地的把戏，倘不挑选兴行场，就毫无成效了。

然而，在这样的近于完美的监狱里，却还剩着一种缺点。至今为止，对于思想上的事，都没有很留心。为要弥补这缺点，是在近来新发明的叫作"反省院"的特种监狱里，施着教育。我还没有到那里面去反省过，所以并不知道详情，但要而言之，好像是将三民主义时时讲给犯人听，使他反省着自己的错误。听人说，此外还得做排击共产主义的论文。如果不肯做，或者不能做，那自然，非终身反省不可了，而做得不够格，也还是非反省到死则不可。现在是进去的也有，出来的也有，因为听说还得添造反省院，可见还是进去的多了。考完放出的良民，偶尔也可以遇见，但仿佛大抵是萎靡不振，恐怕是在反省和毕业论文上，将力气使尽了罢。那前途，是在没有希望这一面的。

本篇系鲁迅据日文稿自译。未另发表。
初收 1937 年 7 月上海三闲书屋版《且介亭杂文》。

三十一日

日记　昙。上午得文尹信。下午雨。寄中国书店信。

《且介亭杂文二集》序言

昨天编完了去年的文字,取发表于日报的短论以外者,谓之《且介亭杂文》;今天再来编今年的,因为除做了几篇《文学论坛》,没有多写短文,便都收录在这里面,算是《二集》。

过年本来没有什么深意义,随便那天都好,明年的元旦,决不会和今年的除夕就不同,不过给人事借此时时算有一个段落,结束一点事情,倒也便利的。倘不是想到了已经年终,我的两年以来的杂文,也许还不会集成这一本。

编完以后,也没有什么大感想。要感的感过了,要写的也写过了,例如"以华制华"之说罢,我在前年的《自由谈》上发表时,曾大受傅公红蓼之流的攻击,今年才又有人提出来,却是风平浪静。一定要到得"不幸而吾言中",这才大家默默无言,然而为时已晚,是彼此都大可悲哀的。我宁可如邵洵美辈的《人言》之所说:"意气多于议论,捏造多于实证。"

我有时决不想在言论界求得胜利,因为我的言论有时是枭鸣,报告着大不吉利事,我的言中,是大家会有不幸的。在今年,为了内心的冷静和外力的迫压,我几乎不谈国事了,偶尔触着的几篇,如《什么是讽刺》,如《从帮忙到扯淡》,也无一不被禁止。别的作者的遭遇,大约也是如此的罢,而天下太平,直到华北自治,才见有新闻记者恳求保护正当的舆论。我的不正当的舆论,却如国土一样,仍在日即于沦亡,但是我不想求保护,因为这代价,实在是太大了。

单将这些文字,过而存之,聊作今年笔墨的记念罢。

一九三五年十二月三十一日,鲁迅记于上海之且介亭。

未另发表。

初收 1937 年 7 月上海三闲书屋版《且介亭杂文二集》。

内山完造作《活中国的姿态》序

这也并非自己的发见,是在内山书店里听着漫谈的时候拾来的,据说:像日本人那样的喜欢"结论"的民族,就是无论是听议论,是读书,如果得不到结论,心里总不舒服的民族,在现在的世上,好像是颇为少有的,云。

接收了这一个结论之后,就时时令人觉得很不错。例如关于中国人,也就是这样的。明治时代的支那研究的结论,似乎大抵受着英国的什么人做的《支那人气质》的影响,但到近来,却也有了面目一新的结论了。一个旅行者走进了下野的有钱的大官的书斋,看见有许多很贵的砚石,便说中国是"文雅的国度";一个观察者到上海来一下,买几种猥亵的书和图画,再去寻寻奇怪的观览物事,便说中国是"色情的国度"。连江苏和浙江方面,大吃竹笋的事,也算作色情心理的表现的一个证据。然而广东和北京等处,因为竹少,所以并不怎么吃竹笋。倘到穷文人的家里或者寓里去,不但无所谓书斋,连砚石也不过用着两角钱一块的家伙。一看见这样的事,先前的结论就通不过去了,所以观察者也就有些窘,不得不另外摘出什么适当的结论来。于是这一回,是说支那很难懂得,支那是"谜的国度"了。

据我自己想:只要是地位,尤其是利害一不相同,则两国之间不消说,就是同国的人们之间,也不容易互相了解的。

例如罢,中国向西洋派遣过许多留学生,其中有一位先生,好像也并不怎样喜欢研究西洋,于是提出了关于中国文学的什么论文,使那边的学者大吃一惊,得了博士的学位,回来了。然而因为在外国研究得太长久,忘记了中国的事情,回国之后,就只好来教授西洋文学。他一看见本国里乞丐之多,非常诧异,慨叹道:他们为什么不去研究学问,却自甘堕落的呢?所以下等人实在是无可救药的。

不过这是极端的例子。倘使长久的生活于一地方,接触着这地方的人民,尤其是接触,感得了那精神,认真的想一想,那么,对于那国度,恐怕也未必不能了解罢。

著者是二十年以上,生活于中国,到各处去旅行,接触了各阶级的人们的,所以来写这样的漫文,我以为实在是适当的人物。事实胜于雄辩,这些漫文,不是的确放着一种异彩吗?自己也常常去听漫谈,其实是负有捧场的权利和义务的,但因为已是很久的"老朋友"了,所以也想添几句坏话在这里。其一,是有多说中国的优点的倾向,这是和我的意见相反的,不过著者那一面,也自有他的意见,所以没有法子想。还有一点,是并非坏话也说不定的,就是读起那漫文来,往往颇有令人觉得"原来如此"的处所,而这令人觉得"原来如此"的处所,归根结蒂,也还是结论。幸而卷末没有明记着"第几章:结论",所以仍不失为漫谈,总算还好的。

然而即使力说是漫谈,著者的用心,还是在将中国的一部分的真相,介绍给日本的读者的。但是,在现在,总依然是因了各种的读者,那结果也不一样罢。这是没有法子的事。据我看来,日本和中国的人们之间,是一定会有互相了解的时候的。新近的报章上,虽然又在竭力的说着"亲善"呀,"提携"呀,到得明年,也不知道又将说些什么话,但总而言之,现在却不是这时候。

倒不如看看漫文,还要有意思一点罢。

一九三五年三月五日鲁迅记于上海。

本篇系鲁迅据日文稿自译,载 1936 年 8 月开明书店版《一个日本人的中国观》。

初收 1937 年 7 月上海三闲书屋版《且介亭杂文二集》。

在现代中国的孔夫子

  新近的上海的报纸，报告着因为日本的汤岛，孔子的圣庙落成了，湖南省主席何键将军就寄赠了一幅向来珍藏的孔子的画像。老实说，中国的一般的人民，关于孔子是怎样的相貌，倒几乎是毫无所知的。自古以来，虽然每一县一定有圣庙，即文庙，但那里面大抵并没有圣像。凡是绘画，或者雕塑应该崇敬的人物时，一般是以大于常人为原则的，但一到最应崇敬的人物，例如孔夫子那样的圣人，却好像连形象也成为亵渎，反不如没有的好。这也不是没有道理的。孔夫子没有留下照相来，自然不能明白真正的相貌，文献中虽然偶有记载，但是胡说白道也说不定。若是从新雕塑的话，则除了任凭雕塑者的空想而外，毫无办法，更加放心不下。于是儒者们也终于只好采取"全部，或全无"的勃兰特式的态度了。

  然而倘是画像，却也会间或遇见的。我曾经见过三次：一次是《孔子家语》里的插画；一次是梁启超氏亡命日本时，作为横滨出版的《清议报》上的卷头画，从日本倒输入中国来的；还有一次是刻在汉朝墓石上的孔子见老子的画像。说起从这些图画上所得的孔夫子的模样的印象来，则这位先生是一位很瘦的老头子，身穿大袖口的长袍子，腰带上插着一把剑，或者腋下挟着一枝杖，然而从来不笑，非常威风凛凛。假使在他的旁边侍坐，那就一定得把腰骨挺的笔直，经过两三点钟，就骨节酸痛，倘是平常人，大约总不免急于逃走的了。

  后来我曾到山东旅行。在为道路的不平所苦的时候，忽然想到了我们的孔夫子。一想起那具有俨然道貌的圣人，先前便是坐着简陋的车子，颠颠簸簸，在这些地方奔忙的事来，颇有滑稽之感。这种感想，自然是不好的，要而言之，颇近于不敬，倘是孔子之徒，恐怕是决不应该发生的。但在那时候，怀着我似的不规矩的心情的青年，可是多得很。

我出世的时候是清朝的末年，孔夫子已经有了"大成至圣文宣王"这一个阔得可怕的头衔，不消说，正是圣道支配了全国的时代。政府对于读书的人们，使读一定的书，即四书和五经；使遵守一定的注释；使写一定的文章，即所谓"八股文"；并且使发一定的议论。然而这些千篇一律的儒者们，倘是四方的大地，那是很知道的，但一到圆形的地球，却什么也不知道，于是和四书上并无记载的法兰西和英吉利打仗而失败了。不知道为了觉得与其拜着孔夫子而死，倒不如保存自己们之为得计呢，还是为了什么，总而言之，这回是拼命尊孔的政府和官僚先就动摇起来，用官帑大翻起洋鬼子的书籍来了。属于科学上的古典之作的，则有侯失勒的《谈天》，雷侠儿的《地学浅释》，代那的《金石识别》，到现在也还作为那时的遗物，间或躺在旧书铺子里。

然而一定有反动。清末之所谓儒者的结晶，也是代表的大学士徐桐氏出现了。他不但连算学也斥为洋鬼子的学问；他虽然承认世界上有法兰西和英吉利这些国度，但西班牙和葡萄牙的存在，是决不相信的，他主张这是法国和英国常常来讨利益，连自己也不好意思了，所以随便胡诌出来的国名。他又是一九○○年的有名的义和团的幕后的发动者，也是指挥者。但是义和团完全失败，徐桐氏也自杀了。政府就又以为外国的政治法律和学问技术颇有可取之处了。我的渴望到日本去留学，也就在那时候。达了目的，入学的地方，是嘉纳先生所设立的东京的弘文学院；在这里，三泽力太郎先生教我水是养气和轻气所合成，山内繁雄先生教我贝壳里的什么地方其名为"外套"。这是有一天的事情。学监大久保先生集合起大家来，说：因为你们都是孔子之徒，今天到御茶之水的孔庙里去行礼罢！我大吃了一惊。现在还记得那时心里想，正因为绝望于孔夫子和他的之徒,所以到日本来的,然而又是拜么?一时觉得很奇怪。而且发生这样感觉的,我想决不止我一个人。

　　但是,孔夫子在本国的不遇,也并不是始于二十世纪的。孟子批评他为"圣之时者也",倘翻成现代语,除了"摩登圣人"实在也没有别的法。为他自己计,这固然是没有危险的尊号,但也不是十分值得欢迎的头衔。不过在实际上,却也许并不这样子。孔夫子的做定了"摩登圣人"是死了以后的事,活着的时候却是颇吃苦头的。跑来跑去,虽然曾经贵为鲁国的警视总监,而又立刻下野,失业了;并且为权臣所轻蔑,为野人所嘲弄,甚至于为暴民所包围,饿扁了肚子,弟子虽然收了三千名,中用的却只有七十二,然而真可以相信的又只有一个人。有一天,孔夫子愤慨道:"道不行,乘桴浮于海,从我者,其由与?"从这消极的打算上,就可以窥见那消息。然而连这一位由,后来也因为和敌人战斗,被击断了冠缨,但真不愧为由呀,到这时候也还不忘记从夫子听来的教训,说道"君子死,冠不免",一面系着冠缨,一面被人砍成肉酱了。连唯一可信的弟子也已经失掉,孔子自然是非常悲痛的,据说他一听到这信息,就吩咐去倒掉厨房里的肉酱云。

　　孔夫子到死了以后,我以为可以说是运气比较的好一点。因为他不会噜苏了,种种的权势者便用种种的白粉给他来化妆,一直抬到吓人的高度。但比起后来输入的释迦牟尼来,却实在可怜得很。诚然,每一县固然都有圣庙即文庙,可是一副寂寞的冷落的样子,一般的庶民,是决不去参拜的,要去,则是佛寺,或者是神庙。若向老百姓们问孔夫子是什么人,他们自然回答是圣人,然而这不过是权势者的留声机。他们也敬惜字纸,然而这是因为倘不敬惜字纸,会遭雷殛的迷信的缘故;南京的夫子庙固然是热闹的地方,然而这是因为另有各种玩耍和茶店的缘故。虽说孔子作《春秋》而乱臣贼子惧,然而现在的人们,却几乎谁也不知道一个笔伐了的乱臣贼子的名字。说到乱臣贼子,大概以为是曹操,但那并非圣人所教,却是写了小说和剧本的无名作家所教的。

　　总而言之,孔夫子之在中国,是权势者们捧起来的,是那些权势者或想做权势者们的圣人,和一般的民众并无什么关系。然而对于圣庙,那些权势者也不过一时的热心。因为尊孔的时候已经怀着别样的目的,所以目的一达,这器具就无用,如果不达呢,那可更加无用了。在三四十年以前,凡有企图获得权势的人,就是希望做官的人,都是读"四书"和"五经",做"八股",别一些人就将这些书籍和文章,统名之为"敲门砖"。这就是说,文官考试一及第,这些东西也就同时被忘却,恰如敲门时所用的砖头一样,门一开,这砖头也就被抛掉了。孔子这人,其实是自从死了以后,也总是当着"敲门砖"的差使的。

　　一看最近的例子,就更加明白。从二十世纪的开始以来,孔夫子的运气是很坏的,但到袁世凯时代,却又被从新记得,不但恢复了祭典,还新做了古怪的祭服,使奉祀的人们穿起来。跟着这事而出现的便是帝制。然而那一道门终于没有敲开,袁氏在门外死掉了。余剩的是北洋军阀,当觉得渐近末路时,也用它来敲过另外的幸福之门。盘据着江苏和浙江,在路上随便砍杀百姓的孙传芳将军,一面复兴了投壶之礼;钻进山东,连自己也数不清金钱和兵丁和姨太太的数目了的张宗昌将军,则重刻了《十三经》,而且把圣道看作可以由肉体关系来传染的花柳病一样的东西,拿一个孔子后裔的谁来做了自己的女婿。然而幸福之门,却仍然对谁也没有开。

　　这三个人,都把孔夫子当作砖头用,但是时代不同了,所以都明明白白的失败了。岂但自己失败而已呢,还带累孔子也更加陷入了悲境。他们都是连字也不大认识的人物,然而偏要大谈什么《十三经》之类,所以使人们觉得滑稽;言行也太不一致了,就更加令人讨厌。既已厌恶和尚,恨及袈裟,而孔夫子之被利用为或一目的的器具,也从新看得格外清楚起来,于是要打倒他的欲望,也就越加旺盛。所以把孔子装饰得十分尊严时,就一定有找他缺点的论文和作品出现。即使是孔夫子，缺点总也有的，在平时谁也不理会，因为圣人也是人，本是可以原谅的。然而如果圣人之徒出来胡说一通，以为圣人是这样，是那样，所以你也非这样不可的话，人们可就禁不住要笑起来了。五六年前，曾经因为公演了《子见南子》这剧本，引起过问题，在那个剧本里，有孔夫子登场，以圣人而论，固然不免略有欠稳重和呆头呆脑的地方，然而作为一个人，倒是可爱的好人物。但是圣裔们非常愤慨，把问题一直闹到官厅里去了。因为公演的地点，恰巧是孔夫子的故乡，在那地方，圣裔们繁殖得非常多，成着使释迦牟尼和苏格拉第都自愧弗如的特权阶级。然而，那也许又正是使那里的非圣裔的青年们，不禁特地要演《子见南子》的原因罢。

中国的一般的民众，尤其是所谓愚民，虽称孔子为圣人，却不觉得他是圣人；对于他，是恭谨的，却不亲密。但我想，能像中国的愚民那样，懂得孔夫子的，恐怕世界上是再也没有的了。不错，孔夫子曾经计画过出色的治国的方法，但那都是为了治民众者，即权势者设想的方法，为民众本身的，却一点也没有。这就是"礼不下庶人"。成为权势者们的圣人，终于变了"敲门砖"，实在也叫不得冤枉。和民众并无关系，是不能说的，但倘说毫无亲密之处，我以为怕要算是非常客气的说法了。不去亲近那毫不亲密的圣人，正是当然的事，什么时候都可以，试去穿了破衣，赤着脚，走上大成殿去看看罢，恐怕会像误进上海的上等影戏院或者头等电车一样，立刻要受斥逐的。谁都知道这是大人老爷们的物事，虽是"愚民"，却还没有愚到这步田地的。

四月二十九日。

原作为日文，后由亦光译成中文，刊 1935 年 7 月 15 日东京《杂文》月刊第 2 号，题作《孔夫子在现代中国》。后经鲁迅审订。

初收 1937 年 7 月上海三闲书屋版《且介亭杂文二集》。

《中国小说史略》日本译本序

听到了拙著《中国小说史略》的日本译《支那小说史》已经到了出版的机运,非常之高兴,但因此又感到自己的衰退了。

回忆起来,大约四五年前罢,增田涉君几乎每天到寓斋来商量这一本书,有时也纵谈当时文坛的情形,很为愉快。那时候,我是还有这样的余暇,而且也有再加研究的野心的。但光阴如驶,近来却连一妻一子,也将为累,至于收集书籍之类,更成为身外的长物了。改订《小说史略》的机缘,恐怕也未必有。所以恰如准备辍笔的老人,见了自己的全集的印成而高兴一样,我也因而高兴的罢。

然而,积习好像也还是难忘的。关于小说史的事情,有时也还加以注意,说起较大的事来,则有今年已成故人的马廉教授,于去年翻印了"清平山堂"残本,使宋人话本的材料更加丰富;郑振铎教授又证明了《四游记》中的《西游记》是吴承恩《西游记》的摘录,而并非祖本,这是可以订正拙著第十六篇的所说的,那精确的论文,就收录在《苟偻集》里。还有一件,是《金瓶梅词话》被发见于北平,为通行至今的同书的祖本,文章虽比现行本粗率,对话却全用山东的方言所写,确切的证明了这决非江苏人王世贞所作的书。

但我却并不改订,目睹其不完不备,置之不问,而只对于日本译的出版,自在高兴了。但愿什么时候,还有补这懒惰之过的时机。

这一本书,不消说,是一本有着寂寞的运命的书。然而增田君排除困难,加以翻译,赛棱社主三上於菟吉氏不顾利害,给它出版,这是和将这寂寞的书带到书斋里去的读者诸君,我都真心感谢的。

一九三五年六月九日灯下,鲁迅。

鲁迅据日文稿自译。

未另发表。初收 1937 年 7 月上海三闲书屋版《且介亭
杂文二集》。

书　帐

世界玩具史篇一本　二·五〇　一月五日

历代帝王疑年录一本　〇·八〇

太史公疑年考一本　〇·五〇

饮膳正要三本　一·〇〇　一月十日

ドストイエフスキイ全集(四)一本　二·五〇　一月十一日

チェーホフ全集(六)一本　二·五〇　一月十五日

支那山水画史一本附图一帙　八·〇〇　一月十七日

顾端文公遗书四本　一六·八〇　一月二十日

癸巳存稿八本　二·八〇

玉台新咏二本　六·〇〇　一月二十日

怡兰堂丛书十本　八·〇〇

营城子一本　一七·〇〇

モリエール全集(三)一本　二·五〇　一月二十一日

ジイド全集(五)一本　二·五〇

美術百科全書(西洋篇)一本　九·〇〇　一月二十四日

不安と再建一本　二·〇〇

李汝珍受子谱二本　〇·七〇　一月二十八日

湖州丛书二十四本　七·〇〇

東方学報(东京、五)一本　四·〇〇

历代讳字谱二本　二·二〇　一月二十九日

冯刻六朝文絜二本　六·三〇　一月三十一日

句余土音补注五本　一・八〇

随山馆存稿四种·七本　一・八〇

见笑集四本　〇・七〇　　　　　　　　　　　　六八・九〇〇

松隐集四本　二・一〇　二月一日

董若雨诗文集六本　二・六〇

南宋群贤小集五十八本　二八・〇〇

ドストイエフスキイ全集(五)一本　二・五〇　二月二日

版芸術(二月分)一本　〇・五〇

明清巍科姓氏录一本　〇・九〇　二月九日

シェストフ選集(卷一)一本　二・五〇　二月十日

貔子窝一本　四〇・〇〇　二月十六日

牧羊城一本　四二〇・〇〇

南山里一本　二〇・〇〇

清人杂剧初集一本［部］　西谛赠　二月十七日

文学古典の再認識一本　一・二〇　二月十八日

影谭刻太平广记六十本　三二・〇〇　二月二十日

馀冬序录二十本　九・八〇

梅村家藏稿八本　一三・〇〇

读书脞录二本　一・四〇

读书脞录续编一本　〇・七〇

名人生日表一本　〇・五〇

四六丛话八本　五・六〇

Art Review 一本　三・〇〇　二月二十六日

三人一本　二・八〇　　　　　　　　　　　　一八九・五〇〇

版芸術(三月分)一本　〇・五〇　三月三日

医学煙草考一本　一・八〇　三月八日

ドストイエフスキイ全集(十五)一本　二・五〇　三月十日

チェーホフ全集一本　二・五〇

シェストフ選集（二）一本　二・五〇

アンドレ・ジイド全集（七）一本　二・五〇

欧洲文芸の歴史的展望一本　一・五〇　三月十五日

贯休画罗汉一本　〇・七〇　三月二十一日

陈氏香谱一本　一・〇〇

山樵书外纪一本　〇・四〇

开元天宝遗事一本　〇・九〇

碧声吟馆谈塵二本　一・二〇

来鹭草堂随笔一本　〇・五〇

隋书经籍志考证四本　四・〇〇　三月二十二日

两周金文辞大系图录五本　二〇・〇〇　三月二十三日

チェーホフの手帖一本　二・〇〇

版芸術（四月分）一本　〇・五〇　三月二十六日

楽浪彩篋塚一本　三五・〇〇　　　　　　　　　　　八〇・〇〇〇

凡人経一本　三・〇〇　四月四日

牧野氏植物随筆集一本　五・〇〇　四月五日

ドストイエフスキイ全集（十八）一本　二・五〇　四月七日

小林多喜二全集（一）一本　一・八〇　四月八日

山胡桃集一本　作者贈　四月十三日

元明散曲小史一本　二・〇〇

疴偻集一本　一・四〇

散曲丛刊二十八本　七・〇〇　四月十八日

日本玩具図篇一本　二・五〇　四月十九日

观沧阁魏齐造像记一本　一・六〇　四月二十日

ゴオゴリ研究一本　ナウカ社贈　四月二十二日

芥川竜之介全集六本　九・五〇　四月二十八日

版芸術（五月号）一本　〇・五〇　四月三十日　　　　三九・八〇〇

ドストイエフスキイ全集（七）一本　二・五〇　五月四日

自祭曲一本　作者寄贈　五月六日

橋田氏生理学(下)一本　〇・八〇

チェーホフ全集(九)一本　二・五〇　五月七日

春郊小景集一本　李桦寄贈　五月二十日

汉魏六朝砖文二本　二・三〇　五月二十三日

芥川竜之介全集(八)一本　一・五〇　五月二十四日

小林多喜二全集(二)一本　一・八〇　五月二十七日

房山雲居寺研究一本　四・五〇　五月二十八日

楽浪古瓦図譜一帖　五・〇〇　五月三十日　　　　　　　二〇・九〇〇

版芸術(六月分)一本　〇・五〇　六月一日

人体寄生虫通説一本　〇・八〇　六月四日

二十五史补编三本　三六・〇〇　六月六日

中国哲学史二本　三・八〇

ドストイエフスキイ全集(十六)一本　二・五〇　六月八日

其藻版画集一本　〇・五〇　六月十日

西洋美術館めぐり(第一輯)一本　二一・〇〇　六月十八日

Die Literatur in der S. U. 一本　寄贈　六月二十二日

ツルゲーネフ全集(七)一本　一・八〇

芥川竜之介全集(四)一本　一・五〇

青空集一本　作者寄贈　六月二十四日

比較解剖学一本　〇・八〇

東亜植物一本　〇・八〇

ジイド研究一本　一・五〇　六月二十五日

静かなるドン(一)一本　一・五〇

黄山十九景册一本　一・一〇

墨巢秘笈藏影(一及二)二本　三・四〇

金文续编二本　〇・九〇

マ・エン・芸術論一本　一・二〇　六月二十六日

小林多喜二全集(三)一本　一・八〇　　　　　　　　　八一・六〇〇

章氏丛书续编四本　季市赠　七月二日

版芸術(七月号)一本　〇・五〇　七月四日

ドストイエフスキイ全集(十八)一本　二・五〇　七月六日

チェーホフ全集(十)一本　二・五〇

静かなるドン(二)一本　一・五〇

静かなるドン(第一部)一本　一・三〇　七月九日

野菜博録三本　二・七〇　七月十三日

芥川竜之介全集(九)一本　一・五〇　七月二十六日

支那小説史一本　五・〇〇　七月三十日　　　　　　　一七・五〇〇

版芸術(八月分)一本　〇・五〇　八月一日

南宋六十家集五十八本　一〇・〇〇　八月五日

わが漂泊一本　サイレン社寄贈　八月六日

支那小説史五部五本　同上

ドストイエフスキイ全集(別巻)一本　二・五〇

ウデゲ族の最後の者一本　一・五〇

小林多喜二書簡集一本　一・〇〇　八月七日

東方学報(東京、五ノ続)一本　四・〇〇　八月十日

モンテーニュ随想録(一及二)二本　一〇・〇〇　八月十三日

郷土玩具集(十)一本　〇・五〇　八月二十日

土俗玩具集(一至五)五本　二・五〇

黒と白(再刊一至二)二本　一・〇〇

版芸術(九月分)一本　〇・五〇　八月二十七日

両周金文辞大系考释一函三本　八・〇〇　八月二十八日

芥川竜之介全集(十)一本　一・五〇　八月卅一日

汉代圹砖集录一本　静农寄赠　　　　　　　　　　四三・五〇〇

土俗玩具集(六)一本　〇・五〇　九月四日

白と黒(三)一本　〇・五〇

チェーホフ全集(十一)一本　二・五〇

植物集説(上)一本　五・〇〇

開かれた処女地一本　一・五〇　九月五日

現代版画(十一)一本　出版社贈　九月九日

李桦版画集一本　作者贈　　　　　　　　　　　　　一〇・〇〇〇

版芸術(十月分)一本　〇・五〇　十月三日

ゴリキイ等:文学評論　一・五〇　十月十日

現代版画(十二)一本　出版者贈　十月十二日

四部丛刊三编一部　豫约一三五・〇〇　十月十四日

尚书正义八本　豫约付讫

诗本义三本　同上

明史钞略三本　同上

昭德先生郡斋读书志八本　同上

隶释八本　同上

困学纪闻六本　同上

景德传灯录十本　同上

密庵稿四本　同上

近世錦絵世相史(一)一本　三・八〇　十月十七日

ジイド全集(十二)一本　二・五〇　十月十八日

わが毒舌一本　二・〇〇　十月二十五日

集団社会学原理一本　作者贈　十月二十七日

え・びやん一本　二・五〇　十月二十八日

キェルケゴール選集(二)一本　二・五〇
　　　　　　　　　　　　　　十月三十一日　　　　一五〇・三〇〇

版芸術(十一月分)一本　〇・六〇　十一月四日

チェーホフ全集(十二)一本　二・八〇　十一月六日

世界文芸大辞典(一)一本　五・五〇

越天楽一本　二・二〇　十一月八日

死魂灵图象一本　二五・〇〇

条件一本　一・七〇　十一月十七日

文化の擁護一本　一・一〇

大历诗略四本　二・四〇　十一月十九日

元人选元诗五种六本　六・四〇

明越中三不朽图赞一本　一・三〇　十一月二十一日

荆南萃古编二本　三・五〇

密韵楼丛书二十本　三五・〇〇

玩具叢書(七)一本　二・七〇　十一月二十二日

白と黒(四)一本　〇・六〇　十一月二十四日

キェルケゴール選集(一)一本　二・七〇　十一月二十五日

ゴリキイ文学論一本　一・一〇

百衲本史记十六本　一六・〇〇

老子严复评点一本　〇・五〇

甘粕氏芸術論一本　一・〇〇　十一月二十七日

森山氏文学論一本　一・〇〇

版芸術(十二月分)一本　〇・六〇

モンテーニュ随想録(三)一本　六・〇〇　十一月三十日

近世錦絵世相史(二)一本　四・〇〇　　　　　　　一一三・一〇〇

猫町一本　〇・八〇　十二月四[五]日

第二の日一本　一・七〇　十二月七日

フロオベエル全集(二)一本　二・八〇

宋人画册一本　一・五〇

からす一本　二・〇〇　十二月十六日

向日葵の書一本　二・二〇

現代版画(十四)壹本　李桦寄贈　十二月十七日

木刻三人展览会纪念册一本　同上

土俗玩具集(七及八)二本　一・一〇

536

漱石全集（四）一本　一・七〇

二十五史五本人名索引一本　四七・〇〇　十二月二十一日

南阳汉画像拓片六十五幅　三〇・〇〇

The Works of H. Fabre 五本　五〇・〇〇　十二月二十五日

キェルケゴール選集（三）一本　二・八〇

The Works of H. Fabre 六本　六〇・〇〇　十二月二十七日

漱石全集（八）一本　一・七〇　十二月二十八日

完訳ゴリキイ文学論一本　二・〇〇

Vater und Sohn 一本　吴朗西赠

版芸術（明正）一本　〇・七〇　十二月二十九日

论语注疏解经二本　三・八〇　十二月三十日

昭明太子集二本　二・一〇

杜樊川集四本　三・五〇

大德本隋书二十本　豫约

大德本南史二十本　同上

大德本北史三十二本　同上

洪武本元史六十本　同上

礼记正义残本三本　豫约

吊伐录二本　同上

三辅黄图一本　同上

淳化秘阁法帖考正四本　同上

太平御览一百三十六本　豫约

小字录一本　同上

徐公钓矶文集二本　同上

窦氏联珠集一本　同上　　　　　二一一・四〇〇

本年

魯迅増田渉質疑応答書

——『魯迅選集』おとび『小品文の危機』に関する質疑応答

私自分カラ見レバ、ハリノ
人間デアルゾ、コンナ
馬鹿ナコヲデフハッ 笑
ガアルカ？

（『風波』86頁）

a、「阿呀，這是什麼話呵！八一嫂，我自己看来。

倒還是一個人，会説出這様昏誕胡塗話麼？……」

即チ、
断髪
ヲ賛成スル
成スル
カラ。

（詰リ八一嫂ノ云フタ
「ハ自分ノ云フ｝デナ
イト云フ意味。ナゼカト
云フトアンナ言葉ハ人間
ノ言葉ラシクナイ、併
シ自分ハ人間デアル）

倒還是一個人，会説出這様昏誕胡塗話麼？……
＝（誰ガ？
no 八一嫂ガ会説（？）

自分ハ一人

敵ハ 大勢 ）ノ意カ

喧嘩ノ相手 no

b、
……在菜湯的熱気裏
……早先看中了的一個菜心去。……
（肥卓）78

菜湯＝野菜ノ汁 キャベツ スープ

菜心＝菜（ナ）（＝植物）ノ心

オカズ
no （＝副食物一般）ノ意デハナイカ（？）

菜心（？）yes

キャベツ汁ハ、支那（南部）
デハ、ホトンド、主食デアル、大
キイ皿ニ入レテ食卓ノ真
中ニオク、
ソノ丈、葉ハ長サ一寸ホト
切断セレテ居タケレモ、心ハ
矢張リ心デ一目デワカル。味ガ
ヨイカラ子供ガアラソツテ
タベル。

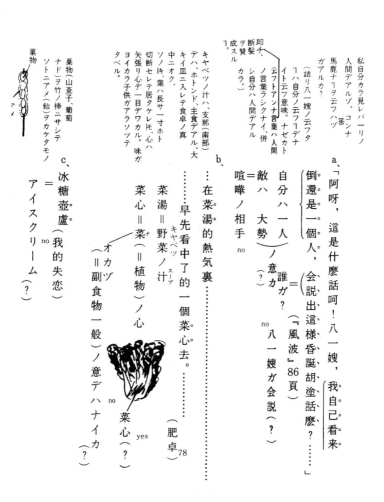

c、
冰糖壺盧。
＝（我的失恋）
no
アイスクリーム（？）

菓物（山査子、葡萄
ナド）ヲ竹ノ棒ニサシテ
ソトニアメ（飴）ヲカケタモノ

菓物

アメ

『魏晋風度』ノ文中

鍾会答道「聞所聞而来，見所見而去」

嵆康，就問他，「何所聞而来，何所見而去？」

何ノ］ヲ聞イテ（見ニ）来タノカ？
何ノ］ヲ見タカラ帰ルノカ？

「聞イタモノヲ聞イタカラ
来タ。見タモノヲ見タ
カラ帰ヘルンダ」

（人ノ説ク貴君ノ噂ヲ聞イテ来タガ、実際ヲ見タカラ去ル）
＝実在＝果然！噂ト一様ナ（？）

実ハ「噂ヲキイテ来タノデ実際ヲ見タカラ
帰ヘルンダ」ト云フ意味。ソノ中ニハ「実際ハ
噂ト合フカ、合ハナイカ」ト云フ意味ヲ少シモ
フクンデ居ナイ。要領ノ得ナイ答ヘデアル。

540

（佐藤さんが、先生のところへ版画を送るから、自分のところのものを擇つてくれと言つてゐますが、このごろ小説史校正で大に忙しく、まだ出かけません、道歉）＝他

「小説史略」はもう全部、第一校が出ました。

第二校を半分ほどやつてゐます。

「小品文的危機」（文学月報）を翻訳することを頼まれましたが、左のことを至急御知らせ願ひます。（御多忙の央ですが、なるべく早く、

七月十二三日までに原稿締切りです）

（下宿）

客棧裏有一間長包的房子，→→（毎月イクラトキメルモノデナク一ケ月何程トキメテ払フ。ナガク居ルモノデスカラ、割合ニ屋賃ガヤスイ）

煙榻。：no！
（アヘン？ノ榻）no

癮。足心閑，摩抄賞鑑。
（クワシク、ナデル‥グルくトナデル）

阿片病？
（↙yes）？

541

→ この句はよく見る句ですが、意味がハッキリ分りません。

正是一榻胡塗的泥塘裏的，—
（減茶苦茶or言様ノ無イ。実ハ只「大変ノ意味。」）泥塘＝泥澤ノタマリ

想。在戦地或災区裏的人們来鑑賞罷。
（　）＝戦地或ハ災区ノ中ニ在ル人々ガ来テ鑑賞スルト思フナラ—
《(希望スル)》

編満小報的攤子上，
攤子＝ヒロイ人行道上ニ紙ヲヒイテ、品物ヲ売ツテ居ルモノ、露店ヨリ小サイ。日本ノ縁日ノキニモアル。
小報＝社会上ノ出来ートツマラナイ文章、滑稽ナドヲノセル新聞、日刊アリ、週刊モアリ。ソンナモノハ日本ニハナイ様デス。大抵毎回小型一枚ダロウ。「小報」トヨバレル。

（　）

已経不能在衖堂裏拉扯她的生意，
（横町）　（引ツパル）
生意＝商売（コ、デハ、売手報」トヨバレル。ノ意ニナル。）

周先生几下

六月二十九日

甚だ忙いで書きました、乞乱筆御赦！

増田渉

未另发表。
初收 1936 的 3 月日本汲古书院版《鲁迅增田涉师弟答问集》（伊藤漱平、中岛利郎编。）

致刘岘

　　欧洲木刻,在十九世纪中叶,原是画者一人,刻者又是一人,自画自刻,仅是近来的事。现在来刻别人的画,自然无所不可。但须有一目的:或为了使其画流的更广;或于原画之外,加以雕刀之特长。

　　バルバン和ハスマックール的作品,我也仅在《世界美术全集》中见过,据说明,则此二人之有名,乃因能以浓淡,表现出原画的色彩来(他们大抵是翻刻别人的作品的);而且含有原画上所无之一种特色,即木刻的特色。当铜版术尚未盛行之时,这种木刻家是也能出名的。但他们都不是创作的木刻家。
······

　　此系残简,录自刘岘作木刻《阿Q正传》(1935 年 6 月未名木刻社出版)的后记。约写在 1934 年至 1935 年间。

居　帐

北平文津街(金鳌玉蛛桥下)北平图书馆
又　府右街饽饽房十三号宋
又　地安门内西板桥甲二号马
又　后门五龙厅十一号台
又　东城小牌坊灯草胡同三十号郑汝珍＝曹
又　齐化门内九爷府女子文理学院注册课收转曹联亚
南京成贤街五十八号国立中央研究院

又　大纱帽巷三十一号张协和

杭州大学路场官弄六十三号王守如

　　　岳王路百福弄五号邵铭之

上海静安寺路赫德路嘉禾里一四四二号王

又　大马路四川路口惠罗公司四楼哈瓦斯通信社

又　忆定盘路（愚园路北）四十三号 A 林语堂

苏州定慧寺巷五十二号姚克北平西堂子胡同中华公寓四十七号

日本东京市涩谷区上通リ一ノ七、アオバ乐器店山本

又　东京市外千岁村下祖师ケ谷一一三号内山

又　岛根县八束郡惠昙村增田_{东京市、杉并区、上荻洼町、九六一片山义雄方}

上海博物院路中国实业银行姚志曾字省吾

市州小浮桥二号杨霁云

北平东城旧九爷府北平大学女子文理学院

　　　大羊宜宾胡同一号姚白森女士

　　　西城背阴胡同二十八号汪绍业转王思远

　　　西安门内大街九十四号金肇野

　　　东城小羊宜宾胡同一号郑振铎

天津天纬路省立女子师范学院

山西运城第二师范学校王冶秋

南京马家街芦席营六十三号李秉中

浙江金华低田市何泰兴宝号转范村何桂馥

广州东山、山河东街、梓园、二十号二楼当代社陈烟桥

　　　西关多宝路、中德中学校林绍仑

广州市莲花井十三号对面松庐李桦

广东南海县属官山西樵中学校何白涛

　　　汕头兴宁西门街广亿隆号转交陈铁耕

544

汕头兴宁县北门仁茂号转交吴渤

汕头松口镇松口中学校罗清桢

广西平乐省立中学崔真吾

南宁军校步一队李天元

钟山洋头板坝村董永舒

上海圆明园路一三三号中国征信所

北江西路三六八号天马书店

北四川路八五一号良友图书公司

环龙路新明邨六号文学社

广东路一六一号漫话漫画社李辉英

极司非而路信义邨式号黎六曾

金神父路花园坊一〇七号曹聚仁

环龙路一六六号江苏大菜社转孟斯根

南市斜桥制造局路惠祥弄树滋里十号时有恒

拉都路三五一号萧军